シャーロック・ホームズの復活

アーサー・コナン・ドイル

名探偵ホームズが宿敵モリアーティー教授とともに〈ライヘンバッハの滝〉に消えた「最後の事件」から3年。ロンドンで発生した青年貴族の奇怪な殺害事件をひとりわびしく推理していたワトスンに，奇跡のような出来事が……。名探偵の鮮烈な復活に世界が驚喜した「空屋《くうおく》の冒険」を始めとして，ポオの「黄金虫」と並ぶ暗号ミステリの至宝「踊る人形」，奇妙な押し込み強盗事件の謎が鮮やかに解かれる「六つのナポレオン像」など，珠玉の13編を収録する，シリーズ第3短編集。

シャーロック・ホームズの復活

アーサー・コナン・ドイル
深　町　眞　理　子　訳

創元推理文庫

THE RETURN OF SHERLOCK HOLMES

by

Sir Arthur Conan Doyle

1905

目次

シャーロック・ホームズの復活

空屋《くうおく》の冒険

青年貴族ロナルド・アデア卿が、きわめて異常かつ不可解きわまる状況のもとに殺害され、ロンドンじゅうの耳目をそばだたせるとともに、上流社会を恐慌におとしいれたのは、一八九四年の春のことであった。警察の調べによって明らかにされた事件の一部始終は、すでに広く知られていることだが、それでも、その詳細な内容については、これまで公表が控えられてきた点が多々存在する。検察側の申し立て事実がきわめて強力であるため、あえてそれらの細部を持ちだすまでもないと判断されたためだ。以来、十年近くを経たいまになって、はじめて私もその欠落部分を補い、この驚くべき事件の全容をおおやけにすることを認められたのである。

思えば、この犯罪自体が興味ぶかいものではあったが、その興味も私にとっては、事件の結果として起きたある信じがたい出来事にくらべれば、なにほどのものでもない。その出来事こそは、山あり谷あり冒険に満ちた私の生涯のうちでも、なにより大きなショックと驚きとをもたらしたものなのである。それから長い歳月を経た現在もなお、そのときのことを思うにつけ、私の心はいま一度、不意打ちでやってきたあのときとおなじ歓喜と驚愕、そして信じられないという気持ちに満たされて、強い興奮にとらえられるのだ。これまで私はおりにふれて、あるきわめて非凡な人物の思想と行動との片鱗を世に伝えることに努めてきたが、それに多少なりとも関心を寄せてくださったひとびとにたいし、まずこのことを申しあげねばならない。いままで公表してきたことは、必ずしも私の知りえたことのすべてではないということ——もとより私としても、それらを世に知らしめることこそわが本分と心得ているにもかかわらず、当の本人の口から、かたくそれを禁じられていて、ようやく先月の三日になって、その禁が解かれたばかりなのだということを。

当然お察しでもあろうが、私はシャーロック・ホームズ氏と親交を結んでいたため、おのずと犯罪に深い関心をいだくようになり、のちに彼が消息を絶ってからも、新聞に報じられるさまざまな事件記録に丹念に目を通すことを怠ったことはないし、自分のひそかな満足のために、結果こそはかばかしくはなかったものの、それらを友人の方式を用いて解決しようとしてみたことさえ、一度ならずあったものだ。とはいうものの、このたびのロナルド・アデア卿の悲惨な最期ほどに、強く私の心に訴えかけてきた事件はない。検死審問では、〝単数もしくは複数の未知の人物による故殺〟という評決が出たのだが、そこでの証拠資料を読むにつけ、シャーロック・ホームズの死によって、社会がいかに大きな損失をこうむっているかをあらためて痛感せざるを得なかった。今回の奇妙な事件には、ホームズなら必ずや興味を持ったに相違ない点がいくつかあるし、ここでかのヨーロッパ随一の名探偵の訓練された観察力と、研ぎすまされた推理力とがもし用いられれば、きっと警察力を補うに足る、いや、おそらくはそれをうわまわる成果をも挙げられたことだろう。その日一日、私は馬車で往診先をまわりながら、心のうちではとつおいつ事件のことを考えめぐらしていたのだが、あいにく、妥当と思われる説明に行きあたることはなかった。周知の事実をくりかえす愚を犯すのは承知のうえで、検死審問での審理を通じて世に明らかにされた事実、それらをここで要約してみよう。

ロナルド・アデア卿は、そのころオーストラリアの英国植民地のひとつの総督を務めていた、メイヌース伯爵の次男である。母親が白内障の手術を受けるために夫の赴任先から帰国していて、彼女と、子息ロナルドと、息女ヒルダとが、パーク・レーン四二七番地の屋敷で暮らしていた。ロナルド青年は、日ごろから選り抜きの上流社交界に出入りしていて、知られているかぎりでは、敵もなく、これという不行跡もない。一時、カーステアズのイーディス・ウッドリー嬢と婚約していて、これは数カ月前に双方合意のうえで解消されているが、これでおたがいのあいだに深刻なしこりが残ったという事実もなかった。その他の点でも、元来が温和な人柄で、暮らしぶりも穏やか、狭い範囲内で、型にはまった日常をくりかえしているだけだったようだ。だというのに、このおおらかな青年貴族の身に、死がおよそ奇怪な、思いもかけないかたちで襲いかかってきたのである――一八九四年三月三十日、夜の十時から十一時二十分のあいだのことだった。

ロナルド・アデアはカードを好み、暇さえあれば仲間とゲームに興じていたが、それでも、身の破滅につながるような賭けはけっしてしなかった。〈ボールドウィン〉、〈キャヴェンディッシュ〉、そして〈バガテル〉の三つのカードクラブのメンバーで、死の当日も、この〈バガテル〉で夕食のあと、ホイストの三番勝負にふけっていたことが明らかになっている。その日の午後にも、やはりおなじクラブでカードをし、相手をした三人のメンバー――マレー氏、サー・ジョン・ハーディー、モラン大佐――の証言によれば、ゲームはホイストで、勝負はとんとん、アデアも負けはしたものの、額は五ポンドほどで、それ以上ではなかったという。もともとかなりの資産家の出だし、これくらいの負けは痛くも痒くもないはずなのだ。毎日のように、三つのクラブのうちのどこかでカードにふけっているが、賭けかたは慎重で、たいがいは勝ち手にまわっている。これも証言から明らかにされたことだが、つい二、三週間前にも、モラン大佐と組んで、ゴドフリー・ミルナーとバルモラル卿とを相手にまわし、一回の勝負で驚くべし四百二十ポンドも勝っているとのこと。まあざっとこういったところが、検死審問での審理を通じて判明した、故人の人柄ないし最近の動静である。

事件当夜、彼がクラブから帰宅したのは、十時ちょうどだった。母親と妹は、その晩はたまたまある親戚を訪問し、留守にしていたが、メイドは、帰宅した故人がそのまままっすぐ二階の正面側の、日ごろ居間として使っている部屋へあがってゆく気配を耳にしたと供述している。その部屋は、彼女があらかじめ暖炉に火を入れたのだが、そのさいかなり煙が出たので、窓をあけておいたという。以後、部屋からは物音ひとつ聞こえず、そのうち十一時二十分になると、レイディー・メイヌースと令嬢とが帰宅した。レイディー・メイヌースが息子におやすみの挨拶をすべく、その部屋にはいろうとしたところ、ドアは内側からロックされていて、たたいても、叫んでも、いっかな応答がない。加勢が呼ばれ、ドアが押し破られた結果、テーブルのそばに倒れている非運の青年が発見された。頭部に拳銃弾が命中し、その弾が内部で炸裂したため、頭は無残に砕けていたが、室内には拳銃はおろか、いかなる種類の凶器も見あたらない。テーブルの上に、十ポンドの紙幣二枚と、金貨と銀貨とりまぜて十七ポンド十シリング分の金《きん》子《す》があり、それらがいくつかの、それぞれ総額の異なる小さな山に配分されていた。また、一枚の紙にクラブの友人数名の名を書きだし、それに対応してそれぞれ数字を書き並べたものも見つかったが、これらを総合すると、青年は死の直前に、カードでの勝ち負けを計算していたらしく思われる。

状況を仔細に調べれば調べるほど、事件の様相は錯綜してゆくばかりだった。そもそも、被害者が内側からドアをロックした理由がわからない。ロックしたのが犯人であり、事後にその犯人が窓から逃げたという可能性もないではないが、窓から地面まではすくなくとも二十フィートの高さがあり、しかも真下には満開のクロッカスの花壇がひろがっている。その花にも、また花壇の土にも、まったく踏み荒らされた形跡はなく、その点では、建物と道路とをへだてる細い草地も同様。となると、どう考えても、ドアをロックしたのは青年自身ということになるが、ならば彼はどのようにして死に遭遇したのか。どんな人間でも、痕跡を残さずに窓までよじのぼることは不可能だ。では、何者かが窓ごしに拳銃を撃ったとしたら？　その場合、たかが拳銃弾一発であれだけの損傷を与えているのだから、およそ常人ばなれした、すさまじいまでの銃の使い手ということになる。さらに、パーク・レーンは繁華な通りであり、ほんの百ヤードほど先には、辻馬車の溜まり場もある。なのに、銃声を耳にしたものはだれひとりいない。でありながら、げんに死者が出ているのであり、そのうえ拳銃弾という証拠もある――弾頭のやわらかな弾丸が通常そうなるように、命中した瞬間にきのこ状に大きくふくらみ、瞬時に死をもたらしたと思われる銃弾だ。以上がこの〈パーク・レーン事件〉をめぐる状況だが、事情をさらに複雑なものにしているのが、動機らしきものが皆無だという事実である。というのも、すでに述べたように、アデア青年には敵らしい敵もおらず、おまけに、室内の金子はもとより、その他の貴重品を持ちだそうとした形跡すらまったくないのだから。

一日じゅう、これらの事実を胸のうちでとつおいつひねくりまわしながら、私はそれらぜんぶに矛盾なくあてはまる説明を見いだそうとするかたわら、あらゆる捜査の出発点だといまは亡きかの友人がかねがね主張していた、〝もっとも抵抗のすくない線〟というのを見つけようと心を砕いていた。残念ながら、ほとんど進歩はなかったと言わざるを得ない。六時ごろになって、ふと気がついてみると、いつのまにかパーク・レーンとオクスフォード街の交差する地点にきている。通りに一団の野次馬がたむろして、そろってある特定の窓を見あげているので、私にも、そここそがそれを目あてにやってきた建物だと知れた。黒眼鏡をかけた、どう見ても私服刑事と思われる背の高い、瘦せぎすの男がひとり、なにやらしたり顔で自説を開陳しているところで、その話をまた野次馬が周囲で聞き入っている。私も聞こうと近寄ってみたが、その説は私にはどうにもばかげているとしか思えなかったから、うんざりして後ろにさがった。そのはずみに、背後にいた年配の、背中の醜く曲がった男にぶつかり、男のかかえていた書物を何冊かはたき落としてしまった。拾ってやりながら、ふとそのうちの一冊の、『樹木崇拝の起源』という表題が目にとまり、どうやらこの男もいわゆる書物愛好家のひとりで、商売でか、趣味でかは知らず、もっぱらこうした世に知られない書物を蒐集しているのだろう、などと思ったことを覚えている。くりかえしその男に粗相を詫びようとしたが、どうやら、不本意にも私が手荒く扱う結果になったそれらの書物は、持ち主の目からは途方もない貴重品だったらしい。こちらの詫びなど聞く耳持たぬと言いたげに、男はふんと鼻を鳴らしてそっぽを向いてしまい、私はその曲がった背中と白い頬髯《ほおひげ》とが、雑踏のなかへ消えてゆくのを啞然として見送るしかなかった。

わざわざこうしてパーク・レーン四二七番地の家を観察しにきてみはしたものの、ずっと心を占めている問題を解明するには残念ながらいたらなかった。建物は、低い塀と手すりとで道路からへだてられているが、それらはせいぜい五フィートほどの高さしかない。だから、だれであれ敷地にはいりこむだけならいたって容易だが、窓のほうは、まるきり近寄りがたい。身軽な人間ならよじのぼる足がかりになりそうな、水道管とか、その他の出っ張りがいっさいないのだから。というわけで、きたときよりもさらに混迷の度が深まった気分で、私は撤退し、ケンジントンの自宅へ引き揚げた。書斎にはいって、ものの五分とたったかたたないころ、メイドがやってきて、お客様がお見えだと言う。驚いたことに、案内されてきたのはほかでもない、さっきの変わり者の老書物愛好家ではないか。もじゃもじゃの白髪やひげの奥から、しなびてとがった顔をのぞかせ、右の脇の下には、およそ十冊はくだるまいと思われる貴重な書物をしっかとかかえこんでいる。

「わしがあらわれて、さぞびっくりされたでしょう」と、奇妙にしゃがれた声で言う。

そのとおりだと私は認めた。

「じつは、ちと気が咎《とが》めましてな。あなたの後ろをとぼとぼ歩いていると、偶然、この家にはいられるのを見かけたので、ちょっと立ち寄って、先刻のご親切なおかたにお礼を申しあげかたがた、いささか無礼なふるまいをしたが、けっして悪気はなかったのだ、悪気どころか、こちらの落とした本を拾ってくださったことには、たいそう感謝いたしておりますと、そうお伝えしようと思いたった次第です」

「それはまた、些細なことに丁重なご挨拶、痛み入ります」私は答えた。「それにしても、このわたしをどうしてご存じなのです？」

「いや、なに、はばかりながら申しあげれば、じつはこの近所に住むものでして――チャーチ街の角でささやかな書店を営んどりますので、そのうち足をお運びくださるとうれしいですな。あなたも本を集められるとよろしいですぞ。ほら、ここにもいろいろ持っとります――『英国の鳥類』、『カトゥルス詩集』(1)、『聖なる戦い』(2)――どれも折り紙つきの掘り出し物でして。お見受けしたところ、そこの書棚の二段めの隙間、ちょうど五冊あれば埋まるのではありませんかな？　いまのままじゃ、いささか見栄えがよくない」

そう言われて、私はふりむき、後ろの書棚をながめた。それからもう一度ふりかえってみると、そこのデスクの向こうからにこにこ笑いかけているのは、だれあろうシャーロック・ホームズそのひとではないか。思わず腰を浮かせて、数秒間、呆然と相手を見つめていたが、そのあと、どうやらこの私、一生を通じて最初で最後の経験をしたらしい――つまり、気を失ってしまったのだ。実際、目の前になにやら灰色の靄《もや》がうずまいていたが、やがてわれにかえってみると、カラーがゆるめられて、くちびるにはブランデーのぴりっとする後味が残り、ホームズが携帯用の酒瓶を手に、上からこちらをのぞきこんでいる。

「いやあ、失敬失敬、ワトスン」と、なつかしい声が言う。「びっくりさせたようで、まったくすまない。まさかきみがこれほど驚くとは思わなかったんだ」

私はやにわにその腕をつかんだ。

「ホームズ！　ほんとにきみなのか？」叫びたてた。「夢じゃないだろうな、きみが生きてたなんて。ってことは、あのおそるべき深淵から、無事によじのぼってこられたということなのか？」

「まあまあ、待ちたまえ！」彼は言う。「いまのきみに、そういう込み入った話は無理だろう。ぼくがよけいな真似をして、あんな芝居がかった登場をしたばっかりに、どうやらひどいショックを与えてしまったようだから」

「いや、もうだいじょうぶだ。それにしてもホームズ、いまだに自分の目が信じられないよ。ああ、どう言ったらいいのか、きみが――余人にあらずきみが――こうしてぼくの書斎に立ってるところを見るなんて！」もう一度、彼の袖を握りしめたが、その下には、忘れもせぬホームズの、痩せてはいるが屈強な腕が感じとれた。「なるほど、ともあれ幽霊ではなさそうだ。なあホームズ、きみに再会できて、どれだけうれしいか。まあかけてくれ、そしてすっかり話してくれないか――あの目もくらむような断崖絶壁の底から、どうやって抜けだしてこられたのかを」

ホームズは私と差し向かいに腰をおろすと、むかしながらの無造作な手つきで煙草に火をつけた。いまだに老古書商のまま、見すぼらしいフロックコートをまとっているのだが、ほかの変装道具——白髪のかつらや、古書の山——は、かたわらのテーブルに置かれている。見たところ、以前よりもさらに痩せて、全体に鋭さを増しているものの、鷲のような顔には、生気の抜けた白さがあって、これまでの生活があまり健康的なものではなかったのを示している。

「こうやって体を伸ばせると、じつにほっとするよ、ワトスン」と言う。「実際、のっぽの人間が背丈を一フィートばかり盗むために、何時間も背をかがめっぱなしというのは、なまやさしいことじゃない。ところできみ、いまの質問についてだが、じつは、今夜これから、ある仕事が控えてる——面倒でもあり、危険でもある仕事なんだが、それにきみの助力をお願いしたいんだ。だから、これまでの一部始終、事情のいっさいを話して聞かせるというのは、その仕事がすんでから、ということにしちゃどうだろう」

「いや、ぼくは好奇心でうずうずしてるんだ。できればいますぐ聞かせてもらいたいな」

「そんなら今夜、いっしょにきてくれるね？」

「きみの望みとあれば、いつでも、またどこへでもお供するよ」

「となると、まったくむかしとおなじだな。出かけるまでに、夕食をかきこむぐらいの時間はある。よかろう、ならば、あの断崖絶壁について話すとしようか。じつをいうとね、あそこから脱出するのには、なんの面倒もなかったんだ——だって、そもそも〈滝〉の底には落ちなかったんだから」

「落ちなかったって？　あの〈滝〉に？」

「そうなのさ、ワトスン。はじめから落ちちゃいない。きみへの置き手紙、あれは正真正銘の本物だがね。あのとき――つまり、あの狭い切り通しの、その先にしか安全は見いだせない山道に、いまは亡きモリアーティー教授のなにやら威嚇的な存在を感じとったときだが――あのときにはぼくも、いよいよここが命の瀬戸ぎわかと観念したものだ。教授の灰色の目に、動かしがたい決意が読みとれたこともあるしね。そこで、二、三のやりとりがあったのち、教授の好意で、きみに手紙を――のちにきみの手に渡った、あれを――書き遺すことを認めてもらった。その手紙を、愛用のシガレットケースおよび登山杖《アルペンストック》とともにその場に残すと、いざと覚悟を決めて、なおもすぐ後ろを追ってくる教授をしたがえ、切り通しの道を先へと歩いていったんだが、道の行き止まりまできたところで、ついに進退きわまった。教授は武器など使おうとせず、いきなり長い腕をのばしてつかみかかってくる。自分の命運が尽きたことは教授もさとっていて、いまはこのぼくに報復したいという、ただその一念だったのだろう。ぼくらはつかみあったまま、崖っぷちでよろめいた。ただぼくには、わずかながらバリツという日本の格闘技(3)の心得があって、それまでにも、このおかげで助かったことが一度ならずあったんだ。で、その術を応用して相手の手をすりぬけたんだが、目標を失った教授のほうは、すさまじい絶叫とともに死に物狂いで脚をばたつかせ、両手で空をかきむしる。そのまま数秒、だが結局はくずれた体勢を立てなおせず、もんどりうって転落する。崖っぷちから顔だけのぞかせてみると、教授の体がどこまでも、どこまでも落ちてゆくのが見えたが、やがてそれは岩に激突して、いったんはねかえったあと、水しぶきもろとも水中に没し去った」

私が驚嘆とともに息を詰めて聞き入るなかで、ホームズはときおりすぱっと煙草の煙を吹きあげながら、ここまでの話を物語った。

聞きおえたあと、私はふと思いついて、叫んだ。「しかし、足跡はどうなったんだ！　この目でたしかに見たんだぞ――二筋の足跡が切り通しの道を先へと進み、それきりもどってきていないのを」

「それはね、こういうわけなのさ。教授の姿が消えたその瞬間に、これこそ千載一遇の好機だという考えが頭をよぎったんだ――めったにないチャンスを、運命の女神が恵んでくれた、とね。ぼくの命を虎視《こし》眈々《たんたん》と狙ってるやつは、なにもモリアーティーひとりじゃない。すくなくともあと三人はいるし、しかもリーダーを失ったいま、ますます復讐の一念に燃えあがるのは知れてる。三人とも、いずれ劣らず危険きわまりないやからだ。三人のうちのだれかは知らず、きっとこのぼくを殺しにくる。だがその反面、もしもぼくが死んだと世界じゅうに思いこませることができれば、連中もこれで目の上の瘤《こぶ》がとれたとばかりに、好き勝手にふるまいだすだろう。向こうから日の当たるところへ出てきて、ごそごそ動きだしてくれれば、もうしめたもの、早晩このぼくがたたきつぶしてみせる。そうなったところで、おもむろにこっちが名乗りでて、じつはまだ生きておりましたと天下に公表すればいい。とまあ、これだけのことを、モリアーティー教授が崖から落ちて、〈ライヘンバッハの滝〉の滝壺に没するまでのほんの一瞬の間に考えちまったんだから、われながら、頭というのはずいぶんとすばしこく働くものだと思うよ。

そうと思案がついたところで、ぼくはやおら立ちあがると、背後の岩壁を点検した。あの場面を描いたきみの迫真的な文章、ぼくも数カ月後にすこぶる興味ぶかく読ませてもらったが、あのなかできみは、後ろの岩壁を垂直だったと言いきっている。じつはあれ、文字どおりの意味では正しくない。足がかりになるちょっとした出っ張りならいくつかあったし、岩棚らしきものも、ひとつは見えていた。なにさま高い崖だから、よじのぼるのはとうてい不可能に思えたが、さりとて、足跡を残さずに濡れた切り通しの道を先へ進むというのも、おなじくらいむずかしい。たしかに、以前にも似たような状況のもとでやったように、靴を前後逆向きに履くという手もないじゃない。しかし、三人分の足跡がそろって一方向へ向かっているのを見れば、だれだって小細工を疑うだろうじゃないか。というわけで、結局のところいちばんましなのは、危険を冒してでも岩壁をよじのぼることだという結論になる。

いや、もう、ワトスン、決心はしたものの、これはすこぶるつきの難行だったよ。足もとでは、〈滝〉が轟音《ごうおん》をあげてなだれおちている。ぼくはけっして想像力過多な人間じゃないが、それでもはっきり言って、モリアーティーの声がはるかな谷底から呼びかけてくるのを聞いたような気がしたこと、これは確かだ。些細なミスが、そのまま命とりになる。実際、握った草が根っこごと抜けてきたり、濡れた岩角で足がすべったりして、もはやこれまでと観念したことだって、一度や二度じゃない。それでも、なんとかすこしずつ、虫の這うようにのぼりつづけ、最後にようやく、奥行き数フィートほどの、やわらかな緑の苔におおわれた岩棚にたどりついた。ここならば、だれからも見られる心配なしに、ゆっくり手足を伸ばせそうだ。というわけで、ワトスン、やがてきみがやってきて、それからほかの大勢も駆けつけてきて、みんなしてぼくの死の状況について、たいへん同情にあふれた、だがあいにく見当ちがいな調査をつづけているあいだも、当のぼくは、すぐ真上の岩棚に横になっていたのさ。

　そのうち、ついにきみたちはあの当然の、だが全面的にまちがっている結論に到達して、ホテルへと引き揚げてゆき、ぼくはひとりその岩棚に取り残された。ぼくとしては、これですべて思いどおりに運んだつもりでいたんだが、あにはからんや、あるまったく予想外の出来事が出来《しゅったい》して、まだまだ気を抜くわけにはいかないことを思い知らされた。いきなり巨大な石がひとつ、天から降ってきて、うなりをあげてぼくのそばをかすめるや、切り通しの道にぶつかり、反転して谷底へと落ちていったのだ。いったんは偶然だと思いかけたが、そこでなにげなく上を見ると、暗くなりかけた空を背景に、男の頭がひとつ浮かびあがっていて、すぐつづいてべつの石が、今度はぼくの横たわっている岩棚を直撃して、こっちの頭から一フィートと離れていないところではねかえった。むろん、その意味するところは明白だった。モリアーティーは単独ではなかったのだ。共犯者がひとり――それも、いましがたちらりと見ただけで、おそろしく凶暴なやつだとわかった、そういう共犯者が――どこかにいて、教授がぼくを襲撃する一部始終を見ていた。仲間が死んで、ぼくだけ助かった、その一幕を、ぼくからは見えない遠い地点から目撃していた。それを見届けたうえで、そいつは大きく迂回して後ろの崖のてっぺんまで行き、やおら、同志のしそんじた復讐を遂げることにとりかかったのだ。

これだけのことを考えるのに、さほど時間がかかったわけじゃないんだよ、ワトスン。ここでもう一度、崖の上にその凄みのある顔がのぞくのが見え、じきにまたつぎの石が降ってくるとわかったからね。ぐずぐずしてはいられない、大急ぎでもとの切り通しの道まで這い降りにかかった。冷静だったら、かえってそんな芸当ができたかどうかわからない。とにかく、よじのぼるのよりも這い降りるほうが、百倍もむずかしかった。とはいえ、危険だからと躊躇しているひまはない。岩棚のふちから手だけでぶらさがったそのとたん、見すましたようにつぎの石が落ちてきて、うなりとともにそばをかすめていったんだから。そのまま半分がた岩壁をすべりおちてしまったが、神のご加護あってか、あちこちすりむいて血を流しながらも、どうにか無事に切り通しの道に降りたつことができた。それから、しゃにむに駆けだして、真っ暗な山道を十マイル余りも走り通し、どうにか一週間後には、これでもう、ぼくの身がどうなったかを知るものはこの世にだれひとりいない、そう確信しながら、フィレンツェにたどりついた。

すべてを打ち明けたのは、たったひとり──兄のマイクロフトだけだ。きみにはどれだけ謝罪してもしきれないほどだが、しかしねワトスン、ぼくがもうこの世にいないと思わせておくことが、なにより肝心なことだったし、しかもきみの場合、きみ自身が心の底からそれを信じているのでないかぎり、ぼくの不運な最期のようすを、あれほどの説得力をもって描くことは、おそらく無理だったにちがいないんだ。それ以後の三年間に、いったい何度ペンをとって、きみに手紙を書こうと思ったことか。だが、そのつどあきらめた──ぼくへの親愛の情がきみを動かして、ついうっかり秘密を暴露してしまう結果になるのを危惧したからなのさ。おなじ理由で、きょう夕刻、きみにぶつかられて本をとりおとしたときにも、無愛想に背を向けてしまった。あのときは、とりわけぼくの身が危険にさらされていたから、わずかでもきみが驚いたり、騒いだりして、そのためにぼくの正体に疑惑の目が向けられるようだと、まことに嘆かわしい、とりかえしのつかない結果になってくる。マイクロフトにだけは、やむなく事実を打ち明けたというのも、金の必要があったからでね。

それにしても、その後のロンドンの事情は、必ずしもぼくの期待していたようにはなっていない。モリアーティー一味の裁判でも、とりわけ危険なメンバーふたりは有罪をまぬがれたから、結果的にぼくのもっとも執念ぶかい敵は野放しのままになっている。そんなわけで、その後二年間、ぼくはチベットを旅して過ごすことになった。ラサを訪れて、ラマ教の生き仏と数日をともに過ごしたりと、なかなかおもしろい旅だったよ。ことによるときみも、シゲルソンというノルウェー人による珍しい探検旅行のことをどこかで読んだかもしれないが、それでも、まさかそれがきみの旧友のことを語ったものだとは思ってもみなかったろうね。その後、チベットからさらにペルシアを通過して、メッカに立ち寄り、ハルトゥームでは、土地のカリフと会見して、短いが有意義な時を過ごした。会見の結果は、外務省のほうに逐一書き送っておいたよ。その後はフランスにもどって、南仏モンペリエのさる研究所で、コールタール誘導体の研究にたずさわって数カ月を過ごしたが、そのうち、この研究にも目処《めど》が立ったし、おまけにいまロンドンには、ぼくの敵とすべき相手がひとり残っているだけだということもわかってきた。そこで、いよいよ帰国する臍《ほぞ》を固めたわけだが、その矢先に、この注目すべき〈パーク・レーン事件〉のニュースが届いて、さらに帰国が早まることになった。これは事件そのものがひときわ心をそそるばかりでなく、ぼく個人にとっても、これがきっかけで、あるきわめて特殊な問題への活路がひらける可能性がある。さっそくロンドンへやってきて、その足でベイカー街のあの旧居へ乗りこみ、ハドスン夫人を死ぬほどびっくりさせる仕儀になった。部屋そのものは、マイクロフトが書類もなにもそっくりもとのままに保存してくれていた。というわけでだ、ワトスン、きょうの午後二時には、むかしなつかしい自分の部屋で、むかしなつかしい椅子におさまり、あとはもう、むかしなつかしい旧友ワトスンが、むかしよくそうしていたように、もうひとつの椅子におさまっていてくれれば、もはや言うことはないんだが、などと思っていたわけなのさ」

以上がその四月の宵、私が呼吸すら忘れて聞き入った、ホームズの驚くべき物語の一部始終である。このような話、聞いただけでは私にもとうてい信じられなかったろう――もしもそれが、二度と見ることはかなわぬと思っていた彼の痩身で背丈のある姿と、精悍かつ真摯《しんし》なその面《おも》ざし、それらを現前に見ることで裏づけられていなかったならば。私は先ごろ親しいものに先だたれる不幸を味わっていたが、(4) ホームズはどこかでこのことも聞き知っていて、言わず語らずのうちに、態度で同情を示してくれていた。「仕事こそが悲しみへのまたとない解毒剤だよ、ワトスン」と言う。「そしてその仕事が今夜、ぼくらふたりを待っている――首尾よく解決に導ければ、そのこと自体がこの地上に生きたひとりの男の人生に、生きたあかしを与えてくれるというほどの大仕事なんだ」もっと詳しいことを話してほしいと頼んでみたが、無駄だった。「夜が明けるまでには、たっぷり見たり聞いたりできるさ」というのがその返事。「まずその前に、過去三年分の積もる話がある。その話で九時半まで保《も》たせるとしよう。それからいよいよある空き家での、心躍るような冒険にとりかかるんだ」

なにもかもむかしのままだった。時間がきて、リボルバーをポケットに、ホームズと並んで二輪辻馬車《ハンサム》に乗りこんだときには、冒険への期待に胸がうずいていた。ホームズが冷静かつ厳然として、寡黙である点も、むかしと変わらなかった。街灯の光がその禁欲的な面《おもて》を照らしだすつど、深い物思いに眉根が寄せられ、薄いくちびるがきっと引き結ばれているのが見てとれた。今夜、このロンドンという暗い犯罪のジャングルの奥に、われわれがいかなる野獣を追いつめようとしているのか、それは私には知るよしもなかったが、それでも、かたわらの名ハンターのこうした態度を見るにつけ、これから始まる冒険が容易ならざるものであることはじゅうぶん予想がついたし、他方、その彼の苦行僧めいた渋面《じゅうめん》をときおりよぎる冷笑を見れば、われわれの追う獲物には、いずれ不吉な結果が待っているだろうことも察せられるのだった。

てっきりベイカー街へ向かうのだと思っていたのだが、案に相違して、ホームズは馬車をキャヴェンディッシュ・スクエアの角で停めさせた。馬車を降りるとき、彼は油断なく左右に目を走らせ、その後も通りの角にくるたびに、尾行されていないことを確かめるため、異様とも思えるほどに気を配った。通った道筋がまた、とびきり変わっていた。ロンドンの裏道や抜け道についてのホームズの知識には驚くべきものがあったが、このときも、入り組んだ横町だの、かつて厩舎《きゅうしゃ》街だった路地だの——いずれも私がその存在すら知らなかったものだが——のあいだを縫って、足早に、しかも自信ありげな足どりで進んでゆく。最後に、とある小さな、古びて陰気な家々の建ち並ぶ通りへ出ると、つづいてマンチェスター街へ、さらにブランドフォード街へと出る。ここからすばやく狭い小路のひとつへ折れた彼は、その先にある木戸を通って、人気《ひとけ》のない中庭にはいると、ここでキーをとりだして、一軒の家の裏口をあけた。私たちはなかにはいり、すぐまた彼が後ろのドアをしめた。

屋内は真っ暗だったが、無人の家であることは私にもわかった。靴がこつこつと音をたて、むきだしの床板がきしむ。手をのばすと、破れてたれさがった壁紙が手に触れてくる。ホームズがひんやりした細い指で私の手首をつかみ、長い廊下を奥へと先導してゆく。やがて、ドアの上のすすけた明かりとり窓から、光がうっすらさしこんでいるのが見えてきた。ここでホームズがいきなり右へ曲がり、気がつくと私たちは、どこやら大きな正方形の空き部屋にいた。隅々は濃い影にとざされているが、中央のあたりは、外の街路からくる明かりでぼんやり照らされている。近くに街灯はなく、窓も分厚く埃《ほこり》におおわれているため、室内ではたがいの姿がかすかに見わけられるだけだ。相棒が私の肩に手をかけ、近々と口を耳に寄せてきた。

「ここがどこかわかるかい？」と、ささやきかける。

「わかるさ、前の道はベイカー街だろう？」私は曇った窓ごしに外をのぞきながら答えた。

「そのとおり。いまいるのは、キャムデン・ハウスだよ。われわれのかつての住まいの真向かいだ」

「しかし、どういうわけでここにきたんだ？」

「ここからなら、あの建物が絵に描いたようによくながめられるからだよ。ご苦労だが、ワトスン、こっちの姿が目につかないようにじゅうぶん気をつけたうえで、もうちょっと窓のほうに寄り、むかしわれわれの住んでた部屋を見あげてみてくれるかな——何度となくぼくらふたりのささやかな冒険の出発点となった、あの部屋をさ。ぼくがきみをびっくりさせる能力、それが三年の不在のあいだに完全に磨耗しきってはいないかどうか、ひとつためしてみようじゃないか」

窓ににじり寄った私は、道路ごしになつかしい二階の窓を見やった。視線がそこに届いたとたん、私の喉から思わずあっと驚きの声がもれた。窓のシェードはおろしてあったが、室内には煌々《こうこう》と明かりがともっている。その光が、椅子にかけたひとりの男のシルエットを、明るいシェードにくっきり黒々と浮かびあがらせているのだ。その頭の傾けかたといい、角張った肩の線といい、顔かたちといい、見誤るはずもない。顔はなかば横向きなので、あたかもわれわれの祖父の時代に好んで造られた、黒いシルエット像のごとき趣《おもむき》をそなえている。それはまぎれもない、わがホームズの完璧な複製だった。それを見たときの驚愕はあまりに大きく、私はつい手をのばして、まだ本人がかたわらにいるかどうかを確かめたほどだ。彼は笑いをこらえているのか、小刻みに体をふるわせている。

「どうだい？」と、問いかけてきた。

「驚き入ったね！」私は叫んだ。「じつにみごとなものだ」

「〝歳月もわが限りなき変幻自在の才をむしばまず、度重ねてもそれが錆びつくことなし〟(5)ってところかな」と、ホームズ。その声音《こわね》には、芸術家が自己の創造物にたいしていだくような悦び、そして誇りが感じられた。「どうだ、なかなかよく似てるだろう？」

「てっきりきみ本人だと思ったくらいだ」

「その手柄は、グルノーブルのオスカル・ムーニエ氏に帰せらるべきだろうね。何日もかけてつくりあげてくれた労作だよ。蠟《ろう》の胸像だ。仕上げの細工は、きょうの午後にベイカー街を訪れたさい、ぼくがこの手でやっておいた」

「だけど、なぜわざわざあんな細工を？」

「それはね、ワトスン、ぼくにはある連中に、この自分があそこにいる——本人はじつはよそにいるのに、それでもあそこにいる——そう思わせておきたい強力な動機があるからだよ」

「というと、あの部屋が見張られていると考えてるわけだね？」

「考えてるんじゃなく、見張られていると知ってるのさ」

「だれに？」

「ほかでもない、わが仇敵《きゅうてき》たちにだよ、ワトスン。首領はいま〈ライヘンバッハの滝〉の底に横たわっているという、かの愛すべき一党によってだ。忘れちゃ困るが、ぼくがあのとき生きのびたことを連中は知ってる。ただ連中だけがそれを知ってるんだ。早晩ぼくはこのベイカー街の部屋にもどってくる、そう彼らは信じている。だから、ずっとぼくの動静を見張りつづけ、ついにけさ、ぼくが到着するところを目撃したんだ」

「どうしてそれがわかる？」

「窓からちらっと外を見たとき、見張りに立ってるやつに見覚えがあった。そいつ自身はたいして手ごわいやつじゃない。パーカーといって、首絞め強盗《ギャロッター》(6)で稼いでるが、口琴《ジューズハープ》(7)もけっこう達者に弾くという男だ。こいつだけなら、べつに気にすることもないんだが、こいつの背後にいる人物、これがはるかに剣呑《けんのん》で、警戒を要する。だれあろう、かのモリアーティーの腹心、〈滝〉を見おろす崖の上から、ぼくに石を落としてきたやつだよ。いまロンドンでもっとも凶悪、かつ狡知《こうち》に長《た》けた犯罪者と言ってもいいだろう。今夜このぼくを狙ってるのは、そういう男なのさ、ワトスン。そしてその男はいま、われわれが自分をつけねらってるとは、つゆ知らずにいるというわけなんだ」

ようやく私にも、友人の目論見がわかりかけてきた。このまたとない潜伏場所から、見張るものたちが見張られ、獲物を追う猟師が逆に追われているというわけだ。通りの向こうに見える角張ったシルエットは囮《おとり》、そしてわれわれはそれを配置したハンター。そのまま私たちは闇のなかに立ちつくし、目の前の通りを足早に行きかう通行人を見まもった。ホームズは黙然と、身じろぎひとつせず立っているが、私には彼が神経を鋭く研ぎすまして、目では油断なく通行人の流れを追っていることが感じとれた。寒々とした荒れ模様の夜で、長い通りの端から端へ、風が悲鳴のような音をたてて吹き過ぎてゆく。多数の通行人が右に、左にと行きかうが、その多くはコートの襟を立て、襟巻きにあごをうずめている。一度か二度、前にもおなじ人物を見かけたような気がしたが、なかでもとくに私の目をひいたのは、風を避けるかのように、やや離れた家の戸口にたたずんでいるふたりの男だった。私はそのふたりに相棒の注意を向けようとしてみたが、彼はいらだたしげに小さく声を発しただけで、なおも通りを凝視しつづけている。そのいっぽうで、足をもじもじさせたり、指先でせわしなげにそばの壁をたたいてみたりしたことも、一度や二度ではきかない。そのようすから、だんだん苛立《いらだ》ちがつのってきていることも、目論見が思ったようには運んでいないことも、私にはよくわかった。そのうち、真夜中が近づき、雑踏していた通りもしだいに人通りが絶えてくると、彼はついにたまりかねたように室内を行ったりきたりしはじめた。言葉をかけようとして、なにげなく向かいの明るい窓に目を向けた私は、ここでまたしても、最初のときに勝るとも劣らぬ驚愕を味わうことになった。あわててホームズの腕をつかみ、向かいの窓をゆびさす。

「影が動いたぞ!」声をあげた。

まさしく、影がこちらへ向けているのは、もはや横顔ではなく、背中なのだ。

だがそれにしても、こういうときのホームズの態度のとげとげしさ、自分よりも知能の働きの鈍い人間に向ける苛立ちというものは、三年の歳月を経たいまも、まったくやわらいではいなかった。

「もちろん動いたろうさ」と言う。「ねえワトスン、このぼくが、一目でそれと知れる人形をああやって立てておいて、それでヨーロッパきっての抜け目のない連中をだましきれると期待するような、それほどぶざまなまぬけだとでも思うのかい? この部屋にきてから二時間になるが、そのかんにハドスン夫人は、もう八回もあれをすこしずつ動かしてくれている——言いかえれば、十五分ごとにだ。そのつど像のこっち側にまわってからそうするから、彼女自身の影が映るおそれはない。あっ!」いきなり彼は緊張して、鋭く息を吸いこんだ。通りからくる弱い光で、首をつきだし、神経をそばだてて、全身をこわばらせている姿が見てとれる。いまや外の街路からは、人影がまったくとだえている。さいぜん見た怪しいふたりは、まだどこかの戸口にうずくまっているのかもしれないが、私の目にはもう見えない。あたりはただ黒々と、ひっそり静まりかえり、そのなかで目の前の明るい窓だけが、黄色のシェードの中心にあの黒いシルエットをくっきりと投げかけている。その絶対の静寂のなかに、いまふたたび私は、ホームズが身内に高まる興奮を押し殺していることを物語る、かすかな歯擦音《しさつおん》を聞きとった。そう思った、まさにその瞬間、いきなり力まかせに室内のどこよりも暗い背後の闇にひきもどされ、彼の手が警告するように口をふさいできた。私をつかんだ指がふるえている。およそこの私にして、このときほど激しく興奮しているホームズというのはまだ見たことがない。だがそれでいて、目の前の暗い通りは依然としてひっそりと、動くものの気配ひとつなく静まりかえっているのだ。

と、このとき、とつぜん私の知覚にも、より鋭いホームズのそれがすでにとらえていたものが伝わってきた。低く忍びやかな足音、それが予期していたベイカー街側からではなく、あろうことか私たちのひそんでいる、まさにこの家の裏手から聞こえてくる。どこかのドアがひらき、しまった。つぎの瞬間、足音はひっそりと廊下をこちらへ近づいてきた——音を殺そうとしてはいるのだが、がらんとした空き家のなかでは、それがひときわ鋭く響きわたる。ホームズはいっそう強く背後の壁に身を寄せ、私もリボルバーを握りしめつつそれに倣《なら》った。暗がりに目を凝らしてみると、ひらいた戸口の黒い空間のなかに、より黒々とした男の姿が浮かびあがった。一瞬そこに立ち止まってから、男は気配を殺し、腰を低くかがめた威迫的な姿勢で前進してきた。私たちから三フィートとないところを通ってゆく、まがまがしいその姿。思わず私は身をかたくして、すぐにもとびかかろうと身構えたが、そこで、向こうがこちらの存在にはまるきり気づいていないのをさとった。私たちの前を通り抜け、窓までにじり寄った影は、窓をごくごく慎重に、音をさせないように押しあげた。その窓の隙間とおなじ高さまで、影が姿勢を低くする。外の明かりがもはやすすけた窓ガラスごしにではなく、まともにその面《おもて》を照らしだす。どうやら男自身も興奮にわれを忘れているようだ。双のまなこが星さながらに爛々《らんらん》と光り、顔じゅうがひきつったようにぴくぴく動く。年配の男だ——とがった、肉の薄い鼻、高く禿《は》げあがったひたい、白髪まじりの大きな口髭《くちひげ》。オペラハットを後ろに押しあげ、前をはだけた外套《がいとう》の下から、輝くように白い夜会服のシャツがのぞいている。やつれて見えるほどに痩せて、浅黒い顔には、深い皺《しわ》が縦横無尽に走っている。手にはステッキらしく見えるものをたずさえているが、それは床に置かれたとき、金属的な音をたてた。つづいて男は外套のポケットから、なにやらかさばったものをとりだすと、ひとしきりせわしなく手を動かしてそれと取り組んでいたが、やがてその作業は、大きな、鋭い、がちっという音で終わった——ばねかボルトの類《るい》が定位置におさまったときの音のようだ。そのまま床にひざまずいた姿勢で、男は前かがみになると、なにかレバーのようなものに全身の重みと力をかけてのしかかった。すると、ぶーんと尾をひく回転音とともに、なにかがぎしぎしまわる音がつづき、やがてそれはもう一度、がちゃっと強い金属音をたてて終わった。そこではじめて男は身を起こしたが、見ればその手に握られているのは、ある種の妙に不恰好な台尻のついた一梃の銃。その銃の尾筒《ブリーチ》を男はひらくと、なにかを挿入し、またかちっと尾栓《ブリーチブロック》をとじた。それから、うずくまった姿勢のまま、銃身の先を、あけた窓の窓框《まどがまち》にかけた。長い口髭が銃床にかぶさり、照準器をのぞく目がぎらりと光る。かすかな満足の吐息が聞こえて、男が台尻を肩にあてがい、あの驚くべき標的——銃の照星の延長線上で、黄色の背景に黒々と浮かぶシルエット——に狙いをつけるのが見てとれた。

つかのま、男の体が硬直し、棒のように動かなくなった。それから、引き金にかけた指に力がこもり、ちゃりーんと涼しげな音色とともに、ガラスが砕け散った。と思うまもなく、ホームズが躍りでて、猛虎のごとく狙撃者の背中にとびつくなり、うつぶせにねじふせ、おさえこんだ。男もいったんははねおきざま、ホームズの喉めがけてつかみかかったが、私がすかさずリボルバーの握りをその頭にたたきつけると、ふたたび床に昏倒してしまった。私は上からのしかかって、おさえつけ、そのあいだに相棒が呼ぶ子の笛をとりだして、音高く吹き鳴らした。舗道にばたばたと足音が響いて、制服巡査がふたり、私服刑事ひとりとともに、家の正面側の入り口からとびこんできた。

「きみか、レストレード?」ホームズが声をかけた。

「ええ、わたしですよ、ホームズさん。この仕事は自分で取り組むことにしたんです。ようこそロンドンに、お帰りなさい」

「きみには裏面からの助力も多少必要じゃないかと思ったものでね、レストレード。なにしろここ一年ばかりのあいだに、未解決の殺人事件が三件だ。もっとも、〈モールジー事件〉でのきみの働き、あれはいつになく――いや、まあ、その、なかなかよくやったと思うがね」

すでに全員が立ちあがっていて、とらえられた男も、左右から屈強な巡査におさえこまれ、荒い息をついていた。早くも外の通りには数人の野次馬が集まりはじめていた。ホームズが窓ぎわへ行くと、ぴしゃりと窓をしめて、シェードをおろした。レストレードが蠟燭《ろうそく》を二本とりだし、巡査らもそれぞれの角灯のおおいをとった。これではじめて私にも、とらえられた男の相貌をじっくり見ることが可能になった。

私たちのほうへ向けられたその顔は、きわだって男らしい、そのくせ凶悪な面ざしをしていた。上半分には哲学者のひたい、下半分には肉欲主義者のあご――こういう男は、そもそもの出発点では、善にも悪にも、どちらにも大きな能力を発揮する可能性を持っていたにちがいない。なのに、いまその酷薄そうな青い目や、たれさがった冷笑的なまぶた、険のある攻撃的な鼻、深く威迫的な皺の刻まれたひたい、それらを見て、そこに〈造物主〉の生みだした、このうえなく明白な危険信号を読みとらずにいることはむずかしい。その男はいま、私たちほかのものには一顧だにせず、ただその目をひたとホームズの面《おもて》に据え、憎悪と驚嘆とが等しくまじりあった視線をそそいでいるばかりだ。そしてそのあいまには、たえずつぶやきつづける――

「この悪魔め！　このちょこざいな、小賢《こざか》しい悪魔めが！」

「あのねえ、大佐」と、ホームズが乱れた襟もとを直しながらそれに応じた。「〝旅路の果ては、恋人同士のめぐりあい〟って、古い芝居でも言ってるじゃないですか。[8] たしか大佐殿とは、いつぞや〈ライヘンバッハの滝〉を見おろす岩棚で、ありがたいご造作にあずかったとき以来のお目もじでしたね」

大佐はなおも憑かれたもののごとくに、わが友人の面《おもて》をじっと見つめているきりだ。そして口にのぼせる言葉といえば、「この悪魔め、小賢しい悪魔め！」の一点張り。

「そういえば、まだこちらの諸君にはあなたを紹介してませんでしたね」ホームズがどこ吹く風とばかりに言った。「諸君、こちらはセバスチャン・モラン大佐、元大英帝国インド陸軍の大佐殿で、わが東方帝国の生んだ最高の猛獣狩りの名手だ。ねえ大佐、たしか、あなたの仕留めた獲物の虎の数、その記録はまだ破られていないんでしたね？」

獰猛《どうもう》な老人はなおも一言たりと口にせず、ただまじまじと私の相棒を睨み据えているばかり。爛々と光るまなこ、逆だった剛毛の口髭——まさしく本人が虎そのものだ。

「それにしても、かくも老練なシカーリ[9]が、ぼくの仕掛けたこれほど簡単な策略にひっかかるとはね」ホームズはつづける。「だってこれ、あなたにはおなじみのものでしょう——木の下に仔山羊《こやぎ》をつないで、自分は銃をかかえて樹上に身をひそめる、そうして囮が虎をおびき寄せるのを待つ、という手法は。つまり、この空き家がぼくの木、そしてあなたが虎というわけです。それに、たぶんあなただって、いちどきに虎が何頭もあらわれたり、これはまずありえないことにしても、万一自分が撃ち損じたりした場合のために、控えの射撃手をべつに配置しておくぐらいのことは、実際にやっていたはずだ。そしてこの諸君が」と、周囲をぐるりとゆびさして、「ぼくの配置した控えの射撃手。対比はそのものずばりです。そうでしょう?」

モラン大佐は憤怒《ふんぬ》の怒号とともにとびだそうとしたが、左右の巡査がすぐにひきもどした。大佐の面《おもて》にあらわれた怒りの色、それは見るも恐ろしいほどだった。

「それでもね、白状しますが、あなたにはひとつだけ驚かされた点がある」ホームズはつづける。「まさかあなたまでがこの空き家を、そして射撃には絶好の位置にあるこの窓を、利用する気になろうとは、思いもよらなかった。てっきりあなたは通りからじかに撃つつもりだと思ったから、それでわが友人レストレードと、彼の配下の面々に、そこで待機していてもらった。その一点を除いて、ほかのすべてはぼくの予想どおりに運びましたよ」

モラン大佐がいきなり刑事のほうをふりかえった。「このわしを逮捕する理由がきみにあるかないかはべつとして、こういう小賢しいやからのあざけりをわしが甘受せねばならん理由はないはずだ。かりにわしが司法の手に落ちたというのなら、わしの扱いについても、司法に照らして、厳密にやってもらいたい」

「なるほど、ごもっともですな」レストレードが言った。「それではホームズさん、出かける前に、ほかにまだうかがっておくことはありませんか?」

ホームズは床に落ちた強力な空気銃を拾いあげ、その構造をためつすがめつしているところだった。

「きわめて特異な、驚くべき武器だね」と言う。「音はしないし、威力は桁はずれ。ぼくも知ってるフォン・ヘルダーという盲目のドイツ人技師が、いまは亡きモリアーティー教授の注文でこしらえたものだ。こういうものがあることは、だいぶ前から察してたけれど、手にとってみる機会はついぞなかった。扱いはくれぐれも慎重にしてほしいと、あえてきみの注意をうながしておくよ、レストレード。ついでに、この銃に合う特製の弾丸のほうもだ」

「その点ならご心配なく、ホームズさん、きちんと管理しますから」一同そろってどやどやとドアのほうへ向かいながら、レストレードが言った。「あとまだなにかおっしゃりたいこと、ありますか？」

「ひとつだけ、どういう容疑でその男を告発するつもりか、それを訊きたい」

「どういう容疑で？　決まってるじゃないですか、シャーロック・ホームズ氏殺害未遂の容疑で、ですよ」

「いや、それはだめだ、レストレード。この件に関するかぎり、ぼくはいっさい表に出たくない。きみがみごとにやってのけたこのすばらしい大捕り物、これはきみの、ただきみひとりの功績に帰せらるべきものなんだ。そうなんだよ、レストレード、おめでとう！　いつもながらの器用さと大胆さとの入りまじったきみのやりかた、それがこういう大物をとらえるという手柄につながったんだ」

「大物？　どういう大物です、ホームズさん？」

「警察が総力を挙げて探しもとめながら、なお見つけそこねていた人物――セバスチャン・モラン大佐、すなわち、先月三十日の夜、パーク・レーン四二七番地二階正面側のひらいた窓ごしに、空気銃でダムダム弾を撃ちこみ、若きロナルド・アデア卿を死にいたらしめた張本人だ。これがこの男の罪状だよ、レストレード。さてと、ではワトスン、きみが割れた窓から吹きこむ隙間風に堪えられるなら、半時間ばかりぼくの書斎で、葉巻でもふかしながら歓談するとしようか。おもしろくて、しかもためになる話が聞けるかもしれんよ」

かつてのわれわれの住まいは、以前とすこしも変わらぬままに保たれていた――マイクロフト・ホームズの差配のもと、ハドスン夫人が細かく気を配ってくれていたたまものである。たしかに、はいっていった当座は、以前はなかったほど整然とかたづいているのに違和感があったが、それでも、覚えのある品々は、どれももとのままの位置にあった。一隅には化学実験コーナーがあり、酸のしみが残る樅《もみ》材のテーブルが置かれている。棚のひとつには、あの威圧感たっぷりのスクラップブック何巻かに、参考資料のファイル多数――わがロンドン市民のなかにも、勇んでこれを焼却してしまおうとする連中が、すくなからずいるはずだ。ほかに各種の図表や、バイオリンケース、パイプ掛け――爪先に煙草が押しこまれた例のペルシア沓《ぐつ》にいたるまで――これらすべてが、ぐるりを見まわした私の目にとびこんできた。そして部屋にはふたりの人物がいた――ひとりはハドスン夫人、はいっていった私たちに、にこにこ笑いかけてくる。いまひとりが、この夜の冒険において、欠かせない役割を果たしてくれたあの風変わりなダミー。それは私の友人をかたどった蠟色の塑像《そぞう》で、実物の完全無欠な複製と言ってもよいみごとな出来栄えだった。柱脚つきの小卓を台にして置かれ、ホームズの古い部屋着が着せかけてあるので、外の通りから見れば、完全に本物と思わされるだろう。

「あらかじめ注意しておいた点、守ってくれましたね、ハドスンさん？」ホームズが訊く。

「お言いつけどおり、膝でそこまで這っていきましたよ」

「それでいい。おかげで万事申し分なく運びました。弾がどこに命中したか、ひょっとして見てましたか？」

「ええ、見てました。あいにく、せっかくのりっぱな胸像が台なしのようですけど——弾は頭を突き抜けてから、そこの壁に当たって、ぺしゃんこになりました。カーペットに落ちたのを拾っておきましたよ。これです！」

ホームズはそれを私にもさしだしてみせた。「見たまえ、ワトスン、ごらんのとおり、拳銃用のダムダム弾だよ。まったく、天才的な仕業《しわざ》だね——だって、こんなしろものを空気銃から発射するなんてこと、だれが思いつくだろう。いや、ありがとう、ハドスンさん、お手数でした。ところでと、ワトスン、もう一度そこの、むかしのきみ愛用の椅子にかけてくれないか。きみといくつか話しあいたい点もあるから」

いままでの見すぼらしいフロックコートを脱ぎ捨てた彼は、胸像からとった鼠色の部屋着をはおり、ふたたび昔日《せきじつ》のあのホームズにもどっていた。

「年はとってもあのシカーリ、神経の図太さといい、視力の確かさといい、なにもかもむかしのままだね」笑ってそう言いながら、自分の胸像の無残に砕けた頭部を仔細に検分する。「後頭部のまんまんなかを撃ち抜いて、脳髄中枢を粉砕してるよ。射撃の腕ではインド随一の男だったし、いまロンドンにも、やっこさんの右に出るものはそうはいないだろう。名声を聞いたこと、あるかい？」

「いや、あいにくと」

「おやおや、名声とはかくもはかなきものか！　もっとも、ぼくの記憶が確かなら、きみはかのジェームズ・モリアーティー教授の名声も聞いたことがないと言った——今世紀最高の頭脳の持ち主のひとりだというのにね。ちょっとそこの棚の上から、ぼくのつくった人名録をとってくれないか」

深々と椅子の背にもたれて、葉巻の煙を盛大に吹きあげながら、彼は漫然とそのページをくっていった。

「この〝M〟のコレクション、こうして見てもなかなかの壮観だよ」と言う。「モリアーティーの名前だけで、ほかのどの項よりも燦然《さんぜん》と輝いてるというのに、加えて毒殺魔のモーガンがいる、思いだすのも忌まわしいメリデューがいる、マシューズもいる——これはね、チャリング・クロス駅の待合室で、このぼくの左の犬歯をたたき折ってくれたという御仁《ごじん》だ——そして最後にあの、今夜われわれがお相手をした人物がくる」

彼がファイルを渡してよこしたので、私はその項目を読みあげた——「〝モラン、セバスチャン。陸軍大佐。退役。元第一バンガロール先発工兵隊所属。一八四〇年ロンドン生まれ。父は元駐ペルシア英国公使、バース勲爵士、サー・オーガスタス・モラン。イートン校およびオクスフォード大学卒。ジョワキ戦役、アフガン戦役に従軍。チャーラーシアブ（特派）、シャープール、カーブルの各地に勤務。著書『西部ヒマラヤの猛獣狩り』（一八八一）、『ジャングルの三カ月』（一八八四）。現住所＝コンディット街。所属クラブ＝〈英印クラブ〉、〈タンカヴィル・クラブ〉、〈バガテル・カードクラブ〉」

そして余白には、ホームズのきちょうめんな筆跡で書き込みがしてある――〝ロンドン第二の危険人物〟と。

「驚いたもんだ」と、私は記録をホームズに返しながら言った。「これで見るかぎり、軍人としてりっぱな経歴じゃないか」

「そのとおり」ホームズが答える。「ある時点までは、申し分なくやってたんだ。生まれつき鉄のような神経の持ち主で、インドでは、排水溝のなかを這いずりながら、手負いの人食い虎を追いつめていったという武勇伝が、いまなお語《かた》り種《ぐさ》になってる。樹木にもそういうのがあるだろう、ワトスン――ある高さまではまっすぐに伸びるが、そこで急にねじまがって、見るも醜悪な枝を張りひろげだすというやつ。人間にもしばしば見られる例だよ。これはぼくの持論なんだが、人間はその成長の過程で、先祖たちのたどってきた道程《どうてい》をそっくり再現するものであり、こうした善なり悪なりの方向への急激な転回というのは、なんらかの強い力が当人の家系に及ぼした影響のあらわれにほかならないんだ。要するに、個々の人間は、いわばその一家の歴史の縮図というわけだよ」

「それはまた、ずいぶんと浮き世離れした仮説だね」

「たしかに。ぼくだって固執するつもりはない。まあ原因はどうあれ、モラン大佐は悪の方向へとねじまがっていった。表だってスキャンダルにこそならなかったが、だんだんインドにもいづらくなって、ついに軍隊を辞め、ロンドンに舞いもどってきたはいいが、ここでもまた悪名を得てしまった。このころなんだ、モリアーティー教授に拾われて、しばらく教授の参謀長みたいな役を務めてたのは。教授は大佐に潤沢な資金をあてがったうえで、普通の犯罪者では手に負えないような、一、二のハイクラスの仕事にだけ使った。一八八七年に起きた、ローダーのステュアート夫人の怪死事件、覚えてるかい？　記憶にない？　いやね、あれもぼくはモランが張本人だと確信してるんだ。ただし、なにひとつ証拠はない。大佐はあくまでも背後に隠れてるから、やがてモリアーティー一味が瓦解したときも、大佐だけは罪に問うことができなかった。いつぞやぼくが急にきみの住まいを訪ねてって、空気銃を恐れてるからと、窓の鎧戸をたてきったことは覚えてるだろう？(10)　さぞかしぼくを想像力過多だと思ったろうが、ぼくから見れば、ちゃんと筋の通った行為だったんだ。だって、さっきのやつのような、ああいうおそるべき銃が存在することも承知してたし、その銃を握るのが、世界有数の射撃の名手だってこともわかってたんだから。その後、ぼくらがスイスへ行ったときも、あいつはモリアーティーといっしょにあとをつけてきていた。ライヘンバッハの岩棚で、ぼくに血も凍るような五分間を味わわせてくれたのも、だから、あの男に相違ないのさ。

ぼくはフランスに滞在ちゅうも、なんとかあの男の尻尾をつかめないものかと、けっこう丹念に新聞を読んでた。これはきみにも想像がつくだろう。あいつがこのロンドンで羽を伸ばしているかぎり、ぼくはじつのところ生きてる甲斐がないと言ってもいい。昼も夜も、頭上にのしかかったあいつの影が消えることなんかないだろうし、そのうちにはきっと、あいつにチャンスがめぐってくるにちがいないんだ。では、どうしたらいいだろう。見つけしだい射殺するというわけにもいかない――そんなことをすれば、こっちが逆に被告席行きになるだけだ。治安判事に訴えても意味はない――思い過ごしとしか見えないものを根拠に、当局が乗りだしてきてくれることなんか、ありえないからね。というわけで、ぼくには打つ手がなかった。それでも、いつかはあいつをとっつかまえてやれると信じて、犯罪ニュースに目を配るのを怠らなかったわけだが、そんな矢先に起きたのが、今度のこのロナルド・アデア殺害事件だ。時こそござんなれ！　事件についてこれまでに判明している事実を総合すれば、あれが大佐の仕業だということぐらい、火を見るよりも明らかじゃないか。その日、被害者とカードをしていたのは大佐だ。大佐はクラブから帰宅する青年を尾行した。ひらいた窓ごしに彼を射殺した。どこから見ても、一片の疑いの余地もない。弾丸のことひとつをとってみても、大佐を絞首台に送るのにはじゅうぶんだ。ぼくはさっそく帰国した。見張り役に姿を見られたが、そいつはすぐにでもそのことを大佐にご注進に及ぶにちがいない。そうなると、ぼくの急な帰国を、大佐が事件と結びつけて考えないわけがないし、結びつければ当然、おおいに警戒心を強めもするだろう。早急にぼくをかたづけようとするのは目に見えてるし、そのためにあのおそるべき凶器を持ちだしてくるのも必定。そこで、大佐向けにわざわざ窓ぎわに絶好の標的をこしらえてやり、警察には前もって、いずれ手を借りることになるかもしれんと伝えておいた――ああ、ついでだけどワトスン、彼らがあの戸口にいるのをめざとく見つけたんだから、きみの眼力もなかなかのものだよ――そのうえで、ぼく自身は、監視にはうってつけと考えた場所に陣どったわけだが、まさか敵がそのおなじ場所を、襲撃の拠点に選ぼうとは思いもよらなかった。さてとワトスン、まあこんなところだが、まだほかにも説明のしたりないところ、あるかね？」

「あるとも」私は答えた。「モラン大佐がなぜロナルド・アデア卿を殺したのか、その動機をまだ聞かせてもらっていない」

「ああ、それか！　いいかいワトスン、ここから先は、推測の領域になるから、どれだけ論理的な頭脳の主《ぬし》といえども、誤る可能性がないではない。各自がいまわかっている証拠にもとづき、それなりの仮説を立てる余地があるわけだ。きみの仮説だってぼくのそれに劣らず、正鵠《せいこく》を射ていることはじゅうぶん考えられるんだよ」

「すると、きみにはすでになんらかの仮説ができあがってると？」

「知られている事実に説明をつけるのは、べつにむずかしいことじゃないと思うがね。モラン大佐がアデア青年と組んで、カードで相当額の金を儲けたことは、すでに証言から明らかになっている。このときモランがいかさまをやったことは確かだ――彼がいかさまをやってることは、もうだいぶ前からぼくにはわかっていた。思うに、殺害された当日、アデアはそのことに気づいたんだろう。おそらく、彼の気性からして、内々にモランを問いつめ、モランが自発的にクラブを退会して、今後二度とカードはやらないと約束しないかぎり、このことを表沙汰にする、ときびしく言いわたしたんだと思う。アデアのような青年にしてみれば、自分よりもはるかに年長の、しかも広く名を知られた人物を相手に、いきなりその非行を暴露して、スキャンダルの嵐に巻きこむというのは、まず考えられないことなんだ。十中八九、いま言ったような行動をとったと思う。ところが、クラブからしめだされることは、モランにとっては即、身の破滅を意味する――カードによる不正利得こそが、彼の生計の手段だったんだからね。そこで彼はアデアを殺害した。殺されたときにアデアがやろうとしていたのは、パートナーのいかさまによって手に入れた金を、そのとき負けた相手にいくらずつ返却すべきか、その計算だったんだと思う――そんな汚れた金を、そのまま自分のふところに入れるわけにはいかないからね。部屋のドアには、あらかじめ、錠をおろしておいた――母や妹がいきなりはいってきて、なにやらひとさまの名を書きだしたり、お金を配分したり、いったいなにをやってるのか、なんて問いつめられると困ったことになる。とまあこんなところで、納得できそうかい？」

「ああ、まさしくそれが真相にちがいない」

「この説の当否は、いずれ裁判で明らかになるだろう。それはともかくとして、これでモラン大佐がわれわれを悩ますことも、もはや二度とあるまい。かのフォン・ヘルダー製作の名高い空気銃も、今後はロンドン警視庁《スコットランドヤード》の陳列館を飾ることになるだろうし、ついでにシャーロック・ホームズ氏もいま一度、わがロンドンの複雑な暮らしが生みだすあまたの興味ぶかい小事件を前に、心おきなくそれらの探究にふけることができるというわけだよ」

（1）ガイウス・ウァレリウス・カトゥルス（紀元前八四？―五四？）はローマの著名な抒情詩人。

（2）『聖なる戦い』――この本については研究者のあいだでも諸説あるが、ひとまず『天路歴程』のジョン・バニヤン（一六二八―八八）による寓意物語"The Holy War"（一六八二）

であるとする説が有力である。

（3）〝バリツ〟という日本の格闘技は存在しないが、これについても、〝武術〟を聞き誤ったとか、誤記したものとか、諸説がある。一時、ブラジル発祥の〝バーリ・トゥード〟なる格闘技（これ自体、明治時代にブラジルに渡り、柔術を広めた前田光世の生みだしたものとされる）のことではないかとする説もあり、じつは訳者もそう思っていたが、いまではこの説も誤りとして撤回されている。

（4）ワトスンがこのころ妻メアリー（モースタン嬢）と死別したことをさすというのが定説となっている。なお、原文の〝bereavement〟は本来、〝（家族・近親・親しいひとに）先だたれる〟という意味。

（5）シェークスピア『アントニーとクレオパトラ』二幕二場で、イノバーバスがクレオパトラの容色について言った台詞《せりふ》をもじったもの。

（6）首絞め強盗《ギャロッター》——紐または針金の両端に把《と》っ手《て》のついた首絞め道具《ギャロット》を用いる強盗。

（7）口琴《ジューズハープ》——馬蹄形などの金属のフレームに針金を張った原始的な弦楽器。歯ではさみ、指で針金をはじいて音を出す。

（8）シェークスピア『十二夜』二幕三場で、道化の歌う歌から。

（9）シカーリは、インドで大物を狩る狩猟家、または狩猟家に雇われる案内人をさす語。

（10）本全集『回想のシャーロック・ホームズ』収載の「最後の事件」（四〇七頁）を参照のこと。

ノーウッドの建築業者

「犯罪研究の専門家としての立場から言わせてもらうと」と、シャーロック・ホームズ氏が言いだした。「かのモリアーティー教授が亡きひととなって以来、このロンドンという街も、まったくつまらない土地になってしまったよ」

「心ある市民なら、そういう見かたには同調できないというものだって、大勢いるんじゃないのかね」私は反駁《はんばく》した。

「いやまったく、あまり身勝手な言辞は慎むべきだったな」ホームズはうっすら笑ってそう言いながら、朝食のテーブルから椅子を後ろへ押しやった。「世間はたしかにずいぶん得をしたし、損をしたものもだれひとりいない。損をしたのはただひとり、仕事がなくなって暇をもてあましている、この哀れな犯罪研究家だけさ。あの男が活躍していた時分は、毎日の朝刊が無限の可能性を提供してくれていたものだ。往々にしてそれらは、ごくちっぽけな痕跡、ほんの些細な徴候しか示さない。しかしねワトスン、それでもぼくの目から見れば、そこにかの偉大にしてなおかつ邪悪な頭脳が働いていることは、じゅうぶん見てとれるんだ。あたかも、蜘蛛の巣の端っこのごくかすかなふるえから、巣の中心にひそむ忌まわしい毒蜘蛛の存在を感知できるようにね。けちな盗み、理不尽な刃傷沙汰、いわれのない暴力行為——糸口をつかんでいる人間なら、それらすべてをひとつに結びつけ、全貌を浮かびあがらせることができる。高度の犯罪世界を学問的に研究するものにとっては、かつてのロンドンこそ、ヨーロッパ各国のどの首都をもしのぐ利点を持っていたわけだよ。それが、いまは——」肩をすくめて、ほかならぬ自分が最大の努力で生みだしたそういう現況に、おどけ半分、不平を鳴らしてみせる。

いまお話ししているのは、ホームズがもどってきてから数カ月たったころのことで、かく言う私は、彼の要請を容れ、医師の開業権を売りわたして、ベイカー街の古巣でふたたび彼と同居する身となっていた。ヴァーナーという若手の医師が、ケンジントンでの私のささやかな地盤を買いとってくれることになり、驚くなかれこちらの吹っかけた考えうるかぎりの高値を、四の五の言わずに即刻、受け入れたのだが、このかんの事情がやっと明らかになったのは、それから数年たってからのことだった——なんと、ヴァーナーはホームズの遠い縁戚にあたり、実際に資金上の裏づけをしたのも、わが友人だったのである。

共同生活を再開してからのこの数カ月間は、ホームズが嘆くほど事件と縁遠かったわけでもない。そのころのノートをくってみると、たとえば、前大統領ムリーリョにまつわる書類の一件があったし、オランダ汽船〈フリースラント〉号の衝撃的な事件もあった——このときは、友人と私、ふたりながら命を落とす瀬戸ぎわまで行ったほどなのだ。ところが、ホームズの冷厳にして誇り高い気質は、いつの場合も、大衆の喝采を博すことを嫌忌《けんき》する。そのため私にたいしても、このうえなくきびしい制限を課し、もうこれ以上、事件に関して自分の名を出したり、自分の手法や成功について書いたりするのは控えるようにと注文をつけてきた——前にも述べたことだが、この制約が解かれたのは、つい最近のことなのである。

いましがたの気まぐれな不平を並べたてたあと、シャーロック・ホームズ氏はお気に入りの椅子にもたれて、ものうげに朝刊をひろげようとしていた。そのときだった——けたたましい呼び鈴の音が響いて、私たちをぎくっとさせ、すぐつづいて、だれかが玄関ドアをこぶしでたたいているらしい、うつろなどんどんという音がした。ドアがあけられるやいなや、あたふたと玄関ホールへ駆けこむ気配、あわただしく階段を駆けあがってくる足音がしたかと思うと、目を血走らせた青年がひとり、半狂乱で私たちの部屋にとびこんできた——顔面は蒼白、髪をふりみだし、息も絶えだえといったありさまである。立ち止まって、私たちふたりを見くらべていたが、こちらのいぶかしげな視線を浴びて、ようやく自分のぶしつけな闖入《ちんにゅう》を弁解する必要をさとったようだ。

「申し訳ありません、ホームズさん」と言う。「どうかお許しください。いまにも気が狂いそうなんです。ホームズさん、ぼく、あの不運なジョン・ヘクター・マクファーレンです」

その言いかたは、そう名乗るだけで自分の訪問のわけも、また取り乱した態度も、ふたつながら説明がつくとでもいわんばかりだったが、あいにく同居の相棒の顔にはなんの反応もあらわれず、私同様、友人もただあっけにとられているだけだということが見てとれた。

「まあ一本どうです、マクファーレンさん」そう言って彼はシガレットケースをテーブルごしに押しやった。「そのごようすだと、ここにいるわが友人、ドクター・ワトスンなら、確実に鎮静剤を処方しますよ。ここ数日、かくべつ暖かい陽気でしたしね。というところで、すこし落ち着かれたら、そこの椅子にかけて、きみが何者で、どういうご用件でここに見えたのか、そのへんをごくゆっくりと、冷静に話してくれませんか。いま名乗られたとき、てっきりこちらにはその名に心あたりがあるとでも思っておいでのようだったが、あいにくなことに、きみが独身で、事務弁護士で、フリーメーソンの会員で、喘息の気がある、そういったごく明白な事実を除けば、きみのことはなにもわかっていないのです」

友人の手法は私にももうおなじみになっていたから、その推理の過程をたどるのはさほどむずかしくはなかった——客の服装があまりととのっていないことや、法律関係の書類を所持していること、時計鎖にさげた飾り、激しい息づかい、などを見れば、そうしたことは容易に察しがつく。ところが依頼人は、ただ驚きに目をみはるばかり。

「そうです、なにもかもおっしゃるとおりですよ、ホームズさん。さらにつけくわえれば、いまこのロンドンでだれより不幸な人間でもあります。こんなぼくですが、どうか見捨てないでください、ホームズさん！　これからこちらの事情をすっかり話しおえるまでに、万一、連中がぼくを逮捕しにやってきたら、すこし時間をくれるようにお口添え願いたいのです。そうすれば、ほんとうのことを洗いざらい申しあげます。申しあげて、そのうえであなたが外でぼくのために動いてくださってると思えば、喜んで留置場にでもどこにでもはいりますから」

「きみを逮捕しにくる！」ホームズが声を高めた。「これはなんともありがた——いや、おもしろいことになってきた。で、いったいなんの容疑で、きみが逮捕されるというのです？」

「ロウワー・ノーウッドのジョーナス・オールデカー氏殺害の容疑で、です」

私の相棒の表情豊かな顔に同情の色が浮かんだが、そこに満足げな表情もまじっていないではなかった、そう言わざるを得ない。

「ほう、それはそれは！」と言う。「ついいましがたも朝食の席で、ここにいるドクター・ワトスンと話してたところですよ——近ごろは、朝刊にも読者をあっと言わせるような事件がいっこうに載らない、ってね」

そう聞くと、客はわなわなとふるえる手をのばして、いまだにホームズの膝の上にのっている《デイリー・テレグラフ》紙をとりあげた。

「失礼ですが、これをごらんになっていさえすれば、けさぼくがこうしておうかがいしたわけも、じきに見当がおつきになったことと存じます。なんだか当人の身にしてみれば、自分の名や、この身にふりかかってきた不幸のこととかが、世界じゅうのひとに取り沙汰されてるみたいに思われてならないもので」そう言いながら新聞を折りかえして、まんなかのページをひらいた。「ここです。よろしければ読みあげますから、お聞きになってください、ホームズさん。見出しはこうです——〝ロウワー・ノーウッドの怪事件。著名な建築業者、失跡。殺人ならびに放火の疑い濃厚。容疑の人物、浮かぶ〟。この〝容疑の人物〟というのを、警察はさっそく追っているわけですが、それがこのぼくであることは、十中八九、まちがいありません。げんに、ロンドン・ブリッジ駅からずっと尾行されてますし、いまは逮捕令状が出るのを待ってるだけだということは確実です。母が聞いたら、どれだけ嘆くことやら——きっと胸が張り裂ける思いをするでしょう！」懸念に手をもみしだきながら、居ても立ってもいられぬように、体を前後に揺する。

そんな青年のようすを、私は興味ぶかく見まもった。暴力犯罪の嫌疑を受けているということの青年、髪は亜麻色、ととのった容貌ながら、どこか洗いざらしたようなやつれきった感じがあり、おどおどした青い目も、きれいに剃った顔も、弱々しい、感じやすそうな口もとも、いよいよその印象を強めている。年のころは二十七くらいか、服装や物腰は紳士階級のものだ。薄手のサマーコートのポケットから、裏書き署名をした書類の束がのぞいていて、おのずからその職業を物語っている。

「となると、時間は有効に使わないといけない」ホームズが言った。「ワトスン、すまないがその新聞を受け取って、きみの口から問題の記事をぼくに読み聞かせてくれないか」

さいぜん依頼人の読みあげた派手な大見出し、その下の記事を私は声に出して読んだ――

昨夜遅く、もしくは今早暁《そうぎょう》、ロウワー・ノーウッドにおいて、重大犯罪につながると見られる事件が発生した。ジョーナス・オールデカー氏は、この郊外住宅地では知名の士であり、多年この土地で建築業を営んできた。独身で、当年とって五十二歳になるオールデカー氏は、〈ディープ・ディーン・ハウス〉なる、同名の通りのシドナム側のはずれに位置する家に居住している。近隣では、奇行が多く、寡黙で、ひきこもりがちな人物と目されてきたが、とくにここ数年は、それでかなりの財産を築いたとされる稼業からもほとんど身をひいていた。それでも、家屋の裏手には、いまなお小規模な貯木場が残っていて、昨夜十二時ごろ、その貯木場に積まれた材木の山のひとつから出火した、との通報があった。ただちに消防車数台が現場に駆けつけたが、乾燥しきった材木は激しく燃えさかり、一山ぜんぶが焼尽しつくすまで、火を消しとめることは不可能だった。

この時点までは、事件もごく普通の失火と見られていたのだが、その後、新たな証拠がいくつか出てきて、重大犯罪を示唆するにいたった。まずもって不審の念がいだかれたのは、火災発生現場に当家のあるじが姿を見せなかったことで、ただちに捜索が行なわれた結果、当人が家から完全に姿を消していることが判明した。居室を点検したところ、ベッドには寝た形跡がなく、室内の金庫があけられて、おびただしい重要書類があたりに散乱していることがわかったばかりか、最終的に殺人につながる争闘があった形跡も多々発見された——室内各所に残るかすかな血痕、おなじく握りの部分に血痕が見られるオークのステッキ、などである。調べによると、事件の夜遅く、ジョーナス・オールデカー氏は寝室にひとりの客を迎えたことが判明しており、現場で発見されたステッキは、その客のものと確認された。その客とはすなわち、ロンドン市東中央郵便区内グレシャム・ビル四二六、グレアム&マクファーレン法律事務所の次席弁護士、ジョン・ヘクター・マクファーレンなる若手事務弁護士である。警察当局は、殺人につながるきわめて強力な動機を提示する証拠を握ったことを確信しており、総じて見れば、事件がいずれセンセーショナルな展開を見せるであろうことは疑いない。

続報――締め切りまぎわにとびこんできた未確認情報によると、ジョン・ヘクター・マクファーレン氏は、まさしくジョーナス・オールデカー氏殺害の容疑で逮捕されたとのこと。すくなくとも、その容疑での逮捕状が出されたことは確実と思われる。ノーウッドの現場での捜索が進められた結果、新たに二、三の戦慄すべき事実が明らかになった。姿を消した建築業者の居室に、争闘の痕跡が見られたことは既報のとおりであるが、その後の調べにより、寝室（一階に位置する）から戸外に通ずる両開きのガラス戸がひらいたままになっていたこと、そこからなにか重い物体を裏手の貯木場までひきずっていった形跡があること、などが明らかになり、さらに、最終的な決め手として、炭化した材木の灰のなかから、黒焦げの遺体が発見されたとも伝えられる。警察当局は、きわめてセンセーショナルな犯罪が行なわれたとの見解を得ており、それはすなわち、被害者は自分の寝室で殴殺されたうえ、重要書類を奪われ、遺体は犯罪の痕跡を隠すため、貯木場までひきずられていったあげくに、火をかけられた、というものである。捜査の指揮をとるのは、ロンドン警視庁《スコットランドヤード》のベテラン刑事、レストレード警部であり、警部はいつもながらの活力と叡知《えいち》とをもって、精力的に手がかりを追っている。

シャーロック・ホームズは、目をとじ、両手の指先を軽くつきあわせた姿勢で、この注目すべき記事に耳を傾けていたが、ややあって、いつものものうげな口調で言った――

「なるほど、たしかにいくつか興味ぶかい点がある。そこでです、マクファーレンさん、まずもってお訊きしますが、そういう事情なら、なぜきみはまだこうして自由の身でいられるのです？——証拠から見て、きみが逮捕されるだけの理由はじゅうぶんにあると思えるんだが」

「じつはホームズさん、ぼくはブラックヒースの〈トリントン・ロッジ〉で両親といっしょに暮らしてるんですが、ゆうべは、ジョーナス・オールデカーさんの用件がずいぶん遅くまでかかりましたので、ノーウッドのあるホテルに泊まり、けさはそこから出勤したんです。ですから、その事件のことはなにひとつ知らず、列車に乗って、いまお聞きになった記事を読んだところで、はじめてそれを知ったような次第なんですが、とたんに、自分の立場がおそろしくあやういものであるのに気づき、あなたにいっさいをおまかせしようと、こうして急いでやってきたわけです。普段どおりだったら、自宅にいるうちか、あるいはシティーの事務所に着いたところで、確実に逮捕されていたでしょう。実際、ロンドン・ブリッジ駅からも、尾行がひとりついてきていますし、そのうちきっと——あっ、いけない、なんだあの騒ぎは？」

けたたましい呼び鈴の音、すぐひきつづいて、階段をどたどたと駆けあがってくる足音。と思うまもなく、おなじみレストレードが部屋の戸口に姿をあらわした。警部の肩ごしには、制服警官の姿もひとりかふたり見てとれる。

「ジョン・ヘクター・マクファーレンさん」と、レストレード。

不運なわが依頼人氏が、蒼白な顔でふらふらと立ちあがる。

「あなたをロウワー・ノーウッドのジョーナス・オールデカー氏殺害の容疑で逮捕します」

マクファーレンは絶望の身ぶりとともに私たちをふりかえり、それから、たたきつぶされたみたいに、もう一度くたくたと椅子に沈みこんだ。

「ちょっと待ってくれ、レストレード」ホームズが言った。「ここで半時間ばかり手間どっても、きみにとってたいしたちがいはなかろう。たまたまこちらの紳士はいま、このすこぶる興味ぶかい事件について、自分なりの事情を説明してくださろうとしてるところなんだ。聞けば、事件の解決にも役だつかもしれんよ」

「わたしとしては、その解決になんら面倒なところはないと思ってますがね」レストレードはにこりともせずに言いかえす。

「それにしてもだ、きみさえ異存がなければ、このひとの話をぜひとも聞いてみたいのさ、ぼくは」

「まあいいでしょう、ホームズさん。あなたになにか要求されて、断わるのはむずかしい。過去に一、二度、捜査に協力していただいたことがあるのは事実だし、そのぶんスコットランドヤードとしても、あなたに恩義があるのは否定できませんからね」と、レストレード。「しかしです、そうは言っても、わたしは職掌柄、被疑者のそばを離れるわけにはいきませんし、このひとにも、これからあんたの口にすることは、なんによらずあんたに不利な証拠として用いられることがありうると、はっきりそう警告しておかねばなりません」

「それこそぼくのなにより望むことですよ」依頼人が言った。「ぼくがお願いしたいのはたったひとつ、ぼくの話を最後まで聞いて、そこから絶対的真実を見わけてほしいと、それだけなんです」

レストレードは懐中時計を見た。「なるほど、じゃあ三十分だけ時間をあげよう」

「まずもってはっきりさせたいのは」と、マクファーレンは切りだした。「ジョーナス・オールデカーさんというひとのこと、ぼくはこれっぽっちも知らないということなんです。名前はかねがね聞いていました。ずっとむかし、うちの親たちが知り合いだったんですが、その後は疎遠になっていましたから。そんなわけで、きのうの午後三時ごろ、オールデカーさんがいきなりシティーのぼくのオフィスにはいってこられたときには、そりゃあびっくりしました。ところが、いよいよ驚かされたのは、氏の訪問の目的を聞かされたときです。なにやら文字を走り書きした紙を何枚か持っておられて——ここにあるこれがそれですが——これをぼくのデスクにぴしゃりと置かれました。

『これはわしの遺言だが』のっけにそう言われます。『これをきみの手で法的にととのった正式の遺言状に仕立ててもらいたい。できあがるまで、ここで待たせてもらうから』

ともあれ、その走り書きをきちんと書き写すことから始めましたが、やがて遺言の内容が明らかになってきたときのぼくの驚き、まあお察しください——氏の遺産は、いくばくかの留保分を除いて、全額このぼくに譲るとされているのです。オールデカーさんというのは、どこか風変わりな、小柄で鼬《いたち》みたいな感じの、まつげまで白いひとでしたが、ぼくがふと顔をあげてみると、鋭い目で、そのくせなにやらおもしろそうにこちらを見据えています。遺言の各条項に目を通しながらも、ぼくは自分の頭がおかしくなったんじゃないかとばかり思っていましたが、氏の説明によると、自分は独り身で、存命の係累もほとんどない、若いころにきみの両親とつきあいがあり、その後も折にふれて、きみがなかなか見どころのある若者だということは聞かされてきた、こういう相手になら、安心して自分の遺産を託せると思ったからこそ、このようにするのだ、と。もちろんぼくとしては、ただもごもごとお礼の言葉をつぶやくのがせいいっぱいです。とまれ、遺言状はとどこおりなくできあがり、署名もされ、証人としてうちの事務所の事務員が連署しました。ここにお目にかけるこの青い紙のがそれで、こちらのばらの用紙のが、先ほどお話しした草稿のほうです。手続きがすんだところで、ジョーナス・オールデカー氏は切りだしました――自宅には、遺産関連の重要書類が山ほどある。たとえば家屋の賃貸借契約書、不動産等の権利証書、抵当証書、仮証券、その他もろもろだが、きみには早急にこれらに目を通して、内容を把握してもらう必要がある。こうしたいっさい合財をすっかりかたづけてしまわないかぎり、自分としてはどうにも心が休まらない。だから、ご苦労だがどうか今夜にでも、遺言状をたずさえてノーウッドのわが家へきてくれないか。細々《こまごま》した手続きはそのとき進めてもらいたい。『そこでだ、きみ、相談だがね、それらすべてがすっかりかたづくまで、ご両親にはこの遺産相続の件、伏せておいたほうがいい。本決まりになったところで持ちだして、ちょっとびっくりさせてあげようじゃないか』――この点に関して、なぜかオールデカーさんはばかに強硬で、ぼくも必ずそのとおりにすると約束させられました。

たぶんお察しいただけるでしょうが、ホームズさん、そのときのぼくは、何事にまれ、とても氏の言うことに逆らえるような気分ではなかったわけです。なにぶん相手はぼくにとっては大の恩恵者、その恩人の望むことであれば、どんな些細なことでも忠実にやりとげたい、ただその一念でした。そこで自宅に電報を打ち、非常に重要な仕事をまかされたので、今夜はいつ帰れるかわからないと伝えたのですが、オールデカーさんはそれを見届けたうえで、では今夜九時にわが家へきて、食事をともにしてもらいたい、九時前はまだ帰宅していないかもしれないから、そう言って引き揚げました。ところが、その家というのを見つけるのに、けっこう手間どりましてね、やっとたどりついたときには、かれこれ九時半になっていました。着いてみると——」

「ちょっと待った!」ホームズが口をはさんだ。「そのとき応対に出たのは、だれです?」

「中年の女性でした——家政婦ではないかと思いますが」

「で、その女性が、向こうからあなたの名を口に出した?」

「そのとおりです」と、マクファーレン。

「なるほど。つづけてください」

マクファーレン氏は汗のにじんだひたいを拭い、やおら話を再開した。

「その女性の案内で居間に通ると、質素な夜食が用意されていました。食事を終えると、オールデカーさんはぼくをうながして寝室へ席を移しましたが、そこにはどっしりした金庫が据えられていました。その金庫の扉をひらいて、氏は山ほどの書類をとりだしてき、そのぜんぶに、ぼくらふたりでひとつひとつ目を通していったわけです。やっと仕事が終わったのは、十一時過ぎ、十二時にはまだ間があるといった刻限です。氏が言われるには、いまさら家政婦を起こしたくはないから、きみにはそこのガラス戸から出ていってもらいたい、と——その戸はずっとあけたままになっていました」

「ブラインドはおりていましたか?」ホームズが訊く。

「よく覚えていませんが、半分だけおろしてあったような気もします。ああ、そういえば、オールデカーさんがガラス戸をあけるために、そこまでひきあげたのを覚えています。出ようとして、ぼくのステッキが見あたらないのに気づきましたが、氏が言われるには、『なに、だいじょうぶだよ、きみ。これからはたびたび会うことになるだろうし、次回までステッキはわしがちゃんと保管しておこう』ということで。そこでぼくも失礼したわけですが、そのとき金庫はまだあけっぱなしで、書類はいくつかに分けて束ね、テーブルに積みあげてありました。もうずいぶんと遅い時刻で、とてもブラックヒースまでは帰れませんから、やむなく〈エーナリー・アームズ〉という宿に泊まることにしましたが、そういう次第ですので、朝になってこの恐ろしい事件のことを新聞で読むまで、それ以上のことはなにも知らずにいたのです」

ここまでの話のあいだ、眉を二度、三度とつりあげながら聞いていたレストレードが、ここで切りだした。「いかがです、ホームズさん、ほかになにか訊いておきたいことでもありますか?」

「いや、なさそうだね、あとでブラックヒースへ行ってみるまでは」

「ノーウッドへ、ってことでしょう?」レストレードが訊きかえす。

「ああ、そう、そうさ。むろんそのつもりだったんだ」ホームズは謎めいた微笑を浮かべながら答えた。レストレードもこれまでの経験から、この剃刀のように鋭利な頭脳が、自分には思いも及ばぬ地平をずばりと切りひらいてしまうことがありうる、そのことを（たぶん本人は認めたがらないだろうが）よく心得ているので、そう言うホームズのようすを、どこか物問いたげに見つめた。

それから言った。「シャーロック・ホームズさん、あとでちょっとお話があります。それではマクファーレンさん、出口で巡査がふたり待ってますし、四輪辻馬車《フォーホイーラー》も用意させてありますから」打ちひしがれた青年はしおしおと立ちあがると、最後に一目、訴えかけるようなまなざしを私たちに向け、それから部屋を出ていった。巡査ふたりが彼を馬車まで連れていったが、レストレードだけはあとに残った。

ホームズはこのかんに遺言状の草稿だという紙束をとりあげ、強い関心を示す目でそれらをながめていた。

「ねえレストレード、この書類にはなかなか興味ぶかい点がいくつか見られるよ。そう思わないか？」そう言って、紙束を向こうに押しやる。

レストレードは当惑顔でそれらに目を通した。

「読めるのは最初の二、三行と、二ページめのまんなかへん、それに最後の一行か二行だけですね。その部分だけは、印刷したみたいに文字がはっきりしてる。しかし、それらの中間の部分は、えらく筆跡が乱れてるし、三ヵ所ばかり、まるきり読めない箇所もあります」

「で、きみはそれをどう解釈する？」ホームズが訊く。

「あなたはどう解釈されるんです？」

「ぼくならこう言うね、これらは列車のなかで書かれた、と。筆跡のきれいな部分は駅に停車ちゅうに書かれたところ、乱れている部分は走行ちゅうに、そして読めないほどひどい部分は、ポイント通過ちゅうに書かれたことを示している。鉄道事情に詳しい専門家なら、即座にこう断定するだろう――これらが書かれた場所は、近郊線のどれかである、大都市のすぐ近くでなければ、これほどポイントとポイントの間隔が詰まっている箇所はありえないから、って。さらに、この男がもし乗車ちゅうずっとこの草稿をしたためることにかかりきりだったとすれば、乗っていたのは急行、ノーウッドとロンドン・ブリッジ駅とのあいだでは、一駅しか停車しなかった、そうも言えるね」

レストレードは笑いだした。

「いやはや、ホームズさん、あなたがご高説をたれはじめると、とてもわたしにはついていけない。いま言われたようなことが、どこでどうこの事件にかかわってくるんです？」

「たとえばの話、ジョーナス・オールデカーがきのう列車のなかでこの草稿をしたためたという点、そこのところまでは、あのマクファーレン君の陳述が裏づけられることになるわけだ。だがあらためて考えると、おかしな話じゃないか――いくら草稿だからって、遺言状みたいな重要書類を、そんないいかげんなやりかたでしたためるなんて。要するに、これが示唆しているのは、ご本人はこの書類が、いずれ実質的な重要性を持ってくるとは考えていなかった、ということにほかならない。はじめからその遺言に実効性を持たせるつもりなどまるきりなければ、あるいはこういう書きかたをするかもしれないけどね」

「なるほど。ともあれそうすることで、同時に自分で自分に死を宣告していたってわけだ」レストレードが言った。

「おや、きみはそう思うのかね？」

「あなたは思わないんですか？」

「そうだね、たしかにそうとも考えられる。しかしぼくから見ると、この事件にはまだはっきりしない点がないでもないんだ」

「はっきりしない点？　おやおや、これがはっきりしてなければ、なにがはっきりしてるって言えるんです？　ここにひとりの若い男がいて、ある年配の人物が死ねば、自分が大きな財産を相続できる、ととつぜん知らされる。そこで彼はどうするか。ほかのものには一言ももらさず、自分ひとりなにか口実をつくって、その晩のうちに依頼人の家へ出かけてゆく。依頼人以外のただひとりの住人が寝てしまうのを待って、ふたりきりの部屋のなかで依頼人を殺害、遺体を材木の山に隠して、火をつけ、自分は逃走して、近くの宿に泊まる。室内に残る血痕はごく薄いものだし、ステッキに付着した分も同様。ひょっとすると本人は、まったく血を流さずに殺人をやりとげたと思いこんで、遺体さえ焼いてしまえば、死因がわからなくなるとでも考えたのかもしれない――殺害法がわかると、それがなんらかの理由で自分に結びつくおそれもありますからね。どうです、なにもかもはっきりしてるじゃないですか」

「それがね、レストレード君、ぼくに言わせれば、ちとはっきりしすぎてるのさ」ホームズは答えた。「きみはいろいろすぐれた才能をお持ちだが、そのなかに想像力は含まれていないようだ。かりに、ほんの一瞬でもいい、きみの言うその青年の立場に身を置いてみれば、そういう遺言のつくられたまさにその晩を、殺人というだいそれた犯罪をやってのける日として選ぶだろうか。遺言状作成と、殺人と、このふたつの出来事がそんなにもたてつづけに起きるとなると、あまりにも怪しく思われるときみは考えないか？　さらに言えば、自分が現場の家にいたことが知られているとき、使用人に請じ入れられたことがはっきりしているとき、そんなときをわざわざ犯行の日として選ぶだろうかね？　まだあるぞ――きみは苦労して遺体を隠しておきながら、犯人は自分ですといわんばかりに、ステッキを現場に置いてきたりするかね？　さあレストレード、正直に言いたまえ――いま指摘したようなことは、どれも、きみにはとうてい考えられないことばかりかね？」

「ひとつだけ、ステッキについて言いますとね、ホームズさん――犯罪者ってのはしばしばあわてるものでして、冷静なものならとてもやらないようなことをついやってしまう。このことはあなただってわたし同様、よくご存じのはずです。おそらく彼はこわかったんですよ、現場の部屋にまたもどるのが。ほかにもまだありますか、判明している事実に矛盾なく適合するような仮説が？　あったらうかがいましょう」

「あるとも、半ダースくらいならわけなく並べられるさ」ホームズは言いかえした。「たとえば、こういうのはどうだろう――じゅうぶんありうることだし、あんがい実際にもあったことかもしれない。なんなら、無料で提供するよ。老人が書類をひろげていて、それは見たところ相当な値打ちがありそうだ。通りがかりの浮浪者が、ガラス戸ごしにそれを見る――ブラインドは半分おろされているだけだからね。かくして、事務弁護士は退場。浮浪者登場！　その場にステッキがあるのに気づき、それをつかんで、オールデカーを殺害。それから遺体を焼却し、然《しか》るのちに逃走する」

「浮浪者がなんで遺体を焼却しなきゃならんのです？」

「それを言うなら、マクファーレンだって、なんでそうしなきゃならないんだ？」

「なんらかの証拠を隠すためですよ」

「浮浪者だって、かりにも殺人があったという事実を隠したかったかもしれない」

「だいいち、浮浪者だったら、なぜなにひとつ盗んでいかなかったんです？」

「なぜなら、簡単に換金できるような書類じゃなかったからさ」

レストレードはやれやれといわんばかりに首をふってみせたが、それでも私の目には、いまではほど自信満々の態度ではなくなっているように見えた。

「わかりました、シャーロック・ホームズさん、ならばあなたは、その浮浪者とやらを探してください。そのかんわれわれのほうは、さっきの若いのをがっちりおさえておきますから。どっちが正しいかは、いずれわかるでしょう。ただしホームズさん、この点だけは頭に入れといてください──われわれの知るかぎりにおいて、書類はなにひとつ盗まれてはいないということ。そしてもうひとつ、われわれの容疑者こそはこの世でただひとり、それを盗みだす理由を持たない人間だということ。なぜなら彼はれっきとした法定相続人であり、どのみちそれらは彼のものになるんですから」

この当を得た指摘には、さすがのわが友人も虚を衝かれたようすだった。

「ぼくだって、べつに否定する気はないさ——証拠面から見て、いくつかの点できみの説のほうがよほど強力だということはね」と言う。「ただぼくとしては、ほかの見かたにも可能性はないじゃないってこと、それを指摘したかっただけさ。いずれにしろ、きみも言うとおり、事の正否はいずれわかるだろう。じゃあまた。たぶんきょうのうちにはぼくも、一度ノーウッドに立ち寄って、そっちの進展ぐあいを見せてもらうことになると思うよ」

警部が立ち去ってしまうと、友人は勢いよく立ちあがり、てきぱきと行動を起こす準備を始めた。やっと気に入った仕事が見つかったといわんばかりの、いそいそした態度だ。

あわただしくフロックコートに手を通しながら、「ぼくがどこからとりかかるべきかといえばだ、ワトスン、さっきも言ったように、まずブラックヒース方面からってことになるだろうね」と言う。

「なぜノーウッドからじゃないんだい？」

「なぜならばだ、この事件においては、ある非常に特異な出来事があったあと、すぐそれに踵《きびす》を接して、べつの非常に特異な出来事が起きているからさ。だのに警察は、そのうちの二番めのほうにだけ精力を集中するという誤りを犯している——というのも、たまたま二番めのほうが、現実に犯罪事件になってしまったからだ。だがぼくの目から見れば、この事件を解明するためには、まず最初の出来事のほうに多少の光をあててやることから始めなきゃいけない。最初の出来事とはすなわち、あの奇妙な遺言状がつくられたことだ——あんなにもとつぜん、しかもおよそ予想外の人物を相続人に仕立ててつくられた遺言。こちらに光をあててみれば、その後に起きた出来事のほうにも、もっとすっきりした筋道が見えてくるかもしれん。いや、ワトスン、せっかくだが、今回はきみの手を借りるまでもない。危険な目にあうおそれもないんだし――そうでなければ、なんでぼくがきみの同行をもとめず、ひょこひょこ出かけたりするものか。夕方もどってくるころには、きみにもいい報告ができるようになってるはずだ――ああしてぼくのふところにとびこんできてくれたあの不幸な青年のために、微力ながら力になれるかもしれないという報告がね」

友人がもどってきたのは、ずいぶん遅くなってからだったが、一目見て私には、そのげっそりした暗い面持ちから、出かけたときの壮大な意気込みが裏切られたのだとわかった。それから一時間の余も、彼は漫然とバイオリンをかきならして、胸のうちの苛立《いらだ》ちを静めようとしているようだったが、そのうちやっと楽器をほうりだすと、ぶちまけるような勢いで自分の失敗の一部始終を語りはじめた。

「なにもかもうまくいかなかったよ、ワトスン――どの点をとっても、まずいことこのうえなしだ。レストレードの前では強がってみせてたが、今度ばかりは、正直なところ、やっこさんのほうが正しくて、こっちがまちがってるんじゃないかってな気がしてきた。ぼくの勘はこぞっていっぽうをさしてるんだが、事実はこぞって逆の方向をさしてる。残念ながらわが英国の陪審員諸君は、レストレードの並べてみせる事実よりも、空論としか思えないぼくの説のほうに重きをおいてくれるほど、知的に成熟しているとは言いがたいしね」

「で、ブラックヒースには行ったのか？」

「行ったよ、ワトスン。ちゃんと行ってきたし、行って、たちどころにつかんでもきた――いまは亡きオールデカーなる人物が、あれでなかなかのワルだったってことをね。依頼人の父親は、息子の行方を探しに出かけて留守だったが、母親のほうは家にいた――小柄で、ふわふわした感じの、青い目の女性だが、これが懸念と憤《いきどお》りにおののいている。むろん、息子が罪を犯したことなど認めるはずもなく、その可能性すら頭から否定した。そのくせ、オールデカーの死んだことについては、驚きもしないし、お気の毒とも言わない。それどころか、故人のことをかなり強い調子でこきおろすので、これではむしろ息子を有罪とする警察の言い分を、知らずしらずのうちに補強することになりはしないかって、こっちがやきもきしたほどさ。だってそうだろう――母親があの調子で故人のことをしゃべるのを聞かされてれば、息子にもある先入観が生まれ、それが彼を憎悪と暴力へと駆りたてることもないとは言えないじゃないか。

『あの男はね、人間じゃありません、猿ですよ――性悪で、狡猾《こうかつ》な猿。しかもそれはずっとむかしからそうだったんです、まだ若い時分から、ずっと』と、これが母親の言《い》い種《ぐさ》さ。

『じゃあ、そのころから彼をご存じだったんですね？』ぼくは訊いてみた。

『ええ、よく知ってましたよ。じつをいうとね、あたしに求婚したこともあるんです。さいわいあたしにも、それを断わって、あの男よりも貧乏だけど、もっと善良なひとと結婚するだけの分別がありましたけどね。それでも一時はあの男と婚約してたんですけど、そのうち、あるショッキングなうわさを聞きましてね――あの男がわざわざ猫を鳥小屋へ連れてって、そこで放したっていうんですけど、それを聞いてあたし、すっかりふるえあがりまして、とてもこんな残酷な男とはつきあいきれない、そう思ったわけです』そこで彼女はひとしきり箪笥《たんす》の引き出しをかきまわしていたが、やがて一枚の写真をとりだしてみせた。女性の写真なんだが、それがナイフでめちゃめちゃに傷つけられ、切り裂かれている。『あたしの写真です。結婚式の朝、あの男がわざわざこんなふうにして、呪詛《じゅそ》の文句までつけて送りつけてきたんです』

『なるほど、よくわかりました』ぼくは言った。『しかし、すくなくともいまは、もう奥さんを許してるんじゃないですか？——ご子息に全財産を譲ろうというのですから』

『とんでもない、息子にしろあたしにしろ、あのジョーナス・オールデカーからなんか、本人の生き死ににかかわらず、鐚一文《びたいちもん》もらおうとは思いません』叫びたてるように、激しく言いつのる。『よろしいですかホームズさん、天にはすべてをみそなわす神様がおいでです。その神様が、あのよこしまな男に罰をお与えになった。いずれそのおなじ神様が、息子の手は血で汚れてなどいないということ、それをはっきり証拠だててくださるでしょう』

とまあこんなわけで、そのあと二度三度と鎌をかけてみたんだが、こっちの仮説の裏づけになりそうな証言は、なにひとつひきだせない。どころか、いくつかの点では、むしろ不利な答えさえ出てくる。そこでぼくもようやくあきらめて、つぎにノーウッドへ向かった。

この〈ディープ・ディーン・ハウス〉というのは、これみよがしに派手な煉瓦を使った、大きくてモダンな別荘ふうの建物で、敷地のかなり奥まったところに建てられ、前庭の芝生には月桂樹の茂みがある。火災の現場となった貯木場は、右手奥の、道路からはやや離れたところに位置している。このノートに簡単な見取り図を描いてきた。左手のこの開き戸をあけたところが、オールデカーの部屋だ。道路からのぞきこめることがわかるだろう。この点だけが、きょう唯一の、まあ収穫といえば収穫だね。レストレードはいなかったが、部下の巡査部長が案内役を買って出てくれた。ちょうど、すごい宝物の山を掘りあてたところでね。きょうの午前ちゅういっぱいかかって、燃えた材木の山をかきまわしてたら、黒焦げになった生体組織のほかに、変色した小さな金属の円盤がいくつか見つかったってわけだ。ぼくも念入りに調べさせてもらったが、それがズボンのボタンだってことは議論の余地がない。そのうちの一個に、〝ハイアムズ〟という刻印があるのさえぼくは見つけた――オールデカーの行きつけの仕立屋の名だ。つぎに芝生も入念に調べてみた。なにかのしるしとか痕跡が見つからないかと思ったんだが、このところの好天つづきで、なにもかも鉄板みたいにかちかちになってる。ただひとつ見つかったのが、人体もしくはなにかの包みをひきずったような跡で、これが低いイボタノキの生け垣を抜けて、燃えた材木の山まで、一直線につづいている。すべてが警察側の見解に合致することは言うまでもない。ぼくはじりじり照りつける八月の日ざしを背中に浴びながら、それでも辛抱づよく芝生を這いまわって過ごしたが、一時間ほどであきらめるまで、とうとうなにひとつ得られずに終わった。

でまあ、この失敗のあとは、寝室へまわって、そこもじっくり調べた。血痕というのはごく薄いもので、ただのしみか汚れなどと見分けがつかないくらいだが、それでも、新しいものであることはまちがいない。ステッキはもうかたづけられていたが、それに付着していた血痕も、ごく薄いものだったという。またそのステッキがわれわれの依頼人のものだということ、これも疑いない。本人がそれを認めてる。絨毯からは、主人と客と、双方の靴跡は検出できたものの、第三者のものは見あたらず、これもまた敵方の得点だ。向こうは着々と得点を重ねてるのに、こっちは立ち往生したままということになる。

それでもひとつだけ、かすかに希望の光がさしたこともあった——だがこれも、結局はこれという成果には結びつかずに終わった。金庫の中身も調べてみた——その大半は金庫からとりだされて、テーブルに置かれたままになっていた。証書類はいくつかに分けて封筒に入れ、それぞれ封印がほどこされていたが、なかのひとつかふたつは警察の手で開封されていた。ぼくの見たかぎりでは、どれもたいして値打ちのあるものじゃなかったし、銀行の通帳からも、オールデカー氏がそれほど裕福な暮らしをしていると思わせるものは見つからなかった。しかしだ、ぼくにはなんとなく書類がここにあるだけでぜんぶだとは思えなかった。ほかにもなんらかの証書が——それもおそらくは一段と値打ちのあるものが——あるはずだ、そんな印象が拭いきれないんだ。だが、そういうものはなにも見つからなかった。このことは言うまでもなく、かりにその紛失がはっきり証明できさえすれば、レストレードの論を逆手にとって、やっこさんにぎゃふんと言わせてやれる材料にはなる——だってそうだろう、いずれは自分が相続するとわかっているものを、わざわざ盗みだすばかがどこにいるものか。

で、ほかにも脈のありそうなところを洗いざらいひっくりかえしてみたり、さぐってみたりしたあげくに、ついに最後の手段、家政婦攻略にとりかかることにした。レキシントン夫人という名なんだが、これが小柄で、色が浅黒く、無口なくせして、目だけは猜疑心もあらわに、横目でひとを睨むという女だ。その気になれば、なにか言うことがありそうなんだが――あるにちがいないんだが――これが牡蠣《かき》みたいに口がかたい。はあ、わたくしが九時半にマクファーレンさんをお通ししました。そうする前に、いっそこの手が萎えてしまえばよかったと、いまとなってはそう思いますよ。わたくしは十時半には寝室にひきとりました。部屋は家の反対側の端にあたりますので、なにかあったとしても、とても聞こえません。たしかマクファーレンさんは、お帽子と、そして――思いだせますかぎりでは――ステッキとを、玄関ホールに置いてゆかれたと存じます。目がさめましたのは、火事であたりが騒がしくなったからでした。おかわいそうに、あのおやさしい旦那様は、きっと殺されなすったのに相違ございません。敵があったかとおっしゃいますか？　そりゃね、敵はだれにでもあるものでしょうし、ただオールデカー様は、もともとあまりひとづきあいがお好きでなく、たまにお会いになるのも、お仕事の関係のかただけにかぎられていましたから。はあ、そのボタンなら見せられました――ゆうべ旦那様がお召しになっていた服のものにまちがいございません。あの材木の山は、あいにくもう一カ月も雨が降っていないものですから、ひどく乾ききっていました。まるで火口《ほくち》みたいに燃えて、わたくしが駆けつけましたときには、炎のほか、なにも目にはいりませんでした。わたくしだけでなく、消防士のひとたちも、みんな肉の焼けるにおいは嗅いでいます。いえ、書類のことはなにも存じません――旦那様のそういう個人的な面は、なにひとつ存じあげないのです。

というわけなんだ、ワトスン——以上がぼくの失敗の記録さ。しかしだ——しかしだよ——」

と、痩せた手を発作的に握りしめつつホームズは断言した。「ぼくにはあれがすべて嘘っぱちだとわかってるんだ。直感がそう語ってる。なにかまだ表には出てきていないものがあって、それをあの家政婦は知ってるはずなんだ。むっつりしていながら、そのくせ不貞腐《ふてくさ》れた目つきをしてるんだが、こういうのは、心にやましいことを隠し持ってる証拠さ。まあどっちにしろ、ここでこれ以上そのことをぐだぐだ言ってても始まらないけどね、ワトスン。ただ、この先なにか思いがけない幸運にでも出くわさないかぎり、この〈ノーウッドの失踪事件〉は、これまでぼくらの成功談を綴《つづ》ってきた事件記録には加えられまいし、辛抱づよい読書大衆も、将来これを読まされるはめにはならないだろうってことだ」

「よもや」と、私は言った。「あの青年の外見が、陪審員の心証をおおいによくする、なんてことはないだろうね？」

「だめだめワトスン、そういう考えかたは危険だぞ。思いだしてみたまえ、バート・スティーヴンズというあのおそるべき殺人鬼を——八七年に、冤罪を訴えてぼくらを頼ってきたやつだが、見た目はまるでおとなしい、日曜学校育ちの青年、という感じだったじゃないか」

「ああ、そういえば、たしかに」

「ぼくらの力で、事件の経緯を説明するなにかべつの見かたを提示できないかぎり、あの青年は終わりだ。彼を有罪とする警察側の言い分には、いまのところほとんど難点は見つからないし、しかも、深く事情をさぐればさぐるほど、ますます彼には不利になってくる。ところで、ぼくが調べてみた書類のことだが、それにひとつだけ妙な点があり、あるいはこれが、こっちの調査の出発点になってくれるかもしれない。銀行の通帳に目を通してみると、残高はすくないのに、去年そこからコーネリアス氏なる人物に高額の小切手が何度か振りだされていて、そのせいで残高が減っているということがわかった。率直に言って、このコーネリアス氏が何者なのか、ぼくはおおいに興味をそそられるね――なにしろ、隠退した建築業者が、これほど大きな取り引きをしてる相手なんだよ。ひょっとして、この人物が事件に一役買っているということは考えられないだろうか。コーネリアスはあるいは株の仲買人なのかもしれないが、それにしても、数次にわたるこれだけ高額の支払いに対応する書類がなにひとつ見つからない。ほかの線がことごとくつぶれた以上、いまやぼくにできるのは、銀行へ行って、これらの小切手を現金化した人物について調べてみることだけなんだが、しかしね、きみ、どうも今回の事件にかぎり、レストレードがわれわれの依頼人を絞首台に送り、スコットランドヤードの全面的勝利に終わるという、ぼくらにとっては不面目な結果に終わりそうな気がしてならないよ」

その晩、シャーロック・ホームズがいくらかでも睡眠をとったかどうかは知らない。だが、朝食の席へ降りていってみると、見るからに青ざめて、やつれきったようす、眼光鋭い目のまわりにはくままでできていて、目をいっそうぎらつかせてみせている。椅子のまわりのカーペットには、煙草の吸い殻や、朝刊の早版が散乱し、テーブルには、封を切った電報が一通。

「やあワトスン、きみはこれをどう思う?」そう言って、彼は電報をほうってよこした。

ノーウッドから打ったもので、文面は以下のとおり――

重要ナ新事実ガ出現。まくふぁーれんノ有罪ハモハヤ動カズ。手ヲヒカレルヨウ勧告スル——れすとれーど。

「こりゃたいへんじゃないか」私は言った。

「これはね、レストレードのけちな凱歌なのさ」ホームズは苦い笑みを浮かべて答える。「しかしだ、事件をあきらめるのはまだ早い。なんてったって、〝重要な新事実〟というのは、とかく諸刃の剣だからね。レストレードが考えてるのとは、まるきり逆向きに斬りこんでくることだってじゅうぶんありうるんだ。まあ朝食を終えたまえ、ワトスン。そのあと、ふたりして出かけて、なにか打つ手はないかどうかを調べてみることにしよう。きょうばかりはきみの同行と、きみの精神的な助けが必要だという気がするんだ」

友人は自らは朝食を口にしなかった。極度に緊張すると、食物はいっさい口にしなくなるというのが、この人物の特異な性癖のひとつで、あるときなど、鉄のごときおのれの体力を過信したあげく、純然たる栄養不足のために失神してしまったことさえあるくらいだ。「いまは食べ物の消化のために使えるエネルギーも神経もないんだ」というのが、医師としての私の忠告にたいするお定まりの台詞《せりふ》である。だから、この朝も彼が食事には手をつけぬままに食卓を立ち、私とともにノーウッドに出かけることになっても、私はべつに驚かなかった。行ってみると、物見高くも悪趣味な野次馬が、朝っぱらから〈ディープ・ディーン・ハウス〉

をとりまいている。先述したとおりの別荘ふうなその郊外住宅の門をはいると、そこでレストレードがわれわれを出迎えたが、勝利に酔ってその面《おもて》は上気し、態度もまたあからさまに得々としている。

「やあやあホームズさん、われわれがまちがっていると証明できましたかな？　お説にあった浮浪者とやらはつかまりましたか？」のっけからそう浴びせかけてくる。

「こっちはまだなんの結論もくだしていないよ」私の連れは答える。

「ところがこっちはきのう早くも結論をくだし、いまではそれが正しいことも証明できています。ですから、今度ばかりはわれわれのほうがほんのわずか先んじたと、それを認めていただきたいものですな、ホームズさん」

「たしかにきみの顔を拝見すると、なにやらとてつもなく珍しいことが起きたみたいに見えるね」ホームズがやりかえす。

レストレードは声をあげて笑った。

「負けて悔しいのは、あなたもわれわれ凡百の男どもと変わらないらしい」と言う。「要は、人間いつでも思いどおりになるとはかぎらない、ってことですよ――そうでしょう、ワトスン先生？　それではおふたりとも、こちらへどうぞ――ジョン・ヘクター・マクファーレンこそがこの事件の下手人であると、もはや議論の余地なく納得させてあげますから」

彼は先に立って廊下を進み、奥の暗いホールにはいった。

「殺しをやってのけたあと、マクファーレンの若いのは、このホールへ帽子をとりにきたはずです。というところで、さあ、ここを見てください！」芝居がかった身ぶりでだしぬけにマッチをする。と、その明かりで白い漆喰《しっくい》の壁面に浮かびあがったのは、一個の血のしみ。警部がさらにマッチを近づけると、それがただのしみではないことが私にもわかってきた。くっきり刻印された親指の指紋。

「いつもの拡大鏡でごらんになってください、ホームズさん」

「ああ、そうしてるところだよ」

「おなじ親指の指紋がふたつと存在しないこと、これはご存じですね？」

「そういう話だね」

「さて、それでは、この指の跡と、こちらの蠟《ろう》にとった跡とを見くらべてみてください――この蠟のやつは、けさわたしが命じてとらせたマクファーレンの右の親指のものです」

蠟に印《いん》された指紋を、壁の血のしみのそばにさしつけてみせる。ふたつがまごうことなく同一のものであることは、拡大鏡などなくてもわかることだ。私たちの不幸な依頼人の命運がもはや尽きたという、これは明白な証拠だった。

「決定的です」と、レストレード。

「ああ、決定的だ」私も思わず同調した。

「そう、決定的だね」と、ホームズも言う。

その口調のなにかが気になって、私はふりかえって友人を見た。その面《おもて》には、驚くべき変化があらわれていた。身内からこみあげてくる喜び、そのために表情がぴくぴくひきつっている。

双眸《そうぼう》は星のように輝いている。私の目にはなんとなく、いまにも爆発しそうな笑いの発作を、非常な努力でかろうじておさえこんでいるようにも見える。

やがてようやく口をひらいて言うことには、「いやはや、驚いた！　驚いたね！　実際、いまごろこんなものが出てくるとは。それにしても、見かけというのはあてにならない！　見た目はあんなに善良そうな青年なのに！　独り合点で物事を判断しちゃいけないという、これはりっぱな教訓になる――そうじゃないか、レストレード？」

「まあね、それでついついいい気になりすぎるという、そういうやからも世のなかにはままいますからねえ、ホームズさん」と、レストレード。いまやこの男の尊大さは我慢がならないほどだったが、さりとて、怒るわけにもいかない。

「それにしても、あの青年が帽子掛けから帽子をとろうとして、右手の親指を壁に押しつけるなんて、なんとも僥倖《ぎょうこう》としか言いようがないね！　考えてみれば、いたって自然な動作でもあるわけだが」うわべこそ平静をよそおっているが、こうしたやりとりのあいだも、ホームズはなにやら押し殺した興奮に身をよじらせている感じだ。「ついでだけどレストレード、このすばらしい発見をした人物、どこのだれだい？」

「家政婦ですよ、レキシントン夫人です。彼女が見つけて、夜番の巡査に教えたんです」

「その巡査はどこにいたんだね？」

「そのときはまだ犯罪現場となった寝室で、警戒にあたっていました――現場の保存に遺漏があってはいけませんから」

「だけど、どうしてきのうの捜索で、これが警察に見つからなかったんだろうな?」

「まあ正直な話、ホールをとくに注意して調べる理由もありませんでしたから。それにごらんのとおり、さほど目につきやすい場所でもないですし」

「そう、いかにもおっしゃるとおりだ。ところで、このしみがずっとここにあったこと、ぜったい確かなんだろうね?」

気でも狂ったかと言いたげに、レストレードはホームズを凝視した。白状すると、私自身、ホームズのどこやら浮かれた調子と、いまの突拍子もない台詞にはあきれたほどだ。

「まさかあのマクファーレンが真夜中に留置場から抜けだしてきて、自分に不利な証拠をいっそう補強しようとした、なんて思っておいでじゃないでしょうな?」レストレードは言いかえした。「あれがやっこさんの親指の跡であるかないか、どんな専門家に訊いてもらってもいいですよ」

「いや、あれが彼の指の跡であることは疑いないさ」

「だったら、話は決まりでしょう」レストレードはきっぱり言う。「これでもわたしは実際的な人間でしてね、証拠をつかめば、おのずと結論は出せます。さて、まだなにか言い分がおありでしたら、わたしは居間で報告書を書いておりますから」

ホームズはすでにいつもの冷静さをとりもどしていたが、それでもまだその表情には、おさえこんだ笑いの名残がちらついているようだった。

「いやまったく、ずいぶん面倒な展開になってきたもんだ、そうじゃないか、ワトスン?」と言う。「だがそれでも、いくつか尋常でない要素が残ってるし、その点でわが依頼人氏にも多少の望みがないではないんだ」

「そう聞いて、ぼくもほっとしたよ」私は真情をこめて言った。「もうお手あげなんじゃないかって、はらはらしてたところなんだ」

「いいかいワトスン、ぼくとしては、そこまで言いきるのはまだ時期尚早だと思うんだ。じつはね、レストレードのせんせいがあれほど重きを置いている例の新証拠ってやつ、あれにはひとつだけまことに重大な欠陥があるのさ」

「ほんとなのか、ホームズ？　どんな欠陥だ？」

「きのうぼくがホールを調べたときには、あんな指の跡はぜんぜんなかった――これをぼくは事実として知ってるというだけのことなんだがね。というところでだ、ワトスン、これからちょっと日ざしを浴びながら、散策としゃれようじゃないか」

　なにがなんだかわからぬままに、それでも、よみがえってきた希望にいくぶん胸のうちを明るくしながら、私は友人と肩を並べて、庭のうちを経めぐりはじめた。ホームズは建物のすべての面を順ぐりにまわっては、そのつど多大の関心をもってそのたたずまいをながめた。それから、先に立ってふたたび屋内にはいると、今度は地下室から屋根裏部屋まで、建物のあらゆる箇所を残らず見てまわった。部屋の大半は家具もない空き部屋だったが、それでもホームズはそれらを隅々まで仔細に点検した。最後に、最上階にあがり、使われていない三つの寝室の前にのびる廊下に出たところで、またもやさいぜんの笑いの発作がぶりかえしてきた。

「実際、この事件にはまことにユニークな特徴がいくつかあるよ、ワトスン」と言う。「そろそろレストレードのやっこさんにも、それを明かしてやるとしようか。さっきはぼくらをだしにして、だいぶ楽しんでくれたようだから、今度はそのぶんこっちがお返しをしてやれるかもしれん。ぼくのこの事件にたいする〝読み〟が的中していると証明できればだが、さて、どこからそれにとりかかるか――よし、決まった、それでいこう」

スコットランドヤードの警部は、いまなお客間で書き物に余念がなかったが、それをホームズが中断させた。

「今度の事件の報告書を書いてるんだね？」と訊く。

「そのとおりです」

「ちょっと気が早すぎる気がするんだが。きみのとりそろえた証拠というのが、いまひとつ万全ではないと思わざるを得ないんだよ」

レストレードもさすがにホームズという人物がわかってきているから、この言葉を無下《むげ》に聞き流すことはせず、ペンを置くと、物問いたげにわが友人を見かえした。

「というと、どういうことです、ホームズさん？」

「なに、きみのまだ会っていない重要証人が、ひとり残っているということだよ」

「その証人を連れてこられますか？」

「ああ、こられると思う」

「なら、そうしてください」

「できるだけやってみよう。いま、きみの部下は何人いる？」

「呼べば聞こえるところに、三人はいますよ」

「ありがたい！　ところでその連中、大柄で、体力があって、声も大きいかね？」

「その点は請けあいます——ただ、声が大きいことがこれにどういう関係があるのかはわかりかねますが」

「わかってもらえるように、ぼくがお手伝いするさ——その点と、ほかに二、三の点についてもね」ホームズは答えた。「では、その部下たちを呼んでもらおうか——なんとかやってみるから」

　五分後、三人の制服警官がホールに集合した。

「別棟の納屋に、藁がたくさんあるはずだが」と、ホームズは言った。「それを二かかえばかり持ってきてくれないか。ぼくの必要とする証人を呼びだすのに、それがおおいに役に立つはずなんでね。やあ、ありがとう、ご苦労さま。ところでワトスン、きみ、ポケットにマッチがあるだろう。よし、ではレストレード君、それとほかの諸君もみんな、いっしょに最上階の踊り場まできてくれませんか」

　先に述べたように、そこには幅の広い廊下があって、三つの空き部屋の前を通ってのびている。シャーロック・ホームズの指示で、私たちは全員その廊下のいっぽうの端に集まった。巡査たちはにやにやしているし、レストレードはレストレードで、驚きと、期待と、あざけりの色とをこもごもその面《おもて》にちらつかせながら、私の友人をじっと睨みつけている。ホームズは帽子から鳩をとりだそうとする手品師よろしく、私たちの前に立った。

「レストレード君、お手数だがだれかに水をバケツに二杯、汲んでこさせてください。藁の束はここに、両側の壁からじゅうぶん離して置いて。さて、これで準備はすっかりととのったようだな」

レストレードの顔面が、徐々に赤く染まり、怒りの色があらわになってきた。

「あなたがなにをたくらんでおいでなのか知りませんがね、シャーロック・ホームズさん。それでもなにかわかってることがあるのなら、こんな茶番は抜きにして、さっさと出して見せたらどうです」

「言っとくけどね、レストレード君、ぼくのやることには何事によらず、必ずれっきとした理由があるのさ。さっき、そっちの旗色がいくらかよさそうだったとき、少々ぼくをからかってくれたのは覚えてるだろう。だからいまは、ぼくがすこしばかり勿体《もったい》をつけたって、文句をたれるのは我慢してもらわないとね。ワトスン、すまないがそこの窓をあけて、それから藁束の端にきみのマッチで火をつけてくれないか」

言われたとおりにすると、あけた窓からの風にあおられて、灰色の煙がうずまきつつ廊下づたいに流れだし、いっぽう乾ききった藁は、ぱちぱちと音をたてて燃えあがった。

「さて、レストレード君、きみのために問題の証人を見つけだしてあげられるかどうか、ひとつやってみようじゃないか。みんな、いっしょに声を合わせて、『火事だ!』と叫んでもらえるかな？　そら、一、二の三――」

「火事だ！」私たちはいっせいに叫んだ。

「やあありがとう。すまないが、もう一度」

「火事だ！」

「じゃあもう一度だけ、みんな声をそろえて」

「火事だ！」この叫びはおそらく、ノーウッドじゅうに響きわたったことだろう。

その響きが消えてゆくかゆかないかのうちに、ある驚くべき出来事が起こった。いまのいままで、廊下のつきあたりの壁だとばかり思っていたところに、いきなりひとつの入り口が出現したかと思うと、そこから小柄な、しなびたような男がひとり、穴からとびだす兎よろしく駆けだしてきたのだ。

「ようし、おみごと！」ホームズが落ち着きはらって言った。「ワトスン、藁に水をかけてくれ。うん、そんなところでよかろう！　レストレード、行方の知れなかったきみのもっとも重要な証人、ジョーナス・オールデカー氏を紹介させてもらうよ」

いきなり出現したその男を、警部は呆然として見つめた。男のほうは、廊下の明るさに目をしばたたきつつ立ちすくみ、ついで、その目をすがめて、われわれ一同と、くすぶる藁の束を透かし見ようとしている。なんとも醜悪な、胸の悪くなるような顔だ——狡猾そうな、まがまがしい、悪意に満ちた顔、きょときょとと落ち着きのない、薄い灰色の目、まつげまでが白い。

ややあって、ようやく立ちなおったレストレードが言った。「じゃあ、これまでの騒ぎはなんだったんだ！　いままでいったいなにをしてたんだ、あんたは！　ええ？」

オールデカーは、顔を真っ赤にして怒っている警部の剣幕にあとずさりしつつも、ばつの悪そうな笑みを浮かべてみせた。

「なにも悪いことはしてませんぜ」

「なにも悪いことはしてない？　してるじゃないか――無実の男を絞首台に送ろうと、さんざん術策を弄してるだろうが。もしもここにおいでのこのかたがおられなかったら、その目論見はまんまと図に当たってたかもしれんのだぞ」

するとなさけないことに、そいつはぐすぐすと鼻を鳴らして訴えはじめた。

「いや、ほんとなんです、ほんとにただの冗談のつもりだったんで」

「くそ！　冗談ですむ話か、ええ？　自分の身に置き換えてみろ、笑い事じゃないぞ。おい、こいつを階下へ連れてって、おれが降りていくまで、居間にとじこめておけ」一同がいなくなると、やおら警部は向きなおって、つづけた。「ホームズさん、部下の前では言えませんでしたが、いまははっきり申します――ワトスン先生になら、聞かれてもかまいませんから。いや、たいしたお手並みでした。これまでのあなたのお手柄のうちでも、とびきりめざましいものでしたよ――もっとも、どうしてああいう結論になったのか、わたしにはいまだに見当もつきませんが。ともあれ、おかげで無実の男の命が救われ、とんでもないスキャンダルが未然に防がれた――これがそのままになってたら、警察でのわたしの声価は地に堕ちていたでしょう」

ホームズはにっこり笑うと、ぽんとレストレードの肩をたたいた。

S. PAGET

「地に堕ちるどころか、盛名はますます高まるはずだよ。いま書いてるあの報告書、あれをほんの数ヵ所、変えるだけでいい――そうすれば、名高いレストレード警部の目をくらますのがいかにむずかしいか、だれもが肝《きも》に銘じることになるだろうから」

「すると、ご自分の名は表面には出したくないと？」

「そう、それはまったく望まない。仕事そのものがぼくには報酬なんだから。もしかすると遠い将来、ぼくの忠実な伝記作者に、ふたたび原稿用紙をひろげることをぼくが認めたら、そのときはこのぼくもまた面目をほどこすことになるかもしれないけどね――そうだろう、ワトスン？　さてと、それではあの鼠野郎がひそんでいた場所というのを、いっしょに検分するとしようか」

廊下のつきあたりから六フィートほどの位置に、木摺《ラス》りと漆喰とでできた仕切りの壁が立てられ、巧みに偽装されたドアまで設けてあった。庇《ひさし》の下に切られた細い隙間からさす光で、仕切りの内側はまずまず明るい。二、三の家具と備蓄食糧に加えて、おびただしい書物や新聞も置かれている。

「建築業者ならでは、といったところだね」ホームズがもらしたのは、連れだってそこを出たときだった。「おかげで、あのささやかな隠れ家をととのえるのにも、だれに打ち明ける必要もなかった――ただし、言うまでもなく、あの得がたい家政婦はべつにして、だが。ああ、ついでだけどレストレード、あの女も即刻、きみの獲物に加えるといいね」

「ただちにそういたします。しかしホームズさん、いったいどうしてあんな場所があることに気づかれたのですか？」

「いろいろ考えた結果、姿を消した男は、きっとまだこの家のなかに隠れている、と見きわめがついたのさ。廊下を歩測してみて、それが一階下のそれよりも、六フィートも短いとわかれば、やっこさんが隠れてる場所は一目瞭然さ。火事だと叫ぶ声を聞いて、それでもじっとひそんでいられるほど度胸のある男じゃないとも思ってたし。もちろん、こっちから踏みこんで、つかまえてやってもよかったんだが、それよりも自分から尻尾を出すように仕向けてやるほうが、ずっとおもしろい。それにね、レストレード、けさきみにあれだけからかわれたんだ。お返しに、ちょっとばかり煙《けむ》に巻いてさしあげてもよかろうじゃないか」

「なるほどね、たしかに一本とられました――これでおあいこということですな。それにしても、そもそもなんであの男が、この家のなかに隠れてると見きわめをつけられたんです？」

「例の親指の跡からさ、レストレード。きみはこれで決定的だと言った。いかにも決定的ではあったが、しかし、まったく逆の意味でだ。だって、あの指紋が前日にはなかったってこと、それをぼくは知ってるんだから。ぼくはどんなに小さな点でも、けっして軽視せず、細かく注意を払う――そのことはきみだって何度も見てきたはずだ。あのホールだって、やはりいつものように仔細に検分し、壁になんの跡もないことも確かめてあった。したがってあの指紋は、その後、夜のあいだにつけられたものだということになる」

「しかし、どうやってつけたんです？」

「いたって簡単なことさ。書類をいくつかの包みにして、それぞれに封印をしたとき、ジョーナス・オールデカーは封蠟がまだやわらかいうちに、そのひとつにマクファーレンが親指を押しつけるよう、巧みに誘導したんだ。それはごくすばやく、しかもさりげなくなされたから、おそらくあの青年自身、そのへんはなにも覚えていないだろう。あるいはまた、それが偶然に起きたことであり、オールデカー本人も、いずれそれを利用することになるなどとは、まるきり考えていなかった可能性もある。ところが、隠れ家にこもってあれこれ思案をめぐらしてるうちに、ふいに思いあたったんだ――この指紋を利用すれば、マクファーレンを罪におとしいれる動かぬ証拠になりうる、と。そこでその封蠟からべつに蠟で型をとり、ピンでつついて出した血をそれに塗りつけたうえ、夜中に自分自身でか、あるいは家政婦の手を借りて、壁に押しつけて跡を残す、これほどたやすいことはないよ。やっこさんが隠れ家に持ちこんだ書類を仔細に調べてみれば、親指の跡のある封蠟が見つかるだろうこと、これは賭けたっていい」

「すばらしい！　みごとなものだ！」レストレードは言った。「そう聞かされてみると、いっさいは水晶みたいに明晰そのものです。しかし、それはそれとして、ホームズさん、いったいあいつはなにが目的で、こんな手の込んだぺてんを仕組んだりしたんでしょうね？」

先刻までの尊大さはどこへやら、警部が手のひらを返したように、教師に質問をする小学生然とした態度をとりはじめたのは、はたから見ていてもいささか笑止だった。

「ああ、それか、それならたいして説明はむずかしくないよ。いま階下でわれわれを待っているあの紳士、あれはしんから根性のねじまがった、腹黒くて執念ぶかい人物なんだ。かつてあの男がマクファーレンの母親に求婚して、肘鉄を食らったことは知ってるだろう？　なに、知らない？　だから言ったじゃないか、ブラックヒースが先で、ノーウッドはあとだ、って。とまれ、本人はこれを自分への侮辱と考えたし、そのときの傷は、彼の奸悪《かんあく》な、謀略に長《た》けた頭のなかで、長らくうずきつづけてきた。以来ずっと、なんとか復讐してやりたいと、その一念に身を焦がしてきたんだが、あいにく機会は訪れなかった。とかくするうち、ここ一、二年のあいだに、いくつかの失敗が重なって――たぶん、秘密の投機かなにかだろうが――財政状態が悪化し、かなり追いつめられてることに気づかされた。そこで債権者をだますことを思いつき、そのためにコーネリアス氏なる人物に宛てて、何度か高額の小切手を振りだした――おそらくこの人物、オールデカーの別名だろう。これらの小切手がどうなったかはまだつきとめていないが、この別名で、どこかの田舎町の銀行にでも預けてあることはまちがいない。これまでときおりその町で二重生活を送ってきたんだが、ここでいよいよ完全に名を変え、預金をひきだしたうえで、どこかべつのところで新生活を始めようという算段だったんだろうね」

「なるほど、たしかにありうることですな」

「そうやって姿を消してしまえば、あらゆる追及をのがれられると同時に、自分がかつての恋人の独り息子の手にかかったように見せかけることで、憎んでも余りあるその女に思いきり恨みを晴らし、二度と立ちなおれないほどの打撃を与えてやることもできる、そんな画策もしたんだろう。ここまでくると、まさに芸術的だね――しかもそれを巨匠の腕前をもってやってのけた。遺言状をつくらせて、殺人の明らかな動機と見せる着想。ひそかに青年を訪れ、両親にはいっさいそれについて知らさせまいとしたこと。ステッキを隠したことや、血痕のこと。材木の山にほうりこんだ動物の死骸や服のボタン。どれをとっても、あっぱれな名人芸だよ。ほんの数時間前まで、このぼくも残念ながら逃げ道はなさそうだと思いこんでいたほどの、みごとな手ぎわだった。ただ悲しいかなこの男には、真の芸術家の稟質《ひんしつ》――つまり、どこで絵筆を擱《お》くかを心得るという資質――が欠けていた。そこで、すでに完成している作品に、さらに一筆、描き加えようとした――不幸な犠牲者の首にかかったロープを、一段ときつく締めあげようとした――そうして自ら墓穴を掘ったという次第さ。じゃあ下へ降りようか、レストレード。あとほんのひとつかふたつ、あの男に訊いてみたい点がある」

邪悪なその男は、自分自身の客間で、左右を警官にかこまれてすわっていた。

「ねえ、ほんの冗談だったんですってば。ただの悪戯《いたずら》だったんですよ、それだけなんです」言いつのりながら、なおも哀れっぽく鼻を鳴らしてみせる。「ほんとうですってば――わたしはね、この自分が姿を消したらどうなるか、その結果を見届けたかっただけなんで。誓ってあの若いのに――マクファーレン君に――災いが降りかかるのを見過ごすつもりなんかなかった。わたしがそうなるように仕組んだなんて、そりゃあんまりだ、殺生ですよ」

「それは陪審員が判断することだ」レストレードがぴしゃりと言った。「いずれにしろ、殺人未遂とはいかないまでも、謀議をめぐらしたかどであんたの身柄を預からせてもらうことにはなるだろうな」

「ついでに言うと、きみの債権者たちも、コーネリアス氏の銀行預金をさしおさえることになるだろうね」ホームズが言った。

そう聞くと、小男はぎくりとして、まがまがしい悪意のこもった目を私の友人に向けた。

「ふん、あんたにはたっぷりと礼を言わなきゃならんようだ」と言う。「まあいい、いずれこの借りは返させてもらうから」

ホームズは鷹揚な微笑をもってそれに応じた。

「この先数年は、とても忙しくてそんなひまもないだろうけどね。ああ、ついでだが、きみが古着のボタンといっしょに材木の山にほうりこんだの、あれはいったいなんだったんだ？　犬の死骸か、兎か、それとも？　ほう、言いたくないか。やれやれ、不親切なやつだな！　よかろう、しかたがない、このさい兎二羽とでもしとけば、血痕と、それから黒焦げの死骸、両方の説明にはなるだろう。ワトスン、いつかこの話を書くことになったら、きみもやはり兎あたりでまにあわせとくことだね」

ホームズは、何時間も前から黙りこくってすわっていた。痩せた背中を丸め、化学実験台の上にかがみこんで、なにやらとてつもなくいやなにおいのするものを調合するのに余念がない。胸にあごをうずめたその姿勢を私の位置から見ると、さながらなにか冴えない灰色の羽毛と、黒い羽冠とを持つ、痩せこけた怪鳥《けちょう》を見るかのごとき趣《おもむき》がある。

その彼が突如として言いだした。「するとワトスン、結局、南アフリカの株式に投資するつもりはないわけだね？」

私はとびあがるほど驚いた。ホームズの不思議な能力にはだいぶ慣れっこになっている私だが、それでもこんなふうに、心の奥底にある想念にずばりと切りこまれるとは、およそ想像を絶している。

「いったいどうしてそれがわかったんだ」私は反問した。

彼は煙の出ている試験管を手にしたまま、椅子ごとぐるりと向きなおった。深くくぼんだ目に、どこか、からかうようなきらめきがある。

「さあ、白状したまえ、ワトスン、すっかり意表をつかれた、ってね」

「ああ、そのとおりだ」

「だったら、そういう趣旨の証書にサインしてもらうとするか」

「なぜ？」

「なぜならばだ、あと五分もすればきみは、なんだ、なにもかもばかばかしいほど単純なことじゃないか、そう言いだすに決まってるからだよ」

「いや、それはない、そんなことを言うつもりはまるきりないね」

「じつはね、ワトスン」——手にしていた試験管をラックに立てた彼は、学生を前に講義を始める教授然と語りだした——「推論のひとつひとつがそれ以前のものにもとづいていて、しかもそれぞれがごく単純なものである場合、ひとつながりの推論を組みたてるというのは、けっしてむずかしいことじゃない。そのうえで、そうやって組みたてた連鎖のうちから、まんなかの部分をことごとく吹っ飛ばして、出発点になった推論および結論にあたる部分だけを提示してみせれば、だれでも——まあいくらか虚仮《こけ》おどしの気味はあるにしろ——確実に聞き手をあっと言わせるだけの効果を生みだせる。というところで、今度のこれも、きみの左手の親指と人差し指のあいだの溝に注目しさえすれば、やはりきみは、手もとのささやかな資本を南アの金鉱に投資する気はないんだな、と結論するくらいは朝飯前のことなのさ」

「と言われても、ぼくにはそのつながりが解《げ》せない」

「まあそうだろうな。しかし、すぐにわかるだろうが、そこにはひとつの密接なつながりがあるんだ。以下がこのいたって単純な連鎖の〝失われた連環《ミッシング・リンクス》〟だ。その一——ゆうべクラブから帰ってきたとき、きみの左手の人差し指と親指とのあいだには、チョークの跡があった。その二——そこにチョークの粉をつけるのは、ビリヤードのさいに、キューのすべりを防ぐためだ。その三——きみはビリヤードをサーストン以外の友達とはやらない。その四——四週間前、きみはぼくに話したことがある。サーストンが南アのさる資産にたいして優先権を保有していて、それがあと一カ月で期限切れになる。それでサーストンはその権利を、持ち合いできみにも持ってもらいたがっているのだ、と。その五——きみの小切手帳は、ぼくのこの引き出しにはいってるが、いまもってきみは、引き出しのキーを出してくれとは言わない。その六——したがってきみには、そっちのほうに資産をつぎこむ気はない」

「なんだ、ばかばかしいほど単純な推理じゃないか！」私は思わず叫んだ。

「ほら、言ったとおりだろう」ホームズはちょっぴり鼻白んだ。「どんな難問もいったんきみに種明かししてしまうと、たちまち、児戯に等しいということになっちまうんだ。ところで、ここにひとつ、とても説明のつきそうにない問題がある。きみも解読に挑戦してみたまえ、ワトスン君」そう言って、一枚の紙をテーブルにほうりだすと、ふたたび化学実験台に向きなおった。

一読して、私は唖然とした。わけのわからぬ絵文字が並んでいるだけなのだ。

「なんだ、ホームズ、これ、子供の絵じゃないか！」思わず叫んだ。

「ほう、きみにはそう見えるわけか」

「そうじゃなくて、いったいなんだというんだ！」

「それはね、ノーフォーク州は〈リドリング・ソープ荘園〉のあるじ、ヒルトン・キュービット氏も、おおいに知りたがってる謎なのさ。このちょっとした判じ物は、けさの郵便第一便で送られてきたんだが、おっつけそのご本人が、つぎの列車でここへくることになってる。と言ってるところへ、ほらワトスン、玄関のベルだ。あれがこの御仁《ごじん》であっても、いっこう意外じゃないね」

重々しい足音が階段に響いて、つぎの瞬間、ひとりの背の高い、赤ら顔の、きれいにひげを剃った紳士がはいってきた。明るく澄んだ目も、血色のよい頰も、この人物の送っている生活が、霧のベイカー街のそれとは大きくへだたっていることを物語っている。ご入来と同時に、東部海岸特有の新鮮かつ爽快、ぴりっと身の引き締まる空気までが流れこんできたかのようだ。私たちひとりひとりと握手をかわし、腰をおろそうとしたとき、客の目がいまの奇妙な図柄の描かれた紙——私がいましがた目を通して、テーブルに置いたもの——にとまった。

「これですよ、ホームズさん、いったいこれをどう思われます?」と、いきなり声を高くして言う。「あなたはこういう奇妙な謎がお好きだとかねて聞いていますが、それにしても、これほど奇妙なのははじめてなんじゃありませんか? 前もってその紙をお送りしておいたのも、わたしが到着するまでに、いくらかなりとご研究の時間がとれれば、と思ったからでして」

「たしかに、なかなか奇妙なしろものですね」ホームズは言った。「一見すると、子供の落書きかなにかとしか見えない。小さなわけのわからない人形が紙の上に並んで、ダンスをしているというだけのものですから。そこでうかがいたいのは、なぜあなたがこういうばかばかしいしろものを、多少なりとも重要視されるのかということなんですが」

「いや、ホームズさん、わたしが重要視しているわけじゃない。しているのは、妻《さい》なんです。死ぬほどこれをこわがっておりまして、表だってはなにも申しませんが、目の奥に恐怖が読みとれる。だからこそわたしとしても、徹底的にこれを究明してやらねばという気持ちにもなるわけでして」

ホームズは紙をとりあげ、日光が紙面いっぱいにあたるようにかざしてみた。手帳の一ページを破りとったものらしい。絵文字は鉛筆で描かれていて、ざっとこのようなものだ——

ホームズは長いあいだじっとその紙に目を凝らしていたが、やおらそれをていねいにたたんで、紙入れにしまいこんだ。
「ヒルトン・キュービットさん、どうもこれはきわめて興味ぶかい、尋常ならざる事件になりそうです」と言う。「お手紙のなかで、二、三の事情は説明していただいてますが、どうかそれをここにいるぼくの友人、ワトスン博士のために、あらためてはじめからくりかえしてみてもらえませんか」
「あいにくあまり話し上手ではないので」と、客は大きな、がっしりした両手を神経質に握ったり、ひらいたりしながら答えた。「わかりにくいところでもありましたら、遠慮なくそうおっしゃってください。とりあえず、去年わたしが結婚したときの経緯から始めますが、その前にまずわかっていただきたいのは、わたしはけっして金持ちではないけれども、わが一族はおよそ五世紀も前からリドリング・ソープに定着し、ノーフォークでは隠れもない名家として知られてきたということなんです。で、去年のことですが、わたしは〈ジュビリー〉[1]の祝典出席のためにロンドンへ出てきまして、ラッセル・スクエアのさる下宿屋に宿をとりました――うちの教区の牧師パーカー師が、やはりそこに滞在していたからです。おなじ宿に、アメリカ人の若い女性がいました――名はパトリック――エルシー・パトリックといいます。この女性となんとなく親しくなりまして、一カ月のロンドン滞在が終わるころには、わたしは深くこの女性を愛するようになっていました。そこで、内々に登記所で結婚式を挙げ、彼女とふたり、夫婦としてノーフォークへ帰ってきたわけです。さだめし狂気の沙汰だとでもお考えでしょうね、ホームズさん――わたしのような由緒正しい旧家の人間が、相手の過去や出自のことなどなにも知らぬままに、かくも軽々しく妻をめとるというのは。とはいえ、じかに彼女と会われて、どういう人柄の女性かを見きわめられれば、きっとあなたにも納得がいくと存じます。

しかもその点について、彼女は――エルシーは――きわめて率直でした。わたしがそうしたければ、いつでも結婚は思いとどまれるよう、事々《ことごと》に配慮してくれまして――くれなかったとは、断じて申せません。そして言うのです――『あたくし、とても不愉快な仲間とつきあっていた過去がありますの。もうそのことはなにもかも忘れてしまいたい。あまりにもいやな思い出ですので、そうした過去にはなるべく触れたくないんです。あなたが妻を迎えられるなら、その女性は人間として天下に恥じるところのない女性でなくてはならない――でも、このあたくしがその条件にかなうかどうかは、ただあたくしの言葉を信じていただくしかありませんし、あなたの妻になるまでにあたくしの身に起きた出来事についても、いっさい詮索しないでいていただきたいんです。これが無理な条件だとお考えでしたら、どうぞこのままノーフォークへお帰りになって、あたくしのことは、知りあったときの身寄りもない寂しい境遇のまま、打ち捨てておいてくださいませ』――これが彼女の言ったとおりの言葉です。言われたのは、結婚するまさにその前日のことでした。わたしはそれに答えて、そうした条件をじゅうぶん納得したうえで、なおもおまえを妻にめとるのだと言い、以来、その条件にそむいたことはありません。

さて、結婚してはや一年になりますが、そのかんわたしどもはたいへん幸福でした。それが一ヵ月前、つまり六月の末ですが、はじめてその幸福に翳《かげ》がさす気配があらわれたのです。ある日、妻のもとに一通の手紙が届きました――アメリカからです。切手がアメリカのものでした。ところが妻はそれを目にするや、たちまち死人のように真っ青になり、手紙も一読しただけで火にくべてしまいました。それっきり、そのことは一言も口に出しませんし、わたしもなにも言いません――約束は約束ですから。なのに、それからというもの、妻はいっときも心の休まるときがなくなってしまったようでした。顔にはたえず不安の色があって――なんというか、なにかを待っている、予期している、そんな感じなのです。わたしに打ち明けてくれればよかったのにと思いますよ。そうすれば、このうえなく心強い味方であることがわかってもらえたでしょうに。とはいえ、向こうから口をひらかないかぎり、わたしからはなにも言えません。念を押すようですが、ホームズさん、妻はあくまでも誠実一筋の、嘘やごまかしとは無縁な女なんです。ですから、過去になにがあったにせよ、それが妻自身の落ち度であったはずはない。わたしはいたって単純なノーフォークの田舎紳士ですが、それでも、家門の名誉を重んじる点で、このイングランドにわたしの右に出る男はいないと自負しています。妻もそれをよく心得ていまして――結婚する前から心得ていたんです。その彼女が、家名を傷つけることなどありえません――それについては絶対の確信があります。

いよいよ、ここからが奇妙な話になります。一週間ほど前――先週の火曜日ということになりますが――わたしは窓框《まどがまち》のひとつに、なにやらばかげた絵が描かれているのを見つけました。たくさんのちっぽけな人形が踊っている図で、ちょうどその紙にあるのとおなじです。チョークを使って描かれていました。てっきり厩番《うまやばん》の少年の落書きだと思ったのですが、本人は断じて知らないと申します。いずれにしろ、描かれたのは夜のうちにちがいありません。使用人に命じて拭き消させたあと、わたしはなんの気なしにそのことを妻に話しました。意外なことに、妻はそれをたいへん気にして、今度またあらわれたら、自分にもぜひ見せてほしいと言います。それから一週間はなにもありませんでしたが、きのうの朝になって、そこにあるその紙が、庭の日時計の上に置かれているのが見つかりました。エルシーに見せたところ、なんとその場で卒倒してしまったじゃないですか。以後はまるで夢のなかにいるようなあんばいで、なかばぼうっとしたまま。そのくせ、目にはたえずおびえた色が宿っている。そのときなんです、ホームズさん――わたしが思いたってあなたに手紙を書き、その紙をお送りすることにしたのは。これは警察に持ちこめるような問題じゃない――持ちこんだって、一笑に付されるだけでしょう。ですがあなたなら、なんとか相談にのってくださるかもしれない。わたしはけっして金持ちではありませんが、それでも、愛する妻をおびやかす危険があるのなら、最後の一ペニーまではたいても、彼女を護りきる覚悟でいるのです」

まことにりっぱな人物だった。古き良きイングランド精神の鑑《かがみ》とは、こういう男のことだろう――単純かつ率直で、しかも温厚、大きく、誠実そうな青い目に、幅の広い端整な顔――その面《おもて》全体に、妻への真摯《しんし》な愛情と信頼感とが輝きわたっている。この男の語る話に、ホームズはこのうえない真剣さで聞き入っていたが、話が終わってからも、しばらく無言で考えこんでいた。

それから、やおら口をひらいた。「キュービットさん、こうはお考えになりませんか――あなたのとるべき最善の途《みち》は、じかに奥さんに訴えて、どうか秘密を打ち明けてほしいと頼んでみることだ、とは？」

ヒルトン・キュービットはがっしりした頭を横にふった。

「ホームズさん、約束は約束なのです。もしエルシーに話す気があるなら、きっとそうするでしょう。もしないのなら、打ち明けるよう強制するのはわたしの本意ではない。とはいえ、わたしがわたしなりに手段を講じるのであれば、けっして不当ではないはずだし――だからそうするつもりでいるのです」

「では、ぼくも誠心誠意、お力になりましょう。まずお訊きしますが、ご近所で見慣れぬ人物を見かけたとかいう話は聞いておられませんか？」

「いえ」

「お話から想像するに、たいへん閑静な土地柄のようです。見慣れぬ顔があらわれれば、当然うわさになるのではありませんか？」

「わが家のすぐ近所だけにかぎれば、そのとおりです。しかし、さほど遠くないところに、小さな海辺の行楽地がいくつかありますし、農家でも行楽客に部屋を貸したりしますから」

「この絵文字ですが、これには明らかに意味があります。まったくでたらめなものならば、解読はまず不可能でしょうが、逆になんらかのシステムにのっとったものなら、きっと意味をさぐりあてることができるはずです。それにしても、げんにあるこの見本はあまりにも簡略で、これだけではどうにもなりませんし、お聞かせいただいた事情の多くも漠然としすぎていて、調査の土台とするには不十分なところがあります。そこで、あなたにはこう進言したい――まずはノーフォークのお屋敷にお帰りのうえ、身辺にじゅうぶん目を光らせる。そして万一またこういう踊り人形があらわれたら、それの正確な写しをとる、と。最初に窓框にチョークで描かれていたというやつですが、その写しがないのはかえすがえすも残念です。ついでにもうひとつ、近隣に見慣れない人物が徘徊していないかどうかも、それとなくあたってみてください。そのうえでなにか新しい事実がつかめましたら、またお越しいただく、と。まあこんなところですかね、ヒルトン・キューービットさん、いまぼくにしてさしあげられるせいいっぱいの助言は。今後なにか急な展開があって、情勢が切迫してきでもしたら、いつでもノーフォークのお屋敷に駆けつけて、ご相談にのりますから」

このあと、ホームズはなにやら考えに沈みがちになり、それからの数日、しばしば例の紙片を紙入れからとりだしては、そこに描かれた奇妙な人形の図柄に、長時間、じっと目を凝らしている姿が見られた。それでも、その件についてはなにも語ろうとせず、やっと口をひらいたのは、それから二週間以上もたってからだった。私が出かけようとすると、彼に呼びとめられたのだ。

「ワトスン、留守にしないほうがいいよ」

「なぜだい？」

「例のヒルトン・キューービットから、けさ、電報がきたからさ――覚えてるだろう、踊る人形のヒルトン・キューービット氏だよ。一時二十分、リヴァプール・ストリート駅着の列車で上京するとある。いまにもここへやってくるだろう。電報の文面からすると、新たになにか重大な出来事が発生したらしい」

たいして待つこともなかった。われらがノーフォークの荘園主氏は、駅からまっすぐ二輪辻《ハン》馬車《サム》をとばして駆けつけてきたからである。見るからに意気消沈した、憔悴《しょうすい》したようすで、目には疲労の色、眉間《みけん》には深い皺《しわ》が刻まれている。

「いや、ホームズさん、すっかりまいっちまいましたよ、この一件には」そう言うと、精も根も尽きはてたというように、肘かけ椅子に沈みこんだ。「何者か得体の知れない、目にも見えない連中にとりまかれてるというのは、それだけですこぶる気分のよくないものですが、それに加えて、妻がその重圧で一寸刻みに殺されつつあるとなると、もはや生身の人間の堪えられる限界を超えている。妻はそのせいで日ごとに痩せ細っていきます――わたしの目の前で、どんどん衰弱していくんです」

「そのことでなにかおっしゃいましたか？」

「いや、ホームズさん、なにも話そうとしません。ただ、それでもときおりは、いまにも話しだしそうにしていることもあるのですが、結局は、かわいそうに、そこまで踏みきれない。こちらから水を向けてやったりもしたんですが、あいにく無器用なもので、かえって向こうをひるませてしまった。わが家が旧家であることとか、州内に名声が聞こえてることとか、家名に一点の汚点もないのを誇りとしていることとか、まあそんなことをおずおずと口にするので、そのつどこちらも、しめた、核心に近づいてるぞと期待するんですが、なぜかそこまで行きつく前に、話がそれてしまう」

「しかし、あなた自身の力で、独自に発見されたこともあるんでしょう？」

「ありますよ、ホームズさん、いろいろあります。まずは新たな踊り人形の絵、これがいくつか手にはいったので、お目にかけるために持参しました。それともうひとつ、こちらはさらに重要なんですが、わたしはその男を見てるんです」

「なんですって？――人形を描いている男を、ですか？」

「そうです、描いているさいちゅうを目撃しました。ですが、ここはまず最初から、順を追ってお話ししましょう。先日こちらをお訪ねしたあと、屋敷へ帰って、さっそくそのあくる朝に見つけたのが、新しい踊り人形の絵だったんです。チョークで道具小屋の黒い木の戸に描かれていました。小屋は芝生のすぐ脇にあって、家の正面側の窓からはまっすぐ見通せます。正確な写しをとってきました——これです」とりだした紙をひろげ、テーブルに置く。以下に掲げるのは、その絵文字の写しである——

「すばらしい!」ホームズは言った。「たいしたものだ! どうか先をつづけてください」

「写しをとったあと、もとの絵はかきけしておきました。ところが、二日後の朝、また新たなのがあらわれたんです。そっちの写しはこれです——」

ホームズは満足げに手をこすりあわせ、喉をくつくつ鳴らして笑った。

「急速に材料が集まってきますね」と言う。

「さらに三日後、今度は紙に伝言をしるしたものが、小石を重しにして日時計の上に残されていました。これです。このとおり、前回のとそっくりおなじ絵です。ここまでくると、わたしもついに腹を決めて、待ち伏せをかけることにしました。そこで、リボルバーを用意して、庭の芝生を見晴らせる書斎に陣どりました。夜中の二時ごろ、外は真っ暗で、ただ月が明るく照っていましたが、ふと後ろに足音がして、見れば部屋着姿の妻が立っています。どうかもうこんなことはやめにして、おやすみになってくださいな、そう言います。だからこちらも正直に言ってやりました――いや、なんとしてでもこんな悪ふざけを仕掛けてくるやつの正体をあばいてやりたいんだ。するとそう妻が答えて言うには、どうせつまらない落書きのたぐいなんだから、無視していればよろしいのですわ、と。

『でもヒルトン、もしほんとうに気になるのでしたら、しばらくふたりして旅行にでも出るのがいいんじゃないかしら。そうすれば、こういう煩《わずら》わしさからものがれられますもの』

『なにを言う、こんなふざけた野郎のために、自分のうちからむざむざ追いだされてたまるものか』わたしは反駁《はんばく》しました。『それこそノーフォークじゅうの笑いものになるだけだ！』

『わかったわ、とにかく今夜はやすみましょう。お話ならあしたの朝でもできますから』

ところがふいに、まさにそう言っているそのさいちゅうに、月光を浴びた妻の青白い顔がまた一段と青くなり、わたしの肩に置いた手がこわばるのがわかりました。道具小屋の影のなかを、なにかが動いています。黒い人影が這うように小屋の角をまわり、ドアの前にしゃがみこむのが見えました。かねて用意のピストルをひっつかんで、庭へ駆けだそうとしたとき、妻が両腕をわたしにまわして、全力でしがみついてきました。ふりほどこうとするのですが、妻はますます必死になってすがりつく。どうにかその手をふりはらって、ドアをあけ、庭先の小屋へ駆けつけたときには、曲者《くせもの》はとうに姿を消していました。にもかかわらず、自分がここにきたという証拠だけは、きっちり残している。小屋のドアに、すでに二度あらわれたのとそっくりおなじ踊り人形の絵——その紙に写しとってきたのとおなじものですが——それが描き残してあったのです。急いで庭じゅうくまなく探しましたが、曲者本人の痕跡はどこにもなし。ところが、驚くべきことに、どうやらそいつ、そのかんずっとそこらへんにひそんでいたらしい。というのも、朝になって、あらためて小屋のドアを調べてみると、前夜に見た絵のほかに、またべつの人形が描き足してあったのです」

「その絵の写しはお持ちですか？」

「ええ。ごく短いものですが、写しはとってきました。これです」

さらにもう一枚、客は紙をとりだしてみせた。今度のは、以下のような図柄だ——

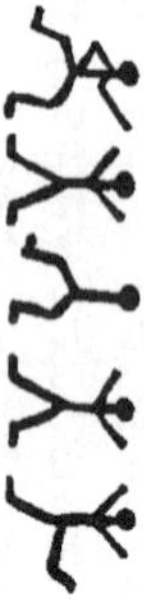

「ひとつうかがいますが」ホームズが言った——その目の表情から、ひどく興奮しているのが私には読みとれた。「これは、最初のにただ描き足してあっただけでしたか？　それとも、まったく別個のもののようだった？」

「おなじ戸ですが、前のとはべつの羽目板に描かれていました」

「ああ、やっぱり！　これはわれわれの調査にはなにより重要な意味を持つものです。おかげでぼくにも希望が湧いてきました。さてと、ヒルトン・キューピットさん、お話はきわめておもしろい。どうか先をつづけてください」

「といっても、あとはもうたいして話すこともないのですがね、ホームズさん。お話しするとすれば、その晩、妻に腹をたてたということぐらいでしょうか——あのとき抱きとめられていなければ、その卑怯千万な曲者をとりおさえられたはずなんですから。わたしに危害が加えられるのを恐れたから、そう妻は弁解しましたが、そのときちらっと頭をよぎったのは、妻がほんとうに気づかっていたのはわたしの身ではなく、その曲者に危害が及ぶことではなかったのか、そんな考えでした。どう考えても、妻はその男が何者なのか、これらの奇妙な図形がなにを意味するのか、すべて心得ているとしか思えませんでしたから。もっとも、そんな気がしたのも、ほんの一瞬のことでしてね、ホームズさん、妻の声の調子や目の色を見れば、それが邪推だとはすぐにわかります。いまは確信をもって、妻はほんとうに夫の身を案じていたのだ、そう言いきることができます。さて、以上で事情は洗いざらいお聞かせしましたので、いよいよあなたのご助言をうけたまわりたいのです——わたしはいったいどうすべきなのか。わたし個人の気持ちとしては、農場の使用人を五、六人、庭の植え込みにでも配置して、曲者がまたぞろあらわれたら、今後二度とわたしどもにいやな思いをさせないよう、思いきりたたきのめし、思い知らせてやりたいと思うのですが」

「残念ながら、これはそういう単純なやりかたではかたづかないでしょう——もっと根の深い問題です」ホームズは答えた。「ところで、ロンドンにはいつまで滞在できますか?」

「きょうじゅうに帰らなけりゃなりません。妻をひとりにしておくことは、どうあっても避けたいので。本人もことのほか神経質になっていまして、日帰りにしてほしいとくれぐれも頼まれました」

「まあそのほうがいいでしょうね。ただ、もしも滞在が可能なら、一日か二日のうちには、ぼくもご同行できたかもしれないので。それはそうと、これらの踊り人形を描いた紙、ひとまずお預かりできますか？　たぶん近々のうちにお訪ねして、この事件にも多少の光明をあててさしあげられると存じます」

依頼人が立ち去るまで、シャーロック・ホームズはいつもの職業的な冷静さを保っていた。だが、この男を知りつくしている私から見れば、いま彼がおそろしく興奮していることはたやすく見てとれた。ヒルトン・キュービットの幅の広い背中がドアの外に消えるやいなや、わが相棒はもどかしげにテーブルに駆け寄り、踊る人形の描かれた紙を残らず目の前にひろげて、さっそくなにか複雑な、見るからに面倒そうな計算にとりかかった。

それからの二時間、私の見まもる前で、彼はつぎからつぎへと新しい紙を用意しては、数字や文字でそれらを埋めていった。すっかりその作業に没頭していて、私の存在すらどう見ても忘れきっている。ときに、作業が順調にはかどっているのか、口笛を吹いたり、鼻唄を歌ったりするかと思えば、ときには行きづまって、眉間に皺を寄せ、うつろな目をして長時間すわりつづけていたりもしたが、それでも最後には満足の叫びをあげて、勢いよく椅子から立ちあがるや、しきりに手をこすりあわせながら、室内を行ったりきたりしはじめた。そのあげくに、海底電信用の頼信紙をとりだして、なにやら長文の電報をしたためるようすだ。
「もしもこの電報に期待どおりの返事がきたらね、ワトスン、きみはまたひとつきみのコレクションに、すばらしい事件を加えることができるはずだよ」とのたまう。「あすにはいっしょにノーフォークへ出かけられるだろう。われらの依頼人氏に、彼の悩みの本質について、きわめて明快なニュースを届けてやれるってわけだ」

正直なところ、私は好奇心ではちきれんばかりだったが、それでも、ホームズが種明かしをするにあたっては、自分の気の向いたときに、好きなやりかたでするのを好むことは百も承知なので、いずれ本人がその気になって、私にもそれを打ち明けてくれるまで待つことにした。

しかるに、待てど暮らせど電報の返事はこず、焦燥の二日間が過ぎた。そのかん玄関で呼び鈴が鳴るたびに、ホームズはびくっと耳をそばだてるありさまだ。そして二日めの夜、ヒルトン・キュービットから一通の手紙が届いた。当方はいまのところ万事平穏だが、ただ、けさがたまた日時計の台座に、新たな長文の通信文が出現した。写しを同封する、とある。再現すると、以下のようになる——

ホームズは、建物の壁を飾る帯状装飾《フリーズ》にも似たこの奇怪な図柄の上にかがみこみ、数分間、じっと目を凝らしていたが、やがて、驚愕と狼狽《ろうばい》の叫びをあげて、はじかれたように身を起こ

した。深い懸念からか、めっきり憔悴した面持ちになっている。「どうもこの件、少々長くひっぱりすぎたようだよ」と言う。「ノース・ウォールシャム行きの列車、今夜のうちにあるかな？」

私は時刻表をくってみた。最後の列車がすでに出たあとだ。

「ならば、あすは朝食を早くすませて、朝一番の列車に乗ろう」ホームズは言う。「われわれが駆けつけることが、火急の要務になってきた。と言ってるところへ、そら、待ちに待った電報の返事がきたぞ。ちょっと待ってください、ハドスンさん──返事が必要になるかもしれない。いや、だいじょうぶ、予想していたとおりの答えだ。これを読むと、一刻も無駄にせずヒルトン・キュービットに状況を知らせてやること、それがますます肝要な課題になってきた。わが依頼人であるあの朴訥《ぼくとつ》なノーフォークの荘園主氏は、いまやのっぴきならない危険な罠にからめとられている」

まさにそのとおりだったのだ。いま私は、はじめはまことに幼稚でばかばかしい話としか思えなかったこの物語の、どうにも救いがたい陰惨な結末を語るにあたって、あらためてそのとき感じた恐怖とやりきれなさとを味わいなおしている。できればもっと明るい結末を読者にお聞かせできればよいのだが、しかしこれはあくまでも事実を伝える記録なのだから、心を鬼にして、そのつらく悲しい決定的瞬間まで、このまま数奇な出来事の連鎖をたどってゆかねばならない。そのときの一連の出来事により、〈リドリング・ソープ荘園〉の名は、その後しばらく、イングランドの津々浦々でひとびとの口の端《は》にのぼる仕儀となったのである。

ノース・ウォールシャムの駅で私たちが列車を降り、行く先を口に出したか出さないかのうちに、駅長があたふたと近づいてきた。「ロンドンからお見えになった刑事さんですね？」と、やぶからぼうに問いかけてくる。

ホームズの面《おもて》を当惑の色がよぎった。

「なぜそう思われるんです？」

「ついいましがた、ノリッジからマーティン警部もお着きでしたので。いや、刑事さんでなければ、お医者様ですか。夫人はまだ息があるそうです――すくなくとも、さいぜん聞いたところでは。いまからなら、まだ助けられるかもしれない――もっとも、結局は絞首台に送りこむことになるだけでしょうが」

ホームズの眉が、いよいよ険悪に曇った――憂慮のためだ。

「ぼくらは〈リドリング・ソープ荘園〉へ行くところではありますが」と言う。「向こうでなにが起きたのか、それについてはなにひとつ聞いていないんです」

「いやもう、恐ろしい事件ですよ」と、駅長。「銃で撃たれたんです、ヒルトン・キュービット氏も、夫人も、ふたりとも。夫人がまずご主人を撃って、それから自分を撃った――と、使用人たちは言ってるようですがね。ご主人は亡くなり、夫人もまず助かる見込みはない、と。いやはや！　たいへんなことです！　このノーフォークでは指折りの旧家で、名門ちゅうの名門だというのに」

ホームズはそれきり一言も発せずに馬車へと急ぎ、以後の長い七マイルの道中も、終始、無言で通した。友人がこれほどひどく打ちのめされているところは、この私にしてもめったに見たことがない。ロンドンからここまでくる車中でも、ずっと落ち着かぬようすで、しきりに朝刊をひっくりかえしては、不安げに目を通していたのだが、ここへきて、最悪の危惧がいきなり現実になったとあって、救いがたい鬱屈《うっくつ》に立ちすくんでいる、といったありさま。座席の背に深くもたれ、むっつり思案にふけっているばかりだが、いったん窓外に目を転じれば、ここはイングランドでも他に比類なき美しい田園地帯、心をそそる風景がひろがっている。諸所に点在するコテージは、近年の人口増加を示すものだろうが、他方、どちらを見ても、四角く巨大な教会の塔が、真っ平らな緑の大地からにょきにょきとそびえたっていて、過ぎし日の東アングリア王国の栄華を物語っている。その果ての、緑のノーフォーク海岸が尽きて、菫色《すみれいろ》をした北海の海面がうっすら見えはじめたところで、御者《ぎょしゃ》は鞭をあげると、こんもりした茂みの上にのぞいている、ふたつの古風な、煉瓦と木を組みあわせた造りの破風《はふ》をさしてみせた。「あれですよ、〈リドリング・ソープ荘園〉は」

馬車がその家の柱廊玄関へ近づいてゆくと、前庭のテニスコートのかたわらに、なぜか私たちには妙になじみのある黒い道具小屋と、台座のある日時計とが見えてきた。ちょうどひとりの小粋でめかした感じの男――口髭《くちひげ》を蠟《ろう》で固めた、小柄できびきびした、俊敏そうな身ごなしの男――が、軽装二輪馬車《ドッグカート》から降りたったところだった。ノーフォーク州警察のマーティン警部だと自己紹介したが、私の連れの名を聞くと、すくなからず驚いたようすだった。

「これは驚いた、ホームズさん、事件はけさ三時に起きたばかりですよ！　どういうわけでこんなに早く、ロンドンでこのことを耳にされ、しかもこんなに早くこの現場へ駆けつけてこられたのです？」

「かねて予期していたものですからね。未然に防ぐつもりでやってきたんだが」

「すると、すでにわれわれの知らない重要な事実を握っておられるのに相違ない――すこぶる仲のよい夫婦だった、というのがもっぱらのうわさですが」

「いや、握っているのはたんに、踊る人形の件だけですよ」ホームズは答えた。「そのことはまたあとで説明します。それよりも、残念ながら悲劇を防ぐにはすでに遅すぎるにしても、せめてぼくとしては、これについてぼくの知っている事実はすべて、法の的確な執行のために役だてたいと念願しています。ついては、そちらの捜査にぼくも協力させてもらえないだろうか。それとも、こっちはこっちで独自に動くほうがよろしいですか？」

「いや、協力していただけるのなら、願ってもない光栄ですよ、ホームズさん」警部は真摯な口調で答えた。

「そういうことなら、さっそくにもいちおうの事情を聞かせてもらうことが必要だし、現場の状況を調べることも、一刻も先延ばしにしてはならないと考えます」

マーティン警部はなかなかの良識の主《ぬし》と見え、その後の捜査にあたっては、万事、私の友人の裁量にまかせて、自らはその結果を丹念にメモするだけで満足していた。とかくするところへ、ちょうど地元の医者だという白髪の男がキュービット夫人の部屋からあらわれ、夫人の傷はかなりの重傷ではあるが、必ずしも致命傷ではない、と報告した。弾丸が前脳を貫通しているので、意識を回復するまでにはしばらくかかるだろう。彼女が撃たれたのか、それとも自分で撃ったのかという問いにたいしては、いま自分から決定的な見解を申し述べることは差し控えるが、弾丸が至近距離から発射されていることだけはまちがいない、との答え。現場の部屋には拳銃は一梃しかなく、その薬室は二発分だけからになっている。ヒルトン・キュービットは、一発で心臓を撃ち抜かれているが、いま見るかぎりでは、夫がまず妻を撃ち、それから自分を撃ったとも考えられるし、逆に撃ったのは夫人のほうだとも考えられる。というのも、銃はふたりのちょうど中間の床に落ちていたからだ。

「遺体は動かされましたか？」ホームズがたずねた。

「いや、動かしたのは夫人のほうだけです。傷を負って倒れているのを、まさかそのままにしてもおけませんから」

「先生は何時ごろからここにおいでですか？」

「四時からです」

「ほかにだれかいましたか？」

「ええ、土地の駐在巡査が」

「なににも手を触れてはいませんね？」

「いません」

「それはご配慮の行き届いたことです。で、先生をお呼びしたのは、だれです？」

「こちらのメイド、ソーンダーズです」

「警察に通報したのも、そのソーンダーズですか？」

「彼女ともうひとり、キング夫人という料理女です」

「いまそのふたりはどこにいます？」

「さあ、キッチンにいるはずですが」

「では、さっそくそのふたりから事情を聞くことにしましょう」

オークの鏡板張りの、縦長の窓のある古風な広間が、臨時の取り調べ室に転用されることになった。ホームズは大きな古めかしい椅子に腰をおろし、憔悴した面《おもて》に冷厳な目を光らせている。その目から読みとれるのは、ついに救うことのできなかった依頼人のかたきをとるためなら、身命をなげうっても事の理非を明らかにせずにはおかぬ、とのかたい決意だ。ほかには、小柄で身だしなみのよいマーティン警部と、半白のあごひげをたくわえた地元の老ドクター、かく言う私、そして村の駐在の、のっそりした感じの巡査、これだけがこの妙な取り合わせの一座だった。

ふたりの女たちの証言は、申し分なく明快だった。ふたりとも大きな爆発音で目をさまし、さらに一分後に、またおなじ音を聞いた。ふたりは隣りあった部屋で寝ているので、キング夫人がソーンダーズの部屋へ駆けこみ、それからふたりして階段を降りた。書斎のドアがひらいていて、テーブルには蠟燭《ろうそく》がともっていた。屋敷のあるじが部屋のまんなかでうつぶせに横たわり、完全にこときれていた。窓ぎわでは、壁に頭をもたせかけた姿勢で、夫人がうずくまるように倒れていた。ひどい怪我をしていて、顔は半分がた鮮血にまみれていた。荒い息をしていたが、言葉を発する力はなかった。部屋のなかだけでなく、廊下にも煙がうずまき、火薬のにおいがこもっていた。窓はぴったりとじられ、内側から掛け金がかかっていた。この点に関しては、女たちはどちらも、ぜったいにまちがいないと言いきった。ふたりはただちに医師と駐在巡査とを迎えにやった。それから、馬丁と厩番の少年との手を借りて、負傷した女主人を部屋に運んだ。夫婦はどちらも、いったんはベッドにはいったようだった。だが夫人はきちんと昼間の服に着替え、あるじのほうは、寝間着の上に部屋着をはおっただけだった。書斎のなかはきれいにかたづき、なにひとつ動かされた形跡はなかった。自分たちの知るかぎりにおいて、主人夫婦のあいだに争いがあったためしはない。つねづね、たいそう仲むつまじい夫婦だと、好ましくながめていた。

以上がふたりの使用人たちの証言の要旨である。マーティン警部の質問に答えて、ふたりは断言した——出入り口はどこも内側からしっかり戸締まりされていて、だれひとり逃げだせたはずはない。さらにホームズから問われて、ふたりとも、最上階の自分たちの部屋から駆けだしたとたん、硝煙のにおいに気づいたということを思いだした。「この事実は、ぜひ記憶にとどめておかれるといいですね」と、ホームズは本職の捜査官に言った。「さて、つぎはいよいよ、現場となった書斎の徹底的な捜索、という段どりになりますか」

書斎というのは、思いのほか狭い部屋だとわかった。三方は書棚でかこまれ、残る一面の、ごく普通の造りの窓の前に、庭にむけてライティングデスクが据えられている。部屋にはいって、まず私たちの注意が向けられたのは、不運なこの荘園のあるじの遺体であり、部屋の中央に、その巨体を長々と横たえている。着衣が乱れていて、寝床からあわてて起きだしてきたことを物語っている。銃弾はその体の真正面から発射され、心臓を貫通したあと、体内にとどまっている。瞬時の死で、苦痛はなかったろう。身にまとった部屋着にも、左右の手にも、火薬が付着した痕跡はない。地元の老ドクターによると、夫人のほうは、顔面に火薬の汚れがあったものの、手にはなかったとのこと。

「それがあれば、まあどんな可能性も考えられないではないですが、ないからといって、それがすなわちなにかを意味するとはかぎらない」ホームズが言った。「たとえば弾薬が薬室内にぴたりとはまらず、そのせいでたまたま火薬が後方へむかって噴きだすということでもないかぎり、何発撃とうと、手に汚れが残ることはありません。さて、それではもうキュービット氏の遺体は、運びだしていただいてもいいでしょう。ところで先生、夫人に傷を負わせた弾丸ですが、こちらもまだ剔出《てきしゅつ》してはおられないんでしたね？」

「それには大手術を要しますからな。しかし、凶器となったリボルバーには、まだ弾薬が四発残っている。二発は発射され、負わせた傷もふたつ。となれば、計算は合うわけです」

「まあそうも見えますが」ホームズは言った。「すると先生は、あともう一発の弾丸についても、やはり計算は合うと言われますか？――もう一発とは、それ、あの窓のふちに鮮やかに命中している、あれですよ」

いきなりくるりとそちらをふりむくと、彼は長く細い指でその弾痕をさしてみせた。窓の下枠の、下端から一インチほど上のところを、みごとに貫通している弾痕。

「これはしたり！」警部が叫んだ。「いったいどうしてこれを見つけられたんです？」

「探していたからです」

「いやあ、驚き入りましたな！」田舎ドクターも感嘆の声をあげた。「まったく、あんたの言われるとおりです。すると、三発めの弾丸が発射されたわけで、したがって、三人めの人物が現場にはいたことになる。しかし、いったい全体、それは何者なのか、またどうやって逃走することが可能だったのか」

「それこそわれわれがこれからつきとめようという問題ですよ」シャーロック・ホームズは言った。「覚えていますか、マーティン警部――さっき使用人たちが、部屋を出たとたんに硝煙のにおいに気づいたと言ったとき、これは非常に重要なポイントだと、きみの注意をうながしておいたでしょう？」

「はあ、それは覚えていますが、どういう意味なのかは、よくのみこめませんでした」

「つまりね、銃が発射されたとき、この部屋はドアだけでなく、窓もあいていたということです。そうでなければ、硝煙がそんなにも急速に家じゅうに拡散することはない。そうなるのには、室内を風が吹き抜けなくてはならないんです。もっとも、ドアと窓とが両方ともあいてたのは、ごく短時間だけでしょうが」

「どうしてそう言いきれます？」

「蠟燭が片側だけ溶けてしたたっている、そういう現象が見られませんから」

「なるほど！　なるほど！　鮮やかなものだ！」警部が叫んだ。

「悲劇が起きたときに窓があいていたことを確信すると、ならばこの事件には第三の人物がかかわっていて、その人物はこの窓の外に立ち、そこから室内へむけて銃を発射したのではと、そこに考えが及んだわけです。すると、逆に室内からその人物を狙って撃った弾が、この窓枠にあたるということもじゅうぶん考えられる。そこで探してみると、はたせるかな、ここに弾痕が見つかった、と！」

「しかし、それならどうして窓がとじられ、掛け金までかかってたんでしょうな？」

「女性の本能で、とっさに窓をしめ、掛け金をかけたんでしょう。はてな？　これはいったいなんだ！」

女持ちのハンドバッグがひとつ、窓ぎわのライティングデスクに置かれている──鰐革で、金具は銀、小ぶりの瀟洒《しょうしゃ》な品物だ。ホームズが留め金をあけ、中身を出した。輪ゴムで束ねた額面五十ポンドの英国銀行券が二十枚──ほかにはなにもない。

「これは保存しておくべきですね──裁判でものをいうはずですから」ホームズはそう言ってそれをバッグごと警部に渡した。「さて、つぎはいよいよこの第三の銃弾について解明するとしましょう。弾は、この木の裂けぐあいからして、明らかに室内側から発射されたものです。……キングええと、キング夫人ですか、料理人の、彼女からもう一度、話を聞きたいですね。キングさん、さっき、大きな爆発音で目がさめたと言いましたね？　それは、二度めの音よりも大きく聞こえたという意味ですか？」

「はあ、じつは、ぐっすり眠ってたところを起こされたので、そのへんはよくわかりませんです。ただ、すごく大きな音だったのは確かです」

「ひょっとしてそれは、ふたつの弾が同時に発射された音だったとは思いませんか?」

「それもはっきりとはお答えいたしかねますです、はあ」

「ぼくはきっとそうにちがいないと思うんだ。ところでマーティン警部、このへんでもうこの部屋では、見られるかぎりのものは見つくしたようです。さしつかえなければ、いっしょに庭をひとめぐりしてみませんか——なにか新たな証拠でも出てくるかもしれない」

書斎の窓の下には、ひとつづきの花壇がひろがっていたが、それを目にしたとたん、一同の口からいっせいに驚きの叫びがもれた。花壇の花が無残に踏みしだかれ、やわらかな地面に、真新しい靴跡が一面にくっきり印されている。男のものらしい大きな靴で、爪先が妙に長くとがっている。ホームズは、撃ち落とされた鳥を探すレトリーバーよろしく、しばらく足もとの草や葉のあいだを探しまわっていたが、やがて満足げな声をあげると、かがみこんで、小さな真鍮《しんちゅう》製の円筒を拾いあげた。

「ほら、思ったとおりだ」と言う。「使われたのは、排莢装置《イジェクター》のついたリボルバーで、ここにあるのが、その三発めの薬莢というわけです。どうです、マーティン警部、これでわれわれの捜査はほぼ終わったと見ていいでしょうね」

ホームズのてきぱきした、名人芸ともいうべき捜査の進めぶりに、この田舎警部の面《おもて》は、ただただ深い驚嘆の色に満たされていた。はじめのうちは、それでも多少は自説を唱えてみたそうなそぶりも見せていたが、いまでは、すっかりホームズに心服しきって、何事も彼の先導にしたがおうという気になっているようだ。

「すでにだれか目星をつけておられる人物でもいますか？」とたずねる。

「その点はあとまわしにしましょう。この事件には、まだきみに話せる段階にまでいたっていないポイントが二つ三つ残ってるんです。しかしいまは、けっこう快調にここまできたんですから、さしあたりはこの線で捜査を進めて、そのうえで、すべてを洗いざらい説明してさしあげると、こういうことにしたいと思います」

「どうぞご随意になさってください、ホームズさん――こちらは犯人さえつかまえられれば、なにも異存はありません」

「ことさら謎めかすつもりはありませんがね、いまは行動を起こすことこそが大事であって、ここで、長いうえに込み入った説明に時間をかけているひまはないんです。事件の手がかりなら、すでにすっかりこの手のうちにはいっている。かりに夫人がこのまま意識を回復されないといった事態になっても、ゆうべの出来事はりっぱに再現してみせられるし、確実に正義が行なわれるよう、力を尽くすこともできる。そこでまずうかがいたいのは、この近所に〝エルリッジ〟という名で知られている宿屋かなにかがあるかということなんですが」

使用人たちを仔細に問いつめてみたが、だれもそういう場所に心あたりはないと言う。ただひとり、厩番の少年が思いだしたのが、ここからイースト・ラストンの方角へ数マイル行ったところに、その名を持つ農場があるということだ。

「そこ、へんぴな場所か？」

「はあ、とてもへんぴなところです」

「ゆうべこちらで起きた出来事については、まだなにも伝わっていないかもしれないね？」

「たぶん伝わっちゃいねえでしょう」

「じゃあきみ、さっそく馬に鞍をつけてくれ。そのエルリッジ農場へ使いにいってもらうことになるから」

ホームズはポケットから、例の踊り人形の描かれた大きさも形式もまちまちな紙をそっくりとりだした。それらを目の前に並べて、しばらく書斎のテーブルに向かい、何事か熱心に書きつけていたが、やがて、書きあげた伝言を少年に渡すと、必ずその宛て名の人物にじかに手わたすこと、そしてなかんずくその人物からなにか質問されても、いっさい答えてはならないこと、この二点をかたく厳命した。表書きをちらりと見ると、普段のホームズのきちょうめんな筆跡とは似ても似つかない乱雑な、下手くそな文字が並んでいる。宛て名はノーフォーク州イースト・ラストン、エルリッジ農場気付、エイブ・スレーニー殿。

「ところで警部」ホームズは言った。「これからすぐに州警察本部に電報を打って、援軍を依頼されるようにおすすめしますよ――ぼくの見込みが的中していれば、きみはとびきり危険な犯罪者を留置場に送りこむことになるはずですから。いまの伝言を託した少年、彼に頼めば、ついでにその電報も打ってきてくれるでしょう。ねえワトスン、午後にもしロンドン行きの適当な列車があれば、それですぐにも引き揚げるとしようか――おもしろい実験がやりかけのままになってるし、こっちの事件は、急速に終結に近づいてることでもあるしね」

少年が伝言をたずさえて出かけてゆくと、シャーロック・ホームズは使用人一同を集めて、こまごまと指示を与えた。もしもヒルトン・キュービット夫人に会いたいと言って訪ねてくるものがいたら、その人物には夫人の容態についていっさい明かしてはならない。ただそのまますぐに応接間へ通すべし。この二点を、一同にたいしてしつこいくらいに念を押し、その重要さを肝《きも》に銘じさせたところで、やおら、これでとりあえず問題はわれわれの手を離れたし、今後の成り行きがどうなるにせよ、それを待つあいだ、せいぜい有効に時間をつぶさねば、などともらしながら、先に立って応接間へ向かった。老ドクターは、患者が待っているからと言って帰ってゆき、残るは警部と、かく言う私だけになった。

「これから一時間ばかり、おもしろく、かつ有益な話で、きみたちの退屈をまぎらせてあげられると思う」そう言いながら、シャーロック・ホームズはテーブルに椅子をひきよせ、奇妙な踊り人形をしるした種々さまざまな紙を目の前にひろげた。「まずワトスン、きみにはたっぷり償いをする必要がありそうだ——きみがいだいて当然の好奇心を、いままで長らく無視してきたことにたいして。つぎに警部、きみにはこれから聞かせるこの一件が、けっして無視できない専門的研究の一助になってくれるでしょう。というところで、まず真っ先に言っておきたいのは、この事件にまつわる興味ぶかい状況というのが、これすべて、事前にヒルトン・キュービット氏がベイカー街に持ちこんできた相談事、そこから発生しているということです」

そして彼は、私がすでに書きしるしてきたさまざまな事実を、要約して語って聞かせた。

「いまこの目の前にあるのが、それらの奇妙な図柄の写しです。これがひとつのおそるべき悲劇の前ぶれとなったという事実を知らなければ、だれしもつい笑って見過ごしてしまうようなしろものでもある。はばかりながら言わせてもらうと、ぼくは古今のありとあらゆる暗号にかなりのところまで通じていて、ささやかながら、それについての論文もひとつ書いている。その論文では、百六十通りものそれぞれ異なる暗号を分析してるんだが、そのぼくにして、今度のこれは、まったくの新種だったと言わざるを得ない。このシステムを考案した連中は、どうやら、これらの人形があるメッセージを伝える媒体であるという事実を隠すべく、一見すると子供のでたらめな落書きとしか見えないものを編みだしたわけだ。

　とはいうものの、いったんこれらのシンボルが文字をあらわしていることに気づけば、あらゆるかたちの暗号に共通する一定のルールをあてはめることにより、解読はいたって容易になる。最初に持ちこまれた通信文はごく短いものだったから、残念ながらこのぼくも、はっきりそうと断定できる点はただひとつ、このなかののシンボルが、アルファベットのEをあらわす、ぐらいのことでしかなかった。ご承知のように、Eはアルファベットのうちでもいちばんありふれた文字で、どんなに短いセンテンスにも、頻繁にあらわれると言いきってもいいほどだ。最初の通信文を構成する十五個のシンボルのうち、四個がこのおなじ形のものだから、したがってこれがEをあらわすと見て、まずさしつかえなかろう。おなじしるしが旗を持っている場合と、いない場合とがあるのは事実だが、旗が配置されている位置関係からして、これはセンテンスを単語ごとに区切るしるしと見なしてよさそうだ。そこでこれを作業仮説として受け入れ、Eはによってあらわされる、と銘記した。

しかし、ほんとうにむずかしいのはここからだ。英語でEのあとに出てくる文字の順序は、けっして一定のものではなく、たとえば、平均的な印刷物の一ページのなかで、なんらかの文字が支配的であるように見えても、たったひとつの短いセンテンスのなかでは、その法則が逆転してしまう、ということだってありうる。おおざっぱに言うと、多用される順に、T、A、O、I、N、S、H、R、D、そしてLなどだが、しかし、T、A、O、Iの四字は、頻度がほぼ拮抗していて、そこからなんらかの意味がつかめるまで、これらを含む順列組み合わせをためしてゆくとなると、際限のない大仕事になってくる。そこで、やむなく新たな材料が手にはいるまで待つことにしたわけだが、まもなく、ヒルトン・キュービット氏との二度めの面談で、彼から新たにふたつの短いセンテンスと、ひとつのメッセージの提供を受けた。このあとのほうには、旗を持つ人形がないところから見て、どうやら単語一語らしい。これがそうだ。さて、この一語のメッセージを見ると、これが五文字の単語で、その二番めと四番めにEがくるということがすぐわかる。具体的には、sever、lever、never などだが、このなかでは、最後の never（けっして……ない）が、なんらかの訴えにたいする答えとして、もっともありそうに思えるし、しかも、これが出現したときの前後の事情を考えあわせれば、これは夫人の手で書かれた返答と見なしてまちがいあるまい。この考えが正しいとすると、もはや残る三個のシンボル、ととは、それぞれNとVとRをあらわすと断定してよさそうだ。

ここまできてもなお、全体の解読にはまだ相当の困難が残されていた。ところがここで、ある絶妙な考えが頭にひらめき、それでさらに数文字が手にはいることになった。もしもこれらの訴えが、ぼくの想像どおり、かつて夫人が親しくしていただれかからのものだと想定するなら、ふたつのEのあいだに三つの文字が並ぶという組み合わせは、夫人の名前ELSIE《エルシー》に相当するのではなかろうか。そこで探してみると、はたせるかな、そういう組み合わせが、すでに三度くりかえされたメッセージの末尾に出てくる。もはやこれが、Elsieにたいするなんらかの訴えであることに疑いはない。こうして、LとSとIが新たに手にはいった。しかし、その訴えとは、どんな訴えだろう？　これらElsieに先行するのは、わずか四文字の単語で、しかも末尾はEだ。これはどう考えても、COME《こい》以外にはありえない。これ以外にも、四文字の単語で、末尾にEがくるものをいろいろためしてみたが、しっくりくるものはひとつもない。というわけで、いまやCとOとMとがコレクションに加わり、これでやっと、あらためて最初のメッセージに取り組めるまでになった。これを単語ごとに区切って、まだ判明していない文字のかわりに、それぞれ○を代入してみると、このようになる――

○M　○ERE　○○E　SL○NE○

さて、こうして見ると、はじめの一字はA以外にありえないが、これはまことに役に立つ発見だった。この短いセンテンスのなかに、なんと三度もおなじ字が使われているし、ついでに二番めの文字がHであることも一目瞭然だ。置き換えると、こうなる――

AM HERE A○E SLANE○

さらに、後半ふたつの単語は姓名で、そのなかの欠字は一見して明らかだから、これを埋めると――

AM HERE ABE SLANEY（きたぞ、エイブ・スレーニー）

で決まりだ。これで多くの文字が判明したので、つづく二番めのメッセージには、かなりの自信をもって取り組むことができた。それぞれに文字を代入した結果が、こうだ――

A○ ELRI○ES

これはふたつの欠字をTとGで補い、書き手がいま滞在している家または宿の名と解釈するしかない。それで意味が通る。At Elriges――〝エルリッジ方〟となるわけだ」

マーティン警部も、私も、ここまでの話をほとんど呼吸さえ忘れて傾聴していた。私の友人の条理を尽くした、しかも明快そのものの説明、それを聞かされてはじめて、目前の難解きわまる問題の全貌が把握できるまでになったのだ。

「で、それからどうなさったのですか？」警部が先をうながした。

「このエイブ・スレーニーという男を、アメリカ人と想定する理由には事欠かなかった。エイブというのは、エイブラハムという名のアメリカ流の省略形だし、そもそも、今回の事件の発端は、アメリカからきた手紙だったんだから。さらに、この件にはなにか、犯罪にまつわる裏事情が隠されている、そう考えるに足る根拠もあった。夫人が過去につきあっていた相手について仄めかした言葉、夫にはどうしてもその秘密を打ち明けようとしなかったこと、これらもおなじ方向を指し示している。そこで、ニューヨーク市警察にいる友人のウィルスン・ハーグリーヴに電報を打った――これまで一度ならず、ロンドンにおける犯罪事情について、ぼくの知識を借りてきた男だが、この友人に、エイブ・スレーニーという人物について、なにか心あたりはないかと問いあわせてやったわけだ。その返事がこれ――〝シカゴ最凶の危険人物〟。この返電を受け取った、まさにそのおなじ晩に、ヒルトン・キュービット氏からも、スレーニーの送りつけてきた最後のメッセージが届いた。すでにわかっている文字に置き換えると、このようになる――

ELSIE ◯RE◯ARE TO MEET THY GO◯

PとDとを補い、意味の通るメッセージにしてみると、この悪漢が説得しようとするのをあきらめて、脅迫に転じたのがわかる。Elsie, prepare to meet thy God ―― 〝エルシー、神のもとへ行く用意をせよ〟。しかも、シカゴのギャングどもについてぼくの知るところから判断するかぎり、こいつはさっそくにもこの脅迫を実行に移すにちがいない。そう見きわめたので、ぼくはここにいる友人にして協力者たるワトスン博士ともども、ノーフォークへと急行してきたわけなんだが、やんぬるかな、最悪の事態はすでに起きたあとだった」

一呼吸して、警部が真情をこめて切りだした。「あなたと捜査で協力させていただくのは、まことにもって光栄でした。しかし、あえてここでざっくばらんに言わせていただくと、あなたはご自分以外のだれにも責任を負っておられぬのにひきかえ、このわたしはあいにく、上司にたいして責任を負わねばならぬ立場にある。もしもこのエイブ・スレーニーなる男がしんじつ殺人犯であったとして、万一こいつに逃亡されでもすると、わたしとしてはまことに困った立場になるのですが」

「その心配はご無用です。こいつが逃亡するおそれはありません」

「なぜそうおっしゃれるのです？」

「逃げれば自分から罪を告白するようなものですから」

「では、こちらから出向いて逮捕するとしましょう」

「いや、いますぐにも向こうからここへやってきますよ」

「なぜです、なぜやってくるんです？」

「なぜならぼくが伝言を送って、くるように言ってやったからですよ」

「いやはや、ホームズさん、それは無茶だ！　あなたがそう言ってやったからといって、どうしてそいつがのこのこやってきたりするわけがあります？　そんなことをすれば、かえって向こうに警戒心をいだかせ、高飛びさせる結果になるだけじゃないですか！」

「そうはさせないような手紙の書きかたぐらい、心得てるつもりですがね」シャーロック・ホームズは言った。「論より証拠、ぼくの見まちがいでなければ、ほら、当のご本人が庭先のドライブウェイを歩いてくる」

ひとりの男が、玄関に通ずる庭の小道を大股に近づいてくるところだった。背が高く、色浅黒く、なかなかの好男子で、グレイフラノのスーツに、パナマ帽、黒くこわいあごひげに、鼻っ柱の強そうな大きな鷲鼻、歩きながらしきりにステッキをふりまわす。あたかもこの屋敷全体が自分のものであるかのように、肩で風を切って小道を近づいてき、やがて玄関の呼び鈴がけたたましく、居丈高に響きわたった。

「さあ、きみたち」ホームズが声を殺して言った。「いまのうちにそのドアのかげに身を隠すのがよさそうだ。ああいう男を相手にするとなると、いくら用心してもしたりないからね。警部、手錠が入用になりますよ。しゃべるほうはぼくにまかせといてください」

息を殺して待つことしばし――とうてい忘れることのできない一分間だった。それから、ドアがひらき、男がはいってきた。間髪をいれずホームズがその頭に拳銃をつきつけ、マーティンがすかさず手錠をかける。いっさいが目にもとまらぬ早業《はやわざ》だったから、謀《はか》られたと男が気づいたときには、もはや手も足も出なくなっていた。ぎらぎらする黒い目で私たち三人を順ぐりに睨《ね》めつけていた男は、ややあって、いきなり大声で、苦々しげに笑いだした。

「やれやれ、まいったね、今度ばかりは先手を打たれたか。どうもいささか厄介なはめに陥っ

たようだ。とはいうものだ、かく言うおれは畏《おそ》れ多くも勿体《もったい》なくも、ヒルトン・キュービット令夫人のお招きに応じて参上したんだぜ。まさか彼女もぐるだなんて言うんじゃあるまいな？　彼女がおれを罠にかけるのに手を貸した、なんて？」

「ヒルトン・キュービット夫人は重傷を負って、いまは生死の境目にある」

聞いたとたんに、男は吼えた——家じゅうに響きわたるような悲嘆の叫びだ。

「ばかを言え！」狂ったように叫びたてる。「おれが撃ったのは男のほうで、彼女に傷を負わせた覚えなんかねえ。だれがおれのかわいいエルシーを傷つけたりするもんか。たしかに脅しはしたさ——それは重々悪かった。しかし、実際には指一本触れちゃいねえ——あのきれいな彼女の頭の、その髪の毛一本にたりともだ。取り消しやがれ——おい！　彼女は怪我なんかしちゃいねえと、はっきりそう言ってみやがれ！」

「こときれた夫のかたわらに、瀕死の重傷を負って倒れているところを発見されたんだ」

男は低いうめき声をもらして長椅子のひとつにくずおれると、手錠をかけられた手に顔をうずめたきり、およそ五分間も声ひとつあげずにいた。それから、あらためて顔をあげると、絶望に心も冷えきったように、冷静なあきらめの口調で話しだした。

「いいでしょう、いまさらあんたがたに隠しだてしようとは思いませんや。たしかにおれはあの男を撃ったが、向こうもおれを狙って撃ってきたんだから、これは殺人とはちがいます。けど、おれがあの女を傷つけたと、かりにもあんたがたが考えてるんだったら、お気の毒ながらおれのことも彼女のことも、なにひとつわかっちゃいねえってこった。おれが彼女を愛した以上に女を愛した男なんて、およそこの世にいるはずがねえ。しかもこのおれには、彼女にたいする権利ってものがある。ずっと前に彼女から、結婚の約束をとりつけてるんだから。そんなおれたちのあいだに割りこんできやがるなんて、この屋敷のイギリス人野郎、いったいなんだってんだ！　くりかえしますがね、おれには彼女にたいする優先権がある。だからその権利を行使しようとした――それだけのことなんだ」

「いいかね、彼女はきみという男の本性を知ったからこそ、きみと縁を切り、きみの影響力からのがれようとしたんだ」ホームズが厳然と言った。「それできみを避けようとアメリカを去り、このイギリスで、ひとりのりっぱな紳士と結婚もした。ところがきみは、そんな彼女にしつこくつきまとい、日々の暮らしを堪えがたいものにさせたばかりか、彼女の深く愛し、尊敬もしている夫を捨てて、彼女の深く忌み嫌い、恐れてもいるきみと駆け落ちしろと強要した。そしてそのあげくに、ひとりの心気高《けだか》い紳士を死なせ、その妻を自殺に追いこんだのだ。これがこの一件にかかわるきみの罪状だよ、エイブ・スレーニー君。そしていずれはそのために法の裁きを受けることになるはずの」

「エルシーが死ぬようなことにでもなったら、このおれの身がどうなろうと、いまさら知ったこっちゃねえや」アメリカ人は言った。それから、握っていた手をひらき、手のひらの上の皺くちゃの紙片を見つめていたが、ふいにぎらりと猜疑に目を光らせて、叫びだした。「おい、これを見ろ。まさかあんた、おれに脅しをかけるために嘘をついてるんじゃあるまいな？　彼女がほんとにあんたの言うような重傷を負ってるんなら、この伝言はいったいだれが書いたっていうんだ！」その紙片をテーブルの上にほうりだす。

「ぼくが書いたんだ、きみをおびき寄せるために」

「あんたが書いたって？　ばかな、おれたちの〈組織〉のもののほかに、踊る人形の秘密を知るものなんているはずがねえ。どうしてあんたにこれが書けるわけがある？」

「人間の考えだしたものなら、ほかの人間が仕組みを見破ることだってありうるさ」ホームズは言った。「スレーニー君、おっつけきみをノリッジに護送するための馬車がやってくる。だがそれまでには多少の時間もあるし、ここらで自分が周囲に与えた害悪のほどをしかと見据えたうえで、いくらかなりとその償いをしておいたらどうだろう。いいかね、ヒルトン・キュービット夫人はきみのせいで、自身、夫殺しという重大な嫌疑にさらされてたんだ——きみはそのことを認識してるかね？　そしてその彼女がどうにか告発をまぬがれたというのも、ちょうどぼくがきあわせて、たまたま持ちあわせていた知識を応用したからだということも？　きみにはせめて夫人のために、事の真相を世間に明らかにし、彼女の夫の悲劇的な死について、夫人には直接的にも間接的にもなんら責任はないのだということをはっきりさせてやる、それぐらいの義理はあると思うんだが」

「それはこっちとしても願ってもねえこってさ」アメリカ人は答えた。「このさい、おれ自身のためにも、ここでありのままの真実を申したてるのが最善のようだしな」

「職掌柄、言っておくが、おまえの口にすることはぜんぶ、おまえに不利な証拠として用いられることがありうるから、心得ておくように」マーティン警部が声を大にして言い、英国刑法の崇高な公平さを顕示した。

スレーニーは肩を揺すった。

「まあそのへんは成り行きにまかせまさ」と、言ってのける。「とにかく、真っ先に知っといてもらいたいのは、あのひととおれとは幼なじみだってことなんだ。シカゴに七人組の悪党仲間がいて、エルシーの父親がその〈組織〉の頭目だった。頭の切れる男だったよ、あのパトリック老は。例の暗号を考案したのも彼だが、そのキモは、たまたまそいつを解くキーを持ってねえかぎり、それ自体は子供の落書きとして見過ごされちまう、ってことなんだ。エルシーもある程度まではおれたちの稼業になじんでたけど、本心はやっぱり嫌ってたんだね。自分名義のきれいな金がいくらかあったのをさいわい、仲間の目をくらまして、ロンドンへ逃げた。それまでおれと婚約してて、あれでおれが正業にでもついてれば、きっと結婚してくれたと思うんだが、とにかく、悪事にはいっさいかかわりたくないというのが彼女の気持ちだった。ようやく行方が知れたのが、ここのイギリス人と結婚したあとのことだ。おれは手紙を書いた。だが梨の礫《つぶて》。で、直接こっちへ乗りこんできて、手紙じゃ埒《らち》があかねえんで、彼女の目につくところに暗号文を残しておいたんだ。

そうさな、ここへきてからもう一カ月にもなるか。あの農場に宿を借りて、部屋は一階だから、毎晩、だれの目にもとまらずに出入りできた。なんとかエルシーを説得して、屋敷から連れだそうとしたわけだ。彼女がメッセージを読んでることはわかってた。一度、こっちのメッセージの下に、返事が描いてあったからね。けど、そのうちおれもついにしびれを切らして、彼女を脅しにかかった。そこではじめて、彼女は手紙をよこした——後生だから、このまま立ち去ってほしい、万が一にも亭主にまでスキャンダルが及ぶことがあったら、自分の立つ瀬がないから、って。さらにつづけて、こうも書いていた——もしもおれがそのあと穏便に立ち去ってくれるなら、夜中の三時、亭主が寝ている隙に階下へ降りてって、窓ごしに話しあってもいい。たしかに降りてきはしたけど、なんと金を用意してて、それでおれを買収して追っぱらおうって算段。だもんで、おれもついかっとなって、彼女の腕をつかむなり、窓の外へひきずりだそうとした。そこへとびこんできたのが亭主のやつ、手にはリボルバーを構えてる。エルシーはそのまま床に倒れこんでしまったんで、あとは男同士で対《たい》だ。おれもいちおう武装はしてたから、相手を脅かして、ひるんだ隙に逃げだそうと、銃の狙いをつけてみせた。向こうはいきなり発射する。弾はそれる。おれもほとんど同時に撃ち、相手は倒れる。おれはそのまま庭をつっきって逃げ、途中、後ろで窓がしまる音を聞いた。とまあ、こんなところかな——これが正真正銘、掛け値なしの真実。以後のことはなにひとつ聞いてなかったから、さっきあの若いのが伝言を持って馬でやってくると、とんまなカモよろしく、のこのこやってきて、まんまとあんたたちの手に落ちたという次第だ」

アメリカ人がここまでの話を進めているあいだに、馬車が到着した。制服警官がふたり乗っている。マーティン警部が立ちあがると、容疑者の肩に手を置いた。

「そろそろ出かける時間だ」

「せめて一目だけでも会えませんかね、彼女に？」

「無理だな、夫人は意識不明だ。シャーロック・ホームズさん、かりに将来ふたたびこういう重大事件を手がけることでもありましたら、そのときは、ぜひまたおそばで捜査をさせていただく光栄に浴したいものです」

残った私たちふたりは窓ぎわに立ち、馬車が走り去るのを見送った。ふりむいたとき、私の目にとまったのが、さいぜん容疑者がテーブルにほうりだした紙の玉だった。ホームズが送りつけて、あの男をおびき寄せた伝言だ。

「読めるかどうか、やってみるかい、ワトスン？」ホームズが微笑を浮かべて言う。

文字はなく、以下のような踊り人形が描かれているだけだ——

「さっき説明して聞かせた暗号解読法をあてはめれば、ごく単純な意味だとわかるはずだ——Come here at once——〝すぐにこられたし〟。あの男がこの誘いを断われるはずがないのはわかってる——あいつにしてみれば、これが夫人以外のだれかからきたものだなんて、夢にも考えられないだろうからね。という次第でだ、ねえワトスン、われわれはめでたくこの踊り人形を——これまではもっぱら悪の手先を務めさせられてきたこの人形たちを——かく善用してやれたわけだし、と同時に、また新たな珍しい事件記録を、きみのノートに加えるという約束をも果たせたことになる。たしか列車は三時四十分だったね——夕食までにはベイカー街にも

どれるだろう」

ひとつだけ後日談をつけくわえておこう。

アメリカ人エイブ・スレーニーは、ノリッジでひらかれた冬期巡回裁判で、死刑の宣告を受けたが、その後、重懲役刑に減刑された。酌量すべき情状があり、また、先に撃ったのがヒルトン・キュービットであることもはっきりしているので、死一等を減じられたのである。ヒルトン・キュービット氏夫人のその後については、私も通り一遍のことしか知らない。聞くところによると、傷は全治したものの、その後も再婚はせず、余生を貧民救済事業のため、また、非業に死んだ夫の遺産管理のためにささげているということである。

（1）〈ジュビリー〉は、一八九七年に行なわれたヴィクトリア女王即位六十周年記念祝典。その十年前、一八八七年にも、やはり〈ジュビリー〉（即位五十周年記念祝典）が催されているが、こちらは本編の設定とは年代的に合わない。

ひとりきりの自転車乗り

一八九四年から一九〇一年までの足かけ八年間を通じて、シャーロック・ホームズ氏は多忙をきわめていた。この八年間におおやけになった事件で、多少なりとも解決に困難を伴ったものは、これすべてホームズが相談にあずかっていると言ってもさしつかえないだろうし、それとはべつに、世に知られていない事件もまた何百とあって、そのいくつかは、とびきり複雑怪奇な性質をそなえたものであったが、そこでもホームズはきわだった役割を果たしている。あまたのめざましい成功例と、二、三のやむをえざる失敗例、それらがこの、仕事に明け暮れた長い年月を総括する成果であった。

これらの事件すべてについて、私は詳細なノートを残しているし、なかにはこの私自身が関与しているものもすくなからずあるから、それらのうちからどれを選んで読者のために公開すべきか、この選別がけっしてたやすい作業ではないのは察していただけよう。とはいえ、今回も私はかねてからの原則にのっとり、犯罪そのものの猟奇性よりも、その解決法が独創的であり、かつ劇的でもあるという点に興趣を見いだしていただける、そういう事件のほうを優先したい。かかる理由から、ここに選んでお目にかけるのが、チャーリントンの野をひとり行く自転車乗り、ヴァイオレット・スミス嬢にまつわる事件であり、最後には思いがけない悲劇に結びついたこの事件の捜査と、その奇妙な成り行きとの一部始終なのである。いかにもこの事件では、私の友人を有名ならしめた特異な才能が、ひときわめざましく発揮されたというわけではないが、事件そのものには、二、三の見のがせない特徴があって、私がこのささやかな事件記録を書く材料としている厖大なノートのうちでも、それなりに異彩を放っているのである。

いまそのノートの一八九五年度分をくって[1]みると、私たちがはじめてヴァイオレット・スミス嬢と会ったのは、同年四月二十三日の土曜日のこととなっている。記憶しているかぎりでは、この女性の訪問はホームズにとって、すこぶる間の悪いものだった。それというのも、当時はある非常に難解かつ複雑な事件――煙草王として知られる百万長者ジョン・ヴィンセント・ハーデンにたいして、奇怪な迫害が加えられたという事件――に没頭しているところで、なによりも思考の厳密さと集中とを愛する友人にしてみれば、目前の問題から注意をそらされるのは、まことに腹だたしいものだったはずだからだ。だがいっぽうではまた、生まれつき冷酷にはなりきれないたちでもあり、夜遅く助力と助言とをもとめてベイカー街を訪ねてきた若く美しい女性――背がすらりとして、身ごなしも典雅で、気品に満ちた女性――から、なんとか話を聞いてもらえないかと頼みこまれると、いやとは言えなかった。いまはほかの仕事で手いっぱいで、とても時間を割けないと言ってみても、無駄だった。この女性は、なんとしてでも話を聞いてもらおうというかたい決意で訪ねてきたのであり、もはや力ずくでもないかぎり、お引き取りを願うのはむずかしい状況なのは明らかだった。あきらめ顔で、少々うんざりした笑みを浮かべながらも、ホームズはこの美しき闖入者《ちんにゅうしゃ》に椅子をすすめると、それではあなたの悩み事というのを聞かせてもらいましょうか、と言った。

「すくなくとも、健康上の悩みでないことは確かですね」と、鋭い目を相手の全身に走らせながら言う。「それほど熱心に自転車に乗られるのであれば、活力に事欠かないのは明らかですから」

そう言われて、客は驚いて足もとを見おろした。その靴底のふちが、ペダルにこすれていくらかざらついているのが私にも見てとれた。

「はあ、たしかに自転車にはよく乗りますわ、ホームズ様。じつは、きょうおうかがいしたのも、そのこととくらか関係があるのでございます」

友人はやにわに相手の手袋をはめていない手をとると、標本を見る科学者さながら、すこしの個人的感情をもまじえず、その手を裏から表まで入念に検《あらた》めた。

「いや、失礼しました。これも職業柄ですので、どうかお許しください」そう言いながら、手をはなす。「じつをいうと、もうすこしでタイプのお仕事をされているのかと思いこむところでした。むろんそうではなく、音楽のお仕事であることは明らかですが。見たまえ、ワトスン、指先が篦《へら》のようになってるのがわかるだろう。どっちの職業にも共通するものだ。だがこのかたの顔には、精神的な深みがある——」と、そっと客の顔を光のほうへ向けてみせながら、「——あいにくタイピストにはこういう輝きはない。このお嬢さんは音楽家だ」

「おっしゃるとおりですわ、ホームズ様。わたくし、音楽を教えております」

「田舎で、でしょうね？――その肌の色から見て」

「はあ、ファーナムの近くでございます――サリー州との境の」

「ああ、あのへんは美しい土地だ――いろいろとおもしろい思い出もある。覚えてるだろう、ワトスン――贋金づくりのアーチー・スタンフォード、あいつをつかまえたのがあの土地だった。それで、ミス・ヴァイオレット、そのサリー州との境のファーナムの近くで、あなたの身になにが起きたのです？」

そう問われて、客の女性は、きわだった明晰さと冷静さとをもって、以下のようなまことに不思議な話を物語った――

「ホームズ様、わたくし、父をもう亡くしております。ジェームズ・スミスと申しまして、むかしあったインペリアル・シアターで、オーケストラの指揮者を務めておりました。遺された母とわたくしには、頼るべき身寄りとてございません――たったひとり、ラルフ・スミスという叔父がございますが、このひとは二十五年前にアフリカへ渡ったきり、音信はとだえておりました。父が亡くなったあと、わたくしども母娘はたいそう困窮した生活を強いられましたけど、それがある日、《タイムズ》紙にわたくしどもの消息をたずねる広告が出ている、と教えられたのでございます。母とふたり、どれだけ胸を躍らせましたことか――もしかして、だれかが遺産でも遺してくれたのかも、などと想像したりもいたしました。さっそく、広告に名前が出ている弁護士さんを訪ねてみますと、そこでふたりの紳士にひきあわされました。カラザーズさんとウッドリーさんとおっしゃって、南アフリカから一時帰国されているとのこと。おふたりがおっしゃるには、叔父とはかねて親しくしていたが、その叔父が数ヵ月前、ヨハネスバーグで貧窮のうちに世を去った。叔父はいまわのきわにおふたりにむかい、どうか自分の死後は身寄りのものを探しだして、もし困っているようなら、面倒を見てやってほしい、そう頼みこんだとか。それを聞かされて、わたくしたち、ずいぶん奇異に感じました――叔父は生前わたくしたちのことなど気にもかけなかったのに、なぜまた亡くなるまぎわになって、面倒を見るのなんのと、そこまで気づかってくれるのか。でもカラザーズさんは、それは叔父がつい最近になって父が亡くなったことを知ったためで、それで遺されたわたくしたちの身の上に責任があると考えたのだろう、そうおっしゃるのです」

「ちょっと失礼」ホームズが口をはさんだ。「そのふたりに紹介されたのは、いつのことですか？」

「去年の十二月――四ヵ月前のことになります」

「なるほど。つづけてください」

「ウッドリーさんというのは、とても不愉快な感じのかたでした。はじめからわたくしに色目を使われて――品のないむくんだような顔に、赤い口髭《くちひげ》を生やした若いひとで、髪をひたいのまんなかから左右にべったりと油でなでつけています。まったく虫酸《むしず》が走るとしか言えないようなひとでした――シリルなら、こんなひととわたくしが口をきくのさえいやがるだろう、そう思いました」

「ほう、シリルさんとおっしゃるんですか、あなたがつきあっておられるかたは」ホームズがほほえみながら言った。

客の女性は頰を染めて笑った。

「ええ、そうなんです、ホームズ様。シリル・モートン、電力技師でして、この夏の終わりには、式を挙げたいと考えております。あらやだ、なんで彼のことなんかお話ししてるのかしら。とにかく、申しあげたかったのは、そのウッドリーさんはまったく不愉快なひとだけれど、もうひとりのカラザーズさんのほうは、お年もずっと上だし、まだましだったということなんです。こちらは髪が黒く、肌の色艶が悪く、ひげはなく、無口なひとですけど、物腰はていねいだし、笑顔も悪くありません。わたくしたち母娘が父の死後、どのように暮らしてきたかをおたずねになり、たいへん困窮しているとお答えしますと、ではわが家へきて、十歳になる独り娘に音楽を教える気はないか、そうおっしゃいます。母をひとりにするわけにはいかないので、と申しますと、ならば週末ごとにおかあさんに会いに帰ることにして、年俸百ポンドでどうか、とのお申し出《い》で。これはだれが見ても破格のお給料ですし、結局はこのお申し出に応じることにして、ファーナムから六マイルほど離れた〈チルターン・グレインジ〉というお屋敷へまいりました。カラザーズさんは男やもめですが、家政全般を取り仕切るディクスン夫人という年配の女性[2]がいらして、これはとても品のよい、堂々としたかたですし、お嬢さんもおかわいらしく、万事、申し分のない環境でした。カラザーズさんご本人も、たいそうおやさしく、それに音楽好きでいらっしゃいますので、夜分はいつも音楽談義で楽しく過ごしてまいりました。そして週末になりますと、ロンドンへもどってきて、母と過ごすというわけでございます。

さて、このしあわせすぎるほどの暮らしに最初に翳《かげ》がさしたのは、赤ひげのウッドリーさんがお屋敷へ見えたときです。一週間の予定で滞在なさったのですけど、その一週間がわたくしには、ほんとにもう、三カ月ほどにも思えました！　ぞっとするとは、ああいうひとのことでしょう。とにかくだれにでも威張りちらすのですけど、わたくしにしてみれば、威張られるのよりももっと悪い。隙さえあれば言い寄ってきて、自分は金満家だの、自分と結婚すれば、ロンドンでもふたつとないダイヤモンドを買ってやるだのと、言いたい放題。それでもわたくしが相手にせずにいますと、とうとうある日、夕食後にわたくしを抱きすくめて——おそろしく力の強いひとなんです——わたくしがキスを許すまでは、この手をはなさないと言います。さいわいそこへカラザーズさんがはいってこられて、力ずくで引き離してくださいましたけど、そうされるとウッドリーさんは、今度はお屋敷のご主人に食ってかかり、遠慮会釈なく殴り倒して、顔がざっくり切れるほどの怪我をさせる始末です。さすがにこれで、お屋敷での滞在も打ち切りになったのは申すまでもございません。カラザーズさんがわたくしに謝罪なさって、二度とああいう辱《はずかし》めは受けないようにしてあげると請けあってくださったのは、その翌日のことでございます。それ以来、ウッドリーさんとお会いしたことはありません。

さて、ホームズ様、ここからがいよいよ、わたくしがきょうこうしてご相談にあがった、そのもととなった出来事の話になります。その前にまず知っておいていただきたいのですが、わたくしは毎週土曜日の午後、十二時二十二分の列車でロンドンへ向かうため、ファーナムの駅まで自転車でまいります。〈チルターン・グレインジ〉から駅までは、たいそう寂しい道がつづきますけれど、なかでもとりわけ寂しいのが、片側にチャーリントン・ヒースの荒れ野が、もういっぽうに〈チャーリントン・ホール〉という古い館をかこむ森がひろがるという、およそ一マイル以上もつづく一本道のところでございます。たぶんどこへ行っても、あれほど寂しい道のつづく場所というのはないと存じますし、クルックスベリー・ヒルに程近い街道に出るまでは、荷車とか農家のかたの姿さえ、めったに見かけることもございません。

二週間前のこと、この一本道を走りながら、なにげなく肩ごしにふりかえりますと、二百ヤードほど後ろに、やはり自転車に乗った男のひとが見えました。中年で、短い真っ黒なあごひげを生やしたひとのようです。ファーナムに着く前に、またふりかえってみましたが、もう姿は見えませんでしたので、こちらもそれきりそのことは忘れておりました。ところがホームズ様、月曜日の帰り道に、またおなじ一本道でおなじ男の姿を見かけたときのわたくしの驚き、どうかお察しくださいませ。しかも、そのつぎの土曜日と月曜日にも、一週間前とそっくりおなじことがつづきましたので、わたくしの驚きはいよいよ大きくなりました。そのひとはいつも一定の距離を保っていて、どのような意味でもわたくしを困らせるといったことはないのですが、それでも、一連の出来事はまことに奇妙に思えます。そのことをカラザーズさんに話しましたところ、たいそう興味を持たれたようすで、ちょうどいま一頭立ての軽二輪馬車《トラップ》を注文したところなので、今後はあの寂しい道を、たったひとりで走らなくてもすむようになる、そうおっしゃいました。

注文した馬車というのは、今週じゅうにくるはずだったのですけど、なにかの都合でそれが届かず、わたくしはまた自転車で駅へ向かうことになりました。それがけさのことでございます。チャーリントン・ヒースにさしかかったとき、わたくしがとくに気を配ったことはご想像がおつきと存じます。するとはたせるかな、これまでの二週間とまったくおなじに、男のひとが後ろを走ってきます。ずっとわたくしとは距離を保っていますので、顔をはっきり見ることはできませんけど、知らないひとであることはまちがいありません。服装は、黒っぽいスーツに、やわらかな布の帽子。顔の特徴として見てとれるのは、黒いあごひげだけです。でもわたくし、きょうはこわさよりもむしろ好奇心が先に立って、そのひとが何者で、なんのためにこんな真似をするのか、それを確かめてやろうと決心しました。ためしに自転車のスピードをゆるめてみましたところ、向こうもゆるめます。こちらが完全に停止すると、向こうも停まります。そこで今度は罠を仕掛けることにしました。道の途中に、急なカーブが一カ所あります。スピードをあげて、そのカーブを曲がり、曲がるとすぐに停まって、待ち構えました。向こうも大急ぎでそこを曲がってきて、とっさには停まれずに、わたくしの前を通過してゆくだろう、そう予想していたのですが、それきり、待てど暮らせどあらわれません。角までひきかえして、カーブの向こうをのぞいてみました。一本道ですから、一マイル先まで見通せますのに、そのひとの姿はどこにもありません。しかも、不思議なことに、そのあたりには、そのひとが曲がってゆけそうな脇道なんて、どこにもございませんの」

わが意を得たりと言いたげに、ホームズはくつくつ笑って、手をこすりあわせた。

「なるほどこの一件には、特異な点がたしかにいくつかありますね」と言う。「あなたがその角を曲がってから、もとの道路上に人影がないのを確かめられるまで、時間はどのくらいありましたか？」

「二、三分だと存じますけど」

「すると、一マイルも先までひきかえせたはずはない、と。しかも、脇道もないというわけですか」

「ございません」

「では、道路のどちらかの側で、ひとのやっと通れるくらいの抜け道にでもはいったんでしょう」

「といっても、荒れ地の側ではありえませんわ。それならこちらから見えたはずですから」

「そうすると、消去法で、その男は〈チャーリントン・ホール〉のほうへ向かったということになる。お話によれば、この〈館〉は、道のいっぽうの側にひろがる屋敷地にかこまれているようですから。ほかにまだうかがっておくことでもありますか？」

「それだけですわ、ホームズ様。あとは、わたくし、すっかり途方に暮れてしまって、こうしてお目にかかって、相談にのっていただくまでは、とても心が休まらないと思ったと、そんなことぐらいでしょうかしら」

ホームズはしばらく無言のままますわっていた。

それから、おもむろに訊いた。「さっきのお話にあった婚約者のかた、いまどこにおいでですか？」

「コヴェントリーのミッドランド電力会社におりますけど」

「よもやそのかたが〝サプライズ〟で訪ねてみえる、というようなことは？」

「まさか、ホームズ様！　わたくしが彼を見て、そうと気づかないとでもお思いですの？」

「ほかにあなたを崇拝しているといった男性は？」

「シリルと知りあうまでは、何人かいないこともございませんでした」

「で、それ以後は？」

「あの不愉快な男、ウッドリーぐらいなものでしょうか――あれを崇拝者と呼べるものなら、ですけど」

「ほかには？」

ここではじめてわれらが美しき依頼人は、わずかにためらうそぶりを見せた。

「だれです？」ホームズが問いつめた。

「あるいはこれ、ただの思い過ごしかもしれないんですけど、じつは、ときどき、ご主人のカラザーズさんが、わたくしにひどくご執心のように見えることがございますの。あのかたとはなにかにつけていっしょに過ごすことが多うございますし、夜分は、あのかたの伴奏をわたくしが務めたりもいたしますので。もちろん、口に出してはなにもおっしゃいません。ほんとうに申し分のない紳士なんです。でも、そこが女性の勘とでもいうのでしょうかしら」

「なるほど！」ホームズの表情が引き締まった。「で、いったいなにをして暮らしをたててる人物なんですか？」

「お金持ちなんです」

「そのくせ、馬車も、馬も、持っていない？」

「ええ、まあ、すくなくとも、かなり裕福だとは申せますわ。ただ、週に二、三度はシティーにお出かけになりますけど。南アフリカの金鉱株にずいぶん関心をお持ちのようですの」

「ではスミスさん、なにか新たな進展がありましたら、またお知らせいただけますか？　目下のところ、たいへん忙しいのですが、なんとか時間を見つけて、あなたのほうの問題もすこし調べてみましょう。それまでは、何事もぼくに相談なしには動かれぬこと。では、きょうはこれで。これ以上なにも起こらぬことを願っていますよ」

客が帰ったあと、ホームズはいつも思索にふけるときにくゆらすパイプを手にした。

「ああいう女性につきまとう男がいるってのは、いわば〈自然〉の摂理ともいうべきなんだろうな」と言う。「それにしても、なにもわざわざ寂しい田舎道を、自転車でつけまわさずともよさそうなものだが。さしずめだれか、人知れず胸を焦がしてる気の弱い男ってところか。それはそうとワトスン、この件にはすこぶる奇妙で、なおかつ示唆に富んだ点があるんだが、気がついたかい？」

「そいつがある特定の地点にしかあらわれない、ってことだろう？」

「ご明察。だからわれわれとしてまず力をそそぐべきは、その〈チャーリントン・ホール〉とやらの住人が何者なのかをつきとめること。つぎに、そのカラザーズとウッドリーという二人組、このふたりの関係がどういうものかも問題になるね――二人組とは言い条、まるきり肌合いのちがう男たちらしいから。そういう連中が、どうしてふたりそろって、そんなにも熱心に、ラルフ・スミスの身寄りを探しだそうとしたのか。ああ、もうひとつあるぞ。家庭教師に相場の倍もの給料を払っておきながら、駅までは六マイルもあるというのに、馬の一頭も持っていない――いったいどういう所帯《メナージュ》なんだろうね。奇妙だよ、ワトスン――奇妙きてれつだ」

「じゃあ、調べにいくのか？」

「いや、行かない。行くのはきみだよ。なにかたくらみがありそうなんだが、にしても、たいしたものじゃなさそうだし、ぼくはほかに重要な調査があって、ここで手を抜くわけにはいかない。きみは月曜日の朝早くファーナムに着くようにする。着いたら、チャーリントン・ヒースの近くに身をひそめる。目の前で起きることを実際にその目で見て、そのうえで臨機応変に対処する。さらに、〈館〉の住人について近所で二、三あたってみて、それがすんだらもどってきて、ぼくに一部始終を報告する。ああ、それからね、ワトスン、さしあたりこの一件はここまでということにしておこう。なにか確固たる手を打つのは、解決につながる見通しがついてからのことだ」

依頼人は月曜日の朝九時五十分、ウォータールー駅発の列車で帰ると聞いていたから、私は朝早く出かけて、九時十三分発の列車をつかまえた。ファーナムに着いたあと、チャーリントン・ヒースへの道筋はなんなく知ることができた。さらに、依頼人が妙な体験をしたという現場も、一望にひらけた荒れ野が片側に、もういっぽうには、櫟《いちい》の古木の生け垣がつづいているので、一目見ただけでそれと知れた。生け垣は広い緑地をかこんでつづき、緑地のなかには、諸所に亭々《ていてい》たる大木が茂っている。苔むした石の正門があり、左右の門柱には、由緒ありげな紋章。だがこの正門から通じるドライブウェイのほかにも、生け垣には何カ所か切れ目があって、それぞれ細い歩道が茂みを抜けてつづいている。建物自体は道路からは見通せないが、全体のたたずまいはいかにも陰気で、荒廃の気がいちじるしい。

いっぽう、その向かい側は、金色のハリエニシダの茂みが荒れ地をおおいつくし、明るい春の日ざしを浴びて、爛漫と花が咲き乱れていた。それらの茂みのひとつを選んで、私は身をひそめた——ここからなら、〈館〉の正門のみならず、延々とつづく一本道の左右をも同時に見わたせる。私が茂みに身をひそめたときには、その道にはまったく人影がなかったのだが、やがてそこに、自転車に乗ったひとつの人影が見えてきた。私がきたのとは逆の方向からやってくる。黒っぽい服を着て、黒いあごひげをたくわえた男。〈チャーリントン・ホール〉の屋敷地のはずれまできたところで、ひらりと自転車を降りると、それをひいて生け垣の切れ目のひとつからなかへはいり、そのまま私の視界から消えた。

待つこと十五分余り、やがて自転車に乗ったふたつめの人影があらわれた。今度のは、私たちの依頼人である若い女性で、駅のほうからやってくる。〈館〉をめぐる生け垣にさしかかると、彼女はあたりを見まわした。彼女が通り過ぎたあとすぐに、さいぜんの男が隠れていた場所からあらわれ、身軽に自転車にとびのって、あとをつけはじめた。どこまでもひらけた荒れ野を背景に、動くものといってはそのふたつの人影のみ——先を行くすらりとした女性は、まっすぐ背筋をのばしてペダルを踏み、あとを追う男は、背を丸めてハンドルの上にかがみこみ、その一挙一動に、妙に人目を盗むような気配をただよわせている。と、先行する女性が後ろをふりかえり、スピードをゆるめた。男もそうする。彼女が停まる。後ろの男もすぐに、彼女から二百ヤードほど離れて停まる。つぎに彼女がとった行動は、意表をついているばかりか、勇気あるものでもあった。とつぜん自転車の向きを変えると、男にむかってまっしぐらに突進してきたのだ！　だが、男もさるもの、彼女に劣らぬ敏捷《びんしょう》さでしゃにむに逃げだした。しばらくすると、彼女がおなじ道をひきかえしてきた――もうあのような無言の随行者など用はないとでも言いたげに、毅然として胸をそらし、頭を高くもたげている。男のほうもやはりひきかえしてきたが、こちらも彼女とのあいだには終始おなじ距離をおき、やがて道のカーブがふたりの姿を私の目からさえぎってしまった。

私はしばらく茂みにひそんだままでいたが、そうしたのは正解だった。まもなく男がゆっくり自転車を走らせてもどってきたからだ。今度は正門から〈館〉のなかにはいると、男はそこで自転車を降りた。そのあと二、三分、木立のなかに立っている姿が私にも見えた。両手をあげて、ネクタイを直しているようすだ。それから、あらためて自転車にまたがり、ドライブウェイを〈館〉のほうへと走り去った。私はヒースの原を駆け抜け、樹間からのぞいてみた。はるか向こうに、古い灰色の建物がわずかに見てとれる。チューダー様式の煙突が林立しているが、ドライブウェイは生い茂った植え込みを抜けて走っているため、男の姿はもう見えない。

とはいえ、これまでの働きで一朝の収穫としてはじゅうぶんだと思ったので、私は意気揚々と歩いてファーナムへひきかえした。地元の不動産屋では、しかし、〈チャーリントン・ホール〉についてのはかばかしい返答は得られず、いっそロンドンはペルメル街にある著名な周旋業者へ行ってみてはどうかとすすめられた。帰りがけにその店に寄ってみると、代表者と名乗る男が出てきて、丁重に応対してくれた。いえ、あいにくとこの夏は、〈チャーリントン・ホール〉をお借りになることはできません。ほんの一足、遅うございましたな。一カ月ほど前に借り手がつきまして。ウィリアムスン様とおっしゃるかたで。ごりっぱな年配の紳士でいらっしゃいます。だが、むやみに顧客の個人問題に立ち入ることはご法度《はっと》だとでもいうのか、そのいんぎんな代表者も、それ以上はかたく口をつぐんだきり答えなかった。

その夜、私が延々と語って聞かせた調査の一部始終に、わが友シャーロック・ホームズ氏はじっと耳を傾けていた。ところが、その口からは、これぐらいはあって然《しか》るべきだと私がひそかに自負していた、友人からのそっけない褒め言葉のひとつすら出てこなかった。それどころか、私のしたこと、しなかったことのあれこれについて、いちいち講評をくだし、しかもそうするうちに、普段からきびしいその顔が、いよいよ苦虫を嚙《か》みつぶしたようになっていった。

「きみの選んだ隠れ場所ってのはね、ワトスン、まさに最悪以外のなにものでもないよ。隠れるのなら、生け垣のかげにすべきだったんだ。そうすれば、もっと近くからその興味ぶかい人物が観察できたのに。ところが、何百ヤードも離れてるものだから、スミス嬢ご本人ほどの報告すらできやしない。彼女はその謎の男を未知の人物だと言ってるが、ぼくに言わせれば、まちがいなくその男、彼女の身近にいる。そうでなくてどうして、彼女に顔を見られないよう、そうまで躍起になってそばに近づくのを避けるわけがある？　きみだってそいつが、ハンドルの上に身をかがめてたと言ってるだろう。これまた顔を見られないための用心じゃないか。実際、きみはへまばかりやったとしか言いようがないね。そいつは〈館〉へもどっていった。そこできみは、そいつの正体をつきとめようとした。で、出かけてったのが、よりにもよって、ロンドンの不動産屋だときている！」

「だったら、どうすればよかったというんだ！」私もいささかむっとして声を高めた。

「地元のパブへ行くべきだったんだよ。パブこそは、土地のゴシップの中心なんだ。お屋敷の旦那がたから、お勝手女中の端くれにいたるまで、どんな人間のことだって訊きだせる。ウィリアムスンか、へっ！　そう聞いても、ぼくにはまるきりぴんとこないね。年配の男だというのなら、あの元気のいいお嬢さんの追跡をふりきって逃げおおせた、身軽な謎の自転車乗りとは別人に決まってる。わざわざきみが遠くまで出張《でば》って、それでなにが得られたというんだ？あのお嬢さんの話にまちがいがなかった、それが確かめられただけだ。そんなことぐらい、ぼくにはとっくにわかってた。はなから疑ったことなんかない。謎の自転車乗りと〈館〉とが、なにかつながりを持ってるとわかった。これもぼくが最初から、そうにちがいないとにらんでたことだ。もうひとつ、〈館〉を借りてるのがウィリアムスンなる人物だという事実。それがわかったからって、いったいなんになる？　だが、まあいい、まあいいさ、きみ、そうがっかりするな。つぎの土曜日までは、これ以上の手は打ちようがないんだし、ぼくのほうでもそれまでのあいだ、ひとつふたつ調査を進めてみるつもりだからね」

あくる朝、スミス嬢から簡単な手紙が届いた。前日に私の目撃した出来事が、そのまま要領よく、かつ正確に綴《つづ》られているが、しかし、この手紙の骨子というべきは、追伸の部分に書かれていることだった――

ホームズ様、あなたさまを見込んで面倒なことを打ち明けますけれど、このお屋敷でのわたくしの立場、少々むずかしくなってまいりました。ご主人のカラザーズさんから求婚されたのでございます。あらためて、あのかたのお気持ちがとても深いもので、けっして軽々には扱えないことを痛感いたしました。とは申せ、もとよりわたくしにはすでに婚約者があり、お断わりいたしましたところ、深刻なショックを受けられたようでしたが、それでもわたくしへの態度はあいかわらず穏やかでした。さはさりながら、ここでの事情がいくぶん厄介なものになってきた、このことはおわかりいただけると存じます。

「あのお嬢さん、苦しい立場に追いこまれかけてるね」ホームズが手紙を読みおえて、思案げに言った。「どうもこの事件、当初ぼくが考えてたよりもずっと興味ぶかい面があるし、展開の妙も期待できそうだ。ここらで一日、静かな田舎でのんびり過ごすというのも悪くないかもしれん。さっそく午後にでも出かけて、ひとつふたつ、ぼくの組みたてた仮説が的中してるかどうか、ためしてみることにするよ」

田舎でのホームズの静かな一日は、とんでもない結果に終わった。その夜、ベイカー街にもどってきたときには、くちびるはざっくり切れているわ、ひたいには青黒く変色した瘤《こぶ》ができているわのていたらく。おまけに、全体の雰囲気はどう見てもならずもので、そのままお尋ね者としてロンドン警視庁《スコットランドヤード》に追われても不思議はないといった風体《ふうてい》。なのにご本人は、その日の冒険の顚末《てんまつ》をすこぶるおもしろがっているようすで、その一部始終を語って聞かせながら、腹をかかえてげらげら笑う。

「日ごろめったに運動しない身には、こういうのも結構なごちそうになるね。きみも知るとおり、ぼくはボクシングという英国のよき伝統あるスポーツにいささかながら熟達してるつもりだが、ときにはこれが役に立ってくれる。たとえばきょうだ——もしボクシングの心得がなかったら、それこそほうほうのていでご帰館あそばす、という仕儀になってたろうね」

いったいどうした事情なのだと、私は詳しい説明をせがんだ。

「きのうきみに教えたとおり、ぼくはまず地元のパブを見つけた。然るのちにやおら、慎重な聞き込みを始めたわけだ。カウンターに陣どったが、亭主というのがよくしゃべる男でね、聞きたいことはなんでも聞かせてくれたよ。ウィリアムスンというのは、白いあごひげをたくわえた男で、小人数の使用人を置いただけで、単身、〈館〉に住んでるという。なんでも、もともとは聖職者だったといううわさもあるそうだが、〈館〉にきてからの短期間にそいつのしでかしたという一、二の所業のことを聞くと、とてもそうは思えないふしもある。だから、さっそく聖職者協会へ行って、問いあわせてみたところ、たしかにそういう名の男が聖職者の位階を受けているが、しかしその経歴にはすこぶる怪しい点があるとの返事。パブの亭主の話はつづいて、週末にはきまって大勢の客が〈館〉に集まるということも聞かせてくれた——『どうもやたらに騒々しい連中でして』——なかでもウッドリー氏という赤ひげの人物は、しょっちゅう〈館〉に入りびたっている。と、ここまで聞いたところで、とつぜんずかずかと近づいてきたのが、だれあろう、当のうわさの主《ぬし》さ。酒場のべつのところでビールを飲んでいて、いまのやりとりをそっくり聞きつけたというわけだ。おい、きさま、何者だ！　なにしにきやがった！　おれのことを根掘り葉掘り訊きやがって、いったいなんのつもりだ！　と、立て板に水とまくしたてる。罵《のの》り言葉もじつに多彩だ。そのあげくに、前置き抜きにいきなりバックハンドで横っ面を張ってきたから、ぼくも完全にはかわしそこねた。いやもう、それからの数分間は痛快だったね。しゃにむに殴りかかってくる相手に、左のストレートがみごとに決まった。あげくはこっちもこういう姿になったわけだが、ウッドリーのせんせいのほうは、荷車で宿まで送りかえされる始末さ。とまあこういったところが、サリー州との州境《ざかい》におけるぼくの一日の行楽の顚末だが、白状すると、これがきみの体験よりも、はるかに実り多いものだったとは言いかねるという、まあそんな気もしないではないね」

木曜日には、依頼人からまた新たな手紙が届いた——

ホームズ様、このたび、カラザーズさんのところのお仕事を辞めることになったと申しあげても、たぶん意外には思われないと存じます。いくら高給をいただきましても、ただいまの境遇の居心地悪さにはかえられません。土曜日にはいつものようにロンドンへまいり、それきりもどらないつもりでおります。カラザーズさんの手配なさっていた馬車が届きましたので、あの寂しい道にもしなんらかの危険があるとしても、今後はもう心配ございません。

わたくしが辞職することになりました原因と申せば、カラザーズさんとのあいだが気まずくなっているという理由のほかに、例の忌まわしいウッドリーという人物が、またあらわれたことが挙げられます。もとから虫の好かないひとでしたが、その後に事件でも起こしたのか、いまはもっと醜悪な、ひどいご面相になっています。窓からちらっと見かけただけですけど、じかに顔をつきあわせなくてよかったと胸をなでおろしております。カラザーズさんと長いこと話しこんでいましたが、カラザーズさんはそのあと、ひどく興奮しておいでのようでした。ウッドリーはこのお屋敷には泊まりませんでしたが、けさもお庭の植え込みのなかをこっそり歩きまわっている姿を見かけましたから、どこか近くの宿にでも滞在しているのでしょう。いっそお庭に猛獣でも放してやりたい気持ちです。あの男を心の底から忌み嫌い、恐れおののいているわたくしの気分、とても言葉にはしきれません。どうしてカラザーズさんはあんな男に一瞬でも我慢していられるのでしょうか――お気持ちが量りかねます。とは申せ、この悩みとも土曜日にはおさらばです。

「そうありたいもんだね、ワトスン――ほんとにそうありたいもんだ」と、ホームズが重々しく言った。「あのお嬢さんの身辺には、なんらかの由々しき罠が張りめぐらされている。だから、このつぎの最後の上京のさいに、だれも彼女に手出しをしないよう、しっかり見まもってあげるのがわれわれの責務というものだ。どうだろう、ワトスン、土曜の朝には都合をつけてふたりで出かけてゆき、この奇妙な、しかもまだ完結していない調査が、望まぬ結末を迎えないよう手を打つとしようじゃないか」

白状するが、ホームズにこう言われるまで、私はこの事件をさほど重大視していなかった。危険というよりは、なにやらグロテスクな、珍奇な出来事のように感じていたからだ。男がひとりの容姿端麗な女性を見かけて、あとをつけるというのは、なにもいまに始まったことではないし、それがいたって肝《きも》の小さい男なら思いきって話しかけるどころか、逆に相手のほうから近づいてきたら、あわてて逃げることだってありうるだろう。とても強引な襲撃者にはなりそうもない。話に聞くウッドリーという無法者は、それとは大ちがいの男のようだが、それでも、そいつがわれわれの依頼人にちょっかいを出したのは一度きりで、いまはカラザーズの住まいへやってきても、依頼人の前には姿を見せないという。ならば自転車の男はどうかというと、これはまちがいなくパブの亭主の話にあった、週末に〈館〉に集まるという客のひとりだろう。しかし、その男が何者で、なにが目的で彼女のあとをつけるのか、そのへんはいっこうはっきりしないままだ。だから、この一連の奇妙な出来事の背後に、悲劇がひそんでいる可能性もあると私に思い知らせたのは、ホームズのけわしい顔と、部屋を出しなに彼がリボルバーをポケットにすべりこませたという事実、このふたつにほかならなかった。

前夜の雨もあがって、輝くばかりの朝であった。ヒースの野には、いたるところ花の咲きこぼれるハリエニシダの茂みが点在し、くすんだ灰色や褐色やスレートグレイなどのロンドンの街並みになじんだ目には、いやがうえにも明るく、華やかに見える。ホームズと私は、ふたり肩を並べて、新鮮な空気を胸いっぱいに吸い、鳥の歌や、さわやかな春の息吹《いぶき》で耳を楽しませつつ、砂まじりの広い田舎道を歩いていった。クルックスベリー・ヒルの肩にあたる小高い地点までくると、古いオークの木立から、にょっきりそびえている陰気な〈館〉が見えてきた。オークもかなりの老木だが、それにかこまれた〈館〉は、もっと古びている。と、ホームズが手をあげて、長い一本道をゆびさしてみせた。どこまでも褐色にひろがるヒースの野、そして芽吹きはじめた森の緑のあいだを、くねくねと曲がりながらのびる赤みがかった黄色の帯。その道路上のずっと遠方に、小さな黒点がひとつ――こちらへむかって走ってくる乗り物だ。それと見るなりホームズが、焦燥の色もあらわに大声をあげた。

「これでも半時間の余裕を見てきたんだが」と言う。「あれがもし彼女の乗った馬車なら、いつもより早い列車に乗るつもりなんだろう。まずいよ、ワトスン、これじゃわれわれと行きあう前に、〈チャーリントン・ホール〉の前にさしかかっちまう」

丘を越えると、向こうの乗り物は視界から消えたが、それでも私たちはせきたてられる思いで先を急いだ。しばらく行くうちに、座業の身とて普段あまり歩きつけない私には、慣れないこの運動がてきめんにこたえてきて、連れからどんどん置いてゆかれはじめた。そこへいくとホームズは、日ごろから鍛練を怠らず、いざとなるとひきだせる無尽蔵の精力のかたまり。弾むような足どりはいっこう衰えず、やがてついに彼我《ひが》の距離が百ヤードほどにもひらいたところで、とつぜん彼が立ち止まり、腕をふりあげるのが見えた。悲嘆と絶望のしぐさだ。と思ったとたん、無人の二輪馬車が一台、道路のカーブを曲がってあらわれ、ゆるい駆け足《キャンター》で走る馬の足どりをそのままに、こちらへ疾走してきた。

「遅かったよ、ワトスン、遅かった！」息を切らせて追いついた私に、ホームズは大声で言った。「ぼくもよっぽど抜かったものだ、時間の早い列車のことを考えなかったとは！ 誘拐されたんだ、ワトスン――誘拐された！ 殺されるかもしれない！ くそ、なんてこった！ おい、道をふさげ！ 馬を停めろ！ よし、それでいい。さあ、乗るんだ。とりあえずやってみようじゃないか、ぼくの許しがたい失態をいくらかなりともとりもどせないかどうか」

ふたりして馬車にとびのると、ホームズは馬を方向転換させたのち、鋭く一鞭くれて、そのまま矢のように馬車のきた方角へととばしはじめた。カーブをまわると、前方にどこまでものびる一本道――片側は〈館〉、もういっぽうは、ひらけたヒースの野だ。そのとき私ははっとして、ホームズの腕をつかんだ。

「見ろ、あの男だ！」

こちらへむかって走ってくるひとりきりの自転車乗り。頭を低くし、肩を丸め、全力をふりしぼってペダルを漕いでくる。自転車競技者そこのけの走りっぷりだ。と、とつぜんその顔があがり、あごひげが見えた。こちらが近づいてゆくのを認めると、向こうは急停止して、自転車からとびおりた。青白い顔に、漆黒のあごひげがめだつ。目は熱病病みのようにぎらぎらしている。その目で近づいてくる馬車と、それに乗った私たちを見据える。とたんにその面《おもて》に驚愕が走った。

「おおい！　停まれ！」どなりながら、自転車を横向きにして道をふさごうとする。「おまえら、いったいどこでその馬車を手に入れた！　停まれといったら、こら！」なおもわめきながら、脇ポケットからピストルをとりだす。「停まれ、停まれというんだ、おい、こら、停まらないと、馬に一発お見舞いするぞ！」

ホームズが手綱《たづな》を私の膝に投げかけ、御者席《ぎょしゃ》からとびおりた。

「こっちこそ、ぜひそっちに会いたいと思ってたところだ。おい、ミス・ヴァイオレット・スミスをどこへやった？」せきこんで、だが明瞭に問いかける。

「それはこっちの訊きたいことだ。おまえたちの乗ってるのは、彼女の馬車じゃないか。どこにいるかは百も承知だろうが」

「この馬車には道で行きあったんだ。だれも乗っていなかった。だから彼女を救いにこっちへひきかえしてきたんだ」

「なんだと？　そりゃいけない！　たいへんなことになった！　ああ、いったいどうしたらいいんだ！」正体不明の男は、絶望に身をもみながら叫びたてた。「きっとやつらの手に落ちたんだ――あのウッドリーの悪魔めと、ごろつき司祭との仕業《しわざ》だ。きてくれ、どうかこっちにきてくれ。あんたらがほんとうに彼女の味方なら、いっしょにきて、彼女を助けるのに手を貸してくれ。たとえチャーリントンの森に屍《かばね》をさらすことになろうとも、ぜったいに彼女を救いだしてみせるぞ」

いまだにピストルを手にしたまま、男は半狂乱のていで生け垣の切れ目のほうへと駆けだした。ホームズもあとを追い、私もまた、道ばたの草を食《は》んでいる馬をその場に残して、ホームズのあとを追いかけた。

「なるほど、この道を行ったんだな」ホームズが言って、足もとの泥道にしるされたいくつかの靴跡をゆびさした。「あっ！　ちょっと待て！　この茂みにだれかいるぞ！」

年は十七、八と見える若者で、革の飾り紐のついた服にゲートルという馬丁の服装、膝をかかえるような姿勢で、仰向けに倒れている。頭にぱっくり割れた傷があり、意識を失ってはいるが、死んではいない。傷を一目見て、骨には達していないと私は判断した。

「ピーターだ、馬丁の」いまだに正体不明の男が叫んだ。「この子に彼女を送らせたんだ。あのごろつきども、この子をひきずりおろして、棍棒で殴ったんだな。しかたがない、このままにしておこう。いまはなにもしてやれないし、それよりも彼女を、女性の身にふりかかる最悪の運命から救いだすのが先決だ」

私たちは死に物狂いに走りだした。小道は曲がりくねりながら木立を縫ってつづいている。やがて、建物をとりまく灌木の茂みまできたところで、ホームズが立ち止まった。

「家のなかにははいっていない。こっちだ、その左手へ行くほうに足跡がある――見ろ、その月桂樹の植え込みのそばだ！　ああ、やっぱり、まちがいない！」

と、そう言う彼の声にかぶせて、女性の悲鳴が響きわたった――気も狂わんばかりの恐怖にふるえる、痛々しい悲鳴――それが私たちの正面に密生した、濃い緑の茂みの奥から聞こえてきたのだ。声は長く尾をひきつつ最高音にまで達し、そこでいきなりとぎれて、ごろごろと窒息するような音に変わった。

「こっちだ！　こっち！　やつら、球戯場《ボウリングアレー》にいるんだ」案内役の男が叫ぶなり、茂みを抜けて突進した。「ちくしょう、卑劣な犬どもめ！　さあ、ふたりとも、ついてきて、早く！　しまった、遅かったか！　遅かった！　ああ、とんでもないことを！」

茂みを抜けたとたんに目にとびこんできたのは、美しい緑の林間の空き地だった。ぐるりを老木にかこまれているが、向こうはずれのひときわ堂々としたオークの木の下に、三人の異様な取り合わせの一団が立っていた。ひとりは女性——私たちの依頼人——で、ハンカチで猿轡《さるぐつわ》をかまされ、ぐったりとして、息も絶えだえのようす。その向かいに立っているのは、けだものじみた鈍重そうな顔に赤い口髭を生やした若い男で、ゲートルをつけた脚を大きく左右にひらき、片手は腰にあてがって、もういっぽうの手では乗馬鞭をふりまわしている。どこから見ても得意満面、勝利の快感に酔っているといったふぜいだ。そしてこの男女のあいだに、年配の、灰色のあごひげをたくわえた男がいて、こちらは軽いツイードの服の上に短い法衣《サープリス》をまとい、明らかにいましがた結婚式を執り行なったばかりとおぼしい——というのも、私たちがとびこんでいったとき、ポケットに祈禱書をすべりこませ、凶相の花婿の背中を陽気にたたいて、祝福の言葉をかけているところだったからだ。

「もう結婚したんだ！」私は息をのんだ。

「さあ早く！　早くきてくれ！」案内役の男が叫んで、一気に林間の空き地をつっきる。ホームズがつづき、私も後れじとあとを追う。私たちが近づくと、依頼人の女性はよろめきつつ身を起こして、木の幹にもたれかかった。元司祭のウィリアムスンは、わざとらしく丁重なしぐさで一礼してみせ、いっぽう乱暴者のウッドリーは、野放図な、野獣めいた哄笑《こうしょう》を響かせながら進みでてきた。

「おいボブ、そんなひげ、さっさととっちまえよ」と言う。「おめえの正体ぐれえ、とっくにばれてら。ま、おめえも、そっちのお連れさんふたりも、ちょうどいいところへきてくれたってもんだ——ウッドリー夫人を紹介するぜ」

それにたいする私たちの案内役の答えは、およそ類例のないものだった。いきなり変装用の黒いあごひげをむしりとると、地面にたたきつけたのだ。下からあらわれたのは、面長《おもなが》で、肌の青白い、きれいにひげを剃った顔だった。それから、手にしていたリボルバーをあげ、若いならずものに狙いをつけた。相手も物騒な乗馬鞭をびゅんびゅんふりまわしながら、大股に彼に迫ってくる。

「いかにもわたしはボブ・カラザーズだ」と、私たちの同盟者は言った。「その女性の身を護るためなら、たとえ縛り首になっても悔いはない。そのひとに手出しをしたらどうなるか、このわたしが思い知らせてやる、ちゃんとそう言っておいたはずだぞ。その言葉に嘘はないことをいまから教えてやる！」

「ふん、遅かったな。もうおれの女房だよ、こいつは！」

「ちがうな、おまえの未亡人だ」

銃声一発、ウッドリーのチョッキの胸もとから血が噴きだすのが見えた。ウッドリーは悲鳴

をあげて体をよじらせると、そのまま仰向けにどさりと倒れた。醜悪な赤ら顔から見るまに血の気がひき、おぞましくも白っぽいまだらに変わる。もうひとりの年配の男は、まだ法衣をまとったまま立ちすくんでいたが、ここでいきなり、私もはじめて聞くほどのすさまじい呪詛《じゅそ》の言葉をつづけざまに吐きだすなり、自分もリボルバーをとりだして、狙いをつけた。だが狙いが定まる寸前、彼はホームズの銃口が鼻先につきつけられているのを見おろすことになった。

「よし、もうたくさんだ」私の友人が冷厳に言った。「そのピストルを捨てろ！　ワトスン、そいつを拾ってくれ！　この男の頭に狙いをつけろ！　ああ、それでいい。それからきみ、カラザーズ、きみもそのリボルバーをこっちによこしたまえ。もう暴力沙汰はごめんだ。さあ、よこしたまえといったら！」

「そう言うあんたは、いったい何者だ」

「ぼくか？　シャーロック・ホームズというものだ」

「えっ、それはまた！」

「名前ぐらいは聞いてると見えるな。警察がやってくるまで、ぼくがこの場を取り仕切らせてもらう。おおい、きみ！」彼が呼びかけたのは、いつのまに息を吹きかえしたのか、おそるおそる空き地のはずれに姿を見せていた馬丁の少年だった。「ちょっとこっちへきてくれ。この伝言を持って、できるだけ速くファーナムまで一っ走りしてもらいたい」手帳から裂きとった紙片に何事か走り書きすると、少年に命じた。「これを警察の署長さんにじかに手わたしてくれ。さて、では、応援の警官がやってくるまで、ぼくが個人的にきみたち全員をぼくの拘束下に置くことにする」

ホームズの強烈な個性と器量の大きさがその場を支配し、他のものは一様に彼の手のなかのあやつり人形と化していた。ウィリアムスンとカラザーズは、いつのまにか傷ついたウッドリーを建物のなかへ運びこむ役を負わされていたし、私はおびえている依頼人に腕を貸した。怪我人は自分のベッドに寝かされ、ホームズの依頼で私が傷を検めた。その結果を報告しにいったとき、ホームズは古びたタペストリーのさがったダイニングルームに、拘束したふたりを前にしてすわっていた。

「命はとりとめそうだよ」私は言った。

「なんだと?」いきなりカラザーズが叫んで、はじかれたように椅子から身を起こした。「ならば、まず二階へ行って、この手で止めを刺してくれる。まさかあの女性が、あの天使のようなひとが、この先一生、〈大音声《だいおんじょう》の〉ジャック・ウッドリーめに縛りつけられて暮らす、そんなことがあってたまるか!」

「いや、その点はきみが心配するまでもないだろう」ホームズが言った。「ふたつのれっきとした理由から、彼女があいつの妻という身分に縛られることはないはずだ。まず第一に、ここにおいでのウィリアムスンせんせいには、婚姻の司式をする資格がはたしておありなのかどうか、おおいに問題にすることができる」

「ばかをいえ、わしはれっきとした聖職位を授けられておる」やくざな老人が叫びたてた。

「だがその資格を剝奪されている」

「いったん司祭になれば、死ぬまで司祭だわ」

「はたしてそうかな？　それに、許可証はどうした？」

「結婚許可証なら取得してある。わしのこのポケットにはいっておるわ」

「ならば、いんちき工作で手に入れたんだろう。だがいずれにしろ、強制された結婚は結婚とは認められないし、それどころか、きわめて悪質な犯罪となる――いずれきみも、年貢を納めるまでにはそのことを思い知るだろうがね。まあぼくにして誤りなくんば、きみには今後十年ばかりは、とことんそれを考え抜くだけの時間が与えられるはずだ。それからきみ、カラザーズ、きみもいいかげんにそのピストルをしまったらどうだろう」

「わたしもそう思いかけていたところですよ、ホームズさん。とはいえ、これまであのひとを護るために、どれだけ手を尽くしてきたか――というのも、あのひとを愛しているものですから。しかもわたし、今回はじめて愛というものを知ったのです――で、そのひとのためにこれまでどれだけ腐心してきたか、それを思うにつけ、むざむざとあのひとを南アフリカ随一の無法者、その名がキンバリーからヨハネスバーグにかけて、疫病神のように忌み嫌われ、恐れられている悪党、そういう悪党の手にゆだねるのかと考えると、すっかり逆上してしまったのです。実際ね、ホームズさん、信じてもらえないかもしれないが、あのひとをわが家に迎えてからというもの、わたしは一度だってあのひとに、この〈館〉の付近を独り歩きさせたことはありません――なかにこういう悪党どもがひそんでいるのは知れてるんですから――それでいつも自転車であとを追いかけ、あのひとの身にまちがいがないように気を配ってきたんです。わたしだと気づかれないように、たえず先方からは距離をおき、変装のために付け髭までつけました。このわたしが寂しい田舎道であとをつけまわしている、などと万が一にでもさとられたら、ああいうまっすぐな、清らかな気性のひとですから、即座にうちの仕事を辞めてしまうでしょう」

「そういう危険があるならあるで、なぜそのことを本人にじかに言わなかったんだ？」

「それを聞けば、やっぱりあのひとはうちを出てゆくでしょうし、それがわたしには堪えられなかった。たとえあのひとに愛してもらうとまではいかなくても、あの優美な姿がうちのなかを行き来するのを見、あの澄んだ声が響くのを聞く、それだけでわたしにはこのうえない悦びだったんです」

「しかしね、カラザーズさん」ここで私が口をはさんだ。「きみはそれを愛と呼ぶが、このわたしに言わせれば、身勝手というものじゃないのかな？」

「そのふたつは分かちがたいものじゃないでしょうか。いずれにせよ、わたしはあのひとを手ばなしたくなかった。そのうえ、ああいうやからが近くをうろうろしてる以上、あのひとにはだれかそばで見まもってくれる人間が必要でもあった。ところがそこへ、電報が届いて、やつらがいよいよ動きだすだろうとわかったんです」

「電報？　なんの電報だね？」

カラザーズはポケットから一通の電報をとりだした。

「これです！」電文は短く、簡潔そのものだった――

老人死ス。

「なるほど！」ホームズが言った。「これでだいたい事情が読めてきた。それに、きみも言うとおり、これで連中が動きだすだろうというのも確かだ。だが、それはそれとして、そのあたりの詳しい事情を、いまの待ち時間を利用して、きみの口から話してみる気はないかね？」

ここで、サープリスをまとったやくざな老人が、いきなり叫びだして、罵詈讒謗《ばりざんぼう》の限りを並べたてた。

「おい、ボブ・カラザーズの腰抜け野郎、ちょっとでもわしらをさすみたいなことを言ってみやがれ。お返しにきさまもジャック・ウッドリーとおなじ目にあわせてくれるわ！ きさまがあの女のことでめそめそ泣き言を並べるなァ、そりゃきさまの勝手だ——きさま自身の問題だからな。しかしだ、その口でこの私服のおまわりに仲間を売るとなると、そいつァほってはおけねえ。こっぴどい目にあうことになるから、覚悟しとけよ」

「おやおや、司祭様、そう興奮なさることはありませんぜ」と、ホームズが煙草に火をつけながら言った。「事件の筋道はもうはっきりしてるんだし、それがきみに不利だってこともわかってる。ぼくとしては、たんに個人的な好奇心を満たすために、二、三の細部を明かしてほしいと言ってるだけであってね。とはいうものの、そっちが話しにくいというのなら、ぼくがかわりに話して進ぜよう。そうすれば、いまさら隠しだてしたって、得にはならないということがよくわかるから。まずはきみたち三人が、こういう悪巧みを胸に、はるばる南アフリカからやってきたというところから始めようか——三人とはつまり、きみ、ウィリアムスンと、きみ、カラザーズと、そしてあのウッドリーだ」

「ほら、まずそこからしてまちがってる」贋司祭が言った。「わしはつい二カ月前まで、この連中のことなんざ知りもしなかった。南アフリカに行ったことも、生涯一度だってない。だからな、お節介屋のホームズせんせい、そんなたわごとはあんたのそのパイプに詰めこんで、さっさと灰にしちまうこったな！」

「この男の言うことは事実です」カラザーズが言った。

「おやおや、すると、はるばるやってきたのは、きみたちふたりだけか。司祭様は正真正銘、国産品であらせられる、と。とまれ、きみたちは南アフリカでラルフ・スミスと知りあった。スミスの余命が長くないことは、種々の事情から明らかだった。しかも、スミスの莫大な遺産は、姪が相続することも知った。どうだね、ここまでは——え？」

カラザーズはうなずき、ウィリアムスンは悪態をついた。

「最近親はその姪だし、老人が遺言を遺さないこともはっきりしていた」

「病気が重くて、読むのも書くのも無理でしたから」カラザーズが言った。

「というわけで、きみたちふたりはこっちへやってきて、その姪というのを探しだした。目論見では、ふたりのうちのどちらかが彼女と結婚し、残るひとりは、奪った財産の分け前にあずかる、そういうことだったんだろう。理由はわからないが、ウッドリーのほうが夫となる役に選ばれた。どういう事情でそうなったのかね？」

「航海ちゅうに、あのひとを賭けてカードの勝負をしたんです。あっちが勝ちました」

「なるほどね。で、きみが彼女を雇い入れ、ウッドリーは求婚のためにそこへかよってくるという段どりか。だが彼女は一目であいつが飲んだくれのひとでなしだと見抜き、はなから相手にしようとしない。そうこうするうち、きみ自身があの女性に夢中になってしまい、それでせっかくの計略も齟齬《そご》をきたした。悪党のウッドリーが彼女を妻にするという決まりに、いったんは納得したものの、ついに堪えられなくなったわけだ」

「そうです、断じてそれだけは許せなかった！」

「さぞかしふたりのあいだで揉めたことだろうな。ウッドリーは腹だちまぎれにきみと手を切り、自分は自分で独自の計略を練りはじめた」

「聞いてるかね、ウィリアムスン。どうもこのひとにわれわれから話すことなんて、ほとんどなさそうだよ」カラザーズが苦笑いを浮かべて言った。「そうです、われわれは争い、あいつはわたしを殴り倒した。それもまあきょうのことでおあいこになったわけですが。ところがそのあと、あいつは姿を消してしまった。そのときなんです、あいつがこのならずものの司祭を味方に抱きこんだのは。気がつくと、ふたりはこの〈館〉を根城に、腰を落ち着けていた——あのひとが駅へ行くときに、必ず通る道筋にあたるここに。となれば、なにかあくどいたくらみがあってのことに決まってますから、以来、あのひとからはぜったいに目を離さないようにした。と同時に、わたしもときどきふたりに会って、なにをたくらんでるのかをつきとめようとしてたんですが、それが二日前のこと、ウッドリーのほうからわたしの屋敷にやってきた――ラルフ・スミスの死を告げる、この電報をたずさえて。そして訊く――はじめの協定を守る気があるかどうかと。わたしはきっぱり断わった。すると今度は、ならばおまえがあの女と結婚して、おれに分け前をよこすというのはどうだと言う。それならわたしもなにより望むところだが、残念ながら、当の彼女がうんとは言わないだろう、そう答えたところ、ウッドリーのやついわく――『なあに、まずは無理にでも結婚しちまうこった。それで一週間か二週間もすれば、だんだんなじんできて、気持ちもいくらか変わってくるさ』と。なんであれ、手荒な真似はいっさいお断わりだ、そう言ってやると、やっこさん、やくざの本性をむきだしにして、さんざん口汚い脅し文句を並べたてながら帰っていった――おれはまだあきらめちゃいない、必ずあの女をものにしてみせるといきまきながら。とまれ、彼女は今週かぎりで辞めることになったので、わたしは彼女を駅まで送るための馬車を手に入れた。ただ、それでもまだ心配なので、またぞろ自転車であとを追うことにしたんですが、あいにくあのひとは、足早く出てしまって、そのためわたしが追いつく前に、悲劇が起きてしまった。わたしはといえば、あなたがたふたりが彼女の乗っていったはずの二輪馬車でひきかえしてくるのを見るまで、そんなことがあったとはつゆ知らずにいたんです」

ホームズが立ちあがり、煙草の吸い殻を暖炉の火床へ投げ入れた。「ねえワトスン、ぼくもよっぽど鈍かったよ」と言う。「きみの報告に、謎の自転車乗りが木立のなかで、ネクタイでも直すようなしぐさをしていたというくだりがあったろう。あの一事で、ぴんときてなきゃいけなかったんだ。とはいうものの、おかげでこういう風変わりな、しかもある意味で特異な事件と出あえたんだから、もって瞑《めい》すべしだろうね。ああ、どうやらあのドライブウェイをやってくる三人連れは、州警察のお歴々と見える。しかもさっきの馬丁の少年も、三人に遅れずに歩けるようだから、これまた喜ばしい。となると、あの少年も、ついでにわれらの興味尽きざるあの婿殿も、ふたりながらけさの一騒動で命を落とすはめにはならなかったってことだ。というところで、ワトスン、きみは医者としてスミス嬢のようすを診てあげてくれるか？　それでもし、もうすっかり回復してるようなら、喜んでわれわれがお供をして、母上の待つ自宅まで送ってさしあげる、そう言ってくれたまえ。またもし万一、回復ぶりがはかばかしくないようなら、いまからミッドランドの若き電力技師氏に電報を打つところだ、そうほのめかしてやるといい。それでたちまち元気百倍さ。それからきみ、カラザーズさん、きみは一度はよからぬたくらみに加担したが、その過ちを償うだけのことはじゅうぶん果たしたとぼくは思う。名刺をあげておくから、いずれきみの裁判でぼくの証言が役だつようなら、そのときはこれを利用してくれてかまわないよ」

　読者諸賢はたぶんお気づきだろうが、ホームズも私も不断に事件に追われ、忙しく動きまわっている体なので、こういう物語をうまくまとめあげ、事件の顛末を事細かに述べて、読者の好奇心にこたえるというのは、なかなかむずかしい。それぞれの事件は、いつの場合も、つぎなる事件の前奏曲にすぎず、いったん山を越してしまうと、その登場人物たちも、たちまち私たちの多忙な日常から置き去られ、永遠のかなたへと流れ去ってゆくのである。それでも、この事件を書きとめた原稿の末尾には、ちょっとした付記があり、そこで私は以下の事柄を記録にとどめている。その一――ヴァイオレット・スミス嬢は、その後めでたく莫大な遺産を相続し、いまはウェストミンスターの著名な電気工事会社モートン・アンド・ケネディー社の上級執行役員、シリル・モートン氏夫人として健在である。その二――ウィリアムスンとウッドリーの二人組は、ともに誘拐ならびに暴力行為の容疑で審判に付され、前者は七年、後者は十年の刑を言いわたされた。その三――カラザーズのその後については、私の手もとにも記録がないが、彼のウッドリーにたいする傷害事件は、被害者が名うての凶悪犯罪者であったという事情も味方して、法廷でもさほど重く見られることはなく、最終的にわずか二、三カ月の刑ですんだと記憶している。

（1）万年暦をあたると、一八九五年四月二十三日は土曜日ではない。この点については、シャーロキアンによる詳細な研究もあるようだが、とくに関心のある読者以外には、物語の本質にはかかわりのない問題なので、ここでは触れずにおく。

（2）原文は lady-housekeeper。ハウスキーパーは普通〝家政婦〟と訳されるが、現代の私たち日本人の考えるそれとは、だいぶ性質を異にする。原作者がとくに〝lady〟と呼んでいるとおり、こうした女性たちは多く良家の出身であり、夫をなくした未亡人が生計をたてるためにこの職につき、格の等しい良家に住みこんで、家政全般を取り仕切る場合が多い。いわば男性の〝執事〟に相当する身分。

プライアリー・スクール

ベイカー街の私たちの部屋というささやかなステージでは、これまでなかなかドラマティックな登場と退場とがくりかえされてきたが、それでも、かのソーニクロフト・ハクスタブル博士の場合ほどに、唐突で、しかも仰天するような登場のしかたは例がないだろう。博士の名刺には、文学修士号や哲学博士号をはじめ、刺面におさまりきれぬほどのアカデミックな称号が盛り沢山に並んでいたが、その名刺がまず取り次がれ、すぐそれを追いかけて、当の本人が姿をあらわした――大柄で、どっしり構えて、威厳たっぷりで、まさしく沈着冷静と堅固な意志とを絵に描いたような人物だ。ところが驚くなかれ、背後でドアがしまったとたんにその博士がとった行動といえば、まずふらりとよろめいてテーブルにもたれかかり、ついでずるずるとくずおれて、暖炉の前の熊皮の敷物に、意識をなくしたその巨体を横たえてしまう、というものだったのである。

ホームズも私もあわてて立ちあがったものの、しばらくはただあっけにとられてこの壮大なる難破船を見おろしているきりだった――人生という大海原のはるかかなたで、この船がなにか急激な、運命的な大あらしに見舞われたことはまちがいない。それから、ようやくホームズが駆け寄って、その頭にクッションをあてがい、私は私でブランデーをくちびるにたらしてやった。大ぶりな白い顔には、心痛からくる深い皺《しわ》が刻まれ、とじた両眼の下のたるみは鉛色、ゆるんだ口もとは、いまにも泣きだしそうにひんまがり、盛りあがったあごには、伸びほうだいのひげ。シャツもカラーも長旅のせいか垢じみて見えるし、形のよい頭部をおおうのは、もつれて逆だった蓬髪《ほうはつ》。どこからどう見ても、痛ましく打ちひしがれた敗残者の姿だ。

「どうしたんだろうな、ワトスン？」ホームズが問いかけてきた。

「極度の心身消耗だね——空腹と疲労からきているだけだろうが」私は脈をとりながら答えた。脈はかすかに指先に触れてくるだけで、いたって微弱な生命力をしか感じさせない。

「往復切符を持ってるよ——マクルトンというイングランド北部の駅からだ」と、ホームズがチョッキのポケットからそれをひっぱりだしながら言った。「まだ十二時にもならない。よっぽど早く出てきたと見えるな」

いままでしぼんでいたまぶたが、ここでぴくぴく動きだし、やがてうつろな灰色の目が私たちを見あげてきた。と、すぐさま博士は赤面しながら、もがくように立ちあがった。

「ホームズさん、お恥ずかしいところをお見せしました。どうも無理をしすぎたようです。お世話をかけますが、ミルクとビスケットでも少々いただけますかな？　それですぐに回復しますから。じつはホームズさん、わたしがこうしてじきじきに出向いてきたのも、なんとかしてあなたにご出馬願いたいと考えてのことなのです。電報では委細を尽くせず、事態の絶対的な緊急性をご納得いただけぬと存じまして」

「ご回復を待ったうえで——」

「もうすっかり回復しました。いったいどうしてこんな腑甲斐ないありさまになってしまったものか。お願いします、ホームズさん、どうかつぎの列車でわたしといっしょにマクルトンまでご足労ください」

そう聞いて、友人はかぶりをふった。

「いや、ここにいる相棒のワトスン博士も保証してくれるでしょうが、目下、たいへん忙しいのです。〈フェラーズ文書〉の件にかかりきりですし、アバゲニー殺しの裁判ももうじき始まる。よほどの大事でもなければ、とてもロンドンを離れるわけにはいきません」

「大事なのです！」客は両手を大きくふりあげながら叫んだ。「よもやお聞きになっていないことはありますまいな？——ホールダネス公爵の一粒種《ひとつぶだね》のご子息が誘拐されたのですぞ！」

「ホールダネス公爵？——前内閣の閣僚の？」

「いかにもそのとおりです。極力、新聞には嗅ぎつけられぬようにしてきたのですが、ついに昨夜、《グローブ》紙にそれをにおわすような記事が出てしまった。あなたのお耳に達していても不思議はないと考えたのですが」

ホームズは、痩せた長い腕をつとのばして、百科事典にも等しい彼の参考ファイルのうちから、〝H〟の巻をとりおろした。

「〝ホールダネス、第六代公爵。K.G.（ガーター勲爵士）、P.C.（枢密顧問官）〟——おやおや、アルファベットだらけだ！ 〝ベヴァリー男爵、カーストン伯爵〟——すごいね、圧倒されるよ！　〝一九〇〇年よりハラムシャー州統監[1]を務める。一八八八年、准男爵チャールズ・アプルドアの息女イーディスと結婚。嗣子は唯一の男子ソルティア卿。およそ二十五万エーカーにのぼる所領のほか、ランカシャーおよびウェールズに鉱山をも所有。住所──カールトン・テラス・ハウス、在ハラムシャーの〈ホールダネス・ホール〉、ほかにウェールズのバンガーに〈カーストン・キャッスル〉。一八七二年海軍大臣。国務大臣としては──〟。なるほど、いかにもこのお殿様、陛下の重臣のひとりらしい！」

「重臣にして、かつもっとも富める臣下でありましょう。聞き及びまするにホームズさん、あなたはご専門の問題に関してはきわめて高い基準を維持され、また、仕事そのもののためにのみ仕事の依頼に応じられる、とのこと。しかしながら、このたびの件で公爵閣下はすでに、ご子息の所在を通報したものには五千ポンドの謝礼を、さらに、ご子息を連れ去った単数もしくは複数の人物を名指ししたものにたいしては、べつに一千ポンドを提供するともらしておられるのです」

「さすが大貴族、太っ腹なお申し出《い》でだ。ねえワトスン、こうなるとぼくらふたり、ハクスタブル博士のお供をして、イングランド北部まで出かけてったほうがよさそうだよ。ではハクスタブル博士、そのミルクを飲んでしまわれたら、事情を話していただけますか？　いったいなにが起こったのか、いつ起こったのか、いかに起こったのか、そして最後に、マクルトン近郊は〈プライアリー・スクール〉のソーニクロフト・ハクスタブル博士ともあろうおかたが、その事件にいったいどういう関係があり、かつまた、なにゆえに事件後三日もたってから──おひげの伸びぐあいからそうと知れるのですが——わざわざぼくごときの助力をもとめにこられたのか」

客はすでにミルクとビスケットをたいらげてしまっていた。居住まいを正して、きびきびと明晰な口調で状況の説明を始めたときには、目に輝きがもどり、頬に赤みもさしていた。

「まずもって申しあげておきたいのは、〈プライアリー〉はわたしが創設し、かつ校長を務めるプレパラトリースクール(2)であるということです。『ハクスタブルのホラティウス管見』と申せば、その著者の名を思いだしていただけるかもしれません。〈プライアリー〉こそは、異論なくわがイングランド随一、少数選り抜きのプレパラトリースクールに挙げられる、と自負しております。ロード・レヴァストーク、ブラックウォーター伯爵、サー・キャスカート・ソウムズ——どなたもご子息をわが校に預けておられますが、それが三週間前、ホールダネス公爵が秘書のジェームズ・ワイルダー氏を使いとしてよこされ、十歳になる独り息子にして嗣子でもあられるロード・ソルティアを、このわたしに預けたいとの意向をもらされたときには、わが校の名誉もここにきわまったりと感激したものです。あいにくそのときはこれが、わが生涯最大の破滅的危機の前奏となろうとは、夢にも知らなかったわけですが。

坊ちゃんは五月一日、夏の学期のはじめの日に到着されました。愛らしい少年で、わが校の校風にもすぐなじまれました。打ち明けて申しますと——こういう場合、生半可な隠し事は愚かなことですので、申しあげても軽率の誹《そし》りはまぬがれると存じますが——坊ちゃんはご家庭では必ずしもしあわせではなかったようです。これは公然の秘密となっていることですが、公爵の結婚生活は当初から平穏なものではなく、さまざまな波瀾のすえに、ついに合意のうえでの別居を選ばれることとなり、公爵夫人は南フランスに居を定められました。かかる結果になったのは、ごく最近のことであり、それもあってか坊ちゃんは、父上よりも母上を恋い慕われるお気持ちが非常に強い。母上が〈ホールダネス・ホール〉を去られて以来、たいそうふさぎこんでしまわれ、公爵がわが校に坊ちゃんを預けたいと望まれたのも、それが理由だったとうけたまわっております。それでも、二週間もたつうちには、わが校での生活にもすっかりなじまれ、見たところ、とくに問題もなく過ごしておられるようでした。

お姿が最後に確認されたのは、五月十三日——つまり、今週月曜の夜のことになります。居室は三階にあり、そこへはべつの、もうすこし広い部屋を通らなくては行けません。こちらの部屋には、ふたりの年かさの少年が起居しておりますが、ふたりとも、当夜なにひとつ見聞きしてはおりませんので、したがって坊ちゃんは、この部屋を通って出ていったとは思われません。居室の窓があけっぱなしになっていて、窓の外には、地面まで届く太い蔦《つた》が這っております。地面には足跡ひとつ残っておりませんでしたが、それでも、ここしか脱出の途《みち》がないことは確かなのです。

坊ちゃんの不在が判明したのは、翌火曜の朝七時でした。ベッドには寝た形跡がありましたが、それでも出ていったときには、きちんといつもの服装——制服である黒のイートンジャケットに、グレイのズボン——に着替えていたものと思われます。部屋には他人が出入りした形跡もなく、悲鳴や争う気配等もいっさい聞かれなかった——と申しますのも、隣りの部屋にいる年長のコーンターという生徒は、人一倍、眠りの浅いたちだからです。

ロード・ソルティアの失跡が判明すると、わたしは即座に校内の全員に呼集をかけました。生徒たち、教員、使用人、ひとり残らず集合させたのですが、そのときはじめて、ロード・ソルティアが単独で脱走されたわけではないことがわかりました。ハイデガーというドイツ人の教師もいなくなっていたのです。ハイデガーの居室も、おなじ三階のさらに先、廊下のはずれにあり、向きはロード・ソルティアのそれとおなじです。彼のベッドにも寝た形跡がありましたが、ただしこちらは着替えもそこそこに出ていったらしく、その証拠に、部屋の床にシャツや靴下が散乱していました。脱出路も、窓の外の蔦を伝わってであることは明らかで、下の芝生に、とびおりたときの足跡が見つかっています。この芝生のそばにある小屋に、いつも彼の自転車がしまってあるのですが、これもやはり消えていました。

ハイデガーがわが校にきてから二年になりますが、そのときたずさえてきた推薦状は申し分のないものでした。ただあいにく、むっつりした気むずかしい性格で、生徒たちからも、ほかの教師からも、あまり人望はなかったと存じます。ふたりの脱走者の行方は、その後もかいもく知れぬまま、もはや木曜の朝だというのに、火曜日以降はわたしども一同、まったく五里霧中のありさまです。言うまでもなく〈ホールダネス・ホール〉には、すぐに問い合わせを出しました。わが校からはほんの数マイルという距離ですから、ふとしたことから急にホームシックにでも襲われ、父上のもとへ帰られたのでは、などと考えたのですが、残念ながらあちらにも、なんの音沙汰もないということで。公爵はたいそうなご心痛ですし――むろんわたしとしても、心労と責任の重さに押しつぶされ、すっかりまいってしまっていること、さいぜんの醜態からもお察しいただけると存じます。というわけでホームズさん、あなたの持てるそのお力を挙げて取り組まれるべき局面もありとせば、いまこそそのときでありましょう――これほどそのお力にふさわしい事態というのは、生涯にふたつとはないと存じます」

打ちひしがれた学校長の語るこの一部始終に、シャーロック・ホームズはこれ以上はないというほどの集中力で耳を傾けていた。眉を寄せ、眉間《みけん》に深い縦皺を刻んだその面《おもて》を見れば、それがもたらす莫大な利益はさておき、この一件に深い関心をそそられているのは明らかだ。事件そのものの複雑さと異様さとをこよなく愛する彼にしてみれば、その嗜好《しこう》をずばりと直撃されたというところか。早くも手帳をとりだして、一言二言、心覚えを書きとめている。

あげくにきびしい調子で言った。「もっと早くぼくに相談を持ちこまれなかったのは、なんとしても怠慢でしたな。おかげで捜査には途方もないハンディキャップがついてしまった。たとえばの話、その蔦だの芝生だのを見るべきものが見れば、なんの痕跡も見つからないというのはありえないはずなんですがね」

「それはわたしのせいではないのです、ホームズさん。公爵閣下がスキャンダルを避けることにいたく執心されまして。ご家庭内の不幸が、世間の好奇の目にさらされるのを忌み嫌っておいでなのです。その種のことを嫌忌《けんき》されること、ひととおりではありません」

「しかし、公的機関による捜査はなされたのでしょう?」

「はあ、それはもちろん。しかし、結果は失望しかもたらしませんでした。じつは、捜査が始まってすぐ、ある有力な情報が得られたのです——少年と若い男とのふたり連れが、その日の早朝、近くの駅から列車に乗るところを目撃されたというのですが、それが昨夜になって、ようやくそのふたり連れをリヴァプールまで追いつめて、つかまえてみたところ、こちらの事件とはなんの関係もないことがわかったのです。それからなのですよ——わたしが絶望と落胆のうちに寝もやらず悩みつづけたあげく、こうして朝一番の列車でこちらへ駆けこむことを決意したのは」

「そうすると、その誤った手がかりを追っているあいだ、地元警察の捜査は中断していたのでしょうね？」

「まったく停止していました」

「そこで三日というものがあたら空費された、と。なんとも拙劣な捜査だったとしか言いようがないですね」

「わたしもそう思いますし、そのとおりだと認めもします」

「とはいえこの問題は、いずれはきっと解決がつくはずだし、解決すべきものでもある。喜んで調査に乗りだしましょう。で、その失踪した少年とドイツ人教師との間柄ですが、そこになんらかのつながりが認められましたか？」

「いや、なにひとつ」

「少年はその教師の受け持ちのクラスでしたか？」

「いや。わたしの知るかぎりにおいて、言葉をかわしたことすらなかったはずです」

「ほう、それはたしかに妙ですね。少年は自転車を持っていましたか？」

「いや」

「ほかに紛失した自転車はありませんか？」

「ありません」

「それは確かですか？」

「確かです」

「なるほど。そうすると、そのドイツ人は夜の夜中に少年を小脇にかかえ、自らは自転車に乗って遁走したということになりますが、よもや本気でそうお考えなのではありませんね？」

「まさか、とんでもない」

「ならば、あなたご自身はそのへんをどう見ておられるのです？」

「自転車はいわば目くらましなのではないか、と。自転車はどこかに隠しておいて、ふたりは徒歩で逃げた、そうも考えられるわけです」

「たしかにね。ただ、目くらましにしても、それはいかにもばかげている。そうは思いませんか？　その小屋のなかには、ほかにも自転車がありましたか？」

「はあ、何台か」

「だったら、そのうちの二台を隠したはずではありませんか？――それに乗って逃走したと思わせたいのなら、きっとそうしたでしょうに」

「かもしれませんな」

「むろんそのはずです。したがって、その〝目くらまし説〟は成立しない。ただし、捜査の出発点としては、その件はすこぶる有用です。なにしろ自転車というのは、そう簡単に隠すことも、こわすこともできませんから。ついでにあとひとつうかがいます。少年が姿を消した当日ですが、昼間のうちにだれか彼に会いにきたひとはいませんか?」

「いません」

「手紙は受け取りましたか?」

「はあ。一通だけ」

「だれからのものでした?」

「父公爵からのものです」

「生徒たちへの手紙は開封されるのですか?」

「いや」

「では、どうしてそれが公爵からのものだとわかるのです?」

「封筒に公爵家の紋章がついておりましたし、筆跡もいつもの公爵の妙にかたくるしいものでしたから。のみならず、公爵ご自身がそれを書いたことを記憶しておいでです」

「それ以前に手紙がきたのは、いつでしたか?」

「それまでの数日は、一通もきませんでした」

「フランスからの手紙がきたことはありませんか?」

「ありません。一度も」

「この質問の趣旨はおわかりですね？　少年は力ずくで連れ去られたか、でなくば自由意志で出ていったかのどちらかです。後者だとした場合、幼い少年にそれだけの決断をさせるためには、外部からのなんらかの働きかけが必要でしょう。面会人がなかったのなら、その働きかけは手紙によるものだったとしか考えられない。という次第で、手紙の差出人をぼくは知ろうとしているのです」

「その点では、あまりお役に立てないとしか申せませんな。わたしの知るかぎりにおいて、坊ちゃんへの手紙の差出人は、ただひとり公爵だけでした」

「そしてその公爵が、少年の失踪当日に手紙をよこした当人でもある、と。父と子との仲は緊密でしたか？」

「公爵閣下は、だれにたいしてもけっして親しみは見せられぬかたなのです。つねにより大きな、公的な問題に没入しておられ、どちらかというと俗な感情などに動かされることはない。もっとも、令息にたいしてだけは、それなりに気を配っておいでではありましたが」

「それでいて、坊ちゃんの心情は、母親のほうに傾いていた、と？」

「そのとおりです」

「坊ちゃんの口からそう聞かされたのですか？」

「いや」

「すると、公爵から？」

「いや、とんでもない！」

「だったら、どうしてそうとわかったのです?」

「公爵秘書のジェームズ・ワイルダー氏と、少々つっこんだ話をしたことがありましてね。ロード・ソルティアのお気持ちについて打ち明けてくれたのは、このワイルダー氏なのです」

「なるほど。ついでですが、その公爵から最後にきたという手紙、それは少年の失踪後に部屋から見つかりましたか?」

「いや。どうも持って出たようです。あの、お話しちゅうですがホームズさん、出かけるのであれば、もうそろそろユーストン駅へ向かうほうがよろしいのでは?」

「四輪辻馬車《フォーホイーラー》を呼びますから。あと十五分ほど辛抱してください。そこでです、ハクスタブルさん、もし向こうへ電報を打たれるのでしたら、学校やその周辺のひとたちには、リヴァプールであれどこであれ、よそでの捜査がまだつづいていると、そう思わせておいていただけませんか——みなさんの目をよそにそらしておきたいのでね。そうしておいて、こちらはあなたのお膝下《ひざもと》で、めだたぬようにひっそり捜査を進める、と。そうすれば、とうに薄れかけた臭跡といえども、このワトスンやぼく自身のような老練な猟犬が、二頭そろってなにひとつ嗅ぎだせないということはないはずだ、そう思いたいですね」

その夕方、私たちの姿は、ピーク地方[3]の冷涼かつ爽快な大気のなかにあった。このような土地に、ハクスタブル博士の著名な学院は置かれているのである。着いたときには、すでに暗くなっていて、ホールのテーブルには一枚の名刺、そして執事が何事か校長に耳打ちすると、博士はその落ち着いた顔全体に動揺の色をみなぎらせて、私たちに向きなおった。

「公爵ですよ」と言う。「公爵とワイルダー氏が書斎でお待ちです。どうぞ、お二方、こちらへお通りください。ご紹介しましょう」

もとよりこの名高い政治家には、私もつねづね写真でお目にかかっていたが、いまあらためて見ると、ご本人はそうした画像から受ける印象とはずいぶんと異なっていた。威風堂々たる長身の人物で、服装には一分の隙もないが、痩せた顔はひきつり、そのなかで異様に長い鷲鼻だけがひときわめだっている。顔色は死人のごとき灰白色《かいはくしょく》、しかもそれが、白いチョッキの胸もとにたれた鮮紅色のあごひげとの対照で、いっそう白く見える。チョッキのポケットに入れた時計の鎖が、先細りになったそのあごひげを透かして、ちかちか光っている。まあだいたいにおいてこのようないかめしい人物が、ハクスタブル博士の暖炉の前に敷かれた敷物のまんなかにつったち、無表情に私たちを睨《ね》めつけてきたのである。かたわらに付き添っているのは、見た目にもひどく若く見える男だが、さしずめこれが秘書のワイルダーなのだろう。小柄で、神経質そうで、はしこそうで、ライトブルーの知的な目に、くるくるとよく動く表情。会話の口火を切ったのは、この男だった――鋭く、断定的、かつ明晰な口調だ。

「ハクスタブル博士、けさほどもうかがったのですが、あなたのロンドン行きをおとめするのにはまにあわなかった。なんでも、今回の事件の処理のために、シャーロック・ホームズ氏を招請しようとのご意向だったそうですが、じつはハクスタブル博士、公爵閣下は、閣下になんのご相談もなく、そのような処置をとられたことに当惑しておいでです」

「警察の捜査がうまくいかなかったと知りましたので――」

「警察の捜査が失敗に終わったとは、閣下は毫《ごう》もお考えになってはおりません」

「しかしワイルダーさん、なににもせよ――」

「ハクスタブル博士、あなたもよくご存じでしょうが、閣下は世間に芳《かんば》しからぬうわさが広まるのを、ことのほか嫌っておいでです。事情を知る人間は、できるだけ少数にとどめるほうがよい、そういうお考えなのです」

「でしたらすぐにでも事態を白紙にもどせます」と、博士は恐縮しきりである。「シャーロック・ホームズ氏には、明朝の列車でロンドンにお帰りいただきましょう」

「いやいや、それはいけない、それはないですよ、博士」ホームズが日ごろ使いわけている口調のうちでも、とりわけものやわらかな調子で言った。「北部のこの空気は、すこぶる爽快かつ快適ですから、あと数日、このあたりの荒野《ムーア》で過ごし、英気を養いたいと思います。そのかんこちらに滞在させていただくか、どこか村の旅籠《はたご》にでも泊まるか、そのへんはご裁量にまかせますが」

不運な博士が決断に迷って立ち往生していることは、私の目にもありありと見てとれた。ところがここで、思わぬところから救いの手がさしのべられた――赤ひげの公爵の太く、朗々とした声音《こわね》が、食事の時間を知らせる銅鑼《どら》の音のごとく響きわたったのだ。

「ハクスタブル博士、まずこちらに相談してくれるべきだったというワイルダー君の発言、それにはわたしも同意見だ。とはいえ、すでにホームズ氏に事情を明かしてしまった以上、いまさら氏にご協力を仰がぬというのも愚かな話だ。ホームズ君、なにもわざわざ旅籠へなど行かれるには及びませんぞ。喜んで貴君をわが〈ホールダネス・ホール〉にお迎えしよう」

「お言葉、痛み入ります、閣下。しかし、調査という目的のためには、事件の発生現場にとどまるほうが賢明かと存じますので」

「ならばホームズ君、ご随意にされるがよかろう。なにかワイルダー君なりわたしなりにたずねたいことでもあれば、なんなりと申しでてくれてよい」

「いずれお屋敷にもうかがわねばなりますまい」ホームズは答えた。「ただその前に、いまこの場でひとつだけおたずねしたい。令息が謎の失踪を遂げられたことについて、閣下ご自身はなにか、ご自分なりの見解をお持ちでおられましょうか」

「いや、ないな、そういうものはない」

「立ち入ったことを申しあげるのをお許しください。ただこれだけはうかがわぬわけにはまいらぬのです。もしやこの問題に、公爵夫人がかかわっておられるのでは、そんなふうにお考えになったことは？」

大政治家ははっきり目につくほどに躊躇したが、ややあって、ようやく答えた。

「いや、そうは考えておらぬ」

「でないとすると、いまひとつ、すぐに考えられるのは、身の代金目あての誘拐ということです。これまでになにか、その種の要求はありませんでしたか？」

「いや、ない」

「もうひとつおたずねいたします。聞くところによりますと、閣下はこの事件の起きた当日、令息に手紙を書いておられますね？」

「いや、書いたのはその前日だ」

「失礼しました。ただし令息がお受け取りになったのは、当日なのでは？」

「そうなるかな」

「そのお手紙にはなにか、読まれた令息がとくに心を乱されたり、あるいは、ああした行動をとられるよう働きかけたりする、そうした内容が含まれておりましたか？」

「いや、けっして。その種のことを書いた覚えはない」

「その手紙はご自身で投函されたのですか？」

それへの公爵の返答は、秘書によってさえぎられた――ここで一言なかるべからずとばかりに、割ってはいったのだ。

「閣下にはご自身で手紙を投函される習慣などありません。その手紙はほかのものといっしょに書斎のテーブルに載っていましたので、ぼくがこの手で郵袋《ゆうたい》に入れました」

「そのなかに問題の手紙があったことは、確かですか？」

「ええ。この目で確認しましたから」

「閣下はその日、何通ぐらい手紙をお書きになりましたか？」

「二十通か三十通か。いつも大量に出すのだ。しかし、こういった質問はすべて、本筋を少々はずれておるのでは？」

「とも申せません」と、ホームズ。

「ともあれわたしとしては」と、公爵は言葉をつづけた。「すでに警察には南フランスにも目を向けるように示唆しておいた。さいぜんも言ったとおり、妻《さい》がこのような言語道断な行為をそそのかすとはとても思えないが、それでも子供のことだから、なんらかのかたよった考えに凝り固まることもありうるし、その結果、そのドイツ人の教唆と助力を得て、母親のもとへ逃げたということも考えられぬではない。ではこのへんで、ハクスタブル博士、われわれはそろそろ失礼する」

ホームズとしては、まだまだ訊きたいことがあるのが私にも察せられたが、公爵の有無をいわせぬ態度を見れば、会見がこれで打ち切りであるのは明らかだった。公爵のように根っから貴族的な体質の主《ぬし》には、家庭内の内輪の問題を他人と話しあうこと自体、苦痛以外のなにものでもないのだろうし、さらに質問が進めば、これまで慎重に押し隠してきた公爵家の歴史の小暗い片隅に、いやがうえにも鮮烈な光があてられる、それを危惧したのかもしれない。

公爵と秘書とが立ち去ると、友人はたちまち彼一流の熱心さで、当面の調査に没入していった。

まず少年の居室が隅々まで入念に検《あらた》められたが、結果はたんに、少年の脱出路が窓以外にはありえないということが確認されたのみだった。また、ドイツ人教師の部屋や所持品からも、すでにわかっている以上の手がかりは得られなかったが、ただこちらの場合は、窓の外の蔦の一本が教師の体重でちぎれていて、下の芝生を角灯で照らしてみると、彼が落ちたときの踵の跡がはっきり認められた。短い緑の芝生に残る、このたったひとつのくぼみ、それがこの不可解な夜中《やちゆう》の遁走を物語る、唯一の実質的な物証だった。

そのあとホームズは単身で学院を出てゆき、十一時を過ぎてから、やっともどってきた。どこで手に入れたのか、近隣一帯の大きな陸地測量部地図をたずさえていて、それを私の部屋へ持ちこんでくると、ベッドの上にひろげて、そのまんなかにランプを傾かないように置き、さてそのうえで、パイプをふかしながらそれをながめはじめた。あいまにはときおり、煙のたつその琥珀《こはく》の吸い口で、地図上の目標物をあれこれとさしてみせる。

「この一件、だんだんおもしろくなってきたよ、ワトスン。これに関連して興味をひかれる点というのも、たしかにいくつか存在する。まずスタートの段階では、きみもこうした地理上の特徴をしっかり頭に入れておいてくれ──いずれ捜査のうえで非常に重要な意味を持ってくるだろうからね。

というところで、この地図を見てもらいたい。中央のこの黒い四角が〈プライアリー・スクール〉だ。ピンを刺しておこう。つぎに、この線が村の本通りで、ごらんのとおり、学院の前を東西に走り、左右一マイルばかりのあいだは、一本の脇道もない。問題のふたりが道路づたいに逃げたとすれば、この道を通るしかないわけだ」

「たしかにそうだね」

「ところが、まことに不思議な、しかも幸運な偶然が働いて、事件当夜にこの道を通ったものについては、ある程度まで確認が可能なんだ。この地点──いまぼくがパイプを置いているこ

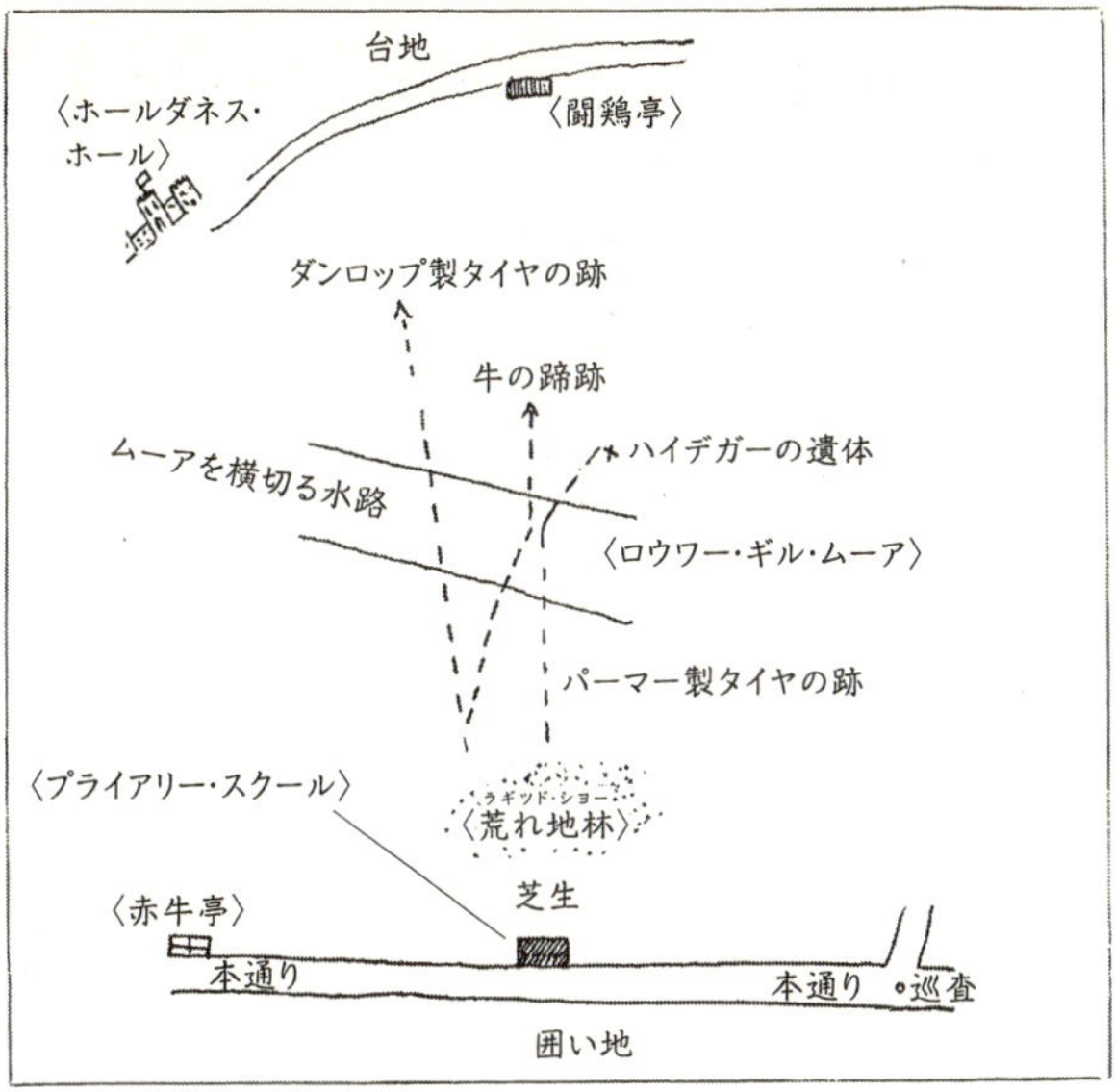

こだが――この地点で、夜の十二時から翌朝六時まで、地元の巡査が立ち番をしていた。見てのとおり、通りを東へ向かったとき、最初にぶつかる脇道の分岐点がここだ。そこで勤務についていたあいだ、巡査は一刻も持ち場を離れたことはないと断言しているし、少年にせよ成年男性にせよ、自分に見られずにその道を通行できたはずはないとも言っている。ぼくはさっき出かけていって、その巡査と話をしてきたが、どこから見ても、完全に信頼のおけそうな人物だ。というわけで、こちら側の可能性は消える。

　つぎは反対側だ。こっちへ行

くと、ここのところに、〈赤牛亭《ザ・レッド・ブル》〉という旅籠がある。当夜、そこのおかみさんが病気で、マクルトンに医者を呼びにやったんだが、折りあしくほかの患家に出かけているとかで、きてくれたのはやっと朝、それまで旅籠の連中は、いまくるかいまくるかと、かわるがわる通りを見張ってたそうだ。この連中も口をそろえて、やはりだれも通らなかったと言っている。この話にまちがいがなければ、おかげさまで西の可能性も封じられ、と同時に、ふたりは逃走にさいして、道路はまったく利用しなかったと言いきれることにもなる」

「しかし自転車があるだろう」わたしは反論した。

「いかにも。まあ自転車についてはあらためて考えるとして、さしあたりいまの線で推論を進めよう。もし彼らが道路を通らなかったのなら、学院の北もしくは南へ、野原を横切って逃げたのに相違ない。ここまでは確かだ。だが、どっちへ行ったか、そのへんを比較考量してみよう。南側には、ごらんのように広々とした耕地がひろがり、それが小さく分割されて、それぞれ石塀にかこまれた畑になっている。ここを自転車で通り抜けるのはむずかしいから、したがって南側説も放棄してよさそうだ。では北側はどうだろう。こっち側には、こんもりした林があって、地図上では〈荒れ地林《ラギッド・ショー》〉と呼ばれている。そしてこの林の向こうには、〈ロウワー・ギル・ムーア〉という広い荒野が起伏しながら十マイルにわたってつづき、土地は先へ行くにつれて、徐々に上り傾斜になっている。〈ホールダネス・ホール〉があるのは、このムーアのいっぽうの端で、道路をまわれば十マイルだが、原野をつっきれば六マイルですむ。独特の物寂しい、荒涼とした平地がひろがり、ほんの数えるほどの農民が、ちっぽけな小作地で羊や牛を飼っているが、これらを除けば、あとはチェスターフィールド街道に出るまで、お目にかかれる生物といっては、千鳥や大杓鴫《だいしゃくしぎ》ぐらいのものだ。街道ぞいには、ほら、ここに教会があり、コテージが何戸かあるほか、旗亭《きてい》も一軒あるが、そこから先は、丘の傾斜がいよいよ急になってゆく。以上いろいろ考えあわせると、どうしたってわれわれの捜査が向かうべきは、この北の方角ということになるだろう」

「しかし、自転車はどうなんだ」私はくりかえした。

「やれやれ！」ホームズがじれったそうに言った。「達者な自転車乗りなら、道なき道だって、悠々と走れるさ。ムーアにはいたるところにひとの通れるくらいの小道が走ってるし、当夜は満月でもあった。おや！　なんだろういまごろ？」

ドアをあわただしくたたく音がしたかと思うと、ハクスタブル博士が部屋にはいってきた。手には青いクリケット帽を握っていて、その庇《ひさし》には白の山形紋が見てとれる。

「ついに手がかりらしい手がかりが手にはいりましたぞ！」と叫びたてる。「ありがたや、ようやく坊ちゃんの足どりがつかめました！　この帽子は坊ちゃんのものです！」

「それ、どこで見つかりました？」

「ムーアで野営していたロマ族の馬車からです。彼らは火曜日にこの土地を引き払いました。きょうになって警察が行方をつきとめ、荷馬車を片っ端から検めたところ、これが見つかったというわけです」

「その連中はそれをなんと説明しているのです？」

「逃げ口上と嘘を並べたてました——火曜の朝に、ムーアで拾ったんだとか。なに、ぜったいにあの連中は坊ちゃんの居所を知っていますよ、人非人めらが！　さいわい、いまは全員を拘束し、厳重に監視していますが。いずれは法律への恐れか、それとも公爵の報奨金の力か、どちらかが彼らの口から、知っていることを洗いざらい吐きださせるでしょう」

「まあ、あれはあれでよかった」ホームズがそう言ったのは、しばらくして博士が部屋を出ていったあとだった。「おかげでわれわれが結果を期待できそうなのは、北側の〈ロウワー・ギル・ムーア〉方面以外にないことが実証されたわけだ。そのあたりでは、警察はそのロマの一団とやらを検束しただけで、ほかにはなにひとつやっていない。そこでだ、ワトスン、これを見てくれ！　ここに、ムーアを横切る水路があるだろう。地図ではこの二本の横線であらわされてるが、いくつかの箇所では水路の幅がひろがって、湿地になっている。とくにそれがめだつのが、〈ホールダネス・ホール〉と学院との中間の、この地帯だ。ここ数日は晴天つづきだから、これ以外のところで足跡を探しても無駄なことは知れてるが、それでもこの地点でなら、なんらかの痕跡がまだ残っている可能性が強い。あすの朝は早く起こすから、ふたりで出かけて、この謎にいくらかでも光明があてられないかどうか、やってみようじゃないか」

目をさまして、ベッドのそばにホームズの痩せた長身を見いだしたのは、やっと夜が明けかけたばかりのころだった。すっかり身じまいをすませ、どうやらすでに外で一仕事すませてきたらしい。

「窓の下の芝生と、自転車小屋とを調べてきたよ」と言う。「ついでに〈荒れ地林《ラギッド・ショー》〉もぶらついてきた。さあワトスン、隣りの部屋にココアが用意されてる。急いでくれたまえ――きょうは忙しい一日になりそうだから」

目は輝き、頬は上気して、どう見ても、目の前に用意された大仕事に高揚している、職人ちゅうの職人といったところだ。このきびきびとして積極的なホームズを見れば、ベイカー街にこもっている沈鬱で青白い夢想家とは、まるきり別人の趣《おもむき》がある。私はその、しなやかな痩身にはちきれんばかりの精力をみなぎらせた姿を見ながら、これからの一日、こちらもまさしくひとかたならぬ労苦を強いられることになるだろうと覚悟したのだった。

だがそれでいてその一日は、開始早々に暗澹《あんたん》たる失望に私たちを突き落とすことになった。当初は意気軒昂として、羊の通り道が無数に走る泥炭質の、黄褐色がかったムーアを横切っていった私たちだったが、やがて行きあたったのが、〈ホールダネス〉とのあいだに横たわる湿地のありかを示す、薄緑色の幅広い緑地帯だった。いかにも、少年がもしわが家へ向かったのだとしたら、当然ここを通っただろうし、通っていれば、なんらかの痕跡を残していないはずはない。なのに、いくら探してみても、少年のも、ドイツ人教師のも、それらしき痕跡はいっさい見あたらないのだ。しだいに表情をけわしくしながら、友人は湿地帯のふちを大股に歩きまわり、苔におおわれた地表にわずかでも泥の跡はないかと目を凝らした。ある箇所では、羊の足跡がおびただしく見つかり、さらに何マイルか先のべつの箇所には、複数の牛が蹄《ひづめ》の跡を残していたが、しかしそれきりだった。

「手詰まり第一号だな」と、起伏しつつどこまでもひろがるムーアを見わたして、ホームズが言った。「ずっと先のほうに、もうひとつ湿地帯があり、そことの中間地帯は細くくびれている。ところで――ほう！　ほう！　ほう！　あったじゃないか、やっぱり！」

私たちは一本の黒いリボンのような細道に出ていたが、見れば、道のまんなかの湿った土の上に、自転車のタイヤの跡がくっきりしるされているではないか。

「万歳！　とうとう見つかったな」私も叫んだ。

ところがホームズは黙ってかぶりをふる。その顔は喜ぶというよりはむしろ当惑げで、しかも、どこか期するところありげにも見える。

「たしかに自転車だけどね、問題の自転車とは別物だ。これでもぼくは、自転車のタイヤ跡なら四十二通りは見わけられるつもりだが、これは見てのとおりダンロップのもので、しかも外のタイヤ――つまりチューブじゃなく、それをおおうタイヤそのもの――に、一カ所、継ぎがあたっている。ハイデガーのタイヤはパーマーのもので、これだと縦筋が残る。数学教師のエーヴリングという男が、はっきりそう断言した。したがって、このタイヤ跡は、ハイデガーのものじゃない」

「だったら、少年のものか？」

「とも考えられる――彼が自転車を持っていたことが確認できれば、の話だが、あいにく持っていたという確証はまったく得られていない。いずれにせよ、きみも見ればわかるように、この跡が学院のほうから乗ってきた人物によるものであるのは確かだけどね」

「学院のほうへ、じゃないのか？」

「ちがうちがう、そうじゃないよ、ワトスン。より深い跡がつくのは、むろん、体重のかかる後輪のほうだ。このとおり、何カ所かで、それがより浅い前輪の跡に重なって、それを踏み消してしまっている。これを見れば、明らかにこの自転車は学院から遠ざかろうとしてるんだ。はたしてこれがわれわれの探索と関係があるのかどうか、そのへんはまだなんとも言えない。だがさしあたり、先へ進む前に、この跡を逆にたどっていってみようじゃないか」

そうしてみたところ、二、三百ヤード先で湿地帯から抜けでたため、痕跡はそこでとぎれてしまった。ふたたび小道を逆もどりしてゆくと、湧き水がちょろちょろと道を横切って流れている箇所にぶつかった。はたしてここに、またべつの自転車の跡があったが、多数の牛の蹄に踏みにじられて、ほとんど消えてしまっている。そこから先は、もう跡はない。だが小道そのものはそのまままっすぐのびて、〈荒れ地林《ラギッド・ショー》〉のなかを抜けてゆく。林を抜けたその先が学院だから、してみると、自転車はこの林から出てきたことになるが、ここでホームズはやおら道ばたの石に腰をおろすと、手にあごをうずめて考えこんでしまった。顔をあげたのは、私が煙草を二本、吸いおわってからだ。

「なるほど、そうか」と、ようやく口をひらいて言う。「まず考えて然《しか》るべきだったが、奸智《かんち》に長《た》けた男であれば、自転車のタイヤをとりかえて、まるきりべつの跡を残すぐらいの小細工はやりかねないな。それだけの知恵を持った人間なら、相手にとって不足はない。というところで、この問題はここでひとまず措《お》いて、さっきの湿地へひきかえすことにしようか——やるべきことは、まだ山ほど残ってるんだから」

私たちはムーアに横たわる湿地帯のふちにそって、組織的な探索をつづけていったが、まもなく、この粘りがみごとに功を奏することになった。湿地帯のうちでもまた一段と低湿なところに、ずぶずぶと足が沈むくらいにぬかるんだ小道があった。そこへ近づいてゆくや、ホームズが歓声をあげた。細い電線を束ねたような縦縞模様が、道のまんなかを走っている。まぎれもないパーマーのタイヤだ。

「これだよ、まちがいなくハイデガー先生のやつだ！」ホームズは上機嫌で叫ぶ。「こうして見ると、ぼくの推理もまんざらじゃなさそうだね、ワトスン」

「おめでとうと言わせてもらうよ」

「とはいえ、前途はいまなお遼遠だ。すまないが、道をよけて歩いてくれよ。じゃあいよいよこの跡をたどってみるとしようか。おそらく、そう遠くまではたどりつけないと思うがね」

ところが、意外にも、このあたりはムーアと湿地帯とが入りまじり、いたるところにぬかるんだ箇所があったから、たびたび痕跡を見失いはしても、すぐまた近くでおなじタイヤ跡を発見することができた。

「きみ、気がついてるか？」ホームズが言った。「このへんで自転車の主は明らかに速度をあげている。ぼくの目に狂いはないよ。ほら、ここを見たまえ——前輪と後輪の跡がふたつとも残ってるだろう。どっちも深さはおなじ。ということは、乗り手が前かがみになってハンドルバーに体重をかけてるってことだ——全速力を出そうとしてる証拠だよ。おおっと！——ころんだみたいだぞ」

数ヤードにわたって、タイヤ跡にべたりと幅広い、不規則な泥汚れが重なっている。それから、いくつかの足跡、そうしてふたたびタイヤの跡がつづく。

「横すべりしたのか」私はそれとなく言ってみた。

ホームズが花の咲いたハリエニシダの一枝をかざしてみせた。枝はひしゃげていて、ぞっとしたことに、黄色い花がべっとりと赤いものにまみれている。さらに足もとの地面にも、よく見れば道ばたのヒースにも、凝固した血液のどすぐろいかたまりがいくつか。

「まずい！　よくない徴候だ！」ホームズが言った。「きみは離れていろ、ワトスン！　よけいな足跡をつけちゃいけない！　さて、これをどう読むかだ。彼はころんで怪我をした。起きあがり、ふたたび自転車にまたがり、先を急ぐ。だが、その先にはなんの跡もない。並行するこの脇道に、牛の群れがいただけだ。まさか、牛に角で突かれた、なんてことは？　いや、ありえない！　とはいえ、ほかの人間がいた形跡はないんだ。ここは先へ進むしかないね、ワトスン。タイヤ跡ばかりか血痕まで残ってるんだから、だいじょうぶ、これ以上われわれの追跡をふりきるわけにはいかないよ」

それからの捜索はさほど長くはかからなかった。濡れて光る小道の上で、タイヤの跡がとんでもない方向にそれだしたのだ。と、前方を見た私の目に、いきなりとびこんできたもの、それは密生したハリエニシダの茂みの奥で、ぎらりと光る金属だった。私たちはふたりしてそこから一台の自転車をひきずりだした。タイヤはパーマーで、ペダルの片方はねじまがり、あまつさえ車体の前半分は、まがまがしく血にまみれ、その血がいまにもしたたりそうだ。さらに茂みの向こう側からは、つきでた靴がひとつ。茂みをまわって駆け寄ってみると、はたせるかなそこに、不運な自転車の主が横たわっていた。長身の男で、豊かなひげをたくわえ、眼鏡をかけているが、そのレンズは片方が割れて、なくなっている。死因は頭部への強打——頭蓋骨の一部が陥没するほどのすさまじい一撃だ。それほどの傷を受けながら、ここまで自転車を走らせてきたのだから、その精神力と勇気たるや、見あげたものと言うべきだろう。靴は履いているが、靴下は履かず、ひらいた上着の襟もとからは、寝間着がのぞいている。まぎれもない、行方不明のドイツ人教師だ。

ホームズがうやうやしく遺体を仰向けにすると、細部までていねいに検めた。それが終わると、身を起こして、しばらくじっと考えこんだが、私の見たところ、眉間に寄せた皺が物語るように、このおぞましい発見も、彼の見地からすれば、すこしも私たちの探索を前進させるものではないらしい。

しばらくして彼は、ようやく口をひらいた。「さてどうすべきか、少々判断に迷うところだよ、ワトスン。ぼく自身の気持ちとしては、このままこの探索を進めたい——すでにずいぶん時間を費やしてるし、これ以上は一刻も無駄にしたくないからね。だが反面、この発見を警察に知らさずにおくわけにはいかないし、この気の毒な男の遺体も、然るべく処理してやる必要があるだろう」

「なんならぼくが知らせにもどろうか?」

「いや、きみにはこのままここで力を貸してもらいたい。あ、ちょっと待った! 向こうに泥炭を切りだしている男がいる。呼んできてくれないか——あの男に警察を案内させよう」

　私がその農夫を呼んでくると、ホームズはすっかりふるえあがっているその男に、ハクスタブル博士に宛てた短い伝言を託し、送りだした。

「さて、ワトスン、われわれはけさ、ふたつの手がかりをつかんだわけだ。ひとつは、パーマーのタイヤがついた自転車で、その自転車がどうなったかは、すでに知れた。いまひとつは、これも自転車で、継ぎのあたったダンロップ製のタイヤがついている。そこで、これを調べにかかる前に、いま現在わかっていることはなにか、これをあらためて確認しておこうじゃないか。そうすることで、その知識を最大限に活用し、かつまた本質的なものと付随的なものとを分けて考えることができる。

　まず第一に、ぜひのみこんでおいてもらいたいのは、少年はまちがいなく自由意志で脱走したんだということ。自室の窓から蔦を伝わって降り、単独で、あるいはだれかと連れだって、学院をあとにした。ここまでは確実だ」

　私も同意した。

「さて、つぎに考えるべきは、この気の毒なドイツ人教師のことだ。少年はきちんと身支度をととのえていた。だから、出てゆくことはあらかじめ予定していたわけだ。ひきかえ、ドイツ人のほうは、靴下も履かずにとびだしている。ろくに考えるひまもなく行動していることはまちがいない」

「そうだね、たしかに」

「なぜそんなにあわてたのか。なぜなら、自室の窓から、少年の逃げだす姿を見たからだ。少年に追いつき、連れもどそうと考えたからだ。そこで、急いで自分の自転車にまたがり、しゃにむにあとを追う。そして追いかける途中で、非業の死を遂げる結果となった」

「そのようだね」

「さて、ここからがこの話の肝心なところだ。普通、成年男子が小さな少年をつかまえようとすれば、まずは走ってあとを追うだろう。じきに追いつけるのはわかりきってるからだ。しかるにこのドイツ人は、そうはしない。自転車をひっぱりだす。聞けば、自転車を乗りこなす腕は相当のものだったそうだが、それにしても、なぜ自転車を使ったのか。少年がなにか速い乗り物で逃げるのを見たのでないかぎり、そういうことはまずやらないはずだ」

「べつの自転車だな」

「ここはとりあえず事件の再現をつづけよう。学院から五マイル行ったところで、彼は死に遭遇する――と言っても、銃で撃たれたとかしたわけじゃない。銃ならば幼い少年でも発射しようとすればできるかもしれないが、この場合はそうじゃなく、すごい腕力の持ち主が、すさまじい破壊力を持った一撃を加えたんだ。したがって、少年の逃亡には確実に同行者がいたということになる。そのうえ、逃げるスピードも速かった――優秀な自転車乗りが追いつくまでに、五マイルも走ってるんだからね。にもかかわらず、悲劇の現場周辺を調べてみると、なにが見つかるだろう？　すこしばかりの牛の蹄の跡、それだけだ。いまこのへんをぐるっと歩いてみたが、半径五十ヤード以内には、小道一本たりともない。もう一台の自転車の主は、この現場にはきていず、実際の殺人とはなんの関係もなかった。きていれば、必ず人間の足跡が残っていただろうからね」

「ホームズ！」私は叫んでいた。「それはおかしい、ありえないよ」

「お説のとおり！」彼も言う。「ありえないとは言い得て妙だね。たしかにありえないんだ、ぼくの話したとおりなら。したがって、この推論はどこかがまちがっているに相違ない、しかし、きみだってここまでの経過はその目で見てきたはずだ。まちがいがあるとしたら、どこがそうなのか、わかるか？」

「ころんだはずみに、頭蓋骨が砕けたってことはないかな？」

「下は湿地だよ、ワトスン」

「そうか。となると、もはやお手あげだ」

「ちっ、ちっ！　これまでだってぼくらは、もっと難解な問題でもちゃんと解決してきたじゃないか。すくなくともここには、利用する気になりさえすれば、いくらも物証があるんだ。だから、さあ、つづけよう——もっとも、パーマーのほうはもう種切れになっちまってるから、残るひとつ、継ぎのあたったダンロップのほうがなにを教えてくれるか、それをつきとめるとしようよ」

　ふたたびそのタイヤ跡を探しだして、しばらくそれをたどっていった。だが、じきにムーアはヒースの生い茂る長い上り坂になり、湿地帯からも大きくそれていった。この先をたどってみても、もはや得られるものはなさそうだ。最後にそのダンロップのタイヤ跡が現認された地点から見ると、行く先は二通り考えられる。左手前方、数マイルのところに、堂々たる塔屋を見せている〈ホールダネス・ホール〉か、それとも前方に低く見えている灰色の村落か――この村落は同時に、チェスターフィールド街道の通っている位置を示すものでもある。

村落のほうへ向かってゆくと、入り口に闘鶏の看板を掲げた薄汚い、怪しげなたたずまいの旗亭があった。距離が縮まったとき、ホームズがにわかにうめき声をあげると、倒れまいとするように、私の肩をがっきとつかんだ。ときおりくるぶしが激しく攣《つ》ることがあるが、いったんこれが起こると、大の男でも、激痛で歩けなくなる。やっとのことで、足をひきずりながらその旗亭に近づいてゆくと、入り口には頑丈な体軀《たいく》の、色の浅黒い中年の男が立ちはだかって、黒いクレイパイプをふかしている。

「こんにちは、ルーベン・ヘイズさん」ホームズが声をかけた。

「そう言うあんたは何者だ？　なんでおれの名を知ってる？」狡猾《こうかつ》そうな目をちらりと胡散《うさん》くさげに光らせて、その田舎者まるだしの男は言った。

「なんでって、その頭の上の看板に、ちゃんとそう書いてあるじゃないか。その家の主人かどうかぐらい、見ればわかる。あそこに厩舎《きゅうしゃ》もあるようだが、もしかして馬車の一台も置いていないかね？」

「ないね。馬車はない」

「足が地面につけられないくらいなんだがね」

「なりゃ、つけなきゃいい」

「だが、歩けないんだよ」

「ほう。なりゃ、跳びはねりゃいい」

ルーベン・ヘイズ氏の態度たるや、とても愛想がよいとは言いかねるものだったが、ホームズはそれを、いたってものやわらかに、機嫌よく受けとめた。

「まあ聞いてくれないか、おやじさん。この足、筋をちがえちまって、ほんとに動きがとれないんだ。どうすればいい?」

「おれに訊かれたってわかるもんか」どこまでも無愛想な亭主だ。

「とびきり重大な用件が待ってるんだ。自転車を貸してもらえたら、一ソヴリン出すがね」

亭主はぴくりと耳をそばだてた。

「どこへ行きたいんだ?」

「〈ホールダネス・ホール〉へさ」

「すると、公爵さんの友達かね?」亭主はそう言って、私たちの泥に汚れた衣服を皮肉っぽい目つきでじろじろながめた。

ホームズはひとがよさそうに声をたてて笑った。

「とにかく、会えば喜ばれるだろうよ」

「なぜ?」

「いなくなった坊ちゃんのことを知らせにゆくからさ」

亭主はそうと目につくほどにぎくりとした。

「なんだと？　見つかったのか？」

「リヴァプールにいるという話だ。すぐにも保護されるはずだよ」

ここでまた亭主のひげだらけの鈍重そうな顔に、ちかっとすばやい変化が走った。にわかに態度が改まり、愛想もよくなった。

「いや、ちとわけがあって、公爵さんのことは、世間のひと以上に快く思ってるわけじゃないんだ。むかし、あのお屋敷で御者頭《ぎょしゃがしら》を務めてたところ、えらくひどい扱いを受けたことがあってよ。雑穀商の嘘っぱちを真に受けて、推薦状のひとつもよこさず、くびにしやがった。けど、坊ちゃんがリヴァプールにいるっていうんなら、そりゃまあ喜ばしいこったし、あんたがその知らせをお屋敷に伝えにいくんであれば、手助けもしてあげようじゃねえか」

「ありがたい」ホームズは答えた。「だがその前に、まず腹ごしらえだ。食べおわったら、自転車を頼む」

「自転車はないんだ」

ホームズはソヴリン金貨をさしあげてみせた。

「しつこいね、自転車はないんだといったら。お屋敷までなら、馬を二頭、貸してやるよ」

「そうかそうか」ホームズは言った。「まあそのことは、腹ごしらえをすませたら、また話しあうとしよう」

板石を敷いたキッチンでふたりきりになると、驚くなかれホームズの痛めた足は、けろりと治ってしまった。そろそろ夕闇の迫る刻限だったが、私たちは早朝からなにひとつ口にしてい

なかったから、いくらか時間をかけて、ゆっくり食べた。ホームズはなにか思案にふけってい
て、一、二度、席を立って窓ぎわへ行くと、じっと戸外に目を凝らした。窓はむさくるしい中
庭に面していて、向こうの隅には鍛冶場、そこでひとりの薄汚れた少年が立ち働いている。そ
の向かい側が厩舎だ。ホームズはこうして何度か窓とのあいだを往復したが、何度めだったか
に腰をおろしたとたん、あっと声をあげて、勢いよく立ちあがった。
「やったぞ、ワトスン、解けたような気がする！」声をはずませて言う。「うん、うん、そう
だ、そうにちがいない。きみ、きょうムーアで牛の蹄の跡を見たの、覚えてるかい？」
「見たよ、何度か」
「どこでだった？」
「そう、いたるところで、かな。牛の群れはまず湿地帯にいて、つぎに小道のそばに、それか
らまたハイデガーの死んだすぐ近くにもいた」
「そのとおり。そこでだ、ワトスン、あらためて訊くが、ムーアで何頭の牛を見かけた？」
「そういえば、一頭も見かけた覚えがない」
「へんじゃないか、ワトスン――蹄の跡は、きょう歩きまわったあたりでいくらも見かけたの
に、肝心の牛は、ムーアじゅう見まわしても、まったく目につかなかった。妙だろう、ワトス
ン、すこぶる妙だ。ねえ？」
「ああ、妙だね、たしかに」

「そこでだよ、ワトスン、ひとつ思いだしてみてくれ。それをまぶたに思い浮かべてみてほし

いんだ！　きみは小道に牛の蹄の跡を見る。見えるか？」

「ああ、見える」

「それがあるときはこういうふうだったのを思いだせるか？」そう言いながら、パンくずをこんな形――：：：：：：――に並べ、「それがべつのときには、このよう――：：：：：：――になり、またべつのときには、こんなふう――・・・・・・――にもなる。思いだせるかい、これを？」

「いや、あいにくと無理だ」

「だがぼくは思いだせる。ぜったいまちがいない。もっとも、いずれ時間がとれたら、あらためて出かけてって、確かめてみてもいいがね。ともあれ、ここから結論がひきだせなかったとすれば、ぼくもいいかげん間が抜けてるってわけだ」

「結論って、どんな？」

「なに、歩行《ウォーク》し、駆け足《キャンター》し、疾駆《ギャロップ》する牛なんて、牛にしてはずいぶん珍しいってことだよ。しかもね、ワトスン、これだけのことを考えだす頭脳となると、そこらの田舎パブの亭主じゃ、とても及びもつかないはずなのさ。さて、鍛冶場にいるあの少年をべつにすれば、どうやら邪魔者はいなくなったようだ。そっと出ていって、調べてみようじゃないか」

　軒の傾きかけた厩舎には、ろくに手入れもされず、毛並みもぼさぼさの馬が二頭つながれているきりだった。ホームズはその一頭の後ろ脚の片方を持ちあげてみ、それから声をたてて笑った。

「古い蹄鉄《ていてつ》、だが打ち替えたのはごく最近だ――蹄鉄は古いのに、釘は新しい。この事件、一個の古典となるだけの値打ちがあるね。じゃあ鍛冶場へ行ってみようか」

鍛冶の少年は、私たちには目もくれずに作業をつづけた。ホームズの視線がすばやく右、左と動いて、そこらの床に散乱した鉄や木のくずを目にとめていった。ところがそのとき、とつぜん背後に足音がしたかと思うと、そこに亭主が立っていた。太いげじげじ眉をしかめて、獰《どう》猛《もう》に目を光らせ、浅黒い顔を憤怒《ふんぬ》にひきつらせている。

手には、金属の握りのついた短いステッキ、それを構えて、威嚇的にずいと迫ってくる。私は思わず知らずポケットのリボルバーに手を触れてみ、その存在を頼もしく思ったほどだ。

「このくそいまいましいスパイどもめが！」と、がなりたてる亭主。「いったいここでなにをしてやがる！」

「おや、ルーベン・ヘイズさん」ホームズが涼しい顔で応酬する。「そうまでむきになるところを見ると、われわれに見つかると困るものでも隠してるんじゃないかと思っちまうよ」

そう言われて、亭主は懸命の努力で自分をおさえると、陰険な口もとをゆるめて作り笑いをしてみせたが、その笑顔のほうが、それまでの渋面《じゅうめん》よりもよほど恐ろしかった。

「まあな、うちの鍛冶場でなにを探そうと、そりゃそっちの勝手かもしれん。しかし、はっきり言っておれは、こっちになんの断わりもなく、自分ちのなかを嗅ぎまわられるのは好かん。だから、さっさと勘定を払って、出てってもらえると助かるんだがね」

「わかった、ヘイズさん――悪気はなかったんだ」と、ホームズ。「馬を貸してくれるって話だったんで、ちょっと見せてもらってただけさ。だけどやっぱり歩いていくことにするよ。そう遠くはないんだろう?」

「お屋敷の門まで二マイルたらずだ。街道を左へ行けばわかる」こちらがパブの地所から出てゆくまで、亭主は不機嫌な目つきでじっと見送っていた。

それでも私たちはそう遠くまでは行かなかった。道がカーブして、亭主の視界からこちらの姿が隠れてしまうやいなや、ホームズが立ち止まったからだ。

「あの店にいたあいだ、ずっと〝熱かった〟よ——隠れんぼの子供の台詞《せりふ》を借りればね。だがこうして遠ざかるにつれて、どんどん〝冷えて〟いく。いやいや、だめだ——このままあそこを離れてしまうわけにはいかない」

「ぼくもそれは強く感じた」私も相槌を打った。「あのルーベン・ヘイズがなにかを知ってることはまちがいない。あれほど見え透いた悪党というのも、まず見たことがないね」

「そうか! じゃあきみもそんなふうに感じたわけだ。とにかく、あそこには馬がいる。鍛冶場もある。そうなのさ、すこぶる興味ぶかい場所だよ、あの〈闘鶏亭《ファイティング・コック》〉ってのは。どうしてももう一度、内々にさぐってみる必要がありそうだ」

私たちの背後には、長くゆるやかな台地がひろがり、そのいたるところに、大きな灰色の石灰岩がころがっていた。街道からそれた私たちは、この台地をのぼりにかかったが、途中でふと〈ホールダネス・ホール〉のほうを見た私の目が、猛スピードで街道をこちらへとばしてくる一台の自転車をとらえた。

「かがむんだ、ワトスン!」ホームズが叫んで、強い力で私の肩をおさえつけた。こちらが身を隠したか隠さぬかのうちに、すぐ下の街道を、自転車の主が矢のように走り抜けていった。舞いあがる砂埃《すなぼこり》のなかに、ちらりと見てとれたその顔、それは動揺はなはだしい蒼白な顔だった──口をくわっとひらき、とびだしそうに見ひらいた目で前方を見据え、顔の造作のひとつひとつが、内心の恐慌をそのまま反映している。前夜お目にかかったあのとりすましたジェームズ・ワイルダーの、それはカリカチュアとも見える面《おも》ざしだった。

「公爵の秘書じゃないか!」ホームズが叫んだ。「きたまえ、ワトスン、あいつがなにをするか、見届けてやるんだ」

這いつくばるように岩から岩を伝って進み、ほどなく私たちは、旗亭の表口が見える地点までひきかえした。戸口のそばの壁に、ワイルダーの自転車が立てかけてある。建物の内外に動くものはなく、いくつかの窓にも、そこからのぞく顔は見えない。沈む夕日が〈ホールダネス・ホール〉の高い塔屋の向こうに隠れてしまうと、徐々に宵闇が忍び寄ってきた。と、厩舎の庭の薄暗がりに、一頭立ての軽二輪馬車《トラップ》の側灯がふたつ見えてき、すぐそれにつづいて、蹄の音がとどろいたかと思うと、庭から街道に出てきた馬車が、そのまま物狂おしいほどの速度でチェスターフィールドの方角へ走り去っていった。

「ワトスン、いったいあれをどう解釈する?」ホームズがささやきかけてきた。

「あわてて逃げたって感じだね」

「ぼくに見えたかぎりでは、あれにはひとりしか乗っていなかった。いずれにせよ、乗ってたのはジェームズ・ワイルダー氏じゃない。だって彼ならあの戸口に立ってるからね」

暗闇のなかに、いつのまにか四角く真っ赤な明かりがぽっと出現していた。そしてその四角のまんなかに、あの秘書氏の黒いシルエット――首をつきだしかげんにして、闇の向こうを透かし見ている。明らかにだれかを待っているふぜいだ。かなりたってから、ようやく街道に足音が聞こえて、第二の人影がつかのまその明かりを背景に浮かびあがったかと思うと、すぐまたドアがばたんとしまって、ふたたびすべては暗黒にもどった。五分後、二階の一室にランプがともった。

「どうやら〈闘鶏亭〉の客の迎えかたには、何段階かの等級があるらしいな」と、ホームズが言った。

「しかし、バーがあるのは店の向こう側だよ」

「それはわかってる。つまり、こっち側から通されるのは、いわゆる特別客というわけなんだろう。それにしても、夜もこんな時間に、あのジェームズ・ワイルダー氏は、あんな穴蔵みたいな店でいったいなにをしてるのか、してまたいったい何者が、ああして彼に会いにきたのか。きたまえ、ワトスン、ここはひとつ、いちかばちか、そのへんをもうちょっと詳しく調べてみようじゃないか」

私たちはそっと街道までくだり、それから旗亭の入り口へと忍び寄っていった。自転車はまだそこの壁に立てかけてある。ホームズがマッチをすり、後輪にその光をあてた。それが継ぎのあたったダンロップのタイヤを照らしだすと、ホームズが低く喉を鳴らして笑うのが聞こえた。私たちのいるすぐ真上には、さっき明かりのともった窓がある。

「どうにかしてあの窓からのぞいてみたいな。ワトスン、きみ、腰を曲げて、手をこの壁につっぱってくれないか。そうすればなんとかなると思うんだ」

つぎの瞬間には、彼は私の肩によじのぼっていた。ところが、乗ったと思いきや、すぐまたそそくさと降りてしまった。

「よし、行こうか、きみ」と言う。「きょうは一日分、たっぷり働いた。得られるだけのものは得たようだよ。学院までは、だいぶ距離がある。帰るのなら、なるべく早く出発したほうがいい」

疲れた足をひきずって帰る道々、彼はほとんど口をひらかなかった。しかも、ようやく学院にたどりついてからも、なかへははいらず、駅からなら電報が打てるからと、そのままマクルトン駅へと向かう。夜も遅くなってから、教師の死という悲劇に打ちのめされているハクスタブル博士を、彼がしきりに慰めている気配が聞こえてきたが、さらにそのあと、私の部屋へはいってきたのを見ると、早朝に出かけたときとすこしも変わらず、潑剌として生気にあふれている。そして言った。「すべてうまくいったよ、きみ。あすの夜までには、事件の謎もすっかり解けているだろう」

翌朝十一時、友人と私は肩を並べて、名高い〈ホールダネス・ホール〉のみごとな櫟《いちい》の並木道を歩いていった。壮麗なエリザベス朝様式の入り口をくぐり、通されたのは、公爵の書斎である。そこにいたのは、とりすまして、物腰あくまでもいんぎんなジェームズ・ワイルダー氏であったが、しかしその落ち着かなげに動く目や、ときおりぴくりとひきつる口もとには、ゆうべのとてつもない不安の名残がいまなおただよっているようだ。

「公爵閣下に面会をおもとめですね？　あいにくですが、閣下はたいそうお体のおぐあいがよろしくないのです。このたびの悲劇の報を受け、ひどく心を痛めておいでででして。きのうの午後、ハクスタブル博士からの電報を受け取りました――お二方の発見を伝えるものです」

「ワイルダーさん、そのことでぜひ公爵にお目にかかりたいのです」

「ですが、お部屋にこもっておられますので」

「でしたらこちらからお部屋にうかがいます」

「臥せっておいでだと思いますが」

「そのままでお目にかからせてもらいます」

あくまでも冷徹で仮借のないホームズの態度から見て、ここで議論しても無駄だと秘書はさとったようだ。

「わかりました、ホームズさん。では閣下にお見えになったことを伝えてまいります」

半時間ほど待たされて、大貴族が姿をあらわした。はじめて会ったときよりも、顔はいっそう青ざめて、ほとんど死相をすら思わせ、背も丸くなって、全体にがっくり老けこんでしまった感じだ。それでも、貴族らしさを失わぬ丁重な態度で私たちに挨拶すると、デスクにむかって腰をおろした。赤いあごひげが卓上にまでたれかかった。

「で、ホームズ君、ご用の向きは？」とたずねる。

だが私の友人は、視線をあるじの椅子のそばに控えている秘書に据えたきり、動かさなかった。

「失礼ですが、公爵閣下、ワイルダー氏がこの場におられないほうが、忌憚なくお話ができると存じます」

ワイルダーの顔がさらに一段と青ざめ、彼はホームズに敵意のこもった目を向けた。

「公爵閣下のご意向とあれば――」

「うん、うん、おまえは席をはずしたほうがよかろう。それでホームズ君、いったいなにを話さねばならぬと言われる？」

ホームズはしばらく口をひらかず、さがってゆく秘書の背後で、ドアが確実にしまるまで待った。

それから言った。「閣下、話とはこういうことです。ここにいる協力者のドクター・ワトスンも、またぼくも、この事件では報奨金が出る旨、ハクスタブル博士から保証されたと理解しています。それが事実であるかどうかを、閣下ご自身の口からお答え願いたいのです」

「たしかにそのとおりだ、ホームズ君」

「もしもぼくの聞きまちがいでなければ、その額は、ご子息の所在をお知らせしたものにたいして五千ポンド、ということでしたが？」

「いかにも」

「さらに、ご子息を監禁している単数もしくは複数の人物がだれであるか、それを名指ししたものにたいしても、べつに一千ポンドを出されるとも？」

「それもまちがいない」

「してまたこの後者については、当然のこと、実際にご子息を連れ去った人物のみならず、いまげんにご子息を監禁している共謀者についても、おなじく適用されるのですね？」

「さよう、さよう」公爵はじれったげに叫んだ。「いいかねシャーロック・ホームズ君、きみの働きが満足のゆくものであるかぎり、その点できみが報われぬという不満を持ついわれは毫もないはずだ」

友人がいかにも欲深そうな顔でしきりに揉み手をするのを見て、私はびっくりした。日ごろ金銭には恬淡《てんたん》な彼をよく知っているからだ。

「お見受けしたところ、そこのテーブルにあるのは、閣下の小切手帳のようです」と、ホームズ。「おそれいりますが、いまここで六千ポンドの小切手を切っていただけましょうか。横線小切手で結構です。キャピタル・アンド・カウンティーズ銀行のオクスフォード街支店——これがぼくの取引銀行です」

公爵は表情をこわばらせると、居住まいを正して、じっとホームズを見つめた。

「冗談のつもりか、ホームズ君？　時と場合を心得ぬおふるまいと見受けるが」

「閣下、けっして冗談ではありません。これほど真剣だったことは、いまだかつてないくらいで」

「ならばいったいどういう意味なのだ」

「報奨金はいただきましたと、そういう意味です。ご子息の所在をぼくは知っていますし、現在ご子息を監禁しているものたちを——すくなくともその一部を——名指しすることもできます」

死人のように真っ青な顔との対照で、公爵のひげの赤さが、また一段と濃さを増したように見えた。

「どこにいるのだ、あの子は?」と、あえぐように言う。

「いま現在、もしくは昨夜まで、〈闘鶏亭〉という旗亭におられました——こちらのお屋敷の門からは、二マイルほどの距離になります」

公爵は力なく椅子にすわりなおした。

「では、犯人としてだれを名指すおつもりか」

それへのシャーロック・ホームズの答えは、またも私を驚かせた。すばやく進みでて、公爵の肩に手をかけたのだ。

「あなたです」と、だしぬけに言う。「それでは閣下、どうかお約束の小切手を」

はじかれたように立ちあがって、いましも深淵に沈もうとするかのように手を泳がせた公爵のようす、それを私は終生忘れないだろう。それから、いかにも貴人らしい超人的な努力で自分をおさえると、ふたたび公爵は椅子に腰を落とし、手に顔をうずめた。しばらく時間が経過した。

だいぶたってから、公爵はそのまま顔もあげず、どうにかふりしぼるように、「どこまで知っておられるのか」とたずねた。

「ゆうべ、ごいっしょのところをお見かけしました」

「そこにおいでのご友人のほかに、このことを知っているものは？」

「ぼくはだれにも話しておりません」

公爵はふるえる指でペンをとりあげ、小切手帳をひらいた。

「ホームズ君、わたしは約束をたがえることはせぬ。きみの手に入れた情報がいかにわたしの意に染まぬものであろうとも、小切手はこのとおり書くつもりでいる。はじめに報奨金を出すと申しでたときは、このような結果になろうとは予想もしておらなんだ。それにしてもホームズ君、きみも、またご友人も、じゅうぶんな思慮分別をそなえた人物と受け取ってよいのであろうな？」

「お言葉の意味が量りかねますが、閣下」

「ではホームズ君、率直に申しあげよう。事の真相を知るのがここにいるお二方だけであるなら、これ以上それを知るものの範囲をひろげねばならぬいわれはないわけだ。そこでわたしとしては、お二方にたいして一万二千ポンドの借りがある、そう考えるのだが、どうかな？」

だがホームズはにっこりして、かぶりを横にふった。

「あいにくですが、閣下、これをそう簡単に処理するのはむずかしいと存じます。例の教師の死というものがあり、その件についてだけでも、きちんと説明をつけねばなりますまい」

「しかしジェームズは、それにはかかわっていないのだぞ。その責任をあれに負わせるわけにはいかん。手をくだしたのは、不運にもジェームズが雇うことになった、あの粗暴なならずものなのだからな」

「お言葉ですが閣下、ぼくはかように考えます――ある犯罪に手を染めたものは、その犯罪から派生したべつの犯罪にたいしても、道義的責任を負うものである、と」

「道義的にはな、ホームズ君、もとよりきみの言うとおりだ。しかし、厳密に法的見地からすれば、それはあてはまるまい。殺人の現場にはいあわさず、しかも、そう言うきみ自身にも劣らず、かかる行為を憎み、忌み嫌っている人間、そうした人間を殺人罪で有罪とすることはできぬ。教師の死の顚末《てんまつ》を耳にするやいなや、あれは悔恨と恐怖に打ちのめされ、わたしにすべてを告白した。事実、そのあとすぐに、犯人とのいっさいの関係を断ちもした。どうか、ホームズ君、なんとかあれを救ってやってくれ！――頼む、なんとか救ってやってくれ！　このわたしがそう頼んでいるのだ、どうか救ってやってくれ！」公爵はいまや最後の自制心のかけらもかなぐり捨て、顔をゆがめて、握りこぶしをふりまわしながら、室内を行ったりきたりしていたが、やがて、かろうじて自分をとりもどすと、ふたたびデスクにむかって腰をおろした。それから言った。「きみが余人にはいっさい告げず、まずここへきてくれた判断に感謝する。おかげで、せめてこの醜悪なスキャンダルをどこまで食いとめられるか、その対策を相談することもできるというものだ」

「おっしゃるとおりです」ホームズは答えた。「ですが閣下、それは双方がたがいにまったく隔意なく、腹を打ち割って話しあうことで、はじめて可能になることではありますまいか。ぼくとしては、微力ながら、閣下をお助けすることにやぶさかではありませんが、しかしそのためには、問題のありようをつぶさに知ることから始めねばなりません。先ほどおっしゃっていたのが、ジェームズ・ワイルダー氏をさしてのことであり、かつまた、ワイルダー氏が殺人犯ではないこと、これらはぼくもつとに承知しております」

「いかにも。殺人犯はすでに逃亡した」

シャーロック・ホームズは、ややとりすました微笑を浮かべた。

「はばかりながら、このぼくのかちえているささやかな名声について、閣下はあまりご存じないようだ。ご存じであれば、ぼくの手をのがれることが、さほど容易だとは思われぬでしょうから。ルーベン・ヘイズ氏は、ぼくの通報によって、昨夜十一時にチェスターフィールドで逮捕されています。けさ、学院を出てくる前に、地元警察の署長から、その旨を知らせる電報を受け取りました」

公爵は体を大きくのけぞらせて椅子の背にもたれると、驚嘆の目で私の友人をまじまじと見つめた。

「およそ人間業《にんげんわざ》とは思えぬ能力をお持ちのようだ。すると、ルーベン・ヘイズはつかまったのだな？　そう聞いて、まことにほっとした――ただしその余波が、ジェームズの身にはねかえってこなければよいのだが」

「閣下の秘書の身に？」

「そうではない。わたしの息子の身にだ」

今度はホームズが仰天する番だった。

「正直に申して、閣下、それはぼくにはまったくの初耳でした。もうすこし詳しい事情をお聞かせ願えますか？」

「もはやなにも隠しだてはすまい。完全に腹を割って話さねばならぬというさいぜんのきみの言葉、わたしも同感だ——たとえそれがわたしにとってどれだけ苦痛であろうとも、ジェームズの浅はかさと嫉妬とが招いたこの絶望的な状況のもとでは、そうするのがなによりの良策だろう。

ホームズ君、若年のみぎり、わたしは生涯に一度の激しい恋をした。その女性には結婚を申し入れたのだが、そういう縁組みはわたしの前途にさわるからとの理由で、先方はそれを辞退した。かりに彼女が生きていたら、わたしはだれとも結婚しなかったろう。だが彼女は亡くなり、あとにこの子供がひとり残された。わたしがその子をかわいがり、ずっと面倒を見てきたのは、彼女の思い出のためなのだ。わたしが父親であることをおおやけに認知することこそできなかったが、その子には最上の教育も授けたし、成年に達してからは、ひきとって、手もとに置いてきた。

ところが、その子がふとしたことからその秘密を知ってしまった。それからというもの、わたしの子としての権利を主張し、あるいは、わたしのもっとも嫌うスキャンダルをひきおこせる立場を利用して、好き勝手なふるまいをする。わたしの結婚が不幸な結果に終わったのも、ある程度まではこの子の存在が関係している。だがなによりもあれは、はじめからわたしの嫡出子である弟にたいし、執拗な憎しみをいだいてきた。そんな状況で、なぜまたわたしがその子ジェームズをいまだに手もとに置いているのか、さだめし不審に思われるであろうな。それにはこうお答えするしかない——それはあの子の顔に亡き母親の面影を見るからだと。大事な彼女の思い出を汚さぬためには、自分が長く苦しむのもいたしかたない、そう覚悟しているからだと。面影だけではない、彼女の清らかな立ち居ふるまい、そのすべてがあの子のうえに反映している——あの子のすることなすこと、ひとつとして彼女を思いださせぬものはない。それゆえ、あの子を放逐することだけは、どうにもできかねた。ただし、恐れてはいた、あの子が幼いアーサーに——つまりロード・ソルティアに——なにか危害を加えはしまいかと。だからこそ、アーサーの身の安全のためにも、ハクスタブル博士の学院に預けることにしたのだ。

ジェームズがあのヘイズという男とかかわりを持ったのは、あの男がうちの借地人であり、ジェームズがそれらの土地の管理にあたっていたことによる。あの男は根っからの悪人だったが、不思議なことに、ジェームズはその悪人と親しくなった。どういうものか、あれはいつもああした下層社会のものに親しみを持つ傾向がある。ロード・ソルティアをかどわかそうと決めたとき、手先として利用したのもあの男だった。あの日、わたしがアーサーに手紙を書いたのはご記憶であろう。ジェームズはその手紙を開封し、べつの伝言をなかに忍ばせた。学院の近くの〈荒れ地林《ラギッド・ショー》〉という林で会いたいとの内容で、差出人には母親の、公爵夫人の名を騙《かた》った——それならアーサーはきっと出てくるはずだからだ。夕刻、ジェームズは自転車でそこへおもむいた——言っておくが、これはすべてジェームズ本人の告白したとおりに話しているのだよ——そして林のなかで落ちあったアーサーに、こう伝えた。お母上がきみに会いたいと熱望しておられる、ムーアで待っておいでだから、真夜中にもう一度ここへきてくれれば、ある男が馬で迎えにきて、案内してくれるはずだ、と。罠とも知らず、アーサーはすっかり真に受けた。約束どおりにそこへ行くと、ヘイズという男がポニーを連れてあらわれた。アーサーはポニーに乗り、ともにムーアへと向かった。ところがどうやら──これはジェームズ自身もきのうはじめて知ったことのようだが──ふたりは追跡されていたらしく、追ってきた男をヘイズがステッキで殴り倒し、殴られた男はその傷がもとで死んでしまった。ヘイズはそのままアーサーを自分の店、〈闘鶏亭〉へ連れ帰ると、二階の一室にとじこめて、内儀に世話をさせた。このヘイズの内儀というのは、根はやさしい女なのだが、あいにく横暴な亭主の言いなりでしかない。

まあだいたいこういったところが、ホームズ君、二日前にはじめてお目にかかったときの状況だった。真相を知らなかったという点では、わたしもきみと大同小異だったわけだ。おそらくきみは、ジェームズがそういう行為に及んだのはいかなる動機からか、そう問われることだろう。それにたいしては、あれがわたしの嫡子にたいしていだいていた憎悪には、およそ理不尽な、常軌を逸したものがあった、そう申しあげるよりほかはない。あれの見地からすれば、自分こそがわたしの全所有物の相続人であるべきで、それを妨げている社会の掟というものを、深く恨みに思っていたわけだ。と同時に、いまひとつ、あれにはれっきとした動機も存在した。あれは自分の妨げになっている限嗣相続設定、それをわたしが破棄することをしきりに望み、またそうする力がわたしにはあるとも見なしていた。そこでもくろんだのが、わたしと取り引きすることだ――わたしが自ら限嗣相続設定を破棄し、遺言によって資産があれに遺贈されるようとりはからってくれるなら、アーサーを返すと言う。たとえ自分がなにをしでかそうと、わたしにはあれを警察の手にゆだねるつもりなど毫もない、そう見切っていたのだな、あれは。ただし、もくろんだといっても、いずれそういう取り引きを持ちかけてきただろうというだけで、実際にそうしたわけではない。というのは、事態が急激に進展して、あれ自身にも目論見を実行に移すだけのゆとりがなくなってしまったからだ。

　あれのよこしまなたくらみを一挙に打ち砕いたのがなんであったか――それこそは、きみの手であのハイデガーなる教師の遺体が発見されたという事実だ。その知らせに接するや、ジェームズは恐慌にとりつかれた。知らせがあったのは、わたしたちふたりがきのう、こうしてこの書斎で向かいあっているときだった。ハクスタブル博士から電報がきたのだ。ジェームズの驚きようと嘆きよう、それがあまりに激しいので、それまでずっと胸中にわだかまっていた疑念が確信にまで高まり、さては覚えがあるのかと、わたしはあれを問いつめた。あれもまた、すすんでいっさいを告白し、そのうえで、わたしにこう嘆願した――この秘密をあと三日間だけ伏せておいてもらえないか、あの憐れむべき共犯者にも、その罪深い命をつなぐ機会を与えてやりたいから、と。その願いに負けて、わたしが譲歩すると――なに、譲歩するのはいつものことなのだ――ジェームズはさっそく〈闘鶏亭〉へとんでゆき、ヘイズに警告したうえで、逃亡の手段までととのえてやった。わたしも日中は人目をはばかるので出かけられなかったが、日が暮れるのを待ちかねてそこへおもむき、アーサーと対面した。その身には何事もなく、元気でもあったが、凄惨な出来事をまのあたりに見せられたため、言語に尽くしがたいほどの恐怖にとらわれていた。とはいえ約束は約束、わたしとしてはまことに不本意ではあったが、彼をなお三日間、ヘイズの内儀に預けておくことに同意せざるを得なかった。なぜなら、アーサーが見つかったことを警察に通報すれば、必然的に殺人犯についても触れざるを得ず、また、殺人犯を罪に問おうとすれば、不幸なジェームズに累が及ぶことは避けられぬからだ。

さてホームズ君、きみは腹を割って話しあわねばならぬと言われた。わたしはきみのその言葉にしたがったつもりだ。それゆえ、いまこうしてすべてを隔意なく申しあげた――遠まわしに言うことも、隠しだてすることもいっさいなしにだ。今度はきみのほうがこのわたしに、胸のうちを率直に打ち明けてくれる番ではないかね？」

「承知しました」ホームズは言った。「まず第一に申しあげねばならないのは、閣下、このことです――閣下は法律という観点から見れば、きわめて容易ならざる立場に身を置かれているということ。閣下は一個の重罪を見のがされたうえ、ひとりの殺人犯の逃亡を幇助されもした。というのも、ジェームズ・ワイルダーによって共犯者の逃亡を助けるために用いられた金子《きんす》があるとすれば、それはすべて閣下のふところから出ているものに相違ないからです」

公爵は軽く頭をさげて、肯定の意を示した。

「これがまことに由々しき問題であることは、言うまでもありますまい。しかし、ぼくの目から見てそれ以上に許しがたいのは、閣下、あなたの年若な令息にたいする接しかたです。いたいけない少年を、あなたはすべて承知のうえで、三日もその悪の巣窟に放置された」

「しかし、かたい約束というものがあって——」

「約束も相手によりけりだ——そんな約束に、なんの力があるというのです。令息がふたたびかどわかされないという保証など、どこにもありはしない。あなたは罪深い年長の令息の機嫌をとるために、罪もない年少の令息を、さしせまった、いわれのない危険にさらした。およそ弁明の余地のない行為です」

誇り高きホールダネス公爵にとっては、自らの居館のなかで、かくもきびしく面罵《めんば》されることなど、およそ経験のほかであったろう。秀でたひたいにみるみる赤みがさしたが、それでも、持ち前の良心の重みが彼に抗弁を許さなかった。

「むろんぼくもお力にはなります。ですがそれには条件がひとつある。いますぐそこの呼び鈴で従僕を召され、ぼくから指示を与えることをお許しいただきたい」

無言のまま、公爵は電鈴を押した。従僕がはいってきた。

「きみもきっと喜んでくれるだろうが」と、ホームズは切りだした。「若様が見つかった。ただちに馬車を仕立て、〈闘鶏亭〉へロード・ソルティアをお迎えにあがるようにと、これは公爵閣下の思し召しだ」

従僕が喜び勇んで出ていったところで、ホームズはあらためて口をひらいた——

「さて、将来のことはこれで万全となりましたから、これからは過去の問題についても、より寛大なご処置がおとりになれるでしょう。ぼくは公的な立場にはなく、それゆえ正義という目的が果たされるかぎりは、ことさら自分の知る事実を暴露せねばならぬ理由もない。ヘイズという男については、なにも申しますまい。所詮は絞首台が待つ身、ぼくからあやつを救うために口添えする気はありません。この先あやつがなにをぶちまけるか、それはぼくにもわかりませんが、それでも閣下のお力をもってすれば、黙っているほうが身のためだということをあやつに納得させるぐらいのことはおできでしょう。いっぽう、警察の観点からいえば、あやつは身の代金狙いで令息をかどわかしたということになる。警察が自力で真相にたどりつけないのであれば、わざわざぼくから彼らに、より広い見かたもできるということを教えてやるまでもありますまい。しかしながら閣下、あらためてご忠告申しあげますが、ジェームズ・ワイルダー氏をこのまま身近に置いておかれることは、ご一家に災厄をもたらすものでしかないと思われます」

「ホームズ君、そのことはわたしも心得ているし、すでに手も打った。あれは永久にわたしのもとを去り、新天地オーストラリアで、おのれの道を切りひらくことになっている」

「そういうことなら、閣下、重ねていまひとつ申しあげます。閣下はご自身の口から、令室との仲に齟齬《そご》が生じたのは、ワイルダー氏の存在があったためだと認められた。ならば、その償いのためにも、令室のためにできるだけのことをなさるべきでしょうし、ついでに、これまで不幸にも中断されてきた、令室との関係修復にも努められることをおすすめいたします」

「それもまた、すでに手配ずみだよ、ホームズ君。妻にはけさがた手紙を書いた」

「であれば」と、ホームズは腰をあげながら言った。「われわれのこのささやかな北部地方への旅が、いくつかのまことに喜ばしい結果をもたらしたことにつき、友人もぼくも自分を祝福することができます。ただし、あとひとつだけ、些細なことですが、できれば知っておきたいことがあります。あのヘイズという男は、馬に特殊な蹄鉄を打っていました――牛の蹄の跡を偽装できるというしろものです。あの男がそうした尋常ならぬくふうをするについては、もしやワイルダー氏の入れ知恵でもあったのではありませんか？」

そう訊かれて、公爵はしばしただならぬ驚愕をその面上に浮かべ、棒立ちになっていた。それから、意を決したように、とあるドアをあけたが、そこは一種の収集品陳列室としてしつらえられた広い部屋だった。公爵は先に立って一隅のガラスケースへ行くと、そこに掲示された説明文をゆびさしてみせた――

〈この蹄鉄は、当ホールダネス・ホールの周濠より発掘されたものである。本来は馬に装着するものであるが、底部は鉄で偶蹄をかたどってあり、追跡者の目をくらます目的で使用されたものと思われる。もとの所有者は、中世にこの地方で勢威を誇った、代々のホールダネス男爵のいずれかであったと想定されている〉

ホームズはケースの蓋をあけると、指先を湿らせて、そっとその蹄鉄の底をなでてみた。指にうっすらと付着したのは、真新しい泥の跡だった。

「ありがとうございました」そう言って彼はケースの蓋をしめた。「これはぼくがこのたび北部地方でお目にかかった、二番めに興味ぶかいものです」

「してまた、第一のものとは？」

ホームズは小切手を折り畳むと、ていねいに手帳のあいだにはさんだ。そしてその手帳を大事そうにぽんとたたき、懐中深く押しこみながら、「ぼくは貧乏人でして」と言ったのだった。

（1）州統監とは、国王から権限を委託されたイングランド諸州の代表者をいう。治安判事などを任命する権能がある。

（2）プレパラトリースクールとは、日本で言う〝予備校〟ではなく、おもに一流大学進学のための準備教育をほどこす寄宿制の私立初等学校。

（3）ピーク地方は、イングランドのダービーシャー北部の一地方。北部は荒れ地で、中央部は石灰岩台地になっている。

ブラック・ピーター

一八九五年という年ほど、友人シャーロック・ホームズ氏が精神的にも身体的にも好調を維持していた時期を、私はほかに知らない。名声はいよいよ高まり、それにつれて山ほどの依頼が持ちこまれるようになっていたが、ベイカー街のわれわれの陋居《ろうきょ》の敷居をまたいだそれらの依頼人のなかには、ここで身分をほのめかすことさえ不謹慎の誹《そし》りをまぬがれないといった人物も何人かまじっている。とはいえホームズは、多くの芸術家の例にもれず、もっぱら自らの芸術のためにのみ生きている人間だから、例のホールダネス公爵の事件のときを例外として、自分の貴重な働きにたいして法外な報酬を要求した例はほとんどない。もともと名利には超然としているから――あるいは名利をもとめるには気まぐれすぎるから――持ちこまれた事件に共感を覚えなければ、相手がどれほどの有力者でも、また金満家でも、助力を断わることなどざらだし、逆に事件そのものがなんらかの奇異でドラマティックな性質をそなえていて、それが彼の想像力に訴えてきたり、持ち前の独創的な才知に挑戦してきたりすると、たとえ依頼人が名もない貧しい人物であっても、気安く依頼に応じて、何週間もその解決のために心身をなげうつ、といったことがありうるのだ。

この九五年という忘れがたい年には、奇妙で不条理な事件がたてつづけに発生し、彼はそれに忙殺されていた。たとえば、トスカ枢機卿の突然の死を解明した著名な事件――これは畏《かしこ》くもローマ教皇猊下《げいか》じきじきのお声がかりでひきうけたものだが――に始まり、悪名高いカナリア調教師ウィルスンの逮捕――この結果、ロンドンのイーストエンドから悪性の癌がひとつ取り除かれることになった――にいたる、種々さまざまな難事件である。そして、これらふたつの有名事件に踵《きびす》を接して発生したのが、かの〈ウッドマンズ・リー〉の惨劇、すなわちピーター・ケアリー船長の死にまつわる、じつにもって錯綜した事件だったのだ。このきわめて異常な事件について記録することなしには、わがシャーロック・ホームズ氏の事件簿は、けっして十全なものとはなりえないだろう。

七月の第一週、友人はしばしば家をあけ、しかも留守は長時間に及んだから、さしずめまたなにか事件をかかえているのだろうと私は察していた。留守ちゅう何人か柄の悪い男たちが訪ねてきて、ベイジル船長は在宅かと訊くので、ホームズが威名とどろく本性を隠すため、いまはどこかで人知れず、数多くの仮面と偽名のどれかのもとで活動しているのだと、このこともおおよそ察しはついた。彼はロンドン市内の各所にすくなくとも五つの小さな隠れ家を持っていて、そこへ行けば、いつでも自在に姿を変えられるのだ。彼が仕事の内容を私に明かすことはないし、私のほうにも、しいて問いつめる習慣はない。目下の調査がどの方面に向けられているか、その一端をはじめて私が知ることができたのも、いたって風変わりな出来事からだった。彼が朝食前から出かけてしまったので、私は九時にひとりで食卓についたのだが、そこへつかつかとはいってきた彼のいでたちたるや、帽子をちょこんと頭にのせ、脇の下には、先端に逆刺《さかとげ》のついた巨大な槍を、こうもり傘よろしくかいこむ、というものだったのである。

「おいおい、ホームズ！」私は思わず声をあげた。「まさかきみ、そんなしろものをひっさげて、このロンドンを歩きまわってきた、なんて言うんじゃあるまいな？」

「馬車で肉屋まで行ってきただけだよ」

「肉屋へ？」

「ああ、おかげですっかり腹がへった。ねえワトスン、朝食前の運動で一汗かく、これにはまさに千金の価値があるね。それにしてもきみ、ぼくがどういう運動をしてきたのか、賭けてもいいが、きっと想像もつくまいよ」

「想像してみようとも思わないね」

彼はくつくつ笑って、コーヒーをついだ。

「もしもあのときアラダイスの店の奥がのぞけたとしたら、天井の鉤《かぎ》からぶらさがって死んでる豚と、この槍でそいつを猛然と突き刺している、ワイシャツ姿の紳士が目にはいったことだろう。その精力的な男というのが、すなわちこのぼくさ。あいにくこのぼくの力をもってしても、豚一匹を一撃で刺しつらぬくなんてこと、とうてい無理だった。それを確かめて、おおいに満足してるところだよ。なんならきみもためしてみるかい？」

「とんでもない、お断わりする。それにしても、いったいなんでまたそんな実験を試みたりしたんだ？」

「なぜかといえば、それが間接的にながら、例の〈ウッドマンズ・リー〉の事件とかかわりがあると思えたからだよ。ああ、ホプキンズ、ゆうべの電報を受け取ったんで、待っていたところだ。こっちへきて、きみもお相伴《しょうばん》したまえ」

客は三十前後の、とびきり俊敏そうな男で、着ているのは地味なツイードのスーツだが、背筋をぴんと伸ばしたその姿勢には、もともと制服を着慣れていることがうかがわれた。一目見て私は、それがスタンリー・ホプキンズという若手の警部で、かねてからホームズがおおいに将来を嘱望し、向こうもまたこの高名な民間探偵の弟子として、彼の科学的捜査法に賛嘆と敬意とを惜しまない、そういう間柄の人物であるとさとった。だがそのホプキンズが、いまは顔色も冴えず、見るからに悄然たるようすで腰をおろす。

「いや、せっかくですが、結構です。朝飯なら出かける前にすませてきました。ゆうべは市内で過ごしましたので――きのう、報告のためにもどってきたんです」

「で、報告とは、なにをだね？」

「失敗したことを、ですよ――完全な捜査の失敗を、です」

「その後、すこしも進展していないのか？」

「はあ、まったく」

「おやおや！　するとやっぱりこのぼくが出張《でば》ってみなきゃならないか」

「それをぜひともお願いしたいのですよ、ホームズさん。これはわたしにとってもはじめての大きなチャンスなんです。なのに、いまや万策尽きたという恰好でして。どうかお願いです、現地をごらんになって、手を貸していただけませんか」

「なるほど、わかった。たまたまぼくとしても、すでにあの事件については、検死審問の結果をも含めて、かなり身を入れて検討を始めてたところなんだ。そこで訊くんだが、犯罪現場で見つかった煙草入れのこと、きみはどう見ている？　あれは手がかりにはならないかね？」

ホプキンズは驚き顔をした。

「しかしあれは被害者本人のものですよ。内側に本人の頭文字がはいっています。それにあれは海豹革製《シールスキン》ですが、被害者はむかし海豹猟師《あざらし》でしたからね」

「だけど、パイプは持っていなかったんだろう？」

「ええ。探したんですが見つかりませんでした。事実、煙草はほとんどたしなまなかったようです。それでも、たまに訪ねてくる友達のために常備していた、そうも考えられますから」

「たしかにね。ただ、かりにぼくがはじめからこの事件を手がけていたら、それをこそ捜査の出発点にしただろう、そう思うから、言ってみただけさ。それはそうと、ここにいるぼくの友人ワトスン博士は、事件のことはなにも知らないんだし、ぼくとしても、もう一度それを最初から順序だてて聞かせてもらうのも悪くない。ご苦労だが、要点だけでもかいつまんで話してみてくれないか」

スタンリー・ホプキンズは、ポケットから一枚の紙片をとりだした。

「ここに年号を控えてきました。これを見れば、死んだピーター・ケアリー船長の経歴がわかります。生まれたのは四五年――当年とって五十歳ということになります。海豹猟船ならびに捕鯨船の乗組員として、すこぶる勇敢、かつ成功もした猟師です。一八八三年には、ダンディーを母港とする海豹猟船〈シー・ユニコーン〉号の船長になっています。その船でたてつづけに何航海かして、そのつどかなりの利益を得たので、翌年、一八八四年に、船乗りをやめて、陸《おか》にあがりました。それから何年かはあちこちを旅してまわり、最終的には、サセックス州フォレスト・ロウの近くに、〈ウッドマンズ・リー〉と呼ばれる小さな土地を買い、落ち着きました。そこに住むようになってから六年、そしてきょうからちょうど一週間前に、そこで死んだというわけです。

この男には、すこぶる特異というか、異常な点がいくつかありました。日常生活では、厳格なピューリタン——おそろしく無口な、陰気な男です。家族は、細君と、二十歳《はたち》になる娘、それに家事使用人の女がふたり。この女たちは、しょっちゅう顔ぶれが変わっていて、それというのも、この家がけっして居心地のよい家庭ではなく、ときにはそれが我慢の限界を超えることもあったためだとか。あるじはときどき発作的に大酒を飲んでは泥酔し、そうなるとまさに悪鬼に変身して、手がつけられなくなる。これはよく知られている話ですが、真夜中に妻女や娘を戸外にたたきだすわ、鞭をふるって広い庭じゅう追いかけまわすわで、ついには女たちの悲鳴で、屋敷の外の村の住人たちまでが、ひとり残らず目をさましてしまう始末。

一度は、訪ねてきた年寄りの教区司祭に乱暴を働き、その咎《とが》で裁判所に呼びだされたこともあります——彼の日ごろの行状を見かねた司祭が、それをたしなめようとして出かけていったんだそうですが。要するにね、ホームズさん、およそ危険な人物といって、このピーター・ケアリーほどに危険なのはめったにいない。しかも、これまでに聞いたかぎりでは、こういう性格はかつて船長だったころにもまったく変わらなかったとか。仲間うちでは、〈ブラック・ピーター〉の異名で通っていましたが、これも、顔の日焼けや、ひどくめだつ大きなあごひげの色だけでなく、彼の根性がまず真っ黒だったためで、これが周囲のものには恐怖の的だった。こういう人物が、近隣一帯で毛嫌いされ、敬遠されていたこと、これはいまさら言うまでもありますまい。実際、ああいうむごたらしい最期を遂げたことについても、周辺からそれを悼む言葉なんて、ただの一言も聞かれませんでしたよ。

検死審問の報告を読まれたのでしたら、ホームズさんも故人の〝船室《キャビン》〟のことは知っておいででしょう。ですが、こちらのご友人はご存じありますまい。故人は母屋から二、三百ヤードのところに、自分の手で木造の離れ家を建て、これを〈キャビン〉と名づけて、いつもそこで寝泊まりしていました。小さな、一間きりの小屋で、大きさは十六フィートに十フィート。小屋のキーはいつもポケットに入れて、掃除もベッドメークも自分の手ですませ、ほかのものには一歩も敷居をまたがせない。左右にそれぞれ小さな窓があるのですが、これにも常時カーテンがかかっていて、一度もあけられたことがありません。この窓のひとつが街道に面していて、夜になってそこに明かりが見えると、村人たちはたがいにそれをゆびさしあっては、いったいあのなかで〈ブラック・ピーター〉はなにをしてるんだろう、などとささやきあったとか。じつはですね、ホームズさん、検死審問で出された数すくない実質的な証拠のひとつ、それを示してくれたのが、この窓なんです。

ご記憶でしょうが、スレーターという石工が夜中の一時ごろ——殺人のあった二日前のことです——フォレスト・ロウのほうからもどってきて、通りがかりに、この窓にまだ明かりがともっているのを木の間隠《こまがく》れに見ています。窓のカーテンに、男の横顔がくっきり映っているのもたしかに見た、スレーターはそう断言していますが、しかしそのシルエットは、見慣れたピーター・ケアリーのものではぜったいになかった、と。あごひげのある男だったが、そのあごひげは短く、前へつきだすように上向きに反っていて、船長のそれとはまるきりちがっていたとも言います。とはいうものの、スレーターはそれまで二時間もパブで過ごしてきたあとですし、おまけに道路から窓まではだいぶ距離がありますからね。だいいち、これは月曜の夜中のことで、事件が起きたのは水曜日ですから。

事件前日の火曜日、ピーター・ケアリーはまたぞろいつもの不機嫌の虫にとりつかれて、酒を浴びるように飲んだあげく、獰猛《どうもう》な野獣そこのけに荒れ狂いました。家の内外をのしのし歩きまわって、女たちはみんな彼のやってくるのを聞くなり、命からがら逃げまどう。夜も遅くなってから、やっと自分の小屋へひきとったのですが、夜中の二時ごろ、窓をあけたままで寝ていた彼の娘が、小屋の方角で悲鳴とも怒号ともつかぬものすごい叫び声があがるのを耳にした。ところが、酔っているときの父親がそんなわめき声をあげるのは、べつに珍しいことでもなんでもないというので、これはそのまま聞き流された。朝の七時になって、起きだしたメイドのひとりが、小屋の扉が半びらきになっているのに気づいたものの、なにせあるじの恐ろしさは身にしみていますから、だれひとり近づこうとせず、やっと昼ごろになって、旦那様はどうなさったのかと、おそるおそるようすを見にいった。ひらいた扉から一目なかを見るや、とたんに一同、血の気をなくして、助けをもとめに村へと走る。一時間とたたないうちに、このわたしが現場に到着、さっそく捜査にとりかかったという次第です。

さてホームズさん、ご存じのようにこのわたし、これでもかなり肝《きも》は据わってるつもりですが、それでもあの小屋に首をつっこんだときには、はっきり言って、ふるえあがりましたね。金蠅、青蠅が飛びかかって、足踏みオルガン《ハルモニウム》そこのけにわんわんうなりをあげてるし、床といい、四面の壁といい、いたるところ血が飛び散って、目もあてられない惨状です。被害者はあの小屋を〈キャビン〉と呼んでたそうですが、造りはまさに船室でして、なかにはいると、船に乗ってるような心地がしてくる。いっぽうの壁に寝棚が造りつけられ、船乗りが所持品入れに使う櫃《ひつ》が置かれているほか、地図や海図、〈シー・ユニコーン〉号を描いた絵、棚に並んだ一連の航海日誌等々、なにもかも、船長の部屋ならこうもあろうというしつらえです。そして、これらの大道具、小道具にとりかこまれて、死んでいたのが部屋のあるじ――顔は地獄の責め苦にあっている亡者《もうじゃ》さながらにゆがみ、白黒まだらの大きなあごひげは、苦悶に逆だって、まっすぐ天をさしている。広い胸板のまんなかには、鋼鉄の銛《もり》が一本、正面からずぶりと突きたてられ、その先端は、背後の壁の羽目板にまで深々と突き刺さって、まるで厚紙にピンで留められた甲虫の標本です。もちろん、とうに絶命していることは明らかでしたし、おそらくは末期《まつご》の苦悶の絶叫を発した夜中のあのときに、絶命したものと思われます。

あなたの捜査法はわたしも心得ていますから、ここでもそれを応用しました。いっさいのものに手をつけることを禁じたうえで、まずは小屋のまわりの地面を、つぎに室内の床を、念には念を入れて調べてみたわけです。足跡はいっさい残っていませんでした」

「つまり、きみには見つからなかったということだね？」

「いいえ、はっきり申しますが、ぜったいにどこにもなかったのです」

「いいかいホプキンズ、ぼくはずいぶんたくさんの犯罪調査を手がけてきたが、それでも、宙を飛ぶ生き物がやったという犯罪には、ついぞお目にかかったことがないよ。犯人が二本脚で動く生き物であるかぎり、必ずやなんらかの痕跡を残しているはずなんだ――たとえば、ちょっとしたくぼみ、物のこすれた跡、ほんのわずか、目につかないくらいに位置がずれた跡、なんであれ、科学的に捜索するものには、けっして見のがされることのない痕跡。だからね、一面に血の飛び散った現場のその小屋に、捜査の助けになってくれるような痕跡がいっさい存在しなかったというのは、とうてい信じられないのさ。だがまあそれはそれとして、検死審問の記録から見るかぎり、きみの見落とさなかったものもいくつかはあったようだね？」

私の相棒の皮肉っぽい口調に、気の毒に若い警部は目に見えてたじろいだ。

「ホームズさん、最初からすぐにあなたにお願いしなかったのは、わたしの手落ちでした。しかし、いまとなってはもはや後悔先に立たずでして。そうです、おっしゃるとおり、現場にはとくに目をひくものがいくつかありました。ひとつは、凶行に用いられた銛です。壁のラックにかかっていたのを、とっさにつかんで、使ったようです。ほかにも同様の銛が二本あって、三本めの場所があいていました。銛の柄《え》には、〝ダンディー港〈シー・ユニコーン〉号〟と彫りつけてあり、これらのことから見て、犯行は一瞬の激情にかられて行なわれたもので、犯人はたまたま目についた手近な道具を凶器として用いたという見かた、これが動かないものになったと思われました。また、犯行時刻が夜中の二時であり、そのときピーター・ケアリーがまだ昼間の服を着たままだったという事実からは、彼と犯人とのあいだに約束があったことを示唆していますし、テーブルにラム酒の瓶と、汚れたグラスがふたつ置かれていたことも、このことを裏づけています」

「そうだね」ホームズが言った。「その推論はふたつとも許容できると思う。そのラム酒のほかに、室内に酒はなかったのかね？」

「ありました。所持品入れの櫃の上に、鍵つきの酒瓶台《タンタラス》があって、ブランデーとウイスキーとがはいっていました。ですが、このことはさして重要ではないと思います——デカンターは二本とも口もとまでいっぱいでしたから、これらに手をつけたはずはありません」

「それでも、それがそこにあるというだけで、なんらかの意味はあるはずなんだ」ホームズが言った。「しかしまあ、ここはとりあえず話をつづけて、事件に関連があるときみが考えた、それ以外の点について聞かせてもらうとしようか」

「と言われれば、まずはそのテーブルの上の煙草入れですね」

「テーブルの、どのあたりにあった？」

「まんなかです。肌理《きめ》の粗い海豹革製で——鞣革《なめし》ではなく、毛羽《けば》だて仕上げの革——革紐で口をしめるようになっています。フラップの内側に〝P. C.〟の頭文字。中身は船員用の強い刻み煙草が半オンス」

「すごいぞ！　ほかには？」

　スタンリー・ホプキンズは、ポケットから一冊の手帳をとりだした。くすんだ黄褐色の表紙がついているが、使い古されて表面がざらざらになり、なかの紙も変色している。最初のページに、〝J.H.N.〟の頭文字と、〝一八八三年〟の年号。ホームズはそれをテーブルに置くと、細部までおろそかにしないいつものやりかたで仔細に検《あらた》め、ホプキンズと私も、彼の肩ごしにそのようすを見まもった。手帳の二ページめに、〝C.P.R.〟の文字、そしてそのあと数ページにわたって、数字の羅列がつづく。そのあとまたアルゼンチン、コスタリカ、あるいはサンパウロ等々の見出しが出てきて、それぞれのあとには、またもや数ページずつ、記号や数字がずらっと書き連ねてある。

「きみはこれをどう見る？」ホームズがたずねた。

「証券取引所で扱う証券のリストのようですね。その〝J.H.N.〟というのは、株式仲買人の頭文字、〝C.P.R.〟のほうは、顧客の名前かと」

「〝カナダ太平洋鉄道《カナディアン・パシフィック・レールウェイ》〟と読んでみたらどうだろう」と、ホームズ。

　スタンリー・ホプキンズは声を殺して悪態をつき、握りこぶしで太腿をどんとたたいた。

「くそ、おれもよっぽど抜けてたな！　もちろんそうですよ、おっしゃるとおりです。となると、あとは、〝J.H.N.〟がなにをさすかを解けばいいだけです。すでに取引所の古いリストはあたってみたんですが、一八八三年には、取引所の場内にも、また場外の仲買人のなかにも、この頭文字にあてはまる人物はいません。とはいえこれは、いま握っている手がかりのうちでも、もっとも重要なものだという気はします。この頭文字が、当夜、現場にいた第二の人物の――言いかえれば、加害者の――ものだという見込み、これはホームズさんも認めてくださるでしょう。もうひとつ、ここで多額の有価証券にからむ書類が出てきたことで、この事件ではじめて動機らしきものが見えてきた、この点も強調したいですね、わたしとしては」

ホームズにとって、この新説がまったくの盲点であったことは、その顔色にありありとあらわれていた。

「なるほど、きみの主張する点、二点ともたしかにそのとおりだ」と言う。「白状すると、この手帳――このことは検死審問では持ちだされなかったわけだが――これがあらわれたおかげで、これまでぼくの組みたてていた仮説はすべて変わってくる。すでにこの犯罪についてはひとつの見かたができあがっていたんだが、そのなかには、この手帳の組みこまれる余地はなかったからね。で、きみは、ここに書かれている証券のどれかについて、所有者その他を洗ってみたのかね？」

「それはいま役所のほうで進めていますが、これら南米の企業の完全な株主名簿となると、あいにくあちらでしか手にはいりませんから、それぞれの株券の持ち主をすっかり調べあげるのには、まだ何週間かかかると思います」

ホームズは、つねに所持している虫眼鏡で手帳の表紙を検めていたが、やがて言った。

「ここのところが、ちょっと変色してるようだね」

「はあ、血痕です。申しあげたかと思いますが、それは床に落ちてるのを拾いましたので」

「上になっていた面に血痕があった？　それとも下になっていた面に？」

「床に接していた面に、です」

「ということは、言うまでもなく、これが落ちたのは、犯行後ということになる」

「おっしゃるとおりです、ホームズさん。それはわたしも気づいていました。おそらく犯人があわてて逃げるさいに落としていったものと見ていますが。落ちていたのは、入り口の近くですし」

「もちろんこれらの株券のどれかが、被害者の遺品のなかから見つかった、ということはないんだろうね？」

「ええ、ありません」

「強盗の線を思わせる点は見あたらなかった？」

「それもありません。なにひとつ手を触れられた形跡はないんです」

「おやおや、するとこれは、すこぶる興味ぶかい事件ということになるな。ところで、現場にはナイフもあったんじゃなかったっけ？」

「鞘《さや》つきナイフですが、鞘におさまったままでした。遺体の足もとに落ちていたもので、これは被害者の細君が夫のものと確認しています」

ホームズはしばらく考えこんでいた。

それからおもむろに言った。「そうだな、やっぱりぼくが一度、足を運んでみる必要がありそうだ」

スタンリー・ホプキンズは歓声を発した。

「そうしていただけると助かります。それでわたしも、ようやく心の重荷がとれるというものですよ」

そう言う警部にむかって、ホームズはたしなめるように指をちょっ、ちょっと左右に動かしてみせた。

「どうせなら、一週間前に話を持ちこんできてくれてれば、事はよっぽど簡単だったんだよ。さはさりながら、いまからでもぼくが出かけてみるのは、まんざら無駄でもないだろう。ワトスン、時間の都合がつけば、きみもいっしょにきてくれるとありがたい。ホプキンズ、四輪辻《フォーホイ》馬車《ーラー》を呼んでくれないか。十五分後には、フォレスト・ロウへむけて出発だ」


小さな片田舎の駅で列車を降りた私たちは、そこからさらに数マイル、かつては広大な森林だった土地の、その名残の森をつっきって馬車を走らせた。この森こそはそのむかし、六十年にわたってサクソン人の侵入を食いとめ、わがブリテンの難攻不落の〝堡塁《ほるい》〟となってくれた土地の一部なのだ。その後ここはわが国最初の鉄工業の中心地となり、溶鉱炉の燃料として樹木が大規模に伐りだされたため、広範囲にわたる裸地だけが残った。現在では、その鉄工業も北部のより豊かな鉱山地帯に吸収され、往時の営みをしのばせるものといっては、わずかに残るこれらの荒れはてた疎林と、大地に刻まれた無残な傷跡のみ。ここの、とある緑の丘の斜面に切りひらかれた空き地のひとつに、低く、細長い石造りの建物が建っていて、曲がりくねった馬車道が、畑地を縫って母屋まで通じている。その道のもっと手前に、三方を灌木の茂みにかこまれて、ぽつんと小さな離れ家があり、窓のひとつと入り口の扉とは、ともにこちらに面している。殺人現場となったのは、この小屋だった。

スタンリー・ホプキンズは、私たちをまず母屋に案内し、ひどく憔悴《しょうすい》したようすの、髪も灰色の女性にひきあわせてくれた。被害者の細君だが、見た目もげっそりとやつれて、深い皺《しわ》の刻まれた顔といい、ふちの赤くただれたまぶたの奥から、おびえたようにこちらをうかがっている目といい、これまで堪え忍んできた虐待と辛苦の日々を如実に物語っているかのようだ。そばに娘もいて、青白い顔に、淡い亜麻色の髪をした少女だが、こちらは母親とは異なり、いどむような目を光らせて私たちを見据えながら、父親が死んでくれてありがたい、彼に銛を打ちこんでくれた手をむしろ祝福する、と言いきった。どうやら、いまは亡き〈ブラック・ピーター〉ケアリーが築きあげたのは、なんともおぞましい家庭だったようだ。そう思うと、母屋からふたたび日のあたる戸外に出たときには、私たち三人、思わず救われたような心地になりつつ、故人の足に長年踏み慣らされてきた小道をたどり、離れ家へと向かったのだった。

離れ家は、住まいとしてはごく簡素な造りで、板張りの壁に、一枚板の屋根、窓は入り口のそばにひとつと、建物の向こう側にもうひとつ。スタンリー・ホプキンズはポケットからキーをとりだすと、かがみこんでそれを鍵穴にあてがったが、そこでにわかに顔色を変えて、警戒と驚きの色もあらわに、その手を止めた。

「だれかこれをいじったやつがいる」と言う。

まさしくそのとおりだった。木造部にえぐったような傷があり、白いペンキにも、たったいまできたばかりのような引っ掻き傷がある。ホームズはこのかんに窓を検めていた。

「この窓もこじあけようとしたらしい。だれのしわざにせよ、結局は侵入に失敗している。泥棒にしては、よくよくへまなやつだ」

「これは由々しき大事ですよ」と、警部。「これらの傷が、きのうの朝にはなかったことは確かなんですから」

「だれか村の物見高いやつのしわざかもしれない」私は言ってみた。

「いや、とんでもない。この屋敷うちに足を踏み入れる度胸のある人間なんて、いるもんですか。ましてや、この〈キャビン〉に押し入るなんて、とてもとても。ホームズさん、あなたはどう思われます、これを?」

「われわれにとってはきわめて幸運な展開だと思うね」

「つまり、この人物がまたやってくるはずだとおっしゃる?」

「その公算はすこぶる大だ。はじめは扉があいているつもりでやってきた。だがしまってたんで、ありあわせの小さなペンナイフでこじあけようとしてみたが、うまくいかなかった。さてそうなると、つぎはどうするだろう?」

「もっと適切な道具を用意して、あくる晩、また出なおしてくる」

「ぼくもそう思う。だとすれば、われわれがそれを待ち構えていないという手はない。まあそれはそれとして、さしあたりは〈キャビン〉のなかを見せてもらうとしようか」

惨劇の名残はきれいにとりかたづけられていたが、それでも、その狭い室内の調度は、いずれも事件当夜のままになっていた。それからの二時間、持ち前のこれ以上はないという集中力と真剣さで、ホームズは室内のあらゆる物を片端から仔細に検めていったが、その探索が思わしい結果につながっていないことは、顔の表情からも読みとれた。この辛抱づよい探査の途中で、彼の動きが止まったのは、ただの一度だけだった。

「きみ、この棚からなにか持ちだしたかい、ホプキンズ？」

「いえ。なにひとつ動かしてはおりません」

「なにかが持ち去られている。棚の隅のここだけが、ほかの箇所よりも埃《ほこり》がすくない。本が置かれてたのかもしれない。それとも箱か。まあいい、どっちにしろ、ここではもうやるべきことはなさそうだ。周辺の美しい森を歩いてみようじゃないか、ワトスン。鳥の歌と花々を堪能することに二、三時間を費やすのも悪くはあるまい。ホプキンズ、後刻もう一度ここで落ちあって、ゆうべご来臨をたまわった紳士と、あらためてお近づきになれないものかどうか、やってみるとしようよ」

私たちがささやかな待ち伏せの陣を張ったのは、十一時をまわった刻限だった。ホプキンズは小屋の扉をあけておこうと主張したが、それでは相手を警戒させることになるというのがホームズの意見だった。小屋の錠前はいたって簡単な仕組みのもので、じょうぶなナイフでもあれば、楽にこじあけられるのだ。さらに、これもホームズの発案で、私たちは小屋のなかではなく、入り口とは逆の側の窓をとりかこむ茂みに身をひそめることにした。そこからなら、夜の訪問者がなかで明かりをともしさえすれば、私たちにもその動向が見てとれるし、どういうわけで夜陰にまぎれてこうして再三やってくるのか、その目的を見届けることもできる。

長く、気のめいる寝ずの番だった。だがそれでいてそれは、水場のそばで喉の渇いた猛獣があらわれるのを待つハンターにも似た、ある種のスリルを私たちにもたらしてくれた。やがて闇のかなたから忍び寄ってくるのは、はたしていかなる生き物であろうか。鋭い牙と爪をきらめかせて暴れまわったあげくに、やっと捕らえられる凶暴な犯罪の猛虎か。それとも、捕らえてみればそれは、卑屈にこそこそ動きまわるジャッカルでしかなく、こちらが弱かったり無防備であったりする場合にだけ、危険になりうる相手だとわかるだろうか。はたしてなにがあらわれるにせよ、私たちはただ絶対的な静寂のなか、茂みにひそんでそれを待ち受けるしかない。はじめのうちこそ、帰りの遅くなった二、三の村人の足音とか、村から流れてくるひとの声などで気がまぎれることもあったが、こうした物音もしだいに間遠になり、やがて完全な静けさが私たちをつつみこんだ。この静寂を破るのはわずかに、しだいに夜のふけてゆくのを教えてくれる、遠くの教会の時鐘の音、それと、頭上に張りだした葉叢《はむら》にいつしか落ちはじめた、ひそやかな細雨のささやき、そして葉ずれの音だけだった。

二時半を告げる時鐘が鳴り、夜明け前のもっとも暗くなる時間帯がやってきた。そのときだった、門の方角で低いが鋭いかちっという音がして、私たち三人はそろって耳をそばだてた。何者かが馬車道にはいってきたのだ。そのあとまた長い静寂がつづき、ひょっとして空耳ではなかったかと私が思いはじめたその矢先に、小屋の向こう側に忍びやかな足音がしたかと思うと、すぐつづいて、金属をひっかくような、かちかちたたくような音が伝わってきた。侵入者が錠前をこわそうとしている！　今回は腕があがったのか、それとも道具の性能がよくなったのか、ふいにがちゃっと鋭い音、ついで蝶番《ちょうつがい》がぎいっときしんだ。まもなくマッチがすられ、一瞬おいて蠟燭《ろうそく》がともされて、揺るがぬ光が小屋のなかいっぱいにあふれた。紗のカーテンを通して、私たちの目は室内の光景に釘づけになった。

夜の訪問者は、まだ若い男だった。痩せて、華奢《きゃしゃ》な体つき、真っ黒な口髭《くちひげ》のせいで、病的なほど青白い肌の色がいっそうきわだってみえる。年は二十歳《はたち》をいくつも出ていないだろう。それにしても、かくも痛々しくおびえきっている人間というのは、私もまだお目にかかったことがない——歯の根をがちがち鳴らしているのが手にとるようにわかるし、全身はとめどもなくふるえている。身なりは紳士階級のもので、ノーフォークジャケットにニッカーボッカー、頭には布製のキャップ。おどおどした目つきで周囲を見まわしていたが、そのうち、手にした蠟燭をテーブルに立てると、いったんこちらからは死角になっている部屋の一隅に姿を消した。ふたたびあらわれたときには、分厚い書物を手にしていて、これは棚に並んでいた航海日誌の一冊とおぼしい。テーブルに寄りかかって、あわただしくページをくっていたが、やがて目あての記入を見つけたようだ。記入に目を凝らすやいなや、握りこぶしを腹だたしげにふるわせ、それからぱたんと書物をとじると、隅の棚にもどし、明かりを消した。小屋から出ようと向きを変えたか変えないか、その瞬間に、むんずと襟髪にかかるホプキンズの手——罠に落ちたとさとった獲物の口から、きゃっと恐怖のあえぎがもれるのが聞こえた。あらためて蠟燭がともされたところを見れば、哀れや獲物は刑事の手でがっちりおさえこまれ、ふるえながら身をすくめている。押しやられて、くたくたと所持品入れの櫃に腰をおろしたあとは、頼りなげな目で私たち三人を順ぐりに見まわすばかりだ。

「さあて、聞かせてもらおうか」スタンリー・ホプキンズが言った。「いったいあんたは何者で、ここになんの用があってやってきた?」

問われて男は気をとりなおしたのか、努めて落ち着いたそぶりを見せようとしながら、私たちに相対した。

「あなたがたは警察のかたですね?」と言う。「さだめしぼくがピーター・ケアリー船長の死に関係しているとお思いなんでしょう。はっきり申しますが、ぼくはまったく無関係です」

「それはいずれ調べればわかることだ」ホプキンズが言いかえす。「それよりも、まずは名を聞かせてもらおうか」

「ジョン・ホプリー・ネリガンです」

頭文字が一致する。ホームズとホプキンズとがすばやく目くばせをかわすのがわかった。

「ここになんの用があってきた?」

「ここだけの話にしてもらえますか?」

「無理だね、そうはいかない」

「だったらぼくにもあなたがたに話さなきゃならない義理はない」

「話さなければ、裁判のときに不利になるばかりだぞ」

青年は目に見えてたじろいだ。

「わかりました、じゃあ話しましょう。なにも隠すことなんかありゃしない。とはいっても、それであの古いスキャンダルがまた蒸しかえされるかと思うと、やはりためらわれるものがあります。ひょっとしてあなたがた、ドースン・アンド・ネリガンという名にお心あたりはないですか?」

ホプキンズの表情から見て、彼に心あたりなどないのはわかったが、ホームズは強い関心をそそられたようだ。

「たしか、西部地方の銀行だったね?」と言う。「百万ポンドの不渡りを出して倒産し、巻き添えでコーンウォールの資産家の半数余りが破産の憂き目を見た。あげくにネリガンのほうは行方をくらました」

「そのとおりです。そのネリガンがぼくの父です」

これでようやく事件について、なにがしかの具体的な手がかりが手にはいったわけだ。だがそれにしても、倒産して姿をくらました銀行家と、自分の銛で壁に釘づけにされて死んだピーター・ケアリー船長とのあいだには、ちょっとやそっとでは埋まらない懸隔があるとしか思えない。私たちはそろってその青年の話のつづきに、一言も聞きもらさじとばかりに耳を傾けた。

「実際にそれに関係があったのは、ぼくの父のほうです。ドースンはすでに隠退してましたから。当時ぼくはまだ十歳でしたが、それでも、それのもたらした屈辱と恐怖、そうしたものは

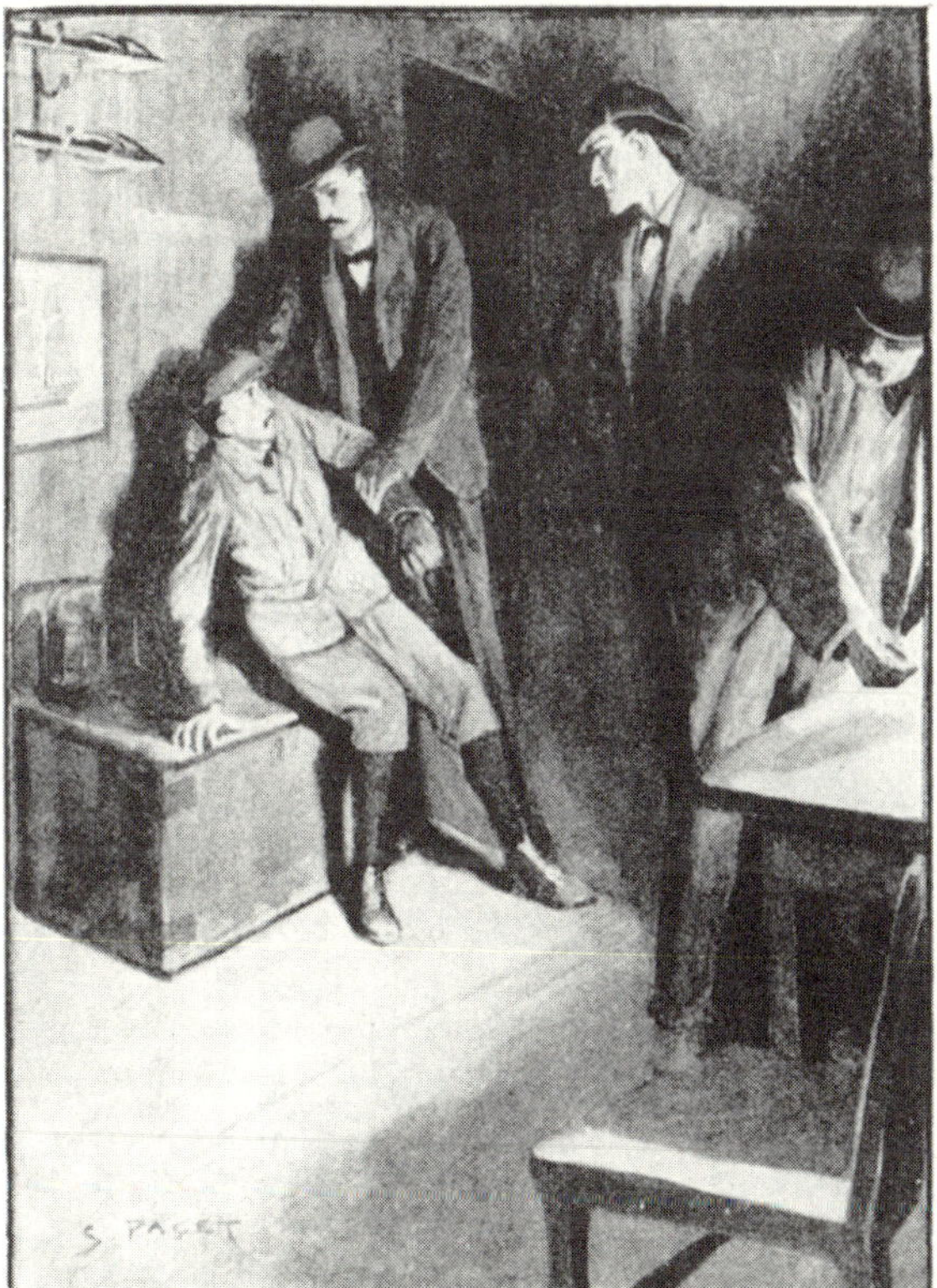
S. PAGET

すでに感じとれる年ごろでした。当初からずっと言われていたのは、父が手もとの株券をそっくり持ちだしたという図式です。でもこれは事実ではありません。父は、いまここでいくらか時間を貸してもらえさえすれば、それらの証券を現金化できる、そうすれば万事うまくいき、債権者全員に負債の全額を返済できる、そう信じていました。それで、逮捕状が出される寸前に、自前のクルーザーでノルウェーにむけて出帆したんです。最後の晩に、父が母に別れを告げたときのこと、いまでも覚えています。父はぼくらに、持ちだした全証券のリストを託し、いずれ必ず名誉を回復してもどってくる、自分を信頼して資産を預けてくれたひとたちには、だれにもけっして迷惑はかけない、そう言いきりました。ですが、結局はそれが最後でした——それ以来、父の消息はいっさい知れません。船も、父自身も、煙のように消えてしまった。ぼくら——母と、ぼく——は、ずっとこう信じてきました。いまは、父も、船も、父の持っていった多額の証券もろとも、海の底に沈んでいるだろう、って。ところで、ぼくら母子には、むかしから親身に尽くしてくれる良き友人がひとりありまして、実業家なんですが、そのひとがしばらく前に見つけてくれたんです——父が持ちだした証券の一部が、先ごろロンドン市場にあらわれたのを。そう聞いたときのぼくらの驚き、察していただけるでしょう。それからぼくは何カ月かかけて、それらの株券の出所をたどろうとしました。そうしてついに、さんざん回り道したり、苦労を重ねたりしたあげくに、つきとめたんです——最初にそれらを市場に売りに出した人物、それこそはほかならぬピーター・ケアリー船長、この小屋の主《ぬし》だったってことを。

その後、この人物のことをいくらか調べてみたのは言うまでもありません。すると、彼がかつて海豹猟船の船長を務め、その船は、ちょうど父がノルウェーへむけて航行ちゅうだったのと同時期に、北極海からの帰路にあったことがわかりました。その年の秋は嵐が多発して、南からの強風が長期間にわたって吹きつづけていました。父の船がその風で北へ吹き流されて、ピーター・ケアリー船長の船と出あったということは、じゅうぶん考えられます。もしそうだとすると、そのあと父はいったいどうなったのでしょう？　いずれにせよ、ピーター・ケアリーの証言を得て、問題の株券が市場に流出した経緯が明らかにされれば、それらを処分したのが父ではないことや、父がそれらを持ちだしたのは、けっして私利私欲のためではなかったこと、こういったことの証明になるはずなんです。

そう考えて、ぼくは船長に会うつもりでサセックスまでやってきたわけですが、まさにその矢先に起きたのが、船長がむごたらしく死ぬというこの事件です。検死審問で出た船長の〈キャビン〉についての証言で、かつて彼の乗っていた船の航海日誌がそこに保存されていると知り、ひょっとして一八八三年の八月に〈シー・ユニコーン〉号でなにが起きたかがわかれば、父の失踪の謎も解けるのではないか、そう思いつきました。そこで、ゆうべもその航海日誌を手に入れようと、ここへきてみたんですが、あいにく扉があけられず、今夜また試みて、ようやく成功したわけです。ところが、いざ調べてみると、肝心の八月のそのページだけが、日誌から破りとられているじゃありませんか。あなたがたにつかまってしまったのは、そうと知ったまさにその瞬間だった、とまあそういった次第です」

「話はそれだけかね？」ホプキンズがたずねた。

「ええ、それだけです」そう言いながらも、青年の目はきょときょと動いている。

「それ以外にはもう話すことはないんだな？」

青年はためらった。

「ええ、ありません」

「ここへきたのは、ほんとうにゆうべがはじめてなんだな？」

「ええ」

「だったらこれはどういうわけだ？」してやったりとばかりにそう言いながら、ホプキンズは動かぬ証拠の手帳をつきつけた。最初のページにこの青年の頭文字があり、表紙には血痕までついている、例の手帳だ。

哀れにも、青年は風船がしぼむようにぺしゃんこになった。両手に顔をうずめ、全身をわなふるわせている。

「どこで見つけたんです？」と、うめくように言う。「ぜんぜん気がつかなかった。てっきりホテルで紛失したんだとばかり思ってたんですが」

「ようし、話はそこまでだ」ホプキンズが厳然として言った。「まだ言いたいことがあれば、裁判の場で話してもらうことになる。さあ、警察署までご同行願おうか。いや、助かりましたよ、ホームズさん。あなたも、お友達も、わざわざご足労くださって、ありがとうございました。まあ蓋をあけてみれば、ご出馬を願うまでもなかったわけですが。たとえご助力がなくても、こちらで独自に解決に持ちこめたと思います。それでも、ご協力をありがたく思う気持ちに変わりはありません。村のブランブルタイ・ホテルに部屋をおとりしてありますから、そこまでごいっしょに歩くとしましょう」

「ねえワトスン、きみはあの解決をどう思っている？」ホームズがそう問いかけてきたのは、翌朝、ロンドンへ帰る途次だった。

「きみがあの結果に満足していないことはわかるよ」

「いやいやどうして、ワトスン、満足はじゅうぶんにしてるさ。だがその反面、あのスタンリー・ホプキンズのやりかたは、どうにも感心しない。実際、スタンリー・ホプキンズという男には失望させられたよ。もうすこし見どころのある人物かと思ってたんだが。いつの場合も、べつの可能性というものを考慮に入れて、それへの備えをしておく。これぞ犯罪捜査の常道であり、その第一歩でもあるんだがね」

「ほう、じゃあそのきみの考える〝べつの可能性〟とは、どういうものなんだ？」

「はじめからぼくの追ってきた捜査の筋、これがそれだよ。これを追っても、結果には結びつかないかもしれない。なんとも言いかねる。とはいえ、すくなくともぼくとしては、最後までこの線を追ってみようと思ってるんだ」

ベイカー街では、何通かの手紙がホームズを待っていた。その一通をひっさらうようにとりあげた彼は、封を切り、やがて勝ち誇ったようにくつくつ笑いだした。

「すばらしいぞ、ワトスン。〝べつの可能性〟が進展しはじめた。きみ、手もとに電報頼信紙はあるね？　お手数だが、二本ばかり頼むよ。宛て先はラトクリフ・ハイウェイのサムナー海運代理店、本文は、〝あす朝十時に三人手配されたし――ベイジル〟。ベイジルってのは、そっち方面でのぼくの通り名なんだ。もう一本は、ブリクストンのロード街四六番地、スタンリー・ホプキンズ警部殿宛てで、〝明朝九時半に朝食においで請う。重要。都合悪ければ返電頼む――シャーロック・ホームズ〟と。よし、これでいい。ねえワトスン、このいまいましい事件ときたら、もう十日もぼくを悩ませてきたんだが、これできれいさっぱり縁が切れる。あしたかぎりで、この事件のことを耳にするのも最後ということになるだろう」

指定の時間きっかりに、スタンリー・ホプキンズ警部があらわれ、私たち三人は、そろってハドスン夫人の用意してくれた朝食を楽しんだ。若い警部は、今度の成功に気をよくして、すこぶる意気盛んであった。

「きみはほんとうに自分の解決がまちがっていないと確信してるのかね？」ホームズがやんわりと切りだした。

「これほど文句のつけようのない解決なんて、めったにあるものですか」

「そうかな。ぼくには決定的なものとは思えないんだが」

「驚きましたね、ホームズさん。これ以上、なにをつけくわえることがあるんです？」

「きみの説明で、あらゆる問題点がカバーできるというのか？」

「当然じゃないですか。ネリガン青年が事件のあったまさにその日にブランブルタイ・ホテルに投宿したことは、すでにつきとめてあります。ゴルフをしにきたという触れ込みだったそうですが。部屋は一階でしたから、出入りは自由です。その晩さっそく〈ウッドマンズ・リー〉へおもむき、小屋でピーター・ケアリーと会ったものの、そこで口論になり、あげくに、手近にあった銛で突き殺した。そのあとわれにかえって、自分のしでかしたことが恐ろしくなり、小屋から逃げだしたが、そのとき、これらのさまざまな証券類について、ピーター・ケアリーを問いただすために持ってきた手帳を落としていった。お気づきでしょうが、リストにはチェックのついた項目がいくつかあり、それ以外の——大半の——ものは、無印のままです。チェックのついたのが、ロンドン市場で出所のつきとめられたもので、ほかのはおそらく、まだピーター・ケアリーの手もとにあるんでしょう。ネリガン青年は、本人の弁によれば、なんとかこれらをとりもどして、父親の債権者たちへの負債を弁済したかった。逃げだしたあとしばらくは、恐ろしくて二度と小屋へは足を向けられなかったものの、そのうちやっと勇を鼓して、必要とする情報を探しにやってきたというわけです。いかがでしょう、なにもかも簡にして要《よう》を得ているじゃありませんか」

ホームズはにんまりして、かぶりをふってみせた。

「ぼくにはその説、ひとつだけ難点があるように思えるんだがね、ホプキンズ。なにかと言えば、つまり、その説は本質的に成りたたないということだよ。きみね、一度でも銛で生き物の体を突き刺そうとしてみたこと、あるかい？　ない？　ちっ、ちっ、そういう細部にこそ、きみはもっともっと注意を向けるべきなんだ。ここにいるワトスンが証言してくれるだろうが、ぼくはげんにまるまる半日を費やして、それを実地にやってみている。なまやさしい仕事じゃないし、強い力と、熟練した技術をも必要とする。ところがだ、今回の現場では、銛の先端が勢い余って壁にめりこむほどの力が働いてるんだ。あのなよなよした、貧血性の青年に、そんなすさまじい荒療治がやれると思うのかね？　夜の夜中に、ピーター・ケアリーのような荒くれ男と、あの青年がラム酒を酌みかわし、歓談してる図なんて、想像できるかね？　事件二日前の晩に、カーテンに映った横顔の主が、あの青年だなんて思えるかね？　いやいや、だめだ、きみの説はとても無理だよ、ホプキンズ。われわれが探すべきは、ほかの、もっとはるかに手ごわい相手なんだ」

ホームズの言葉を聞くうちに、警部はしだいしだいに浮かない顔つきになっていった。彼の出世願望、ひそかな野心、すべてがいま目の前でがらがらと瓦解しつつあるのだ。それでも彼は、抵抗もせずに地歩を明けわたすことを潔しとしなかった。

「しかしホームズさん、当夜ネリガンが現場にいたことは否定できませんよ。手帳がその証拠です。まああなたの目からは欠点が目につくかもしれませんが、わたしも陪審員を納得させられるくらいの証拠は握っているつもりです。だいいちね、ホームズさん、わたしのほうは、すでにれっきとした容疑者をこの手におさえているんです。あなたのおっしゃるその手ごわい相手とは、いったいどこにいるんです？」

「ああ、それならいまちょうど外の階段あたりにいるんじゃないかな」ホームズはしごくのんびりした口調で言ってのけた。「ワトスン、きみのリボルバーを手の届くところに置いといたほうがいいよ」立ちあがった彼は、なにかの書き付けをサイドテーブルに置いた。「さあ、これで用意はできた」

そう言っているところへ、部屋の外でなにやらぶっきらぼうにやりとりする声がしたかと思うと、ハドスン夫人がドアをあけて、ベイジル船長を訪ねてみえたお客様が三人お待ちです、と告げた。

「順番にひとりずつ通してください」ホームズが指示する。

真っ先にはいってきたのは、真っ赤な頰に、白いふわふわの頰髯《ほおひげ》、どこか林檎を思わせる小男だった。

ホームズはポケットからとりだした一通の手紙を手に、「名は?」とたずねた。

「ジェームズ・ランカスター」

「すまないけどね、ランカスター、空きはもうふさがっちまったんだ。さあ、半ソヴリン、ご苦労賃に渡しとくから、しばらく隣りの部屋にはいって、待っていてくれないか」

つぎにはいってきたのは、ひょろりとした長身の、干からびたような男で、癖のない、色の薄い髪が、黄ばんだ血色の悪い顔にたれかかっている。名はヒュー・パティンズ。この男もまた、ご苦労賃の半ソヴリンを渡されて、隣室で待つように指示された。

三人めの応募者は、ひときわめだつ風貌の人物だった。もつれた濃い髪とあごひげとにふちどられた、獰猛なブルドッグ然とした顔、つきでたもじゃもじゃの太い眉の下から、不敵な黒い双眸《そうぼう》がのぞいている。船員ふうの敬礼をしたあと、つったったまま、これまた船員ふうに、帽子を手のなかでくるくるまわしている。

「名は？」ホームズがたずねる。

「パトリック・ケアンズ」

「銛手《もりしゅ》だね？」

「はあ、さようで。二十六回の航海歴があります」

「ダンディー港だったね？」

「はあ、さようで」

「探検船の仕事なら、いつでも応じられるんだな？」

「はあ、さようで」

「給料に望みは？」

「月に八ポンドはほしいです」

「すぐに出発できるか？」

「道具がそろいさえすれば、いつでも」

「証明書は持ってきたか？」

「はあ、どうぞ」ポケットから、よれよれの脂じみた書類を一束とりだす。ホームズはざっとそれらに目を通し、その場で返した。

「きみみたいな男を探してたのさ。あそこのサイドテーブルに、契約書が置いてある。サインしてくれれば、それで話は決まりだ」

船乗りはのそのそと部屋を横切ってゆくと、ペンをとりあげた。

「ここにサインすればいいんで?」そう訊きながら、テーブルにかがみこむ。

　ホームズがその背にのしかかって、首の左右から両手をのばした。

「さて、これでよしと」

　それと同時に、鋼鉄のかちりと鳴る音、そして怒り狂った猛牛そこのけの怒号が響きわたった。つぎの瞬間、ホームズとその船乗りとは取っ組みあったまま、ごろごろ床をころげまわっていた。相手は人並みはずれた大力《だいりき》の主だったから、いましがたホームズが手ぎわよく手首にかけてしまった手錠の助けがあってもなお、ここで私とホプキンズとがあわてて助勢に駆けつけなければ、たちまち私の友人はたたき伏せられてしまっていただろう。私から冷たいリボルバーの先をこめかみに押しつけられて、はじめて抵抗は無駄だとさとったようだ。私たちは三人がかりで男の足首を紐で縛りあげ、それからやっと、肩でぜいぜい息をしながら立ちあがった。

「いやあホプキンズ、きみにはたいへんすまないことをした」シャーロック・ホームズが言った。「スクランブルエッグがすっかり冷めちまったようだ。しかし、これで懸案の事件が首尾よく解決したとなれば、残りの食事も、きっと一段と楽しく味わえるんじゃないかな」

　スタンリー・ホプキンズは、しばらく驚きのあまり口もきけないようすだったが、そのうちやっと気をとりなおし、真っ赤な顔で言いだした。「いやはやホームズさん、いったいどう申しあげたらいいものやら。どうも今回はこのわたし、最初からばかな真似ばかりしていたようです。いまこそそれが身にしみてわかりましたよ――わたしは弟子で、師匠はあなたなんだって。今後はそれを肝に銘じておきます。なにしろ、あなたのなさったことをげんにこの目で見ていながら、いまだにどうしてそうなさったのか、またそれがなにを意味するのか、さっぱり合点がいかない始末なんですから」

「いやいや、いいんだ」ホームズが上機嫌に言った。「だれしも経験によって学ぶものだからね。そしてこの件できみの得た教訓といえば、どんなときにも〝べつの可能性〟というものを視野に入れておかなくてはいけない、ということに尽きる。きみはネリガン青年をいちずに犯人と決めつけるあまり、ピーター・ケアリー殺害の真犯人であるパトリック・ケアンズのことにまで頭がまわらなかったんだよ」

　ここでふいに私たちの会話に割りこんできたのが、捕らえられた船乗りの塩辛声だった。

「ちょっと待った、旦那」と言う。「おれがこんな扱いを受けるについちゃ、べつに文句をつける筋合いもねえがね。しかし、物事は正確に言ってもれえてえもんだ。おれがピーター・ケアリーを殺害したとあんたは言いなさる。しかしおれはピーター・ケアリーの野郎をぶっ殺してやったんであって、それとこれとじゃ月とすっぽんほどのちげえがあるのさ。まあおれの言うことなんぞ、旦那は聞く耳持ちなさるめえがね。どうせくだらん泣き言を並べてると見なされるくれえがおちだ」

「いやいやどうして、聞く耳ならあるぞ」ホームズが言った。「言いたいことがあるなら、ぜひ聞かせてもらおうじゃないか」

「なに、長い話じゃねえ。それに、一言一句、誓って真実そのままだ。とにかくピーター・ケアリーのやりくちなら、こっちは先刻承知だった。だからやつがナイフを持ちだしたとたん、とっさに銛をひっつかんで、ぐさりとやってやったわけだ。なにせ殺《や》るか殺《や》られるかの瀬戸ぎわなんだから。これがやつの死にざまだよ。これを殺人と言うんなら、それはそれでしかたがねえが、まあおれとしては、あの〈ブラック・ピーター〉のナイフで心臓を一突きされて死ぬくれえなら、絞首縄を首に巻かれて死んだほうがまだしもましだ、そう思ってるのさ」

「どうしてそういうことになったのか、その経緯を聞きたいね」

「じゃあ最初から話すとしようか。ただ、このままじゃ窮屈でいけねえ。しゃべりやすいように、もうちょっと体を起こしちゃもれえねえかね。事の発端は八三年――その年の八月のことだ。ピーター・ケアリーは〈シー・ユニコーン〉号の船長、おれは二番手の銛手で、北極海からの帰りの航路だったが、あいにくの向かい風、一週間ぶっつづけに南からの強風に吹きまくられてた。そんなさなかだったんだ、その風で北へ流されてきたちっぽけな船を拾ったのは。乗ってたのはひとりきり――それも陸《おか》の人間だ。たぶんほかの乗組員は、いずれ船が浸水して沈没すると見越して、救命ボートで脱出し、ノルウェー海岸でもめざしたんだろう。どうせ全員が海の藻屑《もくず》だろうとおれはにらんでるがね。とにかく、救いあげてやったその生き残りの男は、そのあとずいぶん長いこと船長室で話しこんでた。そいつといっしょにこっちの船に回収した荷物は、ブリキの箱が一個きり。おれの知るかぎりにおいて、そいつの名前は一度も聞かされなかったし、二日めの夜には、その男自体、もともと存在しなかったみてえに消えちまってた。まあ表向きは、時化《しけ》で船が揺れるんで、よろけたはずみにふなべりから落ちたか、それとも身を投げたかしたんだろう、ってなことになったんだが、じつはそうではねえってこと、それを知ってる人間がひとりだけいてね、それがほかでもねえこのおれ。おれはこの目でしっかと見届けたのさ、船長が後ろからそいつの足をすくって、舷側ごしに海に突き落とすのを——シェットランドの灯台の光が見えてくる二日前、闇夜の深夜当直のときだったけどね。

で、そのとき見たことをおれはそっとこの胸にたたんで、成り行きを見まもってたわけだ。スコットランドに帰り着いてからも、その件はあっさり隠されて、だれひとりほじくろうとするやつもいねえ。赤の他人が事故で死んだというだけで、それ以上はだれも知ったこっちゃねえ、ってなことなんだろう。それからまもなく、ピーター・ケアリーは船乗り稼業から足を洗って、その後は長らくおれにも消息がつかめなかった。やつがああいうことをしたのは、例のブリキ箱の中身が目あてだったとおれはにらんでたし、だとすりゃ、おれに口止め料だってたんまり払えねえはずはねえ、そんな皮算用もしてたわけさ。

ようやく居所をつきとめたのは、ロンドンでばったりやつに出くわしたという船乗り仲間を通じてだった。で、さっそくやつを締めあげに出かけたわけだが、最初の晩は、向こうもけっこう物分かりがよくて、おれがこれかぎり陸《おか》にあがれるくれえのものは出してやろう、なんて言う。で、二日後にあらためて会って、細かい話を詰めようということになった。ところが、約束の晩に行ってみると、やつめ、すでにいいかげん酔ってやがって、おまけに機嫌も悪いのなんの。それでもひとまず酒になって、しばらく埒《らち》もねえむかし話なんぞしてたんだが、いよいよ酔いがまわるにつれて、やつの顔つきもますます険悪になってくる。壁に銛がかかってるのは気がついてたし、いずれ話がつくより前に、あれを使うはめになるかもしれん、てな予感もしてきた。そのうちとうとうおれへの鬱憤が爆発したのか、わめくわ、毒づくわ、目を殺気に血走らせて、でっけえ折り畳みナイフまで持ちだしてくるわ、の騒ぎになった。けど、やつにはそれを鞘から抜くひまもなかった――その前におれの銛がやつを串刺しにしてやってたから。いやもう！ なんとももののすげえ声を出しやがったのなんの。それからってもの、やつのそのときの顔が目の前にちらついて、夜も眠れねえありさまよ！ そのあとしばらく、おれは全身に血しぶきを浴びたまま、その場につったってた。ようすをうかがってたんだが、あたりは静まりかえったきり、騒ぎだすようすもねえ。で、すこし気をとりなおして、あらためて小屋のなかを見まわすと、棚の上に問題のブリキ箱がのってる。ピーター・ケアリーにその中身にたいする権利があるんなら、このおれにだってあるはずだ。だからその場で箱をかかえて、小屋を抜けだした。そのときテーブルに煙草入れを置き忘れてくるなんて、おれもよっぽどどじな野郎だよ。

さて、これからがこの話の、いちばん妙なところだ。小屋を出るやいなや、だれかが近づいてくる足音に気がついて、おれはそばの茂みに身を隠した。あたりをはばかるようすでやってきたその男、するりと小屋にはいりこんだが、とたんに幽霊でも見たみてえにきゃっと悲鳴をあげると、そのまま一目散に逃げだして、たちまち姿を消しちまった。どこのどいつだか、いってえなんの用できたのか、そのへんはおれに訊かれてもわからねえ。とにかくこっちはそれから十マイルもてくてく歩いて、ターンブリッジ・ウェルズで汽車に乗り、どうにかロンドンに帰り着いた。このことはだれも知っちゃいねえ。

さて、持ち帰った箱の中身だが、いざ調べてみると、現ナマなぞ影も形もなく、あるのは売ることもできねえ紙切ればかりだとわかった。せっかくのピーター・ケアリーという金蔓も切れちまうし、いまやロンドンで素《す》寒貧《かんぴん》のまま、にっちもさっちもいかねえありさまだ。となれば、あとは覚えのこの腕しかねえ。銛手を高給で雇うという広告を新聞で見つけて、船会社へ行ってみると、こっちへまわされた。とまあこんなところが、おれの知ってるぜんぶだ。けどよ、あらためて言わせてもらうが、おれはピーター・ケアリーをぶっ殺したことで、おかみから礼を言われて然《しか》るべきなんだぜ——やつを縛り首にする縄代が節約できたんだから」

「なるほど、すこぶる明快、筋の通った話だな」ホームズが立ちあがって、パイプに火をつけながら言った。「というところで、ホプキンズ、きみの捕らえたこの容疑者、さっそくどこぞの安全な場所へ移してやったほうがよさそうだ。この部屋は留置場向きにはできていないし、おまけにこのパトリック・ケアンズ氏、カーペットの上でずいぶんと幅をとってるようだからね」

「おそれいりましたホームズさん」と、ホプキンズ。「なんとお礼を言ったらいいのかわかりませんよ。それにしても、いまだにわたし、どうしてこういう結論に到達されたのか、そのへんがもうひとつぴんとこないのですが」

「なに、こっちははじめから運よく正しい手がかりをつかんでた、それだけのことだよ。ひょっとして、この手帳のことを最初から知っていたら、ぼくだってきみと同様の結論にとびつきかねなかった。しかるに、その時点でぼくの聞かされてた話は、ことごとくそれとは逆の方向をさしてる。なみはずれた怪力、銛遣いが堂に入ってること、ラム酒の水割り、海豹革の煙草入れと、中身の安煙草——どれもが船乗りを、とくに捕鯨船か海豹猟船に乗ってた男を示唆している。さらに、煙草入れにあった〝P.C.〟の頭文字は、たんなる偶然で、ピーター・ケアリーを示すものではないという確信もあった——本人はめったに煙草は吸わないそうだし、だいいち、〈キャビン〉からはパイプも見つかっていない。もうひとつ、〈キャビン〉にウイスキーやブランデーはあったか、そうぼくが訊いたのは覚えてるだろう。あったという返事だった。陸《おか》の人間ならば、目の前にそういう酒があるのに、わざわざラム酒を飲むだろうか。という次第で、手をくだしたのは船乗りにちがいないと確信できたわけさ」

「では、どうやってこの男を見つけられたんですか？」

「おいおい、ここまでくれば、その点はすぐに結論が出るじゃないか。もしその男が船乗りであるなら、おなじ〈シー・ユニコーン〉号の乗組員だったとしか考えられないだろう。ぼくの知るかぎりにおいて、故人がそれ以外の船に乗ってた事実はないんだから。(1)そこで、三日がかりでダンディー港に何本も電報を打ったあげく、やっと、一八八三年に〈シー・ユニコーン〉に乗ってた乗組員の名簿を手に入れた。その銛手のなかに、〝P.C.〟の頭文字を持つパトリック・ケアンズの名を見つけたとき、捜査は大詰めに近づいたわけさ。探す相手は、おそらくロンドンにひそんでるだろうし、ここでしばらく故国を離れたいという意向も持ってることだろう。それでぼくはここ数日、イーストエンド界隈に出入りして、ベイジル船長なる偽名で北

極探検船の話をでっちあげ、だれもが食指を動かしそうな条件で、銛手を募集した――それで
その結果はというと、見てのとおりだ！」

「おみごと！」ホプキンズが叫んだ。「いやあ感服しました！」

「きみは一刻も早く、ネリガン青年の釈放をとりつけてやるべきだろうな」ホームズがつづけた。「実際、あの青年には、平身低頭して謝らないといけない。ブリキの箱も返してやるべきなのは当然だが、それでもあいにくピーター・ケアリーの売り払った分は、永久にもどらないと見るべきだろう。さあホプキンズ、馬車がきている――この男を移送してやってくれ。いずれ裁判のときにぼくの証言が必要になることでもあったら、ぼくとワトスンの滞在先は、ノルウェーのどこかになってるはずだ――詳しいことは、またあらためて知らせるさ」

（1）ホームズらしからぬ発言。ピーター・ケアリーがずっと海豹猟船や捕鯨船に乗っていたことは、はじめにスタンリー・ホプキンズから聞かされている。ただし船長として乗り組んでいたのは、〈シー・ユニコーン〉号のみ。弘法《ホームズ》にも筆の誤り？

恐喝王ミルヴァートン

これから語ろうとする出来事があったのは、もう何年も前のことだが、たとえ遠まわしにでもこれに言及しようとすると、やはり気後れせざるを得ない。どれだけ慎重に、また言葉を選んで語ったとしても、このことをおおやけにするのはとても不可能だと長らく思われてきたのだが、ここへきてやっと、事件の中心人物がいまや人の世の法の及ばぬところへ去ってしまったこともあり、適度の抑制をもって記述を進めるかぎり、だれをも傷つけることなくこれを語ることもできるのでは、そんな気がしてきた次第である。なにさまこれは、わが友シャーロック・ホームズ氏にとっても、また私自身にとっても、生涯にまたとない、特異なこと他に比類なき体験の記録なのだ。というわけで、事件のあった日時その他、実際の出来事につながりそうな一部の事実は隠すなり、ぼかすなりして語ることにするが、その点については読者のご寛《かん》恕《じょ》を請いたい。

その日、ホームズと私がいつもの習慣である夕方のそぞろ歩きを終え、帰宅したのは六時ごろ、すでに冬の日は暮れて、寒さ身にしむ霜夜が訪れていた。ホームズがランプの光を強めると、その明かりがテーブルに置かれた一枚の名刺の上に落ちた。ホームズはちらりとそれを見るなり、不愉快そうな叫びをあげて、床に払い落としてしまった。私はそれを拾いあげ、目を通した――

代理業
チャールズ・オーガスタス・ミルヴァートン
ハムステッド、アプルドア・タワーズ

「何者だね？」私は問うた。

「ロンドン一の悪党さ」と、ホームズ。腰をおろし、暖炉の火のほうへ足をのばしながらつづける。「裏になにか書いてあるかい？」

私は裏を返してみた。

「六時半におうかがいします――C.A.M.とある」

「ふん！　じゃあそろそろやってくるな。ねえワトスン、たとえばきみ、動物園で蛇の檻《おり》の前に立って、目の前をぬるぬる、ずるずる這いまわってるまがまがしい生き物を目にし、そいつの凶悪な目や、癖の悪そうな平べったい頭をまのあたりにしたら、背筋がぞわぞわして、鳥肌がたってこないか？　まさにそれなのさ、そのミルヴァートンからぼくの受ける印象というのは。これまでぼくは五十人からの殺人犯を相手にしてきたが、そのなかでももっとも邪悪なやつからだって、こいつから受けるほどの嫌悪感は感じなかった。ところが、そんなやつを相手に、このぼくが取り引きをしなきゃならない――じつをいうと、こっちから呼びだしたんだよ、今夜」

「へええ、しかしいったい何者なんだ」

「話して聞かせよう、ワトスン。こいつはあらゆる恐喝者ちゅうの王なんだ。秘密だの、よからぬ風評だのをこのミルヴァートンに知られた男は――女性の場合はなおのことだが――もはや命運が尽きたも同然。やつは、にこやかな笑顔と、大理石そこのけの冷たい心とで、じわじわと相手の首根っこを締めあげ、搾りあげて、からからになるまで搾りつくす。その道では天才と言ってもいいだろう――ほかの、もっと外聞のいい職業についていたとしても、きっとひとかどの人物になってたはずだよ。そのやりくちというのは、こうだ――金持ちや地位のある人物について、その立場をあやうくさせるような手紙の類《るい》があったら、いつでも最高の高値で買いとる、そんなうわさを流布させる。そうやって、その種の品を恩知らずな従僕やメイドから買い集めるんだが、それだけじゃない、紳士の仮面をかぶったならずものが売り手になるってことだって、ちょくちょくある――疑うことを知らないご婦人がたから、口舌巧みに愛情やら信頼やらをかちとるやからだよ。ミルヴァートンはけっしてけちなやりかたはしない。ぼくがたまたま知ったところでは、たった二行の手紙のために、ある貴族の従者に七百ポンド支払ったこともあるが、結果としてそれが、その貴族一家の破滅につながった。およそ売りに出されたものなら、ことごとくミルヴァートンの手もとに集まってくる。おそらくこの大ロンドンにも、やつの名を聞いただけで、顔色《がんしょく》を失うというお歴々が山ほどいるんじゃないかな。やつの

なみ、ねじりあげる、そういうたぐいの悪党とが、そもそもくらべものになるだろうかね?」するために、計算ずくで、かつゆっくりと時間をかけて、ひとの魂を踏みにじり、神経をさいいを殴るたぐいのごろつきと、こいつのように、すでにずっしり重い財布をなおいっそう重く切る。さっき、ロンドン一の悪党だとぼくは言ったが、おなじ悪党でも、かっとなって連れ合切り札は何年も隠し持っていて、賭け金がもっとも高くなったところを狙って、その切り札をてるうえに、狡知《こうち》に長《た》けてもいる——目先の利益のためにちょこまかする必要なんてないのさ。魔手がいつ、どこにのびてくるか、だれにも予測できない。なにしろ、金ならうなるほど持っ

魔手がいつ、どこにのびてくるか、だれにも予測できない。なにしろ、金ならうなるほど持ってるうえに、狡知《こうち》に長《た》けてもいる——目先の利益のためにちょこまかする必要なんてないのさ。切り札は何年も隠し持っていて、賭け金がもっとも高くなったところを狙って、その切り札を切る。さっき、ロンドン一の悪党だとぼくは言ったが、おなじ悪党でも、かっとなって連れ合いを殴るたぐいのごろつきと、こいつのように、すでにずっしり重い財布をなおいっそう重くするために、計算ずくで、かつゆっくりと時間をかけて、ひとの魂を踏みにじり、神経をさいなみ、ねじりあげる、そういうたぐいの悪党とが、そもそもくらべものになるだろうかね?」

この友人がかくも激しい感情を吐露するところは、私もめったに聞いたことがない。

「しかしそれにしても、よもやそういう男を法律でなんとかすることもできない、なんてことはありえないんじゃないか?」私は言ってみた。

「そりゃ理屈からいえばたしかにそうだが、実際には無理だ。たとえばの話、やつをひっとらえて、ほんの二、三カ月、刑務所にぶちこんでみたところで、やつの餌食になって、目前に身の破滅が迫っているというご婦人に、それがなんの役に立つ? そういう犠牲者に、恐喝者に反撃する勇気なんかあるものか。かりにやつがなんの咎《とが》もない、文字どおり清廉潔白な人物を恐喝したとすれば、そのときはわれわれにも反撃の余地があるかもしれないが、なにぶんあいつときたら、サタンそこのけに奸智《かんち》に長けたやつだ。だめだめ、やつと渡りあうには、なにかほかの方法を見つけなきゃ、どうしようもない」

「で、そういう人物が、なんでまたここへくるんだ?」

「なぜならば、ある高名な依頼人から、まことに気の毒な事件の処理をまかされたからだよ。その依頼人とはほかでもない、レイディー・エヴァ・ブラックウェル——この前の社交シーズンにデビューした貴族の令嬢がたのなかで、いちばんの美人と評判のお嬢さんだ。二週間後にドーヴァーコート伯爵と華燭《かしょく》の典を挙げることになってるが、ミルヴァートンの悪党め、ある田舎の若い貧乏郷士に宛てて書かれた、何通かの無分別な手紙——〝無分別な〟だよ、ワトスン、けっしてそれ以上のものじゃない——そいつを手に入れた。その程度のものでも、あいにくこの縁組みがこわれる理由としては、じゅうぶんなんだ。ミルヴァートンのやつ、大枚の金が支払われないかぎり、それを伯爵に送ると宣告している。そこでぼくがやっと会って、せいぜいうまく話をつけることを委任されたというわけだ」

と、ちょうどそこへ下の街路から聞こえてきたのは、馬車の車輪と蹄《ひづめ》の音。見おろすと、二頭立ての堂々たる馬車が停まり、その側灯に照らされて、気品ある栗毛のつやつやした腰のあたりも見える。従者が座席の扉をあけると、毛足の長いアストラカンの外套《がいとう》をまとった、小柄だががっしりした体格の男が降りたった。一分後には、その男が部屋にはいってきた。

その男、チャールズ・オーガスタス・ミルヴァートンは五十がらみ、知性をあらわす大きな頭、円く、肉づきのよい、ひげのない顔には、つねに消えることのない笑み、横幅のある金縁の眼鏡の奥には、鋭い灰色の双眸《そうぼう》が明るくまたたいている。どことなく、『ピクウィック・ペーパーズ』の情けぶかいピクウィック氏を思わせる風貌だが、その印象を台なしにしているのが、顔に貼りついたような笑みの空々しさと、落ち着きなく動きまわる突き刺すような目の光だ。声音もまた顔つき同様になめらかで、ひとをそらさぬ調子、小さな丸っこい手をさしのべて進みでながら、その声で、先ほどうかがったときにはお留守で残念でした、といったようなことをつぶやいた。

ホームズはさしだされた手を無視して、石像よろしく無表情に相手を見かえした。ミルヴァートンの笑みがいっそうひろがった。肩をすくめて、外套を脱ぐと、それをていねいにたたんで、椅子の背にかける。それからおもむろに腰をおろした。

「こちらの紳士は」と言いながら、手真似で私をさしてみせる。「このままでよろしいのですか？　同席していただいてかまわないのですね？」

「ワトスン博士は、ぼくの友人であり、協力者でもあります」

「ならば結構です、ホームズさん。ただ、そちらの依頼人のかたの利害にかかわるのでは、そう思って、申しあげたまでです。なにせ、問題はまことにデリケートなもので——」

「ワトスン博士は、問題の内容ならすでに知っています」

「そういうことなら、ただちに商談にはいりましょう。ホームズさんは、レイディー・エヴァの代理人であると言われる。ならば、こちらの条件を受け入れる権限も授かっておいでなのですかな？」

「そちらの条件とはどういうものです」

「七千ポンドです」

「受け入れられない場合は？」

「いやはや、こういうことを持ちだすのは、わたしとしても心苦しいのですがね。しかし、十四日までにそれだけの金額がお支払いいただけないとなると、十八日の華燭の典も立ち消えということになるでしょうな」どうにも我慢のならないその顔の笑みが、いよいよ満足げな、舌なめずりでもしたそうなものに変わった。ホームズはしばらく考えた。

ややあって、ようやく口をひらいて、「どうもそちらは、いっさいがすでに決まったことのように思いこんでおられるようだ。もとよりそれらの手紙の内容については、ぼくも承知のうえ。依頼人はぼくの助言をそのまま受け入れるはずです。そこでぼくとしては、依頼人にこう助言するつもりです――未来のご主人になにもかも打ち明けて、彼の寛大さにすべてをゆだねるのがいいだろう、と」

ミルヴァートンは喉をくつくつ鳴らして笑った。

「どうやら伯爵の人柄をご存じないようだ」と言う。

ホームズの当惑げな表情から、彼もそれを心得ているのははっきり見てとれた。

「しかし、あの手紙に、いったいどんなさしさわりがあるというんです」と問いかえす。

「いや、なに、なかなかイキのいい内容でして――元気がはじけるような、ね」と、ミルヴァートン。「あの令嬢はチャーミングな手紙を書かれますな。しかしあいにくとドーヴァーコート伯爵には、その真価を評価してもらうのは無理でしょう。もっとも、あなたはその点、べつの見解をお持ちのようだから、この話はここまでにしておきます。要するに、あとはビジネスの問題というだけで。かりにあなたが、それらの手紙を伯爵の手に渡すことこそ、あなたの依頼人にとって最善の途《みち》である、そうお考えなのであれば、それらをとりもどすために大枚の金を支払うのはばかげている、そういう結論になるでしょうな」捨て台詞《ぜりふ》とともに立ちあがり、外套を手にとる。

怒りと屈辱のために、ホームズの顔は灰白色《かいはくしょく》になっていた。

「ちょっと待ってくれ」と言う。「きみは気が早すぎる。事はこういうデリケートな問題なんだから、スキャンダルを避けるためにも、せいいっぱいの努力をしようじゃないか」

ミルヴァートンは椅子にすわりなおした。

「そう出てこられると確信してましたよ」ご満悦のていで、そううそぶく。

「だがそうは言っても」と、ホームズがつづける。「レイディー・エヴァはけっして裕福じゃない。二千ポンドというところが、彼女の資力からしてぎりぎりの線だ。そちらの要求する金額など、とうてい出せるものじゃない。したがってぼくとしては、ここできみにお願いしたいんだ——どうか枉《ま》げて要求額を切りさげ、いまこちらの提示した金額で、手紙を返してもらえないかと。何度でも言うが、こちらはぎりぎりそれまでしか出せないのだから、きみもそのへんで折り合いをつけるのが得策だと思うが」

ミルヴァートンの笑みがますますひろがり、目がさも愉快そうにきらめいた。

「あの令嬢の資力について、あなたの言われることにまちがいがないのは存じています。しかし同時に、こういう点もぜひわかっていただきたいのですよ——つまり、ああいう身分ある令嬢の縁組みというのは、友人や身内のひとにとっては、令嬢のために微力を尽くしてあげられる、またとない機会だということです。結婚祝いとしてなにが喜ばれるかと、いろいろ頭を悩ませている向きもあるでしょう。そういうひとたちに、わたしならば言ってあげたい――このちょっとした手紙の束のほうが、ロンドンじゅうの燭台だのバター皿だのを贈ってもらうのより、令嬢にとってはよほどうれしいはずだ、と」

「そんなことはできない」と、ホームズ。

「おやおや、そいつはあいにくですな！」ミルヴァートンは声を高めてそう言いながら、懐中からかさばった紙入れをとりだした。「少々無理でも、そこをなんとかしようとする努力をしないのは、まことに浅はかなご婦人だと考えざるを得ない。たとえばこれをごらんなさい！」

そう言いつつかざしてみせたのは、紋章入りの封筒にはいった短い手紙である。「この手紙の主《ぬし》はね――いや、まあ、明朝までは、その名を明らかにするのはフェアじゃないでしょう。だがいずれにせよそのころには、この手紙の書き手であるやんごとないご婦人の、そのご夫君の手にこれらは渡っている。そういう顚末《てんまつ》になるというのも、そのご婦人がほんのわずかな金額を工面しようとなさらんからです――手もとのダイヤモンドをひそかに模造品にすりかえさえすれば、たった一時間で都合のつく金だというのにね。なんともはやお気の毒なことですな。ついでにもうひとつ、先ごろ、これまたやんごとないご身分のミス・マイルズと、ドーキング少佐との婚約がとつぜん解消されることになった。これを覚えておられますか？　あと二日で挙式というときになって、《モーニング・ポスト》にほんの二、三行、破談の記事が出ただけだった。いったいなにがあったんでしょう。ほとんど信じがたい話ですがね――たった千二百ポンドという端《はし》た金《がね》さえあれば、問題は後腐れなくかたづいていたはずなんです。聞くも涙の物語じゃありませんか。だというのにね、今度はまたあなたのような情理をわきまえたはずのおひとが、依頼人の将来と名誉とがかかっているこの瀬戸ぎわで、条件がどうのこうのと文句をつけられるとは。いやはや、驚き入りますな、ホームズさん」

「ぼくは掛け値なしの真実を語ってるまでだ」ホームズは応酬した。「きみの要求する金額は都合できない。このさいきみとしても、こっちの言う金額――これだけでもじゅうぶんな額だと思うが――これで折り合いをつけるほうが、ひとりの女性の生涯をめちゃめちゃにするのよりはましなんじゃないのか？　そうしたところで、きみには一文の得にもならないんだから」

「そこが思いちがいをなさっているところでしてね、ホームズさん。ひとつの秘密をあばきますと、それが間接的にすくなからぬ利益をもたらしてくれるんです。ほかにもいま似たようなケースで、布石を打ってあるのが十件近くありますが、ここでわたしがレイディー・エヴァにきびしい対応をしたということが伝わると、その相手のひとたちはみんな、ずっと物分かりがよくなるんです。おわかりですかな、わたしの申す意味が？」

　ホームズがいきなりぱっと立ちあがった。

「ワトスン、こいつの後ろにまわれ。逃がすんじゃないぞ！　さあ、ミルヴァートンさん、その紙入れの中身を見せてもらおうか」

　体に似あわぬ鼠そこのけの機敏さで、ミルヴァートンはすべるように部屋のいっぽうの端へのがれると、そこの壁を背にして立った。

「ホームズさん、ホームズさん！」そう言いながら上着の前をひらき、内ポケットからつきでている大型のリボルバーの握りをちらつかせてみせる。「あなたなら、もうちょっと独創的な手段に出てこられるかと期待してたんですがね。これじゃあまりに古くさすぎるし、だいいち、なんの得るところもないはずだ。このとおり、身を護る手段にはいささかの疎漏もありませんし、いざとなれば、これを使うことになんのためらいもない――法律はこっちの味方だとわかってますから。のみならず、わたしが問題の手紙を紙入れに入れて持ち歩いてるなんて、とんだお考えちがいです。そこまで愚かではありませんよ。それではお二方、今夜はほかにもひとに会う用件が二つ三つありますし、ハムステッドまではかなりの道のりですので、これで失礼させてもらいます」進みでて、外套を手にとり、思わせぶりにリボルバーに手をかけながら戸口のほうへ向きなおる。私は手近の椅子をつかんだが、ホームズがかぶりをふってみせるので、やむなくまたおろした。ミルヴァートンは、軽く一礼して、にっこり笑い、目を悪戯《いたずら》っぽくきらめかせながら部屋を出てゆき、まもなく馬車の扉が音をたててしまって、がらがらと走り去る車輪の音が聞こえてきた。

そのあとしばらく、ホームズは暖炉の前から動かなかった。両手を深くズボンのポケットにつっこみ、胸にあごをうずめ、目では燃え残りの薪の赤い火を見つめている。半時間ほど、そのまま黙したきりすわりこんでいたが、やがて、なにやら決心がついたといったようすで勢いよく立ちあがるなり、自分の寝室へはいっていった。まもなく出てきたのを見れば、山羊《やぎ》ひげをたくわえ、肩を揺すって歩く小粋な職人ふうの若者に身をやつしていて、階下へ降りてゆく前に、ランプから陶器のパイプに火をつけると、「じきにもどるよ、ワトスン」そう言い残して、夜の街に姿を消した。彼がチャールズ・オーガスタス・ミルヴァートンにたいして闘いの火蓋を切ったこと、これは私にも察せられたが、まさかその闘いがあのように異様な経過をたどることになろうとは、そのときはまだ知るよしもなかったのだった。

それからの数日、ホームズは昼夜のべつなくその扮装のままで出入りしていたが、ハムステッドで時間を過ごしているということと、それが徒労に終わってはいないということ以外は、なにをしているのか私にはまるきり知らされなかった。それでもついに、ある激しい嵐の夜、風が悲鳴をあげて吹きすさび、窓ガラスをがたがた揺らすそのなかで、彼は最後の遠征からもどってくると、変装を解き、どっかと暖炉の前に腰をおろすなり、いつもの内《うち》にこもるような声には出さない笑いかたで、腹をかかえて笑った。

「ねえワトスン、ぼくが結婚しようとしてる男に見えるかい？」

「とんでもない、見えるものか！」

「ところがそうなのさ。ぼくが婚約するにいたったその顚末、聞けばおもしろいと思うよ」

「へえぇ、それはまた！　おめでとうと言うべき――」

「相手はミルヴァートン家のメイドだ」

「なんだって？　本気なのか、ホームズ！」

「情報がほしかったんだよ、ワトスン」

「だとしても、それはちとやりすぎじゃないのか？」

「必要に迫られてのことなんだ。いまは、景気のいい配管工という触れ込みでね――名前はエスコット。毎晩、彼女と散歩に出て、さんざん甘い言葉を並べたてた。実際、自分でもへどが出るくらいさ！　とはいえ、苦労の甲斐あって、知りたいことはすっかりつかんだ。ミルヴァートンの家のなかのことなら、たなごころをさすようにわかってる」

「しかし、そのメイドのことはどうするんだ」

ホームズは肩をすくめた。

「やむをえないんだよ、ワトスン。いちかばちかの勝負なんだから、使える手はぜんぶ使わなくちゃ。もっとも、さいわいなことにそのメイドに関しては、ぼくが後ろを見せたとたん、すぐにでも割りこんでこようという憎《に》っくき恋敵《こいがたき》がちゃんと控えてるんだ。いやあ、今夜はじつにすばらしい夜だねえ！」

「まさかこんな天候が好きだって言うんじゃあるまいな？」

「こっちの目的にかなうんだよ。ねえワトスン、ぼくは今夜ミルヴァートンの屋敷に押し入るつもりなんだ」

息が止まった。強い決意を秘めた調子で、ことさらゆっくりと口にされたその台詞を聞くうちに、背筋から冷たいものがじわじわとひろがっていった。夜空に稲妻が一閃《いっせん》すると、その明かりで広漠たる山野の隅々までが一瞬にして見てとれるように、いま私の眼裏《まなうら》には、そのような行為の結果がまざまざと浮かびあがっていた――侵入に気づかれ、捕らえられ、栄えある生涯の功績のすべてが、とりかえしのつかぬ失態と汚辱とのうちに失墜する、そしてわが友は、思い浮かべるだにけがらわしい、あのミルヴァートンなる悪党の足もとに身を投げだすことになるのだ。

「おい、ホームズ、ばかなことはやめてくれ。いったいどういうつもりなんだ、きみは！」

「いいかい、ぼくはすべてを考慮したうえでこうすることに決めたんだ。本来ぼくはけっして性急な男じゃないし、ほかにとりうる手段があれば、こんな荒っぽい、しかも確実に危険だとわかってる途を選んだりするものか。ここで問題を明確かつ公正な立場から見てみようじゃないか。語の厳密な意味では犯罪かもしれないが、しかしこれは道義的に許容できる行為だということ、これはきみも認めるだろう。ミルヴァートンの屋敷に押し入ることは、力ずくであいつの紙入れを奪うことと五十歩百歩だ――紙入れを奪うだけなら、きみだってあのとき協力を惜しまなかったはずじゃないのか？」

そのときのことを私は脳裏に思い浮かべてみた。

あげくに言った。「そうだな。たしかに道義的には許容できるかもしれん――こっちの狙いが、あいつによって不法な目的に用いられるはずのものを奪いかえすという、ただその一点にとどまっているかぎりは、だが」

「まさにそのとおりさ。というところで、これが道義的に正当化できるとすると、ほかに考えるべきは、わが身の危険をどうするかという問題だけになる。しかし、ひとりの女性が必死に救いをもとめているときに、紳士たるもの、身の危険なんてものをさほど重視すべきじゃないと思うんだが、どうだい？」

「しかし、それだときみの立場はひどく悪くなるぞ」

「なに、それもリスクのうちだよ。問題の手紙をとりもどそうとするなら、これ以外にとるべき途はないんだ。あいにくレイディー・エヴァには支払いに応じられるだけの金がないし、秘密を打ち明けて相談できるような相手も身近にはいない。あすにはその支払い期限が切れるから、今夜のうちにこっちが手紙をとりもどさないかぎり、あの悪党はそう明言してるとおりの行動をとり、彼女に破滅をもたらすだろう。だからぼくとしては、このまま依頼人がそういう運命に陥るのを座視するか、それともこの最後の切り札を切るか、ふたつにひとつしかないんだ。ここだけの話だけどね、ワトスン、これはあのミルヴァートンなる悪党とこのぼくとが、正面切って渡りあう、いわば決闘なのさ。きみも見たとおり、最初の一合《いちごう》では、まんまと向こうに一本とられた。とはいえ、ぼくだってぼくなりの自尊心と面目にかけて、不退転の決意でこれを闘い抜くつもりでいるんだ」

「なるほど、あまり気は進まないが、やはりやるしかないんだろうな」私は言った。「で、いつ出発する?」

「きみはこなくたっていいんだ」

「ならば、きみも行かせるものか」私は言った。「ここで名誉にかけて言っておくが──そしてはばかりながらこのワトスン、一度こうと言ったことに反したことは、生涯かけて一度もないんだ──もしもきみが今夜のこの冒険にぼくを加えないというのなら、いいとも、ぼくはこれからすぐに馬車を拾って警察に直行し、きみのやろうとしていることを暴露してやる」

「きみに助けてもらうことなんてないんだ」

「どうしてそう言いきれる？　いったいなにがあるか、わかったもんじゃないんだぞ。だいいち、ぼくはとうに決心がついてる。自尊心だの、自分なりの面目だのというんなら、なにもきみだけがそういうものを持ってるわけじゃないんだ」

一瞬、ホームズは当惑げな表情を見せたが、やがて晴れやかな顔になり、私の肩をぽんとたたいた。

「わかった、わかったよワトスン、じゃあそうしよう。もう何年もひとつの部屋を共有してきた仲なんだから、最後もひとつの獄房を共有する、これもあるいはおつかもしれん。じつはねワトスン、きみだからこそ白状するが、かねてからぼくは、自分が犯罪者だったらどれだけ優秀な犯罪者になったろう、なんて考えてきたんだ。その意味では、今夜は千載一遇の好機なのさ。まあこれを見たまえ！」そう言って彼が引き出しからとりだしたのは、なにやら小さなしゃれた革ケースだった。それをひらくと、あらわれたのは、ひとそろいのぴかぴか光った金属の道具。「これはね、侵入盗の商売道具としては一級品、かつ最新式のものだよ――ほら、ニッケルめっきの鉄梃《かなてこ》だ。こっちは先端にダイヤのついたガラス切り。応用自在のキーも一式。つまり、文明の進歩に対応する、ありとあらゆる近代兵器がこれなのさ。見ろ、遮光板のついたランタンもある。いっさい合財そろってるんだ。きみ、音のしない靴って、あるかい？」

「ゴム底のテニス靴がある」

「もってこいだ。覆面はどうする？」

「黒い絹でふたつはつくれる」

「どうやらきみ、こういうことにかけては天性の素質があるようだな。よし。じゃあきみは覆面を用意してくれ。出かける前に、冷肉で軽く腹ごしらえしよう。そろそろ九時半だ。十一時になったら、チャーチ・ロウまで馬車をとばす。そこからは、アプルドア・タワーズまで、歩いて十五分だ。十二時には仕事にかかれるだろう。ミルヴァートンは熟睡するたちで、しかも床につくのは判で押したように十時半と決まってる。よっぽどのことがないかぎり、夜中の二時にはレイディー・エヴァの手紙をふところに、ここへもどってきているはずだ」

劇場帰りに見せかけるため、ホームズも私も夜会服を一着に及んだ。オクスフォード街で二輪辻馬車《ハンサム》を拾い、ハムステッドのとある番地を告げる。そこに着くと、馬車を帰して、厚地の外套のボタンを襟もとまできっちりかけ——というのも、寒さは肌を刺すかのよう、まるで風が体内を吹き抜けてゆくみたいだったからだ——そのうえで、いざヒースの原のふちにそって歩きだした。

「これはつくづくむずかしい仕事だよ」と、ホームズが言った。「なにせ、問題の文書はあの男の書斎の金庫にあるんだが、その書斎というのが、ご本人の寝室のすぐ隣りなのさ。だがその反面、ああいう肉づきのいい、短軀《たんく》の男の例にもれず、あいつも多血症の熟睡型でね。アガサー——というのがぼくの婚約者だが——この娘が言うには、旦那様はいったん寝ついたら、なにがあってもぜったいに起こせない、というのが使用人のあいだでのジョークになってるんだとか。秘書もひとりいるが、これはあるじのために献身的に働いていて、日中は書斎から一歩も出ない。そのせいでこっちもこうして夜中《やちゅう》に行動するはめになるわけだ。もうひとつ、屋敷では猛犬も一頭飼っていて、こいつがしょっちゅう庭をうろついてる。ここ二晩ばかり、遅い時間にアガサと会ってるが、そのときはぼくが自由に出入りできるよう、アガサがこいつをつないでおいてくれるんだ。さあ着いた、これがその屋敷——見てのとおりの堂々たる大邸宅で、周囲を庭にかこまれている。まずはこの門をはいって——右へ、月桂樹の茂みをつっきる。ここらで覆面をつけたほうがいいだろうな。ほら、どの窓にも明かりが見えないだろう？　万事うまくいってる証拠だよ」

　黒絹の覆面をつけた私たちは、一見ロンドン一の大凶盗二人組といった趣《おもむき》だったが、そんないでたちで足音を忍ばせ、陰気に静まりかえった家へと近づいていった。タイル貼りのベランダらしきものが、建物のこちら側にそってつづき、その奥にいくつかの窓と、ふたつのドアが見てとれる。

「あれがやっこさんの寝室だ」ホームズがささやいた。「こっちのこのドアが書斎に直結している。われわれの目的にはもってこいだが、鍵はもちろん閂《かんぬき》までかってあるから、こじあけようとすれば、大きな音がするのは避けられない。こっちへまわろう。温室があって、それが応接間につづいてるんだ」

　温室も施錠はされていたが、ホームズはガラスを円く切りとり、手をさしいれてキーをまわした。はいるとすぐに、後ろでドアをしめる。これでわれわれふたりは法律の観点からすれば、れっきとした重罪犯人になったわけだ。温室にはむっとする暖気がこもり、そのなかに異国の植物のむせかえるような芳香までが加わって、息が詰まりそうだった。ホームズは暗闇のなかで私の手をつかむと、先に立って、何段にも並んだ植物の棚のあいだを敏捷《びんしょう》に通り抜けていった。植物の葉先が私たちの顔をなでる。ホームズには、暗闇でも目が見えるという驚くべき能力――これは長年の鍛練によって培ったものだ――がそなわっていて、なおも片手で私の手をつかんだまま、とあるドアをあけた。私が漠然と感じとったのは、いままでより大きな部屋にはいったということで、その部屋ではつい先刻までだれかが葉巻をふかしていたらしい。ホームズは家具のあいだを手さぐりで進むと、さらにべつのドアをあけ、後ろ手にそれをしめた。手をのばしてみると、壁にかかった数着の外套が指に触れたので、ここが廊下であることがわかった。その廊下づたいに進み、やがてホームズは右手のあるドアをごくごくそっとあけた。とたんになにかが私たちめがけてとびかかってき、私は心臓が口からとびだしそうになったが、すぐにそれが猫だとわかって、今度は笑いだしたくなった。室内の暖炉にはあかあかと火が燃え、ここにもまた煙草の煙が濃く立ちこめている。ホームズは抜き足差し足で部屋にはいり、私がつづくのを待ってから、また静かにドアをとざした。ミルヴァートンの書斎にはいったのだ。部屋の向こうの端に仕切りカーテンがかかっているのは、ミルヴァートンの寝室入り口を示すものだろう。

暖炉の火は心地よく燃え、その明かりで室内が明るく照らされていた。ドアのすぐ内側に、電灯のスイッチが光って見えていたが、たとえ点灯しても危険はなかったにしろ、そうするには及ばなかった。暖炉のいっぽうの側に、どっしりした厚地のカーテンがさがっているが、これは外から見えた張り出し窓をおおうものだろう。それとは反対の側にはドアがあって、こちらはベランダに通じている。部屋の中央にはデスクがひとつ、その前にはぴかぴか光る赤い革張りの回転椅子。真向かいには、大きな書棚があり、女神アテナの大理石製胸像がその上に置かれている。部屋の一隅、書棚と壁とのあいだに、丈の高い緑色の金庫が据えられ、磨きあげられた真鍮《しんちゅう》の把《と》っ手《て》が、暖炉の火明かりを反射している。ホームズは忍び足でそこへ行くと、金庫を一瞥《いちべつ》した。つづいて、そっと寝室の入り口に近づき、小首をかしげて一心に聞き耳をたてた。その奥からはなんの物音もしない。そのうちふと、万一にそなえて退路を確保しておくのが賢明ではないかと思いつき、私はベランダへのドアを調べてみた。驚いたことに、錠もおりていず、閂もかかっていない。そっとホームズの腕に触れると、覆面の顔をそのほうへ向けたが、とたんにびくっとしたのがわかったのは、明らかに私に劣らず驚いたからだろう。

「気に食わないな」と、私の耳もとに口を寄せてささやく。「どうもようすがわからない。だがとにかく、いまはここで手間どってるひまはないからね」

「なにかぼくにできることはないか？」

「じゃあそのドアのそばに立っててくれ。万一だれかがくるのが聞こえたら、内側から閂をかけろ。そうすれば、きた道から逃げられる。また逆にこっちのほうからきたら、その場合は、もし仕事が終わっていたらそのドアから逃げだすし、そうでなければ、この窓のカーテンのかげに隠れる。わかったね？」

私はうなずいて、ドアのそばに立った。はじめに感じた不安感は消え去って、いまはわくわ

くする気持ちだ——われわれが法を擁護する立場にあり、それを犯す立場ではなかったさいぜんまでよりも、いまはさらに胸が高鳴り、全身が火照《ほて》ってくるようだ。われわれの使命の高潔さ、それが利他的なものであり、騎士道精神にもかなうという意識、敵と目す人物の卑劣さと悪辣《あくらつ》さ、すべてが相俟《あいま》って、スポーツでもするような快感をこの行動はもたらしてくれる。要するに、罪悪感を覚えるどころか、むしろ危険な立場にある自分を楽しみ、かつ高揚もしているといったところか。そんな気分から、私は新たな賛嘆の思いを胸に、ホームズがむずかしい手術に臨む外科医そこのけの冷静さと科学的な確かさで、道具類を入れた革ケースをひらき、使う道具を選ぶのを見まもっていた。金庫をこじあける作業は、彼のとくに得意とする趣味のひとつである。それを知っている私には、いま彼が眼前のその緑色と金色のモンスター——多くのりっぱな女性の名誉を、そのあぎとにくわえこんでいるドラゴン——と取り組むにあたって、どれだけ胸を躍らせているかがわがことのように感じとれるのだ。夜会服の袖をたくしあげると——外套はすでに脱いで、手近の椅子に置いてあった——まず二本のドリルと、鉄梃一個、何個かの万能キーをホームズは選びだした。中央の入り口近くに陣どった私は、左右のドアにかわるがわる目を配り、非常の事態にそなえていたが、それでいて、いざ実際に邪魔がはいったら、そのときはどう行動するか、目算は少々あやふやなままだった。それから半時間ほど、ホームズは脇目もふらず一心に作業をつづけたが、ときおりひとつの道具を置いては、またべつのをとりあげるその手つきは、熟練した機械工さながらの力強さと繊細さにあふれていた。そのうち、ようやくかちっと音がして、幅の広い緑色の扉がゆっくりとひらき、なかにたくさんの書類の束が、それぞれくくられ、封印され、表書きをしたうえで詰めこまれているのが、私の目にもちらりと見てとれた。ホームズはそのひとつをとりあげたが、ちらつく火明かりだけでは表書きを読みとるのはむずかしいと見え、かねて用意の遮光板つき小型ランタンをとりだした。すぐ隣室にミルヴァートンがいるのだから、電灯をつけることはこのさい危険すぎる。だがそこで、ふいに彼が手を止めて、聞き耳をたてるのが見えた。一瞬ののちには、金庫の扉をしめて、外套をとりあげ、道具類をポケットに押しこんだ彼は、私にもつづくようにと手真似で指図しながら、飛鳥《ひちょう》のように窓のカーテンのかげにとびこんだ。

彼に倣《なら》ってそこに身をひそめたあとになって、ようやく私にも、彼の鋭敏な五感がいちはやくとらえたあるものを感知した。邸内のどこかで音がするのだ。遠くでドアがばたんとしまる音。それから、なにやらはっきりしない、低くくぐもった声がひとしきりつづいて、それが重い、慎重に足を踏みしめて歩く音に変わったかと思うと、急速に近づいてきた。部屋の外の廊下だ。ドアの前で止まる。ドアがひらく。鋭いかちっという音とともに、電灯がともされた。ドアがしまる。と、すぐに、強い葉巻のにおいが鼻を刺した。つづいて足音、私たちから数ヤードと離れていないところを、行ったりきたり、行ったりきたりしている。しばらくしてやっと、椅子がきしんで、足音がやんだ。と思うまもなく、かちりと鍵穴にキーがあたる音、かさこそと書類をめくる音。それまでは、私にも外のようすをうかがう度胸などなかったが、ここで勇を鼓して、そっとカーテンの合わせ目をかきわけ、のぞいてみた。ホームズの肩の重みがずしりと私の肩にかかってくる。きっとおなじ隙間からのぞいているのだろう。すぐ目の前、ほとんど手をのばせば届きそうなところに、ミルヴァートンの幅の広い、こんもり盛りあがった背中。もはやわれわれが完全に彼の動きを読みちがえていたことは明らかだった。彼はそもそも寝室にひきとったわけではなく、ずっと起きていて、どこか別棟の喫煙室かビリヤードルームででも過ごしていたのだが、部屋の向きのせいで、侵入したときの私たちにはその窓が見えなかったのだ。いまは、私たちの視界をふさぐように、大きな、白髪まじりの頭が見えている――頭頂の一ヵ所が薄くなっていて、そこがてらてら光っている。赤い革張りの椅子にふんぞりかえり、脚を長々とのばした姿勢で、口のはたからは、横ぐわえにした黒く長い葉巻の先がつきでている。身につけているのは、軍服に似たスタイルのスモーキングジャケット、色は濃い赤紫で、襟に黒ビロードがついている。手には、長大な法律文書らしきものの束――煙の輪をぷかり、ぷかりと吹きあげながら、ものうげにそれに目を通している。そのくつろぎきった姿勢、落ち着きはらった態度から見て、どうやら早急には立ち去りそうもない。

ホームズの手がそっとのびてきて、安心しろというようにこちらの手を強く握るのがわかった。これも自分には想定内の状況であり、すこしもあわててはいない、そう伝えようとでもしているのか。ただ私としては、彼が私の位置からはあまりにも明白なある事実、それに気づいているのかどうかが気がかりだった――金庫の扉が完全にはしまりきっていないのだ。はたしてミルヴァートンがいつそれを見とがめるか。私は心中ひそかに決意した――万一、ミルヴァートンの目つきがけわしくなり、それに気づいたらしいとわかったら、一瞬の躊躇もなくとびだして、頭から私の外套をかぶせ、身動きできなくしたうえで、あとはホームズにまかせよう。

だがミルヴァートンは、一度も目をあげようとしない。手のなかの文書にけだるげな視線をそそぎ、それでも興味ぶかげに一ページ、また一ページと、そこにしるされた法律家の論旨を追うことに集中している。せめてあれを読みおわり、葉巻を吸いおわったら、ここを出ていってくれないものか。ところが、そんな私の願いをよそに、彼がそのいずれをもしおえぬうちに、ひとつの驚くべき出来事が出来《しゅったい》して、私たちの関心はまったくべつの方向へ向けられてしまったのだ。

それまでに、ミルヴァートンが懐中時計を見るのは何度も目にしていたし、一度はいったん立ちあがったあと、またじれったげな身ぶりで腰をおろすのも見ていた。にもかかわらず、こんな遅い時刻に彼がひとと会う約束をしている、などとはちらりとも思い及ばず、はじめてそうと思いあたったのは、外のベランダにかすかな物音を聞きつけたときだった。ミルヴァートンも音に気づいたのか、手にしていた書類を置くと、椅子にすわりなおした。音は何度かくりかえされ、やがて遠慮がちにドアがノックされた。ミルヴァートンは席を立ち、ドアをあけた。

「遅いじゃないか」と、ぶっきらぼうに言う。「三十分も遅刻だぞ」

これで、ベランダへのドアがロックされていなかったわけも、ミルヴァートンがこうして夜半まで起きていた理由も納得がいった。女性のドレスのかすかな衣ずれの音がした。ミルヴァートンの顔がこちらを向いたとき、私はカーテンの合わせ目をとじていたが、ここでまた思いきって、ごく慎重にそれをかきわけてみた。彼はふたたび椅子に腰をおろしていて、尊大に口のはたからつきでた葉巻もそのままだ。その前に、電灯の光をまっこうから浴びて、ひとりの背の高い、ほっそりした、黒髪の女性が立っていた。ベールですっぽり顔をおおい、マントの襟に深々とあごをうずめている。息づかいは速く、浅く、見ればそのしなやかな体の隅から隅までが、なんらかの強い感情にふるえているようだ。

「さあどうした」ミルヴァートンがうながした。「あんたのおかげで、こっちは一晩分の眠りを損しているんだぞ。それに見あうだけのことはしてもらわないとな。それにしても、もっとましな時間にこられなかったものかね?」

女性は無言でかぶりをふった。

「ふん、ならばしかたがない。伯爵夫人がしんじつあんたの言うほどひどい主人なら、これでその意趣返しぐらいはしてやれるわけだ。おやおやどうした、なんだってそんなにふるえている? ああ、それでいい! しゃんとするんだ! さて、じゃあ取り引きにかかろうか」デスクの引き出しからノートをとりだす。「あんたの話だと、ダルベール伯爵夫人の名誉にかかわるたぐいの手紙を五通持ってる、ってことだったな? それを売りたい、と。まあそこまではいい。あとは値段の問題だが、いずれにしても、事前に手紙の内容を検《あらた》めさせてもらう必要はあるだろう。ほんとうにそれらが値打ちのあるものだとわかれば——やや、これはしたり、あんただったのか!」

女性は無言のままベールをあげ、マントの襟をひきおろしていた。ミルヴァートンの前に立っているのは、黒髪に、彫りの深いきりっとした目鼻だちの女性だった——鼻梁にデリケートな段のある鼻、けわしく光る目を陰らせている濃く、太い眉、真一文字に引き結ばれた薄いくちびる、すべてがひとつの剣呑《けんのん》な微笑に凝縮している。

「そう、わたしだ、お見忘れではないようだね」と、女性は言った。「おまえのせいで、一生をめちゃめちゃにされた、その女だよ」

ミルヴァートンは笑ったが、その声は恐怖にふるえていた。「あんたが意地を張るからいけないんだ」と言う。「それでこっちも最後の手段をとらざるを得なかった。はっきり申しあげるがこのわたし、蠅の一匹でも自分から好んで殺したことはない。それに、だれにでも生きるための仕事ってものがあるんだし、あの場合このわたしがいったいどうすればよかったというんだ。こっちはあんたの資力に見あうだけの値段をつけてあげたのに、それを支払おうとしなかったのは、そっちなんだから」

「それでわたしの夫に手紙を送りつけたというのか。おかげで夫は――世にたぐいなきまことの貴族、わたしなどその靴紐を結ぶ資格もない紳士のなかの紳士は――その一事で気高《けだか》い心を打ち砕かれ、あえなく世を去ったのだ。覚えているか？――この前わたしがここへきて、おまえの慈悲を請うたあの夜のことを。そのわたしを、おまえは面とむかって笑いとばした――いままたそうやって笑おうとしているようだが、あいにく今夜は臆病ごころが先に立って、くちびるがぴくぴくひきつるのを止められないようだ。そうとも、おまえは二度とここでわたしと会うことなどないと思っていただろうが、あいにくだったね、こうしておまえとじかに、余人をまじえずに対面するにはどうすればよいか、あの夜わたしは知ってしまったのだから。さあどうする、チャールズ・ミルヴァートン、なにか言い分があるかえ？」

「わたしを脅せると思ったら大まちがいだぞ」そう言いながら、ミルヴァートンは立ちあがった。「ここでわたしが一声あげれば、すぐにも使用人たちが駆けつけて、あんたはとりおさえられることになる。とはいえ、そっちが腹をたてるのももっともだと、その点だけは認めてさしあげよう。だから、いますぐここを出て、きたときとおなじ径路で立ち去ることだ。そうすれば、こっちも向後《きょうご》は口をとざして、事を穏便にすませると約束するよ」

そう言われても、女はおなじ酷薄な微笑を薄い口もとに浮かべ、胸もとに手をさしいれた姿勢でつったったままでいる。

「おまえにこれ以上わたしのように、だれかの一生を台なしにさせたりするものか。わたしの魂を踏みにじったように、だれかの魂を踏みにじらせたりするものか。いまこの場でこのわたしの手で、世のなかから害悪をひとつ取り除いてやるのだ。これでも食らえ、犬め、思い知るがいい、これでもか！――これでもか！――これでもか！――これでもか！」

いつのまにかその手には黒光りするリボルバーが握られていて、その筒先をミルヴァートンのシャツの胸から二フィートとないあたりにつきつけるなり、彼女は一発、また一発と、ありったけの弾丸を相手の体内めがけて送りこみつづけた。彼はまず体を二つ折りにしてたじたじと後退し、つづいて前のめりによろめくと、激しく咳きこみ、手では散乱した書類をかきむしりながら、テーブルにつっぷした。と思うと、すぐまた身を起こして、よろよろと立ちあがりかけたが、そこでまた新たな一発を食らって、今度こそたまらず、どうとばかりに床に倒れ伏した。「やりやがったな」かすれた叫びがもれ、それからその体は動かなくなった。女はじっとそのようすを見おろしていたが、やがておもむろに足をあげると、仰向けになった男の顔面を靴のヒールでぎりぎりと踏みにじった。それからもう一度、相手のようすを注視したが、ミルヴァートンはもはや声もたてず、動くこともなかった。荒々しい衣ずれの音がして、むっとする室内に夜気が流れこんできたかと思うと、たちまち復讐者は姿を消していた。

たとえわれわれが割ってはいったところで、ミルヴァートンをかかる非惨な死から救うことは無理だったろう。それでも、その縮こまった体に女がたてつづけに銃弾を撃ちこんでいるあいだ、私はいまにもとびだしてゆこうかと身構えていたのだが、ホームズのひんやりした手が強く手首にかかり、そのしっかりとおさえこむような力から、一瞬にして彼の言わんとするすべてが理解できた——われわれの関知すべき問題ではない。ひとりの悪人のうえに正義の鉄槌がくだされつつあるのだ。われわれには本来の任務があり、目的があり、それを見失ってはならない、と。だがそれでいて、女が部屋から走りでてゆくなり、ホームズは足音を殺して敏捷に廊下へのドアに駆け寄ると、錠前にささっていたキーをまわした。まったく同時に、家の奥で立ち騒ぐ気配がして、あわただしい足音が聞こえてきた。先ほどの銃声で家人が目をさましたのだ。常人ばなれした冷静さで、ホームズはつぎに金庫のところへ行くと、両腕いっぱいに手紙の束をかかえてきて、それを暖炉の火にほうりこんだ。二度、三度とおなじことをくりかえして、金庫がすっかりからになるころには、だれかが廊下でドアを激しくたたいたり、把っ手をがちゃがちゃまわしたりしていた。ホームズはすばやく周囲を見まわした。ミルヴァートンの死の使者となった手紙が、血しぶきにまみれてデスクに取り残されている。ホームズはそれもとりあげると、燃えさかる手紙の山のなかに投じた。それから、ベランダへのドアからキーを抜きとり、私につづいて室外に出ると、外からドアに鍵をかけた。「こっちだ、ワトスン。こっちから行けば、庭の塀を乗り越えられる」

これほどの速さで異変が伝わるとは、私も予想していなかった。ふりかえると、宏壮な屋敷いっぱいに煌々《こうこう》と明かりがあふれている。玄関ドアがあけはなたれ、人影がわらわらとドライブウェイにとびだしてくる。広い庭にも、いたるところにひとの姿があふれ、なかのひとりが、ベランダから駆けだした私たちを認めるや、獲物を見つけたハンターよろしく合図の声を発して、しゃにむにあとを追ってきた。ホームズは、屋敷内の地取りを隅々までのみこんでいると見え、灌木の茂みを敏捷に縫って走る。私があとにつづき、そのすぐ後ろから、追っ手のうちの先頭の男が、息を切らして追いすがってくる。私たちの行く手をさえぎるのは、高さ六フィートの塀、だがホームズは身軽にそこをよじのぼり、乗り越える。私もつづこうとしたとき、先頭の追っ手が足首をつかんできた。足をばたつかせてその手をふりほどき、ガラス片の植わった塀の笠石によじのぼる。うつぶせになにかの茂みに転落したが、ホームズがすぐに助け起こしてくれて、私たちはともにハムステッドの広大なヒースの原をつっきり、ただ走りに走った。二マイルほどもそうして走りつづけたろうか、ようやくホームズが足を止めて、耳をすました。後方はどこまでも森閑としている。ついに追っ手をふりきったのだ。ここまでくれば、もう安心だった。

ここまで語ってきたこのざらにはない体験をした翌朝、私たちが朝食を終え、食後の一服を楽しんでいるところへ、ロンドン警視庁《スコットランドヤード》のレストレード警部が、えらくしかつめらしい、ものものしい顔つきで、われらがささやかなる居間に案内されてきた。

「おはようございます、ホームズさん。ワトスン先生、おはようございます。さっそくですが、目下、たいへんお忙しいですか？」

「といって、きみの話を聞けないほどではないよ」

「ひょっとして、ほかにこれという用事をかかえておいでtogether なければ、われわれを助けていただけるのではないかと存じまして――ゆうべ、ハムステッドで起きたばかりの、じつに奇怪な事件なのですが」

「ほう、それはそれは！」と、ホームズ。「で、どんな事件なのかね？」

「殺人です――すこぶるドラマティックであり、注目すべき事件でもあります。あなたがことのほかこの種の事件に興味をお持ちなのは承知しておりますので、ここはぜひアプルドア・タワーズまでご足労いただき、貴重なご助言をいただければ、と考える次第です。実際、ありふれた犯罪じゃありません。殺されたミルヴァートンという人物には、しばらく前からわれわれも注目しておりまして――これはまあここだけの話ですが、あれはちょっとした悪党ですな。恐喝目的で、大勢のひとの手紙や書類を買い集めているといううわさだったんですが、その書類が残らず犯人たちの手で焼かれてしまった。金目のものにはなにひとつ手をつけていませんので、どうやら犯人たちはかなりの地位にある人物であり、犯行の目的は、もっぱらそれらの書類が世間に出るのを阻止することにあったのでは、そう見られています」

「犯人たち、と言ったね？」ホームズが声を高めた。「複数だったのか？」

「はあ、二人組でした。すんでに現行犯でとりおさえられるところだったんですがね。足跡はとってありますし、人相風体《ふうてい》もわかっています。十中八九、すぐに見つかるでしょうな。ひとりはやけにすばしこいやつでしたが、もうひとりは、庭師の下働きがいったんはつかまえたものの、格闘のすえに取り逃がしたそうです。中肉中背、がっちりした体つき——角張ったあごに、太い首、鼻下に口髭《くちひげ》。顔の上半分は覆面で隠していました」

「それだけじゃ、ずいぶん漠然としてるね」と、シャーロック・ホームズが言った。「だってそれ、そっくりこのワトスンの人相書きともとれるじゃないか！」

「そう言われればそうですな」と、警部がなにやらばかにうれしそうに応じる。「いやまったく、ワトスン先生そのままと言ってもいいくらいだ」

「それはさておき、せっかくだがきみのお力にはなれそうもないよ、レストレード」と、ホームズ。「じつをいうと、ミルヴァートンという男については、ぼくも多少は心得てる——ロンドンでも指折りの危険な男のひとりだってこともね。と同時に、ある種の犯罪には、法律も及ばない部分があるってことも知ってるし、したがって、そういう犯罪にたいしては、ある程度までなら私的な制裁も許される、そうも考えてる。だからね、これについては議論の余地なし。すでに心は決まってるんだ。被害者よりも犯人たちのほうに共感してるんだから、よって、この事件をぼくが扱うことは将来ともにありえない、そう思ってくれ」

前夜に目撃した悲劇について、ホームズは私にもなにひとつ語ろうとしなかったが、それでも、ひそかに観察していると、その日は午前ちゅう、ずっと深い物思いに沈んで過ごし、そのうつろな目つきや、放心したような態度から、なにかをしきりに思いだそうとしている、という印象を私は受けた。彼がだしぬけに立ちあがったのは、向かいあって昼食をとっているさいちゅうだった。「そうか！　わかったぞ、ワトスン！　やっと思いだした！」と、叫ぶように言う。「さあ、早く帽子をとってきたまえ！　いっしょにくるんだ！」全速力でベイカー街を走り、さらにオクスフォード街をも走り抜けて、やってきたのはリージェント・サーカスのすぐ手前。通りの左側の、とある店のショーウィンドーに、当代の貴顕紳士や美女たちを写した写真がずらりと飾ってある。ホームズの目が吸い寄せられたのは、それらの写真のなかのひとつ、そしてその視線を追ってみた私は、そこにひとりの気品高い女性の姿を認めた——宮中服であるローブデコルテを身につけ、秀でたひたいの上には、ひときわ燦然《さんぜん》と輝くダイヤモンドの宝冠《ティアラ》。威厳に満ちた堂々たる立ち姿だ。デリケートな段鼻、濃く太い眉、まっすぐ引き結ばれたくちびると、その下の、小さめだが強固な意志を示すあご。写真に添えられた称号——この女性の夫君であった、いまは亡き高名な貴族政治家の称号——を一読して、私は息をのんだ。視線がホームズのそれとぶつかり、彼はそっとくちびるに人差し指をあててみせた。そうして私たちはそのウィンドーの前を立ち去ったのだった。

六つのナポレオン像

ロンドン警視庁《スコットランドヤード》のレストレード警部が、夜分ぶらりと私たちの住まいに立ち寄るのは、さほど珍しいことではなかった。彼の口からそのときどきの警察本部の動向を聞かせてもらえるため、ホームズもこうした来訪を歓迎していたし、警部のくれる情報のお返しとして、いつも彼のかかえている事件の話を熱心に聞き、ときには、自ら捜査に乗りだすことはせぬまでも、持ち前の該博な知識と経験とを生かして、ちょっとしたヒントや助言を与えたりもしていた。

いま語ろうとしているこの晩も、訪ねてきたレストレードはしばらく天候や新聞記事のことなどを話題にしていたが、そのうち、ふっと黙りこんで、思案げに葉巻をふかしているだけになった。ホームズはそんなようすを鋭い目で見やり、問いかけた。

「なにか変わった事件でも手がけているのかね？」

「いや、べつに、ホームズさん、とりたててどうというほどのものじゃありません」

「それでもいちおう聞いてみたいね」

レストレードは声をあげて笑った。

「いや、まいりましたね、ホームズさん。あなたに隠し事をするのは無理だ。たしかにちょっと気にかかっていることはありますが、なんせ、あまりにばかげた話なんで、お手を煩《わずら》わせるのもどうかと思いまして。ですがその反面、いたってつまらない出来事でありながら、なにやらばかに奇妙な点がありまして、その点、こういう普通ではない事例にとくに興味をお持ちのあなたなら、と。もっともわたしに言わせれば、これはホームズさんよりも、むしろワトスン先生の領分かもしれませんが」

「病気なのかね？」私はたずねた。

「ともあれ、狂気ではありますね。それも、とびきり風変わりな狂気！　だって、あのナポレオンを激しく憎むあまり、彼の像を見つけしだいにたたきこわしてまわるなんて、そんな人間がいまどきいるとは思えんでしょう？」

身をのりだしていたホームズが、ここで椅子に深く身を沈みこんだ。

「それはぼくの分野じゃないな」と言う。

「まさしく。それをわたしも申しあげているんです。しかしまたいっぽう、その人間が他人のものであるナポレオンの像をこわすため、わざわざ押し込みを働くとなると、これは医者の領分を離れて、警察の領分になってくるわけでして」

こう聞いて、ホームズはまたむっくりと身を起こす。

「押し込み！　となると、これは聞き捨てならないな。詳しく話してくれ」

レストレードは警察手帳をとりだして、ページをくり、記憶を新たにした。

「最初に届け出があったのは、四日前のことです。被害を受けたのは、モース・ハドスンの店で、これはケニントン・ロードで絵画や彫刻を商っている店です。店員がいっとき店先を離れている隙に、がちゃんという音がして、あわてて駆けもどってみたところ、ほかの二、三の美術品といっしょにカウンターに置いてあったナポレオンの胸像が、粉々になって床に落ちている。すぐさま外へとびだしてみたものの、何人かの通行人から、男がひとり店から駆けだしてくるのを見たという話が聞けただけで、それらしい姿も見あたらないし、何者かを知る手だてもない。そういう無意味な破壊行為に及ぶならずものなら、ときどきあらわれますから、これもそういうやつだろうということになって、その旨を巡回の巡査に届けでた。像は石膏製で、せいぜい三、四シリングの値打ちしかありませんし、こわしたこと自体が子供じみた悪戯《いたずら》としか思えず、とりたてて捜査するまでもないということになった次第です。

ところが、二度めの事件は、もうちょっと深刻で、しかもいっそう奇っ怪でしてね。起きたのは、ついゆうべのことです。

ケニントン・ロードの、モース・ハドスンの店からほんの二、三百ヤードのところに、バーニコット博士という高名な開業医がいます——テムズの南側では、もっとも盛大にやっている医者のひとりですよ。ケニントン・ロードには、自宅と本院とを置いていますが、べつに、二マイル離れたローワー・ブリクストン・ロードにも、分院と調剤所があります。このバーニコット博士なる御仁《ごじん》、じつは熱烈なナポレオン信者でしてね、その家ときたら、かの初代フランス皇帝にまつわる書物や、絵画、記念品の類《るい》であふれかえっています。この先生がしばらく前にモース・ハドスンの店から購入したのが、フランスの彫刻家ドヴィーヌの手になる有名なナポレオンの胸像の、その石膏製の複製ふたつ。ひとつを先生はケニントン・ロードの自宅のホールに置き、残るひとつは、ローワー・ブリクストンの分院のマントルピースに飾っていた。で、なにがあったかというと、けさ先生がホールへ降りてきたところ、驚いたことに、夜中に押し入られた形跡があり、しかも、盗まれたものは問題の石膏の胸像以外になにもない。その像は外へ持ちだされたあげく、庭の塀に思いきりたたきつけられ、木《こ》っ端《ぱ》微塵《みじん》になった残骸だけが塀の根もとに散らばっていました」

ホームズはご満悦のていで手をこすりあわせた。

「うーむ、たしかにすこぶる珍奇な犯罪だね」

「気に入っていただけると思ってましたよ。ですが、話はこれで終わりじゃないんです。バーニコット博士は、毎日正午に分院のほうへまわることになってるんですが、行ってみると、そこの窓が夜のうちに破られ、そのうえ、ふたつめの胸像の残骸が診察室じゅうに散乱してたというんですから、先生の驚きようはたいがい想像がつくでしょう。それまで飾ってあった、そのままの場所で、粉々になるまでたたきこわされたようです。いずれの現場でも、それをやってのけた犯人だか狂信者だかについて、身元確認につながりそうな痕跡はいっさい残されていません。という次第ですよ、ホームズさん、これで事実はすっかりお伝えしました」

「奇っ怪とは言わないまでも、きわめて特異であることは確かだな」と、ホームズ。「念のために訊くが、バーニコット博士のところでこわされた胸像ふたつは、いずれも、モース・ハドスンの店でやられたのと、そっくりおなじ複製なんだね？」

「同一の型からとられた複製です」

「となると、それらを破壊した男が、ナポレオンにたいする漠然とした憎しみにかられて犯行に及んだ、とする説とは矛盾するようだな。考えてもみたまえ——このロンドンに、かの偉大なる皇帝の像がいったいどれだけ存在するか。その多数のなかのたった三つに、たまたま無計画な偶像破壊者が遭遇したとなると、これはとても偶然とは言えないじゃないか」

「そうです、それはわたしも考えていました」レストレードが応じる。「ですがその反面、こういう見かたもできるわけです——モース・ハドスンは、ロンドンのあの地域では、その種の彫像を一手に扱っている業者でして、しかも、ここ数年間、おなじ型の像は彼の店にも問題の三個しかなかった。したがって、おっしゃるように、ロンドン全体にたとえ何百とナポレオンの像があるにしても、あの地域には、破壊された三個以外におなじものは存在せず、それゆえ地元の狂信者は、手はじめにその三つからとりかかった、と。どうです、ワトスン先生、この考えは？」

「偏執狂がなにをしでかすかなんて、常人にははかりしれないところがあるからね」私は答えた。「たとえばの話、近代フランスの心理学者たちが言うところの〝固着観念《イデー・フィクス》〟——これなんか、ひとの性格のなかでは、ごく小さな部分を占めるにすぎないし、ほかの点ではすべて、完全に正気な人間と変わらない行動がとれるんだ。ところがあいにくナポレオンに傾倒して、彼に関する書物を耽読《たんどく》したとか、あるいは、ナポレオン戦争で受けた痛手が、なんらかの遺伝的な傷となって家系に伝わったとか、そういった場合に、それが〝固着観念〟にまで発達して、その影響下でなにか狂信的な暴力行動に走る、というようなことは考えられないでもない」

「いやいや、ワトスン、その説はだめだよ」と、ホームズが首を横にふりながら言った。「きみの言う興味ぶかい偏執狂氏が、たとえどれだけ大きな〝固着観念〟を持ってたにしろ、その力で問題の胸像がどことどこにあるか、そんなことをつきとめられるわけはないんだから」

「まあね。だったらきみはそれをどう説明するというんだ」

「説明しようとは思わないさ。ぼくとしてはただ、その紳士の奇矯な行動には、ある一定の方式があるってことに注目するだけだ。たとえば、バーニコット博士の自宅では、物音が家人に聞かれるおそれがあるから、胸像はわざわざ戸外へ持ちだしたうえで破壊されているが、いっぽう、騒がれるおそれのない分院では、飾ってあったその場ですぐにたたきこわされてる。このこと自体は、ばかばかしいほど些細なことにしか見えないかもしれないが、ぼくは、何事も些細なこととしてかたづけてしまうのは気が進まない——これまでにぼくの扱った古典的な事件のいくつかが、発端はいたってつまらないものだったという事実を思うとね。きみも覚えてるだろうが、ワトスン——例のアバーネッティ一家で起きた身の毛もよだつ事件、あれにぼくが最初に着目したのは、暑い日にパセリがバターのなかに沈んだ、その深さからだったんだから。[1] というわけで、レストレード、きみの持ちこんできた、この三つの破壊された胸像の事件、とても些細なこととして一笑に付すわけにはいかないし、今後もこの一連の特異な事件に新たな進展があるようなら、そのつど教えてもらえると非常にありがたいという気がするんだ」

私の友人のもとめていたその新たな発展とは、思いのほか早く、しかも、予想していたよりもはるかに悲劇的なかたちでやってきた。あくる朝、私がまだ寝室で身じまいにかかっているさいちゅうに、ドアをたたく音がして、ホームズが電報を手にしてはいってき、それを読み聞かせてくれた――

イマスグオイデ請ウ。けにんとん、ぴっと街一三一番地――れすとれーど。

「今度はいったいなんだろう」私は言った。

「わかるもんか――なんとでも考えられる。ただしぼくは、例の彫像事件のつづきじゃないかとは思うけどね。そうだとすれば、われらが友人たる偶像破壊者氏が、ロンドン市内のまたべつの地区で、新たな活動を始めたというところだろう。テーブルにコーヒーの用意ができてるよ、ワトスン。辻馬車も門口に待たせてある」

三十分後には、馬車はピット街に着いていた。ロンドン一せわしない繁華街という急流のすぐ裏で、ひっそりと流れる小さな川の淀みのような街だ。一三一番地というのは、なかでもひときわ地味で平べったい造りの、品こそよいが、ぱっとしない建物だった。馬車が近づいてゆくにしたがい、見えてきたのは、家の前の歩道ぎわの手すりに、一群の物見高い群衆が人垣をつくっていることだった。ホームズが低く口笛を鳴らした。

「驚いたな！　このようすだと、すくなくとも殺人未遂というところらしい。そうでなくてどうして忙しいロンドンのメッセンジャーボーイが、わざわざ足を止めて見物してたりするものか。見たまえ、あの男が肩を丸めて、首だけは思いきりのばしてるようすを――どう見たって暴力沙汰があったとしか思えないよ。おいワトスン、これをどう思う？　この上がり口の石段、ほかは乾いてるのに、最上段だけは水で洗い流されてる。まあ足跡はけっこう残ってるけどね、いちおうは！　おや、あれはレストレードだ、正面の部屋の窓ぎわにいる。となれば、じきにわれわれにも事の仔細は知らせてもらえるだろう」

警部はばかにものものしい顔つきで私たちを迎えると、居間へ案内した。そこでは、ひどく興奮して、取り乱したようすの年配の男が、フランネルの部屋着姿でそのへんを行ったりきたりしていた。紹介されたその男がこの家のあるじで、名はホレス・ハーカー、セントラル・プレス通信社の記者だという。

「また例のナポレオン像ですよ」と、レストレードが言った。「ゆうべ、だいぶ関心をお持ちのようでしたので、お呼びしたら、喜んでいただけるんじゃないかと思いましてね――なにぶん、事件がきわめて深刻な展開を見せておりますので」

「深刻というと、どのような？」

「殺人です。ハーカーさん、あなたからこちらのおふたりに事の次第を聞かせてあげていただけますか？」

部屋着姿の男は、これ以上はないという憂鬱そうな顔つきで、こちらに向きなおった。

「じつにけしからん事件ですよ」と言う。「ぼくはこれまでずっと他人の事件を記事にして暮らしてきた。それがいま、こうして自分の身に本物の大ニュースが出来《しゅったい》したというのに、すっかり混乱して、あたふたして、まともなことひとつ言えないときてる。ジャーナリストとしてこの場に駆けつけたんだったら、さっさと自分で自分をインタビューして、全夕刊紙に二段抜きで記事をぶっぱなすところなのに。ところがこのていたらくで、とっかえひっかえやってくる連中に、片っ端から体験談を語って聞かせて、貴重なニュース種《だね》をくれてやる、しかも自分では、これっぽっちもそれを利用することができずにいる、という始末。しかしまあ、それはそれとして、シャーロック・ホームズさん、ご高名はかねがねうけたまわっていますから、ぜひともあなたのお力で、この奇妙な事件の謎を解いてやってください。そうすればこのぼくとしても、これをお聞かせする甲斐があるというものです」

ホームズは腰をおろして、傾聴する姿勢をとった。

「どうやら、事の起こりは、ぼくが四カ月前にこの部屋に置くために買った、ナポレオンの胸像にあるらしい。あれは、ハイ・ストリート駅から二軒ほど先の、ハーディング・ブラザーズ商会という店で、ずいぶん安く手に入れました。ところでぼく、記事を書くのはたいがい夜で、それが明けがたまで及ぶこともちょくちょくある。けさもそうでした。二階の奥まったところにある書斎にこもって、ずっと仕事をしてたんですが、夜中の三時ごろ、階下のどこかで物音がしたように思った。しばらく耳をすましてたんですが、それきり二度と聞こえないので、てっきり家の外からの音だったんだろうと考えた。ところが、そう見きわめをつけかけたおりもおり、時間にして五分ぐらいあとだったと思いますが、とつぜん、ものすごい叫び声が聞こえたんです――いやあホームズさん、じつにすさまじい、身の毛もよだつような声でね――生まれてはじめて聞きましたよ、あんな声は。おそらく生きてるかぎりは耳について離れんでしょう。それから一、二分、恐怖に金縛りになってすわりこんでたんですが、ようやく勇を鼓して火かき棒をつかむと、階下へ降りていったわけです。この部屋にはいってみたとたんに、窓が大きくあけっぱなしになっていて、マントルピースから胸像が消えているのがわかった。いったいどこのどいつがわざわざあんなものを盗んでいかなきゃならんのか、およそ想像を絶してますよ――なんせあれはただの石膏製で、美術品としての価値なんか、これっぽっちもありゃしないんですから。

ごらんになればわかりますが、そのあけっぱなしの窓から外へ出るには、大きく足をのばしてひとまたぎすれば、正面の上がり口の石段に足が届きます。泥棒もそうしたのはまちがいありませんから、こっちも玄関へまわって、ドアをあけたんですが、一歩外の暗がりへ足を踏みだしたとたんに、そこにころがってた死人につまずいて、つんのめりそうになった。あわてて明かりをとってきて、照らしてみると、気の毒に、男が血の海のなかに倒れていて、喉にはざっくりえぐられた傷。仰向けに倒れて、膝を折り曲げ、あんぐりあけた口は無残にひんまがって――いやもう、あの顔は死ぬまで夢に見そうですよ。なんとか呼ぶ子の笛を吹くだけのことはできたんですが、そのあとどうやら気を失ってしまったらしい。気がついてみると、玄関ホールに寝かされてて、上から警官がのぞきこんでいましたから」

「わかりました。で、殺された男は、いったい何者だったんです?」ホームズがたずねた。

「それがまるきりわからんのです――身元を示すものがなにひとつなくて」と、レストレードが返事をひきとった。「死体保管所へ行けば、ごらんになれますが、いまのところはまだなにも判明しておりません。背が高く、日焼けして、いかにも力のありそうな体つき、年はまだ三十を出てはいないでしょう。身なりは貧相なんですが、さりとて、肉体労働者にも見えない。角製の柄《え》のついた折り畳みナイフが一梃、そばの血の海のなかにころがってましたが、これが凶行に用いられたものなのか、それとも被害者の持ち物なのか、そのへんはまだ特定できずにいます。着衣にも名前はいっさいなく、ポケットにあったのも、林檎が一個と、紐少々、廉価版のロンドン地図、それに写真が一枚。これです」

明らかに小型のカメラで撮られたものらしいスナップ写真だった。写っているのは、油断のなさそうなけわしい顔だちをした男、どこか類人猿めいて見えるのは、太いもじゃもじゃの眉や、顔の下半分が狒々《ひひ》よろしく異様に前へつきでているせいだろう。

しばしじっくりとその写真をながめたあと、ホームズが切りだした。「それで、胸像はいったいどうなったのかな?」

「いましがた、お見えになる直前に知らせがあったところなんです。なんとキャムデン・ハウス・ロードの、とある空き家の前庭で見つかったそうで、やはり粉々に砕かれていました。これから調べにゆくつもりなんですが、いっしょにこられますか?」

「もちろんお供するよ。ただしその前に、ここもひととおり見ておきたい」ホームズは部屋の絨毯や窓の造りを点検した。「押し入った男は、とびきり脚が長いか、でなきゃ、とびきり身軽なやつらしい」と言う。「だってほら、すぐ下に半地下のドライエリアがあるだろう。あの向こうから窓框《まどがまち》まで手をのばして、窓をあけるってのは、ちょっとした離れ業の域を超えてるよ。逆に、出ていくのはわりあい簡単なんだが。ハーカーさん、あなたもご自分の胸像の成れの果てを見にこられますか？」

腐りきっているジャーナリストは、それでもひとまずデスクの前に陣どっていた。

「いや、なんとかこのネタをものにしないとね」と言う。「といっても、諸紙の夕刊第一版では、とうにこの事件の詳報がたっぷり流されてるだろうけど。まったく、どこまで運が悪いんだか！　ねえ、覚えてますか、いつぞやドンカスターの競馬場で、スタンドが落ちるという事件があったのを？　ぼくはそのときスタンドにいあわせた、ただひとりのジャーナリストだったんです。なのに、よりにもよってうちの社だけが、事件のことを扱わなかった。突然のことに動転して、なにも書けなかったこのぼくの責任ですよ。そして今度はまた、わが家の玄関先で起きた殺人事件の報道に、あわや後れをとりそうになってるという始末です」

私たちが部屋を出るとき、聞こえていたのは、ハーカー氏のペンがきいきいとけたたましくフールスキャップの用紙の上を走る音だった。

胸像の残骸が発見された地点というのは、その家からものの二、三百ヤードと行かないところだった。ここではじめて私たちは、かの偉大なる皇帝の像――だれかは知らず、何者かの胸中にかくも狂熱的、破壊的な憎悪をかきたてているらしい彫像――それをまのあたりにしたのだ。像は粉々になって草地に散らばっていた。ホームズはその破片のいくつかを拾いあげると、仔細に点検した。その真剣な表情と、期するところありげな態度とから、ようやく彼がこれぞという手がかりをつかんだことを私は確信した。

「どうです?」レストレードがたずねた。

ホームズは肩をすくめた。

「まだまだ前途遼遠だね」と言う。「だがそれでも――それにもかかわらず――これからの行動の基盤となる、示唆に富んだ事実がいくつか見つかったことは確かだ。さして価値があるとも思えない彫像だが、この奇怪な犯罪者の目には、ひとりの人間の命よりも、これを所有することのほうが、よほど大事だったという事実。これがポイントのひとつ。つぎに、犯人がこれをハーカー氏の家のなかでも、また、家のすぐ外でもこわさなかったという奇妙な事実――これもまた、彼の目的がもっぱらそれをこわすことにあったとするなら、見のがせないポイントとなるね」

「殺されたあのもうひとりの男、あの男に出くわして、狼狽《ろうばい》したとか、あたふたしたってことはありませんか。とっさのことで、無我夢中だった、と」

「まあそれもひとつの考えかたではあるね。しかしだ、ぼくがとくにきみの注意を喚起したいのは、庭先で胸像がこわされた、この家の位置のことだよ」

レストレードは周囲を見まわした。

「この家は空き家です。ここの庭なら、邪魔がはいることはあるまいと見なした、とか」

「いかにも。しかし、空き家ならばここまでくる途中にも一軒あった。犯人も当然その前を通ってきたはずなんだ。だったらなぜ、そこでこわしてしまわなかったのか――彫像をかかえて歩く距離が長くなればなるほど、だれかに出くわす危険は増すばかりなんだからね」

「となると、お手あげですな、わたしには」

ホームズは、私たちのすぐ頭の上にある街灯をゆびさしてみせた。

「ここでなら、手もとがよく見えるが、途中の空き家では、よく見えない。だからだよ」

「なるほど！　たしかにそのとおりだ」警部は言った。「そう言われれば、ドクター・バーニコットの自宅のやつも、こわされたのは、医者の看板の赤灯からそう遠くない位置でだった。さて、そうなると、ホームズさん、その事実を今後われわれはどう扱うべきでしょうかね？」

「記憶することさ――要旨をメモしておく。そうすれば、そのうちこれに関連のあるなにかに出くわすかもしれない。ところでレストレード、きみはこれからどういう方針で行く？」

「わたしとしては、まずもってもっとも実際的な方針、死者の身元をつきとめることから始めますよ。そんなにむずかしいことじゃないでしょう。身元が判明し、ついでにどんな連中とつきあいがあったかがわかれば、ゆうべ彼がピット街あたりにいったいなんの用があったのか、何者がホレス・ハーカー氏の玄関先で彼と出あい、殺害する結果になったのか、それを知るうえで、絶好の出発点になってくれるはずです。そうは思われませんか？」

「たしかにそうだろう。しかしだ、それでもやはりぼくの取り組みとはぜんぜんべつの行きかただってことになるだろうね」

「だったらあなたはどうなさるおつもりなんです」

「いや、きみはどんな点でもぼくに影響されることがあってはならない。きみはきみの道を行き、ぼくはぼくの道を行く。あとで結果をつきあわせれば、双方がたがいに補完しあうというわけだ」

「結構です」と、レストレード。

「ピット街へひきかえすんだったら、ホレス・ハーカー氏にも会うだろう。ぼくから、と言って、彼に伝えてくれないか。ぼくの観点からは、もういちおうの結論は出ている――ナポレオン幻想にとりつかれた危険きわまりない殺人狂が、ゆうべお宅に侵入したのは確かだ、って。記事のネタとしては、けっこう使えるはずだ」

レストレードは目をみはった。

「まさか、そんなことを本気で信じておられるんじゃないでしょうな？」

　ホームズはにんまりした。

「そうかな？　いやまあ、本気ではないかもしれない。とはいえ、ホレス・ハーカー氏が興味を持つことは確実だし、セントラル・プレス通信社の加盟社もまたおなじだ。さてワトスン、これからの半日、とびきり長くて、込み入った様相を呈してくるはずだぞ。すまないがレストレード、今夜六時にベイカー街でわれわれと落ちあうよう、都合をつけてもらえるとありがたい。そのときまで、死んだ男のポケットにあったというこの写真、これは借りておくよ。ことによると今夜、ぼくがいま温めている推理の筋道が正しければ、ちょっとした冒険に乗りださ

ざるを得なくなるかもしれない。できればそのとき、きみの同行と協力とをお願いしたいんだ。それまでは、ひとまずお別れとしよう。幸運を祈るよ」

シャーロック・ホームズと私は肩を並べて、ハイ・ストリートへと歩きだした。めざすはその通りにあるハーディング・ブラザーズ商会、ハーカー氏が問題の胸像を購入した店だ。若い店員がひとりいたが、ハーディング氏は午後にならないと店に出てこないし、自分は新米でなにもわからない、との返事。ホームズの顔には、ありありと落胆と苛立《いらだ》ちの色がひろがった。あげくに、やっと言った。「やれやれ、世のなか何事も手前の思うとおりには運ばない、ってことらしいよ、ワトスン。ハーディング氏が午後まで出てこないとなると、こっちもそのころ出なおしてこなきゃなるまい。むろんきみもとうに察しはついてるだろうが、いまぼくがやろうとしてるのは、あれらの胸像の出所をつきとめることなんだ。もとまでたどってゆけば、破壊されたナポレオン像のそれぞれに、ああいう驚くべき運命に出あうような、なんらかの特異点があるのかどうかがはっきりするだろうからね。まあいまはとりあえず、ケニントン・ロードのモース・ハドスンの店へ行ってみようか——そこでこの問題について、多少のことはわかるかもしれない」

馬車に揺られて一時間、ようやくその画商の店に着いた。店主は短軀《たんく》で、肉づきがよく、赤ら顔、態度物腰はいかにも気みじかそうだ。

「ええ、そうですよ。まさにここ、このカウンターの上でやられたんです。通りがかりのならずものが、ぷいととびこんできて、ひとさまの持ち物をこわすとなると、こりゃいったいなんのために地方税を払ってるんだってことにもなりまさあ。ええ、ええ、そうです、あたしがドクター・バーニコットにあのふたつの彫像を売りました。まったくけしからん話ですよ！虚無主義者《ニヒリスト》のしわざに決まってまさあ。見さかいなく胸像をこわしてまわるなんざ、無政府主義者《アナーキスト》でもなきゃ、やるもんですか。アカの共和主義者、あたしならそう言いますね。どこからあの彫像を仕入れたかって？ それが事件になんの関係があるんだか。しかしまあ、どうしても知りたいとおっしゃるのなら、ええ、ステップニーのチャーチ街、ゲルダー商会から仕入れました。業界では名の通った店で、もう二十年もあそこで店を張ってます。いくつ仕入れたかとおっしゃる？ 三個です——二個と一個で計三個——ふたつはドクター・バーニコットのところで、残るひとつは真っ昼間、あたしのこのカウンターでやられました。この写真に心あたりがあるかって？ いや、ありませんね。あ、ちょっと待った、ありますね、見覚えなら。なんだこいつ、ベッポじゃないか！ イタリア人で、一種の請け負い仕事をやってまして、この店では重宝な存在でしたよ。彫刻もいくらかやれるし、額縁を金色に塗ったりもする、まあそういった半端仕事です。つい先週、うちの店を辞めて、それきりとんと音沙汰なし。いや、どこからきたかとか、どこへ行ったかとか、そういったことはまるきり存じません。うちにいたあいだは、べつに問題もありませんでしたがね。辞めたのは二日前です——胸像がこわされた、その二日前」

「あのモース・ハドスンから訊きだせるとしたら、まああれが妥当なところだろうな」そうホームズが言ったのは、話を終えて店を出ながらだった。「しかしこれで、ケニントンとケンジントンと、両方に共通の因子、ベッポなる因子が出てきたわけだ。十マイルも馬車をとばしてきた甲斐があったというものだよ。というところで、ワトスン、つぎはいよいよ問題の胸像の製造元、ステップニーのゲルダー商会とやらへまわってみようか。そこでなんらかの確実な手がかりが得られなければ、かえって不思議なくらいだよ」

私たちは、さまざまな顔を持つロンドンの各地区のはずれを、つぎつぎにかすめるように通り過ぎていった——流行のロンドン、有名ホテルのロンドン、演劇のロンドン、文学のロンドン、商業のロンドン、そして最後に、海運のロンドン。こうしてやがてやってきたのが、河べりにひろがる人口十万人の街、ヨーロッパのありとあらゆるはみだしものたちが蝟集《いしゅう》する、じめついた空気と悪臭とに支配された安アパート街だ。ここの、かつては富裕な商人たちの住まいが建ち並んでいた広い大通りに面して、めざす彫刻工房はあった。屋外の、かなりの面積のある中庭には、ひとつひとつが記念碑的な作品とも思える堂々たる石造りの品がぎっしり置かれている。内部は、ひとつの大きな部屋になっていて、五十人余りの石工たちが思いおもいに石を彫ったり、型をとったりしている。支配人というのは、大柄な金髪のドイツ人で、丁重にわれわれを迎え、ホームズのどんな質問にも明快に答えた。帳簿によると、ドヴィーヌのナポレオン像の大理石による複製をもとに、何百個もの石膏像が造られているが、しかし、一年ばかり前にモース・ハドスンの店に卸された三個は、六個組として同時に製造されたうちの半分であり、残りの三個は、ケンジントンのハーディング・ブラザーズ商会に卸されたという。これらの六個に、それ以外の石膏製複製と、とりたてて異なる点があったと見なすいわれはない。

何者にまれ、どんな理由があってこれらの彫像をこわしたがるのか、自分にはとうてい想像もつかない——事実、支配人はそういう考えを一笑に付した。卸し値は一個につき六シリングだが、小売り商は十二シリングかそれ以上の値をつけるだろう。この種の像は、顔を左右に分けたふたつの型に、それぞれ焼き石膏を流しこんで造られる。そのうえで、左右の横顔の像を合体させて、ひとつの像に仕上げるのだ。この作業は、通常、イタリア人の職人によって、いま私たちのいるこの部屋で行なわれる。彫像が仕上がると、それを廊下にある台の上に並べ、乾燥させる。支配人が答えてくれたのは、ここまでだった。

ところが、持参した写真を見せたとたん、支配人の態度に驚くべき変化があらわれた。顔面が怒りに紅潮し、チュートン人らしい青い目の上で、眉根が苦々しげにひそめられた。

「ああ、この悪党が！」と、大声をあげる。「ええ、ええ、知っていますよ、よく知っています。うちはいままでずっとまっとうな工房で通ってきたのに、この男、まさにこいつのおかげで、一度だけ警察に踏みこまれるはめになったんです。一年か、もっと前でしたか。こいつが路上でべつのイタリア人にナイフで傷を負わせ、警察に追われてこの工房へ逃げこんできたあげく、ここで御用になった。名はベッポ——姓はなんというのか、わたしはいまもって存じません。実際、こんな顔をした男を雇った、わたしの不徳のいたすところです。ただし、職人としての腕は確かでした——いちばん腕のよかったうちのひとりです」

「どのくらいの刑を受けたんですか？」

「刺された男は命が助かりましたので、ベッポの刑も一年だけですみました。いまはもう出所しているはずです。といっても、ここへは顔を出しませんが。従兄弟《いとこ》のひとりがやはりこの工房におりますので、その男なら、きっと居場所を知っていると存じます」

「いや、いや」ホームズがあわててさえぎった。「その従兄弟とやらには、なにも言わずにおいてください――お願いします。事は非常に重大なものでして、しかも、調査を進めれば進めるほど、ますます重大な点が見えてくる。先ほど帳簿を見ながら像を卸した先について話してくださったとき、去年の六月三日という日付けが目にとまりましたが、ベッポが警察につかまったのがいつのことだったか、ひょっとしておわかりにならないでしょうか」

「賃金の支払い台帳を見れば、おおよそのところはわかるでしょう」支配人は答えた。それから、二、三ページ帳簿をめくってみたうえで、つづけた――「ああ、そうです。最後に給料を支払ったのが、五月二十日になっていますね」

「どうもお手数をおかけしました」ホームズは言った。「これ以上お邪魔して、お時間をとらせる気はありません」ここへわれわれが調べにきたことは、どうかくれぐれも口外しないようにと念を押したうえで、私たちふたりはあらためて西へと足を向けたのだった。

ようやくわずかな暇を見つけて、とあるレストランでそそくさと昼食をかきこむころには、すでに午後も遅くなっていた。店先に出ている新聞スタンドに、〈ケンジントンの惨劇。殺人犯は狂人〉と大書したビラがさがっていて、買いもとめた夕刊の内容から察するに、結局のところホレス・ハーカー氏は、どうにか締め切りまでに自筆の記事を紙面につっこむことができたようだとわかった。二段抜きのその記事は、事件の全容をどこまでもセンセーショナルに、仰々しい美文調で書きたてたものだった。ホームズは薬味入れの台に新聞を立てかけ、食べながら読んでいたが、途中で一度か二度、くっくと喉を鳴らして笑った。

「いやあ、こりゃ傑作だよ、ワトスン」と言う。「まあ聞きたまえ――〝この件に関して、関係者のあいだに見解の齟齬《そご》が見られぬというのは、欣快《きんかい》のいたりである。というのも、かたや警察当局きっての経験豊かな実力者であるレストレード警部、かたや著名な探偵コンサルタントたるシャーロック・ホームズ氏、この両者がともに、近ごろ続発している一連の奇々怪々な犯行――最終的にはかかる悲劇的な様相をもって幕をとじたこの連続犯罪――これらはすべて計画的な犯罪にあらずして、心神喪失の結果としてひきおこされたもの、との結論に達しているからである。実際、精神異常による犯罪と見る以外に、関連する事実のすべてにあてはまる説明はありえないのである〟。どうだい、ワトスン、こっちが使いかたを心得てるかぎり、新聞が役に立ってくれること、かくのごとしさ。というところで、さあ、ひととおり食べおえたら、ケンジントンへとってかえすとしようか。ハーディング・ブラザーズ商会の店主がこの件についてなんと言うか、ぜひ聞いてみたいところだよ」

この大店《おおだな》の創業者というのは、小柄だが見るからにきびきびして、俊敏そうな人物だとわかった――身なりもとびきりぱりっとしているし、目端も利けば、頭も切れる、おまけに弁も立つといった、まあ〝遣り手〟の一語が服を着て歩いているような男だ。

「はあ、そのことならすでに夕刊で読んでいます。ホレス・ハーカー様がうちのお得意様だというのも事実です。数ヵ月前に、あの彫像をお買いあげいただきました。ステップニーのゲルダー商会から、あのての胸像を三体、注文して取り寄せました。三体とももう売れてしまいましたが。どなたにお売りしたかとおっしゃる？　はあ、それでしたら売り上げ台帳を見れば、簡単にわかるかと存じます。ああ、このとおり、ここに記載してあります。一体はご存じのとおりハーカー様に、もう一体は、チジックのラバーナム・ヴェール、〈ラバーナム・ロッジ〉のジョサイア・ブラウン様に、残るひとつは、レディングのローワー・グローヴ・ロードのサンドフォード様に。いえ、その写真に写っている顔ですか、そういう顔は見たことがありません。一度見れば、忘れられない顔じゃないですか――そうでしょう？――それ以上に醜悪な顔となると、めったにお目にかかることなどないですから。うちの従業員のなかにイタリア人はいるかというおたずねですか？　はあ、おります――職人や、清掃係などが何人か。そうですねえ、彼らがその気になれば、売り上げ台帳をのぞくことぐらいはできるかもしれませんが。とくにこの台帳を見張っている理由もありませんし。はい、はい、たしかにすこぶる奇妙な事件ではありますな。お調べの結果、なにかこれという事実でも出てくるようでしたら、当方にもお知らせいただけるとさいわいに存じます」

ハーディング氏が話しているあいだ、ホームズは何度かメモをとっていたが、ここまでの調査の進展に、少なからず満足しているらしいのは私にも見てとれた。もっとも本人は、すこし急がないとレストレードとの約束に遅れてしまう、そう言っただけで、ほかのことはいっさい口に出さなかったが。ともあれベイカー街に帰り着いてみると、はたせるかな、レストレードはすでにきていて、なにやらじれったげに室内を行ったりきたりしていた。ことさらもったいぶった顔つきをしているところを見ると、向こうも半日を無為に過ごしてきたのではないらしい。

「どうでしたか、そちらは？」のっけからそう訊いてきた。「うまくいきましたか、ホームズさん？」

「たいそう忙しい一日だったし、まんざら無駄でもなかったというところかな」私の友人が答える。「小売り商にはふたりとも会ってきたし、ついでに製造元兼卸売り商にも会ってきた。いまなら胸像ひとつひとつがたどった径路を逆にたどって、出発点までたどりつくことも可能だ」

「胸像ですって？」レストレードが叫んだ。「なるほど、なるほど、あなたにはあなたなりのやりかたがあるってことですか、シャーロック・ホームズさん。それはそれで、わたしがけちをつけるようなことじゃないですが、しかしね、はばかりながら言わせてもらえば、きょうばかりはわたしのほうが、あなたよりはいくぶん先を行っているようですよ。なんと、死者の身元をつきとめたんですから」

「まさか！」

「さらに、犯罪の動機も明らかにしました」

「そりゃすごい！」

「サフロン・ヒルやイタリア人街を得意分野にしている警部がいるんです。ところであの被害者ですが、首からカトリック教徒のしるしをさげていました。それと、日焼けした肌の色、このふたつを考えあわせて、南欧の生まれと見当をつけたわけです。ヒル警部は一目で思いだしてくれましたよ。名前はピエトロ・ヴェヌッチ、ナポリの生まれで、ロンドンきっての殺し屋のひとりです。〈マフィア〉とつながりがあるとのことですが、これはあなたもご存じでしょう、指令とあらば殺人をも辞さないという秘密政治結社です。ここまでわかれば、事件の筋道も見えてきたようなものですよ。もうひとりもたぶんイタリア人で、〈マフィア〉の構成員でしょう。組織の掟を破るかどうかして、ピエトロが始末を命じられた、と。ポケットにあった写真の主《ぬし》は、逃げているその当人で、ピエトロはまちがって別人を手にかけたりするへまをやらないよう、写真を持ち歩いていた。彼は執拗にその男のあとをつける。男がある家にはいるのを見つけ、外で出てくるのを待つ。そしてもみあいになり、誤って自分が刺されてしまう、と。どうです、シャーロック・ホームズさん、この読みは？」

ホームズはおだてるように盛大に拍手した。

「たいしたものだ、レストレード、じつにすばらしい！」と、はやしたてる。「しかしね、それだけじゃ胸像がなぜこわされたのか、そのへんがいまひとつ解明できていないが」

「また胸像ですか！　それが頭にこびりついて離れんのですな。要するに、どうってことはないんです、あれは。けちな窃盗罪で、食らいこんでもたかだか六カ月。われわれが本気で捜査ちゅうなのは、殺人事件のほうでして、いまわたしはその解決につながる糸筋を、ぜんぶ手もとにたぐり寄せようとしてるところなんです」

「なるほど。で、つぎの段どりはどうなる？」

「いたって簡単です。これからヒルといっしょにイタリア人居住区へ行って、手もとのあの写真の主を探しだし、殺人罪で逮捕する。どうします、あなたも同行されますか?」

「いや、やめておこう。もっと簡単なやりかたで、目的を達することができると思うから。あいにく、まだはっきりしたことは言えない。というのも、すべてはあるひとつの要因にかかっているんでね――そう、われわれの力ではどうにもならないある事情、それがすべてを左右するんだ。とはいえ、大きな期待をかけてはいる――実際、ほとんどまちがいないというところかな――そんなわけで、もしも今夜、きみがわれわれといっしょにきてくれるなら、ぼくもきみが問題の男をつかまえられるよう、手助けをしてさしあげられるはずなんだがね」

「イタリア人居住区で、ですか?」

「いや、チジックのさる場所だ。そこのほうが、その男を発見できる可能性が強い。だからレストレード、今夜きみがチジックまできてくれるなら、あすはぼくがイタリア人居住区までお供すると約束してもいい。そっちは一日くらい遅れても、たいした実害はないだろう。というところで、われわれ三人、ここでしばらく睡眠をとっておいたほうがいい――出かけるのは十一時過ぎになるはずだし、帰りは朝になるだろうからね。レストレード、きみも夕食をお相伴《しょうばん》したまえ。食後は出発の時間がくるまで、そこのソファを自由に使ってくれていい。ところでワトスン、お手数だが、速達便のメッセンジャーボーイを呼ぶように手配してくれないか。出したい手紙があるんだが、非常に重要な用件なので、いますぐ届けさせる必要があるんだ」

　そのあとホームズはずっと物置部屋のひとつにこもり、ぎっしり詰まった古い日刊紙の山をかきまわしていた。ようやく降りてきたときには、意気揚々と目を輝かせていたが、それでも、なにを調べていたのかも、またその成果についても、私たちふたりのどちらにも明かそうとはしなかった。私自身について言えば、この入り組んだ事件のさまざまにからみあった分かれ道を、ここまでホームズがひとつひとつ追ってきたその過程をかたわらで見ていたのだから、この結果がどこへたどりつくか、まだそのゴールまでは見えていなかったにしろ、いまこの奇っ怪な犯罪者が残るふたつの胸像を狙うだろうとホームズが予測していること、それぐらいははっきり読みとれた。そして残るふたつのうちのひとつは、チジックにあるのだ。となれば、明らかにわれわれの遠征の目的は、その犯人を現行犯で捕らえることにある。ここで生きてくるのが、犯人にいままでどおりなんの支障もなく犯行を続行できると思いこませるよう、夕刊に見当ちがいな臆測をでかでかと書きたてさせたホームズの深謀遠慮だ。これには私もいまさらながら感嘆するしかなかったし、出かけるにあたって、ホームズからリボルバーを持ってゆくようにと言われても、べつだん驚きもしなかった。彼自身は愛用の武器である、鉛を流しこんだ狩猟用の鞭を手にしていた。

十一時に、四輪辻馬車《フォーホイーラー》が門口に横づけになり、私たち三人は勇躍それに乗りこんで、ハマースミス・ブリッジの対岸の、さる地点へと向かった。到着すると、このままここで待っているようにと御者《ぎょしゃ》に指示し、そこからわずかな距離を歩いただけで、とある閑静な、人目につかぬ通りへきた。通りの左右には、それぞれ周囲に庭をめぐらした、住み心地のよさそうな一戸建ての住宅が建ち並んでいる。そのうちの一軒の門柱に、〈ラバーナム・ロッジ〉とあるのが、街灯の明かりで読みとれた。家人はもう寝についたのだろう、家は真っ暗で、ただ玄関ドアの上の明かりとり窓から、一条の光線が庭先の小道にぼやけた光の輪を投げかけているだけだ。家の敷地と道路とをへだてる板塀が、ひときわ濃く黒い影を庭側に落としているので、それをさいわいに、私たちはそこに身をひそめた。

「だいぶ長く待たされるかもしれないよ」と、ホームズがささやいた。「雨が降っていないのだけはさいわいと言うべきだが、さりとて、時間つぶしに一服というわけにはいかない。ただし、前にも言ったように、この見込みはまず百パーセントはずれることはなさそうだし、それでこうしたいっさいの苦労も報われるはずなんだ」

だがさいわいにして、われわれの寝ずの番はホームズの危惧したほど長くはならず、ひどく唐突に、しかも驚くべきかたちで終止符が打たれた。その男のやってくる気配など、私たちにはまるきり耳にはいらず、はっと気づいたときには、門扉がひらいて、小さな、猿《ましら》のごとくすばしこい人影が、庭先の小道を突っ走っていた。玄関ドアの上から落ちる光の輪を、その影が敏捷《びんしょう》にかすめて、ふたたび建物の黒い影のなかに消えるのを私たちは目にした。そのあと長い間があり、そのかんこちらは息を殺して待ち受けたが、やがて聞こえてきたのは、ごくごくかすかな、きしるような音だった。窓があけられているのだ。音がやみ、再度の長い静寂。曲者《くせもの》が窓から侵入するところらしい。と、とつぜん、室内にさっと閃光が走った――遮光板をつけた角灯の光か。だがめあてのものは、明らかにその部屋にはなかったようだ。というのも、そこでまたべつの部屋の鎧戸ごしに光がちらつき、さらにまたべつの箇所にその光が移動したからだ。

「あのひらいた窓のそばまで行きましょう。出てくるところをとりおさえるんです」と、レストレードが声を殺して言った。

けれども、私たちが動きだすより早く、曲者は屋外に出てきていた。明かりとり窓のかすかな光にその姿が浮かびあがったとき、見てとれたのは、彼が脇の下になにか白いものをかかえていることだった。そっと周囲を見まわし、あたりのようすを確かめる。人気《ひとけ》のない通りは、どこまでも静かだ。それで安心したのか、男はこちらに背を向け、かかえていたものをおろした。と、見るや、いきなりがんと鋭い音、つづいてなにかが、がしゃがしゃと砕け散る音が響いた。そのころには、私たちは芝生を横切って男に忍び寄っていたが、向こうは手もとの作業に熱中するあまり、私たちの気配にはまるきり気づいていないようだ。猛虎の勢いで、ホームズがその背にとびかかる。ほとんど同時に、レストレードと私とが左右の手首をつかむ。間髪をいれず、手錠がかけられる。仰向けにころがしたところで、男の醜悪な土気色《つちけいろ》の顔が私の目にとびこんできたが、ぎろりと私たちを見あげてくるその憤怒《ふんぬ》にゆがんだ凶悪な顔こそは、先に手に入れた写真の主のそれにほかならないとわかった。

だというのに、ホームズの関心は、とりおさえたその男にはなかった。上がり口の石段にしゃがみこみ、男が家から持ちだしてきたものを検《あらた》めることに熱中している。それはまさしく、その朝にも見た像と同形のナポレオンの胸像で、しかもおなじように粉微塵になっていた。ホームズは、そのかけらのひとつひとつを光にかざして調べているが、どう見てもそれらが他のどのような石膏のかけらともちがっている、とは思えない。ホームズがようやく破片のすべてを検めおわったころになって、玄関ホールに明かりが煌々《こうこう》とともり、ドアがひらいて、家のあるじが姿を見せた。陽気そうな丸顔の男で、シャツとズボンという昼間の服装のままだ。

「ジョサイア・ブラウンさんですね？」ホームズが声をかけた。

「そうです。そしてあなたは、まぎれもないシャーロック・ホームズさん。メッセンジャーに託された速達のお手紙を受け取りましたので、すべてご指定のとおりにしておきました。ぜんぶの出入り口に内側から錠をおろし、なにが起きるか待ち受けていたわけです。おかげさまで悪者がつかまったようで、なによりでした。ちょっとした茶菓など用意してありますので、みなさんどうかおはいりになって、召しあがっていってください」

だがあいにくレストレードは、一刻も早く捕らえた男を安全な場所へ送りこみたがっていたので、ほんの数分後には、待たせておいた馬車を呼び寄せ、一行四人、打ちそろってロンドンへの帰路についていた。つかまった男は、道中、一言も口をきこうとせず、もつれた髪の下から、ぎらつく目で私たちを睨みつけているだけだったし、一度、私の手がなにかのはずみに間近へ行ったときなど、飢えた狼よろしく、その手に嚙《か》みつこうとしさえした。警察に到着後、私たちはしばらく待って、男の衣服その他を調べた結果を聞かせてもらったが、それによると、所持品は二、三シリングの現金と、長い鞘《さや》つきのナイフが一本だけ、だがナイフの柄には、最近のものと思われるおびただしい血痕が付着していたという。

別れぎわに、レストレードが言った。「あとはまかせてください。ヒルはああいう連中をよく知ってますから、あいつの悪名もきっと聞かせてくれるでしょう。調べれば、わたしの〈マフィア〉説が的中していたこともわかるはずですよ。ですがホームズさん、それはそれとして、あいつをつかまえられたみごとなお手ぎわ、ほとほと感じ入りました。幾重にもお礼を申します。もっともわたしとしては、事件の枠組みがいまひとつのみこめずにいるんですが」
「それを説明してあげたいのはやまやまだが、今夜はもう遅いし、そのひまがない」ホームズは言った。「のみならず、ほかにもまだ一、二の細かい点で、傍証をかためておかなきゃならない部分が残ってるし、これはそうやって最後まで手を抜かずに、とことん究明する甲斐のある事件なんだ。なんならあすの夜六時に、もう一度ぼくのところへきてくれれば、きみにもまだその全体像が読めていないだろうこの事件の真相、それを教えてあげられると思う――なにしろこの事件、犯罪史上でも他に例を見ない特徴をいくつか持ってるし、それらがこれを、唯一無二の独創性をそなえた犯罪に仕立ててるんだ。だからねワトスン、いつかきみの書くものに、ぼくの扱ったささやかな事件の記録をもうすこし多く加えてもよいという日がきたら、そのときにはこの、ナポレオンの胸像事件というすこぶる特異な事件、これがきみのページをにぎわせてくれることは請け合いだよ」

　翌日の晩にふたたび顔を合わせたとき、レストレードはわれわれの捕らえた男について、しこたま情報を仕入れてきていた。名前はベッポというらしいが、姓のほうは不明。イタリア人社会では、名うてのはぐれものだとか。かつては腕のいい彫刻職人として、まともに暮らしをたてていたのだが、いつしかぐれだして、悪の道に迷いこみ、これまでに二度も刑務所暮らしを経験している――一度はけちな窃盗罪で、二度めは前にも聞いたように、同国人を刺したかどで。英語はいたって流暢《りゅうちょう》に話す。胸像をこわした理由はまだわかっていないが、それは本人がその話題には頑として口をつぐんでいるからだ。もっとも警察ではこれまでの調べで、こわされた胸像はどれもベッポ本人の手で制作された可能性が高いことをつきとめている――本人はかつてゲルダー商会に雇われて、工房でその種の仕事をしていたのだから。とまあこういった情報――その大半は私たちもすでに承知のものだった――それらにホームズはいたって丁重に耳を傾けていたが、彼という人間をよく知っている私の目から見れば、肝心の心がどこかよそにあることは明らかだったし、いつもの仮面のような表情の下に、ある種の落ち着かなさと期待とのまじった感情がうずいている、このことも感じとれた。そうこうするうち、ついに彼が椅子に預けていた体をぴくりと起こし、両眼を輝かせた。階下でベルの音がする。一分後には、階段をあがってくる足音がして、案内されてきたのは、半白の頬髯《ほおひげ》を生やした赤ら顔の、年配の男だった。男は右手に古風な絨毯地の鞄《カーペットバッグ》をさげていて、それをテーブルに置いた。

「シャーロック・ホームズさんはおいでですかな?」

私の友人が軽く頭をさげ、にっこりしてみせた。「レディングのサンドフォードさん、ですね?」

「さようです。すこし遅れたようだが、どうも汽車の連絡がスムーズにいかなくて。わたしの持っておる胸像のことで、お手紙をくださったのはあなたですな?」

「たしかにさしあげました」

「ここにそのお手紙を持ってきとります。〝ドヴィーヌ作ナポレオンの胸像の複製を入手いたしたく、お手持ちの品をお譲りくださるなら、十ポンド呈上する用意があります〟と。この内容にまちがいはありませんな？」

「ありません」

「このお手紙には、たいそうびっくりしました。どうしてわたしがそういうものを持っているとご存じなのか、そのへんの事情がさっぱりのみこめませんので」

「そうでしょう、驚かれるのも当然ですが、その経緯なら、いたって簡単に説明できます。ハーディング・ブラザーズ商会のハーディング氏が、あなたにその最後のひとつをお売りした、そう言って、ご住所を教えてくれたのです」

「ああなるほど、そうでしたか、そうでしたか。で、わたしがそれをいくらで購入したか、そのこともお聞きになりましたかな？」

「いいえ、ハーディング氏もそれは言いませんでした」

「なるほど。ところでわたし、たいして金持ちでもないが、正直者のつもりではおります。あの胸像には、十五シリングしか出しとりません。あなたから十ポンドいただく前に、ぜひそのことをご承知おきいただきたいと思いましてな」

「そうですか、それはまことに見あげたお心がけです、サンドフォードさん。しかし、こちらもいったん言いだしたことですから、あくまでもその値段でお願いしたいと存じます」

「それはそれは、あなたこそりっぱなお心がけですよ、ホームズさん。ご所望のとおり、胸像はここに持参しました。これです、ごらんください！」

彼は鞄をあけた。こうしてついに私たちは、これまで一度ならず粉々になったのを見せられてきた胸像の、その完全無欠な姿とわが家のテーブル上で対面することになったのだった。

ホームズはポケットから一枚の紙をとりだすと、それに十ポンド紙幣を重ねてテーブルに置いた。

「お手数ですが、サンドフォードさん、このふたりの証人の前で、この書面にご署名をお願いします。あなたがこの胸像にたいして持っておられるいっさいの権利、それをこのぼくにお譲りくださるというだけの、ごく簡単な内容です。ぼくはこれでもきちょうめんな人間ですし、こういうことでは、あとでなにが起こるかわかりませんからね。ありがとうございました、サンドフォードさん。どうかこの十ポンドをお納めください。では、ご機嫌よろしゅう」

客が去ったあとのシャーロック・ホームズの行動、それには私たちふたりとも目が釘づけになった。まず引き出しから一枚のきれいな白布をとりだすと、それをテーブルにひろげる。つぎに、いま手に入れたばかりの胸像を、その白布のまんなかに据える。最後に、やおら愛用の狩猟用の鞭をふりあげるなり、それをはっしとばかりにナポレオンの頭のてっぺんに打ちおろす。胸像はもろくも砕け散り、すぐさまホームズはばらばらになったその破片の上に近々とかがみこむ。と思うまもなく、一声大きく勝利の雄叫び、そして彼はその手に高々とかけらの一片をかざしてみせた。かけらには、なにやら黒く丸いものが一粒、プディングのなかのプラムさながらに埋まっているのが見えた。

「諸君」と、彼は言った。「ご紹介しよう――これぞ名高き〈ボルジア家の黒真珠〉だ！」

ちょっとのあいだ、レストレードも私もあっけにとられて口もきけずにいたが、やがて、ふたり申しあわせたように、熱っぽく拍手を送りはじめた。ちょうど、よくできた芝居のクライマックスで、自然に拍手が湧き起こるようなものだ。ホームズの青白い頬に赤みがさし、彼は観衆の喝采にこたえる大劇作家よろしく、私たちの拍手に会釈をもってこたえた。たとえほんの一瞬でも、彼が推理機械であることをやめ、他人からの賞賛や喝采をうれしく思うという人間らしい一面をあらわにするのは、こういうときしかない。俗世間から褒めそやされ、持ちあげられることにたいしては、ふんと軽蔑顔でそっぽを向く、そのおなじ人一倍誇り高い、しかも内気な人間が、友人のうちから期せずして発する賞賛や感嘆の叫びには、心の底から深く感動しうるのである。

「そうなのだ、諸君」と、彼はつづけた。「これこそは現在この世に存在するもっとも著名な真珠、そしてぼくは幸運にも一連の帰納的推理により、これがデーカー・ホテルのコロンナ大公の寝室から消えたそのときから、ついにはこの六つのナポレオン像の――ステップニーはゲルダー商会において制作された、これらのナポレオン像の――その最後のひとつの内部におさまるまで、その過程を再現することができた。この世界にふたつとない貴重な真珠が紛失したときの騒ぎ、これはきみも覚えているだろうね、レストレード。そして、これをとりもどそうと、ロンドンの警察力を総結集しての必死の捜索がくりひろげられながら、結局はすべてが徒労に終わったことも。じつはぼく自身もそのときに相談を受けたんだが、残念ながら、事件になんの光明をもたらすこともできなかった。疑いは大公妃のメイドにかかった。メイドはイタリア人で、ロンドンに兄がいることも判明したが、その兄と妹とのあいだに連絡があったかどうか、その点は最後までつきとめられなかった。メイドの名はルクレティア・ヴェヌッチ。いまとなってみると、二晩前に殺されたピエトロこそがその兄だったこと、これはぼくとしては疑う余地がない。古い新聞の綴じ込みで調べてたのは、事件関係の日付けなんだが、それによると、真珠が紛失したのは、ベッポが傷害罪でつかまった、まさにその二日前のことだ――そして彼がつかまったのは、ゲルダー商会の工房内でのことで、しかもそれは、問題の胸像が制作されていた、ちょうどその時期にもあたる。ここまでくれば、一連の出来事のつながりがきみたちにもはっきり見えてくるだろう――ただし、言うまでもなくきみたちが見ている事件のつながりは、ぼくが見ているのとは逆の順序でつながっているんだけどね。連鎖のまず最初にくるのは、ベッポが問題の真珠を持っていたということ。それはピエトロから盗んだものかもしれないし、あるいは彼自身がピエトロの共犯者だったのかもしれない。ピエトロと妹との連絡役を務めていたのかもしれない。まあそのうちのどれが正解だったとしても、われわれにとっては、その点はたいして重要ではない。

重要なのは、ベッポがたしかに真珠を持っていたこと、しかもそれをげんに所持しているそのときに、同時に警察に追われる身にもなったということだ。彼は自分の働いている工房へ逃げこんだが、この途方もなく値打ちのある宝物を隠すのに、ほんの数分の余裕しかないこともわかっていた。身につけていては、いずれ身体検査をされたとき、たちまち見つかってしまうのは知れてる。たまたま六個のナポレオンの石膏像が、乾燥させるために廊下に並べてあった。なかのひとつは、まだやわらかい。腕利きの職人であるベッポは、とっさにその生乾きの石膏像に小さな孔《あな》をうがち、そこへ真珠を押しこんだあと、二、三度ちょいちょいと表面をならして、孔をふさいだ。まさに願ってもない隠し場所だ。だれが見ても、見つかりっこない。ところがベッポはあいにく一年の禁錮刑を食らい、服役ちゅうに六個の胸像はロンドンじゅうに散逸してしまった。そのどれに宝物がはいっているか、彼自身にもわからない。ふってみても、無駄だ――石膏は生乾きだったから、真珠が内部のどこかにへばりついていることはじゅうぶん考えられるし、事実、そのとおりだった。それでもベッポはあきらめなかった。彼なりになかなかの才覚を働かせて、辛抱づよく捜索を進める。やはりゲルダーで働いていた従兄弟を介して、胸像を仕入れた小売り商を探しだす。そのひとつのモース・ハドスンのところで仕事の口を見つけ、そこでの立場を利用して、胸像三個の行方をつきとめる。あいにく真珠はそれらのなかにはない。そこで、つぎにどうしたか――だれかイタリア人の従業員の助けを借りて、残る三個の行方もまんまと見つけだす。ひとつめはハーカー氏の家だ。ところがそこにあらわれたのが、かつての共犯者――真珠がどこかへ消えてしまったことで、その共犯者はベッポを憎んでいる。諍《いさか》いが起き、もみあいのすえに、ベッポは相手を刺し殺す」

「共犯者だったのなら、どうしてわざわざベッポの写真なんか持ち歩いていたんだ？」私は疑義を呈した。

「それも追跡の手段のひとつなのさ——だれか第三者に彼のことを訊きたいとき、その相手に見せるためだよ。これほどはっきりした理由はないだろう。まあそれはそれとして、殺人をやらかしてしまったあと、ベッポはほとぼりが冷めるまで鳴りをひそめるどころか、逆に動きを速めるだろうとぼくは想定した。警察に真珠の秘密がばれるのを見越して、先手を打たれないうちに、やれるだけのことをやってしまおうとする、とね。もちろん、ハーカー家の像から彼が真珠を発見しなかったとは言いきれない。それどころか、彼が探しているのが問題の真珠だったということすら、まだ断定できる段階にはいたっていなかったんだ。とはいえ、彼がなにかを探しているということ、これだけはぼくの目には明らかだった。なぜかといえば、胸像をかかえたままで何軒もの家の前を通り過ぎ、わざわざ街灯の光に照らされた庭を見つけて、そこでこわしているからだ。ハーカーの胸像は三個のうちのひとつだから、残るは二個——なかに真珠が隠されている見込みは、前にも言ったように、まず百パーセント。ふたつ残った像のうち、彼がまず狙うのは、だれが考えたってロンドン市内にあるほうのやつだろう。そこで、第二の悲劇を避けるため、その家の住人にまず警告を送っておき、そのうえできみたちと三人して出かけていって、まずはめでたい結果を得たというわけだ。もちろんそのときには、もとめるものが〈ボルジア家の黒真珠〉だということもはっきりわかっていた。殺された男の名が、ひとつの出来事をほかのと結びつけてくれたってわけさ。というところで、残った胸像はたったひとつ——レディングにあるものだけだ——真珠は当然そのなかにある。それで、きみたちの面前でそれを持ち主から買いとり——そしてかくかくしかじかと相成った次第だよ」

ちょっとのあいだ、私たちは黙したままでいた。

やがて、レストレードが口を切った。「なるほど。それにしてもホームズさん、これまでにもあなたのお手並みはずいぶん拝見してきましたが、これほど鮮やかなのは、はじめてお目にかかりましたよ。実際、われわれ警視庁の人間は、あなたをやっかんでなどおりません。やっかむどころか、自分のことのように誇りにしていますよ。あしたにでもあなたが本庁に顔を出されれば、上は最古参の警部から、下は若手巡査のぺいぺいにいたるまで、あなたと握手したがらない人間はひとりもいないでしょう」

「ありがとう！　いや、ありがとう！」ホームズは言った。そしてすぐに顔をそむけたが、そのとき私の目に映っていたのは、この私にしてもはじめて目にする珍しい彼のたたずまいだった――内なるやさしい人間性に動かされ、あやうく負けそうになっている姿だ。とはいえそれもいっときのこと、たちまちいつもの冷静かつ実際的な思索家の顔がもどってきて、彼は言った。「ワトスン、すまないがその真珠を金庫にしまってくれたまえ。そしてついでに例の〈コンク＝シングルトン偽造事件〉の書類を出してくれないか。では失礼するよ、レストレード。もしまたなにか面倒な事件をかかえることでもあったら、ぼくにできることなら、喜んで解決のヒントのひとつやふたつはさしあげることにしよう」

（1）〝暑い日に〟以下はよく知られた「ホームズ語録」のひとつ。

三人の学生

九五年という年には、さまざまな問題が重なって——それぞれの問題の詳細については、ここで立ち入るには及ばないと思うが——そのためシャーロック・ホームズ氏と私とは、数週間をわが国の名だたる大学町のひとつで過ごすことになった。これから語ろうとするささやかだが教訓的な出来事が持ちあがったのは、この時期のことだったが、いまここでその細部について、それが起きた学寮《コレッジ》や事件の犯人が読者にもはっきり特定できるようなかたちで詳述するというのは、明らかに思慮を欠いた、感心せぬ行為であろう。この種の心痛むスキャンダルというのは、なるべくそっと消え去るにまかせるのがよいのだ。とはいうものの、叙述に然《しか》るべき手心を加えさえすれば、その出来事それ自体を紹介するのは許されるのではないかと思う。なぜならそれを語ることで、私の友人を世にたぐいなき人物にしている稟質《ひんしつ》、そのいくつかを如実に描きだすことができるからなのだ。という次第で、話を進めるにあたっては、事件を特定の場所に限定できたり、関係者の身元が推測できたりする、そういう手がかりになりそうな叙述は、努めて避けるつもりでいる。

当時、私たちが滞在していたのは、図書館に程近い家具つきの下宿で、そこを借りたのは、シャーロック・ホームズが初期イングランドの勅許状に関して、なにやら面倒な研究――それ自体、いつか私の書く物語の一主題ともなろうかという、めざましい成果につながった研究なのだが――に打ちこんでいたからだった。さて、この下宿に、ある夕べ、ひとりの旧知の人物の訪れがあった。セント・ルークス・コレッジで講師兼個人指導教官を務めるヒルトン・ソウムズ氏。背が高く、痩せ形、もともと神経質な、興奮しやすい気質で、態度物腰にも落ち着きのない人物と私などは見ていたが、この日はとくに動揺ぶりがはなはだしく、自制心もほとんど利かぬらしいようすから見て、なにかただならぬ出来事が出来《しゅったい》したことは明らかだった。

「ホームズさん、お願いします――貴重なお時間をほんの二、三時間、ぼくのために割いていただけないでしょうか。わがセント・ルークスで、非常に頭の痛い問題が発生しまして、たまたまホームズさんがこの町に滞在しておいでだという僥倖《ぎょうこう》がなければ、いまごろはぼく、途方に暮れて立ちすくんでいたところですよ」

「あいにくいまはすこぶる多忙でね、よけいなことに煩《わずら》わされたくないんです」私の友人は答えた。「警察に頼むことをおすすめしますよ」

「いえ、いえ、それじゃだめなんです。警察に頼むなんて、もってのほか。いったん警察が乗りだしてきたら、もはや問題は内輪だけにはとどまらない。そしてこれは、コレッジの信用にかけても、スキャンダルを防ぐことこそがなにより肝要という、そういう事件なんです。あなたは持ち前のすぐれた能力のみならず、思慮ぶかさの点でも知られたかただ。ぼくを救うことができるのは、この世界にあなたを措《お》いてほかにはないんです。どうかお願いです、ホームズさん、力を貸していただけませんか」

ベイカー街という快適な環境を離れてからというもの、私の友人はずっと機嫌がよくなかった。愛用のスクラップブックや、化学実験の道具ばかりでなく、身の回りに心安らぐ乱雑さが欠けていると、どうにも落ち着けない性分なのだ。だからいまもそっけなく肩をすくめて、いたって無愛想に相手の頼みを承諾したが、相手はその応諾を待つまももどかしげに、興奮しきった身ぶり手ぶりをまじえて、堰《せき》を切ったように自分の問題というのを話しはじめた。

「ホームズさん、まず説明しておかなくちゃならないのは、あすが〈フォーテスキュー奨学生選抜試験〉の第一日にあたるということです。ぼくも試験委員のひとりで、担当科目はギリシア語ですが、問題の第一問は、かなり長いギリシア文の英訳で、むろん受験生には初見の文章ですから、もしも印刷されたその問題用紙に前もって目を通すことができれば、その受験生には断然、有利になるわけです。したがって、印刷された用紙の管理には、万全の注意が払われています。

きょうの午後三時ごろ、その問題用紙の校正刷りが印刷屋から届きました。課題文はトゥキジデスの一章のほぼ半分から成っていますが、万が一にも課題文に誤りがあってはなりませんから、校正には細心の注意で臨む必要があります。四時半になっても、まだ作業は終わりませんでしたが、あいにく、友人の部屋でお茶をいっしょにする約束がしてあったので、校正刷りをテーブルに残し、部屋を出ました。留守にしていたのは、一時間と少々です。ご存じでもありましょうが、ホームズさん、わがコレッジでは各室が二重ドアになっていまして、内側のには緑色のベーズ織りの布が貼られ、外側のはどっしりしたオーク材です。その外側のドアに近づいていったとき、鍵穴にキーがさしこんだままになっているのを見て、仰天しました。とっさに自分がキーを抜き忘れたのかと思いましたが、ポケットをさぐってみると、自分のキーはちゃんとあります。合い鍵はぼくの知るかぎりでは一個しかなく、それは下僕のバニスターが持っているはず。もう十年来、ぼくの部屋の掃除その他、身辺の世話をしてくれている男で、正直一途《いちず》の、疑惑などとはおよそ無縁の人物です。たずねてみると、キーはやはりバニスターのもので、ぼくにお茶がほしいかどうかを訊きにきて、部屋を出るときにうっかりキーを抜き忘れたとのこと。彼が部屋にきたのは、ぼくが出たほんの数分後のことらしく、普段ならば、たとえキーを忘れるという失態を犯したとしても、たいした問題にはならなかったのでしょうが、あいにくきょうばかりは、まことに憂うべき結果を招いたというわけです。

部屋にはいって、テーブルの上を見たとたんに、何者かが問題用紙に手を触れたとわかりました。校正刷りは、長い紙三枚にわたっていて、それを三枚ひとまとめにして置いておいたのですが、いま見ると、その一枚は床に落ちている、もう一枚は窓ぎわのサイドテーブルにのっている、そして三枚めだけが、もとどおりの場所に残っているという状況なのです」

ここではじめて、ホームズが身じろぎした。

「一ページめが床に落ちていて、二ページめが窓ぎわにあり、三ページめだけがきみの置いた場所にあったと、そういうことですね？」

「おっしゃるとおりですよ、ホームズさん。驚きましたね。どうしてそんなことまでわかるんですか？」

「とにかくつづけてください――すこぶる興味ぶかい話です」

「はじめはてっきりバニスターの仕業《しわざ》だと思いました――彼が勝手にぼくの書類をいじるという不埒《ふらち》なふるまいに及んだのだ、と。ところが彼、躍起になってそれを否定する――そしてぼくもそのようすを見て、嘘は言っていないと信じたわけです。となると、残るはひとつの可能性しかない――たまたま通りかかった何者かが、鍵穴にさしこんだままのキーから、ぼくが在室していないのを知り、はいりこんで、問題を盗み見た、と。この奨学金は非常に価値の高いもので、試験の結果には多額の金銭もからんできます。だれか不心得な人物が、競争仲間より優位に立とうとして、あえて危険を冒したとしても不思議じゃありません。

バニスターは事の経緯《いきさつ》を知って、ひどく動転しました。問題用紙にだれかが手を出したことはまちがいないとわかると、あやうく卒倒しかけたほどです。ぼくは気付けにブランデーを飲ませてやり、椅子に倒れこんだ彼をそのままにして、室内を徹底的に調べてみました。すぐにわかったのは、散乱した問題用紙のほかにも、侵入者が侵入の痕跡を残しているということです。窓ぎわのテーブルに、鉛筆の削りかすが少々あり、折れた芯の先もころがっていました。明らかにその不心得者は、大急ぎで問題を写しとろうとして、鉛筆の芯を折ってしまい、削りなおさなくてはならなかったのです」

「おみごと！　どうやら幸運がきみに味方したようだ」ホームズが言った。話を聞くうちに、事件への興味が深まり、それとともに、不機嫌も解消しはじめたらしい。

「じつはそれだけじゃないんです。ぼくは最近ライティングデスクを新調したばかりで、それは表面がきれいな赤い革張りになっています。誓って言いますが――そしてこの点ではバニスターもおなじでしょうが――これまでこの革はすべすべで、しみひとつありませんでした。ところがいま見ると、そこに長さ三インチもの切り傷がついている――たんなるかすり傷ではなく、その長さだけ、革がざっくり切れているんです。そればかりじゃありません――おなじテーブルに、小さなやわらかいかたまりが落ちているのも見つけました。黒い泥か粘土の粒、そして粒のなかには、おがくず状の物質が点々とまじっている、そんなのがひとつころがっているのです。これらが問題用紙に手を触れた人物の残した跡であることは確かですが、それ以外に、足跡とか、その人物を特定できるような痕跡はなにも残っていません。思案に暮れているとき、ふいに思いだしたのが、あなたがちょうど町に滞在しておいでだといううまたとない僥倖――それで、この件はなにがなんでもあなたにおまかせするにかぎると、こうしてとるものもとりあえずとんできた次第です。どうかホームズさん、ぼくを助けてください。ぼくの苦しい立場はおわかりでしょう。いますぐ犯人を見つけだすか、でなければ試験を延期して、新たな問題を用意するか。ですがこれはできない相談です――なぜならそうするにはそれなりの説明が必要ですし、それは必然的におそろしいスキャンダルを招くもとにもなり、わがコレッジのみならず、大学そのものまでが、汚名をこうむることになりかねない。ですからぼくはなににもまして、事を内々に、また穏便に処理したい、そう望んでいるのです」

「なるほど。きみのこの事件、喜んで調査にあたるとしましょう。できれば二、三の助言もし

「てあげますよ」そう言ってホームズは立ちあがると、外套に手を通しながらつづけた。「じつはぼくとしても、きみの話にはまんざら関心がないこともないんです。ところで、校正刷りが届いたそのあとに、だれかきみの部屋を訪ねてきたものはありますか？」

「あります。ダウラート・ラースという青年です。おなじ寮に住んでいるインド人の学生で、試験に関していくつか細かい点をたずねにきたんです」

「その学生も今回の試験を受けることになってるんですか？」

「ええ」

「で、問題用紙はきみのテーブルの上にあった、と？」

「あるにはありましたが、巻いて置いてあったと記憶しています」

「それでも、それが問題の校正刷りだとわかった可能性はある？」

「それは否定できません」

「ほかに部屋にはいったものはいないんですね？」

「おりません」

「校正刷りがきみの部屋にあること、それを知っていたものはほかにいますか？」

「おりません。知っていたのは印刷屋だけです」

「そのバニスターという男は知っていましたか？」

「いえ、知るはずがありません。だれもそれは知りませんでした」

「いまバニスターはどこにいますか？」

「かわいそうに、半病人ですよ！　椅子に倒れこんだきり動かないので、そのままにしてきました。こっちはこっちで、一刻も早くここへきたいと焦っていましたから」

「ドアもあけっぱなしで出てきたと？」

「問題用紙だけは真っ先にしまって、鍵もかけてきましたが」

「では、つまるところ、こういうことになりますね、ソウムズさん。そのインド人の学生が、巻いてあった紙を課題文の校正刷りだと感づいたのでないかぎり、それを盗み見した男は、それがそこにあるとは知らぬままに、偶然、きみの部屋へやってきただけだ、と」

「そういうことになるでしょうね」

　ホームズは謎めいた笑みをもらした。

「なるほど。とにかく出かけましょう。ワトスン、これはきみの分野じゃないよ――心理的なもので、身体上の問題じゃないから。よしわかった、きたければくるがいい。さてと、ソウムズさん――どこへなりとお供しますよ！」

　依頼人の居室というのは、セント・ルークスという古いコレッジの、一面に苔色に染まった古趣豊かな内庭に面していて、その庭側に、長く、低い、格子造りの窓があった。建物入り口はゴシックふうのアーチ形、それをくぐると、すりへった石段がつづき、その先の一階に、わが個人指導教官氏の居室がある。階上には、一フロアにひとりずつ、三人の学生が起居している。私たちが事件の現場に到着したときには、すでに黄昏《たそがれ》の気配が色濃くただよっていたが、そんななかでホームズはふと足を止めると、庭に面した窓をしげしげとながめた。それから、まっすぐ窓に歩み寄るなり、爪先立ちになって、首をのばし、室内をのぞいた。

「犯人はドアからはいったはずですよ。その窓はガラス一枚分しかひらきませんから」と、われらが学識ある案内人氏がそれとなく言った。

「ほう、なるほどね！」ホームズは言うと、なにやら妙な笑みを浮かべて、ちらりと私たちの連れを見た。「まあとにかく、これ以上ここで見るべきものがないのであれば、さっそくにもなかへ案内してもらったほうがよさそうです」

講師は自室の外側のドアの鍵をあけ、私たちをなかへ案内した。ホームズが室内のカーペットを点検しおえるまで、ほかのふたりは戸口で待たされた。

「あいにくなんの痕跡も残っていないようだ」と、彼は言った。「きょうのように乾燥した日だと、もともと見つかる見込みはほとんどないんだが。ところできみの下僕ですが、すっかり回復したようですね。椅子にへたりこんでるのをそのままにしてきたと言ってましたが、それはどの椅子です？」

「あの窓ぎわのやつです」

「ははあ。この小さなテーブルのそばですか。さあ、もうはいってきていいですよ。カーペットは調べおえましたから。まずはこの小テーブルから始めるとしますか。むろん、なにがあったかは考えるまでもない。その男ははいってきて、中央のテーブルから問題用紙をとりあげ、一枚ずつ窓ぎわのテーブルへ持っていった。なぜなら、そこからなら中庭を横切ってもどってくるのが見えるから、したがって自分も逃げることが可能になる、といったところでしょう」

「実際には、それは無理でしたよ」と、ソウムズ。「なぜって、ぼくは横手の入り口からはいってきたんですから」

「ああ、それはよかった！　しかしまあ、犯人としては、それを頭に置いていた、と。ではいよいよ問題の三枚の紙を見せてもらいましょうか。指の跡はついていないな——まあしかたがない！　さて、犯人はまず一枚めを窓ぎわへ持ってゆき、そこで写しをとる。できるだけ省略形を用いたとして、一枚写すのにどれくらいかかったろう。十五分か、それ以下ってことはなさそうだな。写しおわると、その一枚を床にほうりだして、つぎの一枚をとりあげる。ところが、この二枚めを写しているさいちゅうに、きみがもどってくる気配を耳にして、急いで撤退するはめになる——それはもう大あわてでね。なぜって、見れば侵入者があったことが一目でばれるのに、その証拠となる紙を、もとの位置にもどす手間さえ省いているんだから。きみ、外のドアからはいってくるとき、急いで階段を駆けあがる足音かなにか、耳にした覚えはないですか？」

「いや、なにも聞かなかったと思います」

「そうですか——なにしろ、書くのを急ぐあまり、鉛筆を折ってしまい、このとおり削りなおさなきゃならなかったほどですからね。ねえワトスン、こいつはおもしろいよ。この鉛筆、ありふれた品じゃない。太さはほぼ普通、芯はやわらかく、塗りは濃紺で、そこにメーカーの名

が銀文字で刻印してある。残りの長さは約一インチ半。なんならこういう鉛筆を探してみることですね、ソウムズさん。そうすれば犯人は見つかる。ついでに、その男、大型の、ひどく切れ味の悪いナイフも持ってるはずだ、そうつけくわえれば、なおのこと、犯人確認に役だつことでしょう」

つぎからつぎへといろいろな情報を聞かされて、ソウムズ氏はいくらか圧倒されているようすだった。「ほかの点はいちおうわかりますが」と言う。「しかし正直なところ、長さがどうのと言われても――」

ホームズがつまみあげてみせたのは、小さな削りかすの一片だった。ｎｎという文字が刻印され、文字から先は、削られた木の地がむきだしになっている。

「ね、わかるでしょう?」

「はあ、そう言われても、いまだにぼくにはさっぱり――」

「おやおや、ワトスン、いままできみにはすまないことをしてきたよ。こんなこともわからないのかと、さんざ笑いものにしてきたが、ここにもきみのお仲間がいたようだ。このｎｎはなにを意味するか。単語の末尾としか考えられない。〈ヨーハン・ファーバー〉が鉛筆のメーカーとしてもっともよく知られていること、これはきみも知ってるでしょう。だとすれば、この鉛筆には、普通Ｊｏｈａｎｎ《ヨーハン》のあとにつづくはずの文字、その文字の長さの分しか残っていない、このことははっきりしてるじゃないですか」ホームズはそう言いながら小テーブルを傾けて、斜めに電灯の光があたるようにした。「ひょっとしてその男の用いた紙が薄いものだったら、この磨きあげた表面に文字の跡が残ってるんじゃないか、そう期待してたんだが、あいにくなにも見あたらない。となると、ここではこれ以上得るところはなさそうだから、つぎはいよいよこっちの中央のテーブルに移りましょう。ははあ、この小さな粒、これがきみの言っていた黒い粘土様のかたまりですね。おおざっぱなピラミッド形で、内部はどうやらうろになっているらしく、その内側に、これもきみの言うとおり、おがくず状の物質が付着している。いやはや、これはじつに興味ぶかい。それに、この表面の傷——たしかに、ざっくり切れていますね。はじめは細い引っ掻き傷だったのが、最後はぎざぎざの裂け目になっている。いやあソウムズさん、きみにはあらためてお礼を言わなくては——この事件にぼくの注意を向けてくれたことにたいしてです。ところで、このドアはどこへ通じていますか？」

「ぼくの寝室へ、ですが」

「事件が起きてから、この部屋にはいりましたか？」

「いや。なにしろあわててあなたのところへ駆けつけたものですから」

「それでもひととおり見せてもらいたいですね。おお、なんと古風な、風情《ふぜい》に富んだ造りだろう！　床を調べおわるまで、ほんのしばらくそこで待っていてもらえますか？　そう、あいにくここにもなにもない。このカーテンはどうだろう。なるほど、この後ろに衣類をつるしておく、と。かりにだれかがこの部屋のなかで身を隠さねばならなくなったら、きっとここに隠れますね——ベッドは低すぎるし、衣裳簞笥《だんす》は奥行きがなさすぎる。まさかだれもいないとは思うが……」

そう言いながらカーテンをひきあけるホームズを見まもって、私は気づいた——表情がわずかにこわばり、態度にも油断のなさがうかがわれるところからして、じつは彼が万一の事態にそなえているということに。だが実際には、幸か不幸かカーテンのかげからはだれもあらわれず、ただずらりと並んだ掛け釘に、三、四着の衣類がぶらさがっているきりだ。ホームズはそちらに背を向けて向きなおったが、そこで急に身をかがめると、床に手をのばした。

「おっと！　なんだ、これは？」

拾いあげたのは、ピラミッド形をした黒いパテ状の物質、書斎のテーブルにあったのと、そっくりおなじ粒だった。ホームズはそれを手のひらにのせ、電灯の明かりに照らしてみた。

「きみの客は、どうやらきみの居間だけでなく、寝室にも足跡《そくせき》を残しているようですね、ソウムズさん」

「寝室にいったいなんの用があったんでしょう！」

「わかりきってると思いますがね。きみが思いがけない方角からもどってきたので、その男はきみがすぐ近くにくるまで気づかずにいた。さて、どうしたらいいだろう。とっさに証拠になりそうなものだけをかきあつめて、この寝室へ逃げこみ、身を隠すしかなかった、と」

「こりゃ驚いた。するとホームズさん、ぼくがこっちの部屋でバニスターと話をしているあいだ、ずっとその男はここにいたし、ぼくらがそれを知っていたら、つかまえることさえできたとおっしゃるんですか？」

「まさにそのとおり」

「しかしホームズさん、べつの考えかたもできるのではありませんか？　はたしてあなたが寝室の窓をごらんになったかどうかはわかりませんが」

「格子窓で、窓枠は鉛、全体が三つに分かれていて、そのうちひとつだけが蝶番《ちょうつがい》で押しあけることができ、人間ひとりがもぐりこむこともできる、と」

「おっしゃるとおりです。さらに、向きが中庭にたいして斜めになっているので、一部は外から見えないという事実もある。その男はまさしくそれを利用して、侵入することに成功したのかもしれない。そして寝室を通り抜けるさいに痕跡を残し、最後はドアがひらいているのを発見して、そっちから逃げた」

　ホームズはじれったげにかぶりをふってみせた。

「もうちょっと実際的に話を進めましょう。たしか、学生は三人いて、日常的にこの階段を使用し、きみの部屋の前を通って出入りする習慣だと、そう言ってました[1]ね？」

「ええ、そのとおりです」

「で、その三人が三人とも、今回の試験を受けることになっている？」

「ええ」

「そのうちのだれかが、ほかのふたりよりも疑わしいと思われるふし、ありますかね？」

　ソウムズはためらった。

「それは非常に微妙な問題でして」と言う。「証拠もないのに疑いがかかるのは好ましくありませんし」

「とにかく、疑わしいと思われる点だけを話してください。証拠はこっちで探しますから」

「ならば、ここで暮らす三人の学生の人柄についてだけ、簡単に話すとしますか。いちばん下の二階にいるのは、ギルクリストといって、学業優秀、スポーツも万能という学生です。ラグビーとクリケットでわがコレッジの代表チームに所属し、陸上競技では、ハードルと走り幅跳びで大学対抗戦の代表選手に選ばれています。男らしく、申し分のない青年です。ただ、父親がかの悪名高いサー・ジェイベズ・ギルクリスト、競馬で身上《しんしょう》をつぶしたという人物で、そのため息子もたいそう貧しい境遇にいるわけですが、なに、本人はこつこつとまじめに努力する勉強家ですから、いずれきっと大成するでしょう。

　その上の階にいるのが、インド人のダウラート・ラースです。物静かで、謎めいたところがありますが、これはたいがいのインド人がそうでしょう。成績は優秀ですが、ギリシア語だけは少々苦手のようです。これも堅実で、きちょうめんに勉強するタイプです。

　最上階の部屋は、マイルズ・マクラーレンが使用しています。頭はいいので、その気になりさえすれば、優等生にもなれるはずなのですが――頭脳明晰という点では、大学全体でもピカ一でしょう。ところがなにせ、気まぐれだわ、放埒《ほうらつ》だわ、無節操だわで、一年次には、カードの賭けでスキャンダルを起こし、放校になりかける始末。今学期もずっと怠けてばかりいましたから、今回の試験だって、きっとびくびくものでしょう」

「すると、その学生ですか、きみが疑ってるのは？」

「いや、そこまでは申しません。しかし、三人のなかでは、このマクラーレンがもっとも疑いが濃い、とは言えるでしょうね」

「なるほど。ではソウムズさん、きみの下僕——バニスターですか——その男に会ってみるとしましょう」

小柄で、肌は青白く、きれいにひげを剃った、五十がらみの男で、髪は半白だった。平穏な日常がとつぜんかきみだされ、その打撃からいまだに立ちなおれないでいるようだ。肉づきのよい顔が神経質にぴくぴくひきつり、手の指もいっときとしてじっとしていない。

「今度の不幸な出来事について調査してるんだよ、バニスター」と、彼のあるじが言った。

「はあ、さようで」

「聞くところによると」と、ホームズが切りだした。「きみはキーを鍵穴にさしこんだままにしていたそうだね？」

「はい、おっしゃるとおりで」

「それはきわめて異例のことじゃないのかね——室内に試験の問題用紙があるという日に、よりにもよってきみがそういうことをするというのは？」

「まことに不運な出来事でございまして、これは。ただわたくし、これまでにも何度かおなじようなことをいたしております」

「部屋にはいったのは、いつだった？」

「四時半ごろでした。いつものソウムズ様のお茶の時間でございます」

「部屋にいた時間はどれくらいだった？」

「ソウムズ様がご不在だとわかると、すぐにひきさがりましてございます」

「そのときテーブルにこういう紙がのっているのを見たかね？」

「いえ、見ませんでした。まったく気がつきませんで」

「どうしてキーをさしこんだままにしておいたんだね？」

「お茶のトレイを持っておりましたので。キーはあとでとりにこようと思っていて、つい失念いたしました」

「外側のドアには、バネ錠《スプリングロック》がついてるんじゃなかったかね？」

「いえ、それはついておりません」

「すると、そこはずっとあけっぱなしだったってことかね？」

「はい、さようで」

「室内にいるものは、いつでも自由に出ていけた、と？」

「はい、さようで」

「ソウムズさんがもどられて、おまえを呼ばれたとき、ひどく動転したそうだね？」

「はあ、おっしゃるとおりで。ここで勤めさせていただくようになって、もう何年にもなりますが、こんな不祥事にはいまだかつて出あったためしがありませんで。気が遠くなりかけましたです、はい」

「だということだね。ところで、気が遠くなりかけたとき、おまえはどこにいた？」

「わたくしがどこにいたかとおっしゃるので？　ええと、ここです、このドアの近くで」

「それはへんだな。おまえは向こうの隅の、あの椅子にすわりこんだはずだ。ほかにも椅子があるのに、どうしてわざわざあそこまで行ったのかな？」

「さあ、どうしてでしょうか。どこにすわるかなど、考えたこともございませんでした」

「ホームズさん、そのあたりは本人の記憶も曖昧《あいまい》だと思いますよ。とにかく、ひどくつらそうだったのは確かです——顔もすっかり灰白色《かいはくしょく》で」

「ソウムズさんがとびだしていかれたあと、おまえはどのくらいこの部屋にいた？」

「ほんの一分かそこらでした。そのあとドアに鍵をかけ、自分の部屋に引き揚げましてございます」

「おまえはだれが怪しいと思う？」

「めっそうもない、そんなことをこのわたくしの口から申せるはずがございません。そもそもこの大学に、そういう行為で得をしようとなさる紳士など、ひとりとしておいでにならぬと信じております。はい、さようで——わたくしにはとても信じる気にはなれません」

「ご苦労だった。ひとまずこんなところでいいだろう」ホームズは言った。「ああ、あとひとつだけ訊きたい。ここでちょっとした問題があったということ、きみのお世話している三人の学生さんのだれにも話してはいないだろうね？」

「はあ。話してはおりません、一言も」

「いままでに三人のだれかに会ってもいないね？」

「はあ、おりません」

「結構。ではソウムズさん、きみさえよければ、中庭をひとめぐりしてみるとしましょう」

濃くなりまさる宵闇のなか、三つの黄色い四角形の光が、明々とわれわれの頭上を照らしていた。

「きみの三羽の鳥たちは、みなそれぞれに巣についたようですね」ホームズがそれを見あげながら言った。「おやっ！　あれはどういうことだろう。なかの一羽が、どうにも落ち着けずにいるようだ」

インド人だった――いまとつぜん窓のブラインドに、その男の黒いシルエットがあらわれたのだ。足早に室内を行きつもどりつしている。

「ひとりひとりの顔を見ておきたいものだな」ホームズが言った。「できますかね？」

「なに、造作もないことですよ」ソウムズが答える。「じつは、この寮の部屋は、わがコレッジでも最古の建築でしてね。参観希望者があらわれるのも、べつに珍しくはないんです。どうぞこちらへ――ご案内しましょう」

「どうかこちらの名前はご内聞に！」ギルクリストのドアをノックする前に、ホームズがそう釘をさした。戸口にあらわれたのは、すらりとした長身の、亜麻色の髪の青年で、こちらの訪問の趣旨を理解すると、おおいに歓迎してくれた。実際、中世の住居建築の面影を色濃くとどめる部屋のなかには、掛け値なしに珍しい、心ひかれる部分が随所に残っていて、ホームズなど、そのひとつにすっかり魅せられたのか、どうしてもこれを手帳に模写してゆくのだと言い張って聞かず、あげくに、途中で鉛筆を折ってしまい、部屋の主《ぬし》から鉛筆を借りたり、ついにはナイフまで借りて、自分のを削りなおしたりする始末。この奇妙なやりとりは、インド人の学生の部屋でもくりかえされたが、この小柄で寡黙な鉤鼻《かぎばな》の青年は、私たちの動きをことごとに猜疑の目で見まもり、ようやくホームズがこの〝にわか建築研究〟を切りあげると、傍目《はため》にも明らかな安堵の表情を見せたものだ。ともあれ、私の目から見るかぎり、これらのいずれの部屋でも、ホームズが探していた手がかりをつかんだとはまず思えない。さらに三つめの部屋になると、私たちの訪問自体が不首尾に終わった。外側のドアは、ノックしてもいっこうひらく気配がなく、奥から聞こえてくる反応らしい反応といえば、口汚い言葉で滔々《とうとう》と浴びせられてくる悪罵《あくば》の弾幕射撃のみ。「きさまがだれだろうと知ったことか！　地獄へでもどこへでも落ちやがれ！」怒声が響きわたる。「あすは試験なんだ。だれがこようと、おめおめひっぱりだされて、たまるか！」

「失敬なやつだ」階段を降りながら、案内役が怒りで頬を紅潮させて言った。「ノックしたのがぼくだったとは、むろん向こうも知らなかったのでしょうが、それにしても、ああいう応対は無礼千万、さらに、場合が場合だけに、すくなからず疑いを招くとも言わざるを得ない」

それへのホームズの返答が、また奇妙だった。

「あの男の正確な身長はわかりますか？」そうたずねたのだ。

「身長ですか？　わかるとは言えませんね、ホームズさん。インド人よりは高いが、しかしギルクリストよりは低い。だいたい五フィート六インチ、といったところじゃないですかね」

「それがすこぶる重要なところなんです」ホームズは言った。「それではソウムズさん、今夜はこれでお別れします」

われわれの案内人氏は、そう聞いて驚いたのか、狼狽《ろうばい》したのか、大声をあげた。「まさかホームズさん、ここでいきなり引き揚げるとおっしゃるんじゃないでしょうね？　どうもこちらの窮境がおわかりになっていないようだ。あすは試験の当日なんですよ。今夜のうちに、是が非でもなにか決定的な手段をとらなくてはならない。もしも課題文を盗み見したものがいるのなら、このまま試験を実施するわけにはいきません。なんとかこの難局を打開しなくては」

「なにもする必要はありませんよ。万事このままで、そっとしておくことです。明朝早く、もう一度出向いてきて、そのへんのことを説明してあげます。そのころには、ぼくもはっきりしたことが言えるまでになってるはずだし、行動の指針も授けてあげられる。それまでは、このままなにひとつ変えちゃいけません――そう、なにひとつです」

「そうですか。ではそうしますよ、ホームズさん」

「だいじょうぶ、大船に乗ったつもりでおいでなさい。必ずやきみを苦境から救いだす途《みち》を見つけてさしあげます。この黒い粘土の粒、これは持ち帰らせてください。それと、鉛筆の削りかすも。ではおやすみ」

闇につつまれた中庭に出たところで、私たちは期せずしてもう一度頭上の窓を見あげた。インド人は、あいかわらず室内を行きつもどりつしている。ほかのふたりの姿は見えない。

「さてと、ワトスン、この一件、きみはどう見る？」ホームズが問いかけてきたのは、肩を並べてメイン・ストリートに出たときだった。「なにかの集まりで座興にやるゲーム、まるであれだよ——いわば三枚カードの手品。ここに三人の男がいます。このうちのひとりが犯人に相違ありません。あなたはどのひとりに目星をつけますか？　さあどうする、ワトスン、きみならだれを選ぶ？」

「あの最上階の住人、口の悪いやつかな。成績もいちばん悪いしね。だが、いっぽうまたインド人も、なんだか狡猾《こうかつ》そうなやつだ。なんでああやってしょっちゅう部屋を行ったりきたりしてるんだろう」

「べつにどうってことはないさ、あんなのは。なにかを暗記しようとするとき、おなじことをやる人間ならいくらもいる」

「ぼくらを妙な目つきで見ていた」

「きみだってそうするだろう？——あすが試験日で、一刻一秒が貴重だってときに、いきなり知らない連中がどやどやと部屋に押しかけてきたら。そうだよ、ぼくはべつにあれをおかしいとは思わない。おなじく、鉛筆も、それを削るナイフも——いずれも疑わしい点はなかった。しかし、あの男にはたしかに怪しいふしがあるな」

「だれのことだ？」

「なに、バニスターさ、下僕だよ。いったいこの事件でどんな役割を演じているのか」

「ぼくにはいたってまっとうな正直者と見えたがね」

「ぼくにだってそう見えるさ。そこがどうにも読めないんだよ。いったいなぜ、どこから見ても正直一途のああいう男が——ほう、ほう、ここに大きな文房具屋がある。さしあたりここから調査にかかるとするか」

　この町には、ある程度以上の規模を持つ文房具店は四軒しかなく、ホームズはその一軒ごとに、例の鉛筆の削りかすを提示して、これとおなじ品があったら高く買う、と持ちかけた。どの店でも、お取り寄せならうけたまわりますが、あいにくこれは普通の鉛筆とはサイズが異なり、在庫はめったにございません、との返事。私の友人は調査が空振りに終わっても、さほど失望するようすもなく、ただ肩をすくめて、しかたがないと苦笑いしただけだった。

「うまくいかないね、ワトスン。この鉛筆の件こそ、最高かつ唯一の決定的な手がかりだったんだが、これがゼロになっちまった。しかしまあ、これがなくたって、じゅうぶん事件を再現できることはまずまちがいない。ところでと――いやはや！　もうそろそろ九時だよ。下宿のおかみさんが、七時半にグリーンピースがどうのこうのと言ってたっけ。ねえワトスン、きみはやたらに煙草をふかすわ、そのうえ食事時間は不規則だわで、いずれ出てってくれと言いわたされるのは目に見えてるぞ。そしてそのときはこのぼくも、巻き添えで立ち退き命令を食らうことになるんだ――といっても、願わくは、この神経質な大学の個人指導教官殿と、うっかりもののその下僕と、一筋縄ではいかない学生三人との大問題を解決してから、ということにしてもらいたいものだがね」

　遅くなった夕食を終えてから、ホームズは長いあいだぼんやり考えにふけっていたが、それでも事件についてはその夜はそれきり口に出さなかった。翌朝八時、私が朝の身じまいを終えたばかりのところへ、彼がはいってきた。

「おはよう、ワトスン」と言う。「セント・ルークスへ出かける時間だよ。きみ、朝食抜きでも平気かい？」

「平気だとも」

「なにしろソウムズのせんせい、われわれがなにかはっきりしたことを言ってやるまでは、それこそ命も縮む思いでいるだろうからね」

「その〝はっきりしたなにか〟を言ってやれるのかい？」

「まあね、そのつもりだ」

「すると、それなりの結論が出たってわけか」

「ああそうだよ、ワトスン――ちゃんと謎は解けた」

「しかし、その後になにか新たな証拠が出てきたとも思えないんだが」

「あはっ！　このぼくがわざわざ早朝六時なんていう時ならぬ時間に起きだしたんだ――伊達《だて》や酔狂でそんなことするものか。二時間も重労働で汗をかき、そのうえ五マイルもの距離を踏破してきたんだからね。おかげでちょっとした収穫があったよ。見たまえ、これを！」

手をつきだしてみせる。その手のひらにのっているのは、三粒の小さなピラミッド形の黒い粘土の粒。

「おや？　きのうは二粒しかなかったはずだぞ、ホームズ！」

「ああ、もう一粒はけさふえたのさ。この第三号の出所がどこであるにせよ、それはまた第一号、および第二号の出所でもある、そう断じるのはけっしてまちがってはいないはずだ。そうだろう、ワトスン？　さてと、じゃあ行こうか。行って、われらが友ソウムズを悩みから解放してやるのさ」

ソウムズの居室でわれわれが見いだしたのは、まさしく、身も世もあらぬ不安におののいている、不運な個人指導教官殿だった。あと数時間で試験が始まるというのに、この段階になってもなお、いっそ思いきって事実の公表に踏みきるか、それとも予定どおり試験を行ない、犯人が貴重な奨学金をめぐる競争に加わるという不正には目をつぶるか、二者択一のジレンマから抜けだせずにいるのだ。心痛のあまり、ほとんど立っていることさえできぬありさまで、ホームズを認めるや、すがりつかんばかりに両手を大きくさしのべて駆け寄ってきた。

「助かりましたよ、きていただけて！　見込みがないとほうりだしてしまわれたのでは、とひやひやしていたところです。ぼくはいったいどうしたらいいんでしょう。試験の準備にかかってもいいものでしょうか」

「いいですよ。準備をお進めなさい。ためらうことはありません」

「しかし、あの不心得者は——？」

「その人物なら、試験は受けません」

「だれだかおわかりなんですか？」

「わかっているつもりです。そこで、もしこの問題を表沙汰にしたくないのであれば、われわれはこれから自らに裁判権を付与し、その権限で、ささやかな私的軍事法廷をひらくことが必要になってくる。というところで、ソウムズ、よければきみはそこへ！　ワトスン、きみはここへ！　ぼくは中央のこの肘かけ椅子に陣どる。どうです、こうやって構えているところを見れば、身に覚えのあるものならじゅうぶん心理的な圧迫を受けるでしょう。では呼び鈴を鳴らしてください！」

バニスターがはいってきたが、裁判官然といかめしく構えているわれわれに驚いたのか、恐れたのか、たじたじと後ろにさがった。

「まずはドアをしめてくれないか」ホームズが言った。「さてバニスター、ご苦労だがここであらためてわれわれに、きのうの出来事についてほんとうのところを話してもらいたい」

下僕は髪の付け根まで蒼白になった。

「そのことならなにもかもお話ししてございますが」

「なにもつけくわえることはない？」

「ございません、なにも」

「そうか、ならばこちらから二、三の示唆を与えてやるしかないな。きのうおまえがふらふらとあの椅子に倒れこんだのは、その前に部屋にはいった人物の身元がわかるような証拠の品、それを隠すためだったはずだが、ちがうかね？」

バニスターの顔が死人のような土気色《つちけいろ》に変わった。

「いいえ、ちがいます。そのようなことは断じてございません」

「これはたんにひとつの示唆なんだよ」と、ホームズはものやわらかに言う。「正直な話、それを証明することまではできない。しかし、じゅうぶんありうることだとは思っている。というのも、ソウムズさんがこの部屋を出られるやいなや、おまえが奥の寝室に隠れていた人物を逃がしてやったのは確かなんだから」

バニスターは乾いたくちびるをなめた。

「だれも奥にはおりませんでした、はい」

「やれやれ、残念だな、バニスター。いままでのところは、おまえもおおむねほんとうのことを話していた。だが、いまのは嘘だ」

バニスターの顔つきが変わった。むっつりしたなかに、どこかいどむような気配がある。

「だれもおりませんでした、はい」

「おいおい、バニスター」

「どうおっしゃられても、おなじです――だれもおりませんでした」

「そういうことなら、これ以上おまえから訊きだすことはないな。このまましばらくここにいてくれ。そこの、寝室へのドアのそばに立っているがいい。さてソウムズ、今度はきみにお願いしたい――ご足労だが、二階のギルクリストの部屋まで行って、ここへ降りてくるように言ってやってくれないか」

待つまもなく、個人指導教官氏が当の学生を伴ってもどってきた。あらためて見ても、じつに好印象を与える青年だ――背が高く、しなやかで、かつ敏活、足どりは弾むようだし、顔だちも明るく、からりとしている。それが、真っ青な目で不安げに私たち一同を見まわし、最後にその目が向こうの隅にいるバニスターのうえで止まったときには、視線が定まらず、表情の奥には狼狽らしきものがうごめいていた。

「ドアをしめてくれたまえ」ホームズが切りだした。「さて、ギルクリスト君、いまこの場には、われわれしかいない。この場でかわされた言葉は、ほかのだれに聞かせる要《よう》もないことだし、ならばおたがいどこまでも腹を打ち割って話しあえるわけだ。ギルクリスト君、われわれが知りたいのはね、なぜまたきみのような名誉を重んじる人間が、きのうのような行為に走らねばならなかったのか、その理由なんだが」

不幸な青年はよろよろとあとずさりすると、バニスターのほうに気後れと非難とのまじった一瞥《いちべつ》をくれた。

「いえ、いえ、ちがいます、ギルクリスト様。わたくしは一言も話してはおりません――ぜったいに、一言も！」下僕が悲鳴のような声をあげた。

「そうだな、だがいまおまえはしゃべってしまった」と、ホームズが言った。「というわけなんだが、ギルクリスト君、バニスターがああ言ってしまったからには、もはやきみの立場は絶望的、唯一の救いの途は、いっさいを腹蔵なく打ち明けることにしかない――このことをぜひわかってもらいたいんだ」

ちょっとのあいだギルクリストは、手をあげて、ゆがんだ表情を押し隠そうとしているようだったが、やがて、いきなりテーブルのそばにがくっと膝をつくと、両手で顔をおおって、身も世もなく泣きくずれた。

「さあ、さあ」ホームズがやさしく声をかけた。「人間ならだれしも過ちを犯すことはあるんだし、すくなくともきみを人間性に欠ける犯罪者と非難できるものなんか、だれひとりいはしないんだ。たぶん、ぼくからソウムズさんになにがあったかを話して聞かせるほうが、きみにとっては楽だろう。どこかまちがっていたら、そのつど指摘してくれたまえ。それでかまわないね？　いや、いや、返事の必要はない。じゃあ始めよう――そしてぼくが、きみに不当な罪をかぶせていないかどうか、よく聞いていてもらいたい。

　ソウムズさん、そもそもはじめにきみの口から、部屋に試験の問題用紙があることは、だれも――バニスターでさえ――知らなかった、そう聞かされたときから、事件はぼくのなかで確固たるかたちをとりはじめていたんです。印刷屋は、むろん、除外してもいいでしょう――自分の仕事場でいくらでも用紙を見られたはずなんですから。また、インド人の学生も、考慮の外に置きました。校正刷りが巻いてあったのなら、それがなにかを彼が知ることは不可能だからです。だがまたいっぽう、だれかがたまたま部屋に侵入するという大胆な行動に出、それがたまたま、問題用紙がテーブルに置いてあったその当日だったというのは、偶然にしてもあまりにできすぎていて、とても信じられない。そこで、この見かたもやはり放棄した。部屋にはいりこんだ男は、はじめから問題がそこにあることを知っていたのです。では、どうやってそれを知ったのか。

　はじめにこの部屋に案内されたとき、ぼくはまず窓を調べた。それにしても、あれにはまいりましたよ――きみにはこのぼくが、何者かが真っ昼間、しかも向かいの棟から丸見えだというのに、窓から部屋に押し入った可能性を考えている、そう思えたのでしょうが、あまりにばかばかしすぎて、こっちは苦笑するしかなかった。あのときぼくは、はたしてどれだけの背丈があれば、通りがかりに中央のテーブルに問題の紙があるのを見てとれるか、それを量っていたんです。ぼく自身は六フィートありますから、ちょっと背伸びすれば、それができる。それ以下の身長なら、はなから見込みはない。そのときすでにぼくとしては、学生三人のなかにとびぬけて背が高いのがいれば、その人物こそ、三人のうちでとくに注意を向けて然るべき相手だと考えていたわけです。

つぎに部屋へはいると、ぼくはまずきみに、サイドテーブルが思いつかせてくれる二、三の点について注意を喚起しました。いっぽう中央のテーブルについては、これというものはつかめなかった――つかめたのは、きみからギルクリストが走り幅跳びの選手だと聞かされたときです。とたんに、いっさいの謎がおのずと解けた。あとは、決定的な証拠をつかむだけ――これもまたすぐに手にはいった。

事の次第はこうです。この青年は、午後の何時間かを陸上競技場で過ごした――幅跳びの練習をしていたわけです。競技用の靴をかかえて寮に帰ろうとしましたが、この種の靴はご存じのように、スパイクが植えてある。通りがかりに窓のなかを見ると、背が高いものだから、テーブルに問題の校正刷りがのっているのが見え、それがなにかもぴんときた。それでも、部屋の前の廊下を通るとき、きみの下僕がうっかりさしこんだままにしていたキーを見なければ、何事もなかったことでしょう。だがそれを見たとたんに、部屋にはいって、テーブルにあるのがほんとうに校正刷りなのかどうかを確かめたいという衝動がきざした。べつに危険きわまりない大博奕《おおばくち》というわけでもない。見つかればいつだって、ちょっとした質問がしたくて、部屋をのぞいてみただけだと言い訳できるんですから。

ところが、実際にそれが校正刷りであることを確かめてしまったところで、ふと悪心が頭をもたげた。彼はかかえていたスパイクシューズをテーブルに置く。窓ぎわのあの椅子、あそこに置いたのはなんだったのかな？」

「手袋です」青年が答える。

ホームズは、それ見ろと言いたげな目でバニスターを見やった。

「彼は手袋をあの椅子に置く。それから校正刷りを一枚ずつ窓ぎわへ持ってきて、写しをとりはじめる。先生はきっと表口のほうからもどってくるだろうから、そこにいればその姿が見えると考えたわけです。ところが、すでにわれわれも知るとおり、先生は横手の入り口からもどってきた。いきなり部屋のすぐ外に先生の気配がする。のがれる途はない。手袋は置き忘れたものの、スパイクシューズだけはしっかりかかえて、隣りの寝室に逃げこむ。テーブル表面の傷を見ればわかりますが、あの傷は一端がごく浅いのに、寝室の方角へむけて、だんだん深くなっている。これだけでも、シューズがその方向へむけてひきずられたことは自明ですし、ひいては犯人がそっちへ逃げたことも、このことから類推できる。スパイクに付着していた土のかたまりがテーブル上に残り、寝室でもおなじものがもうひとつスパイクから剝がれて、床に落ちた。ついでに言うと、けさぼくは競技場の周辺を歩いてみて、幅跳びのピットに黒い粘土質の土《クレイ》が敷かれているのを確かめてきましたし、念のためにその土のサンプルと、滑りどめに撒かれているタン皮(2)だかおがくずだかの細粒も少々採集してきました。どうだろう、ギルクリスト君、これでまちがいはないかね？」

学生はいつのまにかすっくと立ちあがっていた。

「はい、まちがいありません。すべてお話のとおりです」と言う。

「おい、それはどういうことだ、一言の弁解もないのか？」ソウムズが声を高めた。

「いえ、ないわけじゃありません。ただ、あまりの不面目が表に出たとわかって、頭がくらくらし、言葉が出てこないのです。ソウムズ先生、じつはここに手紙を持参しています――ゆうべ一晩、寝つけぬままに過ごしたあと、けさ早く、先生に宛てて書いたもので、書いたのは、自分の恥ずべき行ないがこのようにばれているのを知るよりも前のことです。どうかごらんになってください。お読みになればわかりますが、ぼくはこう書いています――〝このたびの試験は受けないことに決めました。ローデシア警察から、ある地位にどうかという申し出がありましたので、それに応じることとし、これからすぐに南アフリカへむけて出立《しゅったつ》いたします〟」

「なるほど。きみが不当に得た利点に頼ろうなどという根性は持たないと知って、指導教官としてもすこぶる喜ばしい」ソウムズが言った。「しかしいったいどういう風の吹きまわしで、急に志望を変えることになったのかね？」

ギルクリストはまっすぐバニスターをゆびさした。

「あの男です——あの男がこのぼくを正道に立ちかえらせてくれたんです」と言う。

「そらわかったろう、バニスター」と、ホームズが言った。「いままでぼくが話してきたことからも、この青年を逃がしてやれるのはおまえしかいなかった、このことははっきりしているはずだ。おまえはひとりで部屋に残っていたし、出てゆくときには、おまえがドアに鍵をかけたに決まってるんだから。この青年が窓から脱出したという見かたもあったようだが、そんなことはとうていありえない。ただ、あとひとつ、事件の最後の謎が残っている。面倒でもおまえの口から、おまえがこういうことをしたその理由を明らかにして、そのへんをすっきりさせてくれないか」

「わかってしまえば、いたって単純なことなのですが、あなたさまの明敏さをもってしても、それはおわかりにならなかったようですね。じつはわたくし、むかしこちらの若様のお父上、サー・ジェイベズ・ギルクリストのお屋敷で執事を務めていたのでございます。ご主人様が破産なさったあと、わたくしはやむなくこのコレッジへまいり、下僕となりました。ですが、たとえ零落なされたとはいえ、むかしのご主人様のご恩は、一日たりと忘れたことなどございません。そのご恩の一端にでも報いようと、ご子息様のことはかげながらずっと見まもってまいりました。で、きのうのことですが、急を告げられてこの部屋へまいりましたとき、真っ先に目についたのが、あの椅子に置かれている若様の薄茶色の手袋でございます。手袋には見覚えがございますし、その意味するところは、即座にぴんときました。万一ソウムズ様に見つかれば、もはや万事休す。わたくしはその椅子に倒れこみ、ソウムズ様があなたさまを迎えに出てゆかれるまで、頑としてそこを動きませんでした。やがてそこへ、こちらのおかわいそうな若様がしおしおと出てこられ、わたくしが赤子のように膝にのせてあやしてさしあげると、いっさいを告白なさいました。となれば、わたくしがこのかたを救ってさしあげる、これは当然のことでございましょう？　さらにつけくわえるなら、わたくしがそこで亡きお父上なら必ずやそうなさっただろうように、このかたに事を分けてお話をいたし、このような行為で得をしようとなさるのはまちがっていると、そのことをわからせてさしあげるというのも、やはり当然ではございませんか。いかがでしょう、これでもわたくしを咎《とが》めだてなさいますか？」

「いいや、だれが咎めだてするものか！」ホームズが朗らかに言ってのけると、勢いよく立ちあがった。「とまあこういった次第だよ、ソウムズ。これできみのささやかな悩みは解決してさしあげたし、いまごろは下宿の朝食がわれわれを待っている。さあ行こう、ワトスン！　それからきみ、ギルクリスト君、ローデシアでは、きっと輝かしい未来がきみを待っているだろう。いったんは低きに落ちたきみだが、その分、将来はどれだけ高きにのぼるか、刮目《かつもく》して待つとしようよ」

（1）ホームズは得意の〝観察と推理〟によってこう判断したと思われるが、実際には依頼人ソウムズがこのように語っている事実はない。ワトスンが書きもらしたものか。

（2）タンン皮――タンニン樹皮。革鞣《かわなめ》しに用いられるタンニンに富む樹皮で、タンニン抽出後のかすは、競走路などに撒いて、滑りどめとする。

金縁の鼻眼鏡

一八九四年度の私たちの活動を記録した分厚い三冊の事件簿を見るとき、この豊富な材料のなかから、事件それ自体が興味ぶかく、と同時に、わが友シャーロック・ホームズ氏を世に隠れなき存在にしているその特異な能力をもっともよく示す例、そういうものをひとつ選びだすのは、すこぶる困難であるのを私は認めざるを得ない。ページをくってみると、まず目につくのが、かの身の毛もよだつ赤蛭《あかひる》の事件や、銀行家クロズビーが無残な死を遂げた一件などだが、ほかにも、アドルトンの悲劇やら、古代ブリタニアの墳墓から出た奇怪な発掘品の件やら、さまざまな事例がここには含まれている。さらに、かの有名なスミス－モーティマー家の相続問題にまつわる事件もこの時期に起きているし、いわゆる〝ブールヴァールの暗殺者〟ユレを追いつめ、逮捕したのも、おなじくこの時期のことで、ホームズはこのときの功績により、フランス大統領から自筆の感謝状と、レジオンドヌール勲章とを贈られている。これらのどれをとっても、じゅうぶん語るに足る材料にはなろうが、しかし私としては、全体に興味ぶかく、他に類例のない特徴を多々そなえているという点で、かの〈ヨクスリー・オールド・プレース〉の一件に勝るものがあろうとは思えない。なにしろこの事件では、若きウィロビー・スミスの痛ましい死という謎だけでなく、その後の展開により、犯罪の動機にも、非常に特異な光があてられる結果となったのである。

十一月も終わりに近い、激しい嵐の夜であった。ホームズと私は、さいぜんからずっと黙したまま向かいあっていた。彼は強力な拡大鏡をのぞいて、重ね書きされた羊皮紙《パリンプセスト》の一片から、はじめに書かれた文字を読みとろうと苦心していたし、私は私で、最新の外科手術に関する論文を読みふけっていた。戸外では、風がうなりをあげてベイカー街を吹き抜け、雨は容赦なく窓ガラスをたたきつづけてやまない。こうしてロンドンという大都会のまんなかにあって、周辺十マイル四方を人工物の山にとりまかれつつ、〈自然〉の鉄腕にがっきとおさえこまれ、この大都会もこうした巨大な大自然の力の前では、広い野原に点在するもぐら塚のひとつにすぎない、そう痛感させられるというのは、妙な心持ちのものであった。なんとはなしに窓ぎわへ寄った私は、眼下の人気《ひとけ》のない街路を見やった。ぽつんぽつんと立つ街灯が、ぼんやりした光を泥んこ道や濡れて光る石畳に投げかけている。そのなかを、いましも一台の辻馬車が、泥濘《でいねい》をはねあげつつオクスフォード街のほうから疾駆してくるところだ。

「ねえワトスン、今夜は出かけずにすんで助かったな」そう言いながらホームズが拡大鏡を置き、羊皮紙をくるくると巻いた。「まあ一晩分の働きとしては、こんなところでじゅうぶんだろう。けっこう目の疲れる作業だしね。いまざっと見たかぎりでは、内容も十五世紀後半にまでさかのぼるウェストミンスター寺院所蔵の記録、あれよりもおもしろいとは言いかねるようだし。おっとっと！　なんだ、あの音は？」

風のうなりを衝いて聞こえてきたのは、けたたましい馬の蹄《ひづめ》の音、そして車輪と歩道の縁石とがこすれあう軋《きし》み。いましがた窓から見た辻馬車が、この家の前に停まったのだった。

馬車からひとりの男が降りたつのを見ながら、私はつい口走った。「いったいいまごろなんの用だろう」

「なんの用？　むろんわれわれに用があるのさ。となるとだ、ワトスン、あいにくわれわれもこのあとすぐに、外套《がいとう》に襟巻き、オーバーシューズ、その他なんであれ、こういう天候と闘うためのあらゆる装備が必要になるだろうな。いや、ちょっと待った！　馬車がひきかえしてゆくぞ！　すると、まだ望みはありそうだ。もしもわれわれを連れだすつもりできたんなら、馬車を返すはずはないからね。きみ、すまないが一走り下へ行って、玄関をあけてやってくれないか。善良なひとびとはもうとっくに寝静まってるころだからね」

玄関ホールの明かりにその深夜の来訪者が照らしだされたところを見ると、それがだれだかは私にも容易に見てとれた。スタンリー・ホプキンズという若手の刑事で、なかなか見どころがあると、ホームズもかねてから将来を嘱望している人物である。

「おいでですか、あのかたは？」と、せきこんで問いかけてくる。

「やあきみか、あがってきたまえ」ホームズの声が上から降ってきた。「まさかこんな晩に、われわれをどこかへひっぱりだす魂胆じゃあるまいな？」

刑事が階段をのぼってゆくと、濡れた防水外套がわれわれの部屋の明かりを受けて、てかてかと光った。私は手を貸してそれを脱がせてやり、ホームズは暖炉のなかの薪を按配《あんばい》して、火をかきたてた。

「さあホプキンズ、椅子をこっちへ寄せて、足を暖めるといい。葉巻はここだ。すぐにドクターも熱いレモン湯を処方してくださるよ——こういう晩には、なによりの良薬だ。これだけひどい嵐のなかをわざわざやってくるからには、なにかよほど重大な用件なんだろうな」

「ホームズさん、まさしくそれですよ。午後はそれこそ独楽鼠《こまねずみ》みたいに駆けずりまわっていました。夕刊の最終版で、ヨクスリーの事件のこと、なにかお読みになりましたか？」

「きょうはあいにくと十五世紀以降のものはなにひとつ読んでいない」

「そうですか——ほんの短信ですし、まちがいだらけの記事でもありますから、お読みにならなくても、どうということはありません。ともあれわたしとしては、大車輪で働いてきたつもりですがね。事件が起きたのはケント州、チャタムの市内から七マイル、鉄道の路線からは三マイルという土地です。午後の三時十五分に電報で呼びだされて、現場の〈ヨクスリー・オールド・プレース〉に到着したのは五時。それからひととおり調査を行なって、終列車でチャリング・クロスにとってかえし、まっすぐこちらへ辻馬車をとばしてきたという次第です」

「ということは、調査の結果、まだはっきりしない点が残っているとでも？」

「いやそれどころか、まるきり五里霧中というのが正直なところです。これまでにわたしのかかわったなかでも、これほど込み入ったのははじめてといった感じなんですが、そのくせ、はじめはいたって単純で、まちがいなんかしようもない話としか思えなかった。要するにね、ホームズさん、動機がないんですよ。頭が痛いのは、そこなんですよ——どうにも動機らしきものが見あたらない。現実にひとりの男が死んでいる——それは否定しようもありません——ところがね、ちょっとあたってみたかぎりでは、なにゆえだれかがこの男に害意をいだかねばならなかったのか、その理由がどうしてもわからんのです」

ホームズは葉巻に火をつけると、深々と椅子の背にもたれた。

「とにかく詳しい話を聞こうじゃないか」と言う。

「関連する事実なら、かなりのところまではっきりしてるんです」スタンリー・ホプキンズは答える。「知りたいのは、それらがなにを意味するのかという点でしてね。これまでにつかんだかぎりでは、事の次第はざっとこのようなものです。数年前、この〈ヨクスリー・オールド・プレース〉という古いカントリーハウスを、コーラム教授という年配の人物が土地ごと買いとりました。彼は体が不自由で、一日の半分はベッドで寝て過ごし、あとの半分は、杖にすがって庭を散策したり、庭師に車椅子を押させて屋敷内を見まわったりして過ごしています。近所の住人もわずかながら出入りしていて、そのひとたちからはかなり好感を持たれていますし、じつはたいへんな学者だといううわさも近隣では流れています。家人は、マーカー夫人という年配の家政婦《ハウスキーパー》(1)と、メイドのスーザン・タールトン。ふたりとも、コーラムがこの土地にきたときからずっと勤めていて、そろって人柄もよく、申し分のない使用人のようです。教授というのは、なにかむずかしい本を書いているとかで、そのため一年ばかり前、秘書をひとり雇う必要に迫られた。はじめにきたふたりは、使ってみての結果がどうもあまりお気に召さなかったようですが、三人めの、ウィロビー・スミスという大学を出たてのごく若いのが、すべての点で教授のお眼鏡にかなった。秘書の仕事というのは、午前ちゅういっぱい教授の口述を筆記するのが中心なんですが、夜もたいがい、あすの著述の下準備として、関連する参考書や資料のたぐいを探すのにあてていたそうです。このウィロビー・スミスという青年、アピンガム校の生徒時代にも、その後ケンブリッジに進んでからも、成績、操行ともになんの汚点もなく、実際、彼の人物証明書にはこのわたしも目を通しましたが、初等科生徒のころから品行方正、物静かで、かつ勤勉という、非の打ちどころのない人物だったようです。ところが、この申し分のない青年が、けさ、教授の書斎で、どう見ても殺害されたとしか思われない状況で死んでいるのが見つかった、と」

窓の外では、風がひゅうひゅうと悲鳴に似た音をたてて吹き荒れていた。ホームズも私も、暖炉のそば近くまで椅子をひきよせ、若い警部がこの尋常ならぬ物語を、ゆっくりと、ひとつひとつ要点をたどりながら語り進めるのに聞き入った。

「およそこのイングランド全体を見まわしても」と、警部は話をつづけた。「一家のなかだけであそこまで自足的な暮らしを維持して、世間とはいっさい没交渉でいる家族というのは、まず見あたらないでしょうね。まるまる何週間も、庭の木戸からだれひとり出てこない、なんていうのはざらです。教授は自分の著作だけに没頭して、ほかの何事にも関心を示さないし、若いスミスだって、その土地にはほかに知り合いもなく、雇い主と似たり寄ったりの生活ぶり。ふたりの女にも、外出するような用事はない。モーティマーという庭師――主人の車椅子を押すのもこの男ですが――これは軍人恩給の受給者で、クリミア戦争に従軍した古強者《ふるつわもの》、人柄はこれまた申し分ありません。この男だけは、母屋ではなく、庭のはずれに建てられた三部屋のコテージで暮らしています。以上ですね——あの〈ヨクスリー・オールド・プレース〉という広い屋敷内に住まう人間といえば。いっぽう、この屋敷の出入り口となると、これはロンドンからチャタムに通ずる本街道から百ヤードばかり奥まったところに、庭木戸がひとつあるきりで、これには掛け金がかかっているだけですから、だれでも好きなときに出入りできます。

つぎに、スーザン・タールトンの証言をお聞かせしましょう——事件に関して、いくらかなりとも具体的な話ができるのは、このメイドだけなんです。時刻は昼前、十一時から正午までのあいだ。彼女は二階の正面側の寝室で、部屋のカーテンをかけかえようとしていた。コーラム教授はまだベッドのなか、普段から天気の悪い日には、めったに昼前に起きることはないそうです。家政婦はどこか家の裏のほうで、べつの仕事をしていた。ウィロビー・スミスは、それまでずっと自分の部屋——居間兼用の寝室——にいたんですが、このときメイドは彼が自分のいる部屋の前を通って、真下にあたる書斎へ降りてゆくのを耳にした。姿を見たわけじゃありませんが、あの足早でしっかりした足どりは、彼のものにまちがいないと言っています。書斎のドアがしまる音も聞こえなかったそうですが、それからわずか一分かそこらで、真下の書斎からものすごい絶叫があがった。うわずった、しわがれ声の悲鳴で、おそろしく異様で不自然な、男の声とも女の声とも判断のつかない叫び声。そしてその声と同時に、なにやらずしんと家じゅうに響きわたるような音がして、それきりしんと静まりかえってしまった。メイドは一瞬、石になったように立ちすくんでいましたが、やがてようやく勇気を奮い起こして、階下へ駆けおりた。書斎のドアはしまっていたので、おそるおそるあけてみると、そこの床に、ウィロビー・スミスが長々と横たわっていた、と。一見すると、怪我をしているとも見えないので、抱き起こそうとしたところ、首の下から血が流れでているのが見えた。首にごく小さな、それでいておそろしく深い傷があり、頸動脈が切断されていました。かたわらのカーペットに、その傷を与えたと思われる凶器がころがっていましたが、これは、一般に古風なライティングデスクに備えてあるような、封蠟《ふうろう》剝がしのための小型ナイフで、柄《え》は象牙、刃はかたい。教授自身のデスクの常備品のひとつだそうです。

はじめメイドはスミス青年がすでにことされていると思いましたが、水差しの水をひたいにふりかけてやると、一瞬だけ目をあけて、『先生、あの女です』とつぶやいた。こういう言葉だったことにまちがいはない、メイドはそう断言しています。そのあともまだなにか必死に言おうとしているようで、右手をあげて、宙をさすようなしぐさをしたものの、それもここまでで、あとはぱたっと手を落として、後ろにのけぞり、息絶えた、と。

いっぽう、家政婦もこのかんに書斎へ駆けつけてきましたが、こちらは一足遅く、青年の末期《まつご》の言葉は聞きとれなかったそうです。彼女はスーザンを遺体のそばに残して、自分は教授の部屋へ急ぐ。教授はひどく興奮したようすでベッドに半身を起こしていましたが、これはさいぜんの叫び声を耳にして、なにか恐ろしいことが起きたのを察知していたからでしょう。そのとき教授はまだ寝間着姿だったとマーカー夫人は断言していますが、これは当然の話で、いつも十二時にくるようにと指示されているモーティマーの手を借りなければ、教授は着替えひとつ自分ではできないんです。で、その教授本人がなんと言っているかというと、遠くで叫び声を聞いたが、それ以上のことはなにも知らない、と。秘書の青年のいまわのきわの言葉、『先生、あの女です』についても、なにも心あたりはないし、断末魔の意識も薄れるなかで、うわごとを言ったのだろうとの見かた。ウィロビー・スミス青年に関しても、およそだれからも恨まれるような人柄ではないし、殺される理由などいっこう思いあたらない。事件後に教授がまずしたことは、庭師のモーティマーを地元の警察に走らせることで、そのあとすぐに、州警察本部長から、ロンドン警視庁《スコットランドヤード》のわたしに呼び出しがかかった。わたしが駆けつけるまで、現場にはいっさい手をつけてありませんでしたし、家に通ずる庭先の小道、そこを通行することは、何人《なんぴと》もまかりならん、とのお達しも出ていた。実際ね、シャーロック・ホームズさん、あれは日ごろあなたからうかがっている捜査理論、それを実地に役だててみるまたとない機会でしたよ。ほんと、なにひとつ欠けるものはない、といった感じで」

「シャーロック・ホームズ氏本人を除いてはね」と、私の相棒が微苦笑とともに言った。「ともあれ、もうすこし事件について聞こう。そこできみはどんな手を打った?」

「それにはまずこの見取り図を見ていただきましょうか、ホームズさん――これを見れば、教授の書斎の位置とか、事件にかかわるさまざまなポイントがだいたいのみこめますから。わたしの説明を聞かれるときの参考にもなるはずです」

ホプキンズはそのおおざっぱな略図をひろげた。左に掲げるのが、その再現図である。ひろげた図を、彼はホームズの膝に置いた。私も立ちあがって、ホームズの後ろから肩ごしにそれ

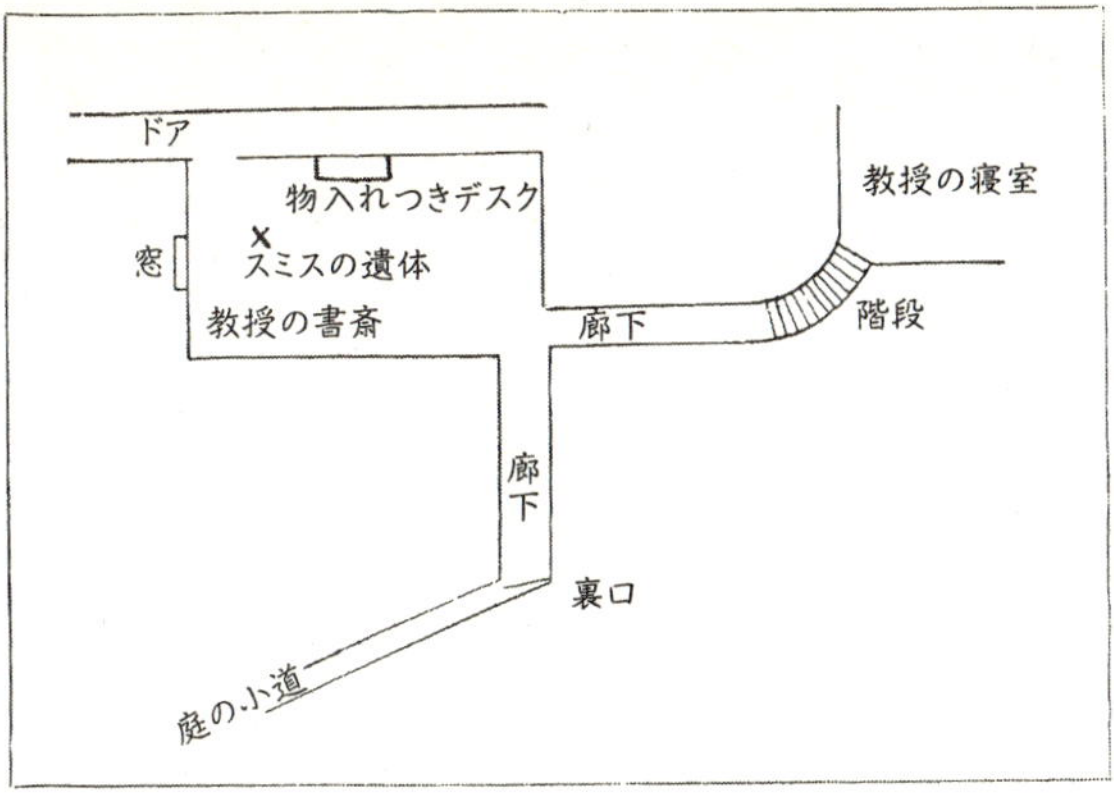

をのぞきこんだ。

「むろんこれはごく簡単なもので、ここが大事だと思われるところしか書きこんでありません。あとは現地へ行かれてから、ご自分の目でお確かめください。さて、真っ先に問題になるのは、殺人者が外部から侵入したとして、どこからどのようにはいってきたか、ということです。言うまでもなく、まっすぐ庭先の小道をきて、裏口からはいったものでしょう。ここからなら、じかに現場の書斎へはいれます。ほかの径路からだと、これよりもずっと面倒になります。逃げだすときにも、当然、おなじ径路をとったとしか考えられません。というのも、書斎から出るべつのふたつの出口のうち、いっぽうは二階から駆けおりてきたスーザンにふさがれていたし、もういっぽうは、まっすぐ教授の寝室に通じているからです。そこでわたしはまずなによりも、庭の小道に注目しました。小道はこの雨でかなりの水を含んでいますから、ここを通るものがあれば、必ずや足跡が残っているはずなんです。調べてみたところ、あいにく相手はとびきり用心ぶかい、手だれの犯罪者であるとわかりました。小道には、足跡らしきものがいっさい残っていないのです。それでも、小道を縁どる草の上には、だれかがそこを歩いた痕跡がはっきり残っていて、しかもそのだれかは、足跡を残さぬために、わざわざそこを選んだのだということもわかります。鮮明な足跡といったものはいっさい見あたらないのですが、草が踏みにじられているのを見れば、だれかがそこを通ったことはまちがいありません。そのだれかとは、犯人以外にはありえない。というのも、雨は夜中以後に降りだしたばかりで、その後は、庭師にしろ、ほかのだれにしろ、家人はだれひとりそこを出はいりしてはいないからです」

「ちょっと待った」ホームズが言った。「その小道だが、その先はどこへ通じている？」

「外の街道へ、です」

「そこまでの距離は？」

「およそ百ヤード」

「では、小道が庭の木戸を抜けている箇所だが、そこにはたしかに足跡があったんだね？」

「いや、それがあいにくと、ちょうどその木戸を抜けるところにだけ、小道にタイルが貼ってあるのです」

「なるほど。じゃあ外の道路には？」

「それもあいにくと。路面はすっかり踏み荒らされて、泥の海になっていまして」

「ちっちっ！　それもだめか！　じゃあ、その草の上の足跡だが——それは外からくるものだったのかね？　それとも、出ていくものだった？」

「どちらとも言えません。そもそも輪郭すら残っていませんので」

「大きな足だった？　それとも小さな足？」

「それもはっきりしたことはわかりません」

ホームズはいらだたしげな声をあげた。「朝からずっと大雨だし、風も強い。そこからなにかを読みとるのは、さっきの羊皮紙を読み解くのよりもむずかしくなりそうだ。まあ、いまさら言ってもしかたがないか。それでホプキンズ、なにひとつ確かめられないということを確かめたあと、きみはどうしたのかね？」

「わたしなりに多くのことを確かめえた、そう思っていますよ、ホームズさん。まずなによりも、何者かが外部から慎重に家に忍びこんだ、このことをつきとめました。つぎに、廊下を調べました。廊下には、ココ椰子の敷物が敷いてあって、足跡ばかりか、ほかの痕跡もいっさい残りません。その廊下づたいに、つぎは書斎にはいりました。家具調度のたぐいはほとんどなく、めぼしいものといえば、机上に物入れの引き出しが造りつけになった、大きなライティングデスクがあるきりです。この引き出しは、左右にふたつあり、中央の部分が、開き戸のついた小さな戸棚になっています。引き出しはどれも鍵がかかっていませんでしたが、中央のこの戸棚のほうは、がっちり施錠されていた。どうやら引き出しの鍵はいつもあけっぱなしで、金目のものがここに入れられることはないようです。戸棚には、重要書類のたぐいが少々はいっていますが、それらが荒らされた形跡はなく、教授もなにひとつ紛失してはいないと言っています。盗みの線は、これで確実に消えたと言っていいでしょう。

つぎはいよいよ被害者の遺体です。発見されたときには、デスクのそばに倒れていて、その位置は、図にしるしをつけておいたとおり、デスクのすぐ左です。傷は頸部右側、後ろから前へむけて突いたもので、したがって、自殺の線はまず考えられません」

「仰向けにナイフの上に倒れたのでないならばね」と、ホームズ。

「おっしゃるとおりです。その線はわたしもいちおう考慮してみました。しかし、われわれが発見したとき、ナイフは死体から数フィート離れた位置に落ちていましたから、それもまずありますまい。それに、もちろん、被害者が断末魔にもらした言葉のこともありますし。そうしていよいよ最後にくるのが、これ——このきわめて重要な証拠です。死んだ青年が右手に握っているのを発見されたものです」

そう言ってスタンリー・ホプキンズは、ポケットから小さな紙包みをとりだした。包みをひらくと、あらわれたのは、金縁の鼻眼鏡がひとつ——一端に二本の黒い絹紐の切れ端がぶらさがっている。

「ウィロビー・スミスは、とびきり目がよかったといいます」ホプキンズはつづける。「ですからこの眼鏡は、犯人がげんにかけるか、所持するかしていたのを、彼がもぎとったものに相違ありません」

シャーロック・ホームズはその眼鏡を手にとると、最大の注意と関心を払って、慎重に裏表を検《あらた》めた。ついで、それを自分でかけてみたり、そのレンズを通して文字を読もうとしてみたり、窓ぎわへ行って、外の通りをながめてみたり、明るいランプの下で、入念なうえにも入念に、その細部を調べてみたりした。最後にやっと、くっくと含み笑いをもらしながら、テーブルの前にすわると、手もとの紙に何事か数行の文字を書きつけ、それをスタンリー・ホプキンズにむけてほうった。

「まあせいぜいそんなところだな、いまわかるのは」と言う。「それなりにきみの役には立つはずだ」

驚き顔で、刑事はその文面を読みあげた。それはこうだった――

尋ね人――人品卑しからぬ良家の女性。身分にふさわしい品位ある服装。きわめて肉厚い鼻の左右に、間隔の詰まった両眼が迫る。眉根を寄せ、じっと対象を見据える癖があり、おそらくは猫背。過去数カ月間に、すくなくとも二度、おなじ眼鏡商を訪れたと思われるふしあり。眼鏡はなみはずれて度の強いものであり、いっぽう、眼鏡商の数はかぎられていることとゆえ、この女性を見つけだすのは、さまで困難ではないと思われる。

ホプキンズの驚き顔を見て、ホームズはにんまりした。ホプキンズの驚きは、おそらくこの私の顔にも反映されていたはずだ。

「なに、ぼくの推理なんて、いたって単純なものだよ」と、ホームズ。「そもそも、眼鏡以上に推理の助けになってくれるものなんて、見つけるのがむずかしいくらいなんだが、この眼鏡なんか、その点ではとくにきわだっている。これが女性の持ち物だということは、全体の華奢《きゃしゃ》な造りからも知れるし、それに言うまでもなく、被害者のいまわのきわの言葉もある。さらに、人品卑しからず、身なりも洗練されているというのは、まずはこの眼鏡――ごらんのとおり、縁は純金製で、細工も見事なものだ。こういう眼鏡を用いている人物が、ほかの点でだらしない、見すぼらしい風体《ふうてい》であるはずはないだろう。見れば、この左右のクリップ――これで鼻をはさむわけだが――これはわれわれ男にも間隔がひらきすぎている。ゆえに、この女性の鼻は、付け根のところがひどく幅広だということになる。この種の鼻は、えてして寸が短く、品のない鼻とされているが、物事にはすべて例外があることだし、この点での独断は控えておこう。つぎに、ぼくの顔はどちらかというと幅が狭いほうだが、そのぼくがかけてみても、目がこのレンズの中心にはこないし、中心近くにもこない。もっと外側にずれる。だから、この眼鏡の主《ぬし》の場合、両眼が鼻のほうへぐっと寄っているということになる。きみにもわかるだろう、ワトスン――この眼鏡が近眼鏡で、しかもいちじるしく度が強いってことは。生まれたときから、これほど強度の近眼であれば、そういう人間にありがちな肉体的特徴が、いやでもそなわってくる。それがすなわちひたいの皺《しわ》であり、腫《は》れぼったいまぶたであり、丸めた肩というわけさ」

「ああ、そうだな」私は相槌を打った。「きみの論点はいちいちうなずける。しかしだ、白状するが、眼鏡屋へ二度行ったという理屈、それだけがどうしても納得できない」

ホームズはふたたび眼鏡を手にとった。

「このクリップだが、見てのとおり、鼻にあたる部分にそれぞれ小さなコルクが貼ってある。鼻への当たりをやわらげるためだ。ふたつのうちいっぽうは、いくぶん磨耗して、変色もしているが、もういっぽうは真新しい。明らかに、こっちのがとれて、最近つけなおしたのだ。だがもういっぽうも、古いとはいえ、これも見たところせいぜい数ヵ月しかたっていない。ふたつはそれぞれまったく同質のものだから、したがってこの女性は、おなじ店へ二度出かけていったと、そう判断したわけさ」

「なるほど、たいしたご明察です！」感嘆したホプキンズが声をうわずらせて叫んだ。「そうしてみると、わたしもよほどのぼんくらだったってことになる――最初からそれだけの証拠を手にしていながら、なにひとつつかめずにいたんですから！　もっとも、ロンドンじゅうの眼鏡屋をあたってみよう、とはいちおう考えてはいましたがね」

「それは当然そうすべきだろう。だが、それはそれとして、ほかにまだ事件について聞かせてもらうことはないのかね？」

「ありませんね、ホームズさん。わたしの知ってることは、あなたもすべてご存じだ――ひょっとすると、もっとご存じかも。近くの街道や鉄道の駅で、見慣れない人物が目撃されていないかどうか、その点もすでに調べさせています。いまはまだ、そういう報告はありません。それよりも、わたしがいちばん頭を悩ませているのは、犯行の動機がまるきり見あたらないということです。動機のかけらほどでもいい、だれかそれをにおわせてくれるといいんですが」

「ああ！　その点ではぼくもお役には立てないね。しかしきみとしては、あす、ぼくらに現地へ出張《でば》ってほしいと思ってるんだろう?」

「もしもあまりご無理でなければ、ですがね、ホームズさん。朝六時に、チャリング・クロス駅から出るチャタム行きの列車があります。それに乗れば、〈ヨクスリー・オールド・プレース〉には八時から九時のあいだに着けるはずなんですが」

「じゃあそれに乗ろう。きみの持ちこんできたこの事件、すこぶる興味ぶかい点がいくつかあることは確かだし、それを調べるというのは、ぼくとしても望むところだ。さてと、そろそろ一時近い。わずかでも睡眠をとっておいたほうがいいだろう。きみにはそこの暖炉の前のソファで我慢してもらおうか。出発前に、ぼくがアルコールランプで淹《い》れたコーヒーぐらいならごちそうするよ」


翌朝には、激しかった風もだいぶ衰えていたが、それでも、旅に出るにはまだまだきびしい天候であった。冷たい冬の太陽が、テムズ河岸にどこまでもひろがる陰気な沼沢地《しょうたくち》の上にのぼったが、この河岸の葦原を見るにつけ、私がつい連想せずにいられなかったのは、ホームズと共同生活を始めてまもないころ、あるアンダマン諸島の島人を追って、この河をくだったときのことである。(2) きょうもまた、長く、うんざりするような旅のあと、私たち三人は、チャタムから数マイル離れた、とある寂れた小駅で列車を降りた。地元の旅亭で、一頭立ての軽二輪馬車《トラップ》に馬をつけさせるあいだを利用して、あわただしく朝食をかきこみ、さてそのうえで、いざ仕事だとばかりに、気力も新たに〈ヨクスリー・オールド・プレース〉へ乗りこんでいった。

ひとりの巡査が庭先の木戸で私たちを迎えた。

「やあウィルスン、なにか新しい情報は？」

「いや、あいにくと、なにもありません」

「よそものを見かけたという報告は？」

「それもありません。駅での聞き込みでは、きのうは見慣れない人物はだれひとり乗り降りしなかったとのことです」

「近くの旅籠《はたご》とか、下宿屋などはあたってみたのか？」

「それもあたりました。不審な人物は見つかっておりません」

「なるほど。とにかくチャタムまではいちおう歩いていける距離だからな。あそこでなら、泊まるところもあるし、人目につかずに汽車に乗ることだってできる。ところでホームズさん、これがゆうべお話しした庭先の小道ですが、きのうはここにまったく足跡などなかったこと、これは断言してもいいです」

「草に痕跡があったというのは、道のどっちの側？」

「こっち側です。この小道と花壇とのあいだにつづいている、狭い草地の上です。いまはなにも見えませんが、きのうはたしかに痕跡があったんです」

「そうだろう、そうだろう、だれかが通ったのは確かだ」ホームズはかがみこんで、細くうねうねとつづく花壇の縁どりを見ながら言った。「われわれの探している女性は、よほど慎重に一歩また一歩と足を運んだらしい。そうでなければ、片側はこの道、片側はもっと土のやわらかな花壇なんだから、足跡が残らないはずなんてないからね」

「そうなんですよ、ホームズさん。よっぽど冷静な女にちがいありません」

ふいにホームズの顔を真剣な表情がかすめるのがわかった。

「で、逃げるときも、やはりここを通ったというんだね？」

「はあ。ほかに逃げ道はありませんから」

「この狭い草地の上を通った、と？」

「もちろんですとも、ホームズさん」

「ふむ！　じつに驚くべき離れ業《はなれわざ》だな――驚嘆すべき離れ業だ。まあそれはそれとして、ひとまずこの小道での調査はすんだから、先へ進もうか。この庭への木戸は、常時ひらいてるんだったね？　ならばこの訪問者は、ただここを抜けて、なかへはいればよかったわけだ。そのときは、この女性にはひとを殺すつもりなんかこれっぽっちもなかった。もしあれば、あらかじめ凶器を用意してきたはずだが、彼女はそのかわりにライティングデスクにあったナイフを使っている。屋内にはいり、この廊下を進むが、廊下にはココ椰子の敷物が敷かれているから、痕跡はいっさい残らない。つぎに彼女はこの書斎へはいる。ここでどのくらいの時間を過ごしたろうか。それを判断する材料はいっさいない」

「ほんの数分だったはずですよ、ホームズさん。言い忘れましたが、家政婦のマーカー夫人、彼女が事件のすこし前まで、ここでかたづけものをしてたんだそうです。書斎を出たのは、ほんの十五分かそこら前だった、そう言っています」

「なるほど、それでだいぶ絞りこめるな。問題の女性はこの部屋にはいってきて、さて、なにをしただろう？　まっすぐこのライティングデスクへ歩み寄る。なんのために？　引き出しのなかのものが目あてではない。彼女が持ちだす値打ちのあるものがもしあったとしても、それが鍵もかかっていない引き出しなんかにあるはずはないからね。当然、この中央の物入れのなかのものだ。ほほう！　この木の表面の引っ掻き傷、これはなんだ？　ワトスン、ちょっとマッチで照らしてみてくれ。この傷のこと、どうして話してくれなかったんだ、ホプキンズ？」

彼が仔細に調べているその傷跡というのは、鍵穴の右手の真鍮《しんちゅう》の部分から始まって、四インチの長さにのびている。ニスの表面に、それだけの長さの引っ掻き傷が残っているのだ。

「それならわたしも気づいてはいました。しかしホームズさん、鍵穴の周囲には、えてしてこういう傷がつくものですから」

「この傷は真新しい——できたての傷だよ。見たまえ、傷ついた真鍮が光っているだろう。古い傷なら、周囲とおなじ色になっているはずだ。ほら、ぼくの虫眼鏡、これで見ればよくわかる。ついでに、木の表面のニスも見るといい——傷の両側が畝《うね》のように盛りあがってるのが見えるはずだ。ときに、マーカー夫人はどこにいる？」

悲しげな顔をした年配の女性が部屋にはいってきた。

「きのうの朝、このライティングデスクにはたきをかけましたか？」

「はい、かけました」

「そのとき、この引っ掻き傷に気がつきましたか？」

「いいえ、気がつきませんでした」

「でしょうね。はたきをかければ、削りとられたニスの粉なんか吹っ飛んでしまう。ところでこの物入れの鍵ですが、キーはだれが持っていますか？」

「先生が時計鎖につけていらっしゃいます」

「普通の鍵ですか？」

「いいえ、チャップ式の鍵[3]でございます」

「なるほど。よくわかりました、マーカーさん。これで結構です。さてと、すこし前進したようだね。問題の女性はこの部屋にはいり、ライティングデスクに歩み寄って、物入れの鍵をあけるか、あけようとした。ところが、そこへやってきたのが、ウィロビー・スミス青年だ。あわててキーを引き抜こうとして、彼女は物入れの戸にこういう傷をつけてしまう。青年が彼女をとりおさえる。彼女はその手をのがれようと、やみくもに手近のものをひっつかみ――それがたまたま凶器となったナイフだったわけだが――それで相手に打ちかかる。あいにくその一撃が致命傷となり、彼は倒れ、彼女のほうは、それを目あてにやってきた品物を持ってか、持たないでか、ともかくもその場を逃れ去る。ええと、メイドのスーザンはいませんか？　ああスーザン、ひとつ訊くが、きみが叫び声を聞いたあと、だれかがそっちのドアから逃げだすことはできただろうか」

「いいえ、それは無理でございます。だれかが廊下を通れば、階段の上からでも見えないはずはございません。だいいち、こっちのドアがあけば、音が聞こえますのに、そういう気配はまったくございませんでした」

「じゃあ、こっちのドアは使われなかった、と。となると、問題の女性は、きたときとおなじ戸口から出ていったことにまちがいはない。ところでと、たしかこっちの廊下は、教授の部屋にだけ通じているんだったね？　この廊下に通じるべつの出口はない？」

「ありません」

「じゃあいよいよこの廊下を進んで、教授とご対面の栄に浴するとしよう。おやおや、ホプキンズ！　これはすこぶる重大な発見だよ――まさしく重要このうえない大発見！　なんと、教授の部屋に通ずる廊下にも、ココ椰子の敷物が敷いてある」

「はあ。そのとおりですが、それがどうかしましたか？」

「これがこの事件に重大な意味を持つ、そうは考えないのかね？　まあいい、まあいい、べつに強く主張するつもりはないんだ。きっとぼくがまちがってるんだろうが、それでもこれは、なかなか示唆に富むと思われるんでね。さあ行こう。行って、教授に紹介してもらおうか」

私たちは廊下を進んだ。長さは庭へ出るほうとほぼおなじくらい、そしてその先に短い階段があって、ひとつのドアに通じていた。ホプキンズはそのドアをノックし、われわれふたりを教授の寝室のなかへと案内した。

驚くほど広い部屋だった。四辺の壁は、おびただしい書物の詰まった書棚で埋めつくされ、さらにその書棚にもおさまりきらない分が、あちこちの隅にうずたかく積みあげられたり、棚の下の床にずらりと並べられたりしている。部屋の中央にはベッドが据えられ、そのベッドに上半身を起こして、この家のあるじが枕にもたれていた。それにしても、これほどきわだった風貌の人物には、私もめったに出あったことがない。こちらに向けられたその顔は、痩せこけて、猛禽類《もうきんるい》を思わせ、ふさふさとたれた眉の下の眼窩《がんか》の奥から、黒い目がこちらに突き刺さってくる。髪もひげも真っ白だが、それでいて、口のまわりのひげだけは、妙に黄色く汚れている。白くもつれたその長いひげのまんなかから、赤く輝く煙草の先がつきだし、あたりの空気には、澱んだ煙草の煙が充満して、息が詰まりそうだ。彼がホームズと握手するために手をさしだしたとき、その指もまたニコチンで黄色く染まっているのが目についた。

「ホームズさん、あんたもどうやら愛煙家のようだ」と、一語一語をよく吟味した英語で、そのくせどこか妙に気どったアクセントをまじえて言った。「どうぞ一本やってください。それから、そちらのかたもな、どうぞ。味は保証しますぞ――アレクサンドリアのイオニデスの店から、特別に調製させたのを取り寄せておりますから。一度に一千本ずつ、まとめて送らせるのですが、それでも、二週間ごとに追加を注文しないとまにあわない。体にはよくありませんな――よくないことは百も承知しとりますが、しかし、老人にはほかにさしたる楽しみがあるわけでもなし。煙草と研究――これだけですよ、いまやこのわしに残されておるのは」

ホームズはすすめられた煙草に火をつけると、それとなく部屋のあちこちに鋭い視線を走らせた。

「煙草と研究――しかし、いまはもう煙草だけになってしまった」老人は嘆いてみせた。「まったく、なんという悪運でしょうな、こんな致命的な障害が発生するとは！　だれがこんな恐ろしい破局に見舞われるなどと予測できたでしょうな？　実際、あれほど有能な青年もおらなんだのに！　はっきり言いますが、ほんの二カ月ばかり教えただけで、非の打ちどころのない助手になってくれていたのです。それでホームズさん、あんたとしては、事件をどのように見ておられるのですかな？」

「まだ海のものとも山のものとも判断をつけかねています」

「こっちはそれこそ暗中模索の状態でしてな。この暗闇に、あんたが多少なりとも光明をもたらしてくださるなら、おおいに恩に着ますぞ。このわしのような哀れな本の虫、しかも病人ともなると、こうした打撃には手も足も出ません。もはや思考能力すら奪われてしまったかのようでね。ひきかえ、あんたは行動のひとだ――こうした問題を扱い慣れておられる。あんたにとっては、これも決まりきった日常生活の一端でしかないでしょう。どんな非常事態に遭遇しようと、あんたはバランスを失わずにいられる。いやまったく、あんたが乗りだしてくれたというだけで、こっちは百万の味方を得た心境ですよ」

老教授がこうしたことをとめどなくまくしたてているあいだ、ホームズは部屋のいっぽうの端を行きつもどりつしていた。しかも歩きながら異様なほどの速さで煙草をふかしつづける。届いたばかりのアレクサンドリア煙草へのこの家のあるじの嗜好《しこう》、それがホームズにも伝染していることは確かなようだ。

「何度でも言うが、今度のことは壊滅的な打撃です」老人の繰り言はつづいた。「あそこにあるのが――ほら、向こうのサイドテーブルの上にある原稿の山ですが――あれがこのわしの畢生の大作《マグヌム・オプス》です。シリアおよびエジプトのコプト派の修道院で発見された史料、それを分析しとるのですが、これはいずれ啓示宗教の根底まで掘りさげた著作になるはずでした。しかるにいまや健康は衰えるわ、そのうえ今度は有能な助手まで奪われるわで、はたして今生《こんじょう》のうちに完成できるかどうか。おや、ホームズさん、よほどこの煙草がお気に召したようですな――わしよりもずいぶんと速く吸っておられる」

ホームズはにんまりした。

「これでも煙草には目利きでして」そう言いながら、箱からまたしても一本――これで四本めだ――とると、いま吸いおえたばかりの吸いさしから火を移した。「ところでコーラム教授、事件の起きたとき、あなたはこのベッドにおられて、なにひとつ見聞きできたはずがないのは存じていますから、これ以上、煩《わずら》わしい質問でご迷惑をおかけしようとは思いません。ただひとつ、このことだけ訊かせてください――亡くなった青年のいまわのきわの言葉、『先生、あの女です』――これはいったいなにを意味しているとお思いですか？」

教授はかぶりをふってみせた。

「あのスーザンという娘は田舎者です」と言う。「ああいう手合いがどれほど無知なものか、これはあんたもご存じでしょう。おそらく、もはや意識も混濁したスミス青年が、なにかとりとめのないうわごとを口走ったのを、あの娘が勝手に意味のある伝言らしくねじまげただけのことです」

「なるほど。すると、あなたご自身では、このたびの惨事について、これという解釈はお持ちでない、と？」

「たぶん偶発事故でしょう。ことによると――これはここだけの話ですが――自殺かもしれない。若者にはひとに知れない悩みがあるものですからな――なにか恋愛問題でしょう、おそらくは――だれも知らない恋の痛手。殺されたと考えるのより、よほど妥当な解釈だと思うのですがね」

「しかし、眼鏡のことはどうなります？」

「ああ、眼鏡！　なにぶんわしは一介の学究――ただの夢想家でしかないのでね。実人生の実際的な面となると、いたってうとい。しかしですな、あんた、こういう人間でも、ときとして恋の形見というものがどんな変わったかたちをとるか、それぐらいはまあ心得とります。さあ、さあ、よかったら煙草をもう一本、どうかご遠慮なく。これをそれほど気に入ってくださるかたがおいでとは、いやあ、欣快《きんかい》に堪えませんな。さよう、たとえば扇、手袋、眼鏡――人間が自ら命を絶とうというとき、思い出の品としてなにを選び、なにを死出の旅にたずさえてゆくか、そんなことは他人にはわかりっこない。そちらの紳士はたしか、庭の草地に足跡があったとかなんとか言っとられたようだが、しかしね、ああいう場所ではそんな痕跡など、容易にほかのなにかにまぎれてしまいかねない。それからナイフのことについて言えば、あの不幸な青年が倒れたとき、はずみで遠くへ飛んだとも考えられる。まあわしの言い分など、たわいもない子供の戯《ざ》れ言《ごと》にすぎんでしょうが、それでもわしとしては、どうしてもあのウィロビー・スミスが、自分で自分の死をたぐり寄せたと、そう思われてならんのですよ」

こうして教授が縷々《るる》開陳してみせた自説、それにホームズはなにか感ずるところがあったようだが、それでもなおしばらく、なにか思案にふけりながら、つぎからつぎへと煙草を吸っては、そこらを行きつもどりつするのをやめなかった。

ややあって、ようやく口をひらいて、「ときに、うかがいますがコーラム教授、書斎のライティングデスクの物入れ、あそこにはなにがはいっているのです？」

「なにも――盗人を喜ばせそうなものは。家族関係の書類や、亡妻からの手紙、あちこちの大学からもらった学位証書、そういったたぐいのものですな。キーはここにあります。なんならご自分でごらんください」

ホームズはさしだされたキーを手にとり、一瞬ちらりとながめてから、すぐに返した。

「いや、結構です。拝見するまでもありますまい。それよりも、しばらくお庭をぶらつかせていただいて、頭のなかを整理したほうがよさそうです。いましがたおっしゃっていた自殺説、これにも耳を傾けるべき点がありそうですし。いや、どうもお邪魔しました、コーラム教授。昼食を終えられるまでは、もうお騒がせしないと約束します。二時ごろにちょっと寄らせていただいて、それまでになにか進展があれば、それをご報告しますよ」

ホームズは妙に放心したようすだった。私たちはしばし無言のまま、庭先の小道をあちこちと歩きまわった。

ややあって、ようやく私はたずねた。「なにか手がかりがつかめたかい？」

「煙草次第だな――さっきさんざん吸いまくった煙草。ことによると、ぼくがまるきり見当ちがいをしている可能性もある。いずれにしても、煙草が答えを教えてくれるだろう」

「おいおいホームズ」私はつい声を高めた。「いったいなんだって煙草なんかが——」

「まあまあ、落ち着きたまえ。きみだっていまにわかってくるさ。たとえわからなくたって、べつに害はない。むろん、いつだって眼鏡屋の線にもどれるわけだしね。ただ、もっと近道があるなら、そっちをためしてみるというだけのことだよ。ああ、いいところへマーカーさんがきた。五分ばかり、彼女と有益な会話をかわしてみるとするか」

以前にも言ったことだが、ホームズという男、その気になりさえすれば、女性にたいしてとびきり愛想のよい態度がとれるし、短時間のうちに、やすやすと信頼関係を築いてしまうこともできる。いまも、自ら五分と言った、その半分の時間で、その家政婦の好意をかちとり、さながら長年の知己《ちき》のごとくに言葉をかわしていた。

「ええ、そうなんですよ、ホームズ様。それはもう、あきれるほどたくさん煙草をね。一日じゅう、ときには一晩じゅうでもふかしつづけ。朝などお部屋へはいってゆきますと——そうですわね、そう、ロンドンの霧も顔負けというところで。亡くなったお気の毒なスミスさん、あのかたも煙草はたしなまれました。でも、先生ほどひどくはありませんでしたよ。先生のお体ですか？——そうですわね、あたくしにはわかりません、煙草がお体に良いのか悪いのか」

「ああ、そうでしょうね」と、ホームズ。「しかし、食欲が落ちることは確かだ」

「さあどうでしょうか、そのへんもあたくしにはわかりかねますが」

「きっと普段からろくに食事もしないいんじゃないですか？」

「いえ、それがね、日によってずいぶんむらがあるんです。その点だけはまちがいございません」

「じゃあ、けさはどうでした？——賭けたっていいが、きっと朝食はとらなかったはずだ。それに昼食だって、あれだけたくさん煙草を吸っていちゃ、とても食べられたものじゃない」

「おや、お生憎さまですけど、そこはちがいます——けさはとても食欲旺盛で、びっくりするほど召しあがったんですよ。あれほどの健啖家ぶりを発揮なさったの、あたくしもはじめて見ました——しかもお昼には、たっぷり量のあるカツレツを注文なさいましたしね。じつをいうと、少々驚いておりますの——あたくしなんか、きのうあの部屋へはいっていって、お若いスミスさんが床に倒れておいでなのを見ましてから、食べ物を目にするだけで、胸がつかえる心地がしますのに。まあそのへんはね、世のなかはひとさまざまですし、たまたまうちの先生は、あんなことで食欲が落ちるというかたではないのでしょうけど」

　それから午前ちゅういっぱい、私たちは庭をぶらついて過ごした。スタンリー・ホプキンズはこのかんに村まで行き、前日の朝にチャタム街道で子供たちが目撃したという、見慣れない女についてのうわさを確かめてくるとのことだったが、いっぽう私の友人はというと、こちらは日ごろの活力をすっかりなくしてしまったかのようだ。これほど気のない態度で事件に対するホームズというのは、この私にしてもまだ見たことがない。やがてホプキンズがもどってきて、子供たちはたしかに見慣れぬ女性を目撃していて、その女性の風貌はまさしくホームズが言っていたそれに合致するし、そのうえ眼鏡だか鼻眼鏡だかをかけていたのもまちがいない、との報告をもたらしたが、それを聞いても、肝心のホームズは、いっこう関心をそそられたようすもなく、むしろ、昼食の給仕をしてくれたスーザンが、問わず語りに語ったことのほうに、よりいっそうの興味を示した。彼女はこう言ったのだ——きのうの朝、スミスさんは早くから散歩に出たと思う。そして帰ってきたのは、あの恐ろしい事件の起きる、ほんの半時間ばかり前だった、と。私自身はこう聞かされても、それが事件にどう関係するのか、いっこうぴんとこなかったが、それでもホームズがその情報を、頭のなかで組みたてつつある事件の全体像のなかに織りこもうとしていること、それだけははっきりと察知できた。と、ふいに彼が勢いよく立ちあがるなり、懐中時計を見て、言った——「さあお二方、二時になったよ。そろそろ二階へ行って、われらが友、教授先生と話をつけようじゃないか」

　老人はちょうど昼食を終えたところだった。見ればたしかに皿はからになっていて、食欲旺盛という家政婦の言をそのまま裏づけているようだ。いまあらためて対面してみても、真っ白なたてがみ然とした髪に、刺すようにこちらへ向けられてくる爛々《らんらん》と光るまなこ、いかにも鬼気迫るふぜいだ。口からはあいかわらず、この人物とは切っても切れない煙草の先がつきでている。すでに常服に改めて、暖炉のそばの肘かけ椅子に陣どっていた。

「やあ、ホームズさん——で、事件の謎は解けましたかな？」そう言いながら、かたわらのテーブルにのっている大きな缶入りの煙草を私の相棒のほうへ押しだした。同時にホームズのほうもそれに手をのばしたので、ふたりのあいだで缶が傾き、テーブルのふちから床に落ちた。ちょっとのあいだ、一同こぞってその場にひざまずき、とんでもないところにころがりこんでいる煙草を拾い集めることにおおわらわになった。ようやく立ちあがったとき、私はホームズの目が炯々《けいけい》と輝き、頬に赤みがさしているのを認めた。いざ臨戦態勢というときにだけあらわれるもので、いわば戦旗のひるがえるのに等しい。

「ええ」彼は答えた。「謎はすっかり解いたつもりです」

スタンリー・ホプキンズも私も、驚きに目をみはった。いっぽう老教授はと見れば、なにやら冷笑に似たものが、その痩せこけた顔面をよぎったかのようだ。

「ほう、それはそれは！　で、庭で、ですかな？」

「いや、ここで、です」

「ここで！　いつのことです？」

「たったいま」

「これはまた冗談がきついですな、シャーロック・ホームズさん。いまさら言うまでもないですが、これはそういうふざけた態度でかたづけるのには、ちと重大すぎる問題ですぞ」

「コーラム教授、こう見えてもぼくは、推理という連鎖の環《かん》をひとつひとつ入念に鋳造し、鍛えあげてきたつもりでして、その鎖の強度については自信があります。あなたの動機が奈辺にあるのか、あるいは、あなたがこの不思議な事件で正確なところどのような役目を担っておられるのか、そのへんはまだ断定できません。それらについては、じきにあなたご自身の口から聞かせていただけるでしょう。それまでは、まずぼくのほうからあなたのために、これまでにあった出来事をここで再現してみたいと思います――そうすればあなたにも、こちらがこの先なにをおたずねしたいのか、おのずとわかっていただけるはずですから。

きのう、ひとりのりっぱな女性があなたの書斎にはいりました。書斎のライティングデスクにしまわれている、さる文書を手に入れたいとの意図のもとにやってきたのです。彼女は合い鍵を用意していました。さいぜんぼくは機会を得て、あなたのお手持ちのキーを検めさせてもらいましたが、それには、それでニス塗りの表面をひっかけば必ず残るはずの、わずかな汚れも見あたりませんでした。してみると、あなたは従犯ではない。その女性は、残る証拠から判断するかぎり、あなたには無断でその文書を持ちだすためにやってきたわけです」

教授はぷーっと勢いよく煙を吐きだした。

「いやあ、じつに興味ぶかいお話だし、示唆に富んでもいますな」と言う。「で、話はそれだけですか？　そこまで女の行動をつきとめられたのであれば、その後に彼女がどうなったか、その点も当然、話してもらえるはずだと思うが？」

「やってみましょう。まず第一に、彼女はあなたの秘書につかまり、のがれようとして、彼を刺してしまう。不幸な偶発事故だったとぼくは見ています。相手にあれほど大きな危害を加える意図など、彼女には毫《ごう》もなかったはずだからです。殺人者が凶器を用意してこないことなどから、ありえません。彼女は自分のしでかしてしまったことに愕然とし、やみくもに悲劇の現場から逃げだす。ところがあいにく、いまのもみあいのなかで、眼鏡をなくしてしまっていた。そして強度の近眼である彼女は、眼鏡がなければ盲目も同然です。廊下に出て、きたときに通った道と勘ちがいしたまま、その廊下を走りだす――どっちの廊下にもココ椰子の敷物が敷いてあり、見分けがつかないのです――そして道をまちがえたと気がついたときには、すでに遅く、退路は断たれてしまっている。さてどうしよう。いまさらひきかえすわけにはいかない。その場に立ち止まっているわけにもいかない。前へ進むしかありません。彼女は進みつづけ、階段をのぼって、その先にあるドアを押しあける。そして気がつくと、あなたの寝室にはいりこんでしまっている」

老人は棒をのんだようにすわって、口をぽかんとあけ、ぎらぎらする目でホームズを見つめていた。内心を雄弁に映しだしているその顔には、驚愕と畏怖《いふ》の表情が貼りついていた。ややあって、どうにか冷静をとりもどすと、肩をすくめ、わざとらしくうつろな響きのする声をあげて笑った。

「なるほど、みごとなものですな、ホームズさん。だがそのすばらしいお説にも、あいにく、ひとつだけ瑕瑾《かきん》がある。ほかならぬこのわしが、この部屋にはずっとおったのですぞ――しかもきのうは一日じゅう、一歩も外へは出なかった」

「そのことならよく承知していますよ、コーラム教授」

「するとあんたはこう言われるのか――わしはそこのベッドにずっと横たわっていながら、そういう女が部屋にはいりこんできたのに気づかなんだ、とでも？」

「そうは申しておりません。もとよりあなたは気づいておいでだった。その女性と言葉をかわしもした。彼女が何者かも承知していた。彼女の逃亡を手助けしたのもあなただった」

ここでまた教授は、かんだかい、どこかたがのはずれたような声で笑いだした。いつのまにか椅子から立ちあがっていて、目を熾火《おきび》のごとく爛々と輝かせている。「あんたは狂っとる！」とどなる。「正気の沙汰とも思えん言《い》い種《ぐさ》だ。このわしが女の逃亡を助けたと？　ならばいま現在、その女はどこにおる？」

「そこにおります」言うなりホームズは手をあげると、部屋の一隅に置かれた丈の高い書棚をゆびさした。

老人が両腕を高くふりあげるのを私は見た。そのけわしい顔にすさまじい痙攣《けいれん》が走り、老人はそのまま腰を落として、ぐったり椅子の背にもたれこんだ。と同時に、いまホームズのゆびさした書棚が、ぎいと蝶番《ちょうつがい》の音とともにひらき、そこからひとりの女性がとびだしてきた。「おっしゃるとおりですわ」と、女性は叫んだ――風変わりな外国訛《なま》りが耳につく。「おっしゃるとおりです！　わたくしはここにおります」

全身うっすらと茶色の埃《ほこり》にまみれ、頭から蜘蛛の巣までかぶっている――いままで隠れていた書棚の裏で付着したものだろう。顔もまた煤《すす》に汚れて、薄黒いだんだら模様が浮きでているし、どこからどう見ても、端整とはお世辞にも言いかねる風貌だ。まさしくホームズの予言していたとおりの肉体的特徴、なおそのうえに、あごまでがなみはずれて長く、強情そうにつきでている。もともと視力が弱いところへ、いま急に暗所から明るい場所に出てきたせいか、目がくらんだようにその場につったったきり、ここがどこなのか、周囲のわれわれが何者なのかを見定めようとするみたいに、しきりにまばたきをくりかえしている。だがそれでいて、そうしたいかにもみじめな外見とは裏腹に、この女性の立ち姿にはある種の気品があり、昂然とつきだしたあご、高くそらした頭には、ある雄々しさ、凜々しさがあって、知らずしらずのうちに畏敬と賛嘆の念をかきたててやまない。このかんにスタンリー・ホプキンズが彼女の腕に手をかけ、逮捕する旨を告げたところだったが、彼女は軽くその手をふりはらったきり、しかもその態度には、何者も抵抗できない圧倒的な威厳がそなわっている。いっぽう、老教授のほうは、顔をひきつらせながら椅子に沈みこみ、陰気な目で彼女を見つめているだけだ。

「ええ、そうですわ、わたくしは罪人です」彼女はつづけた。「いままでおりましたところから、こちらのお話は残らず聞こえました。あなたが真相をなにもかもつかんでおいでなのもわかりました。もうこうなりましたら、いっさいを告白いたします。おっしゃるとおり、あの若いかたを手にかけたのは、このわたくしです。ですけど、あれが偶発事故だったとあなたがおっしゃる、それもまた事実なのでございます。あのときとっさに手にとったのが、ナイフだったこと、それすら自分では気づきませんでした。絶体絶命の瀬戸ぎわで、なんとか自由になろうと、とにかく手に触れたものをつかむなり、相手のかたに打ちかかったのです。これが事の真相でございます」

「マダム」ホームズも応じる。「いまのお話が真実であることは、ぼくもじゅうぶん心得ております。ただ、お見受けしたところ、たいそうご気分がお悪いようですが」

いかにも、女性の顔色はぞっとするような灰白色《かいはくしょく》になっていた——それがどす黒い顔の汚れとの対照で、ひときわ白々として、まるで死人のようだ。そのままよろめくようにベッドのふちに腰をおろし、それからふたたび口を切った。

「もうあまり時間がありません。それでもここでいっさいをお話しして、真実のすべてを知っていただかなくては。じつはわたくし、この男の妻でございます。この男はイギリス人ではありません。ロシア人です。名前はあえて申しあげずにおきますけど」

ここではじめて、老人が身じろぎした。「おい、やめないか、アンナ！」と叫びだす。「よすんだ！　よせと言うのに！」

そんな彼のほうへ、女はこれ以上はないというほどの深いさげすみの目を向けた。「セルゲイ、どこまであなたはそういう恥知らずな生にしがみついていられるのかしら。あなたの一生なんて、多くのひとに害悪を及ぼしただけで、善いことなどひとつもしてこなかった――してこなかったのは、そう、あなた自身にたいしてもおなじ。でも、だからといってわたくし、神様がそうなさるのより前に、この手でそのかぼそい糸を断ち切ろうとは思わない。この呪われた家の敷居をまたいだときから、もうすでにこの心に堪えきれぬほどの重荷をかかえてしまったんですもの。それでも、話すだけのことは話さなければ――さもないと、まにあわなくなりますから。

みなさん、いまも申しましたように、わたくしはこの男の妻です。結婚したとき、この男は五十、わたくしは二十歳《はたち》の世間知らずな娘。ロシアのある街、ある大学でのことでした――いえ、その土地の名は申しますまい」

「おい、やめないか、アンナ！　やめろと言うのに」老人がつぶやくようにくりかえした。

「わたくしどもは、急進派――革命家――いわゆる虚無主義者でした。夫とわたくし、ほかにも大勢の仲間。ところがそのうち、むずかしい時代がやってきました。ある警官が殺されるという事件があり、多数のものが逮捕されたのですが、証拠が不足していました。そこでこの男は、自分だけが助かるため、そして多額の褒賞金をも手に入れるため、妻と同志たちを裏切ったのです。この男の自供にもとづいて、わたくしたち仲間のものは一網打尽にされました。あるものは絞首台に送られ、あるものはシベリアへ流刑。わたくしも終身刑でこそありませんでしたが、このシベリア送りのなかにいました。ひとり夫だけが、同志を売って得た不浄なお金をふところに、この英国へ渡ってき、以来この土地で人目を避けながら、ひっそり暮らしてきたわけです——自分の居場所が〈同志〉に知られれば、ものの一週間とたたないうちに、正義の鉄槌がふりおろされてくるのはわかりきっていましたから」

老人がふるえる手をのばし、煙草を一本つまみあげた。そして言った——「アンナ、わしの命はおまえの手中にある。これまでおまえはどんなときにも、このわしのために尽くしてくれたものだが」

「まだわたくしの話は終わってはおりません——ぜひともみなさんにこの男の最大の悪行をお話ししなければ！」アンナと呼ばれる女性は言葉をつづけた。「おなじ〈組織〉に属する同志のなかに、わたくしの心の友がおりました。気高《けだか》く、無私で、愛情ぶかい——いずれもここにいる夫の持ちあわさない資質です。彼は暴力を嫌っていました。あのときのわたくしどもの活動が罪だと言われれば、同志のものはみな有罪でしょうが、彼だけはちがいます。彼はたびたびわたくしに手紙をよこし、そうした無謀な行動は思いとどまるように忠告してくれていました。これらの手紙さえあれば、彼を助けられるはずなのです。同様に、わたくしの日記も役に立つでしょう――日記には、日々のわたくしの彼にたいする思いのほかに、わたくしどもそれぞれが活動にたいして持っていた見解、そういったものがしるされているのです。ところが夫がこれを見つけて、日記も手紙もそっくりおさえてしまいました。そしてそれをどこかに隠したうえで、偽証によってその青年をおとしいれ、亡きものにしてしまおうと画策したのです。命をとられるまでにはいたりませんでしたが、それでもアレクシスは流刑人としてシベリア送りになり、いまも、いまこの瞬間にも、かの地の塩坑で働かされています。そういう彼の身の上を、あなたは一瞬でも思いやったことがあるかしら、悪党、この悪党。アレクシスは――あなたなんかその名を口にする資格もないあのひとは――いまも、たったいまも、奴隷のようにつらい労働に堪えながら、かろうじて生きのびているのです。なのにこのわたくしは、あなたの命をこの手中に握っていながら、あえてこのまま見のがそうとしている！」

「おまえはいつだって心気高《けだか》い女だったよ、アンナ」老人は煙草をすぱすぱふかしながら言ってのけた。

彼女はふらりと立ちあがっていたが、いままた小さな苦痛の叫びをもらしつつすわりこんでしまった。

「話を終えなければ」とつぶやく。「やがて刑期を終えたとき、わたくしは日記と手紙とをとりもどすことに決めました――それをロシアの政府に送れば、たいせつな友人の釈放をかちとれるはずなのです。夫が英国に移住しているのを知り、さらに何カ月も探しつづけて、現在の居場所もつきとめました。夫がいまなお日記を所持しているのはわかっていました。わたくしがまだシベリアにいたころ、夫から手紙がきたことが一度あるのです――わたくしを非難する内容で、そのなかで日記のうちの数節を引用していました。とはいえ、執念ぶかいこの男のこと、すなおに渡してくれるはずなどないのはわかりきっています。なんとしてでも自分の力でとりもどすしかありません。そのために、まずは私立探偵事務所に依頼して、探偵をひとり雇い入れ、秘書として夫の家に送りこみました――あのふたりめの、きてすぐに辞めたひと、覚えているでしょう、セルゲイ。あなたがデスクの物入れに書類をしまっていること、それを彼はつきとめてくれましたし、キーの型もとってくれました。でも、それ以上のことはしようとしなかった。そのかわり、この家の見取り図をくれて、午前ちゅうは秘書が二階の部屋で教授の相手をしているので、階下の書斎はたいがい無人になるということも教えてくれました。という次第で、とうとうわたくしは勇を鼓して、われとわが手で書類をとりもどすべく、ここまでやってきたのです。あげく、ひとまず目的を達しはしましたけど、あいにくそれがどれほどの犠牲を伴ったことか！

首尾よく書類をとりだして、戸棚に鍵をかけているとき、あの若いひとにつかまってしまいました。じつは彼とは朝がた一度、すでに会っていました。道で出あったので、コーラム教授のお宅へはどう行けばよろしいでしょうかと訊いたのです。まさかそのひとが夫の秘書だとは、つゆ知らぬことでした」

「そうでしょう！　そうでしょう！」ホームズが言った。「そこで秘書は屋敷にとってかえすと、いましがた出あった女性のことを雇い主に話した。だからこそ、刺されたあと、苦しい息の下から、なんとか雇い主に伝えようとしたんです——犯人はあの女だと、たったいまご報告したあの女性だった、と」

「わたくしにつづけさせてください」女性が言った——厳とした声音《こわね》で、そのくせ顔はひきつって、内なる苦痛にさいなまれているかのようだ。「秘書のひとが倒れてしまうと、わたくしは書斎をとびだしました。そのときあいにく出口をまちがえ、気がついてみると、この夫の部屋にいたのです。夫がわたくしを警察へつきだすと申しますので、わたくしは反撃してやりました——そちらがそう出るのなら、こちらもそちらの命脈を握ることになる、そう指摘したのです。夫がわたくしを司法当局の手にゆだねるのであれば、こちらだって夫を〈同志〉の手にひきわたすことができるのですから。なにも自分が助かりたいためにそう言うのではなく、この場はひとまず生きのびて、本来の目的を遂げたいがためにほかなりません。わたくしならきっといま言ったとおりにするだろう——わたくしの運命と夫自身のそれとは分かちがたくからみあっていて、いまさら切り離すことなどできない——このことは夫も心得ていました。そういう理由で、ただそれだけの理由で、夫はわたくしをかくまったのです。あの真っ暗な隠し戸棚の奥、あそこにわたくしを押しこみました——古い時代の遺物で、ああいうものがあることは、夫しか知りません。食事はいつもこの部屋でとる習慣ですから、わたくしに自分のをすこし分けてくれることもできます。いずれ警察がこの家から引き揚げたら、わたくしは夜陰にまぎれて隠し戸から忍びでる、そして二度ともどってこない、そういう諒解がついていました。

なのに、どうして見抜かれたのか、あなたはわたくしどもの企《くわだ》てを見抜いてしまわれた」ここで彼女はドレスの胸もとをくつろげると、小さな包みをとりだした。「最後に申しあげます。ここにアレクシスを救えるはずの書類があります。あなたを信義を重んじるひと、正義を愛するひとと見込んで、これをお預けします。さあ、受け取ってください！　どうかこれをロシア大使館まで届けてください。これでわたくしの果たすべき責務は果たしました。あとは――」

「いかん、とめるんだ、そのひとを！」いきなりホームズが叫んだ。そしてひととびで部屋を横切ってゆくと、彼女の手から小さなガラスの薬瓶をもぎとった。

「もう遅い！」彼女は言って、そのままのけぞるようにベッドに倒れこんだ。「もう手遅れなのです！　さっき、あの隠し戸棚から出てくる前に、毒をあおりました。ああ、頭がくらくらする！　さようなら！　どうかあの包みを……お願い、あの包みを……忘れないで」


「単純な事件だったが、それでも、考えさせられる点もいくつかあったね」ホームズがそう言ったのは、三人して列車でロンドンへもどる途次だった。「最初からあの鼻眼鏡が鍵を握っているとぼくは見ていた。瀕死の男がたまたまそれをもぎとるという幸運がなかったなら、はたしてわれわれは解決まで漕ぎつけられたかどうか。眼鏡の度の強さから考えて、それを奪われた当人は盲目も同然、まったく動きがとれないことははっきりしている。そういう女性がだよ、狭い草地の上を一歩も踏みはずさずに渡りきった、そうきみが主張したとき、それは驚嘆すべき離れ業だとぼくが言ったのは覚えてるだろう。あのときすでにこの頭のなかでは、そんな離

れ業はとうてい不可能だと見切っていたんだ――当人が万が一にも予備の眼鏡を持っているという、およそありえない僥倖《ぎょうこう》でもないかぎり、そんなことはとても考えられない。したがってぼくとしては、彼女がまだ家のなかにいるという仮説、これを真剣に考えてみざるを得なかった。二本の廊下がよく似ているという事実がはっきりしてからは、目のよく見えない彼女が道をまちがえた疑いはいよいよ濃くなったし、またもしそうだとすれば、彼女は十中八九、教授の部屋にはいりこんだにちがいない。そこでぼくは、この仮説を裏づけるものがなにか見つからないか、その点だけに注意を集中して、あの部屋のうちを仔細に点検し、隠し戸棚になりそうな場所を探した。見たところカーペットには継ぎ目はないし、隅々まで鋲《びょう》でしっかり固定されている。だから、床に落とし戸があるという見かたは放棄した。だが、たくさん並んだ書棚の裏なら、どこかにちょっとしたくぼみでもあるかもしれない。ご存じだろうが、古い建物の書斎には、そういう仕掛けがちょくちょくあるものなんだ。床にはいたるところに本が積んであったが、なかに一ヵ所だけ、書棚の前になにも置かれていないところがある。してみると、そここそがその隠し戸棚だろう。その裏づけになる痕跡などなにもなかったが、さいわいカーペットがくすんだ褐色で、おのずとその手がかりになってくれそうだ。そこでぼくは、あの高級煙草をやたらにふかしては、めあての書棚の前のスペースに灰を撒き散らした。たわいのないトリックだが、そのわりに効果は絶大だった。そのあとは階下へ降りて、きみね、ワトスン、きみの聞いているその前で、コーラム教授の食欲について質問した――もっともきみには、ぼくがそんなことを訊く趣意がぴんとこなかったようだがね。はたせるかな、教授の食事の量は、このところにわかにふえているという――となれば、だれか第三者に食事を分け与えていることが、当然、考えられるわけだ。そのあと、あらためて二階の部屋へ行き、そこでわざと煙草の缶をひっくりかえして、床をじっくり点検した。そこらじゅうに撒き散らした煙草の灰から、狙っていたとおりの証拠が得られたよ。灰にくっきりと靴の跡が残ってる――ぼくらがいないあいだに、隠れていた人物が外へ出てきたってわけさ。

とまあ、そう言ってるうちにも、はやチャリング・クロスだ。ホプキンズ、これできみはみごとに事件を解決に導いた。おめでとうと言わせてもらうよ。さだめしこのあとは本庁へ帰るんだろうね。それじゃワトスン、ぼくらふたりは、このままロシア大使館へ直行するとしようか」

（1）家政婦《ハウスキーパー》の地位については、本作第四短篇の「ひとりきりの自転車乗り」注（2）を参照のこと。

（2）アンダマン諸島の島人を追って、テムズの河くだりをした件については、本全集『四人の署名』を参照のこと。

（3）チャップ式の鍵については、本全集『シャーロック・ホームズの冒険』の第一短篇、「ボヘミアの醜聞」注（2）を参照のこと。

スリークォーターの失踪

ベイカー街では、奇妙な電報が舞いこんでくるのには慣れっこになっていたが、私がとくにその電報を覚えているというのも、七、八年前のある陰鬱な二月の朝、届けられたそれを前にして、わが友シャーロック・ホームズ氏が十五分余りも考えこんでしまったからである。それはホームズに宛てられていて、文面は以下のとおりだった——

当方ノ参上ヲ待タレタシ。トテツモナイ災難。らいとうぃんぐノすりーくぉーたー行方不明。アス不可欠。おーゔぁとん。

「消印はストランド局、発信時刻は十時三十六分」と、ホームズが何度もその電文を読みかえしながら言った。「このオーヴァトン氏とやら、これを出したとき、相当に動転していたらしい——結果、文面もいささか支離滅裂となった。しかし、まあよかろう、ぼくがこの《タイムズ》を読みおえるころには、ご本人があらわれるだろうから、事情はそのときにすっかり知れる。このところ、何事もなくて退屈してきたさなかだから、どんなにつまらない事件でも、このさい大歓迎だよ」

いかにも、ここしばらく沈滞した日々がつづいていたが、私はこういう無為の時をこそ恐れねばならぬことを知っていた。というのも、わが相棒の頭脳はなみはずれて精力的に活動するので、それを働かせる材料がないままに放置しておくと、たいへん危険なのだ。このことは、私もつとに経験から学んでいるところである。友のこの薬物依存症を断ち切らせようと、私はこれまで長らく努力を重ねてきた――なにしろこの麻薬愛好癖、一度は彼のすばらしい経歴を一瞬にして葬り去る寸前まで行ったことがあるのだ。いま現在は、通常の生活をつづけるかぎり、こういう人工的な刺激物への渇望はなくなっている。とはいえ、その悪魔はけっして死んだわけではなく、一時的に眠っているにすぎず、しかもその眠りはいたって浅いものなので、現在のような刺激のない日々がつづくと、ホームズの禁欲的な顔がしだいにやつれてきて、深くくぼんだ、内心のうかがい知れない目にも、陰気なとげとげしさがあらわれてくる。それでこの私も、悪魔のめざめが近づいているのを察知するというわけだ。といった次第で、その謎めいた電報をよこしたオーヴァトン氏とやらがたとえ何者であれ、いまのこの危険をはらんだ平穏無事を打ち破ってくれるだろう人物の来訪は、私としてもおおいに歓迎したいところなのだった――とにかくわが友にとっては、こういう沈滞した毎日のほうが、波瀾万丈の激動ただならぬ生活よりも、はるかに危険なのだから。

予期したとおり、電報のあと、すぐ追いかけるようにその発信人があらわれた。〝ケンブリッジ大学トリニティー・コレッジ、シリル・オーヴァトン〟という名刺が告げたのは、ひとりの若き巨漢の訪れである。体重およそ十六ストーン(1)、筋骨隆々たる青年で、広い肩で戸口をふさがんばかりに立ち、私たちふたりを交互に見くらべた。人好きのする顔だちだが、その顔がいまは心労にやつれている。

「シャーロック・ホームズさんは?」

私の相棒が会釈して答えた。

「ホームズさん、さっきロンドン警視庁《スコットランドヤード》に行ってきたんです。スタンリー・ホプキンズという警部さんに会ったところ、あなたを推薦してくれました。この事件は決まりきった警察の捜査より、むしろあなたのほうに向いているという考えのようです」

「おかけなさい。どういう問題なのか、まず話してくれますか?」

「とんでもない問題ですよ、ホームズさん、まったくとんでもない出来事です! いまにこの髪が真っ白になるんじゃないか、なんて思うくらいで。ゴドフリー・ストーントンが――むろん、彼のことはお聞き及びでしょうね? 彼こそはチームの要《かなめ》、チームを動かす原動力なんです。フォワードからふたりぐらい抜けたって、スリークォーター・ラインにゴドフリーさえいてくれれば一安心。パスにせよ、タックルにせよ、ドリブルにせよ、彼にかなうものはほかにいないし、おまけに頭もよくて、チーム全体のまとめ役でもある。いったいぼくはどうしたらいいんでしょう? あなたにお訊きしたいのはそれなんですよ、ホームズさん。第一補欠のムアハウスはいますけど、もともとハーフバックだし、敵のスクラムに切りこんでいくのは得意でも、タッチラインの外で動くのには慣れていない。プレースキックはうまく蹴ります――それはたしかにそのとおりなんですが、あいにく判断力には欠けるし、走力にしても、飛燕《ひえん》のように走るというわけにはいかない。実際、オクスフォードのモートンにしろ、ジョンスンにしろ、ああいう俊足の相手にかかったら、手もなくかわされちまうでしょう。スティーヴンスンとなると、足こそ速いけど、あいにく二十五ヤードラインからのドロップキックができない。パントもドロップもできないスリークォーターなんて、そもそもスリークォーターの名にあたいしませんよ。ですからね、ホームズさん、あなたのお力でなんとかゴドフリー・ストーントンを見つけだせないかぎり、ぼくらはもうおしまいなんです」

ここまでの長台詞《ながぜりふ》を、私の友人は少々あきれたような微笑とともに聞いていた。なにしろこの青年、度はずれた熱っぽさと真剣さで滔々《とうとう》とまくしたて、要所要所では、たくましい手で膝をどんとたたいて、論点を強調する。それでもようやく語りおえて、彼が黙りこむと、ホームズはやおら手をのばして、ずらりと並んだ備忘録のうちから、〝S〟の巻をとりおろした。だがあいにく、さしも浩瀚《こうかん》なこの知識の宝庫も、このときばかりは用をなさなかった。

「アーサー・H・ストーントンというのがいるが、これはいま売り出しの文書偽造師だし、こっちのヘンリー・ストーントンってのは、かつてぼくが絞首台に送ってやったやつだ。だがそのゴドフリー・ストーントンというのは、このぼくにも初耳だな」

今度は客のほうが唖然とする番だった。

「驚いたな、ホームズさん、あなたはなんでもご存じかと思ってたのに」と言う。「じゃあ、ゴドフリー・ストーントンのことをご存じないとすると、このシリル・オーヴァトンのこともお聞き及びじゃないってことですね？」

ホームズはにこにこしながらかぶりをふってみせる。

「なんてこった！」と、運動選手は声を高める。「こう見えてもぼく、イングランドとウェールズの対抗戦では第一補欠だったんですよ。今年はずっと母校のキャプテンを務めてますし。しかしまあ、ぼくのことはどうでもいいんです。このイングランド広しといえども、ゴドフリー・ストーントンのことをご存じないひとがいるとは、夢にも思わなかった――なにしろわがケンブリッジでも、クラブチームの〈ブラックヒース〉でも、隠れもない名スリークォーターですし、国際試合にだって五回も出場してるんですから。なんとまあ！　いったい全体ホームズさん、いままでどこで生きてこられたんです？」

この若い巨漢の無邪気な驚愕ぶりに、ホームズもついつりこまれてか、声をあげて笑った。

「オーヴァトン君、きみはね、ぼくとはべつの世界に生きてるんです――ずっと甘美で、かつ健康的な世界にね。ぼくの関心は、広く枝分かれして、社会のあらゆる側面に向けられてきたが、幸か不幸か、アマチュア・スポーツという、この国の最良にしてもっとも健全な世界には向けられてこなかった。とはいうものの、けさきみがこうして訪ねてきてくれたことで、きみのその新鮮な空気とフェアプレーの世界にも、このぼくが微力を尽くせる場があるかもしれないとわかった。ですからね、きみ、ひとつそこに腰をおろして、正確になにが起きたのか、このぼくになにをしてほしいのか、そのへんをゆっくりと、落ち着いて話してください」

オーヴァトン青年の顔に困惑の表情がひろがった――日ごろ、頭脳よりも筋肉を使い慣れている人間らしい反応、とでもいうところか。それでも、徐々に口がほぐれたのか、以下のような奇怪な話を訥々《とつとつ》と語って聞かせた。話には、再三のくりかえしや曖昧《あいまい》な表現もまじっていたが、それらは私の一存で除去してある――

「つまりこういうことなんです、ホームズさん。いまも話したとおり、ぼくはケンブリッジ大学のラグビー・チームで主将を務めていますが、ゴドフリー・ストーントンは、うちのチームの大黒柱的存在なんです。あした、ぼくらはオクスフォードとの対抗戦に臨む予定で、そのため、きのうのうちに全員でロンドンへ出てきて、ベントリーのさるプライベート・ホテルに宿をとりました。十時にぼくはぜんぶの部屋を見まわり、チームのみんながちゃんと床についているのを確かめました――きびしい練習と、じゅうぶんな睡眠、このふたつがあってこそチームのコンディションは良好に保てる、これがぼくのモットーです。そのさいに、就寝前のゴドフリーとも二言三言、言葉をかわしたんですが、どこか顔色がすぐれず、気にかかることがあるみたいなので、なにかあったのかとたずねてみました。すると、いや、なんでもない――ただちょっと頭痛がするだけだ、と。そこで、おやすみを言って、別れたんですが、三十分ほどすると、ホテルのポーターがやってきて、なにやらあごひげを生やした粗野な感じの男が、伝言を持ってゴドフリーを訪ねてきたというんです。ゴドフリーはまだ寝ていなかったので、伝言を部屋まで届けたところ、ゴドフリーはその場で一読するや、いきなり脳天をぶったたかれたみたいに、椅子にへたりこんでしまった。心配になったポーターがぼくを呼びにこようとすると、ゴドフリーはそれを制して、水を一杯飲み、どうにか気をとりなおした。それから下へ降りて、ホールで待っていたあごひげの男と二言三言ささやきかわし、そのあと、連れだって外へ出ていった。最後にポーターが見たとき、ふたりはストランドの方角へ、ほとんど走るような勢いで歩み去るところだった、と。けさになっても、ゴドフリーの部屋は裳抜《もぬ》けの殻で、ベッドには寝た形跡もなし、持ち物はぜんぶきのうの晩にぼくが見たときのままになっている。つまり彼はなんの予告もなく、その怪しい男といっしょに消えてしまい、以来、一言の連絡もない。ぼくとしては、どうもこのまま帰ってこないんじゃないか、そんな予感がしてなりません。ゴドフリーという男、あれは骨の髄までのスポーツマンでして、なにかよっぽどのことがあって、自分の力ではどうにもならない、そんな事情でもないかぎり、あいつが練習をすっぽかしたり、キャプテンを失望させたりするはずがない。ええ、そうなんです——いやな想像ですが、彼はもう二度と帰ってこず、ぼくらもこれきり彼の姿を見ることはないんじゃないか、そんな気がしてならないんです」

この奇々怪々な長話に、シャーロック・ホームズはこれ以上はないというほどの集中力で聞き入っていた。

「で、きみはどうしました？」とたずねる。

「ケンブリッジに電報を打って、向こうで彼の消息が知れないか、問いあわせてみました。返事はきましたが、だれも彼を見かけてはいない、と」

「ケンブリッジに帰ろうとすれば、帰れたんですね？」

「ええ、遅い列車があるんです——十一時十五分発のが」

「しかし、きみの確かめたかぎりでは、それには乗らなかった？」

「ええ、だれひとり彼を見ていないんです」

「そのあと、どうしました？」

「マウントｰジェームズ卿に電報を打ちました」

「なぜマウントｰジェームズ卿に？」

「ゴドフリーは両親を亡くしていて、いちばん近い親戚が卿なんです——たしか、伯父だったと思います」

「なるほど。となると、事件にまた新たな側面が見えてきたことになるな。マウントｰジェームズ卿といえば、わが国でも指折りの富豪ですから」

「ええ、ゴドフリーからもそう聞いたことがあります」

「しかも、非常に近い身内ということになる、きみの友人は」

「ええ、相続人だそうです。おまけにそのじいさんってのが、もう八十近くて——そのうえ痛風持ちでよぼよぼなんだとか。ところがそのご老体、うわさに聞けばひどい吝《しわ》ん坊で、ビリヤードのキューにもチョークのかわりに、自分の指関節をこすりつけてすませるという御仁《ごじん》。ゴドフリーにだって、いままで一シリングたりとも小遣いなんかくれたことはないみたいだし、要するに徹底した吝嗇家《りんしょくか》なんですが、それでもいずれはその全財産が、そっくりゴドフリーにころがりこむと、そういうことになってるようです」

「で、きみの電報にたいして、マウントｰジェームズ卿からの返事は?」

「ありません」

「きみの友人がもしそのマウントｰジェームズ卿のところへ行くとすれば、どういう動機が考えられますか?」

「そうですね、ゆうべ彼がなにか思い悩んでいたのは確かです。それがもし金銭問題だとすれば、金ならうなるほど持ってる、いちばん近い身内に頼るということはあるかもしれない。でも、いままでにゴドフリーから聞かされたことから判断するかぎり、行ってもどうせ無駄足だったでしょうけどね。だいいち、ゴドフリー自身、あのじいさんが好きじゃなかった。行かないですむものなら、行かずにすませたはずです」

「なるほど、そのへんはいずれ確認できるでしょう。かりにきみの友人が、身内であるマウントｰジェームズ卿のところへおもむいたのだとすると、その場合は、ゆうべ非常に遅い時刻に彼を訪ねてきたという、その粗野な感じの男のこと、そしてその男がきみの友人に激しい動揺をもたらしたという事実、これらをどう説明するかという問題になってくるわけだが」

シリル・オーヴァトンは両手で頭をかかえた。「と言われても、ぼくにはさっぱり見当もつきませんよ!」と言う。

「まあいい、いいでしょう。ともあれ、きょうは一日、体があいていますから、さっそくにもこの件を調べてあげますよ。いっぽうきみには、強くこう進言したい――きみはキャプテンとして、すぐにもその若い名手なくして試合に臨む準備にかかるべきだと。さっききみ自身も言ってたとおり、なにかよほどの事情がなければ、こういうかたちでその友人がチームを離れることなどありえないでしょうし、またそのおなじ事情が、いまも彼をひきとめているものと考えられる。さて、それではいっしょにそのホテルまで出向くとしますか。ぼくが訊いてみれば、そのポーターからまた新しい話が出てくるかもしれない」

シャーロック・ホームズという男は、いわゆる下層社会の証人から証言をひきだすことにかけては、名人級の腕前を発揮する。いまも、ゴドフリー・ストーントンが姿を消したあとの空き室に、そっとポーターを呼び入れ、いくらもたたないうちに、聞きたいことは洗いざらい訊きだしてしまっていた。前夜の来訪者というのは、紳士階級の人間ではないが、さりとて労働者階級とも言えず、ポーターの言葉を借りれば、〝その中間の得体の知れないやつ〟だった。年は五十がらみ、あごひげには白いものがまじり、顔は青白く、服装は地味だという。じつはその男自身がかなり動揺しているらしく、伝言をしるしたメモをさしだすとき、その手がふるえているのをポーターは目にしている。そのメモは、ゴドフリー・ストーントンが自分のポケットにねじこんでしまった。ホールに降りたとき、ストーントンはその男と握手はしなかった。ふたりはほんの二、三言、ささやきあっただけで、ポーターに聞きとれたのは、〝時間〟という一語のみ。それからふたりは先に述べたように、あわただしく出ていった。時刻はちょうどホールの時計が十時半を告げたところだった。

「ところで、念のために訊くんだが」と、ホームズはストーントンのベッドに腰かけながら言った。「きみはたしか日勤のポーターだったね？」

「はあ、さようで。十一時に勤務が明けます」

「夜勤のポーターはなにも見てはいないんだね？」

「はあ。遅くなってから、芝居帰りのご一行がお帰りでしたが、それだけだったみたいです」

「きのうは一日、勤務してたんだね、きみは？」

「はあ、さようで」

「ストーントンさんのところへ、手紙かなにかこなかったかい？」

「きました。電報が一通」

「ほほう！　それはおもしろい。それがきたの、何時だった？」

「六時ごろです」

「受け取ったとき、ストーントンさんはどこにいた？」

「ここです、このお部屋で」

「彼が開封したときも、きみはその場にいたのか？」

「はい、おりました。返電でもお出しになるかと思いましたので」

「なるほど。返電はあったのかな？」

「ございました。その場でお書きになりましたので」

「きみがそれを出しにいったのか？」

「いえ。ご自分で出しにいかれました」

「それでも、きみの目の前で返電をしたためはしたんだな？」

「はい、さようで。わたしは入り口のところで待っておりまして、お客様はあのテーブルに、こちらに背を向けてすわっておいででした。返電を書きあげられると、『いいんだ、これは自分で出しにいくから』と、そうおっしゃいました」

「書くのになにを使ったかわかるか？」

「はい、ペンでした」

「用紙はあのテーブルの上にあるやつかね？」

「はあ、いちばん上のを一枚、使われました」

ホームズは立ってゆくと、用紙の綴《つづ》りをとりあげ、窓ぎわへ持っていって、紙の表面を入念にためつすがめつした。

「残念だな、鉛筆を使ってくれなかったのは」そう言って、失望したように肩をすくめ、用紙の綴りをほうりだす。「きみはたびたび見てきただろうけどね、ワトスン、鉛筆だとこういう場合、たいがい下の紙に跡が残る――そのせいで、幸福な結婚がこわれたことだって、一度や二度じゃきかないくらいだ。あいにくここでは、それも見あたらないわけだが、しかし、見ればさいわいなことに、先の太い鵞ペンを使ってくれている。鵞ペンとなると、この吸い取り紙に、きっとなにか跡が残ってるはずなんだが。ああ、やっぱり――これだよ、これ！」

彼は吸い取り紙の台から表面の一枚を剝がすと、こちらに向けてみせた。なにやら象形文字のようなものが並んでいる――

シリル・オーヴァトンが勇みたった。「鏡に映してみよう」と叫ぶ。

「いや、その必要はない」と、ホームズ。「この吸い取り紙は薄手だから、裏から見れば、きっと透けてみえる。ほら、このとおり」彼がそれを裏返すと、文字が浮きだした――

「つまりこれが、ゴドフリー・ストーントンが姿を消すほんの数時間前に打った電文の末尾というわけだ。すくなくともこの前に単語が六つはあったと思うが、それは残念ながら消えている。しかし、残っているこれだけでも、〝どうかわれわれに力を貸してください、お願いします!〟(stand by us for God's sake!) となり、このことから察するに、どうやらこの青年、なにかただならぬ危険が身に迫っていると知り、しかも、ほかのだれかがその危険から自分を護ってくれることも知っていた、と。〝われわれに〟というところが肝心だよ! 危険はこの青年ひとりのものじゃないんだ。ならばそれはだれだろう――やはりひどく動転しているように見えたという、青い顔をした、あごひげの男、ほかにいるはずがない。ではそのあごひげの男と、ゴドフリー・ストーントンとの関係は? さらにこのふたりが、迫りくる危険からの庇

護をもとめようとしている第三者とは？　どうだい、早くも捜査の範囲はここまでせばまってきた」

「ならば、その電報の宛て先さえつきとめれば、万事解決ってことになる」私はそれとなく言ってみた。

「おっしゃるとおりさ、ワトスン。なかなかうがったご意見と言うべきだろうが、それぐらいのことは、ぼくだってとうに考えてる。しかしだ、ひょっとしてきみが、のこのこ郵便局へ出かけていって、他人の打った電報の控えを見せてくれと頼むとか、そんな手段を考えてるんだったら、あいにくその手は通用しないと言ってもいい——そこが名にし負うお役所仕事、一筋縄じゃいかないのさ！　もっとも、そこにちょっとした策略、手練手管を弄する余地もないわけじゃない——そうは思うが、しかしまあ、それはそれとして、オーヴァトン君、いまここできみの立ち会いのうえで、あのテーブルにのっている書類に目を通させてもらってもいいですかね？」

山ほどの手紙や請求書、帳面のたぐいがそこには置かれていたが、ホームズはそれらを手ばやく、指先にまで神経のかよった手つきでひっくりかえしては、鋭く透徹した目で検《あらた》めていった。しばらくして、やっと、「だめだ、これというものはないな」と言い、つづけてオーヴァトンに、「それはそうと、きみの友人は、いたって健康な青年なんでしょうね？——どこといって悪いところはなかった？」

「もちろん、健康そのものですよ」

「体のぐあいが悪いと聞いたことはない?」

「ぜんぜん。試合で向こう脛《ずね》を蹴られて、しばらく休んだことがあるのと、一度、膝蓋骨《しつがいこつ》を脱臼したことはありますけど、そんなのは病気のうちにははいらないでしょう?」

「ことによると、きみの思っているほど壮健ではなかったかもしれない。なにかひとには知れない疾患をかかえていたんじゃないか、そう思わせるふしもある。きみの同意が得られれば、この書類のなかからひとつふたつ、今後の調査に関係のありそうなものを預からせてもらいたいんだが」

「ちょっと待った、それはならんぞ!」

いきなり気むずかしげな声が割りこんできた。一同が顔をあげると、部屋の戸口に、妙にひねこびたちんちくりんの老人が立っていて、ぎくしゃくと踊るように体をふるわせている。色褪《あ》せた黒の上下に、ばかにつばの広いシルクハット、ぶかぶかにゆるんだ白ネクタイ——全体として、田舎の司祭か、葬儀屋の〝雇われ泣き男〟とでもいったふぜいだ。ところが、そうした見すぼらしい、見ようによっては滑稽《こっけい》とさえ見える風体《ふうてい》とは裏腹に、ぴしっと決めつけてくる口調には張りがあるし、態度物腰にも、おのずとひとの目をひきつけずにはおかぬ迫力がそなわっている。

「いったいきみは何者かね? してまたどういう権利があって、ここで紳士の書類をいじりまわしておる?」鋭く問いつめてくる。

「ぼくは私立探偵でして、この部屋の主《ぬし》が姿を消したわけを調査しております」

「ほう、そうか、探偵とな？　で、だれから調査を依頼されたんだ、え？」

「こちらの紳士です。ストーントン氏の友人で、スコットランドヤードの推薦により、ぼくのところへこられたのです」

「で、そっちのきみ、きみはいったいだれだ、え？」

「シリル・オーヴァトンというものです」

「するときみか、このわしに電報をよこしたのは。わしがマウント－ジェームズ卿だ。ベイズウォーターから、いちばん早い乗り合い馬車で駆けつけてきた。では、きみが探偵に依頼したということだな？」

「そのとおりです」

「ふん。で、費用の支払いはどうするつもりだ」

「それでしたら、友人のゴドフリーが見つかりさえすれば、彼がなんとかしてくれると思いますが」

「しかし、もしも見つからなんだら、どうする、え？　どうするつもりだ？」

「その場合は、むろんご家族のかたが――」

「とんでもないことだ！」小柄な老人は金切り声で叫びたてた。「わしは鐚一文《びたいちもん》、払いはせんぞ――そう、一ペニーたりともだ！　それをよく肝《きも》に銘じておくことだな、そこな探偵君！あの若者の家族といえば、このわししかおらんが、わしにはそんな支払いに応じねばならんいわれはない。あいつがいくらかでも遺産をあてにできるとしたら、それはこのわしが無駄遣いをいっさいしてこなんだためにほかならんし、いまさらその方針を変えるつもりもないわい。見ればきみは、そこの紙切れを勝手にいじくりまわしておるようじゃが、万が一にもそのなかに多少とも値打ちのあるものがまじっておったなら、いずれきみにもきちんと責任をとってもらうからな、そのつもりでおれよ」

「よくわかりました」シャーロック・ホームズは答えた。「ところで、参考までにうかがいますが、この部屋の若い紳士が姿を消されたわけについて、あなたにはなにかお心あたりでもおありですか？」

「ない、心あたりなぞあるものか。だいたいあいつは、もう自分で自分の面倒ぐらいは見られるおとなだ。そんな大の男が姿を隠すなぞというばかな真似をしおったからといって、行方探しにこのわしが責任を持つなぞ、まっぴらごめんじゃわい」

「あなたのお立場はよく了解しております」ホームズがちかりと目を悪戯《いたずら》っぽくきらめかせて言った。「ただあいにく、ぼくの立場をよく了解しておいでだとは言えないようだ。ぼくの知るかぎりでは、ゴドフリー・ストーントンはかなり貧しい青年のようです。そんな彼がかりに誘拐されるとすると、それは本人の資産をあてにしてのことではありえない。そこへいくと、マウントージェームズ卿、あなたが資産家であることは世に知れわたっておりますから、悪漢一味が甥御さんを監禁し、甥御さんの口から、あなたのお住まいや、日ごろの習慣、お手持ちの財宝などについての情報をひきだそうとしている、これはじゅうぶん考えられることだと思うのですが」

鼻持ちならない小柄な来訪者の顔面が、みるみるその下のネクタイ同様に白く変わった。

「これはしたり、そこまでは思いつかなんだ！　まったく、悪いやつはおるものじゃ！　そういう悪鬼の所業をたくらむやつが世にのさばっておるとは！　しかし、ゴドフリーはあれで頼もしい子じゃ——気骨もある。そんなやつらに脅されたくらいで、この年老いた伯父を売るような真似はすまいて。それにしても、今夜にでもさっそく金銀の食器類を銀行に預けるとするか。いっぽうきみのほうはだ、探偵君、いっさい骨惜しみをしてはならんぞ。草の根を分けても甥を探しだし、無事に連れもどしてもらいたい。費用については、そうじゃな、五ポンドか、さよう、十ポンドぐらいなら、いつでもわしのほうに言ってきてくれ」

いくらか鼻っ柱を折られたようだとはいえ、この守銭奴の老貴族からは、捜査に役だちそうな情報はまるきりひきだせなかった。そもそも、甥の私生活については、なにひとつ知らないようすなのだ。という次第で、われわれに残された手がかりといえば、半分がた切れた電文だけということになり、その写しを手に、ホームズは連環のうちの二番めの環《かん》をつきとめに向かった。マウント－ジェームズ卿とはその場で別れ、いっぽうオーヴァトンはチームのほかのメンバーと、とつぜん降って湧いたこの不運について相談するために出かけていった。

ホテルから程遠からぬところに、電報局があるのが見つかった。私たちふたりはその前で足を止めた。

「ともあれ、ためしてみる値打ちはあるよ、ワトスン」と、ホームズが言う。「むろん、令状があれば、事はずっと簡単だが、ここで控えを見せろと要求できる段階にまでは、まだ達していないんだ。けっこう込んでるようだから、客の人相なんかいちいち覚えちゃいないだろう。いちかばちか、やってみようじゃないか」

持ち前の愛想のよい態度で彼が声をかけたのは、窓口の格子の向こうにいる若い女性局員だった。

「お手数をおかけしてすみませんが、ゆうべ打った電報にちょっとしたミスがあったようで、返事がまだこないんです。それで、ひょっとすると末尾にこっちの名を入れ忘れたんじゃないかと気になって。それを確かめるわけにはいきませんかね？」

窓口の若い女性は控えの束をめくった。

「何時ごろでした？」と訊く。

「六時ちょっと過ぎ」

「どなた宛てでしたか？」

ホームズは指をくちびるにあて、ちらっと私に目くばせした。「結びの言葉は、〝お願いします〟というんですが」と、ことさら秘密めかしたささやき声で言う。「とにかくこっちとしては、一刻も早く返事がほしいところなので」

若い女性は、束のなかから一枚を抜きだした。

「これですわね。たしかに名前ははいってません」そう言いながら、それをカウンターの上にひろげてみせる。

「ああやっぱり、道理で返事がこないわけだ」ホームズも調子を合わせる。「ぼくとしたことが、こんなばかげたミスをやらかすとは！　ありがとう、助かりましたよ——おかげで心のつかえがとれたようだ」局を出て、外の通りに立ったところで、彼はくっくと笑って、手をこすりあわせた。

「それで？」私はたずねた。

「前進したよ、ワトスン、大きな前進だ。あの電報の控えを見せてもらうのに、ぼくは七通りの手段を考えていたんだが、なんと、最初の一発で的にあたるとは——さすがにここまでは予想していなかったよ」

「じゃあ、なにが得られたというんだ？」

「これからの捜査の出発点が得られたのさ」手をあげて、辻馬車を呼びとめると、「キングズクロス駅へやってくれ」と言う。

「すると、旅に出るわけか」

「そうさ、これからケンブリッジまで、大至急、きみと道行きだ。すべてのヒントがあの街を指し示しているように見えるんだよ」

しばらくして、馬車がグレイズ・イン・ロードを走りだしたところで、私はたずねた。「聞かせてくれ、あの青年が姿を消した動機についてだが、きみにはなにか、これという目算でもついてるのかい？　これまでだって、動機のはっきりしない事件はいろいろあったが、今度のこれほどその点が曖昧模糊《あいまいもこ》としてるのは、まずなかった。まさかきみだって、あの金持ちの伯父貴に関する情報を吐きださせるため、彼が誘拐された、なんて説を大まじめに考えてるわけじゃあるまい？」

「白状するとね、ワトスン、ぼくだってあんな説、根拠があるなんてまるきり思っちゃいないさ。だがそれでも、ああいう説を唱えてやれば、あのとんでもない食わせ者のじいさんには、なにより強く訴えるんじゃないかって、そんな気がしたんだ」

「たしかにあれは効き目があったな。しかし、それ以外の仮説も持ってはいるんだろう？」

「仮説なら二、三ないでもない。きみだって認めるだろうが、そもそも今度の事件、奇妙でもあり、なにやら考えさせられるところもあるが、それというのも、なぜまたこれがよりにもよって、大事な対抗試合の前夜に起きなきゃならなかったのか、という疑問が捨てきれないからさ。しかも、かかわっている当人は、試合に勝つためにはかけがえがないという、チームでただひとりの選手ときている。むろん、たんなる偶然かもしれない。それでも興味ぶかい偶然ではある。アマチュア・スポーツは賭博の対象にはされないことになってるが、広く大衆のあいだでは、非公認の賭けが横行してることだし、ことによると、競馬の世界で悪いやつが馬にわるさをする、薬を盛ったりして走れなくさせる、なんてことがままあるように、選手のひとりをかどわかして、試合に出させずにおくってのが、ある一部の人間にとってはそれなりに都合のいいことなのかもしれない。これが仮説の第一。二番めのは、まずだれもが考えそうなやつ――あの若いのは、いまでこそ豊かとは言えないにしても、実際には巨額の財産の相続人であるわけだし、そういう人間を人質にして、身の代金を奪うたくらみがもしあったとしても、けっして不思議ではないだろう」

「しかし、その仮説ではどっちにしても、電報のことが説明できない」

「お説のとおりさ、ワトスン。電報はまだいまのところ、われわれの手にある唯一の実体ある証拠なんだから、それから目をそらすわけにはいかない。いまわれわれがケンブリッジに向かおうとしているのも、その電報が打たれた目的というか、そのへんを解明するためなんだ。この道筋がこの先どこへ向かうかは、目下のところまだ漠然としてるが、それでも、日が暮れるまでにはなんとか目鼻がつくか、でなくば、この線で飛躍的に前進するかしていなければ、かえっておかしいくらいだよ」

私たちがこの古く由緒ある大学都市に着いたときには、はや日はとっぷりと暮れていた。ホームズは駅で辻馬車を拾うと、レズリー・アームストロング博士の家までやるように命じた。ほんの数分で馬車が停まったのは、とあるにぎやかな通りに面した、宏壮な邸宅の前だった。私たちはなかへ通されたものの、そのあとかなり待たされてから、やっと診察室に請じ入れられた。テーブルを前にして、ドクターがすわっていた。

私がレズリー・アームストロング博士の名に心あたりがなかったということは、いかに本業をおろそかにしていたかの証左のようなものだ。いまなら私もこの人物が、ここの大学の医学部主任教授であるだけでなく、科学のさまざまな分野において、ヨーロッパ有数の思索家という令名を馳《は》せてもいるのは承知している。とはいえ、こうした輝かしい経歴のことなどなにも知らなかったとしても、この人物を一目見れば、その存在感に圧倒されぬものなどまずいないだろう——角張った、重々しい顔、つきでた眉毛の下に暗く光るまなこ、花崗岩《かこうがん》から彫りだしたかのような、がっしりと張ったあご。まさしく人間として奥の深い人物。犀利《さいり》な知性の主であり、冷厳かつ禁欲的で、自持《じじ》の心が強く、ただものではない威圧感がある――とまあそんなふうに、私はこのレズリー・アームストロング博士なる人物を見てとった。博士の手には、私の友人の名刺、そして目をあげたところを見ても、そのいかめしい顔には、愛想のよさなど微《み》塵《じん》もうかがわれない。

「シャーロック・ホームズ君とやら、きみの名は聞き及んでいますし、ご職業も存じてはおりますが、それはこのわたしにはもっとも好ましくない職業のひとつだ」

「そういう意味では、博士、あなたもこの国のあらゆる犯罪者と同意見ということになりますね」私の友人がやんわりと切りかえした。

「きみの努力が犯罪防止に向けられているかぎりは、そういう意味で社会の良識あるひとびとからの支持も受けられようが、ただわたしとしては、それだけのことなら公的な機関でじゅうぶんまにあうはずだと言いたい。きみのそのご職業が批判さるべきものであるとすれば、それはきみたちが強引に個人の秘密に立ち入ったり、そっとしておいたほうがよい家庭内の問題をあばきたてたりするからであって、それと同時に、きみたちよりもさらに多忙な人間の時間を空費させる結果にもなりかねない。げんにいまこうして話しているあいだも、わたしとしてはむしろ、専門の論文でも書いているほうがよっぽどありがたいのだ」

「ごもっともです、ドクター。しかしまたいっぽうでは、結果としてぼくと話すほうが、論文よりもよほど有益だということになるかもしれない。ついでに一言訂正させていただくと、いまぼくらがやろうとしているのは、あなたがいましがた正当にも非難された行為などとは、まるきり対極にあるものでしてね。つまり、安易に公的な機関にゆだねれば、個人的な問題が必然的に世間の目にさらされる結果にもなるわけですが、そういう結果をこそ防ごうと努力しているのです。なんならぼくの仕事をこういうふうに見てくださってもいいかもしれない——ぼくはこの国の正規軍の先頭に立って、先遣工作隊として働く義勇兵の立場にある、とね。で、そういう立場のものとしてこのたびお訪ねしたのは、ゴドフリー・ストーントン氏に関してお訊きしたいことがあるからなのです」

「彼のなにを知りたいと？」

「あのかたをご存じでいらっしゃいますね？」

「ごく親しくしている友人だ」

「そのご友人が行方不明になられたこともご存じでしょうね？」

「なに、行方不明だと！」だがそう言いつつも、博士のいかつい顔の表情はいささかも変わらない。

「ゆうべホテルを出たきりなのです。それ以来、消息が知れません」

「きっとすぐにもどってくるだろう」

「あすは試合なのですよ——大学対抗のラグビー試合」

「ああいう子供じみたゲームには、いっさい関心などない。それよりも、あの青年の身のほうが、よほど気にかかる——よく知っていて、好意も持っている相手なのだから。ラグビーの試合がどうなろうと、わたしにはどうでもよいことだ」

「それならば、ストーントン氏の身がどうなったか、それを調べることにもすこしは関心をお持ちいただきたい。いまどこにいるか、ご存じですか？」

「いや、まったく」

「最近は、お会いになっていないと？」

「むろん会ってなどいない」

「ストーントン氏は健康な青年でしたか？」

「言うまでもない」

「病気したことはありませんか？」

「ない」

否定する博士の目の前に、ホームズは一枚の紙をつきつけた。「では、これについて説明していただくことはできるでしょうね？——先月、ゴドフリー・ストーントン氏がケンブリッジのレズリー・アームストロング博士にたいし、十三シリングを支払ったという、領収ずみの請求書です。ストーントン氏のデスクにあったのを拝借してきました」

ドクターの顔面が怒りに紅潮した。

「ホームズ君、そんなことをこのわたしがきみに説明せねばならんいわれはない」

ホームズはその書類を紙入れにもどした。

「ここで説明するより、公的な場でそうするほうがよいというお考えであれば、早晩、その機会はやってくるでしょう。すでに申しあげたとおり、よそではいずれおおやけになってしまうことでも、ぼくならば内輪のこととして処理できるのです。衷心からご忠告申しあげますが、いまここでぼくを信頼なさり、すべてを明らかにされるのが、真に賢明な途《みち》だとおわかりいただきたいのです」

「なにひとつ知らないのだ、わたしは」

「ロンドンからストーントン氏がなにか言ってこられませんでしたか？」

「いや、ぜんぜん」

「おやおや、困ったものだ！――また郵便局に逆もどりらしいよ！」ホームズはうんざりしたように溜め息をついてみせた。「ゆうべ、六時十五分に、ロンドンのゴドフリー・ストーントンからあなたに宛てて、至急電報が打たれています――必ずやあの青年の失踪に関係があるはずのもの――ところがその大事な電報を、あなたは受け取っておられないという。不埒《ふらち》きわまりない怠慢です。これから一走り地元の局へ行って、苦情を申したててやるとしましょう」

レズリー・アームストロング博士は、いきなりすっくとデスクの向こうに立ちあがった。満面に朱をそそいで、陰気な顔がいっそう赤黒くなっている。

「恐縮だが、いますぐこのわたしの家から出ていってもらおう」と言う。「きみの雇い主たるマウントージェームズ卿には、こう言ってやることだ――わたしはあなたとも、手先であるホームズとも、いっさいかかわりなど持つ気はない、と。いや、聞きたくない、もうなにも言うな！」手もとの呼び鈴を力いっぱい鳴らす。「ジョン、こちらのお客様がたがお帰りだ。お送りしろ」尊大な執事に有無をいわさず玄関まで案内されて、私たちはあっというまに外の通りへ押しだされていた。ホームズがこらえきれぬように大声で笑いだした。

「いやはや、あのレズリー・アームストロング博士、たしかにエネルギッシュだし、なかなかの大人物だ。ぼくの思うに、かりにあのせんせいがそっち方面に才能を生かす気になれば、名だたる故モリアーティー教授の穴を埋めるのに、うってつけの人材になるはずなんだが。しかしまあ、それはそれとしてだ、ワトスン、ぼくらはどうもこの愛想のない街で、頼るべき友人とてなく、路頭に迷っちまったらしいよ――だがそうかといって、依頼された事件をおっぽりだして、このまま引き揚げちまうというわけにもいかないし。さいわい、アームストロング家の真ん前に、こぢんまりした宿屋がある――お誂《あつら》え向きじゃないか、ぼくらには。お手数だがきみ、正面側の部屋をひとつ確保して、今晩の宿泊に必要な品を買いそろえておいてくれないか。そのあいだにぼくは街へ出て、二、三の心あたりをあたってみることにする」

ホームズの言う〝二、三の心あたりをあたる〟とは、本人の予想以上に手間のかかる作業だったようだ。彼が宿に帰ってきたのは、そろそろ九時になろうというころだった。青ざめ、意気消沈して、全身埃《ほこり》まみれ、空腹と疲労とでぐったりしている。冷肉の食事がテーブルに用意されていて、どうにかそれで飢えを満たし、パイプに火をつけてしまったところで、ようやく彼もその後の経過を、持ち前のなかば冗談めかした、それでいてどこまでも冷めた表情で語れるまでになった――これは物事が思うように進まなかったとき、彼が照れ隠しにとる態度と相場が決まっている。だがそれでいて、下の街路から馬車の轍《わだち》の音が聞こえてくると、すぐさま席を立って、窓の外をのぞきにいった。向かいのドクター邸の玄関前に、街灯のガス灯の光を浴びて、二頭の葦毛《あしげ》の馬にひかれた四輪箱馬車《ブルーム》が停まっている。

「三時間、留守にしてたな」と、ホームズが言う。「六時半に出かけてって、いまやっとご帰館だ。ということは、半径十ないし十二マイルの範囲内を往復してきたってことになるが、それをあのドクター、日に一度は必ず、日によっては二度もくりかえしている」

「開業医なら、とくに珍しいことじゃないだろう」

「しかしアームストロングは開業医じゃないんだ。大学で講義をし、付属病院で医長も務めているが、患者を診るのは、著述の仕事のさわりになるとか称して、断わっている。だとすれば、どうしていつもああやって長時間の外まわりに出かけていくんだか。本人にとっては、およそ面倒な習慣だろうし、だいいち、そうやっていったいだれを診にいくっていうんだ?」

「御者《ぎょしゃ》に訊いてみれば――」

「おいおい、ワトスン、ぼくが真っ先に御者にあたってみなかったとでも思うのかい? あの態度がそもそもあいつの本性なのか、それとも主人に言いつけられてのことなのかははっきりしないが、それにしても、あいつの応対の悪さは特筆ものだ――なにしろ、このぼくに犬をけしかけようとしたんだから。もっとも、ぼくの持ってるステッキを見て、犬も、人間も、腰がひけたらしく、さいわい事なきを得はしたんだが、以後はその場の空気が険悪になって、それ以上の質問をするどころじゃなかった。訊きだせたことといえば、これすべて、たまたまこの宿の中庭にいあわせた、好人物の土地っ子からなんだ。その男が教えてくれたんだよ――向かいのドクターの習慣とか、毎日きまって往診にいくこととかを。ところが、それを聞いてるまさにそのさいちゅうに、まるでその話の裏づけ証拠みたいに、ドクターの馬車が玄関の前にまわされてきたんだ」

「じゃあそれを尾行することはできなかったのか？」

「言うじゃないか、ワトスン！　今夜のきみは冴えてる。むろんそれぐらいはぼくだってすぐ思いついた。たぶん気がついてるだろうが、たまたまこの宿の隣りに貸し自転車屋がある。そこへとびこんで、一台借りだすなり、馬車が完全に視野から消えてしまわないうちに、なんとか走りだすことができた。たちまち馬車に追いついて、あとは百ヤードかそこら、慎重に間隔を保ちながら、尾灯の明かりを追う。そのうち、市街地を抜けきって、田舎道をかなり行ったところで、こっちとしてはすこぶる不面目な事件が発生したと思いたまえ。先を行く馬車が停まったかと思うと、ドクターが降りてきて、こっちも停まってようすをうかがってるその地点まで、足早にひきかえしてくる。そして、なんとも皮肉っぽい口調で言うわけだ――どうもこのあたりは道幅が狭くて、わたしの馬車がきみの自転車の通行を妨げてるようですな、と。いやもう、おなじことを言うにしても、あれほどばかていねいな言い種《いいぐさ》ってのは、まず聞けないだろうね。そう言われれば、やむをえない、彼の馬車の脇をすりぬけて、まっすぐ先へ進むしかあるまい。何マイルか走ったところで、適当な場所を見つけて、停まった。そこで待ってれば、馬車が通り過ぎるのが見えるはずなんだが、どっこい、待てど暮らせどあらわれない。それでやっと、途中でいくつか見かけた脇道のどれかに折れたんだなと気づいた。やむなくひきかえすが、結局、それきり馬車は目にはいらず、こうして帰ってきてみれば、向こうはそのぼくよりも遅く帰ってくるじゃないか。むろん、当初はぼくだって、こうしたドクターの遠出をゴドフリー・ストーントンの失踪と結びつけるだけの理由なんて、これといってあったわけじゃない。ただたんに捜査の一環として調べてみたかっただけだし、目下のところ、あのアームストロング博士に関連することとなれば、どんなことでもこっちにとっては関心事だからね。ところがいま、こういう事態になって、博士がだれであれ自分の出先までつきまとってくる人間にたいして、異常な警戒心を持っていることが明らかになってみると、事はもうすこし重みを持ってくるし、ぼくとしても、そのあたりを解明しないかぎり、とても満足するわけにはいかない――いまはそういう心境に傾きかけてるところなんだ」

「ならばあす、われわれふたりであらためて尾行しよう」

「できるかな、それが? きみはたやすく考えてるらしいが、さほど安易にやれる仕事じゃない。きみだって、このケンブリッジ州の地理とか風景に詳しいわけじゃないだろう? まずもってこのへん、身を隠すのに好都合な場所なんて、いっさいない。今夜ぼくが通ってきたあたりなんて、きみのその手のひらみたいに真っ平らで、すっきりしたものだ。しかも、こっちの目標とする人物がけっしてばかじゃないってこと、これは今夜の仕儀ではっきり見せつけられてる。オーヴァトンには電報を打って、ロンドンでなにか新たな進展があれば、ここへ知らせてくれるように頼んでおいたが、さしあたりこっちでは、アームストロング博士から目を離さずにいるぐらいのことしかできない――せっかくあの親切な局の娘さんから電報の控えを見せてもらって、ああいう人物の存在をつきとめたんだからね。博士は確実にストーントンの居所を知ってる――これは断言してもいい――そして博士が知ってることなら、それをこっちも知りたいのに、それが知れないというのは、とりもなおさず、こっちの力不足にほかならない。いま現在、勝ち目は向こうにある。これは認めざるを得ないが、しかしねワトスン、きみも知るとおり、こんな半端な結末のままで勝負から手をひくなんて、そもそもぼくの性分には合わないんだ」

にもかかわらず、翌日も謎の解明には一歩も近づけぬままに終わった。朝食後に一通の手紙が届けられたのだが、それをホームズはにやりとしながら私にまわしてよこした。

拝啓（という書き出しだった）――はっきり申しあげますが、貴君は執拗に小生をつけまわすことで、時間を無駄にしておられます。ゆうべお気づきになったでしょうが、小生の馬車には後部に窓があります。もしも貴君が二十マイルにわたって小生を尾行し、あげくにまた出発点にもどってくるという結末をお望みなのであれば、あえて追跡されるのはご自由です。とはいえ、ここであらためて指摘させていただくと、いかに小生をつけまわしてみても、それがゴドフリー・ストーントン君を救う一助となることはありえず、したがって貴君のとるべき最善の途は、これ以上あの青年にかかわることなく、ただちにロンドンへ引き揚げられ、貴君を雇った人物にたいしては、調査対象者の居場所はつきとめられなかった旨を報告されることかと考えます。この先もケンブリッジ市に逗留されるのは、完全なる時間の浪費となりましょう。

敬具

レズリー・アームストロング

「どうだい、歯に衣着せない、率直そのものの物言いじゃないか。敵ながらあっぱれだよ、あのドクターは」ホームズは言った。「しかしまあいずれにしろ、これでぼくの好奇心は一段と刺激された。もうこうなったら、この件、いよいよ徹底的に調べずにおくものか」

「ほら、馬車が玄関前にまわされてきたぞ」私は言った。「ドクターが乗りこむところだ。途中でちらっとこっちの窓を見あげてきたな。なんならきょうは、ぼくが自転車で追跡してみようか？」

「だめだめ、ワトスン、それは無理だ！　きみの持ち前の機敏さは、ぼくとしても高く評価するところだが、それでも、あの大先生に太刀打ちできるとはとても思えない。こっちはこっちで、独自の線で当初の目的を追求できると読んでいる。きみにはすまないけど、きょうは留守番ということで、適当に時間をつぶしていてくれないか。なにしろ、見慣れない紳士がふたりそろって、この周辺の眠ったような土地であれこれ詮索を始めたら、それだけでめだつこと疑いなしだからね。このケンブリッジという古趣豊かな都市でなら、きみの興味をそそるような見ものがきっとあるはずだし、ぼくとしても、日が暮れるまでにはもうすこし有望な結果を持ち帰れるはずだから」

しかるに、この日もまた、私の友人は失望を味わわされる運命にあり、夜にはいって、得るところもなく、疲れはててもどってきた。

「きょうも無駄足だったよ、ワトスン。ドクターの出かけていく方角はだいたい見当がついたので、市内から見てそっちのほうにある村を、一日かけて残らず訊いてまわった。それから、そこで集めた情報を、パブの主人だの、地元の消息通だのから訊きだした話とつきあわせてみたわけだ。ずいぶん広範囲に歩きまわったものさ――チェスタトン、ヒストン、ウォータービーチ、オーキントン、片っ端から調べてまわって、あいにくどこでもがっかりさせられただけだ。ああいう〈眠りの谷《スリーピー・ホロウ》〉に、りっぱな二頭立ての箱馬車が連日あらわれれば、目につかないはずはないんだが。これでドクターにはまた一点、得点を稼がれたことになる。ところで、ぼくに電報はきていないかい?」

「きてるよ。あけてみた。ほら、これだ――〝トリニティー・コレッジのジェレミー・ディクスンからポンピーを借り受けよ〟。なんのことやらさっぱり意味が通じないが」

「なに、ちゃんと通じてるよ。われらが旧友オーヴァトンからで、ぼくの問い合わせへの返事だ。ならばさっそくこのジェレミー・ディクスン氏に連絡をとるとしようか。そうすれば、すこしはわれわれにも運がひらけてくる。それはそうと、対抗試合のほうはどうなった?」

「うん、地元紙の夕刊最終版に詳しく出ている。一ゴールと二トライの差で、オクスフォードの勝ち。記事の締めくくりはこうなってる――〝ケンブリッジ《ライトブルー》の敗因は、一《いっ》にかかって、国際級の名手ゴドフリー・ストーントンの、不運な欠場にあると言えよう。試合ちゅう、節目節目で、ストーントンの不在を痛感させられること大であった。スリークォーター・ラインでの連携の不足、攻撃と守備両面での弱さ、こうした欠点はいずれも、重量級スクラムの挺身的奮戦をも帳消しにするものであった〟と」

「すると、われらが友オーヴァトンの不安が的中したってことか。まあ個人的にはぼくも、その点に関するかぎりは、宿敵アームストロング博士と同意見だがね。フットボールなんてものは、もともとぼくの視野のうちにはない。さてワトスン、今夜は早寝といこう——あすはきっと多事多難な一日になるはずだ」

ところが翌朝、目をさましてみて、まず目にはいってきたホームズのようすに、私はぎょっとした。暖炉の前にすわって、小さな注射器を手にしている。彼の資質のなかのただひとつの弱点、それと注射器とは切っても切り離せないものであるから、いまそれが彼の手のなかで光っているのを見たとたんに、最悪の事態を連想してしまったのだ。そんな私の狼狽《ろうばい》した表情を目にして、しかし彼は声をあげて笑うと、それをぽいとテーブルに置いた。

「いやいや、ワトスン、だいじょうぶだよ——あわてることなんかなにもない。現在ただいまにかぎり、これは悪魔の道具じゃなくて、むしろ、われわれが行き詰まっている謎を解く鍵にこそなってくれるはずのものなんだ。この注射器に、ぼくはすべての望みをかけてる。いましがた、ちょっと偵察にいって、もどってきたところなんだが、万事は順調ってところだな。さあワトスン、しっかり腹ごしらえしたまえ。きょうこそはアームストロング博士の尻尾をつかまえてやるつもりなんだが、いったん追跡にかかったら、獲物を穴に追いつめるまで、休憩や食事に時間をかけてる暇はなくなるからね」

「そういうことなら」私は言った。「朝食を弁当にして持っていけばいい。なんせ標的は早々《はやばや》とご出立《しゅったつ》らしいから。そら、馬車が玄関前にきている」

「なに、気にするな。行かせてやればいい。それでぼくが追いつけないところまで行けるようなら、たいしたものだと褒めてやるさ。さあ、食べおえたら、いっしょに下へきてくれ――これからとりかかろうという特殊な捜査においては、世に並ぶものなき名探偵をご紹介するよ」

連れだって階下へ降りると、ホームズは私を厩舎《きゅうしゃ》のある中庭へ案内した。仕切りの戸をあけて、ひっぱりだしたのは、一匹の犬――ずんぐりした、垂れ耳の、白と淡褐色のぶちで、なにやらビーグル犬とフォックスハウンドとの雑種のような犬だ。

「ポンピーを紹介しよう」と、ホームズ。「ポンピーはね、臭跡追跡犬《ドラッグハウンド》としては、この土地の誇りともいうべき存在なんだ。見てのとおりの体形だから、走るほうはあまり得意じゃないが、臭跡を追わせたら、ピカ一。な、そうだな、ポンピー、おまえは足が速くはないといっても、われわれ中年のロンドン紳士二人組には、きっと速すぎるはずだ。だから、勝手ながらこの革紐を首輪につけさせてもらうよ。ようし、じゃあ出発――せいぜいおまえの力を発揮してくれ」

ホームズが犬を向かいのドクター邸の門前まで連れてゆくと、ポンピーは一瞬そこらを嗅ぎまわっただけで、一声きゃんと興奮した叫びをあげるなり、引き綱をぐいぐいひっぱって、まっしぐらに通りを突き進みだした。半時間ほどそうして進むうちに、早くも私たち一行は市街地を出はずれ、とある田舎道を先へと急いでいた。

「いったいきみ、なにをしたんだ、ホームズ」私はたずねた。

「古くさいし、情けないといえば情けないやりかたなんだが、これがときとして役に立つ。けさ、ドクター邸の中庭に侵入して、馬車の後輪に例の注射器一本分のアニス油をふりかけておいたのさ。臭跡追跡犬なら、アニスのにおいを嗅いだら最後、ここからジョンオーグローツ(2)までだって追いかけてゆくはずだし、このポンピーをまこうとすれば、わが友アームストロング大先生、馬車ごとじゃぶじゃぶとケム河(3)を渡らなけりゃなるまい。おや、そうか、悪知恵が働くな、敵は！　なるほどこうやって前回はぼくの追跡をふりきったわけだ」

犬はいまとつぜん幹線道路からそれ、草におおわれた脇道に折れたところだった。この道をさらに半マイル行くと、道はふたたびべつの広い通りに出たが、ここで犬の追う臭跡は急激に右旋回して、さいぜん離れてきたばかりの市の方角へひきかえしていった。道はそのまま大きく弧を描きつつ市の南側へまわりこみ、出発してきたときとはまるきり逆の方角をさして進みつづけた。

「こんなまわりくどい道筋をとるというのも、ひとえにぼくらのため、ということかな？」ホームズが言った。「道理できのう、向こうのほうの村を訊きまわっても、なにも出てこなかったわけだ。要するにドクターはこのゲームに、最大限の狡知《こうち》を傾けて臨んでる。なぜここまで手の込んだ詐術を弄するのか、ぜひそのへんを知りたいものだ。ああ、いま右に見えてきたのが、きっとトランピントンの村だな。それにしても――あっ、これはまずい！　箱馬車があの角を曲がってくる！　急げ、ワトスン、早く――さもないと、この勝負もこれまでだ！」

彼はいやがるポンピーをひきずって、そばの木戸から畑のなかへとびこんだ。私たちが生け垣のかげに身をひそめたかひそめぬかのうちに、馬車が轍の音もけたたましく目の前を通り過ぎ、私はその座席にアームストロング博士を認めた――肩を丸め、手に顔をうずめて、悲嘆をそのまま絵に描いたような姿だ。相棒の顔がきびしく引き締まったところを見ると、彼もそのようすには気づいたらしい。

「どうやらこの探索の旅、暗い結末に終わりそうだよ」と言う。「まあそのへんの事情はじきに知れるだろうが。さあおいで、ポンピー！　なるほど、あの畑のなかのコテージか」

私たちの旅も終わりに近づいていること、このことに疑いはなかった。ポンピーは勇みたって、その家の門のまわりをくんくん嗅ぎまわる。そこにはいまだに箱馬車の車輪の跡さえうっすら読みとれるのだ。小道が一本、門と、向こうに見える寂しげなたたずまいのコテージとを結んでいる。ホームズが犬を生け垣につなぎ、私たちふたりは小道を先へと急いだ。友人が粗木造りの小さなドアをノックし、さらにもう一度ノックしたが、応答はいっさいない。だがそれでいて、コテージはけっして無人ではなく、その証拠に、家の奥から低い物音が伝わってくる――一種の持続低音に似た、悲嘆と絶望のうめき、筆舌に尽くせぬ悲しみにむせぶ声。ホームズは一瞬、決断に迷ってたたずんでいたが、やがてふと後ろをふりかえり、いま通ってきた街道の先を見やった。箱馬車がその道を近づいてくる――馬車をひく二頭の葦毛は見まちがえようもない。

「しまった、ドクターがひきかえしてくるぞ！」ホームズが叫んだ。「よし、こうなったらしかたがない。あいつがやってくるまでに、なんとしてでも事の次第をつきとめなきゃ」

彼がドアをあけ、私たちはホールに踏みこんだ。低いうめきがしだいに大きくなり、やがて長々と尾をひく、深い悲嘆の慟哭《どうこく》となった。二階から聞こえてくるようだ。ホームズが階段を駆けあがり、私もあとにつづく。半びらきになったドアのひとつを押しあける。とたんに私たちはふたりとも、目の前の光景に息をのんで立ちすくんだ。

死んでベッドに横たわっているひとりの女性——若く、美しい。穏やかだが、血の気のない顔、うつろに大きく見ひらかれた青い目——豊かに渦巻く金色の髪のなかから、その顔が凝然と天井を見ている。ベッドの裾のほうに、寝具に顔をうずめて、なかばうずくまり、なかばひざまずいた姿勢の若い男がひとり——大柄な体がすすり泣きにふるえる。激しい嘆きにひたりきっていて、ホームズがそっとその肩に手をかけるまで、われわれが闖入《ちんにゅう》してきたことにすら気づかない。

「ゴドフリー・ストーントン君ですね？」

「ええ、ええ、そうです——でも、もう遅い。彼女は死にました」

茫然自失しているのだろう、私たちが呼ばれて駆けつけてきた医者ではないということが、なかなかのみこめないらしい。ホームズが二言三言、慰めの言葉をかけ、きみがとつぜん姿を消してしまったので、友人たちがたいそう心配しているといった事情を説明しかけたとき、階段に足音が響いて、アームストロング博士のがっしりしたいかめしい顔が、難詰の色もあらわに戸口にのぞいた。

「やはりきみたちか、ついに目的を達せられたわけだな――しかも、なんとも絶妙な瞬間を選んで押し入ってきたものだ。死者の枕頭《ちんとう》で言い争うのは避けたいところだが、しかし、我慢にも限界がある――これでわたしがもっと若ければ、こういう言語道断な非礼を看過することなどありえないところだが」

「失礼ですが、アームストロング博士、どうもおたがいのあいだに少々行きちがいがあるようです」私の友人が毅然として言った。「おそれいりますが、いっしょに階下までおいで願えますか？――場所を移して話しあうことにより、この悲しむべき事態についても、いくぶんかの相互理解が得られるように思います」

一分後、私たちふたりは階下の居間で、苦りきっている博士と差し向かいになった。

「で、なにが言いたいのかな？」と、先方が口火を切る。

「まず第一に、あなたにはこのことをご理解いただきたいのです――ぼくは、マウントージェームズ卿に雇われているものではけっしてありませんし、今回の出来事にたいする気持ちのうえでも、卿とはまったく対極の立場にあります。ひとりの人間が消息を絶ったなら、行方をつきとめるのがぼくの仕事ですが、いったんつきとめてしまったら、ぼくとしてはその件は終わりです。さらに、そこに犯罪がからんでいるのでないかぎり、それを表沙汰にするのもぼくは好みません。なるべく内輪の問題として、そっとしておきたいという考えです。今回の問題では、ぼくの見るかぎり、法律に違背《いはい》する点はないと存じますが、であるとすれば、これが新聞種《だね》などにならないよう、ぼくはじゅうぶん配慮しますし、ご協力もいたすつもりです。その点では、絶対の信頼をおいていただいてだいじょうぶです！」

ここまで聞いて、アームストロング博士はいきなりつつっと進みでると、ホームズの手をがっきと握りしめた。

「きみはりっぱなひとだ。これまではきみを誤解していたようです。さいぜんいったんは帰りかけたのだが、気の毒なストーントンをこういう状態でひとり放置しておくのが忍びなくなって、馬車を返す気になった。おかげできみと近づきになれたのだから、天に感謝すべきでしょう。すでにきみはかなりのところまで事情をご存じのようだから、ここでいっさいを明らかにするのは、いとたやすいことです。ちょうど一年前、ゴドフリー・ストーントンはしばらくロンドンで下宿し、そのとき、下宿の主人の娘と熱烈な恋に落ちた。そして結婚したわけです。彼女は美貌で、なおかつ心も美しく、そのうえ聡明、申し分のない娘さんです。妻として、どこに出しても恥ずかしくない女性。ところがゴドフリーは、例のつむじ曲がりの老貴族の相続人という立場にあり、そういうものが勝手に市井《しせい》の娘と結婚したと知れれば、たちまち相続人の座からはずされてしまうのは目に見えている。わたしはあの青年を幼少のころから知っているし、多くのすぐれた資質ゆえに、なにかと目をかけてもきた。そこで一肌脱いだわけです、彼にとってすべてがうまくいくように。とりわけ力をそそいだのが、問題を世間のだれの目からも隠し通すこと——こうしたことは、ほんのちらりとでも一部にうわさが立ったら最後、遠からずだれもが知るところとなってしまう。さいわいこの家は一軒家だし、本人が慎重に行動してきたこともあって、これまでは何事もなくすんできた。この家の秘密を知るものは、このわたしと、あとはもうひとり、いまトランピントンへ人手をもとめにいっている忠実な使用人、これだけで、ほかにはいない。ところがここへきて、ついに大きな破局がやってきた――彼の妻の難病というかたちで。病気は肺結核――激症で、しかもきわめて進行が速い。かわいそうにゴドフリーは、悲しみのあまり狂気の一歩手前といった状態だったが、それでも、ロンドンへは行かぬわけにはいかない。試合に出ぬわけにはいかない――なぜなら、試合に出ぬとなれば、それなりの説明が必要だし、説明すれば、秘密がばれてしまう。わたしは彼を激励する電報を打ち、彼も返電をよこして、なんとかわたしでできるかぎりのことをしてやってくれと頼んできた。きみはどんなからくりを用いたのか、電報を読んでしまったらしいが、それがこの電報だね。わたしはゴドフリーがここにいても、それで事態がどうなるものでもないとわかっていたから、あえて病状が悪化していることには触れずにおいたんだが、ただ、病人の父親にだけはほんとうのことを伝えておいた。そしてこの父親が、まことに無分別にも、それをゴドフリーに教えてしまったわけだ。結果はご存じのとおり――彼は半狂乱でここへすっとんで帰り、以来ずっとあのようすで、けさがたついに死が彼女を病苦から解放するまで、そしてその後もなお、ああしてベッドの足もとにひざまずいたまま動こうとしない。

さて、話はこれまでです、ホームズ君。このうえは、きみと、お連れのご友人と、お二方のよきご判断に期待したいと思っています」

ホームズがドクターの手をしっかりと握った。

「じゃあ行こうか、ワトスン」と、彼は言った。そして私たちはその悲しみの家をあとに、真冬の薄い日ざしのもとへと出ていったのだった。

(1) ストーンはおもに体重について用いる重量単位――十四ポンドに相当する。十六ストーンはしたがって二百二十四ポンド、約百キロ強。

(2) ジョンオーグローツはスコットランドの北東部、英国最北端とされる地点。最南端のランズエンドと合わせて、〝英国の北から南まで〟という意味に使われる。

(3) ケム河はケンブリッジ市内を流れる河。市の名もここからきている。

アビー荘園

九七年の冬、寒さのきびしい、霜のおりた朝のことだった。肩をぐいとひっぱられて、目をさますと、目の前にホームズがいる。手にした蠟燭《ろうそく》が、私におおいかぶさるようにかがみこんだ真剣な顔を照らしだし、一目見て私にも、なにか変事が起きたのがわかった。

「さあワトスン、くるんだ！」と、のっけから浴びせかけてくる。「〝獲物がとびだしたぞ(1)〟。問答無用だ！　着替えをして、ついてきたまえ！」

十分後には、私たちはそろって辻馬車に乗りこみ、静まりかえった街路をチャリング・クロス駅へと急いでいた。そのころになって、ようやく冬の朝の曙光《しょこう》がうっすらとさしはじめ、乳白色にかすんだロンドン名物の煙霧を通して、すれちがってゆく朝の早い労働者の姿がちらほらと見てとれるようになった。ホームズは無言のまま厚手の外套《がいとう》に深々と身をうずめているきりだし、私もまた同様――なにしろ、空気は肌を刺すように冷たく、おまけにふたりとも、起きぬけからいままで、なにひとつ口に入れていないのだ。駅で熱いお茶を飲み、ケントへ向かう列車の客となったところで、やっとどうにか人心地《ひとごこち》がついて、彼は話ができるくらいに口がほぐれ、私もそれに耳を傾けられるまでになったのだった。おもむろにポケットから一通の手紙をとりだすと、ホームズはそれを読みあげた——

シャーロック・ホームズ様——きわめて注目すべき事件になりそうなので、早急にお力をお貸しいただきたいのです。あらゆる意味で貴兄向きの事件かと考えます。令夫人を救出しただけで、現場には当方が駆けつけたときから、いっさい手を触れておりません。サー・ユースタスをこのままにしてはおけませんので、なにとぞ一刻も早くお越しくださるようお願い申しあげます。

ケント州マーシャム、〈アビー荘園《グレインジ》〉(2)にて。午前三時三十分

敬具

スタンリー・ホプキンズ

「これまでにホプキンズは七回ぼくに応援を頼んできたが、七回とも、その判断は完全に正しかった」と、ホームズは言った。「彼の依頼してきたその七つの事件は、きみのコレクションにすべて含まれていると思うが、ただ残念ながらワトスン、きみに多少の選択眼があることは認めるにしても、それだけでは語り口の弱さを埋めあわせるにはいたっていない。すべてを物語という観点から見て、科学的鍛練の一環としては見ないというきみの致命的な癖、その癖のせいで、本来なら一連のそれぞれ教訓に富んだ、古典的な例証にさえなりうるぼくの推理法が損なわれてしまっている。要するにきみは、センセーショナルな細部にこだわるあまり、それ

らがこのうえなく精妙かつ繊細な仕事の成果だという点をないがしろにしている。だから、読者を興奮させることはあっても、それから教訓をくみとらせることは無理なんだ」

「だったら、自分で書けばいいじゃないか」少々むっとして、私は言いかえした。

「書くさ、ワトスン、いずれはきっと書く。ただしいまは、ご承知のとおり、かなり忙しい。晩年には、ぼくの推理法という芸術を集大成して、一巻の浩瀚《こうかん》な教科書にまとめようと考えてはいるんだが。ときに、さしあたってのこの問題だけど、これはどうも殺人事件のようだ」

「すると、そのサー・ユースタスとやらは殺されたと、そう思うわけか?」

「まあそうだろうね。ホプキンズのこの手紙、相当に興奮した調子だが、元来あの男は感情に左右されるたちじゃないはずなんだ。つまり、なんらかの暴力的な行為があり、遺体はわれわれが検《あらた》められるよう、そのままにしてあるということだろう。たんなる自殺かなにかなら、ぼくに応援を頼んでくるはずもないしね。令夫人を救出したとあるのを見ると、どうやらその女性は悲劇のさいちゅう、自室にとじこめられるかどうかしてたらしい。これから乗りこもうとしてる先は、上流階級だよ、ワトスン——この便箋のぱりっとした紙質、〝E.B.〟という組み合わせ文字、紋章、絵のような風景を感じさせる住所。われらが友ホプキンズも、声価にたがわぬ働きをするだろうし、これからの半日、ずいぶんとおもしろいことになりそうだ。事件が起きたのは、ゆうべの十二時前のことだよ」

「なんでそうだと言えるんだ?」

「汽車の発着時刻を調べて、時間を計算してみればわかる。まずは所轄の警察が呼ばれる。彼らがロンドン警視庁《スコットランドヤード》に連絡してくる。ホプキンズが出向いてゆき、今度は彼がぼくに応援をもとめてくる。これだけでたっぷり一晩はかかるさ。と言ってるところへ、もうはやチズルハースト駅だ。疑問はじきにすっかり解けるはずだよ」

狭い田舎道を馬車で二マイルばかり行くと、とある広大な緑地の門に着いた。門をあけてくれたのは年老いた小屋番だったが、その憔悴《しょうすい》した顔つきからも、なんらかの大きな不幸があったことがうかがわれる。風格のある庭園を縫って、楡《にれ》の古木の並木道がつづき、その道の尽きるところに、正面をパラディオ様式の円柱に飾られた、高さこそないが大きく両翼の張りだした邸宅があった。生い茂った蔦《つた》におおわれた建物の中央部分は、明らかに相当の年代を経ていると思われるが、窓がいずれも大きくとられているのを見ると、多少は近代的な改修がなされているようだし、翼棟のひとつは、まったく新しい建築と見受けられる。あけはなたれた玄関口で私たちを出迎えたのは、若々しい体躯《たいく》に、きまじめな、機敏そうな面《おも》ざしをしたスタンリー・ホプキンズ警部だった。

「ホームズさん、よくおいでくださいました。それにワトスン先生も！ いや、じつはね、時間さえあれば、追いかけてご通知をさしあげて、わざわざご足労いただくこともなくてすんだのですが。と言いますのも、夫人が意識を回復されて、事件の一部始終をはっきり聞かせてもらいましたので、こちらの仕事はあらかた終わったみたいなものでして。ルーイシャムの強盗団のこと、覚えておいででしょう？」

「なに、あのランドル家の三人組のことか？」

「それです。父親と、息子たち。今度のも、やつらの仕業《しわざ》ですよ。まちがいありません。二週間前にシドナムで一仕事したんですが、そのときに目撃者もあって、人相もわかってるんです。そのすぐあとで、しかもこんなに近くでまたやらかすとは、ちと大胆すぎるという気もするんですが、それにしても、これが連中の仕業であることは確かです。まあ今度ばかりは、つかまれば縛り首でしょうが」

「というと、サー・ユースタスは亡くなったのか？」

「はあ。真っ向から一撃、当家の火かき棒で、頭をぶち割られて」

「サー・ユースタス・ブラックンストール――馬車で御者《ぎょしゃ》からそう聞かされたが」

「そうです――ケント州でも指折りの金満家ですよ。レイディー・ブラックンストールは居間におられます。お気の毒に、なんともおそるべき体験をなさったもので。はじめわたしが駆けつけたときなんか、なにやら息も絶えだえといったありさまでね。とにかく、まずは夫人にお会いになって、夫人の口から事情をお聞きになるのがよいと思います。そのあとごいっしょにダイニングルームへ行って、現場の状況を検めることにしましょう」

会ってみると、このレイディー・ブラックンストールというのが並みの女性でないことはすぐにわかった。およそこの私にしても、その姿態のこれほど優雅で、たたずまいにおいてこれほどたおやかで、顔容のかくも美しい女性というのは、めったに見たことがない。生っ粋《きっすい》のブロンド美人というのか、髪は金色、碧眼は深く澄み、肌の色にしても、昨夜の体験のために顔全体が痛々しくやつれ、ひきつっていさえしなければ、きっとその種の美人にふさわしい、透き通るような輝きを放っていただろう。それがあいにく、精神的な打撃のみならず、肉体的な打撃をもこうむっていると見え、見れば片方の目の上がおぞましい紫色に腫《は》れあがり、その傷をいまメイドらしい背の高い、いかつい体つきの女が、酢をたらした水でせっせと冷やしているところだ。介抱されながら、夫人はぐったりとソファに身を預けていたが、それでいて、私たちがはいっていったとき、その美しい面《おもて》をよぎった鋭く、油断のない表情を見れば、ゆうべそれだけ恐ろしい体験をしながらも、彼女の知性も、また勇気も、すこしも損なわれてはいないことがうかがわれた。いま身にまとっているのは、ブルーと銀色のゆったりとした部屋着だが、そばのソファの背には、華麗なスパングルをちりばめた黒のディナードレスがかかっている。

「ゆうべあったことなら、すっかりお話ししましたわ、ホプキンズさん」と、うんざりしたように言う。「かわりにあなたから話してあげていただけません？　まあ、そう、どうしてもとおっしゃるのなら、あたくしからお話ししますけど。それで、こちらのおふたり、もうダイニングルームのほうはお調べになりましたの？」

「いや、まず奥様からお話を聞かれたほうがよいと思いまして」

「あたくしとしては、早急に目鼻をつけていただけるとありがたいんですけど。あのひとがまだあそこに倒れていると思うと、ぞっとしますもの」身をふるわせて、一瞬、手に顔をうずめたが、そのはずみに、ゆるやかな部屋着の袖がずりおちて、前腕があらわになった。見るなりホームズが驚きの声をあげた。

「や、ほかにもまだ傷がありますね、マダム！　なんの傷です？」

白く、ふくよかな腕に、鮮紅色の斑点がふたつ、くっきり浮きあがっている。夫人はあわてて
てそれを隠した。

「なんでもありませんわ。ゆうべの恐ろしい出来事とは関係ございません。おふたりとも、どうぞおかけくださいませ。あたくしの知るかぎりのことはお話しいたしますから。

あたくし、この家のあるじ、サー・ユースタス・ブラックンストールの妻でございます。一年ほど前に結婚いたしました。しあわせな結婚ではなかったということ、これは隠しても無駄でございましょうね。あたくしが否定したところで、近所のかたにお訊きになれば、すぐにわかることですから。たぶん、責任の一端はあたくし自身にもあるのでしょう。もともと南オーストラリアの生まれで、もっと自由な、伝統といったものにとらわれない気風のなかで育ってきましたから、このイギリス流のかたくるしい、型にはまった生きかたは性に合わず、息が詰まるようでした。でも、夫婦仲がしっくりいかなかった最大の理由は、これはどなたもご存じのことですけど、夫に救いがたい飲酒癖があったということです。こういう男性と生活をともにするのって、うれしいことじゃありません。感受性が鋭く、しかも活潑な女が、昼も夜もこういう男に縛りつけられて暮らす、これがどんなものか、ご想像がおつきになりますかしら。こうした結婚でひとりの人間の一生を束縛するなんて、瀆神的《とくしんてき》で、犯罪的で、悪の最たるものですわ。このさいはっきり言わせていただきますけれど、イギリスのこうしたとんでもない法律って、いまにこのお国に災いをもたらすでしょう――こんな非道なことを、〈天〉がいつま

でも許しておかれるはずがございませんもの」

ちょっとのあいだ、夫人は昂然と胸を張り、頰を紅潮させて、ひたいの痛ましい傷の下の目を異様にぎらつかせた。だがそれもつかのま、いかついメイドが力のこもった手でその頭を支え、なだめるようにクッションにもたれかからせると、激しい怒りは瞬時に消えて、身も世もあらぬ嗚咽《おえつ》に変わった。しばらくたって、ようやく夫人は口をひらき、先をつづけた――

「ゆうべのことをお話しいたします。たぶんお気づきでしょうけど、この屋敷では使用人はみんな新しく建て増されたほうの棟でやすむことになっております。この本館はあたくしども夫婦の暮らしにだけ使われておりまして、キッチンもこの裏にございますし、階上はあたくしどもの寝室になっております。テリーザだけはあたくし付きのメイドですので、あたくしの部屋の真上に部屋を持っております。ほかにはだれもおりませんし、どんな物音も、離れた棟にいる使用人たちには届きません。こうした事情を知っていたのでしょうね、昨夜の賊どもは――そうでなければ、あんな真似をするはずはありませんから。

サー・ユースタスは、十時半に寝室にひきとりました。使用人たちはその前に各自の部屋にさがっていました。起きていたのはテリーザだけで、彼女はいつあたくしの用があってもいいように、最上階の自室で待機しております。あたくしはこの部屋で読書にふけっておりましたけど、十一時をまわったところでそれを切りあげ、寝室にひきとる前に、家内《やうち》を見まわることにしました。この見まわりは、毎晩あたくしがする習慣になっております。いまも申しあげましたとおり、サー・ユースタスが必ずしもあてにならないものですから。まずキッチンから始めて、つぎに配膳室《バトラーズ・パントリー》、銃器室、ビリヤードルームとまわって、最後にダイニングルームにまいりました。窓のほうへ近づいたとき、窓には厚手のカーテンがかかっておりますのに、ふと顔に風があたるのを感じて、窓があいているのに気づきました。いきなり男と鉢合わせしたのは、そのカーテンをひきあけたときでした。肩幅の広い、年配の男で、ちょうど部屋へ踏みこんだところだったようです。窓と申しますのは、床までひらく高い観音開き《フレンチウィンドー》のガラス戸で、芝生の庭への事実上の出入り口にもなっております。あたくしは手に寝室用の燭台を持っておりましたので、その光で先頭の男の後ろにもふたりの男がいて、つづいてはいってこようとしているのがわかりました。あたくし、驚いてあとずさりしましたけど、先頭の男が間髪をいれずにとびかかってきました。まずこちらの手首をひねりあげたあと、喉を締めつけてきましたので、叫ぼうとして口をあけたとたん、この目の上をこぶしでしたたかに殴りつけられ、昏倒してしまいました。

　そのまま失神してしまったらしく、何分かして気がついてみると、盗賊どもは呼び鈴の紐をひきちぎって、それであたくしをがんじがらめに椅子に縛りつけていました――ダイニングテーブルの首座にありますオーク材の椅子でございます。身動きもできないほどかたく縛られているうえ、口にはハンカチで猿轡《さるぐつわ》までかまされていて、声のたてようもありません。まさにそのときでした、不運な夫がとびこんでまいりましたのは。きっと怪しい物音を聞きつけたのでしょう――それで、おっとりがたなで駆けつけてきたようです。寝間着の上にズボンをはいただけで、手には愛用の黒山査子《ブラックソーン》の棍棒を持っています。はいってくるなり、それをふりかざして、盗賊一味のひとりにとびかかってゆきましたけど、べつのひとり――年配の男です――が背をかがめて、暖炉の火床から火かき棒をつかむなり、それですれちがいざまに夫をしたたかに殴りつけました。夫はうめき声ひとつあげず、仰のけざまに倒れ、それきり動かなくなりました。あたくしはまた気が遠くなりましたが、それでも、意識をなくしていたのは、ほんのわずかな時間だったと存じます。気がついて、目をあけてみると、賊どもはサイドボードから銀器をそっくりかきあつめたうえ、そばにあったワインの瓶もあけたらしく、めいめいグラスを手にしていました。ええと、申しあげましたかしら、三人組のひとりは年配で、あごひげをたくわえ、あとのふたりはまだ若くて、ひげはありませんでした。父親と、息子ふたりだったかもしれません。ひとところに集まって、なにかひそひそささやきあっていましたけど、しばらくすると、あたくしのところへやってきて、紐がゆるんでいないかどうかを確かめ、それからやっと、はいってきたときとおなじところから出ていって、外から窓をしめました。十五分もたって、ようやく猿轡がはずれましたので、声をあげて助けを呼んだところ、メイドが駆けつけてきてくれたのでございます。ほかの使用人たちにも急《きゅう》が知らされ、地元の警察に使いが走って、警察から即刻ロンドンに連絡が行ったようですけど、でも正直なところ、あたくしのお話しできるのは、ほんとにこれだけなんです。ですから、どうか皆様、皆様のお働きで、このつらい話をまたくりかえさなくてもすむようにしてくださいませ」

「ホームズさん、なにかお訊きになりたいことでもありますか？」ホプキンズがたずねた。

「いや、レイディー・ブラックンストールにこれ以上の忍耐を強いるのも、お時間をとらせるのも、ぼくとしては本意じゃありません」ホームズは答えた。「ただ、ダイニングルームを検分に行く前に、ひとつだけ――きみの体験したことを聞かせてもらえますか？」そう言いながら、メイドのほうをふりかえる。

「じつを申しますとわたくし、賊どもがお屋敷に忍びこむより前に、彼らの姿を見ているのでございます」メイドは言った。「自分の寝室で窓のそばにすわっておりますとき、お庭の向こうの門番小屋のそばに、男が三人立っているのが月明かりで見えましたのです。でもそのときは、べつになんとも思いませんでした。それから一時間以上もたってはじめて、奥様が助けをもとめられる声を聞き、駆けおりてきて、奥様がいまお話しになったようなおいたわしいお姿で、旦那様のほうは床に倒れて、部屋じゅうに血や脳味噌を飛び散らせておいでになる、そんなありさまを目にしたわけでございます。そういう目にあえば――椅子に縛りつけられて、お召し物にまで旦那様の血が飛び散って――そんな思いをすれば、普通の女性なら取り乱しても不思議じゃありませんのに、そこはさすがにうちの奥様で、アデレードのメアリー・フレーザー嬢でいらしたころから、気丈で知られたおかたです――〈アビー荘園〉の奥方、レイディー・ブラックンストールとなられてからも、それはすこしも変わっておりません。さあ、それでは皆様がた、奥様へのご質問もずいぶん長びきました――そろそろおやすみにならなければ。お付き添いはこのテリーザだけということで、お部屋へひきとらせてあげてくださいまし」

痩せてごつごつした体つきのそのメイドは、母親さながらにそっと腕を女主人にまわし、いたわりつつ部屋を出ていった。

「ずっとあの奥方に仕えている女なんです」と、ホプキンズが説明した。「赤ん坊のときから育てあげ、一年半前にはじめてオーストラリアを離れてこの英国へくるときも、付き添いとしていっしょにやってきた。名前はテリーザ・ライト、近ごろじゃめったにお目にかかれないたぐいの、珍重すべきメイドですよ。さて、それじゃホームズさん、どうかこちらへ!」

表情豊かなホームズの顔からは、鋭い関心の色はすでに消えていた。思うに、この事件から謎の要素が消えた時点で、同時にその魅力も失われてしまったのだろう。まだ犯人の逮捕という問題は残っているものの、相手はありふれた悪党一味、そんな仕事でわざわざ彼が手を汚すまでもあるまい。いってみれば、学識深い専門医が呼ばれて駆けつけたところ、病人はただのはしかだった、そんなときにその医者の感じるだろう多少の苛立《いらだ》ちが、いま私の友人の目にも仄見《ほのみ》えるということだ。とはいうものの、そのあと〈アビー荘園〉のダイニングルームで出あった光景は、それなりに奇々怪々なものであり、薄れかけていたホームズの関心を呼びもどすにはじゅうぶんだった。

ひときわ広々として、天井の高い部屋だった。オーク材の天井には彫刻がほどこされ、壁の羽目板もオーク材、その壁一面に、狩猟で仕留めたのだろう鹿の頭の剝製だの、古代の武器だのがずらりと飾ってある。入り口から見て向こうの正面が、話に聞いた高いフレンチウィンドー、そのほかにも右手にやや小さめの窓が三つあって、冷たい冬の日ざしがそれでもいっぱいにさしこんでいる。逆に左手には大型の、奥行きの深い暖炉が切られ、上につきだしたどっしりしたマントルピースは、やはりオーク材だ。その暖炉の近くに、これもオーク材の頑丈な肘かけ椅子が一脚——横木が座部に渡してある造りで、そうした木の細工の隙間を縫うかたちで、真紅の紐が一本からげてあり、両端は座部の横木にしっかりくくりつけられている。奥方を解き放ったとき、紐は切られて落ちたのだろうが、両端の結び目はいまもそのままだ。もっとも、こうした細かい点が私たちの注意をとらえたのは、もっとあとになってからのことで、いま現在は私たちの目も、心も、暖炉の前の虎皮の敷物に大の字に横たわっている、見るも無残な人体に吸い寄せられて離れなかった。

年は四十がらみ、長身の、体格のよい男だった。顔を思いきりのけぞらせて、仰向けに横たわり、短く黒いあごひげのあいだから、白い歯をあざわらうようにむきだしている。握りしめた両手は、長々と頭上にのばされ、その手のかたわらに、太いブラックソーンの棍棒が一本。肌は浅黒く、鷲鼻のととのった顔だちだが、その顔が執念ぶかい憎悪にゆがんで、死相をぞっとするような悪鬼の形相に変えている。怪しい気配を聞きつけたときは、明らかにベッドのなかだったのだろう、縫い取りのある、めかした感じの寝間着を着て、ズボンの裾からはむきだしの素足がつきでている。頭部は無残に打ち砕かれ、その打撃がいかにすさまじいものであったか、その証拠は部屋のいたるところにありありと残っている。遺体のそばには、頑丈な火かき棒がころがっているが、その棒も衝撃で弓なりに曲がっている。それと、そしてその凶器によってもたらされた言語に絶するむごたらしい傷跡、その両方をホームズは入念に検めた。

「そのランドルの親父というのは、よっぽど力の強いやつに相違ないな」と言う。

「ええ」と、ホプキンズが答える。「わたしどもの手もとにも記録がありますが、たしかに荒っぽいやつですよ」

「そこまでわかってるんなら、わけなくつかまえられるだろう」

「造作もないことです。われわれもずっと警戒はしていたのですが、とっくにアメリカへ高飛びしたという情報もありましてね。しかし、今度の一件で、一味がまだ国内にいるとわかりましたから、もう逃がしっこありません。各地の港へは、すでに手配書をまわしてありますし、夕方までには懸賞金も出ることになるでしょう。いまわたしを悩ましてるのは、どうしてやつらがこんなばかげたことをしでかしたのかという疑問です——この屋敷の奥方には人相が知られてるわけだし、それが知れてれば、われわれだって見のがしっこない、それぐらいはわかるはずなんですがね」

「そのとおりだよ。普通なら、奥方のほうも旦那とおなじに口を封じてしまいそうなものなんだが」

「奥方が息を吹きかえした、とは気づかなかったのかもしれない」私は示唆した。

「たしかにそれはありうるね。もしも気を失ったままでいるようなら、あえて命を奪うことまでは考えなかったろう。それはそうと、この被害者についてだが、人柄はどうなんだ、ホプキンズ？　さいぜんなにやら困った話を聞かされたように思うんだが」

「しらふのときは、いたって好人物なんですが、いったん酔うと、手のつけられない酒乱になる。いや、正体をなくすまで酔うということはめったになく、それよりはむしろ生酔いのときのほうが、かえって始末に負えない。そういうときは、体内に悪魔が棲みついたみたいで、なにをやらかすか知れたものじゃありません。わたしの聞いたかぎりでも、これだけの地位と金がありながら、警察のご厄介になりかけたことも一度や二度じゃないとか。飼い犬に灯油をぶっかけて、火をつけたこともあるそうで——それも奥方の愛犬なんです、悪いことに——このときはさすがに揉み消すのにずいぶん苦労したと聞いてます。それから、さっきのメイド、テリーザ・ライトですが、彼女の頭にワインのデカンターを投げつけたこともあって、この件でもだいぶごたごたしたとか。まあひっくるめて言えば——これはここだけの話ですが——この屋敷はこのあるじがいないほうが、よっぽど明るくなるだろうってことで。おや、今度はなにを調べておられるんです？」

ホームズはいつのまにか床に膝をつき、奥方を縛った赤い紐の結び目を、驚くほど真剣な表情でためつすがめつしていた。つづいてその入念な探査の目が向けられたのが、賊どもがそれをひきちぎったときの、切れてほつれた紐の端である。

「この紐をこんなに荒っぽくひきちぎれば、キッチンで呼び鈴がけたたましく鳴ったはずなんだが」と言う。

「鳴ったところで、その音はだれにも聞こえなかったはずです——キッチンがあるのはこの本館の裏ですから」

「しかし、どうしてそれがだれにも聞こえないと賊が知ってたのかな？　どうして呼び鈴の紐をこんなに乱暴にひきちぎるなんて、そんな無謀な真似ができたんだろうな？」

「それですよ、ホームズさん、まさにご指摘のとおりです。いま口にされた疑問、そのままこのわたしも当初から何度となく自問自答してきたものにほかなりません。どう考えても、賊はこの家の日常の暮らしとか習慣、それを知りつくしていたに相違ない。時刻はまだ比較的早いのに、使用人がみんなもう寝についていて、キッチンで呼び鈴が鳴っても、だれも聞くものがいない、そんな事情もよく知っていた。となれば、当然、使用人のなかに内通者がいる、そう考えて然《しか》るべきでしょう。それはまちがいありません。ところが、この家に使用人は八人いますが、全員そろって善良で、人物としては申し分のないものばかりなんです」

「かりにほかの条件がみなおなじだったら」と、ホームズは言った。「あるじの手で頭にデカンターを投げつけられたという、その人物こそ疑わしいということになるだろうが、反面それは、あの女が献身的に仕えている女主人への裏切りになるわけだからね。しかしまあ——それはまあいいだろう——ごく些細な点だし、いずれきみがランドルをとりおさえれば、共犯者のことも難なくつきとめられる。奥方の話にしても、いまわれわれが目にしているさまざまな事実を総合すれば、完全に裏づけられるだろう——もし裏づけが必要ならば、だが」つかつかとフレンチウィンドーへ歩み寄ると、それをあけはなつ。「ここにはなんの痕跡もない——もっとも、ここの地面は鉄板のようにかたいから、それは最初からあてにできなかったはずだ。ところでマントルピースの上のあの蠟燭だが、あれはともされていたんだね？」

「はあ。その蠟燭と、さらに夫人の持っていた寝室用の燭台と、そのふたつを頼りに、賊どもはこの部屋までたどりついたようです」

「で、盗られたものはなんだと言ったっけ？」

「それが、そうたいしたものは盗られていないんです——サイドボードにあった銀器が半ダースほど持ちだされただけで。レイディー・ブラックンストールが言われるには、賊のほうも思いがけずサー・ユースタスを手にかけてしまい、度を失ったんじゃないか、と——そうでなければ、きっと家じゅうを徹底的に荒らしてたところでしょうが」

「ああ、そうだろうね、たしかに。そのくせいっぽうでは、ワインをあけて飲んでいる——そう言わなかったか？」

「気分を静めるためでしょう」

「うん、それはうなずける。あのサイドボードの上の三つのグラスだが、あれにはだれも手を触れていないんだね？」

「おりません。ボトルの位置も、置いてあった位置、そのままです」

「じゃあちょっと調べてみよう。おやおや！　これはどうしたことだろう」

三つのグラスは、一カ所に寄せ集めて置いてあった。どれもがワインでうっすらと赤く汚れていて、なかのひとつには、薄皮状の澱《おり》も付着している。近くに中身の三分の二ほど残ったボトルがあり、ボトルのすぐそばに、ワインが濃くしみこんだ長いコルク栓がひとつ。瓶の外見や、それがわずかに埃《ほこり》をかぶっているようすを見れば、殺人者どもの飲んだのは、めったにない年代物の極上品だったようだ。

ホームズの態度に変化があらわれていた。いままでのものうげな表情はどこへやら、深くくぼんだまなこに、ふたたび炯々《けいけい》たる興味の色が輝きだしている。ころがったコルク栓を手にとると、目を近づけて、仔細に検めた。

「どうやってこれを抜いたのかな？」と、だれにともなく言う。

ホプキンズが半開きになった引き出しのひとつをゆびさした。引き出しのなかに、リネン類とともに、大きなコルク抜きがひとつはいっている。

「このコルク抜きが使われたと、そう奥方は言ってたっけ？」

「いいえ。ご記憶でしょうが、ボトルの栓が抜かれたとき、彼女は意識を失っていたんです」

「なるほどね。実際問題として、このコルク抜きは使われてはいない。このボトルをあけたのは、携帯用コルク抜き、おそらくは折り畳みナイフに組みこまれてるやつで、長さは一インチ半そこそこ。このコルクのてっぺんをよく見ればわかるように、コルク抜きを三度くりかえして突き刺して、やっと抜けている。長さが足りず、一度じゃ完全に突き通せなかったせいだ。その点、こっちの長いコルク抜きなら、一度で下まで突き通せるから、いっぺんですぽんと抜ける。ランドルのやつをつかまえたら、所持品のなかから、きっとそういった万能ナイフが出てくるはずだよ」

「なるほど、おみごとです！」ホプキンズが言った。

「しかし正直なところ、どうにも不可解なのは、このグラスのほうだ。レイディー・ブラックンストールは、ほんとうに三人の賊がこれを飲んでるところを見たんだね？」

「はあ。その点はきわめてはっきりしています」

「ならばそれまでだな。これ以上とやかく言うことはない。しかしだ、にもかかわらずこれらのグラスが、おおいに注目にあたいすること、この点はきみも認めざるを得まいよ、ホプキンズ。なに？　どこにも注目すべき点などない、って？　おやおや、じゃあそういうことにしておこう。たぶん、ぼくみたいに特殊な知識と特別な能力を持ったものの悪い癖で、目前にごく単純な説明がある場合にも、ほかにもっと複雑な説明はないか、探してみたくなるものなんだろう。このグラスに関する疑問点だって、むろん、ただの偶然に相違あるまい。じゃあな、これで失礼するよ、ホプキンズ。ぼくがいても役に立つことはもうなさそうだし、きみはきみで事態をはっきり掌握しているようだから。ランドルが逮捕されるとか、なにか新たな進展があるとかしたら、知らせてくれたまえ。じきにきみに事件解決のお祝いを言ってあげられると信じている。さあ行こうか、ワトスン――われわれもロンドンに帰ったほうが、より有益な時間を過ごせそうだ」

帰りの道中、私はホームズの表情から、彼がいま見聞きしてきた何事かについて、なおも深く頭を悩ませていることを見てとった。ときおり、努めてその懊悩《おうのう》を払いのけ、問題はすっかり解決したかのような口をききだすのだが、すぐまた疑心が頭をもたげてくるのか、眉間《みけん》に刻まれた縦皺《たてじわ》や、放心したような目つきから、彼の心が遠くあの〈アビー荘園〉のダイニングルームに、そしてゆうべ遅くそこで起きた悲劇のことに立ちもどっていることが感じとれるのだった。そうこうするうち、列車がとある田舎の小駅を出ようとした、その寸前、ついに彼はとつぜんなにかに衝き動かされたように席を立ってプラットフォームにとびおり、私もいっしょにひきずりおろされた。

「いや失敬、すまなかったな」列車の後尾がカーブを曲がって消えてゆくのを見送りながら、彼は言った。「たんなる気まぐれとしか思えないものにきみを巻きこんで申し訳ないんだが、しかしねワトスン、ぼくはどうあってもこの事件を、ああやってかたづいた、そのままのかたちでほうっておくことができないんだ。ぼくの持てるすべての本能が、あれはまちがってると叫びつづけている。そうなんだ、まちがっている――なにもかもまちがっている――そう断言したっていい。だがそれでも、あの奥方の話は完璧で、どこにも欠陥はないし、メイドの証言もそれを裏づけていて、細部の事実はかなりのところまで正確と思われる。それにたいして、こっちにいったいどんな証拠がある？　ワイングラスが三つ、それだけだ。とはいえ、いったんあのふたりの証言を鵜呑みにするのをやめて、本来ならそうすべきだった細心の注意でその一部始終を検討しなおしてみれば――事件にたいして新規《デ・ノヴォー》の取り組みかたをし、あらかじめ用意された作り話にまどわされたりしていなければ――そうすれば、必ずやなんらかのより確実な手がかりを見つけていたという気がする。そうだとも、きっと見つけていたはずだ。いいかいワトスン、ちょっとこのベンチにすわってくれ。ここにすわって、チズルハースト行きの列車がくるまで、ぼくが証拠を数えあげるのを聞いてほしいんだ。そのためには、まず真っ先に、あのメイドなり奥方なりが言ったことを必然的に正しいとする先入観、それを払拭してもらいたい。あの奥方は魅力的な女性だが、その事実をもってして、われわれの判断をゆがめさせるようなことがあってはならないんだ。

実際、彼女の語ったことのなかには、こっちが冷静に判断しさえすれば、いやでも疑問に感じたにちがいない点がいくつかある。問題の強盗三人組は、ほんの二週間前、シドナムでかなりの荒稼ぎをしている。連中の人相風体《ふうてい》は、当時の新聞記事でもいくらか触れてあったし、かりに架空の強盗事件をでっちあげようとすれば、この三人組に一役買わせるというのは、まずだれもが思いつきそうなことだ。しかし、そもそも最近荒稼ぎをしたばかりの盗賊なら、当面はその稼ぎで平穏な暮らしを楽しむほうを優先して、すぐまたあぶない仕事に乗りだそうなんて、まず考えない。さらに、押し込み強盗があんなに早い時間に仕事にかかるというのも普通じゃないし、女性に悲鳴をあげさせまいとして、殴りつけるというのもへんだ。だってそうだろう、それこそ確実に悲鳴をあげさせるいちばんの早道じゃないか。まだある——味方は三人で相手はひとり、容易に数で圧倒できるのに、わざわざ相手を殺すというのも解《げ》せない話だし、手の届くところにいくらも獲物はあるのに、比較的わずかな銀器だけで満足するというのも腑に落ちない。そして最後に、そういう男どもがワインをあけて、まだ半分がた残っているボトルを置き捨てにしていくというのも、ぼくに言わせれば、常識じゃ考えられないことだ。どうだい、ワトスン、ぼくにはこうした点がすこぶる異常だと思えるんだが、きみはどう思う？」

「累積効果という点では、それだけ重なるとたしかに見のがせない重みを持つようだが、しかし、ひとつひとつをとってみれば、どれもありうることだとは言えないかな。ぼくの観点から言うと、なにより異常だと思えるのは、奥方があぁして椅子に縛りつけられたという事実なんだが」

「そうかな、ワトスン——ぼくはその点をはっきり異常とは決めつけられない。なぜって、逃走後にすぐさま通報されるのを防ごうとすれば、奥方を殺すか、ああして動けない状態にしておく以外にないんだから。だがまあ、それはそれとして、奥方の話にどうにも合点のいかない点がれっきとして存在すること、これはわかってくれたろう？　そしてそのなかでも最たるもの、それが例のワイングラスの問題なのさ」

「ワイングラスがどうしたっていうんだ」

「あの三つのグラス、いま思い浮かべられるか？」

「られるよ、はっきりと」

「聞かされた話では、三人の男があの三個のグラスを使って飲んだということだった。それがほんとうだと思えるかい？」

「なぜ思えない？　どのグラスにも、ワインがすこし残っていた」

「そのとおり。しかし、澱が付着していたのはそのうち一個だけ。そのことはきみも気づいたはずだ。その点をきみはどう解釈する？」

「最後につがれたグラスには、澱が残りやすい」

「いや、そうじゃない。ボトルのなかは澱でいっぱいだった。そのボトルからつがれたのに、はじめのふたつのグラスはきれいで、三つめのグラスにだけ澱がびっしり付着する、こんなことはありえないよ。これには二通りの解釈がある。ふたつだけだ。ほかにはない。ひとつは、二番めのグラスがつがれたあと、ボトルが激しく揺さぶられたため、三番めのにだけ澱が残ったというもの。しかしこれはまずありそうにない。だとすると――そうさ、ぼくの解釈こそが正しいんだ」

「ほう？　じゃあきみはどう解釈するっていうんだ」

「実際に使われたグラスは二個だけで、その両方に残ったのをいっしょにして、三つめのグラスについだ——つまり、三人の人物がその場にいたという、誤った印象を与えるためだ。これでワインのなかの澱は、ぜんぶ三つめのグラスに付着する、そうだろう？　そうだとも、そうにちがいないとぼくは確信している。だがそれはそれとして、このまことに些細な現象についてのぼくの解釈が正鵠《せいこく》を射ているとすれば、事件はいたってありふれたものから一転して、とてつもなく異常で、驚くべきものとなる——なぜって、もしそうなら、レイディー・ブラックンストールと彼女のメイドとが、そろって意図的に嘘をついていたことになるわけだし、ならば、あのふたりの証言は一言たりと信じるわけにはいかず、したがってまたわれわれは、彼女たちには真犯人をなんとしてでも隠したいという強烈な動機があり、したがってまたわれわれは、ふたりの協力なしに、独自に事件の再構築を試みなけりゃならないと、そういうことになるわけだ。いまわれわれの前途に待つ使命とは、そういうものなんだよ。とまあ、そんなことを言ってるところへ、そらワトスン、チズルハースト行きの列車がきた」

舞いもどってきた私たちを見て、〈アビー荘園〉のひとびとはずいぶん驚いているようすだったが、シャーロック・ホームズは、ホプキンズが本部へ報告に出かけたあとだと知るや、委細かまわずダイニングルームを占拠して、なかから鍵をかけ、それから二時間ほど、いつもの精細、かつ忍耐づよい調査に没頭して過ごした——彼独特の壮麗な推理の一大構築物は、こうした調査が土台となって築きあげられるのだ。そのあいだ私のほうは、部屋の片隅に控えて、教授の論証を熱心に聞く学生よろしく、友人のすばらしい仕事ぶりをひとつひとつ順を追って見ていった。最初は窓、カーテン、カーペット、椅子、紐――すべてがかわるがわる綿密な点検を受け、然るべき考察を加えられた。不運な准男爵の遺体は、すでに運び去られていたが、それ以外はすべて、けさがた私たちが見たときのままだった。そのうち、驚いたことに、いきなりホームズがどっしりしたマントルピースによじのぼった。彼の頭よりもはるか上に、ワイヤーからちぎりとられた赤い紐の端が二、三インチ、いまなおたれさがったままになっている。長いあいだ、ホームズはじっとそれを見あげていたが、やがて、もっとそれに近づこうとしてか、片膝を壁からつきでた木製の腕木にかけた。これで、指先が切れた紐の端からほんの数インチ下まで届いたが、どうやら彼の関心が向けられているのは、その紐自体にではなく、むしろ腕木のほうらしかった。しばらくして、ようやく彼は満足げな叫びとともにマントルピースからとびおりた。

「よし、ワトスン、細工は流々だよ」と言う。「これで事件は解決――他に類例がないという点で、われわれのコレクションのうちでも一、二を争うものになる。だがそれにしても、ぼくとしたことが、なんととんまだったことか――しかもそのせいで、一世一代の不覚をとるところだったんだからね！　だがまあここまでくれば、あとは二つ三つ欠けている環《かん》を補って、それで連鎖はあらかたつながるはずだ」

「じゃあ、一味の正体もつかめたってことだね？」

「〝一味〟じゃないよ、ワトスン、犯人はひとりだ。たったひとり——だがそのひとりが、まさに端倪《たんげい》すべからざる人物でね。強いことはライオン並み——ひんまがった火かき棒がその証拠だ。背丈は六フィート三インチ、敏捷《びんしょう》さは栗鼠《りす》も顔負け、ついでに手先も器用ときている。そして最後に、すばらしく頭が切れる——だってこの巧妙きわまるストーリーは、なにからなにまで、その男の頭脳の生みだした産物なんだから。そうなのさ、ワトスン、いまぼくらが目前にしてるのは、ひとりの傑出した人物の手になる芸術品なんだ。だがその天才的な人物にしてなお、われわれの疑心を呼びさましかねない呼び鈴の紐という手がかり、あれを残していってくれているわけだ」

「どうしてそれが手がかりになる？」

「いいかいワトスン、呼び鈴の紐を力まかせにひっぱれば、どこがまず切れると思う？　当然、紐がワイヤーにつながっている、そのつなぎめの部分だ。それがどうしてあんなふうに、つなぎめから三インチも下で切れたりする？」

「その部分がほつれてたからだろう」

「まさにそのとおり。見ればわかるように、この椅子にくくりつけられているほうの端は、たしかにほつれている。抜け目のない犯人が、ナイフで端をほぐしたからだ。しかし、あの上のほうの端っこ、あれはほつれていない。ここからでは見えないかもしれないが、マントルピースにのぼってみると、あの先端がすぱっと切れていて、どこにもほつれた跡なんかないのがわかる。じゃあなにがあったのか——きみだって想像がつくだろう。犯人は紐が必要だった。だが、下から力まかせにひきちぎるわけにはいかない——呼び鈴が鳴って、家じゅうのものが騒ぎだすと困るからね。ではどうしたか。マントルピースにとびのったが、それでも届かないので、片膝をあの腕木にかけた——見れば埃に跡が残ってるのがわかるよ——それからポケットのナイフをとりだし、紐を切る。いまやってみたが、このぼくでもあれに手を届かすには、すくなくともあと三インチは背丈が足りない。このことから、その男は控えめに見ても、ぼくより三インチは長身だと推論できるわけだ。ついでにもうひとつ、あのオーク材の椅子の座部に残っている黒いしみを見たまえ。なんだと思う?」

「血痕だね」

「まぎれもなく血痕だ。この事実ひとつをとってみても、レイディー・ブラックンストールの語ったことは、およそ問題外だってことがわかる。凶行の行なわれたとき、彼女が椅子に縛りつけられていたのなら、あの血痕はどうして付着したんだ? そうだよ、そう——彼女は旦那が殺されたあとであの椅子にすわったのさ。賭けたっていいが、そのとき着ていた黒いドレスを調べてみれば、あの血痕に対応する箇所にしみが残っているはずだ。というわけでね、ワトスン、われわれはウォータールーで勝利をおさめるまでにはいたっていないが、すくなくともマレンゴまではきている——なにせ、敗北で始まった闘いを、勝利で終わらせようとしてるんだから[3]。さてそうなると、ここでまたちょっとあのテリーザと話をしてみる必要がありそうだな。といっても、こっちのほしい情報をひきだそうとすれば、当面はかなり用心してかからなけりゃならないだろうが」

まことに興味ぶかい人物ではあった――いまなおきびしい態度をくずそうとしないこのオーストラリア人のメイドは。無口で、猜疑心が強く、無愛想で、さすがのホームズもしばらくはひたすら聞き役にまわり、ひとをそらさぬ態度で相手の心をほぐすように努めたが、それでようやく向こうも気を許して、しゃべる気になったようだった。いまは亡き雇い主への憎悪、それを彼女は隠そうともしなかった。

「はあ、さようで、デカンターを投げつけられたのはほんとうです。奥様を聞き苦しい言葉で罵《のの》られましたので、わたくしもつい我慢がなりかねて、口を出したのでございます――かりにこの席に奥様のご兄弟でもおいでだったら、旦那様もまさかそんな言葉遣いはなさらないだろう、って。するといきなりデカンターが飛んできまして。いえ、わたくしなら何度投げつけられてもかまやしません――たいせつな奥様に手出しさえなさらなければ。旦那様はこれまでずっと奥様にひどい仕打ちをなさってきましたけど、当の奥様は誇りがおありなので、けっして泣き言はおっしゃいません。旦那様からどんな仕打ちを受けていらっしゃるか、このわたくしにも一言ももらされないのですけど、それでもわたくし、よく承知しております――けさがたあなたさまもお気づきになったあの腕の傷、あれがハットピンで刺された跡だってことは。まったく、あのずるがしこい悪魔めときたら――お許しください、亡くなったかたのことをこんなふうに申しあげるのを――でもね、悪魔は悪魔、かつてこの世に存在した最悪の悪魔でしたよ。はじめに出あったときは、そりゃもうやさしいかただったんです。あれがたった一年半前の出来事でしかないなんて――でもわたくしどもはその十八カ月を、十八年もたったみたいに感じてきました。そのときは、ロンドンに着いたばかりで――はあ、さようです、奥様のはじめての海外旅行でした。それまでオーストラリアから出られたことはなかったんです。そんな奥様をあの男は、准男爵の称号と、財力と、見せかけのロンドンふうのふるまいとで、すっかりとりこにしてしまった。かりに奥様が選択を誤られたのだとしても、すでにその罰はじゅうぶんに受けておいでです――女性として堪え忍べるかぎりの罰を。知りあったのは何月だったかとおっしゃいますので？　ええと、こちらに着いた直後のことでした。着いたのが六月ですから、七月のことですね。そして半年後の去年の一月に結婚なさったのです。はあ、いまはまたお居間に降りてきておいでですよ。たぶんお会いになると思いますけど、でも、あんまりしつこくおたずねにならないでくださいまし――それはもう、生身の人間には堪えきれないほどの思いをなさってきたのですから」

レイディー・ブラックンストールは、前回見たときとおなじ長椅子にもたれていたが、表情はいくらか明るいようだった。メイドは私たちにつづいてはいってきて、またしてもかいがいしく女主人のひたいの傷に湿布をあてはじめた。

「まさか、またあたくしを尋問なさりたいとおっしゃるんじゃありませんわね？」と、夫人が言う。

「いや、ちがいます」ホームズが答える――このうえなくものやわらかな声音《こわね》だ。「けっしてよけいなご心痛を招いたりはしませんよ、レイディー・ブラックンストール。むしろぼくとしては、あなたの心の重荷を軽くしてさしあげたい、その一心でして――なにしろ、これまでたいへんな苦しみを重ねてこられたんですから、あなたがぼくを友人として遇し、信頼してくださりさえすれば、じゅうぶんその信頼におこたえできるつもりでおります」

「あたくしになにをせよとおっしゃいますの？」

「真実を話してください」

「まあホームズさん、またそのことですか！」

「いやいや、レイディー・ブラックンストール、お腹だちのふりをなさっても、無駄です。ぼくのささやかな名声ぐらいはお聞き及びでしょう。その名声にかけて、ここではっきり申しあげますが、事の経緯についてあなたが話してくださったこと、あれは完全な作り事です」

女主人も、その召し使いも、そろって顔色《がんしょく》を失い、おびえきった目でホームズを凝視した。

「失礼じゃありませんか！」テリーザが叫びたてた。「まさか奥様が嘘をついたとおっしゃるんじゃありますまいね？」

ホームズは聞き流して、椅子から腰をあげた。

「なにもおっしゃることはありませんか？」

「なにもかもお話しいたしました」

「よくお考えください、レイディー・ブラックンストール。腹蔵なく話してくださったほうがよくはありませんか？」

一瞬の逡巡の色が、夫人の美しい顔をよぎった。だがたちまち、なにかそれよりも強い思いが頭をもたげてきて、その面《おもて》がこわばり、無表情な仮面に変わった。

「知っていることはすっかり申しあげました」

ホームズは帽子をとりあげ、肩をすくめた。「残念です」そうつぶやくと、それ以上は一言も口にせず、私をしたがえてその邸宅をあとにした。

庭園の一隅に池があり、私の友人は先に立ってそのほうへ向かった。水面はすっかり凍結していたが、なかに一カ所、一羽だけいる白鳥のためなのか、氷面に円い孔《あな》がうがってある。しばしそれをながめていたホームズは、つづいて門番小屋へ足を向けた。そこでスタンリー・ホプキンズに宛てて簡単なメモをしたためると、彼はそれを門番に託した。

「うまく的中するかもしれないし、はずれかもしれない。だがどっちにしろ、わが友ホプキンズになにか置き土産はしてやらないとね——こうして舞いもどってきた言い訳がわりにも」と言う。「いまはまだぼくも、あの男にいっさいを打ち明けるところまでは気持ちがかたまっていないんだ。さてそうなると、つぎなる作戦行動の場は、アデレード—サウサンプトン航路の船会社ということになるだろう——ぼくの記憶に誤りがなければ、事務所はたしかペルメル街のはずれにあったはずだ。そことはべつに、南オーストラリアとイギリスとを結ぶ航路がもうひとつあることはあるが、まずは大きいほうからためしてみるのが筋だろうよ」

ホームズが刺《し》を通ずると、たちまち支配人にまでこちらの意向が伝わり、望んでいた情報はいちはやく手にはいった。九五年の六月には、かの地から母港に着いたこの会社の船は一隻しかない。〈ロック・オブ・ジブラルタル〉といい、この船会社の所有する最大にして最高級の客船である。乗客名簿をあたってもらうと、アデレードのミス・フレーザーが、メイドともども、たしかに客のひとりとなっている。この船は目下オーストラリアにむけて航行ちゅうで、現在はスエズ運河南方のどこかにいるはずだ。乗組員は九五年のときと変わっていないが、ひとりだけ例外がある。一等航海士のジャック・クローカー氏で、その後、船長に昇進し、きょうから二日後にサウサンプトンを出港する予定の、〈バスロック〉号という新造船の指揮をとることになっている。住まいはシドナムだが、たまたまきょうは会社からの指令を受けるため、この本社事務所に顔を出すかもしれない。だから、いましばらく待っていれば――

いや、ホームズ氏はその人物に会いたいという意向は持たない。ただ、もうすこし本人の経歴とか人柄について詳しいことを知りたい。

　経歴ははなばなしいものだった。この会社の高級船員のなかに、彼に匹敵する人物はひとりとしていない。また人柄について言うなら、任務のうえではまことに頼りがいのある男だが、いったん船を降りると、野性的かつ破天荒なところがあり、血の気が多く、激しやすい反面、誠実で、正直者で、思いやりのある性格、ということになる。おおよそこのような情報を手にして、ホームズはそのアデレード―サウサンプトン汽船会社の事務所をあとにしたのだが、そこから辻馬車を拾って向かった先がどこかと言うと、これがスコットランドヤード。だが、目的地に着いても、庁舎にはいろうとはせず、しばらくは座席にすわったまま、じっと眉根を寄せ、なにやら深い思案にとらわれているようす。そのあげくに、今度は馬車をチャリング・クロスの電報局に向かわせ、そこで電報を一通打ったあと、やっとまたベイカー街に引き揚げてきた。

「うん、そうだ、やっぱりぼくにはそうはできないよ、ワトスン」いきなり言いだしたのは、連れだって部屋にはいろうとするときだった。「いったん逮捕状が出てしまったら、もはやなにをもってしてもあの男を救うことはできない。ぼくはね、これまでの職業生活のなかで、この手で犯罪者をあばきだすことによって、その男の犯した罪よりももっと罪深い、真の害悪を社会にはびこらせちまったんじゃないか、そう思ったことが一、二度ある。けれどもいまでは、ぼくも分別というものを学んだ。だから、自分の良心を枉《ま》げるくらいなら、わが英国の法律をちょっぴり枉げるほうがまだましだ、くらいに思ってるんだ。さしあたっては、行動に移るその前に、もうすこし事の核心をさぐることにしたい」

夕方近くなって、スタンリー・ホプキンズ警部の来訪を受けたが、警部のほうの捜査は、はかばかしく進んでいないようだった。

「ホームズさん、きっとあなたは魔法使いにちがいない、なんて思いますよ。ほんとにあなたには人間ばなれした魔力がそなわってるんだ、そう思うことがときどきあります。そこで今度の一件ですが、盗まれた銀器が庭の池に沈んでるなんてこと、いったいどうしてあなたは知ったんですか?」

「知りはしないよ」

「だって、池の底をさらうように言ってくれたでしょう?」

「すると、あったのか?」

「ありました、見つけましたよ」

「それはよかった——多少はきみの役に立ったのなら、ぼくも満足だ」

「それがね、あいにく役に立ったんじゃないんです。かえって問題を面倒にしてくれたんですよ。だってそうでしょう——いったいどこの盗賊が、銀器を盗んで、それをいちばん手近の池にほうりこんでいったりするんです？」

「いかにもそれは奇矯な行動だね。ぼくとしては、こう考えてみただけだ——かりにあの家の銀器を持ちだした人物が、じつはそれがほしかったんじゃなかったとしたら？　たんに目くらましとして持ちだしただけだったとしたら？　もしそうなら、そんなものは早いところ始末してしまおうとするのが当然じゃないか、って」

「しかしねえ、銀器がほしかったんじゃない、なんて、いったいどこからそんな突拍子もないことを思いついたんです？」

「まあね、それもありうるんじゃないかと考えただけだよ。賊どもがあのフレンチウィンドーから出てくる。すると、目の前に池があるわけだ——お誂《あつら》え向きに、氷に小さな孔まであいてる池がさ。絶好の隠し場所になるじゃないか」

「ああ、なるほど、隠し場所ね——それならまだわかる！」スタンリー・ホプキンズが声をあげた。「ええ、ええ、そう言われてみると、わたしにも全貌が見えてきた。あのときはまだ時間も早いし、道には人目もあるしで、連中は銀器を持っているところを見られたくなかった。そこで、ほとぼりの冷めたころにとりにくるつもりで、いったんそれを池に沈めた、と。お見事です、ホームズさん——目くらましなんていう説よりは、こっちのほうがずっと納得できますよ」

「まさしくそうだね。これできみも、ひとつのすばらしい仮説を持つにいたったわけだ。まあぼくの唱えた説というのも、かなり荒唐無稽なものではあったが、それでも、そのおかげできみも銀器を発見できたんだから、それだけでも良しとしなくちゃ」

「ええ、そうですね、そのとおりです。なにもかもあなたのおかげですよ。ですがね、わたしのほうはあいにくと、肝心の捜査が一頓挫をきたしておりまして」

「頓挫をきたした?」

「そうなんです、ホームズさん。問題のランドル一味なんですが、けさがたニューヨークで逮捕されました」

「つかまったのか、それはそれは。だがホプキンズ、そうなると、彼らがゆうべケント州で殺人を犯したというきみの説とは、かなり食いちがうことになる」

「かなりどころか、決定的に否定されますよ、ホームズさん——まったく致命的な痛手です。しかしですね、ランドル一味のほかにも、三人組の盗賊団ってのはないわけじゃないですし、ことによると、まだ警察もつかんでいないまったく新しい組織だってことも考えられるわけでして」

「たしかにそうだね。それはじゅうぶん考えられる。おや、もうお帰りかい?」

「ええ、ホームズさん、きょうのところはこれで。とにかくこの一件をとことん解明しないことには、わたしもまだ高枕ってわけにはいきませんから。そこでです、ほかになにかヒントでもありませんかね？」

「ヒントなら、あげたはずだ」

「ほう、どんな？」

「言っただろう、目くらましだって」

「しかし、なぜなんです、ホームズさん！　目くらましとは、なぜ？」

「ああ、もちろんそこが問題だね。しかし、きみにはぜひそのへんに留意してみるようおすすめするよ。あるいはなにかつかめるかもしれない。なんなら夕食でもどうだね？　だめか。じゃあ失敬。なにか進展があったら教えてくれたまえ」

　夕食がすみ、食卓もかたづけられてしまったところで、あらためてホームズはさりげなく事件のことに触れた。パイプに火をつけ、スリッパの足を燃えさかる暖炉のほうへ心地よげにのばしたところだったが、そこでふいに懐中時計を見て、言ったのだ――

「進展がありそうだよ、ワトスン」

「いつ？」

「いまさ――あと数分のうちに。ところできみ、さいぜんのぼくのスタンリー・ホプキンズへの対応、少々冷淡すぎると思ってるだろうね？」

「ぼくはいつだってきみの判断力を信頼してるさ」

「これはまた、ずいぶんと賢明な返事だねえ、ワトスン。それはともかくとして、ここはぜひこんなふうに考えてみてほしいんだ。ぼくが知ってるかぎりは問題は非公式、だがホプキンズが知ったとなると、事は公式のものになる。ぼくには個人的な判断をくだす自由があるが、ホプキンズには、ない。職掌上、彼はすべてを公表しなきゃならない。さもないと、職責にそむくことになる。だから、黒白《こくびゃく》のはっきりしない事件では、そんな板挟みの苦しみをあの男に味わわせたくはないから、ぼくはあえて本心を明かさない。事件についてのぼく自身の気持ちがはっきりかたまるまでは、知っていることでも明かすのは控えるようにしてるんだ」

「で、明かすのはいつのことになる？」

「いまがそのときさ。いまこそきみは、このささやかだがじつに注目すべきドラマの最終場面に立ち会おうとしてるんだよ」

階段に足音がして、私たちの部屋のドアがひらかれた。はいってきたのはひとりの男――いままでにこのドアをくぐった男のうちでも、とりわけてすばらしい男のなかの男だ。ひときわ長身の青年で、口髭《くちひげ》は金色、目は碧緑《へきりょく》、肌は熱帯の太陽にこんがりと焼け、しなやかな足どりは、この巨体の主《ぬし》がただたくましいだけでなく、敏捷でもあることを物語っている。後ろ手にドアをしめると、両手を握りしめてそこに立ちはだかった。こみあげてくるなんらかの強い感情をおさえかねるように、分厚い胸板が波打っている。

「かけたまえ、クローカー船長。電報は受け取ってくれたね？」

客は手近の肘かけ椅子にどっかと腰をおろすと、さぐるような目で私たちふたりを見くらべた。

「電報なら受け取った。だからこうして指定どおりの時間に出向いてきた。聞けばあんたは会社の事務所へも行ったという。あんたの手からのがれられる途《みち》はなさそうだ。ならば、とっととけりをつけてもらおうか。このぼくをどうしようというんだ！　逮捕させるのか？　おい、はっきり言ってくれ！　猫が鼠をなぶるように、そうやってただそこにおさまりかえってるだけなんて、殺生だぞ」

「このひとに葉巻をあげてくれないか」ホームズが言った。「さあ、クローカー船長、遠慮なくやってくれ。そういきりたたずに、気を静めてほしいんだ。きみをありきたりの犯罪者と見ていれば、こんなふうに差し向かいで煙草をくゆらしたりするものか。どうかぼくには腹蔵なく接してもらいたい。そうすればわれわれだって、多少は力になれるかもしれないんだ。だがそっちがなにか小細工を弄するようなら、こっちも容赦するつもりはないからな」

「このぼくにどうしろというんだ」

「ゆうべ〈アビー荘園〉で起きた出来事について、真実を語ってほしいんだ。いいかね、ただ、真実を、だよ——なにひとつつけたさず、なにひとつ省かず、ただ真実を、真実のみを語ってもらいたい。こっちはすでに相当のところまで承知してるんだから、その路線からきみがわずかでも踏みだせば、すぐにあの窓からこの笛を吹いて、警察を呼ぶ。いったん彼らが介入してきたら、もはや問題は永久にぼくの手を離れてしまうんだ」

船乗りはややしばらく思案した。それから、日に焼けた大きな手で、自分の腿をどんとたたいた。

「わかった、ここは踏みきるしかなさそうだ。あんたは約束を守るひとらしいし、信義のひとでもあるようだから、あんたを信じて、いっさい合財を話すことにしよう。だがその前に、ひとつだけ言っておきたい。このぼくに関するかぎり、いまもなにひとつ後悔しちゃいないし、恐れてもいない。必要なら何度でもやってみせるし、やったことを誇りにも思っている。あのけだものめ、ああいうやつこそ地獄に落ちやがれだ――かりにあいつが、猫みたいにしぶとく九度も生きかえってきたとしても、その九度の命は、ぜんぶこのぼくがしばらく貸してやってるみたいなものさ。ただ問題は、彼女の、あのメアリーの――メアリー・フレーザーのことなんだ――そうさ、口が裂けたって、いまのあんな呪われた称号で彼女を呼んだりするものか。その彼女に、ぼくのせいで累が及ぶことを考えると――あの慕わしい顔に、たった一度でもほほえみを見ることを生き甲斐にしてきたぼくにしてみれば――あまりにつらくて、心が折れてしまいそうになる。だがそれでも――それでもなお――いまはそうするしかないんだ、そうだよな？　じゃあこれからお二方にいっさいを打ち明けることにする――そしてそのうえで男同士、ああする以外にぼくになにができたか、それを訊かせてもらいたいんだ。

話はすこし前にさかのぼる。あんたがたは事情をなにもかもご存じのようだから、ぼくが彼女と知りあったのは、彼女が〈ロック・オブ・ジブラルタル〉号の船客、ぼくがその船の一等航海士だった時分だってことも知ってるでしょう。はじめて会ったその日から、彼女はぼくにとってただひとりの女性になった。航海ちゅう、一日一日と思いはつのって、以来、夜の当直のときなんか、闇のなかで何度デッキにひざまずいて、ここが愛しの彼女の足が踏んだところだと思いつつ、足もとの板に口づけしたことか。でも彼女は、なにひとつぼくに約束してくれたわけじゃない。あくまでも淑女が男性にたいする態度で、フェアに扱ってくれただけだ。べつにそれを不足には思っちゃいない。要するに、すべてはこっちの片思いで、向こうはたんによき友人、よき旅の仲間としてぼくを見ていただけ。だから、やがて別れの日がきたときも、彼女はだれにも束縛されることのない立場だったけど、こっちはそれ以来、二度と彼女への思いから解放されることはなかった。

つぎの航海からもどってきたとき、彼女が結婚したと聞かされました。そりゃまあ、好意を持った相手となら、結婚したって悪いという法はない。称号と財産——こういうものを持つのに、彼女以上にふさわしいひとなんかいないんだから。美しいもの、高尚なものを持つために生まれてくるひとがあるとすれば、彼女こそまさにそれなんだから。彼女の結婚をぼくは悲しみはしなかった。それほど身勝手な男じゃないつもりです。ただただ彼女に幸運が訪れたことを祝福し、文なしの船乗りなんかのふところにとびこまなくて、むしろよかったと思った。つまり、ぼくの彼女への愛というのは、そういうかたちのものなんです。

というわけで、その後は彼女と会うことなど二度とないと思ってたんですが、それがたまたま、前回の航海を終えたあとに昇進して、つぎに船長として乗り組む予定の船がまだ進水前だったため、二カ月ばかり、シドナムの生家で待機することになった。そんなある日、ひょっくり道で出くわしたのが、彼女のメイド、テリーザ・ライト。そしてテリーザの口から、メアリーのこと、夫のこと、その他もろもろを洗いざらい聞かされたわけです。白状しますがね、おニ方、ぼくは気が狂いそうでしたよ。そんな飲んだくれのひとでなしが——それこそ彼女の靴をなめる資格すらない下種野郎《げす》が——こともあろうに、彼女に手をあげるなんて！　そのあともう一度、テリーザと会い、つぎにはメアリー本人とも会って——それからまた一度、会いました。ですがそれきりで、以後は二度と会ってくれようとしなかった。ところが先日、いよいよ船の艤装も終わって、一週間以内に処女航海に出ることが決まったので、出発前にせめてもう一度、彼女に会っていこうと心に決めた。テリーザはずっとぼくの味方だったし、それにメアリーを愛していて、ぼくに劣らずあの悪党を忌み嫌っている。邸内のようすは、すべてこのテリーザから聞いたんです。メアリーはいつも階下の小さな自室で、遅くまで読書する習慣があるという。そこで、ゆうべその部屋の外まで忍んでいって、そっと窓をたたいた。はじめはどうしても窓をあけてくれようとしなかったんですが、いまでは彼女がぼくに思ってくれているのはわかってたし、彼女にしても、寒い夜にぼくを外に立たせておくのは忍びなかったんでしょう。正面側の大きなフレンチウィンドーのところまでまわってくるようにとささやいてくれて、行ってみると、その開き戸があいていて、そこからダイニングルームにはいることができた。そのあともう一度、彼女本人の口から聞かされた一部始終、ぼくは血が煮えくりかえりましたね。そしてあらためてその、ぼくの愛する女性をかくも非道に扱うけだものへの憎しみをかきたてられたわけです。

で、そのあとでですが、お二方、ぼくはそうして戸のすぐ内側に立っていて、天に誓って申しますが、心にはなんのやましいものもなかった。ところがそのときなんです、あいつが狂ったように部屋にとびこんでくるなり、男として女性にはぜったい用いるべきでないけがらわしい言葉で彼女を罵り、持っていた棒切れで、したたかに彼女の顔を打ち据えた。ぼくは身を躍らせて火かき棒をひっつかむ。それからは一対一、正面からの渡りあいです。ほら、見てください、この腕――やつの最初の一撃を食らった、その跡ですよ。だけど、こっちだってやられっぱなしじゃない、つぎはこっちの番です。腐った南瓜《かぼちゃ》でもたたきつぶすみたいに、真っ向からやつの前びたいをたたき割ってやった。後悔してると思いますか？　とんでもない！　殺《や》るか殺《や》られるかだったんです。いや、それどころか、もっとぎりぎりの瀬戸ぎわ――かかってたのは、あいつの命か、彼女の命かってことで、なんでいまさらあんな狂人のなすがままに、彼女をまかせておけるものですか。そうです、こういう次第で、ぼくはあいつを殺しました。まちがってたでしょうか。でもね、考えてみてください――お二方とも紳士として、あのときのぼくの立場に置かれたら、はたしてどうされたか。

　あいつに打たれたとき、彼女が悲鳴をあげたので、その声でテリーザが上の部屋から駆けおりてきました。サイドボードにワインのボトルがあったんで、ぼくは栓を抜いて、ショックで半分死んだようになってるメアリーの口に、ほんのすこしだけ流しこみ、そのあと自分でも一口飲みました。テリーザは冷静そのものでしたよ――策を練ったのは、ぼくだけじゃなく、テリーザの知恵も半分がたまじってるんです。まずは先決問題として、これを強盗の仕業に見せかける必要がある。ぼくがマントルピースによじのぼって、呼び鈴の紐を切ってるあいだに、テリーザがふたりで練りあげたストーリーを、一語一句、女主人に教えこみ、暗誦させました。それからぼくが彼女を椅子に縛りつけ、紐の端をほぐして、自然に見せかけた――そうしないと、強盗がどうやってあんな高いところまでのぼって、紐を切れたのかと怪しまれますからね。そのあとは、あくまでもこれを強盗の仕業に見せかけるため、銀の皿やポットなんかを適当にかきあつめ、そのうえでぼくは現場を立ち去った――ぼくが出ていってから十五分たったら、騒ぎたてて、邸内のものに急を知らせるようにと言い残してね。持って出た銀器は庭の池にほうりこみ、今夜は一晩のうちに一世一代の大手柄をたてたな、などと思いながら、シドナムの住まいに引き揚げた。以上が事の真相であり、真相のすべてです――これでぼくは縛り首になるかもしれないが、それも覚悟のうえで、洗いざらい申しあげました」

ちょっとのあいだ、ホームズは無言で煙草をくゆらせていたが、やがておもむろに部屋を横切ってゆくと、客と握手をかわした。

「まさしくぼくの考えていたとおりだ」と言う。「いまの話が一言一句、真実に相違ないことはわかっている――なぜなら、きみの口からはぼくの知らないことはほとんど出なかったからね。軽業師か船乗りででもなければ、あの腕木のところから呼び鈴の紐まで手を届かすなんて芸当はできないし、また船乗りでなければ、紐をああいう結びかたで椅子にくくりつけることもできない。レイディー・ブラックンストールが船乗りと接触を持ったのは生涯ただ一度、オーストラリアからこっちへくる航海のときだけだし、しかもその相手は、彼女がしきりとその男をかばおうとし、そうすることで彼を愛していることをはからずも語ってしまっているところから推して、彼女と社会的に階級を等しくする男、そう見ていいだろう。というわけで、きみにもわかるはずだ――いったん正しい軌道に乗ってしまったあとは、きみの首に手をかけることぐらい、ぼくには造作もないことだったんだよ」

「それでも、警察にはぼくらの仕組んだことなんて、とうてい見抜けっこないと思ってたんですが」

「警察はたしかにそのとおりさ——なにも気づいちゃいないし、将来も気づくことはないだろう。だがそれはそれとして、クローカー船長、これはきわめて重大な問題だ——ぼく自身はたしかに、そういう状況でそういう究極の挑戦をつきつけられれば、どんな男でもきみのしたようにするだろうと認めるのにやぶさかじゃないんだが、さて、はたしておおやけの場できみの行動が正当防衛と認められるかどうか、そのへんはなんとも言いかねる。いずれにせよ、その判断は、あくまでも国家を代表する陪審員諸君にゆだねるしかない。いっぽう、こうしたこととはべつに、ぼくとしてはおおいにきみに同情を感じている。だから、もしもきみが今後二十四時間以内に、人知れず姿を消すという途を選ぶのであれば、だれもとめだてはしないと約束するよ」

「で、そのあとで、いっさいは明るみに出る、と」

「まあたしかに、明るみに出るのは避けられないだろう」

みるみる船長は顔面に朱をそそいだ。

「男にたいして、よくもそんな提案ができるものだ。そうなれば、いずれメアリーも共犯としてつかまると、それぐらいの法律知識はぼくにだってあります。彼女ひとりをそういう試練に立ち向かわせておいて、自分だけのうのうと逃げのびるなんて、そんなことをこのぼくがするとでも思うんですか？　あいにくだが、その提案はなかったことにしてください。ぼく自身は、今後どんな重罰でも受ける覚悟はできています。ですがホームズさん、なんとかあのメアリーだけは、あなたのお力で法廷に立たせずにすむようにしてもらえませんか」

ここでホームズはもう一度、その船乗りに手をさしだした。

「なに、ちょっときみをためしてみただけなんだ。いまのきみの受け答えには、言葉の端々にまで真実の響きがこもっていた。となると、さて、ここでぼくはまことに大きな責任を背負いこむことになる。もっとも、ホプキンズのやっこさんには、れっきとしたヒントを与えておいたんだし、向こうがそれを活用できないとしても、それはぼくの知ったことじゃない。それではクローカー船長、ここはひとつ、正規の裁判方式で事をおさめるとしよう。きみは被告人。ワトスン、きみはわが英国を代表する陪審員だ――実際、いまさらながらだが、これほど陪審員にふさわしい人材はいないとつくづく思わされるね。で、裁判長は不肖このぼく。さて、陪審員諸君、証言はいまお聞きのごとくです。被告人は有罪ですか、無罪ですか？」

「無罪です、裁判長閣下」私は答えた。

「〝民の声は神の声〟とは古来言われるとおりだ。ではクローカー船長、きみを無罪放免とする。今後、法がだれかほかの犠牲者を見つけだすことでもないかぎり、きみはこのぼくからは永遠に自由だ。一年たったら、あの女性のもとへ帰りたまえ。そして願わくは彼女の、またきみの将来が、今夜ここでわれわれのくだした判決の正しかりしを示す証左とならんことを」

（1）〝獲物がとびだした〟（〝The game is afoot〟）――もっともよく知られた「ホームズ語録」

のひとつ。gameはここでは猟鳥や猟獣を意味するが、これを文字どおり〝ゲーム〟と解釈して、〝ゲームは始まった〟とする訳もある。ただ、これはもともとシェークスピア『ヘンリー五世』第三幕第一場で、王ヘンリーが狩猟の獲物にたとえて言う台詞《せりふ》だから、やはり〝獲物〟と訳すのが妥当だろう。なお、〝獲物がとびだした〟をさらに敷衍《ふえん》して、〝おもしろいことになってきたぞ〟といった意味でこの台詞が使われることもある。

(2)〈アビー荘園〉——〝荘園〟としているが、原文grangeは、一般には〝農場〟、〝農園〟のほか、〝農場の付属した豪農の屋敷〟をさし、ほかに〝荘園や修道院に付属した農場〟の意味もあった。〝アビー〟の名が示すごとく、〈アビー荘園〉も、もとは修道院付属の農園であったものと思われる。

(3)ナポレオンは一八〇〇年にイタリアのマレンゴでオーストリア軍を撃破したが、十五年後に、イギリスのウェリントン将軍率いる英独連合軍が、ベルギーのワーテルロー(ウォータールー)でナポレオン軍を壊滅的な敗北に追いこんだ。

第二の血痕

私は「アビー荘園」を最後として、友人シャーロック・ホームズ氏の功名譚を世に発表するのは打ち切るつもりでいた。そう決めたといっても、べつに材料が種切れになったからではない――これまで語ったことのない何百という事件の記録が私の手もとにはあるのだから。かといってまた、このホームズという世にたぐいない人物の一風変わった個性、あるいは彼のユニークな推理法、そういったものへの読者の関心が薄れたから、というのでもない。真の理由は、自分の経験がそうしてぞくぞくと公表されることを、ホームズ氏自身が嫌うようになったことにある。現役で活躍ちゅうならば、これまでの成功談も多少の実用的価値があったかもしれないが、いまはきっぱりとロンドン暮らしを打ち切り、サセックス州の丘陵地帯《ダウンズ》に隠遁して、念願の推理学研究と養蜂とに明け暮れる身となったからには、名声もむしろ本人には厭《いと》わしいものでしかなく、この問題に関するかぎり、自分の意志はどこまでも尊重してほしいと、私にも有無をいわさぬ要求がつきつけられたのだ。だがそれはそれとして、これから語ろうとする「第二の血痕」の事件については、これはかねて機が熟したら発表すると約束してあることだし、この長らくつづいた冒険談の最後を締めくくるのに、これまで彼の手がけてきたなかでも、最高の重要性をそなえたこの国際的な事件ほどふさわしいものはないのではないか、との私の懸命の説得が功を奏して、ようやく、細かい部分の描写には細心の注意を払うとの条件つきで、これを公表する同意が得られたのである。かりに、特定の事項に関する私の語り口に、いくぶんか隔靴《かっか》搔痒《そうよう》のきらいがあったとしても、それにはれっきとした理由があってのことと、伏して読者諸賢のご海容を請うものである。

そういう次第で、この事件がいつ起きたかは、ある年というだけで、それ以上は十の位まで伏せておかねばならないのだが、その秋のある火曜日の朝、ベイカー街の私たちの陋居《ろうきょ》に、ヨーロッパでは広く名を知られたふたりの客の来訪があった。ひとりは、高い鼻に、鷲のような目、見るからに謹厳な、おのずとひとを威圧する風格をそなえた人物で、これぞだれあろう、かの高名なベリンジャー卿――二度にわたってわが英国の首相を務める政治家。いまひとりは、浅黒い肌に、くっきりした目鼻だち、まだ中年にはならない気品ある人物で、生まれ持った美質が、心からも体からもにおいたつかのよう――こちらは現内閣でヨーロッパ省大臣の重責を担うトリローニー・ホープ卿、いま売り出しの少壮気鋭の政治家である。新聞の散らかったわが家の長椅子に、ふたり並んで腰をおろしたが、その顔つきがともに憔悴《しょうすい》した、憂慮にとざされたものであるところから推して、こうして訪れてきたのも、なにか喫緊《きっきん》の事情あってのことと察せられるのだ。首相は瘦せた、静脈の青く浮きでた手で、前に立てたこうもり傘の象牙の柄《え》をしっかと握りしめ、苦行者めいたやつれた顔を曇らせて、ホームズと私とを見くらべているし、ヨーロッパ相のほうは、神経質に口髭《くちひげ》をひねりひねり、しきりに懐中時計の鎖につけた印章類をもてあそんでいる。

「ホームズさん、紛失に気づいたのはけさ八時のことで、気づくとすぐに首相閣下に報告しました。こうしてふたりしてこちらへ参ったのは、首相のお考えによるものです」

「警察には通報されましたか？」

「いや、していない」すかさず首相が口をはさんだ──こうした場合の機敏さ、果断さでは、つとに知られた人物なのである。「通報はしておらぬし、これからもすることはないだろう。警察に知らせるということは、結局は社会に公表することにつながる。この一件にかぎって、それはなんとしてでも避けねばならんのだ」

「ほう、なぜでしょうか」

「なぜならばだ、紛失した文書は非常な重要性を帯びたものであって、それがおおやけになることにより、現下のヨーロッパ情勢に、容易に──いや、ほぼ確実に──軋轢《あつれき》が生じるおそれがある。戦争か平和か、その分かれめがこれひとつにかかっていると申しても過言ではない。極秘裡にそれをとりもどせぬのなら、いっそとりもどさぬほうがましだと言ってもよいくらいのものだ──なぜかと申せば、これを盗み去ったものらの狙いは、一《いっ》にかかって、その内容を広く世間に知らしめることにあるのだからな」

「よくわかりました。それではトリローニー・ホープ卿、あなたの口から、その文書が正確にどのような状況のもとに紛失したのか、その点を詳しくお聞かせ願えますか？」

「といっても、さほど込み入った話でもないのですがね、ホームズさん。手紙は――つまりそれは書簡でして、さる外国の君主からのものなのですが――それを受け取ったのは六日前でした。たいへん重要なものですから、金庫に入れっぱなしにしたりはせず、毎晩ホワイトホール・テラスの自宅に持ち帰って、寝室の、鍵のかかった文書箱にしまうことにしていました。ゆうべはたしかにそこにあったのです。それはまちがいありません。晩餐のための着替えをしながら、実際に蓋をあけてみて、なかに文書があるのは見ています。ところが、朝にはそれがなくなっていた。文書箱は、寝室の化粧台の鏡の横に、一晩じゅう置かれていました。わたしは眠りが浅いたちですし、それは妻《さい》もおなじです。夜中に何者かが寝室に忍びこむことなどありえないと、これは両人ともはっきり断言できます。にもかかわらず、朝には文書が紛失していたと、そうくりかえして申しあげるしかないのです」

「晩餐は何時でしたか？」

「七時半でした」

「寝室へひきとられたのは、それから何時間ぐらいたってからですか？」

「妻が芝居を見に出かけたので、わたしは床にはいらずに帰りを待っていました。そろって寝室に引き揚げたのは、十一時半を過ぎてからだったと思います」

「すると、その四時間のあいだ、文書箱を見張っているものはいなかった、と？」

「といっても、その部屋にはいることは、だれにも許しておりません。許しているのは、朝がたメイドが掃除やベッドの整頓のためにはいるときと、あとは日中、わたしの従僕と、妻の身の回りの世話をする小間使いとが出入りする、そのときだけです。いずれもわが家には長く勤めていて、信用のおける使用人ばかりです。のみならず、問題の文書箱に通常の役所の書類以上に大事な品がはいっていることなど、彼らのだれにもわかるはずはありません」

「その手紙の存在を知っていたのは、だれとだれです？」

「家のものはだれも知りません」

「それでも、奥様はご存じだったのでは？」

「いや、知りません。けさがた文書の紛失に気づくまで、妻にもそのことは一言も話しませんでした」

わが意を得たりというように、首相がうなずいた。

「かねがね承知しておったよ、公務にたいするきみの責任感がいかに強いものであるかは。このたびのような重大機密にかかわるおりであればなおのこと、どんなに緊密な家族の絆より、その責任感こそ優先されるべきだとわたしはかねがね考えておるのだ」

ヨーロッパ相は軽く一礼して謝意を表した。

「閣下、そのお言葉がなによりの励みです。妻にもこの文書のことは、けさまでいっさいもらしておりません」

「それまでに奥様が察しをつけられたということは？」

「それもないですね、ホームズさん。妻が察しをつけるということはありえない——いや、妻だけでなく、ほかのだれでも、です」

「これまでに文書を紛失されたというご経験がおありですか?」

「ありません」

「ではその書簡の存在を、いまこの国内で知っているのは、だれとだれです?」

「閣僚諸君には、きのう報告しました。閣議の内容に関しては、もとより閣僚全員が秘密厳守の誓いをたてていますが、きのうはとくに首相閣下より、秘密保持についてきびしいお達しがありました。ところが、それからほんの数時間もたたぬうちに、当の担当閣僚であるわたしがそれを紛失してしまうとは!」端整な顔が発作的な絶望感にゆがみ、両の手が髪をかきむしった。つかのまそこに、この人物の本来の姿が垣間見えたようだった——衝動的で、熱血漢で、ことのほか傷つきやすい。だが、つぎの瞬間には、その顔はふたたび貴族的な仮面をとりもどし、穏やかな声音《こわね》もよみがえった。「閣僚諸君以外にこの書簡のことを知るものといえば、省内の官僚にふたり、ことによると三人。そのほかには、この英国内にそのことを知るものは断じておりません。保証しますよ、ホームズさん」

「では、海外には?」

「手紙をしたためたご本人以外に、それを目にしたものは海外にもいないはずです。かの国の閣僚諸氏にも——つまり、通常の公的な径路では——伝わっていない、と」

ホームズはしばし考えこんだ。

「では、もうすこし立ち入ったことをおたずねしますが、その文書の内容は正確なところどういうもので、その紛失がなぜ閣下のおっしゃるような重大な結果を招くのか、それをお話しいただけますか？」

ふたりの政治家はすばやく目くばせをかわし、首相は困惑のていで太い眉をひそめた。

「ホームズ君、それは縦長の薄い封筒にはいっておって、封筒の色は薄水色だ。封蠟《ふうろう》は赤で、うずくまったライオンの印章が押されておる。宛て名の筆跡は、大きく、肉太の――」

「お言葉ちゅうですが」ホームズが言った。「そういう細かい点にも興味はありますし、またたしかに重要でもあります。ただ、ぼくがお訊きしているのは、もっと根本的な問題で――その書簡はいったいどういう性質のものかという点です」

「それは国家の最高機密に属する事項であって、残念ながらお教えするわけにはまいらぬし、またそうする必要があるとも思えない。かねて聞き及ぶきみの能力をもってすれば、いま申しあげたような封筒を中身ともども発見し、回収するのは容易であろう。それさえできれば、きみは国家にたいして功績ありということになり、政府としていかなる褒賞をもさしあげる、とお約束できる」

そこまで聞いて、シャーロック・ホームズはほほえみながら腰をあげた。

「お二方は、この英国でもっとも多忙であられる身、しかしこのぼくもまたささやかながら、多くの依頼に追われている身なのです。せっかくですが、この件でご協力はいたしかねますので、これ以上の話し合いは時間の無駄かと愚考します」

首相はぬっと立ちあがるなり、深くくぼんだ目をぎろりと光らせた――一睨みで閣僚を縮みあがらせると評判の、鋭い眼光だ。「そういう挨拶は、はじめて――」と言いかけたが、すぐに怒りをおさえて、すわりなおした。しばらく沈黙がつづいたが、ややあって、老政治家はふっと肩をすくめた。「そちらの条件を受け入れるしかなさそうだな、ホームズ君。いかにもきみの言うとおりだ。きみを全面的に信頼せずして、きみの働きを期待するというのは、虫がよすぎる」

「わたしも同感です、閣下」と、若いほうの閣僚も口をそろえる。

「では、いっさいをお話ししよう――きみと、きみの僚友たるドクター・ワトスンの信義に全面的な期待をかけて。と同時に、きみたちの愛国心にも訴えねばならん――なぜなら、この一件が表沙汰になれば、国家にとってこれ以上の不幸はないのだからな」

「その点ならば、ご信頼いただいてだいじょうぶです」

「では言うが、その書簡というのは、さる外国の君主からのもので、そのかたは、わが国の植民地の最近の発展ぶりに、いたくいらだっておられる。書状はいわば腹だちまぎれにあわただしく書かれ、内容もそのかたのまったくの独断。ひそかに調べてみたところ、かの国の閣僚諸氏も、その件はいっさい関知しておらぬという。しかもそれはまことに穏当ならざる文言で書かれ、なかでも二、三の言い回しは、すこぶる刺激的、挑発的なものであるからして、万一この内容がおおやけになれば、わが国の国民感情が一気に険悪になるのは知れておる。世論は沸騰し、おそらくは一週間とたたぬうちに、この国は大規模な紛争に巻きこまれることになるだろうと、わたしとしてはそう申しあげるのをはばからない」

ホームズは手もとの紙片にひとつの名を走り書きすると、それを首相に手わたした。

「そのとおり。このおかただ。そこで問題の手紙だが——この手紙一本で、優に十億もの戦費と、十万もの人命が失われることになる——そういう危険な火種が、かかる不可解な状況で消えてしまったというわけなのだ」

「書状の送り主には、そのことを伝えられましたか？」

「伝えた——すでに暗号電報を打ってある」

「ことによると先方は、書状の内容が公表されることをこそ望んでおられるのかも」

「いや、それはあるまい。軽率で、感情に走りすぎたということは、先方でもすでにわかっておるのだ——そう信ずるだけの強力な根拠もこちらにはある。書状のことが表沙汰になることで、われわれよりもむしろこのかたと、このかたの国のほうが、より大きな打撃をこうむることになるはずなのだ」

「そうだとしますと、書簡を公開して利益を得るものが、はたしているのでしょうか。だれであれ、なぜそれを盗んでまで公表したがるのでしょうか」

「そこなのだよ、ホームズ君——そこまでゆくと、問題は高度の国際政治の領域になってくるわけだ。しかしだね、現今のヨーロッパ情勢をつらつらながめてみれば、きみにもその動機は容易に想像がつくだろう。いまのヨーロッパは、全域がひとつの武装キャンプのようなもの。そこにふたつの陣営があり、双方の軍事力はほぼ拮抗している。わが大英帝国はそのふたつの中間にあって、それにより、なんとか全体の均衡が保たれているわけだ。だから、かりに英国がそのいっぽうの陣営と戦端をひらけば、もういっぽうの陣営は、それに参戦するにせよせぬにせよ、結果として漁夫の利を得ることになる。わかるかね、このへんの機微が？」

「よくわかります。そうしますと、その手紙を手に入れて、公開することは、すなわち、手紙の書き手である君主の敵にとっての利益になる――かの国とわが国とのあいだに、そのせいで不和がかもしだされるわけですから」

「いかにも」

「では、もし文書がそうした敵の手に落ちたとして、さしあたりそれはだれに送られるでしょうか」

「ヨーロッパの主要国の首相であれば、だれでもよい。おそらくは、いまこの瞬間にも、もっとも速い船便でそこへむけて運ばれていることであろう」

トリローニー・ホープ卿ががっくり首をたれ、大きなうめき声をもらした。その肩に首相がやさしく手をかけた。

「不運だったのだよ、きみ。きみを責められるものなどだれもおらん。きみは万全の予防措置をとっておったのだ。という次第だよ、ホームズ君、これで事実はすっかりお話しした。どういう対応をすべきだときみは考えるかね？」

ホームズは沈痛な面持ちで首を横にふった。

「つまるところ、その文書をとりもどさぬかぎり、戦争勃発は必至だと、そう閣下はお考えなのですね？」

「それはじゅうぶんありうると考えておる」

「ならば、いたしかたありません、戦争の準備をなさることとです」

「それはまた、ホームズ君としたことが、ずいぶんとぶっつけに言われることだ」

「事実をよくお考えください、閣下。文書が持ちだされたのが、昨夜十一時半以降であるとは考えられません——その紛失が明らかになるまで、ホープご夫妻がずっとその部屋におられたということなのですから。とすれば、盗まれたのは昨夜の七時半から十一時半までのあいだ、おそらくは七時半に近い刻限だったと思われます。なぜなら、だれが盗んだにせよ、盗んだものは明らかに文書がそこにあることを知っていたのだし、知っていれば、なるべく早く持ちだそうとするのが当然でしょう。そこでです、閣下、そのような重要書類が、まだ宵の口ともいえるそんな時刻に持ちだされたとすると、それはいまどこにありうるか。そのまま手もとに寝かせておく理由などどこにもない。早急にそれをほしがっている人物のところへまわされるはずです。となれば、いまさらわれわれにはそれに追いつくどころか、それが渡った先をつきとめられる見込みもない。それはもはやわれわれの力の及ばぬところにあるのです」

首相はゆっくり長椅子から腰をあげた。

「ホームズ君、きみの言うことはまことにもっともだ。事態は完全にわれわれの手中を離れたと、そう考えざるを得んな」

「では、議論を進めるため、文書を盗んだのがメイドか、従僕だと仮定して——」

「どちらも長らく勤めておって、信頼できる使用人だということだが」

「先にうかがったことから拝察するに、ヨーロッパ相ご夫妻の寝室は三階にあって、外部からそこへじかに通ずる出入り口はなく、また内部からは、だれにも見とがめられずにそこまで行くことは無理だ、と。となると、当然ながら、文書を持ちだしたのは家の内部のだれかだということになる。ではその犯人は、盗んだ文書をどこへ持ってゆくでしょうか。だれか国際スパイとか、秘密諜報員のところ。そういう連中の名前なら、ぼくもある程度は心得ていますし、いまとっさに思いつくだけでも、その世界ではトップに数えられるのが三人ほどいます。手はじめにこの三人の周辺を探って、いまどうしているかを確かめてみましょう。だれか姿を消したものがあったら――とくに、ゆうべからこっち、急にいなくなっていたりしたら――それで文書がどこへ届けられたか、多少の手がかりがつかめるわけです」

「なぜその人物が姿を消さねばならんのです？」たずねたのはヨーロッパ相だった。「普通なら、在ロンドンの某国大使館にでも持ちこむところでしょう、おそらく」

「ぼくはそうは思いませんね。そういうスパイというのは、つねに独立した立場で行動し、大使館とはえてして緊張関係にあるものですから」

首相がうなずいて賛意を表明した。

「ホームズ君、わたしもきみの言うとおりだと思う。それほど値打ちのある獲物が手にはいれば、じかに自分の手で総元締めまで届けようとするのが人情だろう。きみの言うその行動方針は申し分ないと思う。さて、それではホープ、われわれもこのたったひとつの不幸のために、本来の任務をないがしろにするわけにはいくまい。このあと昼間のうちになにか進展が見られれば、すぐにこちらにお伝えするとして、ホームズ君、きみのほうも当然これからの調査の結果について、われわれへの連絡を欠かさずにいてくれるだろうな？」

　政治家ふたりはそろって軽く会釈すると、そのまま静々と部屋を出ていった。

　高名な来客が立ち去ったあと、ホームズは何事か深い思案にふけりつつ、しばし無言でパイプをくゆらせていた。いっぽう私は朝刊をひらいたが、とたんに目がひきよせられたのは、ゆうべロンドンで発生したという、あるセンセーショナルな殺人事件を報ずる記事だった。私がそれに読みふけっていると、とつぜんホームズが軽い叫び声を発して立ちあがり、パイプをマントルピースに置いた。

「うん、これ以上の手はなさそうだ。絶望的な状況だが、しかし、まったく望みが絶たれたわけでもない。いまからでも、三人のうちのだれが文書を受け取ったかがわかりさえすれば——そうすれば、ひょっとするとそれがまだその人物の手を離れていないということだって考えられる。ああいう手合いに関するかぎり、問題は結局のところ金なんだからね。そして金ならばぼくには英国財務省という後ろ楯がある。文書が売りに出されているようなら、ぼくがそれを買いもどす——たとえそのために、所得税がちょっとばかり高くなるとしてもだ。あるいはそいつ、別口にあたってみる前に、まずはこっちの付け値がいくらになるかを見きわめるまで、文書を手もとに置いているという可能性もある。そういった大胆なゲームがやれるのは、あの三人だけ——あの三人を措《お》いてほかにはない。まずはオーベルシュタイン、ラ・ロティエール、最後がエドゥアルド・リュカス。この三人をひとりひとりあたってみるとしよう」

　私は読んでいた朝刊からちらっと目をあげた。

「そのエドゥアルド・リュカスとは、ゴドルフィン街のエドゥアルド・リュカスか？」

「ああ」

「だったら、行っても会えないだろうね」

「なぜ？」

「殺されたよ、ゆうべ、自宅で」

これまで、数々の冒険の過程で、私がホームズに驚かされたことは一度や二度ではない。だから、いま友人がすっかり度肝を抜かれているのをまのあたりにして、私は内心おおいに快哉を叫んだものだ。しばらく驚きに目をみはっていてから、彼はいきなり私の手から新聞をひったくった。以下に掲げるのが、いましがた彼が椅子から立ちあがったとき、私が読んでいた新聞の記事である――


〝ウェストミンスターの殺人〟――昨夜、ゴドルフィン街一六番地において、奇怪きわまる殺人事件が発生した。現場は、ウェストミンスター寺院とテムズ河との中間、ほぼ議事堂の高塔の落とす影のなかとも言える一郭の、古風で閑静な通りに位置する。この小さいながらも瀟洒《しょうしゃ》な邸宅は、数年前からエドゥアルド・リュカス氏の住まいとなってきたが、同氏はその魅力的な人柄と、わが国屈指のアマチュア・テノール歌手としての名声とをもって、社交界ではよく知られた名士のひとりである。リュカス氏は、当年とって三十四歳の独身、年配の家政婦プリングル夫人と、従僕のミトンとを加えた三人暮らしであった。

昨夜、家政婦は早めに最上階の自室にひきとり、いっぽう従僕はハマースミスの友人を訪ねるため、一夜の休みをとり、家を留守にしていた。したがって十時以降は、この家にリュカス氏はひとりきりであり、そのかんになにがあったかは、現在なお不明であるが、十二時十五分前にいたり、ゴドルフィン街を巡回ちゅうだったバレット巡査が、一六番地の入り口のドアが半開きになっているのを認めた。ノックしてみたが、応答がない。通りに面した部屋に明かりが見えるので、廊下まではいってゆき、ノックをくりかえしたものの、やはり応答なし。そこではじめてドアを押しあけ、室内にはいってみたところ、そこは言語に絶する乱雑さを呈しており、家具はすべて片側に寄せられ、その中央に、背を下にしてころがった椅子が一脚。そしてその椅子のかたわらに、いまなお椅子の脚の一本をしっかと握りしめて、この家のあるじが倒れていた。心臓を一突きされ、おそらくは即死だったと思われる。凶器はインド製の湾曲した短刀で、部屋のいっぽうの壁に各種とりまぜて飾られた東洋の記念品のうちから、とっさにそのひとつをつかみとり、利用したものと思われる。部屋にはさまざまに貴重な品があふれているのに、なにひとつ持ちだそうとした形跡はなく、そのことからも、盗みが犯行の目的だったとは考えにくい。リュカス氏は名士であり、また人気者でもあったから、このたび氏がかかる謎めいた状況のもとに非業の死を遂げたことについては、広範囲にわたる友人知己《ちき》のあいだに、痛みとともに強い関心をかきたて、あらためて故人への深甚なる同情の念が波及してゆくこととなろう。

長い沈黙ののちに、ホームズがやおら切りだした。「それでワトスン、きみはこれをどう解釈する？」

「驚くべき偶然の一致かと」

「なんの偶然であるものか！　いいかい、さっきぼくがこのドラマの主役候補として挙げた三人の男の、これはそのひとりなんだよ。そういう人物が、そもそもそのドラマが演じられていたとわかっている、ちょうどその時間帯に、こうして非業の死を遂げる。偶然の一致でないと見るほうが、この場合、確率ははるかに高いさ。オッズなんて数字では、とてもまにあわないくらいの高さだ。そうだよ、わが親愛なるワトスン君、これらふたつの出来事は、たがいに関連している――いや、関連していなくてはならないんだ。どう関連しているのか、それをつきとめることこそわれわれの責務だってことさ」

「しかし、いまじゃ警察だって周辺事情はすっかりつかんでるだろうに」

「いや、どうしてどうして。たしかにゴドルフィン街での一件だけは、すっかり調べて、事情もつかんでるだろうが、ホワイトホール・テラスでの出来事については、なにひとつ知らないし、将来も知ることはない。その両方を知っていて、双方のつながりをつきとめられるのは、唯一ここにいるわれわれだけなのさ。この一件には、ひとつ明白なポイントがある。それさえつかんでれば、そのうち必ずぼくの疑いはリュカスに向けられていただろう。いいかい、ウェストミンスター区のゴドルフィン街といえば、ホワイトホール・テラスからは徒歩でわずか数分の距離なんだ。いっぽう、さっき名を挙げたほかのふたりのスパイはどうかというと、遠方も遠方、ウェストエンドのずっとはずれに住んでる。とすると、ヨーロッパ相の家のなかのだれかが、外部とひそかにわたりをつけたり、伝言をやりとりするのには、リュカスのほうがほかのふたりよりも、よほど便利だし、危険もすくない——まあこれは些細なことだけどね、それでもげんにふたつの出来事が、こうしてほんの数時間のうちにたてつづけに起きるとなると、これがあんがい重要になってくるかもしれない。おや、今度はいったいだれだろう！」

ハドスン夫人が盆に一枚の女持ちの名刺をのせてはいってきたところだった。ホームズは名刺を一瞥《いちべつ》すると、眉をつりあげてみせ、それを私にまわしてよこした。

「レイディー・ヒルダ・トリローニー・ホープに、どうぞおあがりくださいと伝えてくれますか？」そう彼は言った。

しばらくして、この日は朝がたすでにふたりの貴顕を迎えていた私たちの陋居は、いままたロンドン随一の麗人とされる女性を迎え入れる栄に浴した。もとはベルミンスター公爵の末の息女として生まれたこの女性については、かねてその麗質をたたえる声をたびたび耳にしてきたが、どれだけ言葉を尽くして説かれようと、あるいは色のない写真をどれだけながめあかそうと、いまげんに見るそのご当人の、あえかな、繊細な魅力、その絶妙な形の頭を飾る、えもいわれぬ髪のいろどり、そういったものは、とても伝えきれるものではないとあらためて思わされた。だがそれでも、その秋の朝にかぎり、最初に見るものの目をとらえるのは、そうした美しさではなかったろう。きれいな頰は乱れる感情に青ざめ、目は輝いていても、それは熱病のぎらつき。感じやすそうなくちびるはかたく引き結ばれ、自制を保とうとする努力にひきつっている。恐れだ——美しさではなく、恐れ——それこそが、いまこの麗人が戸口で一瞬ためらいがちに立ち止まったとき、真っ先に私たちの目を射たものにほかならなかった。

「夫がお邪魔いたしましたかしら、ホームズさん？」

「はあ、お見えになりましたよ」

「ホームズさん、どうか夫にはあたくしがここにうかがったことはおっしゃらないでくださいませ」

ホームズはこころもち冷ややかに頭をさげ、手ぶりで夫人を椅子へいざなった。

「さて、奥様にそうおっしゃられると、ぼくの立場はすこぶる微妙になります。ひとまずおかけになり、どういうご用件なのかをお聞かせください。と申しても、奥様のご要望がたとえなんであれ、無条件でなにかお約束するというのはむずかしいかと存じますが」

夫人はすべるように部屋を横切ってゆくと、窓を背にした椅子に腰をおろした。たたずまいはまことに堂々としていた——背がすらりと高く、身のこなしは典雅、それでいて、すべてがこのうえなく女らしい。

「ホームズさん——」切りだしたが、そのあいだも白い手袋をはめた手は、しきりに握りしめられたり、ひらかれたりしている。「——あなたには率直に申しあげます。こちらが率直に申しあげれば、そちらも率直に答えてくださると期待するからです。夫とあたくしとのあいだには、完全な信頼関係がございます——たったひとつの点を除いては、ですけど、そのひとつというのが、政治のことでございまして、この問題になりますと、夫の口は牡蠣《かき》のようにかたくなります。妻のあたくしにも、なにひとつ話してはくれません。で、ゆうべのことですけど、わが家でなにかたいそう困った事態が生じましたこと、これはあたくしも存じております。なにかの書類が紛失したのです。なのに、問題が政治にかかわることなので、夫は詳細を打ち明けてくれようとしません。でもあたくしとしては、このさい事の全容を的確に把握しておくことがぜひとも必要なのです――ええ、そう、ぜひとも。ホームズさん、あなただけなのです――政治家のみなさん以外に、真相をご存じなのは。ですからあたくし、こうして頭をさげてお願いいたします――どうかあなたの口から、正確になにがあったのか、そしてその結果がどうなるのか、そのへんをはっきりお聞かせください。なにもかも話していただきたいのです、ホームズさん。依頼人の利益とかいうご斟酌は、どうかご無用になさってくださいませ。夫だってわかってくれるはずなんです――問題を直視しさえすれば、あたくしにいっさいを打ち明けるほうが、結局は自分の利益になるということが。あらためてうかがいます――盗まれた書類というのは、どういう性質のものでしたの？」

「奥様、そのおもとめに応じることは、どうあっても不可能だとお受け取りください」

ああ、とうめいて、夫人は両手で顔をおおった。

「事はそういう性質のものであると、そのようにご理解いただきたいのです。ご主人がこの問題に関して、奥様にはあえて知らさずにおくのが妥当だとお考えなのであれば、そのご主人が隠しておられることを、このぼくが――職業上の秘密厳守という誓いをたて、その条件つきではじめて真相を明かされた身であるこのぼくが――安易に口にしてしまってよいものでしょうか。それをおもとめになるのは、無理難題と申すもの。おたずねになるのであれば、ご主人におたずねになるべきでしょう」

「主人にならいてみましたわ。こちらへ参ったのは、あなたを最後の頼みの綱と思ってのことなのでございます。でも、あいにくそのことではっきりしたご返事をいただけなくても、せめてホームズさん、あたくしを助けると思って、たったひとつの点だけお教えいただくわけにはまいりませんかしら」

「どんなことでしょう、奥様」

「このたびの事件のせいで、主人の政治家としての経歴に傷がつくということがございますでしょうか」

「さて、そうですね——的確な処理ができないとすると、たしかにすこぶる不幸な結果を生むことになりましょう」

「ああ！」案じていたことが的中したと言いたげに、夫人はごくりと固唾《かたず》をのみ、それからつづけた。「ついでにもうひとつお聞かせください、ホームズさん。このたびの不幸が起きました当初、ショックのなかで夫がはからずももらした言葉の端々から、問題の書類の紛失がもとで、国家になにかおそろしい災厄が及ぶと、そうあたくしは受け取ったのですけど？」

「ご主人がそう言われたのであれば、ぼくも否定はしません」

「どのような性質の災厄なのでしょう？」

「いや、いけません——またしても奥様はぼくのお答えしかねることをたずねておいでだ」

「そうですか、でしたらこれ以上お邪魔はいたしません。ホームズさん、もっと腹蔵なくお話しいただけなかったからといって、べつにあなたを責めるつもりはございませんけれど、でしたらそちらさまも、あたくしが夫の意志に逆らってまで、夫と苦境を分かちあいたいと願ったからといって、それを悪くお受け取りにはなりませんように。最後にもう一度お願いいたします――あたくしがこちらをお訪ねしたことは、いっさい他言無用ということにしてくださいませ」

戸口で彼女は立ち止まり、こちらをふりかえったが、それで私の心には最後にもう一度、そのなにかに取り憑かれたようなうるわしいかんばせ、おびえおののいている目、ひきつった口もと、それらが深い印象として刻みつけられたのだった。そうしてつぎの瞬間、その姿は消えていた。

スカートのさらさら鳴る音がしだいに遠ざかり、やがて、ドアのばたんとしまる音とともにとぎれると、ホームズがうっすら笑いを浮かべて口を切った。「さてと、ワトスン、女性はきみの領分だ[1]。いったいあの令夫人はなにをたくらんでるのかな？　本心ではなにが望みなんだろう」

「言うことははっきりしてたし、やきもきするのも当然だろう、彼女の立場なら」

「ふん！　よく考えたまえ、ワトスン――彼女のあのようす、あのふるまい。あの無理におさえた興奮、あの落ち着きのなさ、あの質問の執拗さ。生まれからして、元来そう軽々と感情をあらわにするたちじゃないってこと、これも忘れちゃいけない」

「たしかに、ずいぶん動揺したようすだったね」

「忘れちゃいけないことなら、まだある――自分がすべてを心得ておくほうが、夫のためにもいちばんいいのだと断言したときの、あの奇妙な真剣さ。あれはどういうつもりで言ったんだろう？　それに、きみも気づいたろうが、ワトスン――彼女、わざわざ光を背にする位置を選んですわった。われわれに表情を読まれたくなかったんだ」

「なるほど。とくにあの椅子を選んだというわけだ」

「とはいえ、女性の行動の動機ほどはかりがたいものはない。例のマーゲートの女のこと、きみも覚えてるだろう――おなじ理由で、ぼくが疑いを持った女だ。鼻にパウダーのひとつもはたいていない――結局それが解決の糸口になった。要するに、そういう流動定まらない砂の上に、楼閣を建てるのは無理だってことだよ。女性のごく小さな行動にも、じつは重要な意味が隠されてる場合がありうるし、かと思えば逆に、女性がとんでもない騒ぎをひきおこすのも、原因はヘアピン一本、カーラー一個にすぎないってことがあるわけだから。じゃあな、ワトスン、失礼するよ」

「出かけるのか？」

「ああ。午前ちゅうにゴドルフィン街へ出向いて、おなじみの警察の面々と会ってくるつもりだ。殺されたエドゥアルド・リュカスを通じてこそ、こっちのほうの問題も解決がつく――とはいっても、いまはまだそれがどうつながるのか、さっぱり見当はついていないんだけどね。事実をつかむより前に仮説を立てようなんて、愚の骨頂さ。頼りになるワトスン君、きみには留守を頼むよ。新しい客がきたら、会っておいてくれ。できたら昼食までにはもどってくる」

その日は一日じゅう、さらに翌日も、またその翌日も、ホームズの機嫌はあまりかんばしくなかった――友人ならば、それをとっつきが悪いと、他人ならば、不機嫌とでも表現しただろう。とにかく、やたらに出たりはいったりし、煙草をひっきりなしに吸い、バイオリンで曲の断片を弾き散らし、深い瞑想《めいそう》に沈み、時ならぬときにサンドイッチをほおばり、こちらのなにげない質問にも、ろくに返事をしない。私にも、彼一流の推理が、あるいは捜査の進展が、あまりはかばかしくないことぐらいは察しがつく。事件について、彼がなにひとつ語ろうとしないので、私はもっぱら新聞の記事から事件の推移を追っていたが、なかでも、検死審問の結果、ならびに故人の従僕だったジョン・ミトンの逮捕と、それにつづく釈放についての報道には、とくに興味をいだかされた。検死陪審は、当然のように〝謀殺〟との評決を出したが、それが何者によるものなのかは依然として不明のままだし、動機も明らかにはされていない。現場の部屋には、値打ちのある品々があふれているのに、どれひとつとして盗まれてはいないし、故人の書類にも、物色された形跡はいっさいなし。書類は警察の手で念入りに検《あらた》められたが、それによると、故人は熱心な国際政治の研究家で、飽くことを知らぬゴシップ好きで、傑出した言語学者で、疲れを知らぬ文通家であるとわかった。いくつかの国の有力政治家と親密な仲でもあったが、複数の引き出しにぎっしり詰まった文書や書簡のなかからは、とくに世間を震撼させるたぐいのものはなにひとつ出てこず。女性関係は奔放だったが、どれも通り一遍の仲で終わったようだし、女性の知り合いは多かったものの、親しい友人はすくなく、愛した相手はひとりもいない。日ごろは規則正しい生活を送り、素行は温良。死んでもその原因はまったくの謎につつまれ、どうやらこの先も謎で終わりそうだ。

従僕ジョン・ミトンの逮捕について言えば、これは警察にまったく打つ手がないための窮余の一策であり、このままではどう考えても公判の維持は無理だろう。事件当夜は、ハマースミスの友人宅を訪問していて、アリバイは万全。友人宅を出て帰路についたのが、犯行が発覚するまでにじゅうぶんウェストミンスターに帰り着ける時刻だったというのは事実だが、本人はその帰り、途中までは歩いたと説明していて、当夜が晴れた晩だったことを思えば、この釈明もまんざらうなずけないではない。実際に家に帰ってきたのはちょうど十二時、思いがけない悲劇に直面して、呆然としているようすだった。主人とは、ずっと良好な関係を保ってきた。故人の持ち物のいくつかが、この従僕の所持品入れから見つかっているが——とくに目につくのが、剃刀を入れる小さなケース——しかしこれは故人からプレゼントされたものだと本人は釈明し、家政婦もまた、それを裏づける証言をした。ミトンがリュカスの従僕となってから三年がたつが、そのかんリュカスが一度もミトンをヨーロッパへは帯同していないという事実、これは注目にあたいする。リュカスはときとしてパリに三カ月もつづけて滞在することがあったが、ミトンは残されて、ゴドルフィン街の家の管理にあたっていた。また家政婦について言うと、こちらは事件当夜、犯行のことはなにも知らずにいた。かりに来客があったとしたら、主人が自ら応対に出、客を請じ入れたのだろう。

という次第で、私が新聞から知れるかぎりでは、発生後三日間、事件の謎は解けぬままだった。かりにそれ以上のことを知っていたとしても、ホームズは依然としてなにひとつ明かそうとしなかったが、それでも、捜査の内容はレストレード警部からすっかり打ち明けられていると話してくれたから、事件の推移についても、そのつど緊密な連絡は受けていたようだ。かくして四日め、パリ発の長文の電報が新聞に掲載され、謎はことごとく解けたかに思われた。

パリ警察当局によって（と、《デイリー・テレグラフ》紙は報じていた）、去る月曜の夜、ウェストミンスター区ゴドルフィン街において殺害された、故エドゥアルド・リュカス氏の悲劇的な死にまつわる謎のベールが剝がされることとなった。読者もご記憶であろうが、故人は自宅の一室で刺殺されたもので、故人の従僕に多少の疑いがかかったものの、アリバイが成立して、容疑は晴れた。昨日にいたり、パリ市オーステルリッツ街のこぢんまりしたヴィラに住むアンリ・フールネイ夫人なる女性を、精神錯乱として使用人が当局に届けでるという出来事があった。調査の結果、夫人はたしかに重度の躁病をわずらい、快癒の見込みはほとんどないことが明らかになった。夫人の周辺をさぐってみた警察当局は、夫人が今週火曜日にロンドン旅行から帰国したばかりであり、ウェストミンスターの殺人事件ともつながりがある、との確証を得た。写真の照合により、アンリ・フールネイ氏とエドゥアルド・リュカス氏とはまったくの同一人物とわかり、故人はなんらかの理由から、ロンドンおよびパリで二重生活を送っていたことが判明した。フールネイ夫人は、西インド諸島生まれのクレオール人であり、その性《さが》ことのほか激しやすく、過去にも何度か発作的な嫉妬が高じ、狂乱状態に陥ったことがあるという。これらのことから、夫人はこのたびまたそうした狂乱の発作から、目下ロンドンを騒がせている、かの戦慄すべき犯罪に走ったものと推測される。月曜夜の夫人の行動には、いまだつまびらかでない部分も残るが、それでも、翌火曜の朝、彼女と外見の一致する一女性が、チャリング・クロス駅において、その異様な風体《ふうてい》と、狂気じみた挙動により、衆目を集めていたことは否定しえぬ事実である。そうであれば、このたびの犯罪は狂気によってひきおこされたものであるとも、また、犯行の直接の影響で、この不幸な女性が完全に正気を失うところまで追いつめられたとも、いずれとも考えられるであろう。目下のところ、彼女はこれまでの出来事に関して、筋の通った供述などまったく不可能な状態にあり、診断にあたった医師らも、正常な精神状態をとりもどせる見込みはまずあるまいと見ている。また、事件当夜の月曜の夜、フールネイ夫人と思われるひとりの女性が、ゴドルフィン街に立って、現場となった家を何時間もながめていたとの情報もあるが、これがフールネイ夫人であったことも、証言から確実であると思われる。

ホームズが朝食をすますあいだに、私はこの記事を読みあげて聞かせた。「まあこんなところだ。きみはどう思う、ホームズ？」

「いいかいワトスン」彼はそう言いながら食卓を離れると、そのへんを行ったりきたりしはじめた。「きみが辛抱づよいのには感心するが、かりにぼくが過去三日間なにも話さなかったとすれば、それはなにも話すことがなかったからなんだ。いまこのパリ電を読まされても、それで状況がたいして好転するわけじゃない」

「しかし、リュカスという男の死については、これで決定的だろう?」

「あの男の死なんてのは、たんなる付随的な事件でしかないんだ——本来のわれわれの任務、紛失した文書の行方をつきとめ、ヨーロッパを危機から救うという任務にくらべたら、いたって些細な一挿話にすぎない。過去三日のあいだに、重大な出来事というのはひとつしか起きていない——そしてそれは、なにひとつ起きていないということなんだ。政府からは、ほぼ一時間刻みに報告がはいってくるが、それで見るかぎり、ヨーロッパのどこにも騒乱の起きる気配は見られない。そこでだ、もしその文書が野放しになっていないとすれば——ああ、そうさ、野放しになってるはずはないんだ——もしそうなら、もし野放しになっていないのなら、いまそれはどこにあるんだ? だれの手にあるんだ? なぜ表面に出てこないんだ? ずっとぼくのこの頭のなかで、ハンマーみたいにがんがん鳴り響いてる疑問、それがこれなんだよ。リュカスが文書の消えたまさにその晩に非業の死を遂げたという事実、これはほんとうに偶然なのかどうか。書簡ははたして彼の手にはいったのかどうか。もしはいったのなら、どうして手もとの書類のなかから発見されなかったのか。この彼の妻だという頭のおかしな女に持ち去られたのか。もしそうなら、それはいま彼女のパリの家にあるのか。このぼくがパリ警察に怪しまれずに、その家を捜索するなんてことがはたしてできるのか。つまりね、ワトスン、これは法律が犯罪者の側にだけじゃなく、われわれにとっても火種になりかねないという厄介な事例なのさ。まわりじゅうがみな敵だと言ってもいいくらいだが、それでも、これにかかっている利益は莫大。首尾よくこれを解決に持ちこめれば、まさにぼくの職業人生の頂点を飾る精華ということになるだろう。ああ、前線からの最新情報だ！」伝言を受け取った彼は、あわただしくそれに目を通した。「ほほう！　レストレードのせんせいが、なにかおもしろいものを見つけたらしい。帽子をかぶりたまえ、ワトスン、いっしょにウェストミンスターまで行くとしよう」

私がその犯罪現場を訪れるのは、このときがはじめてだった。高いだけで、幅の狭い、すすぼけた建物で、それを生みだした世紀そっくりに、とりすました感じでかたくるしく、形式ばって、頑丈一点張り。レストレードのブルドッグ然とした顔が、正面の窓からこちらを見ていて、戸口に立った大柄な巡査がドアをあけ、私たちをなかに入れると、磊落《らいらく》にふたりを迎えてくれた。通された部屋こそが犯罪の起きた現場なのだが、絨毯に見苦しい、不規則な血痕がひろがっているのを除けば、なんの痕跡も残っていない。その絨毯というのは、小さな正方形のインド製の梳毛《そもう》の敷物で、部屋の中央に置かれているため、周囲には、木のフローリングの部分が、ぐるりと幅広く露出している――丹念に磨かれた正方形のブロックを敷きつめた、古風だが美しい床材だ。暖炉の上の壁には、みごとな武器のコレクションがずらりと飾られ、そのひとつが悲劇の起きた夜、凶器として使われたとされている。窓ぎわには、見るからに贅を凝らした造りのライティングデスク、そのほかにも、絵画、敷物、カーテンに壁掛け、ことごとくが優美にしつらえられ、嫌味になるすれすれのところまで贅沢を追求している。

「パリ電、読まれましたか?」レストレードが問いかけてきた。

ホームズがうなずく。

「どうも今度ばかりはフランスのご同輩に先手をとられたようだ。たしかに向こうの連中の言うとおりだったんですよ。彼女はドアをノックする——不意打ちの訪問でしょう。亭主はここで自分ひとり、彼女とは没交渉で暮らしてたわけですから。彼は女をなかに入れる——外に立たせとくわけにもいきませんからね。やっと居場所をつきとめたと言って、女は彼を責めたてにかかる。責めたてるうちに、売り言葉に買い言葉でだんだん激しい応酬になり、ついに修羅場となって、しかもお誂《あつら》え向きに、そばに短剣。もっとも、あっというまにけりがついたというわけでもなさそうです。そこらの椅子はぜんぶ向こう側に押しやられていて、そのひとつをリュカスのやっこさんはひっつかむと、それで女の攻撃を防ごうとする。ざっとこんなところです——まるで現場を見てたみたいにはっきりしてますよ」

ホームズは眉をつりあげた。

「そのくせぼくを呼んだってわけかね?」

「いや、まあ、じつは、まだありまして——ごく些細な点なんですが、しかしあなたなら興味を持たれそうだと——つまりね、妙なんです、あなたならたぶん怪しいとおっしゃるはずだ。本筋の事件には関係ないんです——いや、あるはずがない、すくなくとも表面的には」

「じゃあいったいなんなんだ」

「いや、じつはね、ご承知のとおり犯罪事件が起きれば、われわれは現場保存に細心の注意を払います。この現場でも、なにひとつ動かしてはおりません。昼夜を通じて、警備のものも配置してあります。けさ、ようやく故人の埋葬も終わり、調べも一段落しましたので――むろんこの部屋に関するかぎりは、ですが――この乱雑な状態をちと整理してもいいんじゃないかと考えたわけです。まずはこの絨毯。ごらんのとおり、鋲《びょう》で留めてあるわけじゃなく、たんに床に置いてあるだけ。で、これを持ちあげてみた。すると見つかったのが――」

「ほう？　見つかったのが――？」

「見つかったのがなにか、たぶんホームズさんでも百年かかったってわかりっこない。絨毯が血だらけなのはおわかりですよね。これだけ大量の血なんだから、さだめし下までしみとおってるにちがいない、そう思うでしょう？」

「当然そうだろうね」

「ところが驚くなかれ、絨毯の下の白い床板には、しみなんてこれっぽっちも見あたらないんです」

「しみがない！　しかし、ないはずはないんだが」

「そうなんです。だれだってそう思いますよ。ですが、事実は事実、ないものはないんです」

絨毯の一端をつかむなり、警部はそれをめくりあげた。その下の床は、まさに彼の言うとおりの状態だった。

「しかし、絨毯の裏も、表面とおなじに血で汚れてるんだ。その下の床に、しみがないのはおかしいじゃないか」

レストレードはくつくつ笑った――この高名な探偵に一泡吹かせたのがよほど痛快だったのだろう。

「種明かしをしましょう。第二の血痕はたしかにあるんです――ただしそれが、第一のやつとは位置が一致しない。まあご自分の目で確かめてください」そう言いながら、絨毯のべつの隅をめくる。と、そこの、白い正方形のブロックをはめこんだ古風な床の表面に、まさしく大きな真紅のしみ。「どうです、これをどう思われます、ホームズさん?」

「なに、そんなことは考えるまでもないさ。ふたつの血痕は、はじめはたしかに一致してたんだが、その後に絨毯の向きが変えられた。正方形だし、鋲で留めてないんだから、向きは簡単に変えられる」

「まあね、絨毯の向きが変えられたということぐらいなら、なにもあなたのご協力を仰がなくたって、われわれ警察にもわかりますすよ、ホームズさん。そんなことははっきりしてる――こうやって重ねてみれば、上下の血痕がぴったり一致するんですから。ただね、こっちが知りたいのは、だれが絨毯を動かしたのか、そしてなぜ動かしたのかってことでして」

ホームズがふいに木彫りのように無表情になった――そのようすから、逆に彼が内心で興奮に奮いたっていること、それを私は見てとった。

「ちょっと訊くがね、レストレード!」と言う。「いま廊下にいる巡査、あの男はずっとあそこに張りこんでいるのか?」

「はあ、ずっとおりますが」

「そうか、じゃあこうすることだ。あの男を慎重に尋問してみたまえ。われわれの前でじゃいけない。われわれはここに残る。あの男だけ、そっと奥の部屋へでも連れていくんだ。そのほうが本音を訊きだしやすい。どうしてこの部屋へよけいな人間を入れ、しかもそいつをここにひとりにしておいたりしたのか、それを訊くんだ。そうしなかったか、などと訊くんじゃだめだぞ。頭ごなしにそう決めつける。だれかを入れたことぐらい、ちゃんとお見通しなんだ、そう言ってやるといい。圧力をかけてやれ。ここで洗いざらい白状するのが、おまえの許される唯一の途《みち》だぞ、とでも言ってやれ。さあ、頼む、ぼくの言ったとおりにしてくれ」

「なんてこった、ほんとにあいつがそれを知ってるんなら、白状させずにおくものか！」叫ぶなりレストレードは廊下へとびだしてゆき、まもなく奥の部屋から彼のどなり声が聞こえてきた。

「さあ、急げワトスン、急ぐんだ！」ホームズが火のついたような性急さで叫びたてた。

いままでのものうげなようすをかなぐり捨て、鬼神もかくやの勢いで、一気に爆発的な力をはじけさせる。床から絨毯をはねのけ、四つん這いになったと見るや、床板の正方形のブロックを一枚一枚、爪でさぐってゆく。なかの一枚が、爪にひっかかって、横にずれた。なんと、蝶番《ちょうつがい》で箱の蓋のように持ちあがる仕組みになっているのだ。その下にぽっかり口をあけた、小さな暗い穴。ホームズはせかせかとそこに手をつっこんだが、すぐまた苦い怒りと失望のうめきとともに、その手をひっこめた。穴はからだった。

「さあ、早くワトスン、早く！　これをもとどおりにするんだ！」木の蓋をとじ、はねのけた

絨毯をその上にかぶせたかかぶせないかのうちに、廊下にレストレードの足音がした。はいってきた彼が目にしたのは、あいかわらずものうげにマントルピースに寄りかかり、しかたなくつきあってやっているとでも言いたげに、あくびを嚙《か》み殺しているホームズの姿だった。

「お待たせして申し訳ありません、ホームズさん。この件にはほとほとうんざりなさってるのがよくわかりますよ。でもね、おかげであいつめ、すっかり白状しました。おい、こっちへくるんだ、マクファースン。こちらのおふたりに、おまえのしでかした許しがたい行為について話してさしあげろ」

大男の警官が横歩きにおずおずとはいってきた——失態を悔いて身を縮め、顔を真っ赤にしている。

「いえね、悪気はなかったんです。ゆうべ、若い女が玄関口にやってきまして——家をまちがえたとかで。でまあ、なんとなく、話が始まりましてね。こうやって一日じゅうここで立ち番してると、なにやら人恋しくなるものですから」

「で、なにがあったんだ、それから？」

「犯罪のあった現場を見てみたいと言いまして——ずっと新聞で読んでたんだとか。いえ、けっこうちゃんとした娘さんなんですよ、言葉遣いもていねいだし——でまあ、ちょっとのぞかせるぐらいなら害はあるまいかと。ところが、絨毯のしみを一目見るなり、ふらふらと床に倒れちまいまして、それきり死んだように動かない。あわてて奥へとんでいって、水を持ってきてやったんですが、いっこう正気にもどらないんで、やむをえずこの先の角にある〈アイヴィー・プラント〉というパブへ、ブランデーをすこし分けてもらいにいった。で、帰ってきてみると、彼女、正気づいたのか、いなくなってる——たぶん、恥ずかしくて、わたしに合わす顔がないとでも思ったんでしょう」

「絨毯を動かした件については、どうだ？」

「はあ、警部、たしかにわたしがもどってきたとき、ちょっぴり皺《しわ》が寄ってました。なにぶん娘さんがその上に倒れたんですから。しかも、下の床は磨かれてつるつる、おさえるものはなにもないという状況で。あとでわたしが皺を伸ばし、まっすぐにしておきました」

「よし、マクファースン巡査、これでおまえもおれをだますことはできないと、身にしみて思い知らされただろう」レストレードが威厳をもって言った。「てっきり自分の職務違反はばれないとでも思ってたんだろうが、あの絨毯を一目見ただけで、だれかこの部屋にはいったものがいると、おれにはぴんときたんだ。さいわいなにも紛失していないからよかったようなものの、そうでなかったらおまえ、困ったことになってたはずだぞ。どうもホームズさん、申し訳ありませんでした。こんなつまらんことでお呼びたてしまして。しかし、上のと位置が一致しないあの第二の血痕、あれにはあなたも興味を持たれるだろうと考えたものですから」

「いや、たしかに非常に興味ぶかく見せてもらったよ。ところで巡査、その女性というのは、一度ここへきたきりなんだね？」

「はあ、そのときだけです」

「何者だね？」

「名は名乗りませんでした。なにかタイプの仕事に応募してきたんだけど、番地をまちがえたとかで――とびきり快活で、育ちのよさそうな、ひとあたりのいい女性でした、はい」

「背は高かった？　目鼻だちはととのっていた？」

「はあ、すらっとして、いかにものびのび育ったという感じでした。目鼻だちは、そう、ととのっていたというのかな。ひとによっては、すこぶるつきの美人と言うかもしれません。『ねえ、おまわりさん、一目だけでものぞかせてくれない？』なんて言うんです。かわいらしい声でね、なんとなくこっちをいい気にさせるような口調で。それでつい、ちょっとだけならドアの奥をのぞかせてやってもいいか、なんて思っちまったような次第で」

「どんな身なりだった？」

「めだたないなりでしたね――長い、足まですっぽりくるまるようなマントで」

「何時ごろだった？」

「そろそろ暗くなるころでした。ブランデーをもらって帰る途中、そこらでぽちぽち明かりがともりはじめましたから」

「よくわかった、ご苦労さん」ホームズは言った。「じゃあ行こうか、ワトスン。われわれにはよそでもうすこし大事な仕事が待っていそうだよ」

私たちがその家を出るとき、レストレードは現場の部屋に残り、小さくなって恐縮している巡査がふたりを送りだしてくれた。上がり口の階段でホームズがいきなりふりかえると、手のひらに隠し持ったなにかを巡査の目の前にかざしてみせた。巡査はとびだしそうな目でそれを凝視した。

「あっ、それは！」言いかけた巡査の顔には、ありありと驚愕の表情が浮かんでいた。

ホームズは人差し指をくちびるにあてがってみせると、あげた手を胸のポケットにもどし、階段を通りまで降りたが、そこでいきなり大声で笑いだした。「うまくいったぞ！」と、笑顔で言う。「さあ行こう、わが友ワトスン、いよいよ大詰めの幕があがるところだ。結局のところ戦争は起きないだろうし、気鋭のトリローニー・ホープ卿もはなばなしい出世が妨げられずにすむだろうし、かの軽率な君主もその軽率ゆえの罰を受けることはないだろうし、わが首相閣下もヨーロッパ問題に手を焼くことはないだろうし、あとはこのぼくがほんのちょっと機転を利かせて立ちまわりさえすれば、事と次第によってはおそろしく忌まわしい結果になりかねなかったこの事件も、だれひとり傷つくことなく終結に持ちこめるだろう――そう言ったら、きみも喜んでくれるんじゃないかな？」

私の胸にはいつもながら、世にたぐいなきこの人物にたいする賛嘆の念があふれた。

「じゃあ解決したんだな？」

「いやいや、ワトスン、まだそこまではいかない。依然としてはっきりしない点も二つ三つ残ってるし。ただ、かなりのところまでは事実わかってきてるんだから、これでうまくかたがつけられないようなら、それはこっちがへぼなのさ。これからまっすぐホワイトホール・テラスに乗りこむぞ。そして問題解決に目鼻をつけるんだ」

ヨーロッパ相の自邸に到着すると、シャーロック・ホームズはレイディー・ヒルダ・トリローニー・ホープに取り次ぎを頼んだ。私たちは居間に通された。

「まあホームズさん！」そう言う令夫人の顔は、怒りにほんのり染まっていた。「ずいぶんとご無体な、不当ななされようですこと。前にはっきりそうお願いしましたのに——あたくしが夫の仕事に口を出すなどと思われないように、お宅をお訪ねしたことは、かたく他言無用に願います、って。なのにこうして住まいにまで押しかけてこられては、あたくしとのあいだになにか取り引きがあると、口に出してそうおっしゃっているも同然ではございませんか」

「残念ですが、奥様、こうするよりほかなかったのです。ぼくは問題のこのうえなく重要な書類、あれをとりもどすことを委嘱された身でしてね。そういう資格のものとして、ここで奥様にはっきりお願いせねばなりません——どうか書類をこのぼくにお返しいただきたい、と」

令夫人はぎくっとして立ちあがった——瞬時にその美しい面《おもて》は完全に色を失っていた。目がどんよりした——全身がふらりと揺れた——気を失うのではないかと私が恐れたほどだ。それから、超人的な努力でショックからは立ちなおったものの、言いようのない驚愕と憤怒《ふんぬ》とに、それ以外の感情はことごとくその面《おもて》から払拭されてしまっていた。

「あたくしを——あたくしを侮辱なさいますのね、ホームズさん」

「さあさあ、奥様、しらを切っても無駄です。手紙をここへお出しください」

夫人は呼び鈴のほうへ走った。

「執事におふたりをお見送りさせます」

「呼び鈴を鳴らすのはおやめなさい、レイディー・ヒルダ。いま鳴らされると、スキャンダルを避けようと、せっかくぼくが心魂を傾けてきたことがすべて徒労に帰します。手紙をお渡しください——そうすれば、万事が平穏におさまるのです。奥様のご協力さえいただければ、何事もぼくがよいようにとりはからいます。しかしお聞き入れいただけないのなら、こちらもやむをえません、奥様の名を持ちだすことになるでしょう」

傲然とそこに立った夫人の姿は、堂々として、女王のようだった。そうすればホームズの内心が読めるとでもいうように、目で突き刺さんばかりに彼を見据え、片手は呼び鈴にかけているが、それを鳴らすことはひとまず控えている。

「あたくしを脅かそうというおつもりなのね、ホームズさん。強引に押しかけてきて、女性を威嚇して言うことを聞かせようとする、ずいぶん男らしくないやりかたですこと。なにもかもわかっているような口をおききになりますけど、いったいあなたがなにをご存じだとおっしゃるのかしら」

「どうかおかけになってください、奥様。万一そこで気を失ったりされますと、怪我をされますよ。奥様がおすわりにならぬかぎり、ぼくは口をひらきません。ああ、それで結構です」

「五分だけなら待ってさしあげますわ、ホームズさん」

「いや、レイディー・ヒルダ、話は一分ですみます。あなたがエドゥアルド・リュカスをお訪ねになったこと、問題の文書をあの男にお渡しになったこと、これらのことをぼくは承知しています。また、昨夜、手段を弄してふたたびあの部屋にはいられたことも、どうやって絨毯の下の隠し場所から文書をとりだされたかも、すべてぼくにはわかっているのです」

夫人は蒼白な顔でホームズを睨みつけ、口をひらくまでに、二度くりかえして唾をのみこんだ。

「あなたはどうかしてらっしゃる、ホームズさん──頭がおかしいのですわ！」かすれた声で、それでもどうにか叫ぶように言う。

彼がポケットからとりだしたのは、小さな厚紙の一片だった。それは女性の肖像写真から顔の部分だけを切り抜いたものだった。

「いつか役に立つこともあるかと、ずっと持ち歩いていたものです。立ち番の巡査に見せたところ、あなただと確認しましたよ」

夫人は、ああ、とあえぎ声をもらすと、ぐったり椅子の背に頭を預けた。

「さあ、お願いします、レイディー・ヒルダ。あなたは手紙をお持ちだ。いまならまだ穏便に事をおさめることができるのです。あなたをごたごたに巻きこむのは、ぼくの本意ではありません。手紙をご主人のもとにもどしたら、それでぼくの任務は終わるのです。どうかぼくの申すことをお聞き入れになり、率直に接してくださるように。いましかあなたにはチャンスはないのです」

夫人の胆力たるや、見あげたものだった。事ここにいたっても、なお敗北を認めようとしない。

「ならばこちらもいま一度申しあげますわ、ホームズさん。あなたはなにかとんでもない思いちがいをなさっている」

ホームズは椅子から立ちあがった。

「残念です、レイディー・ヒルダ。すべてはあなたのためによかれと思ってやっていたこと。ですがそれも、どうやらまったくの徒労だったようです」

彼は呼び鈴を鳴らした。執事がはいってきた。

「トリローニー・ホープ氏は何時にお帰りになる？」

「もうまもなくかと存じます――一時十五分前には」

ホームズは懐中時計を見た。

「まだ十五分あるね。よろしい、では待たせてもらうとしよう」

執事が出ていって、ドアをしめたかしめないかのうちに、いきなりレイディー・ヒルダがホームズの足もとにひざまずいた。両手をさしのべ、彼を仰いだ顔が涙に濡れている。

「おお、どうか堪忍して、ホームズさん！　どうか堪忍して！」身もだえながら、懸命に訴えかける。「後生ですから、夫にはなにもおっしゃらないでくださいませ！　あたくし、心から夫を愛しています！　夫の生涯にこれっぽっちでもさわりになるようなことはしたくないのです。でもこのことを知れば、気高《けだか》い夫の心はそのときかぎり、こわれてしまうでしょう」

ホームズは手をのべて夫人を助け起こした。「これでぼくもほっとしました。たとえ最後のぎりぎりであれ、あなたが分別をとりもどしてくださったことを天に感謝します！　さあ奥様、もはや一刻も猶予はなりません。手紙はどこです？」

夫人は片隅のライティングデスクのところへとんでゆくと、鍵をあけ、長い薄水色の封筒をとりだした。

「さあ、これですわ、ホームズさん。いまさらだけど、いっそこんなもの目にしなければよかった!」

「さて、どうやってこれを返したものか」ホームズはつぶやいた。「さあ急げ、急いでなにか手段を講じなければ! 問題の文書箱はいまどこにあります?」

「まだ夫の寝室にございますけど」

「それは好都合だ! さあ早く、奥様、急いでそれをここへ持ってきてください」

まもなく夫人は赤い色の平たい箱を手にしてもどってきた。

「この前はどうやってあけましたか? 合い鍵をお持ちなんでしょう? もちろんお持ちのはずだ。あけてください!」

夫人は胸もと深くから小さなキーをひっぱりだした。箱の蓋が勢いよくひらく。なかにはぎっしり詰まった書類の束。ホームズは箱の奥底深く、ほかの書類の束のまんなかに、薄水色の封筒を押しこんだ。蓋がとじられ、鍵がかけられ、箱が寝室にもどされた。

「これでよし、いつお帰りになってもだいじょうぶだ——まだ十分の余裕がある」ホームズは言った。「ところでレイディー・ヒルダ、ぼくはあなたをかばうために、無理を承知でここまでやっているのです。かわりにそちらもいまのうちに、この驚くべき出来事の裏にある真の事情、それを率直にお聞かせ願えますか?」

「こうなったら、なにもかも申しあげますわ、ホームズさん」夫人は絞りだすような声で言った。「どうかわかってくださいませ、ホームズさん——あたくし、自分のことで夫に一瞬でもつらい思いをさせるくらいなら、この右腕を切り落としたってかまわない、ぐらいの気持ちでいるのです！　このあたくしほどに夫を愛している妻なんて、ロンドンじゅう探したってほかにはいないでしょう。なのに、そのあたくしがこんなことをしでかした——しでかさざるを得なかった——そう知ったら、夫はけっしてあたくしを許してはくれますまい。とても志操が高くて、潔癖なひとですから、他人の過ちも許せないのです。どうかあたくしを——あたくしを助けてくださいませ、ホームズさん！　あたくしの幸福、夫の幸福、今後のあたくしどもの一生、すべてがこのことひとつにかかっているのです！」

「お話の先を急いでください、奥様、時間が切迫しています！」

「もとはといえば、あたくしの書いた手紙でした——若気のいたりとでも申しますか、結婚前の、恋にあこがれる少女の書いた、いたって軽はずみな内容の。だいそれた意味などこれっぽっちもないつもりでしたけど、それでも夫が見れば、許しがたい内容と見なすかもしれない。万一あの手紙が夫の目にはいれば、夫のあたくしへの信頼はその場で吹っ飛んでしまっていたでしょう。なにぶんそれを書いたのは、遠いむかしのことですし、そんなもののことなど、とうに忘れられているとあたくしは思っておりました。ところが最近になって、あの男、リュカスですか、あの男から連絡があって、それが自分の手にはいった、ついてはご主人に見せるつもりだ、そう言ってきたのです。あたくし、どうか返してほしいと、辞を低くしてあの男に頼みこみました。するとあの男、なんなら返してやらないでもないが、そのかわり、夫の文書箱のなかの、かくかくしかじかの文書を自分に引き渡せと言います。なんでも、夫のオフィスにスパイを潜入させていて、そのスパイから、そういう文書が存在することは知らされているのだと。そのことで夫にはいっさい迷惑はかけないと保証もしましたし、ねえホームズさん、どうかあたくしの立場になってみてくださいませ！　いったいどうなさったでしょうかしら、あなたなら」

「ぼくならご主人にいっさいを打ち明けますがね」

「それができないのです、ホームズさん、それができさえしたら！　ふたつを天秤にかけてみると、かたや、それが意味するのは確実な身の破滅。かたや、夫の書類を持ちだすとなると、それ自体はとんでもない行為のようですけど、その結果がなにをもたらすのか、政治問題ですから、あたくしにはわかりようもない。それにひきかえ、もういっぽうは愛情と信頼の問題ですから、結果がどうなるかはわかりすぎるくらいよくわかっている。ですからホームズさん、あたくしはそちらをとったのです。あたくしが夫のキーの型をとって渡すと、あのリュカスという男が合い鍵をこしらえてきました。そのキーで文書箱をあけ、書類をとりだして、ゴドルフィン街へ届けにいったのです」

「そこでなにがあったのです、奥様？」

「打ち合わせどおり、ドアを軽くノックしますと、リュカスがあけてくれました。案内されて、部屋に通りましたけど、そのとき、ホールへのドアはすこしあけたままにしておきました。あの男とふたりきりになるのがこわかったからです。家にはいるとき、外に女のひとが立っていたのを覚えています。取り引きはすぐにすみました。リュカスがあたくしの手紙をデスクに置きましたので、こちらはたずさえてきた文書を手わたしました。向こうもあたくしの手紙を渡してよこす。と、まさにその瞬間でした――戸口に物音がしたのです。廊下を足音が近づいてきます。リュカスはすばやく絨毯の端をめくると、その下の隠し場所らしきところに書類を押しこむなり、すぐにまた絨毯をかぶせました。

そのあとに起きたことは、一連の悪夢のようです。逆上した恐ろしい顔がちらっと目にはいり、フランス語でわめきたてる女性の声がしました――『思ってたとおりだ、待ち伏せが図に当たったようだね。とうとう――とうとう、あんたが女といっしょのところをつかまえた!』たちまちすさまじいつかみあいになりました。リュカスは椅子をふりあげる。女の手にはナイフが光る。あたくしは無我夢中でその恐ろしい騒ぎの場から逃げだすと、家からとびだしました。騒ぎのぞっとするような結末を知ったのは、あくる朝、新聞を見てからのことです。手紙を無事にとりもどしたこともあって、その夜はあたくし、すっかり浮きうきしていました。将来どんなことが起こるか、そのときはまだわかっていませんでしたから。

あくる朝になってようやく、一難去ってまた一難というか、むしろ、一難をまたべつの一難ととりかえてしまっただけなのがわかりました。書類がなくなったために夫がたいそう懊悩《おうのう》している、そのようすはあたくしの胸をえぐりました。いまこの場で夫の足もとに身を投げだして、自分のしたことを告白してしまいたい、すんでのところで、そんな気持ちになりかけたほどです。でも、そうすればまたしても、過去の過ちがさらけだされることになります。そこで、その朝あなたをお訪ねして、自分のしたことがいったいどれほどの大罪にあたるのか、それをつきとめようとしたのです。罪の大きさをはっきり自覚したその瞬間から、あたくし、ただもう夫の書類をとりもどしたいという、その一念だけで頭がいっぱいになりました。書類はまだあのリュカスが隠した場所に残っているはずです――彼がそれを隠したのは、あの恐ろしい女が闖入《ちんにゅう》してくる前だったのですから。あのひとがこなければ、あたくしにはその隠し場所のことなど知るよしもなかったでしょう。でも、あの部屋にはいるのには、いったいどうしたらいいのか。それから二日間、家を見張っていましたけど、戸口がひらいたままになっていることは一度もありませんでした。とうとう昨夜になって、あたくしは最後の手段に出ることにしました。あたくしがなにをしたか、どのようにそれを首尾よく果たしたか、それはもうご存じのことですわね。文書を持ち帰って、すぐに破棄することも考えました――自分のしでかしたことを夫に告白せずにその書類をもとにもどす方法って、いくら考えても思いつきませんでしたから。あっ、たいへん、階段に足音が聞こえます！」

興奮しきったヨーロッパ相が部屋にとびこんできた。

「ホームズさん、ニュースは？　なにかつかんだのですか？」と、叫びたてる。

「はあ、いくらか望みが出てきました」

「ありがたや！　これで命拾いした！」端整な顔がぱっと輝いた。「これから首相と昼食をともにすることになっています。その望みとやら、首相にも聞かせてあげてさしつかえないでしょうな？　あのかたは鉄のごとき神経をお持ちだが、それでもわたしにはわかるのです――このおそるべき出来事が出来して以来、ほとんど眠れずにおられることは。ジェイコブズ、首相閣下にあがってきてくださるようお伝えしてくれ。それからおまえだが、ヒルダ、これは政治上の問題だからね。もうすこししたら、ダイニングルームでおまえと合流するから」

首相の物腰はあいかわらず落ち着いたものだったが、それでも、目がこころもちうるんでみえることや、骨ばった手がぴくぴくしていることから推して、若いほうの閣僚と等しく、内心の興奮を押し隠しているらしい。

「なにか報告することがあるとのことだね、ホームズ君？」

「いまはまだ、純然たる否定的言辞でしかお答えできないのですが」私の友人は答えた。「問題の文書がありそうなところは、残らず探しつくしました。その結果、憂慮すべき危険が生じるおそれはないと、そう確信しております」

「しかし、それだけではじゅうぶんではないのだよ、ホームズ君。いつ爆発するか知れぬこんな噴火口上におるような状態で、この先一生を過ごすわけにはいかんのだ。なにかはっきりした言質《げんち》を与えてもらわぬことにはな」

「文書はとりもどせる見込みがあります。そのためにこそ、いまこうしてこちらへうかがっているのです。問題を深く考えてみればみるほど、文書はこの家から一歩も出ていないという確信が深まったからです」

「おいホームズ君！」

「文書がどこかへ持ちだされたものなら、いまごろはとうに内容が公表されているはずではありませんか」

「しかし、わざわざ自分の家にしまいこんでおくために、文書を持ちだすものなどおるはずもなかろう」

「ぼくにはそれをだれかが持ちだしたということ自体が納得しかねるのです」

「ならば、どうしてそれが文書箱からなくなったのかね？」

「それが文書箱からなくなったということ、それについてもぼくは納得しておりません」

「ちょっと、ホームズさん、いくらあなたでも、時と所をわきまえぬ冗談は聞き捨てならないな。たしかに箱からなくなっていたと、このわたしが断言したのは聞いたはずでしょう」

「火曜の朝以来、文書箱のなかを検められましたか？」

「いや。その必要はありませんでしたから」

「ひょっとして、見落とされたということもありえます」

「とんでもない、ありえません」

「ですがこのぼくは納得できないのです。はばかりながら、この種の事件がときとして起こるのを、ぼくは実際に見てきました。おなじ箱には、ほかの書類もはいっていたのでしょう？ならば、それらのなかにまぎれてしまったのかもしれない」

「いちばん上にのせてあったのです」

「だれかが箱を揺さぶったため、位置が入れ替わったとも考えられます」

「いやいや、それはありえない。ほかのもすべて箱から出して、検めたのですから」

「そういうことなら、容易に確認できるのではないかね、ホープ！」首相が言った。「いますぐこの場へその箱を持ってこさせよう」

ヨーロッパ相は呼び鈴を鳴らした。

「ジェイコブズ、わたしの文書箱を持ってくるように。こんな茶番は時間の浪費としか思えないが、そちらがどうしても納得できないと言われるのであれば、やってみるとしますか。ご苦労、ジェイコブズ、ここへ置いてくれ。キーは常時、この時計の鎖からはずしたことがありません。では、中身を見てみましょう。まず、ロード・メロウからの書簡。サー・チャールズ・ハーディーからの報告書。ベオグラードからの覚え書き。ロシア＝ドイツ間の穀物税に関する通知。マドリードからの書簡に、ロード・フラワーズからのメモ、それから——やや、これはなんだ！　なんなんだこれは？　ロード・ベリンジャー！　ベリンジャー卿だって？」

首相が彼の手からその薄水色の封筒をひったくった。

「うん、これだ、まちがいない——書状もたしかにはいっておる。ホープ、おめでとう！」

「ありがたや！　助かった！　これでどれだけ心が軽くなったことか！　だがそれにしても、こういう結果はとても得心がいかない——ありえないことだ！　ホームズさん、あなたは魔法使いなのか、妖術師か！　どうしてこれがここにあるとわかったのです？」

「これ以外のところにはないとわかっていたからですよ」

「とても自分の目が信じられない！」やみくもに駆けだして、戸口までとんでいった。「ヒルダはどこだ！　あれにもこの吉報を知らせてやらなければ。ヒルダ！　おおいヒルダ！」彼の声が階段のあたりから聞こえてきた。

首相が目を悪戯《いたずら》っぽくきらめかせてホームズを顧みた。

「なあきみ」と言う。「察するところこれには、まだわれわれの知らぬ裏面がありそうだな。どうやって文書があの箱にもどったのかね？」

首相の向けてくる鋭くさぐるような視線から、ホームズはうっすら笑って顔をそむけた。

そして、「当方にもまた当方なりの外交上の秘密というものがありまして」と言うと、帽子をとりあげ、戸口へ向かったのだった。

（1）〝女性はきみの領分〟は、よく知られたホームズ語録のひとつ。

解題

戸川安宣

本書はシャーロック・ホームズ譚の第三短編集 *The Return of Sherlock Holmes* の全訳である。

原著の初版は一九〇五年三月七日、ロンドンのジョージ・ニューンズ社から刊行された。定価六シリングで初版一万五千部だった。

ニューンズ社は一九〇六年には六ペンス本を除く書籍出版から撤退し、在庫はスミス・エルダー社に引き継がれ、『シャーロック・ホームズの復活』は三三五六部が奥付を一九〇七年刊に変えて出荷された。カバーは同じものが使われたが、背の社名だけが変えられた。アメリカ版の初版は一九〇五年二月、マクルアー・フィリップス社よりチャールズ・レイモンド・マコーリーの挿絵入りで刊行された。この版は二万八千部以上売り上げたといわれている。定価一ドル五十セントであった。

ドイルは一八九三年刊の第二短編集『回想のシャーロック・ホームズ』に収録した「最後の

事件」でホームズを抹殺し、以後ホームズものとは無縁の執筆活動を続けていたが、本書の巻頭の一編「空屋《くうおく》の冒険」を書く前にホームズの登場する戯曲「シャーロック・ホームズ」と、そして『バスカヴィル家の犬』は発表していた。ただしそれは、「最後の事件」以前の物語ということになっていた。これについてはまた同書の解題で触れることにしよう。

一九〇三年の春、ドイルはアメリカの出版社から一つのオファーを受けた。もしシャーロック・ホームズを生き還らせることができるなら、六編に対し六千ポンド支払う用意がある、と。ドイルはこれをアメリカ国内の権利だけに限定した。当然、ジョージ・ニューンズは英国内の版権に、同額まではいかなくともそれ相応の金額を出すに違いない。あくまで歴史小説の執筆に意欲を燃やしていたドイルは冷めた心境でこの申し入れを受け止め、著作権エイジェントに葉書で――「大変結構。ACD」と書き送った。

このアメリカのオファーは、〈コリアーズ・ウィークリー〉からのものだった。かくて、ホームズはライヘンバッハの滝壺から抜け出し、そしてワトスンも愛妻を失っていたので、ふたたびベイカー街でのふたりの同居生活が復活することになった。

〈ストランド・マガジン〉では一九〇三年十月号から一九〇四年十二月号まで、〈コリアーズ・ウィークリー〉のほうは一九〇三年九月二十六日号から一九〇五年一月二十八日号まで、十三編が連載された。片方は月刊誌、もう一方は週刊誌ということで、原稿は英米同時に渡ったのだろうが、掲載はイギリスが先のこともあれば、アメリカが先になることもあった。これも、そもそもがアメリカ側のオファーによって書き出されたという経緯があるためで、〈ストランド・マガジン〉の企画にアメリカの出版社が乗る、というこれまでの発表形態とはいささか事情が異なっていたのである。

それはともあれ、再開された新ホームズ譚は、予想どおり、熱烈な歓迎を受けた。ジョン・ディクスン・カーの『コナン・ドイル』によると、「空屋の冒険」が載った〈ストランド・マガジン〉が発売されたときのことを、ある婦人はこう証言している。「駅の売店の本の棚は、宛《さなが》らどんなバーゲンセールの会場よりも凄まじいものでした」と。〈ストランド・マガジン〉は増刷に次ぐ増刷を重ねた。新聞や雑誌を売るニューススタンドには、新年の売り出しを思わせる凄まじさで読者が押しかけたという。

以下に収録作品の解題を付す。(各原題の頭に付いている The Adventure of は省略した)本書には例によって〈ストランド・マガジン〉を飾ったシドニー・パジェットの挿絵を一編につき一葉ずつ付したが、〈コリアーズ・ウィークリー〉のフレデリック・ドア・スティール、またはアメリカ版初版のマコーリーの挿絵を参考までに何葉か掲げた(S＝スティール、M＝マコーリー)。

空屋の冒険　The Empty House

モリアーティ教授とともにライヘンバッハの滝壺へと姿を消したホームズが復活を遂げる作品。〈ストランド・マガジン〉一九〇三年十月号にパジェットの挿絵を付けて掲載されたが、書誌的に言うと、〈コリアーズ・ウィークリー〉一九〇三年九月二十六日号にスティールの挿

「空屋の冒険」が掲載された〈コリアーズ・ウィークリー〉の表紙(S)

絵を付して掲載されたアメリカ版のほうが先ということになる。

ワトスンの記すところによると、この「空屋の冒険」は一八九四年の春の事件、ということになっている。

「最後の事件」で、ホームズがモリアーティ教授とライヘンバッハの滝壺に没したのは一八九一年五月四日のこと。そしてホームズが再びその姿――「以前よりもさらに痩せて、全体に鋭さを増しているものの、鷲のような顔には、生気の抜けた白さがあって、これまでの生活があまり健康的なものではなかったのを示している」――を現したのが一八九四年の三月三十一日。三年近くの歳月が経っていたのだ。その間の二年ほどは「チベットを旅し」、「ラサを訪れて、ラマ教の生き仏と数日をともに過ごしたり」した。この「なかなかおもしろい旅」のことは「シゲルソンというノルウェー人による珍しい探検旅行」として報じられたという。シルクロード踏査などで名高いスウェーデンのスヴェン・ヘディンがアジアを訪れていたのはまさにこの時期で、ドイルの頭にヘディンのことがあったのは容易に想像される。このあとさらに「ペルシアを通過して、メッカに立ち寄り、ハルトゥームでは、土地のカリフと会見して、短いが有意義な時を過ごした」。そして「フランスにもどって、南仏モンペリエのさる研究所で、コールタール誘導体の研究にたずさわって数カ月を過ごした」が、研究の目処《めど》が立ったことと、ロンドンに「敵とすべき相手がひとり残っているだけだということ」がわかったので、帰ってくる決心をした、というのである。帰国したホームズはその足で直ちにベイカー街にもどる。留守中も兄のマイクロフトが二二一Bの部屋を確保してくれていたのだ。「あとはもう、むかしなつかしい旧友ワトスンが、むかしよくそうしていたように、もうひとつの椅子におさまっていてくれれば、もはや言うことはない」――かくて、ベイカー街でのふたりの生活が復活する。それというのも、ケンジントンに住んでいたワトスンが、「先ごろ親しいものに先だたれる不幸を味わっていた」からで、「仕事こそが悲しみへのまたとない解毒剤だよ、ワトスン」とホームズに慰められている。これは明確にワトスンの妻の死を語るものだろう。「ホームズはどこかでこのことも聞き知ってい」たというから、それは留守中の三年間のことだったと思われる。ただし、その「親しいもの」が『四人の署名』のメアリー・モースタンだったかどうかについては、シャーロッキャンの間にも諸説あって定かでない。

ノーウッドの建築業者　The Norwood Builder

〈コリアーズ・ウィークリー〉一九〇三年十月三十一日号に掲載されたのが初出。〈ストランド・マガジン〉には一九〇三年十一月号に掲載された。

ワトスンは「ホームズがもどってきてから数

「ノーウッドの建築業者」挿絵(M)

カ月たったころ」、「彼の要請を容れ、医師の開業権を売りわたして、ベイカー街の古巣でふたたび彼と同居する身となっていた」。しかも、あとでわかったことだが、ワトスンのケンジントンでの地盤を買い取った「ヴァーナー（Verner）という若手の医師」が「ホームズの遠い縁戚にあたり、実際に資金上の裏づけをしたのも、わが友人だった」というのである。ここで『回想のシャーロック・ホームズ』に収録されている「ギリシア語通訳」には、ホームズの祖母がフランスの画家オラス・ヴェルネ（Vernet）の妹だという話が出てくることが想起される。

ホームズ譚の中に、名のみ出てきて詳細の語られない事件はたくさんあるが、ことにこの『復活』には数多く登場する。「ノーウッドの建築業者」にもホームズとワトスンが「ふたりながら命を落とす瀬戸ぎわまで行った」という「オランダ汽船〈フリースラント〉号の衝撃的な事件」など興味深い《語られざる事件》の名が挙げられている。それらは公表すると差し障りのある人物が生存している場合と、ホームズが自分の名前を出したり、その活動を公にすることを控えるように、と「注文をつけてきた」場合があった。

本編の中で、遺言状の草稿を検《あらた》めたホームズが、これは列車のなかで書かれたもので、きれいに書かれている箇所は駅に停車ちゅう、乱れた箇所は走行ちゅう、読めないほどひどいところはポイント通過ちゅうに書かれたもので、それから推すとこれが書かれたのは近郊線のなかである、なぜなら「大都市のすぐ近くでなければ、これほどポイントとポイントの間隔が詰まっている箇所はありえないから」といっている。『回想』に収められた「ヘシルヴァー・ブレーズ〉号の失踪」中でホームズが、線路脇の電信柱と電信柱との間の通過時間を計って列車の時速を計算しているのが思い出される。

ホームズにはまた、「極度に緊張すると、食物はいっさい口にしなくなる」という性癖があって、「あるときなど、鉄のごときおのれの体力を過信したあげく、純然たる栄養不足のために失神してしまったことさえある」というエピソードが紹介されている。

フリーマンの『赤い拇指紋』(一九〇七)に先立って、指紋の悪用に言及していることにも注目したい。

踊る人形　The Dancing Men

〈ストランド・マガジン〉一九〇三年十二月号、〈コリアーズ・ウィークリー〉一九〇三年十二月五日号に掲載された。

「踊る人形」挿絵(M)

「赤毛組合」や「くちびるのねじれた男」「まだらの紐」などと並ぶホームズ譚中の超有名作だ。暗号のタイプとしてはポオの「黄金虫」と同種だが、シンプルな人形の絵を暗号に使ったアイディアが図抜けている。カーの『コナン・ドイル』によるとこの作品のアイディアは、キュービットという一家の経営するノーフォーク州ヘイズバラのヒル・ハウス・ホテルで、そこの小さい息子が自分のサインを踊っている人の形を用いて書いているのを見たことから思いついたのだそうだ。

「ひとりきりの自転車乗り」挿絵(M)

ホームズがワトスンに向かって「結局、南アフリカの株式に投資するつもりはないわけだね？」と言って驚かし、読者の関心を摑《つか》んでしまう導入部も心憎い演出である。

そして本編で扱われている事件は、ごくさりげなく描かれているが、密室殺人である。そのトリックは、S・S・ヴァン・ダインやカーたちの、後世の多くの作品に影響を与えた。

ひとりきりの自転車乗り　The Solitary Cyclist

〈コリアーズ・ウィークリー〉一九〇三年十二月二十六日号、および〈ストランド・マガジン〉一九〇四年一月号に掲載された。

この作品の冒頭で、ワトスンがホームズの手がけた事件のうちから、どれを公開するのか、その選択の基準が語られる。それによると、「犯罪そのものの猟奇性よりも、その解決法が独創的であり、かつ劇的でもあるという点に興味を見いだしていただける、そういう事件のほうを優先」するのが「かねてからの原則」だというのである。

本書には、自転車の絡む事件が目立つ。現在の形に近い自転車が製造され、人々の乗り物として普及するようになった時代を反映しているものと思われる。

プライアリー・スクール　The Priory School

これも〈コリアーズ・ウィークリー〉のほうが早く、一九〇四年一月三十日号に発表された。〈ストランド・マガジン〉には一九〇四年二月号に掲載されている。

この『復活』所収の短編では、どちらかというとホームズの捜査方法の描写に力点が置かれている。本編でも、学院からの自転車の跡をたどって陸地測量部の地図を頼りに、荒地《ムーア》を探索していく。「自転車のタイヤ跡なら四十二通りは見わけられるつもり」とホームズは豪語するが、タイヤ跡から自転車の進行方向を特定することができるか、シャーロッキャンの間で議論の的になっている。

ホームズは取引銀行として「キャピタル・アンド・カウンティーズ銀行のオクスフォード街支店」の名前を挙げている。

ブラック・ピーター　The Black Peter

この作品もアメリカのほうが早かった。〈コリアーズ・ウィークリー〉一九〇四年二月二十七日号に、〈ストランド・マガジン〉には一九〇四年三月号に掲載。

「ブラック・ピーター」挿絵(S)

ホームズは「ロンドン市内の各所にすくなくとも五つの小さな隠れ家を持ってい」るそうだ。

事件にひとまずの決着をつけた後、ホームズはワトスンとともに「ノルウェーのどこか」に出かける、と言っている。これがどういう意味なのかよくわからないが、シャーロッキャンの間ではネリガン青年の父の足跡を辿ろうというのではないか、と考える向きがある。

「恐喝王ミルヴァートン」挿絵(S)

恐喝王ミルヴァートン　Charles Augustus Milverton

これもアメリカ版のほうが早い。〈コリアーズ・ウィークリー〉一九〇四年三月二十六日号に発表された。〈ストランド・マガジン〉は一九〇四年四月号に掲載。

依頼人の名誉を守るために、ホームズとワトスンが押し込み強盗に入る、という一編。「かねてからぼくは、自分が犯罪者だったらどれだけ優秀な犯罪者になったろう、なんて考えてきたんだ」とホームズは言い、「ニッケルめっきの鉄梃《かなてこ》」や「先端にダイヤのついたガラス切り」、「応用自在のキー」、「遮光板のついたランタン」などが入った「侵入盗の商売道具としては一級品、かつ最新式のもの」だという「小さなしゃれた革ケース」を持ち出してくる。大言壮語する割には、ごくふつうの押し込み強盗と大差ないようにも思えるのだが。

この作品を執筆したころ、義弟（妹コンスタンスの夫）E・W・ホーナングの創造した義賊ラッフルズが人気を博していたことが、ドイルの頭にあったのかもしれない。

六つのナポレオン像　The Six Napoleons

〈コリアーズ・ウィークリー〉一九〇四年四月三十日号、〈ストランド・マガジン〉には一九

○四年五月号に掲載された。

第一短編集『シャーロック・ホームズの冒険』に収められた「青い柘榴《ざくろ》石《いし》」と同趣向のアイディアを元に、まったく違った展開が楽しめる。

本編で言及されている《語られざる事件》では、「暑い日にパセリがバターのなかに沈んだ、その深さ」に着目した「アバーネッティ一家で起きた身の毛もよだつ事件」というのが、何ともおもしろそうである。また、最後に名前が出てくる「コンク＝シングルトン偽造事件」というのは、カーがお題頂戴で戯曲化し、一九四八年四月のアメリカ推理作家協会の年次総会で上演された。ホームズにはクレイトン・ロースン、ワトスンにはローレンス・G・ブロックマンが扮し、カーは訪問客の役を受け持った（「コンク・シングルトン卿文書事件」の訳題で、創元推理文庫『黒い塔の恐怖』に収録）。

ホームズ「愛用の武器」として「鉛を流しこんだ狩猟用の鞭」というのが登場する。

「三人の学生」挿絵（M）

それにしても、ホームズがボルジア家の黒真珠を持ち主から買いとり、金庫にしまってしまうのは、諸家も指摘するように納得がいかない。

三人の学生　The Three Students

〈ストランド・マガジン〉一九〇四年六月号、〈コリアーズ・ウィークリー〉一九〇四年九月二十四日号に発表された。

ホームズがワトスンに対し、「これはきみの分野じゃないよ――心理的なもので、身体上の問題じゃないから」と言い、「きたければくるがいい」と冷たいのが気になる。
試験問題を盗み見たのは三人のうちのどの学生か、という「日常の謎」をテーマにした佳品である。

金縁の鼻眼鏡　The Golden Pince-Nez

〈ストランド・マガジン〉一九〇四年七月号、および〈コリアーズ・ウィークリー〉一九〇四年十月二十九日号に掲載。

「金縁の鼻眼鏡」挿絵(S)

やはり《語られざる事件》のひとつで、「〝ブールヴァールの暗殺者〟ユレを追いつめ、逮捕した」ことにより、「フランス大統領から自筆の感謝状と、レジオンドヌール勲章とを贈られ」たとある。『シャーロック・ホームズの事件簿』に収められた「ガリデブが三人」では、「功によりナイト爵に叙せられようというのを辞退」しているというのに、こちらは素直に受け取っているのはどういうことか、とシャーロッキャンの間で議論を呼んだ（実はドイル自身がこの「ガリデブが三人」と同じ一九〇二年にバッキンガム宮殿でナイトの称号を授与されているのである。彼は初めこれを断るつもりだったが、母親に説得され、かくて彼はこれ以降、サー・アーサー・コナン・ドイルとなったのだ）。
本編も現場に残された鼻眼鏡から犯人像を浮き上がらせるホームズの捜査法が描かれる。

スリークォーターの失踪　The Missing Three-Quarter

〈ストランド・マガジン〉一九〇四年八月号、〈コリアーズ・ウィークリー〉一九〇四年十一月二十六日号に発表された。

　ホームズの麻薬愛好癖が、「一度は彼のすばらしい経歴を一瞬にして葬り去る寸前まで行ったことがあ」り、いまもその危険性はいささかも薄らいではいないことが記されている。「刺激のない日々がつづくと、ホームズの禁欲的な顔がしだいにやつれてきて、深くくぼんだ、内心のうかがい知れない目にも、陰気なとげとげしさがあらわれてくる」というのだ。

　追跡の手段として臭跡追跡犬《ドラッグハウンド》を使ってアニス油のにおいを追わせるのは『四人の署名』のトービーにつづいて二度目だが、わが国では江戸川乱歩が再三この手を模倣している。そして明智小五郎がその目的で借り出す犬の名が「シャーロック」であることも、『四人の署名』の解題に記したとおりである。

アビー荘園　The Abbey Grange

「アビー荘園」挿絵(M)

〈ストランド・マガジン〉一九〇四年九月号、〈コリアーズ・ウィークリー〉一九〇四年十二月三十一日号に発表された。

　相変わらずワトスンの書き方に文句をつけるホームズに対し、さすがに腹に据えかねたのかワトスンが、「だったら、自分で書けばいいじゃないか」と反論する。すると、「書くさ、ワトスン、いずれは

「第二の血痕」挿絵(S)

きっと書く」とホームズは宣《のたま》うのだが、それが実現するのは最後の短編集『シャーロック・ホームズの事件簿』に収録される「白面の兵士」および「ライオンのたてがみ」まで待たねばならなかった。

　真相がすべて白日の下に晒《さら》され、被疑者の真意が明らかになった時点でホームズが言う。「ここはひとつ、正規の裁判方式で事をおさめるとしよう。きみは被告人。ワトスン、きみはわが英国を代表する陪審員だ」「で、裁判長は不肖このぼく。さて、陪審員諸君、証言はいまお聞きのごとくです。被告人は有罪ですか、無罪ですか?」――これと同じような解決法を、『コナン・ドイル』の著者カーの探偵たちが何回かやっていることにお気づきだろう。

第二の血痕　The Second Stain

〈ストランド・マガジン〉一九〇四年十二月号に、アメリカでは〈コリアーズ・ウィークリー〉一九〇五年一月二十八日号に発表された。前作「アビー荘園」との間に三月空いている。

これについて本編の冒頭で、ワトスンの弁明がある。「私は『アビー荘園』を最後として、友人シャーロック・ホームズ氏の功名譚を世に発表するのは打ち切るつもりでいた」「真の理由は、自分の経験がそうしてぞくぞくと公表されることを、ホームズ氏自身が嫌うようになったことにある」というのも、ホームズは諮問探偵の仕事を放棄して、「ロンドン暮らしを打ち切り、サセックス州の丘陵地帯《ダウンズ》に隠遁して、念願の推理学研究と養蜂とに明け暮れる身となったから」だというのだ。ドイルは自分の創造したこの鬱陶《うっとう》しいキャラクターを抹殺することに失敗したので、今度は隠居させてしまったのである。

本編はエドガー・アラン・ポオの「盗まれた手紙」を思わせるところのあるストーリーだ。国際的なスパイ事件を扱っているが、ホームズは「いまとっさに思いつくだけでも、その世界ではトップに数えられるのが三人ほどいます」と即座に名前を挙げている。「まずはオーベルシュタイン、ラ・ロティエール、最後がエドゥアルド・リュカス」だというのだが、この中の初めの二人は、このあと、一九〇八年に発表される「ブルース＝パーティントン設計書」の中で、兄のマイクロフトから教えられる情報として名前が挙げられ、特にオーベルシュタインは捕まって十五年の刑に服している。それからすると、「いつ起きたかは、ある年というだけで、それ以上は十の位まで伏せておかねばならない」という本編の事件は「ブルース＝パーティントン」の事件より前でなくてはならない。しかしそうなると、この時点で熟知していたスパイの名を、後年の事件ではマイクロフトから教えてもらわねばならなかったというのは、明らかな矛盾である。それはともかく、本編の幕切れはなかなかしゃれていて、短編集の締め括《くく》りとして爽快な読後感を残す。

本稿を書くにあたって参考にした文献は、『シャーロック・ホームズの冒険』の解題を参照していただきたい。また、ホームズ譚からの引用（深町眞理子訳）以外は、拙訳による。

解説

巽　昌章

シャーロック・ホームズ物語はなぜこんなに心地よいのでしょう。面白いストーリー、個性的な名探偵、ワトスンとの友情、ガス灯と辻馬車に代表される古きよき時代の風景、しゃきっとした英国紳士の品格、ときどき顔をのぞかせる怪奇趣味や残酷趣味。どれもこれも当たっています。しかし、まだ何かありそうな気がしてならない。

その「何か」へのヒントとして、『シャーロック・ホームズの記号論』（富山太佳夫訳、岩波書店）に収められた、「ネモ船長の船窓」（T・A・シービオクとハリエット・マーゴリスの共著）を眺めてみましょう。彼らはいいます。ジュール・ヴェルヌ描くところの潜水艦ノーチラス号と、ホームズとワトスンが住まうベイカー街の下宿には共通するものがある。それは安全で心地よい室内と危険に満ちた外界を隔てる窓の存在だと。むろん、窓はただ外界を締め出すだけでなく、ホームズたちが窓から街路を見下ろすことによって、困惑した依頼者やうろつく悪漢の姿を発見し、そこから冒険が幕を開けることもあります。つまり、「窓はホームズとワトソンに安らぎと安全を確保してくれるものである一方で、『自足した宇宙』にひとつの出口をうがち、探偵とその相棒に外部にある危険と内部にある安らぎをもろともに味わうことを可能ならしめるのである」というのです。ホームズのような名探偵とともに冒険することによって、たしかに私たちは、たんなるスリルではなく、安らぎとともにある危険を楽しむことができますが、窓を境界とした小説の中の空間自体がそんな楽しみを演出しているのではないか。『シャーロック・ホームズの復活』巻頭に収められた「空屋《くうおく》の冒険」には、まさに、こうした考えを裏付けるようなところがあります。ライヘンバッハの滝での闘争でホームズが死んでしまったと信じるワトスンは、失意の日々を送っていましたが、やがて信じがたい出会いを経て、ふたたび懐かしいベイカー街へと導かれてゆきます。かつてホームズとともに暮らし、数々の事件解決に出動していった二二一番地Bの部屋の窓に、ワトスンは何を見たでしょう。主を失って、いまは外から眺めるしかない窓に、意外やホームズその人のシルエットが浮かび上がっているではありませんか。

というわけでワトスンは、かつて自分たちが外を眺めていた窓を逆に外から眺めるという体験を経て、ふたたびふたりの部屋の中へと戻ってゆきます。それはまさに、外部にある危険と内部にある安らぎという空間的秩序の回復でもある。実際、ひとたび外に出てみれば、これはまた何と危険な世界でしょう。この一冊に収められた冒険談の数々において、ホームズとワトスンはただ推理するだけでなく、格闘や銃撃をも経験し、はては自分たちが押し込み強盗のまねをすることさえあります。犯人を犯罪組織やプロの犯罪者の中に求めることは「黄金時代」

以降の本格では忌避されてきましたが、ホームズの敵にはこうした連中がごまんとおり、こちらも彼らに対抗するために暗黒街の情報に精通し、ときには荒事も辞さない構えです。それがホームズという「探偵」なのです。

むろん、こんなところに古さを感じる人がいてもおかしくありません。ホームズものはまだ謎解きと伝奇小説をくっつけたようなもので、全体が論理的構築に奉仕するような小説にはなっていないともいえます。プロの犯罪者がやたらでてくるし、読者が探偵役と謎解きを競うには「フェアプレイ」の認識が不足していて、ホームズはしばしばワトスンにも読者にも重要な手掛かりを見せようとしない。こうしたホームズ物語といわゆる黄金時代の本格との間に横たわる違いを、私たちは「進化」という枠組みで把握しがちです。やがて黄金時代の到来とともに、クリスティー、ヴァン・ダイン、クイーン、カーといった大家巨匠たちが、ホームズ物語をよりフェアな本格の高みへ、純粋な推理のみが支配する長編の世界へ押し上げてゆくといったふうに。

しかし、「進化」という言葉はミスリーディングなのかもしれないと最近の私は思っています。そうそう簡単に、ホームズの時代からクイーンを経て今日《こんにち》に至るまで、一本の直線に沿って本格が歩んできたというような図式を作ってしまってよいものでしょうか。彼らの間に横たわっているのは、もしかすると、不可逆的で一本道の変化とは違う何かかもしれないのです。手掛かりを読者に見せないのはフェアな謎解きじゃないというだけなら反論の余地はないように思われます。しかし、なぜフェアでなければならないのか。そもそもフェアプレイの名のもとに何が推理小説に生じてきたのか。

この点で、本格推理小説の歴史についておそろしく刺激的で啓発的な議論を展開する、トマ・ナルスジャックの『読ませる機械＝推理小説』（荒川浩充訳、東京創元社）を参照してみましょう。ナルスジャックは、ホームズのライヴァルとも呼ばれるオースチン・フリーマンのソーンダイク博士ものに科学的推理小説の頂点を認め、その後にやってくるヴァン・ダインやクイーンの時代には科学からゲームへの転換が生じると指摘します。科学的な調査と推論そのものを記述する小説ではなく、読者との間での出し抜きあいをめざした小説への変容です。そこでの推理は、「ゲームの慣習に従って推論する」「作者のトリック、作者独特の構成法を見破ろうと努める」ものになってゆくわけです。名高いヴァン・ダインの二十則はその端的なあらわれといってよく、たとえば、その十一番目にいう、「使用人が犯人であってはいけない」などという科学的法則がないのは当然でしょう。これはあくまで、読者が推理小説という「ゲーム」に参加したという満足感を抱かせるためのルールなのです。

ナルスジャックの議論にしたがえば、フェアプレイもまた、推理の科学的合理性を基礎付けるためではなく、読者にゲームに参加したという満足感を与えるため、要請されたものだということになるでしょう。そのゲームは、作者が小説に潜ませたたくらみを見破ることを目的とするので、個々の具体的な痕跡から合理的に推論できる範囲を超え、小説全体を貫く構図を見出そうとする解釈の争いになってゆきます。将棋やチェスに興じる人にとって盤の存在が自明であるように、ゲームとしての本格推理小説にとっては、そうした全体の構図が小説に潜み、解釈によって見出されうることは自明の前提なのです。

ホームズ物語の中でもとりわけ名高い「六つのナポレオン像」には、そうしたゲーム的小説へ移ってゆく微妙な境界が見て取れます。石膏製のナポレオンの胸像を次々に壊して回る犯人は、いったい何を考えているのか？　こうした謎自体が、殺人現場の痕跡から犯人の正体を割り出そうとするのとは別種の、きわめて人工的に仕組まれたものですから、真相を解明するためにも足跡などの痕跡から推論してゆくのとは別種の手法が必要です。つまり、個々の事件に残された痕跡ではなく、事件の全体像を解釈し、全体を包括する枠組みを見出さなければ真相にたどりつかないのです。読者からすれば、作者の仕掛けたパターンをホームズより一足先に発見すれば、この名探偵を出し抜くこともできるわけです。

最近、ホームズの推理について面白い議論を展開した本、ピエール・バイヤールの『シャーロック・ホームズの誤謬』（平岡敦訳、東京創元社）が話題になりました。バイヤールはそこで『バスカヴィル家の犬』を取り上げ、ホームズの推理は間違っており、事件の陰にはもっと奸知《かんち》にたけた真犯人が潜んでいると指摘してみせたのです。だが、一番興味深かったのは、バイヤールの「推理」がまさに現代的な、ということはゲーム的本格観をくぐりぬけた思考法によっているということでした。彼の議論は、暗黙のうちに、その小説全体を貫く隠れた構図があり、すべてを操る「犯人」がいることを仮定しています。一見したところ、バイヤールは作中の様々な事実をあげて自説の根拠としているようですが、それらを通読して感じられるのは、個々の事実に基づく推理だけでは決して彼のいう真相に到達できないこと、言い換えれば、そここでは作品全体にひとまとまりの構図を見出そうとする「解釈」こそが力を振るっているということなのです。推理の正しさをめぐるホームズとの戦いにおいてバイヤールが切り札とするのも、やはり解釈です。彼はここで、ホームズの、ひいてはドイルの思考に、ある精神分析的な解釈を施すことによって、誤った推理を生んだ偏向を見出そうとするのですから。

その結果、『シャーロック・ホームズの誤謬』で提示される事件の「真相」は、まるでエーコの『薔薇の名前』(河島英昭訳、東京創元社)か、京極夏彦の『絡新婦《じょろうぐも》の 理《ことわり》』(講談社文庫)のような姿をしています。解釈に解釈を重ねることによって、探偵が犯人の張り巡らした見えない糸に操られる世界、さらにはその犯人さえもが別の何かに操られているような世界を幻視しているのです。

ホームズはバイヤールの前に敗北したのか? いや、そこにあるのは、たぶん勝ち負けではなく、ホームズから現代本格へという「進化」による淘汰《とうた》の事例でもありません。ゲーム的本格観を通過し、さらに過剰な解釈への衝動に身をゆだねることによってバイヤールの「推理」は輝きを獲得しました。しかし、そうしたゲーム的な世界観が決して自明のものでないとすればどうでしょう。小説世界を貫く構図があるとは限らない、すべてを計画した犯人がいるとは限らない、解釈によって世界の全体を解明できるとは限らない。実をいうと、日本の現代本格はこうした不安を意識し始めているようです。ゲーム盤的な見通しのよさを捨てた世界で「探偵」に何ができるのか、その問いが、今後の本格推理小説を発想してゆく重大なヒントかもしれないのです。だからこそ、ベイカー街の暖かい部屋を一歩出ればどんな危険が待ち受けているとも限らないロンドンの混沌、その闇の中を観察と科学的方法への信頼だけを頼りに突き進むホームズの冒険を、決して過去の遺物としてしまうわけにはゆかないのです。

検 印
廃 止

訳者紹介 1931年生まれ。1951年，都立忍岡高校卒業。英米文学翻訳家。ドイル〈シャーロック・ホームズ全集〉，クリスティ「ABC殺人事件」，ブランド「招かれざる客たちのビュッフェ」など訳書多数。著書に「翻訳者の仕事部屋」がある。

シャーロック・ホームズの
復活

2012年6月29日 初版

著 者 アーサー・コナン・ドイル
訳 者 深《ふか》町《まち》眞《ま》理《り》子《こ》

発行所 (株) 東京創元社
代表者 長谷川晋一

162-0814/東京都新宿区新小川町1-5
電 話 03・3268・8231-営業部
03・3268・8204-編集部
URL http://www.tsogen.co.jp
振 替 00160-9-1565
暁印刷・本間製本

乱丁・落丁本は，ご面倒ですが小社までご送付ください。送料小社負担にてお取替えいたします。

ISBN978-4-488-10120-6 C0197